À PROPOS DE L'AUTEUR

Avec une trentaine de romans publiés, pour certains couronnés par des distinctions et des prix aux États-Unis, Rita Herron sait comme nulle autre tisser des intrigues palpitantes autour de héros tourmentés. Une atmosphère électrique, sous tension, que l'on retrouve dans chacun de ses romans.

Menaces à Camden Crossing

*

Au coeur du mystère

*

La rivière des disparus

RITA HERRON

Menaces à Camden Crossing

INTÉGRALE
ENQUÊTES & PASSIONS

Traduction française de
CAROLE PAUWELS

Collection : SAGAS

Titre original :
COLD CASE AT CAMDEN CROSSING

Ce roman a déjà été publié en 2014

© 2013, Rita B. Herron.
© 2014, 2021, HarperCollins France pour la traduction française.

Ce livre est publié avec l'autorisation de HARLEQUIN BOOKS S.A.

Tous droits réservés, y compris le droit de reproduction de tout ou partie de l'ouvrage, sous quelque forme que ce soit.
Toute représentation ou reproduction, par quelque procédé que ce soit, constituerait une contrefaçon sanctionnée par les articles 425 et suivants du Code pénal.

Si vous achetez ce livre privé de tout ou partie de sa couverture, nous vous signalons qu'il est en vente irrégulière. Il est considéré comme « invendu » et l'éditeur comme l'auteur n'ont reçu aucun paiement pour ce livre « détérioré ».

Cette œuvre est une œuvre de fiction. Les noms propres, les personnages, les lieux, les intrigues, sont soit le fruit de l'imagination de l'auteur, soit utilisés dans le cadre d'une œuvre de fiction. Toute ressemblance avec des personnes réelles, vivantes ou décédées, des entreprises, des événements ou des lieux, serait une pure coïncidence.

Le visuel de couverture est reproduit avec l'autorisation de :
© STEPHEN CARROLL / TREVILLION IMAGES

Réalisation couverture : E. COURTECUISSE (HarperCollins France)

Tous droits réservés.

HARPERCOLLINS FRANCE
83-85, boulevard Vincent-Auriol, 75646 PARIS CEDEX 13
Service Lectrices — Tél. : 01 45 82 47 47 - www.harlequin.fr
ISBN 978-2-2804-5028-7 — ISSN 2426-993X

Composé et édité par HarperCollins France. Achevé d'imprimer en avril 2021.
par CPI Black Print - Barcelone - Espagne
Dépôt légal : mai 2021.

Pour limiter l'empreinte environnementale de ses livres, HarperCollins France s'engage à n'utiliser que du papier fabriqué à partir de bois provenant de forêts gérées durablement et de manière responsable.

1

Quelque chose venait de heurter le bus.

Les pneus crissèrent, le lourd véhicule commença à zigzaguer, se déporta vers la droite et frôla le rail de sécurité.

Tawny-Lynn Boulder s'agrippa à son siège, tandis que le chauffeur tentait vainement de reprendre le contrôle. Des étincelles jaillirent lorsque le flanc du bus entra en contact avec la glissière de sécurité.

Les passagers hurlaient de terreur. Luttant pour ne pas verser dans l'allée centrale, Tawny-Lynn risqua un regard vers sa droite. Le bus s'inclinait dangereusement vers le ravin en contrebas, et la chute paraissait imminente.

Contre toute attente, le bus retomba sur ses quatre roues, et Tawny-Lynn rebondit lourdement sur son siège. Sa sœur, Peyton, poussa un cri de douleur lorsque sa tête heurta violemment un montant de vitre.

Une chaussure vola au-dessus d'un siège. Un sac de sport tomba du porte-bagages.

Ruth, la meilleure amie de Peyton, s'agrippa à elle d'une main ensanglantée.

A l'entrée du virage, le bus continua à filer tout droit et emboutit le rail dans un affreux grincement de métal déchiqueté.

L'espace d'une seconde, l'avant du bus resta suspendu dans le vide. Puis le véhicule se mit à osciller et plongea dans le ravin, se fracassant sur un rocher.

Ejectée de son siège, Tawny-Lynn eut le temps de voir

s'abattre sur les sièges une pluie de verre brisé. Puis sa tête heurta quelque chose et elle perdit momentanément connaissance.

Quelques secondes ou peut-être quelques minutes plus tard, elle revint à elle avec une sensation de douleur diffuse dans tout le corps. Sa jambe gauche était coincée sous l'armature métallique d'un siège. Elle se démancha le cou pour essayer de localiser Peyton, terrifiée à l'idée qu'elle soit morte.

Elles s'étaient disputées quelques minutes plus tôt. Une stupide querelle entre sœurs.

Elle voulait se réconcilier avec Peyton avant qu'il ne soit trop tard.

Soudain, de la fumée commença à envahir le bus. Elle lutta pour dégager sa jambe, mais elle était prisonnière.

Quelqu'un pleurait à l'arrière. Les autres cris avaient cessé.

Seigneur, non ! Il n'était pas possible qu'elle soit la seule survivante.

La fumée devenait de plus en plus dense. Quelque part à travers l'épais manteau de grisaille, elle vit des flammes monter vers le ciel nocturne.

Elle toussa et s'étouffa, puis tout devint noir.

2

Sept ans plus tard.

— Votre père est mort.

Tawny-Lynn serra le téléphone d'une main moite et se laissa tomber sur le banc de son jardin.

Les roses qu'elle aimait tant dégageaient soudain une écœurante odeur sucrée.

— Vous êtes toujours là ?

Elle haussa mollement la tête, en luttant contre les souvenirs amers qui l'assaillaient, avant de prendre conscience que l'avocat de son père, Bentley Bannister, ne pouvait pas la voir.

— Oui, marmonna-t-elle.

Mais de terribles images l'obsédaient. L'accident de bus. Les cris. Le feu... Elle avait l'impression que c'était hier.

Contre toute attente, elle avait survécu. Elle ignorait comment. Elle n'avait pas le moindre souvenir de ce qui s'était passé après que le feu se fut déclaré.

Mais, lorsqu'elle s'était réveillée, sa sœur et son amie Ruth avaient disparu.

La police n'avait jamais retrouvé leurs corps.

Tawny-Lynn s'accrochait à l'espoir qu'elles s'en étaient sorties d'une façon ou d'une autre. Néanmoins, la moitié de Camden Crossing pensait qu'il s'agissait d'un guet-apens, que l'accident n'en était pas un, qu'un prédateur avait délibérément fait quitter la route au bus et enlevé Peyton et Ruth.

Comme cela s'était produit deux ans plus tôt dans une ville voisine.

Bannister s'éclaircit la gorge et poursuivit d'un ton brusque :

— Il était malade depuis un moment, mais je suppose que vous le saviez.

Non, elle ne le savait pas. Mais elle n'en fut pas surprise. Il fallait bien que sa consommation excessive d'alcool et de tabac le rattrape un jour.

— Bref, je suppose que vous allez vouloir venir vous occuper des obsèques.

— Non, occupez-vous-en.

Son père n'aurait pas voulu qu'elle soit présente.

Comme la quasi-totalité de la ville, il l'avait rejetée. Si elle avait fait un effort pour se souvenir, si elle avait vu ce qui s'était passé, ils auraient peut-être pu retrouver Peyton et Ruth.

— Vous êtes sûre, Tawny-Lynn ? C'était quand même votre père.

— Mon père me détestait.

— Il était perturbé...

— Ne le défendez pas. J'ai tiré un trait sur lui quand j'ai quitté Camden Crossing.

Mais le bruit de tôle froissée et les cris l'avaient suivie, hantant ses nuits depuis toutes ces années.

Quelques secondes lourdes de tension s'écoulèrent.

— Très bien. Mais White Forks vous appartient maintenant. Le ranch...

A cette pensée, une crise de panique familière s'empara d'elle. Elle rejeta la tête en arrière et inspira profondément. Il fallait qu'elle se débarrasse de cette propriété.

— Vous allez revenir vous occuper du ranch, n'est-ce pas ?

C'est-à-dire y vivre ? Ah, ça non ! Pas question.

Menacée par un mal de tête, elle se massa les tempes. La simple pensée de retourner dans la ville où tout le monde la détestait la rendait malade.

— Tawny-Lynn ?

— Vous n'avez qu'à planter un panneau « à vendre » dans le jardin.

La respiration de l'avocat siffla aux oreilles de Tawny-Lynn, lui rappelant que lui aussi était un gros fumeur.

— A propos du ranch… Votre père le négligeait depuis des années. Je ne crois pas que vous en tirerez quelque chose, à moins de le restaurer un minimum.

Tawny-Lynn balaya du regard le salon de son confortable appartement. Il était niché au cœur d'un agréable quartier d'Austin, une ville suffisamment grande pour y développer son activité de paysagiste. Une ville où personne ne la connaissait et où elle pouvait se fondre dans la foule.

Revoir la maison où sa vie s'était effondrée était la dernière chose dont elle avait envie.

Mais la dernière conversation qu'elle avait eue avec son comptable résonnait encore dans sa tête, et elle se rendit compte soudain que l'argent de la vente du ranch pourrait bien être la solution miraculeuse qu'elle espérait pour résoudre ses problèmes de trésorerie.

Elle n'avait pas le choix. Elle devait retourner à Camden Crossing.

Le shérif Chaz Camden jeta un coup d'œil au signalement de personnes disparues qu'on venait de lui envoyer par fax.

Encore une jeune fille. A peine dix-huit ans. Evanouie dans la nature au Nouveau-Mexique, en plein milieu de la nuit. Fugue, ou enlèvement ?

Son cœur se serra tandis qu'il étudiait plus attentivement la photo. C'était une petite brune comme sa sœur Ruth, avec le même sourire innocent et la vie devant elle.

D'après ses parents, c'était une fille heureuse, sans problèmes, qui devait entrer à l'université. Ils étaient persuadés que quelqu'un l'avait kidnappée, tout comme lui-même avait cru à un enlèvement après cet épouvantable accident de bus.

Certes, le Nouveau-Mexique n'était pas suffisamment

proche de Camden Crossing pour établir un lien entre les deux affaires, mais cela suffisait à lui rappeler la tragédie qui avait déchiré sa famille.

La porte de son bureau s'ouvrit soudain à la volée, et il se rembrunit en voyant son père s'avancer vers lui. Gerome Camden, banquier et redoutable homme d'affaires, possédait la moitié de la ville et l'avait élevé d'une main de fer. A mesure qu'il grandissait, les relations de Chaz avec son père s'étaient dégradées, mais Ruth avait toujours été la préférée de Gerome et sa disparition l'avait quasiment anéanti.

— Il faut que nous parlions, annonça son père sans préambule.

Chaz glissa le fax sous une pile de dossiers, en sachant que cela lui vaudrait une des fameuses tirades de son père. Encore que, à en juger par l'expression mauvaise qui déformait son visage vieillissant, il était déjà contrarié par quelque chose.

Chaz se cala contre le dossier de son fauteuil.

— Que se passe-t-il, papa ?

— Tawny-Lynn Boulder est de retour en ville.

Chaz s'obligea à rester impassible.

— Vraiment ? Je croyais qu'elle ne voulait pas de cérémonie pour l'enterrement de son père.

— Qui pourrait le lui reprocher ? Eugene Boulder était un ivrogne notoire.

— C'était sans doute la seule façon qu'il avait trouvée de supporter la disparition de Peyton.

Gerome était quant à lui devenu plus tyrannique et mesquin que jamais, songea Chaz.

— Ne lui cherche pas d'excuses. Si cette petite garce n'avait pas feint l'amnésie, nous aurions retrouvé Ruth.

Chaz s'apprêtait à lui rappeler, pour la centième fois au moins, que les médecins avaient attesté la réalité de l'amnésie de Tawny-Lynn, mais son père ne lui en laissa pas le temps.

— Bannister s'est occupé du testament. Le ranch est à elle.

Chaz soupira et se mit à battre du pied sous son bureau.

— Ce n'est pas une surprise. Tawny-Lynn était le seul membre de sa famille encore vivant.

Le visage de Gerome s'empourpra tandis qu'il se penchait sur le bureau.

— Tu dois faire en sorte qu'elle ne reste pas. Nous n'avons pas besoin qu'elle vienne nous rappeler la pire chose qui soit arrivée à cette ville.

Chaz en avait assez entendu. Il se leva lentement, déterminé à contrôler la colère qui commençait à monter en lui. Ce n'était pas parce que son père était un des notables de la ville qu'il pouvait tout exiger de lui.

— Papa, je suis le shérif, pas un de tes valets.

Voyant son père serrer les poings et ouvrir la bouche pour riposter, il s'empressa d'ajouter :

— Mon travail est de protéger les citoyens de cette ville.
— C'est justement ce que je dis.
— Non, pas du tout. Vous vous êtes tous déchaînés contre une gamine de seize ans déboussolée et traumatisée. Et aujourd'hui, tu voudrais que je lui fasse quitter la ville ?

Il tapa du poing sur son bureau.

— Mais bon sang, Tawny-Lynn a perdu sa sœur ce jour-là. Elle souffrait aussi.

Elle avait été blessée, bien que quelqu'un l'eût sortie du bus juste avant que celui-ci n'explose, tuant le chauffeur et tous les passagers, dont trois joueuses de l'équipe de softball.

En tout cas, c'était l'hypothèse qui avait été retenue, mais personne ne savait qui était son sauveteur.

— Elle en savait plus qu'elle n'a voulu le dire, insista Gerome. Et personne ne veut d'elle ici.

L'image d'une adolescente maigrichonne aux longs cheveux couleur de blé mûr et aux grands yeux verts surgit du fond de la mémoire de Chaz. Tawny-Lynn avait perdu sa mère à l'âge de trois ans, adorait sa sœur Peyton, et avait souffert du tempérament colérique et violent de son père.

— Tu ne sais même pas si elle a l'intention de rester. Elle a probablement une vie ailleurs. Mais si elle décide de vivre à White Forks, c'est son droit.

— Si elle avait le moindre intérêt pour cette propriété ou pour cette ville, elle n'aurait pas filé comme elle l'a fait.

— Elle est allée à l'université, papa. De plus, on ne peut pas la blâmer d'avoir voulu partir. Personne ne se souciait d'elle ici.

— Ecoute-moi bien, Chaz, dit Gerome comme si son fils avait encore douze ans, je ne parle pas seulement en mon nom. J'en ai discuté avec le conseil municipal.

Deux des membres du conseil avaient perdu leur fille ce jour-là.

— Ce ranch menace de tomber en ruine. Tu vas aller lui rendre visite et lui dire de tout liquider. Je suis même prêt à acheter cette fichue propriété pour que nous soyons débarrassés d'elle.

Chaz était sidéré par l'amertume de son père. Cette malheureuse histoire avait fait de lui un autre homme, et pas de la meilleure des façons.

— Tu veux que je m'en occupe moi-même ? insista Gerome d'un air mauvais.

Chaz grinça des dents.

— Non, je vais lui parler. Mais...

Il adressa à son père un regard sévère.

— Je ne vais pas la forcer à partir. Je vais simplement lui demander quelles sont ses intentions. Si ça se trouve, elle est simplement revenue pour vendre et tu t'énerves pour rien.

Gerome sortit un mouchoir de sa poche et tamponna son front moite.

— Tiens-moi au courant.

Tournant les talons, il se dirigea vers la porte, mais s'arrêta, la main sur la poignée.

— Et n'oublie pas ce que j'ai dit. Si tu ne nous en débarrasses pas, je m'en occuperai moi-même.

Chaz plissa les yeux.

— Ça ressemble à une menace.

Gerome haussa les épaules.

— Je pense avant tout au bien de la ville.

Comment la colère de son père pouvait-elle être aussi vivace après toutes ces années ? Cela dépassait l'entendement de Chaz.

— Eh bien, n'y pense plus, et laisse-moi faire mon travail.

En fait, il avait déjà prévu de rendre visite à Tawny-Lynn. Pas pour la harceler, mais pour savoir si elle se rappelait quelque chose à propos de l'accident.

Quelque chose qui pourrait le mettre sur la piste de Ruth et Peyton.

Tawny-Lynn descendit de son 4x4 et ne put réprimer un frisson en découvrant ce qu'était devenu White Forks.

Des cent hectares d'origine destinés à l'élevage bovin, il n'en restait plus que vingt-cinq d'une maigre pâture brûlée et jaunie par endroits. Son père avait vendu des parcelles de terre au fur et à mesure de ses besoins, laissant à l'abandon les étables et les granges, dont les façades de bois pourrissaient. Une récente tempête avait dévasté le poulailler, emporté une partie de la toiture de l'écurie et mis à mal l'habitation principale.

La grande ferme blanche qu'elle adorait quand elle était petite avait besoin d'être repeinte. Les piliers du porche, colonisé par les mauvaises herbes, ne semblaient plus tenir que par miracle, et les persiennes autrefois laquées de noir pendaient sur leurs gonds, comme si un ouragan avait tenté de les arracher de la façade.

On aurait dit que la vie s'était arrêtée le jour où Peyton avait disparu. Ou peut-être avant, quand leur mère était morte. Elle s'en souvenait à peine. Elle avait trois ans, Peyton, cinq.

Quelque part au loin, elle entendit un chien aboyer, sans doute un animal errant.

Un coup de vent agita les feuilles du grand érable qui jetait son ombre sur la maison, et fit bouger dans un grincement de chaînes la vieille balançoire fixée à une de ses branches.

Un flot de souvenirs la submergea. En une fraction de seconde, elle se revit jouant dans le jardin avec Peyton et leur chien Bitsy, se poursuivant dans un tourbillon de rires et de cris, cueillant des fleurs sauvages pour en faire des couronnes qui orneraient leurs cheveux, récoltant les œufs de Dorothy et Jane, les deux poules à qui elles avaient donné le prénom de leurs institutrices respectives.

L'adolescence les avait éloignées. Peyton et son amie Ruth Camden étaient les jolies filles entourées d'une cour de soupirants énamourés, tandis qu'à elle revenait le rôle du garçon manqué timide et solitaire.

Elle s'était sentie mise l'écart, laissée pour compte.

Puis il y avait eu l'accident. Peyton et Ruth avaient disparu, et la ville entière, y compris son propre père, lui en avait voulu.

Refoulant l'angoisse et la culpabilité qui la taraudaient, Tawny-Lynn commençait à se diriger vers la maison lorsqu'elle entendit le bruit d'un moteur dans le chemin de terre qui menait au ranch.

Elle tourna la tête et s'affola en découvrant la voiture du shérif qui progressait vers elle dans un nuage de poussière.

Fallait-il en déduire que la ville, déjà au courant de son retour, avait envoyé le shérif pour l'expulser ?

Ils jouaient toutes leurs cartes avant même qu'elle ait mis un pied dans la maison.

Le moteur fut coupé, la portière s'ouvrit, puis un long corps puissant se déplia du siège conducteur. D'épais cheveux noirs encadraient un visage tanné aux traits ciselés. De larges épaules tendaient la chemise d'uniforme beige.

L'homme ôta ses lunettes de soleil, révélant un regard sombre et perçant sous le rebord du Stetson.

Le cœur de Tawny-Lynn fit un bond dans sa poitrine quand elle vit qui était le shérif.

Chaz Camden.

Le frère de Ruth et le garçon dont elle avait été follement amoureuse sept ans plus tôt. Le garçon dont la famille la méprisait et lui faisait porter la responsabilité de leur deuil. Celui aussi qui lui avait rendu visite à l'hôpital et l'avait harcelée, comme tout le monde, pour qu'elle se rappelle.

Chaz ne s'était pas rendu à White Forks depuis des années, et il fut choqué de voir le ranch en si piteux état.

Il fut plus surpris encore de voir combien Tawny-Lynn avait changé.

Les cheveux couleur de blé mûr étaient les mêmes, quoique plus longs et plus bouclés que dans son souvenir, et le regard vert était toujours aussi vibrant. Mais l'adolescente maigrichonne s'était transformée en une femme aux courbes affolantes.

— Bonjour, Tawny-Lynn, dit-il d'un ton vaguement embarrassé.

Elle mit la main en visière au-dessus de ses yeux.

— Tu es shérif, maintenant ?

Il hocha la tête. Ce choix de carrière s'était imposé à lui après la disparition de sa sœur. Il voulait la retrouver, et cela lui avait semblé le meilleur moyen pour y parvenir.

— Et alors ? La ville t'a envoyé pour me faire fuir ?

Elle ignorait à quel point elle était proche de la vérité.

— J'ai simplement entendu dire que tu étais là. Je voulais te présenter mes condoléances.

— Inutile de prétendre que ta famille et la mienne étaient proches, Chaz. Je sais ce que les Camden pensent de moi.

Elle désigna la voiture de patrouille d'un geste de la main.

— Tu peux retourner leur dire que je suis venue uniquement pour nettoyer la maison et la mettre en vente. Je n'ai pas l'intention de m'attarder ici.

Tawny-Lynn se tourna vers sa voiture, ouvrit le coffre et en sortit sa valise. Chaz s'avança immédiatement pour l'aider, et leurs mains se frôlèrent. Un étrange courant électrique passa entre eux, le prenant par surprise.

A la façon dont elle écarquilla les yeux, il sut qu'elle l'avait également ressenti.

— Je peux me débrouiller, protesta-t-elle.

— Tawny-Lynn, dit-il d'une voix tendue.

Les épaules de Tawny-Lynn se raidirent.

— Quoi ?

Que pouvait-il dire ?

— Je suis désolé pour la façon dont ça s'est passé, il y a sept ans.

La colère assombrit son visage, avant qu'elle ne la masque.

— Tout le monde souffrait, Chaz. Ils étaient sous le choc, en deuil…

Derrière les mots en apparence compatissants, il était évident pour Chaz qu'elle n'avait pas surmonté le mal qu'on lui avait fait.

— Tu as fini par te souvenir de quelque chose ? demanda-t-il, pour le regretter aussitôt.

— Non. Si c'était le cas, ne crois-tu pas que j'en aurais parlé à quelqu'un ?

Cette question n'avait jamais cessé de le hanter. Certains pensaient que Tawny-Lynn avait aidé Ruth et Peyton à s'enfuir, peut-être avec des garçons rencontrés peu avant l'accident. D'autres imaginaient qu'elle avait vu leur ravisseur mais, par peur, avait gardé le silence.

Le Dr Riggins était quant à lui persuadé que son amnésie n'était pas feinte. Ce qui voulait dire que, si elle avait réellement vu le ravisseur, ce souvenir était verrouillé quelque part dans son esprit.

Retranché dans son bureau, l'homme déverrouilla le tiroir où il conservait les coupures de presse consacrées à l'accident de bus, et observa les photos comme s'il les découvrait pour la première fois.

Il y avait d'abord celle du chauffeur, Trevor Jergins, cinquante-neuf ans, mort en passant à travers le pare-brise au moment où le bus basculait dans le ravin.

Venaient ensuite les photos de Joan Marx, dix-sept ans, Cassie Truman, quinze ans, et Audrey Pullman, seize ans. Toutes les trois jouaient dans l'équipe de softball du lycée. Aucune n'avait survécu.

Mais celles dont la presse parlait le plus étaient évidemment Ruth et Peyton.

Sans oublier cette petite garce de Tawny-Lynn.
Souffrant d'une commotion cérébrale, elle avait été incapable de se rappeler quoi que ce soit sur le moment.
La mémoire lui était-elle revenue depuis ?
A présent qu'elle était de retour en ville, allait-elle le dénoncer ?
Non... il ne pouvait pas laisser une telle chose se produire. Si elle commençait à causer des problèmes, il devrait s'en débarrasser.
Jusqu'ici, il s'en était sorti sans que personne se doute de quoi que ce soit.
Et il n'avait pas l'intention d'aller en prison.

3

Hissant sa valise à roulettes sur les marches chancelantes du perron, Tawny-Lynn s'efforça de calmer les battements désordonnés de son cœur.

Bon sang, quelle midinette elle faisait ! D'accord, elle avait eu un gros coup de cœur pour Chaz Camden quand elle avait seize ans, mais elle aurait dû s'en remettre, depuis le temps.

Il était encore plus beau maintenant. Sa silhouette était plus athlétique, il se dégageait de lui davantage d'assurance… et l'uniforme lui allait particulièrement bien.

Non, il valait mieux qu'elle ne s'égare pas sur ce terrain.

Elle batailla quelques instants avec la serrure avant de parvenir à ouvrir la porte, et poussa de toutes ses forces sur le battant gonflé par l'humidité. Les charnières grincèrent, et des grains de poussière s'envolèrent dans la maigre lumière qui filtrait par les vitres sales.

A l'intérieur régnait un désordre indescriptible. Journaux, magazines, courriers et factures s'entassaient sur la table basse du salon et sur la table de la salle à manger. Son père avait toujours été désordonné et adorait collectionner des vieilleries, au point de hanter les vide-greniers et les dépôts d'associations caritatives, mais sa manie de tout conserver était devenue pathologique.

Le comptoir de séparation entre la cuisine et la salle à manger disparaissait sous les boîtes de conserve, les canettes de bière, les bouteilles d'alcool et, chose étrange, les pots à épices.

Bizarre, pour un homme qui ne cuisinait jamais.

Des bocaux remplis de boulons, d'écrous et de vis s'entassaient dans un coin. Des vêtements sales avaient été jetés sur le canapé de velours fané et sur les chaises, des chaussures usées jusqu'à la corde traînaient un peu partout et des emballages de plats à emporter jonchaient le sol.

Un bruit de souris trottinant quelque part dans la cuisine arracha un frisson à Tawny-Lynn. Si la partie principale de la maison avait cette apparence, elle redoutait de voir les autres pièces.

L'odeur de bière tournée et d'alcool frelaté se mêlait à celle des serviettes de toilette humides et des vieux mégots.

Tawny-Lynn laissa échapper un soupir de frustration, à moitié tentée de craquer une allumette, de la jeter dans le tas et de faire brûler ce taudis.

Mais, avec sa chance, elle finirait en prison pour incendie volontaire, et la ville organiserait une fête pour célébrer son incarcération.

Elle ne leur ferait pas ce plaisir.

Pour commencer, elle allait avoir besoin de produits ménagers. En grande quantité ! Puis elle s'occuperait des réparations qu'elle pouvait faire elle-même. Malgré tout, il lui faudrait engager quelqu'un pour régler les plus gros problèmes.

Elle laissa sa valise dans le salon et se dirigea vers la chambre principale, située au rez-de-chaussée. Le même désordre que dans les autres pièces y régnait : bouteilles d'alcool, papiers, vêtements, serviettes moisies qu'il faudrait jeter.

Comment son père avait-il pu vivre comme ça ?

Il était probablement tellement ivre en permanence qu'il ne s'en rendait même plus compte.

Décidant qu'il valait mieux visiter l'étage avant d'aller s'approvisionner en ville, elle enjamba une paire de bottes de travail boueuses et se dirigea vers l'escalier.

Un courant d'air froid venu des combles l'enveloppa lorsqu'elle posa la main sur la rampe. A une époque, sa mère avait fait poser un tapis dans l'escalier, mais son père l'avait arraché et les marches de bois étaient à nu, décolorées par le frottement des semelles, éraflées et incrustées de saleté.

Se préparant à affronter une violente bourrasque de souvenirs, elle s'arrêta sur le seuil de la première chambre à droite, celle de Peyton.

Le décor semblait s'être figé dans le temps. Les rideaux en satin rose à volants et ruchés pendaient encore aux fenêtres, mais la couleur avait passé et l'étoffe s'était consumée par endroits. En dehors de cela, tout était resté comme avant : les posters de groupes de rock, la bannière de l'équipe de softball punaisée au-dessus du lit en rotin blanc, les photos encadrées sur la commode en pin, les poupées et les animaux en peluche entassés au-dessus de la bibliothèque où s'alignaient des livres de poche.

Des images de sa sœur l'envahirent, et elle eut soudain du mal à respirer. Devant ses yeux, deux petites filles jouaient par terre à la poupée, se déguisaient en princesses en se confectionnant des tiares avec les colliers fantaisie de leur mère, s'admiraient devant le vieux miroir en pied tout piqueté… Quelques années plus tard, Peyton la pousserait dehors sans ménagement, en claquant la porte et en criant qu'elle voulait être seule avec Ruth.

Vider cette pièce ne serait pas facile, mais il fallait le faire. Même si, au fil des années, elle avait fini par accepter que sa sœur ne reviendrait pas, elle ne s'était jamais senti le droit de se débarrasser de ses affaires. Dans son esprit, c'était un peu comme effacer Peyton de sa vie.

Revenant au présent et à la tâche qui l'attendait, elle avança jusqu'à la chambre suivante.

Son souffle se bloqua dans sa gorge lorsqu'elle regarda à l'intérieur.

Sa chambre n'avait pas été préservée comme celle de Peyton.

En fait, on aurait dit qu'un ouragan l'avait dévastée. Tout était sens dessus dessous: tiroirs de la commode arrachés, chaise et bureau renversés, couvre-lit et rideaux lacérés, livres et souvenirs éparpillés au sol…

Et, sur le miroir, des mots de haine avaient été tracés en rouge.
Sang ou rouge à lèvres, elle n'en était pas sûre.
Mais le message était parfaitement clair.

« Tu as du sang sur les mains. »

Alors qu'il patrouillait dans les rues tranquilles de la ville, Chaz ne pouvait effacer de son esprit l'image de Tawny-Lynn. A l'époque où elle traînait derrière sa sœur et Ruth, il l'avait délibérément ignorée. Persuadé qu'elle craquait pour lui, il préférait ne pas l'encourager, d'autant qu'il était de son côté amoureux de Sonia Wilkinson. Il se rêvait alors ingénieur des Eaux et Forêts, puis Ruth et Peyton avaient disparu, et il avait décidé d'entrer dans les forces de l'ordre pour obtenir les réponses que sa famille attendait.

Pour le moment, il n'y était pas parvenu.

Tandis qu'il se garait devant la brasserie *Chez Donna*, il remarqua l'entraîneur Jim Wake en grande conversation avec Mme Calvin, dont la fille jouait dans l'équipe de softball. Celle-ci semblait contrariée, mais le coach lui tapota le bras, usant du charme qu'il employait toujours pour calmer des parents un peu trop exigeants et envahissants. Tout le monde voulait que son enfant passe plus de temps sur le terrain pour devenir la star de l'équipe…

Si ses souvenirs étaient bons, se dit Chaz, Tawny-Lynn était une excellente joueuse, bien plus que Peyton, qui ne pensait qu'à flirter…

Une tempête, fréquente en cette fin de printemps, se préparait. De gros nuages noirs s'amoncelaient dans le ciel. Soulevant de petits tourbillons de poussière, le vent balayait sur l'asphalte des feuilles vert tendre arrachées aux branches.

Lorsqu'il poussa la porte de la brasserie, une odeur alléchante de café, de viande grillée et de tarte aux pommes enveloppa Chaz, et il se rendit compte que son estomac criait famine. Un jour, il apprendrait à faire la cuisine, mais, pour le moment, les petits plats traditionnels et les prix raisonnables de Donna le satisfaisaient.

Les clients étaient déjà nombreux, et il agita la main vers Billy Dean et Leroy, assis au fond de la salle. Puis il remarqua que les parents des trois filles mortes dans l'accident de bus étaient assis dans une alcôve pourvue de banquettes capitonnées et affichaient des mines de conspirateurs.

Le maire, Theodore Truman, semblait mener la conversation. Les époux Marx ainsi que Judy Pullman écoutaient attentivement. Malheureusement, le mari de cette dernière s'était suicidé moins d'un an après l'accident, sans même laisser une lettre. Tout le monde s'accordait à penser qu'il n'avait jamais surmonté son deuil.

Chaz dut passer devant eux pour rejoindre la seule table disponible. Le maire leva les yeux, le vit, et lui fit signe de s'arrêter.

— Monsieur le maire, marmonna Chaz, avant d'adresser un signe de tête aux Marx et à Judy Pullman.

— C'est vrai ? demanda Truman. Tawny-Lynn Boulder est revenue ?

Chaz se crispa, détestant la façon dont l'homme prononçait le nom de la jeune femme, comme si elle était une dangereuse criminelle recherchée par toutes les polices.

— Elle est venue régler la succession de son père.

John Marx se leva, le regard courroucé, et rajusta sa veste.

— Votre père nous a dit qu'il vous avait parlé.

Chaz abhorrait la mentalité des petites villes. Et il détestait encore plus cette façon qu'avait son père de penser qu'il faisait la pluie et le beau temps à Camden Crossing simplement parce qu'il avait de l'argent.

— Oui, il m'a fait part de ses inquiétudes.

— Que vas-tu faire à propos de cette femme ? demanda le maire.

Chaz se campa devant lui, les mains sur les hanches.

— Tawny-Lynn a parfaitement le droit d'être ici. Et vous

pourriez tous faire preuve d'un petit peu plus de sympathie à son égard. Après tout, elle vient de perdre son père.

Les sourcils broussailleux du maire dessinèrent un accent circonflexe. A l'évidence, il n'aimait pas être remis à sa place. Mais Chaz ne s'en laissait jamais compter.

Il s'apprêtait à s'éloigner quand Judy Pullman se leva et posa la main sur son bras.

— Shérif…, dit-elle d'une voix douce, est-ce qu'elle se souvient de quelque chose à propos de cette journée ?

Chaz lui pressa la main, comprenant les questions qui la torturaient. Lui aussi se les posait. Qui avait causé l'accident ? Etait-ce d'ailleurs réellement un accident ?

Ils avaient besoin de tourner la page, et tous leurs espoirs reposaient entre les mains de Tawny-Lynn. Une intolérable pression pour elle.

— Non, madame. Mais, si la mémoire lui revenait, je ne manquerais pas de vous en informer.

— A-t-elle l'intention… de rester ici ?

Il secoua la tête, en repensant à l'air égaré de Tawny-Lynn devant le ranch à l'abandon. Nul doute que de nombreux fantômes l'attendaient à l'intérieur.

— Elle a dit qu'elle allait simplement mettre de l'ordre dans la maison et la vendre.

Judy Pullman le dévisagea une longue minute, avant d'esquisser un sourire douloureux.

— Je ne peux pas lui reprocher de vouloir fuir cet endroit.

Chaz pensait la même chose. Mais si d'autres personnes éprouvaient pour Tawny-Lynn autant d'animosité que Truman et son père, il allait devoir garder un œil sur elle.

Tawny-Lynn enfouit dans son sac sa liste de courses et partit en ville. La route était déserte, flanquée de part et d'autre de grandes étendues de prairie, entre lesquelles se dressait de loin en loin une maison.

Un kilomètre avant l'entrée de Camden Crossing, elle passa

devant le camping où vivait autrefois Patti Mercer, la lanceuse de son ancienne équipe. Le jour de l'accident, Patti avait été sauvée par une gastro-entérite qui l'avait contrainte à rester chez elle. Contrairement à sa sœur, Joy, qui s'était retrouvée enceinte à dix-sept ans et vivait toujours dans la caravane où elles avaient grandi, Patti avait obtenu une bourse d'études grâce à ses bons résultats en sport et avait quitté Camden Crossing. Nul ne savait ce qu'elle était devenue.

La route s'incurvait à droite, et Tawny-Lynn dut faire un écart pour éviter un tracteur abandonné sur le bas-côté. La configuration générale de la ville n'avait pas changé, si ce n'est qu'ils avaient rééquipé l'aire de jeux dans le parc. La quincaillerie s'était agrandie, une boutique de vêtements s'était installée à côté du fleuriste, et la façade du bâtiment abritant l'antenne de police locale avait été repeinte.

Elle se gara sur le parking de la supérette, et croisa un couple qui lui parut vaguement familier, sans qu'elle parvienne à le reconnaître.

Elle prit un chariot et arpenta les allées, le remplissant de bidons de détergent grand format, de lessive, de produit pour les vitres, de spray dépoussiérant et de cire. Elle ajouta un nouveau balai, des brosses en chiendent, des serpillières et des éponges, ainsi qu'un plumeau à manche télescopique pour atteindre les coins.

Pour ce qui était de l'outillage, elle avait trouvé un stock invraisemblable de matériel en tout genre dans la cave. Apparemment, la folie de l'accumulation dont était atteint son père s'appliquait aussi aux outils. Il aurait pu ouvrir sa propre quincaillerie avec tout ce qu'il avait engrangé.

Un couple avec un bébé juché sur les épaules de son père passa à proximité. Elle tiqua, le cœur un peu serré. Fonder une famille faisait partie de ses rêves qui ne se réaliseraient jamais. De toute façon, elle n'avait même pas d'homme dans sa vie.

Mais elle avait l'impression de connaître ce type. Peut-être était-elle allée à l'école avec lui.

Elle continua à avancer, en s'efforçant de ne plus y penser.

Elle n'avait pas l'intention de s'attarder assez longtemps pour renouer des liens ou se faire de nouveaux amis.

De toute façon, les gens d'ici n'avaient aucune envie de l'accueillir.

Elle se pencha pour prendre un nettoyant pour le four, et heurta quelqu'un en se redressant. Tournant la tête pour s'excuser, elle découvrit une vieille dame.

— Etes-vous Tawny-Lynn Boulder ? demanda cette dernière.
— Oui.
— Vous ne me connaissez sans doute pas. Je m'appelle Evelyn Jergins. Mon mari conduisait le bus. Il est mort dans l'accident.

Le cœur de Tawny-Lynn se serra.

— Oh ! je suis désolée.
— Vous… Ils ont dit que vous sauriez peut-être pourquoi le bus est tombé dans le ravin.

L'envie de fuir se mit à démanger Tawny-Lynn.

— Non… Je suis désolée, mais je n'ai toujours aucun souvenir de ce qui s'est passé ce jour-là.
— C'est bien dommage. Trevor était un homme bien. Il me manque tous les jours.
— Ma sœur me manque aussi.
— J'ai appris pour votre père. Je vous présente mes condoléances. Qu'allez-vous faire, maintenant ?

Tawny-Lynn fut touchée par la sincérité de la vieille dame.

— Vendre le ranch.
— Donc, vous ne revenez pas vivre ici ?

Tawny-Lynn secoua la tête.

— Non. Je vis à Austin.
— Ah bon ? Vous êtes mariée ?
— Non.

Seigneur, non ! Elle n'avait plus eu de relation sérieuse depuis sa dernière année d'université, quand elle avait découvert l'infidélité de son petit ami. Il avait rejeté la faute sur elle, en lui disant qu'elle ne lui faisait pas vraiment de place dans sa vie, qu'elle était fermée sur le plan émotionnel.

C'était peut-être vrai. Les cauchemars du passé la tourmentaient toutes les nuits.

Elle prit rapidement congé de la vieille dame, récupéra son chariot et se dirigea vers une caisse. Elle paya avec sa carte bancaire et se dépêcha de regagner sa voiture.

Tandis qu'elle déposait ses achats dans le coffre, elle eut l'impression que quelqu'un l'observait, et l'angoisse lui noua l'estomac.

En se retournant, elle découvrit le père de Cassie Truman juste derrière elle. Les rides creusaient son visage et ses cheveux avaient blanchi, mais il avait toujours le même air supérieur.

— Monsieur Truman, marmonna-t-elle, en se souvenant comment il l'avait bannie de l'enterrement de sa fille.

— Je suis le maire, maintenant.

Elle referma en hâte le coffre du 4x4.

— Excusez-moi, je dois y aller.

— Tu quittes la ville ?

Son intonation la mit en colère. Les Camden et les parents des trois filles lui reprochaient de ne pas se rappeler les détails de cette journée. Mais elle n'y était pour rien. C'était comme si un trou noir avait happé tous ses souvenirs. Elle aurait aimé retrouver la mémoire, savoir comment elle était parvenue à s'extraire du bus avec une jambe cassée, et ce qu'il était advenu de Ruth et Peyton. Elle avait suivi une thérapie, elle avait même essayé l'hypnose, mais rien n'y avait fait.

— Dès que j'aurai mis le ranch en vente, dit-elle, avec une trace d'amertume dans la voix.

— Tu n'as donc toujours pas l'intention de nous dire ce qui s'est passé ?

Une douleur fulgurante la traversa.

— Croyez-moi, monsieur le maire, si la mémoire me revient un jour, toute la ville le saura.

Luttant pour contenir ses larmes, elle le contourna, grimpa dans sa voiture et tourna la clé de contact.

Ses mains tremblaient, son cœur battait à se rompre. Quel sale type !

Elle ne désirait rien de plus au monde que de retrouver la mémoire pour pouvoir enfin tourner la page.

Elle tapa du plat de la main sur le volant et essuya ses larmes d'un geste rageur. Tout le monde avait l'air d'oublier qu'elle avait perdu sa sœur ce jour-là.

La nuit était tombée, et les habitués du vendredi soir commençaient à sortir de la brasserie *Chez Donna*, regagnant leur voiture pour rentrer chez eux.

Tawny-Lynn se demanda s'ils jouaient encore au bingo toutes les semaines, et si la tradition du thé dansant mensuel existait encore. Non qu'elle eût envie d'y participer. Elle pensait ce qu'elle avait dit. Elle allait redonner un coup de jeune à White Forks et décamper avant que cette ville ne finisse par la détruire complètement.

Le 4x4 heurta un nid-de-poule et elle ralentit. Quelques secondes plus tard, des phares apparurent derrière elle. Vérifiant dans son rétroviseur, elle constata avec agacement que la voiture collait quasiment son pare-chocs. Elle ralentit davantage, en espérant que le conducteur la dépasserait, mais cet idiot continua son petit manège.

Le virage la surprit, et elle frôla le fossé. Puis la voiture la dépassa, en la forçant à mordre le bas-côté.

Les mains crispées sur le volant, elle essayait de contrôler sa trajectoire, mais ses pneus heurtèrent un nouveau nid-de-poule et la jeep glissa vers le fossé.

Son corps fut projeté en avant quand le pare-chocs s'encastra dans une buse d'évacuation. Le rebond lui tordit le cou, sa tête heurta le dossier de son siège, et tout devint noir.

4

Chaz paya son addition et fit le point avec son adjoint, Ned Lemone. Jeune et impatient, ce dernier avait accepté le poste en laissant entendre qu'il voulait devenir inspecteur et travailler dans une grande ville. Selon lui, il n'y avait pas assez d'action à Camden Crossing. Mais, au moins, il ne voyait pas d'inconvénient à faire les gardes de nuit.

— Rien à signaler ? demanda Chaz.

— Une querelle domestique à la ferme Cooter.

— Wally et Inez ont remis ça ?

— Elle a jeté une poêle à frire dans sa direction. Ça lui a cassé un orteil.

Chaz secoua la tête. Le couple se disputait comme chien et chat mais refusait de se séparer. Il y était allé lui-même une bonne dizaine de fois.

— Appelle-moi s'il se passe quelque chose.

Chaz regagna sa voiture et prit la direction de son chalet, situé au bord de la rivière, à trois kilomètres de White Forks.

Et à l'opposé de la maison de ses parents.

Sans doute aurait-il dû déménager encore plus loin, mais il était resté dans les parages en pensant que cela l'aiderait à élucider la disparition de Ruth.

A la sortie du virage, il aperçut un 4x4 bleu, le nez dans le fossé, et reconnut immédiatement la voiture de Tawny-Lynn.

Il se gara précipitamment et courut jusqu'à la jeep, ses bottes dérapant sur les gravillons du bas-côté.

Jetant un coup d'œil du côté conducteur, il vit Tawny-Lynn relever la tête et le regarder.

Du sang coulait d'une estafilade sur son front, et elle avait l'air désorientée.

Il ouvrit la portière.

— Ça va ? Tu n'as rien ?

Elle marmonna quelque chose et toucha son front.

Chaz évalua rapidement la situation. La ceinture de sécurité avait dû la protéger en partie, mais la jeep était un modèle ancien dépourvu d'airbags.

— Que s'est-il passé ? demanda-t-il en soulevant le menton de Tawny-Lynn pour examiner sa blessure.

La coupure était petite et peu profonde, et ne nécessitait pas à première vue de points de suture. Mais la jeune femme pouvait souffrir d'une commotion cérébrale.

— Je... Une voiture est apparue derrière moi. Le conducteur semblait pressé. J'ai ralenti pour le laisser passer, mais il a continué à me coller. Et quand il m'a enfin doublée, il m'a serrée de si près que j'ai quitté la route.

— Il ne s'est pas arrêté ?

— Non. Il a continué à filer. Il semblait vraiment pressé.

— Tu as vu le conducteur ?

— Non.

— Mais tu dis « il ». Tu es sûre que c'était un homme ?

— Non. La voiture avait des vitres teintées.

— Quel genre de voiture était-ce ?

— Je n'en sais rien, Chaz. Il faisait sombre, et ses phares m'aveuglaient. Tu peux m'aider à sortir de là ?

— Bien sûr. Mais je vais appeler une ambulance. Tu as peut-être une commotion.

— Je vais bien. Je veux seulement rentrer au ranch.

— Pas question. Il faut absolument que tu sois examinée.

— Mais Chaz...

— Ce serait irresponsable de ma part de te laisser seule chez toi avec une blessure à la tête.

Il décrocha son téléphone de sa ceinture et passa un

premier appel aux services d'urgence, afin qu'on lui envoie une ambulance. Puis il appela le garage Henry pour demander une dépanneuse.

Quelques minutes plus tard, le son d'une sirène déchira le silence, et des lumières rouges clignotèrent dans la nuit. Tandis que Tawny-Lynn se soumettait de mauvaise grâce à un examen, la dépanneuse apparut et Chaz alla discuter avec le garagiste.

— Votre pression sanguine est un peu basse, mademoiselle, remarqua le plus âgé des deux secouristes.

— Quoi de plus normal après un accident ? répliqua-t-elle avec agacement.

Sans paraître se formaliser, l'homme écouta son cœur, tandis que son collègue désinfectait sa plaie au front et y apposait une suture adhésive.

— Le cœur a l'air d'aller, dit-il, avant d'utiliser un stylo-lampe pour examiner ses yeux.

— Je vais bien, affirma Tawny-Lynn. J'avais ma ceinture et je n'ai pas heurté le pare-brise.

— Et le volant ?

— Si, mais je n'ai rien de cassé.

Elle avait eu plusieurs côtes fracturées lors de l'accident de bus et avait l'expérience de cette douleur à couper le souffle.

— Vous devriez passer un scanner.

— Inutile. Je vous l'ai dit. Je vais bien.

Les secouristes échangèrent un regard.

— Si vous refusez les examens complémentaires, vous allez devoir signer une décharge.

— Donnez-moi votre papier. Je veux seulement rentrer chez moi.

En réalité, elle était loin de considérer White Forks comme sa maison, mais elle en avait assez d'être infantilisée de cette façon. Elle était quand même assez grande pour savoir si elle allait bien ou non.

L'ambulance s'en alla juste au moment où Henry finissait de remorquer sa voiture hors du fossé. La jeep était vieille et cabossée, et ce n'était pas un impact de plus dans le pare-chocs qui allait l'affoler. Du moment que ça roulait, elle se moquait bien de conduire une guimbarde.

— Vous ne devriez pas la conduire avant que je l'aie inspectée, déclara Henry. Il faudra sûrement vérifier le parallélisme.

— Combien de temps ça prendra ?

— Un jour ou deux.

Tawny-Lynn hésita. Elle n'avait pas beaucoup d'argent, mais elle n'avait pas non plus envie de rester en panne quelque part sur la route d'Austin. Et il lui restait quand même un moyen de transport puisque le vieux pick-up de son père était toujours au ranch.

— Très bien, dit-elle.

— Je vais te raccompagner chez toi, dit Chaz.

Elle n'avait pas envie de se retrouver dans la même voiture que Chaz — de partager le même air — parce qu'il sentait divinement bon, et qu'il était beaucoup trop masculin.

Infiniment trop sexy pour son bien.

Et, même si elle ne voulait pas l'admettre, elle était secouée par l'accident et aurait adoré poser la tête sur son épaule.

Elle prit son sac dans la voiture et en sortit une de ses cartes de visite, où figurait son numéro de portable.

— Appelez-moi quand elle sera prête, dit-elle à Henry.

Le temps qu'elle termine sa conversation avec le garagiste, Chaz avait vidé son coffre et transféré ses emplettes dans sa voiture de patrouille.

Henry leur adressa un signe de la main et monta dans sa dépanneuse.

— Il te fera un prix correct, dit Chaz, comme s'il devinait ses préoccupations à propos de l'argent.

Elle ne fit pas de commentaire et prit place dans la voiture. Elle avait désespérément besoin de se blottir contre lui, de s'entendre dire que tout allait bien se passer.

Mais rien n'allait. Elle était seule. Tout le monde à Camden Crossing la haïssait. Et la seule façon pour que cela change était de retrouver la mémoire.

Chaz lui adressa un regard de sympathie et démarra la voiture.

A l'approche de White Forks, les bois entourant le ranch parurent à Tawny-Lynn plus sombres et plus envahissants que d'habitude. Chaz s'engagea dans l'allée en terre battue, évitant les nids-de-poule les plus profonds, et se gara devant la maison. Au moment où Tawny-Lynn descendait de voiture, un coyote hurla quelque part au loin.

Chaz ouvrit le coffre, cala un carton sous son bras et prit deux sacs pleins à craquer. Tawny-Lynn se chargea du reste et ouvrit la marche jusqu'au perron.

Lorsqu'elle toucha la poignée pour déverrouiller la porte, celle-ci s'ouvrit.

Chaz tendit aussitôt un bras devant elle pour l'empêcher d'entrer.

— Tu avais fermé en partant ?

Elle hocha la tête, se rappelant avec un frisson le message ensanglanté sur le miroir.

Tous ses sens en alerte, Chaz posa les paquets à terre, sortit son arme, et fit signe à Tawny-Lynn de rester derrière lui.

Risquant un coup d'œil à l'intérieur, il fut choqué par le désordre qui y régnait. Il comprenait mieux maintenant pourquoi Tawny-Lynn avait acheté autant de sacs-poubelle.

Cela faisait des années qu'il n'était pas venu, et il essaya de se rappeler la configuration de la maison. La chambre principale était en bas, et celles des filles à l'étage.

Le parquet grinça tandis que Tawny-Lynn lui emboîtait le pas.

— Je n'entends rien, murmura-t-elle.

Lui non plus, mais un prédateur pouvait être caché dans un placard ou à l'étage, se tenant prêt à attaquer.

Il referma lentement la main sur la poignée du placard de la chambre et l'ouvrit. Il ne contenait qu'un fatras de vieilles chaussures, de vêtements et de chapeaux.

— Reste ici pendant que je vérifie l'étage.

— Non, je viens avec toi.

Il lui lança un regard agacé, puis décida qu'il valait peut-être mieux qu'elle l'accompagne, au cas où un intrus se cacherait dans la cave.

Ils revinrent vers l'entrée et s'engagèrent dans l'escalier. Chaz avançait sur la pointe des pieds, mais les marches craquaient sous son poids.

La première chambre était celle de Peyton, toujours décorée comme elle l'était des années auparavant. Dans le placard, il ne trouva que les vêtements de Peyton, jeans, T-shirts... et la robe qu'elle portait au bal de promotion.

Le chagrin le submergea tandis qu'une image de Ruth, toute mignonne et pimpante dans sa robe de bal, passait devant ses yeux.

Il comprenait tellement bien que les parents des trois autres filles ne parviennent pas à oublier !

Personne ne devrait avoir à enterrer son enfant.

Pivotant sur ses talons, il traversa le couloir et entra dans la chambre de Tawny-Lynn. La colère l'envahit quand il découvrit le message sur le miroir.

— Mais que diable...
— C'était déjà là quand je suis arrivée la première fois, expliqua Tawny-Lynn à mi-voix.

Il se retourna brusquement vers elle.

— Quoi ? Pourquoi ne m'as-tu rien dit ?

Tawny-Lynn haussa les épaules.

— Je ne savais pas depuis combien de temps c'était là.

Chaz jura entre ses dents et traversa la pièce pour examiner le message de plus près.

— On dirait du sang, mais il est sec. Je vais prélever un échantillon et l'envoyer au labo.

Tandis que Tawny-Lynn acquiesçait, il se dirigea vers la salle de bains et jura de nouveau.

— Ça y était aussi ?

Elle écarquilla les yeux d'horreur et secoua la tête.

Il y avait un nouveau message en lettres de sang sur le miroir.

« On ne veut pas de toi ici.
« Pars ou tu mourras. »

Le shérif était dans la maison des Boulder avec la fille. Fichue déveine !

Chaz posait trop de questions. Visiblement, il était incapable de renoncer à enquêter sur la disparition de sa sœur et sur l'accident de bus qui avait coûté la vie aux trois gamines.

Pourquoi ne parvenait-il pas à tourner la page ?

Cela faisait des années, maintenant. C'était fini.

Et si cette petite idiote de Tawny-Lynn se rappelait quelque chose durant son séjour à Camden Crossing ?

Si elle se souvenait de son visage ? De lui ? De sa présence sur les lieux ?

Mais non, inutile de s'affoler.

Sa blessure à la tête avait dû provoquer une perte de mémoire irréversible. Il n'y avait aucune chance qu'elle puisse se souvenir de quoi que ce soit.

Oui, mais quand même... Si quelque chose lui revenait ?

Dans ce cas, il serait contraint de l'éliminer.

5

Chaz était fou de rage. Tawny-Lynn n'avait rien fait pour mériter une telle manifestation de haine.

N'acceptant pas sa réponse à propos du premier message, il insista :

— Pourquoi ne m'as-tu pas appelé quand tu as découvert l'inscription dans ta chambre ?

Elle haussa les épaules.

— Je sais que vous me détestez, ta famille et toi.

— Je ne suis pas ma famille. Je représente la loi, et je ne laisserai personne être harcelé ou menacé sans prendre les mesures qui s'imposent.

Tawny-Lynn évita son regard, comme si elle ne savait pas comment réagir à cette affirmation.

— Je vais prélever des échantillons et rechercher des empreintes.

— Ici, ou dans toute la maison ?

— Je vais déjà commencer par ici.

— Avec ce capharnaüm, ça ne va pas être facile de passer chaque pièce en revue.

— Je vais me contenter de vérifier les portes, les fenêtres et les lieux de passage. Mais ça va me prendre un peu de temps. Je vais aller chercher mon kit de prélèvements dans la voiture.

Chaz décida de commencer par la cuisine pour que Tawny-Lynn puisse la nettoyer un minimum, afin de se préparer un repas ou le café du lendemain matin.

Elle le regarda passer une lampe le long de la porte de

service, avant de relever quelques empreintes sur la poignée et la moustiquaire.

— J'en ai terminé ici, annonça-t-il. Tu peux commencer à nettoyer pendant que je suis à l'étage.

— Merci. Je ne pense pas que je pourrai manger quoi que ce soit dans cette maison avant qu'elle ait été désinfectée par fumigation.

Il rit.

— Ton père était visiblement incapable de jeter quoi que ce soit.

Tandis qu'elle enfilait des gants et commençait à entasser les bouteilles vides dans un sac pour le recyclage, Chaz se remit au travail.

Après examen de la rampe, il trouva une empreinte qu'il releva. Puis il se rendit compte qu'il s'agissait probablement de celle de Tawny-Lynn, et prit un échantillon des siennes afin de faciliter le travail du labo.

A l'étage, il prit une photo du message sur le miroir de la chambre, gratta une parcelle de sang séché, et appliqua de la poudre sur le cadre de bois doré du miroir, sans rien y trouver.

Il se rendit ensuite dans la salle de bains, vérifia le plateau autour du lavabo. Si quelqu'un y avait pris appui, il avait effacé ses traces.

Là encore, il prit une photo du message, avant de faire un prélèvement de sang. Peut-être un graphologue pourrait-il leur en apprendre plus. Les points des « i » formaient une sorte de virgule et les barres des « t » croisaient largement la verticale.

Revenant vers la chambre, il s'interrogea. Comment l'intrus avait-il su qu'il s'agissait de la chambre de Tawny-Lynn ?

Un couvre-lit à carreaux dans des tons bleus recouvrait le vieux lit en métal. Un ours en peluche et une poupée de chiffon étaient posés sur le dessus d'une bibliothèque croulant sous les romans policiers. A côté d'un ancien bureau à cylindre en pin, dont le plateau était tout éraflé, un meuble en stratifié noir pourvu d'une porte de verre fumé accueillait une vieille chaîne hi-fi et quelques cassettes audio et disques vinyles.

Sur le dessus de la commode peinte en blanc, un lecteur de CD plus récent côtoyait un casier pivotant où les CD étaient classés par ordre alphabétique.

Il n'y avait certes pas autant de fanfreluches que dans la chambre de Peyton, mais il n'y avait pas de nom sur la porte ou de photos de Tawny-Lynn pour servir d'indication.

Ce qui suggérait que l'intrus connaissait suffisamment bien la famille pour savoir quelle chambre appartenait à qui.

Ou qu'il ou elle était déjà venu dans la maison.

Tawny-Lynn fit glisser dans le sac-poubelle les reliefs de nourriture et toutes les saletés qui encombraient le comptoir de la cuisine. Elle avait déjà rempli trois sacs et allait avoir besoin d'une benne individuelle pour se débarrasser de tout ce qui encombrait la maison.

La fatigue pesait sur ses épaules, un puissant mal de tête irradiait jusque derrière ses globes oculaires — une conséquence sans doute de l'accident. A moins que ce ne soit dû à la montagne de poussière qu'elle venait de soulever.

Il fallait qu'elle songe à faire renouveler son traitement contre les allergies.

Traînant le sac à l'extérieur, elle contempla les bois à l'arrière de la maison. La personne qui avait laissé ces horribles messages s'y cachait-elle en ce moment pour l'observer, espérant qu'elle s'enfuirait comme sept ans auparavant ?

— Si ça peut vous rassurer, je n'ai aucune envie de me trouver à Camden Crossing, marmonna-t-elle.

— A qui parles-tu ?

Elle sursauta et se retourna.

Chaz se tenait dans l'encadrement de la porte de cuisine, la main posée sur la crosse de son arme portée à la ceinture.

— Tu as vu quelqu'un dehors ?

— Non, je me parlais à moi-même.

Le regard de Chaz s'assombrit.

— Tu es sûre que tu n'as pas une commotion ?

— Je suis simplement fatiguée, admit-elle. Mais je n'irai pas me coucher tant que cette cuisine ne sera pas nettoyée. Tu peux partir si tu as terminé.

— En fait, j'étais descendu chercher un seau et du détergent.

Elle plissa le front.

— Pour quoi faire ?

— Je voudrais effacer les inscriptions.

— Ce n'est pas nécessaire, Chaz. Tu en as déjà assez fait.

En réalité, c'était terriblement agréable de l'avoir avec elle. Il lui procurait un sentiment de sécurité, de bien-être...

Mais elle ne pouvait se reposer ni sur lui ni sur personne d'autre.

— Je m'en occuperai quand j'en aurai terminé avec la cuisine.

— Pas question, répliqua-t-il d'un ton bourru. Je n'ai pas l'intention de te laisser avec cette écœurante menace dans ta chambre, surtout après ton accident.

Son intonation presque protectrice était d'autant plus étrange que, quelques années plus tôt, il la détestait comme tout le monde.

Sans attendre de réponse, il fouilla parmi les achats, trouva une cuvette, du détergent et une éponge, et disparut.

Tawny-Lynn soupira et s'empressa de retourner à l'intérieur. Le vent qui sifflait entre les arbres la rendait nerveuse et elle claqua la porte.

Finalement, peut-être valait-il mieux que la voiture du shérif stationne un moment devant chez elle, histoire de dissuader un éventuel intrus tapi dans les bois.

Un regain d'énergie s'empara d'elle, et elle acheva de débarrasser les plans de travail, la table, les chaises et le sol de tout ce qui les encombrait.

Au fur et à mesure de ses découvertes, elle regroupa dans un panier les factures impayées — et elles étaient nombreuses. Puis elle s'attaqua au réfrigérateur. Sans surprise, il était vide, à l'exception d'un bocal de cornichons périmé, à la surface duquel flottait de la moisissure, d'un carton de lait tourné et d'œufs dont la date limite de consommation était dépassée depuis longtemps.

Elle jeta ensuite un ouvre-boîtes rouillé et un grille-pain tellement encrassé qu'elle doutait de pouvoir le nettoyer, ainsi que des torchons à vaisselle graisseux et moisis.

Elle passa ensuite à l'opération nettoyage, récurant l'évier, lessivant les placards et désinfectant l'intérieur du réfrigérateur. Les plans de travail en formica étaient usés, la bande de chant imitation inox se décollait, mais, une fois débarrassés des nombreuses couches de crasse, ils étaient passables.

Idéalement, il aurait fallu refaire entièrement la cuisine et la salle de bains pour essayer d'obtenir le meilleur prix possible de la maison, mais elle n'avait pas d'argent à mettre dans les travaux. De toute façon, ce qui avait vraiment de la valeur, c'étaient les terres agricoles. La personne qui achèterait le ranch pourrait toujours rénover la maison à son goût, ou même l'abattre pour en construire une nouvelle.

Lorsqu'elle eut terminé de passer la serpillière, son corps avait atteint les limites de sa résistance.

Des bruits de pas résonnèrent et Chaz apparut, sa large et imposante silhouette emplissant toute l'embrasure de la porte.

— Tu sembles épuisée, remarqua-t-il.

— La journée a été longue, dit-elle en s'affaissant contre le comptoir de séparation avec la salle à manger. Une bonne nuit de sommeil et il n'y paraîtra plus.

Encore que, pour dire la vérité, elle n'avait pas connu de vraie bonne nuit de sommeil depuis sept ans.

Les cauchemars la rattrapaient chaque fois qu'elle fermait les yeux.

Soudain, elle vacilla, et Chaz la prit par le bras pour la soutenir.

— Tu n'es pas seulement fatiguée. Tu as des vertiges.

— Ce sont les vapeurs de produits et la poussière, dit-elle. Je souffre d'allergie.

Il grimaça, peu convaincu.

— Demain, je t'envoie le serrurier pour changer toutes les serrures et poser des verrous.

— Je peux m'en occuper moi-même.

— Ne discute pas. Tu as déjà assez à faire comme ça.

Elle se massa le front, et le regarda avec étonnement.

— Pourquoi m'aides-tu, Chaz ? Je pensais que tu me détestais, comme tes parents et le reste de la ville.

Le ton péremptoire de Tawny-Lynn heurta Chaz. Il aurait voulu lui dire qu'il ne la haïssait pas, qu'il regrettait la façon dont il l'avait traitée après la disparition de Ruth, ajouter qu'il portait sa propre part de culpabilité et qu'il cherchait toujours désespérément des réponses.

Mais il ne pouvait pas se permettre de confidences trop personnelles avec elle. Révéler la vérité le rendrait trop vulnérable, et il avait besoin de rester concentré.

Un jour, il retrouverait sa sœur. C'était tout ce qui comptait.

Il veilla donc à ce que la conversation reste sur un plan professionnel.

— Je fais seulement mon travail de shérif.

Quelque chose qui ressemblait à de la déception traversa les grands yeux verts de Tawny-Lynn.

— Bien sûr. En tout cas, merci de m'avoir raccompagnée… et d'avoir nettoyé les miroirs.

Il accueillit ces mots par un hochement de tête.

— Je te préviendrai si j'ai un retour sur les empreintes ou les échantillons de sang.

Tawny-Lynn l'accompagna jusqu'à la porte de devant, mais il s'attarda, hésitant à partir. Elle avait l'air si fragile…

En à peine vingt-quatre heures, elle avait déjà eu un accident — qui était peut-être intentionnel —, et quelqu'un s'était introduit dans sa maison pour y laisser des menaces.

S'accrochant au montant de la porte, Tawny-Lynn lui offrit un sourire courageux.

— Même si tu ne fais que ton travail, je t'en suis reconnaissante, Chaz. Je sais ce que les gens d'ici pensent de moi. Je voudrais tellement pouvoir leur donner ce qu'ils veulent !

— Tu as souffert, toi aussi, répondit-il, ému par la tristesse dans sa voix. Tu as perdu ta sœur. Les gens auraient dû se montrer plus compréhensifs avec toi.

Elle haussa les épaules, mais Chaz vit qu'elle était plus affectée qu'elle ne voulait le laisser paraître.

Soudain, il éprouva l'envie irrationnelle de l'attirer contre lui, de la serrer dans ses bras et de lui promettre que tout irait bien.

Mais ce serait une erreur de la toucher. Il lui deviendrait alors plus difficile de garder ses distances et de faire son travail. Il se contenta donc de lui tendre sa carte de visite professionnelle, en lui recommandant de l'appeler si elle avait besoin de quelque chose.

Tawny-Lynn regarda Chaz s'éloigner avec un sentiment mitigé. En sa présence, elle pouvait tenir ses angoisses à distance. Mais, une fois seule dans la maison, les fantômes allaient revenir la hanter.

Pendant un moment, elle ne parvint plus à respirer. Depuis l'accident de bus, les crises de panique pouvaient surgir à tout moment.

S'exhortant à être forte, elle ferma les yeux et prit de lentes et profondes inspirations.

Cela faisait sept ans. Elle était en vie. Elle était en sécurité.

Mais… était-ce vraiment le cas ?

A en juger par les messages sur les miroirs, on ne voulait pas d'elle ici.

Un frisson la parcourut et elle verrouilla la porte, en calant une chaise derrière. La chaise n'empêcherait pas un intrus de pénétrer dans la maison, mais le bruit qu'elle ferait en tombant la réveillerait peut-être.

Si toutefois elle parvenait à s'endormir.

6

Chaz avait hésité à s'éloigner de White Forks, mais il ne pouvait pas rester vingt-quatre heures sur vingt-quatre avec Tawny-Lynn.

Pas pour le moment, en tout cas. Mais si les menaces continuaient et s'amplifiaient, il devrait envisager une protection rapprochée.

Lorsqu'il entra dans son bureau, son adjoint était au téléphone. A en juger par son sourire béat, il parlait à sa petite amie, Sheila.

Levant soudain les yeux, Ned afficha une expression gênée et ôta immédiatement ses pieds du bureau.

— Ecoute, mon cœur, il faut que j'y aille. Je te rappelle plus tard.

Il raccrocha, et évita le regard de Chaz.

— Je ne m'attendais pas à ce que vous repassiez par ici cette nuit.

— Il y a eu un problème à White Forks.

— Vous voulez dire là où vit la fille Boulder ?

— Cela fait des années qu'elle n'y habite plus, mais oui, c'est là. Elle est revenue pour mettre le ranch de son père en vente.

— J'ai entendu dire que les gens dans le coin ne l'aimaient pas tellement.

Chaz regarda son adjoint avec sévérité.

— Qui as-tu écouté, Ned ?

— Personne en particulier. Deux vieilles femmes déblatéraient sur elle dans un café. D'après elles, Tawny-Lynn aurait aidé votre sœur et la sienne à s'enfuir.

Chaz s'agaça de ces commentaires. Ned venait d'une ville voisine et ne forgeait ses opinions qu'en fonction des rumeurs.

— D'abord, je ne pense pas que ma sœur se soit enfuie. Ça ne lui ressemble pas. Ensuite, Tawny-Lynn a failli mourir elle-même dans l'accident de bus. Elle était inconsciente et blessée quand les secours l'ont trouvée. Le choc qu'elle a reçu à la tête l'a rendue amnésique.

— Et l'accident ? Le shérif de l'époque n'a rien trouvé de suspect ?

— Il y avait des traces de pneus d'un autre véhicule sur la chaussée, mais il a commencé à pleuvoir et ils n'ont pas pu faire de relevés.

— Pourquoi quelqu'un aurait-il voulu pousser le bus dans le ravin ?

— Bonne question. Le bus transportait plusieurs joueuses de l'équipe de softball. Il se peut que d'autres adolescents aient suivi de trop près…

— Vous voulez dire, des concurrents d'une autre équipe ?

— Je ne crois pas. Le shérif Simmons a enquêté sur chacune des filles, mais aucune d'elles n'avait d'ennemis. Non, je pensais peut-être à un petit ami jaloux… Mais en fait, je pense qu'il s'agit d'autre chose.

— Quelle est votre théorie ?

— Je ne sais pas trop. Deux jeunes filles ont disparu à Sunset Mesa avant cet accident et n'ont jamais été retrouvées. Certaines personnes ont pensé à l'œuvre d'un ravisseur en série. Il est possible que le même homme ait repéré les filles de l'équipe, provoqué l'accident, et enlevé Ruth et Peyton.

— Vous avez un profil du ravisseur ?

— Non, ce n'est qu'une théorie.

— Mais vous pensez que Tawny-Lynn Boulder aurait pu le voir ?

— Certaines personnes le pensent, oui. Comme je l'ai dit, elle était inconsciente quand les secouristes l'ont trouvée.

Mais elle est parvenue à s'extraire du bus avant qu'il ne prenne feu. Etant donné qu'elle avait des côtes cassées, une jambe fracturée et une commotion cérébrale, il est peu probable qu'elle ait marché.

— Ce qui veut dire que quelqu'un l'aurait mise en sécurité. Mais, s'il s'agit du ravisseur, pourquoi ne l'a-t-il pas emmenée elle aussi ?

— Il était peut-être fixé sur Ruth ou Peyton. Et puis, Tawny-Lynn était blessée. Mais parlons plutôt du présent. Quelqu'un a laissé des messages de menace à White Forks. J'ai prélevé des échantillons et réussi à isoler quelques empreintes. Appelle le coursier pour les porter au labo.

— Je m'en occupe.

Les deux équipes étaient à égalité. La neuvième et dernière manche allait prendre fin. L'instant était décisif.

Si elle ne frappait pas cette balle, c'était perdu pour les Cats. Ses équipières et la foule scandaient son nom.

La lanceuse lui envoya une balle courbe, et elle vit le moment de la défaite arriver.

Elle avait mal au ventre, elle ne trouvait pas son équilibre. Jamais elle ne parviendrait à marquer.

Une seconde plus tard, le métal de la batte entrait en contact avec la balle, l'envoyant voler.

Elle s'élança tandis que la balle filait au-delà des limites du terrain. Peyton, qui était en seconde base, entama une course effrénée pour faire le tour de toutes les bases dans le temps imparti.

Tawny-Lynn se sentit pousser des ailes et piqua un sprint, arrivant presque en même temps que sa sœur sur le marbre.

Son home run venait de faire gagner les Cats.

Les filles se précipitèrent vers elle pour l'acclamer. Le coach lui donna une petite tape sur l'épaule.

— Félicitation, Tawny-Lynn. Tu es notre héroïne du jour.

Elle avait toujours un immense sourire aux lèvres en se dirigeant vers le bus, son sac de sport à la main.

— Je dois passer à la banque, déclara le coach Wake. Retrouvons-nous à la pizzeria pour fêter ça.

Il l'abandonna au pied du bus et se dirigea vers sa voiture garée non loin de là.

Tawny-Lynn s'assit toute seule du côté gauche du car, contre la vitre, tandis que Peyton prenait place de l'autre côté de la travée, à côté de Ruth. Aussitôt, les deux amies se mirent à chuchoter et à glousser.

Peyton passait son temps à flirter avec tous les garçons, et Ruth s'intéressait à quelqu'un, mais elles refusaient de mettre Tawny-Lynn dans la confidence.

Pour passer le temps, Tawny-Lynn regarda le paysage défiler par la vitre. Chargé de nuages menaçants, le ciel s'obscurcissait rapidement, et un vent violent agitait les arbres qui bordaient la route.

Derrière le bus, une voiture venait d'allumer ses phares. Tout à coup, un éclair zébra le ciel, suivi par un roulement de tonnerre, et une pluie torrentielle s'abattit sur les vitres.

La voiture qui les suivait les emboutit. Le chauffeur cria quelque chose, puis les pneus crissèrent et le bus se mit à tanguer...

Un moment plus tard, Tawny-Lynn se réveilla. Il faisait noir et elle avait atrocement mal dans la poitrine et à la jambe.

Elle ne pouvait pas bouger, et il régnait autour d'elle un étrange silence.

Puis elle sentit des mains qui la soulevaient, entendit une voix.

Elle essaya d'ouvrir les yeux, et finit par distinguer la silhouette d'un homme.

Qui était-il ? Elle avait beau essayer de se concentrer sur son visage, tout était trouble autour d'elle.

Tawny-Lynn se réveilla en sursaut, la respiration altérée. Son rêve était tellement réel…

Enfin, elle se rappelait quelque chose.

Elle avait entendu une voix, vu un visage. Etait-ce celui d'un homme, d'une femme ? Le visage de Peyton, peut-être ?

Si seulement elle savait de qui il s'agissait !

De retour chez lui, Chaz ouvrit une canette de bière glacée, l'esprit toujours obsédé par Tawny-Lynn. Etait-elle en train de dormir, en ce moment ? Ou bien était-elle éveillée, redoutant que la personne qui avait laissé ces messages ne revienne mettre sa menace à exécution ?

Ses épaules étaient nouées de tension. Il aurait voulu retourner à White Forks pour s'assurer qu'elle allait bien… et la prendre dans ses bras.

Bon sang, non ! Tawny-Lynn était la dernière femme sur terre dont il fallait qu'il s'éprenne. La vie serait tellement plus simple si elle se dépêchait de nettoyer la maison, d'accrocher un panneau « à vendre » dans le jardin, et de quitter la ville pour ne jamais y revenir !

Ainsi, il n'aurait pas à l'imaginer seule dans ce ranch désert et quasiment en ruine.

N'importe qui pouvait venir y rôder et l'attaquer par surprise. D'autant que ce n'étaient pas les ennemis qui lui manquaient.

Les personnes qui avaient perdu des membres de leur famille dans l'accident lui en voulaient de ne pas leur permettre de tourner la page en identifiant celui ou celle qui avait heurté le bus. Leurs proches, le coach Wake et la moitié de la ville avaient été interrogés en tant que suspects potentiels et reprochaient à Tawny-Lynn de les avoir placés dans une situation humiliante et préjudiciable pour leur réputation, alors qu'elle aurait pu les innocenter.

Le coach Wake s'était littéralement effondré en larmes à l'annonce de l'accident. La culpabilité le rongeait, et il ne cessait de répéter que, s'il avait été avec les filles dans le bus, il aurait peut-être pu faire quelque chose pour les sauver. Mais il avait pris sa voiture, emprunté une route secondaire, et fait un arrêt à la banque.

Chaz termina sa bière et se dirigea vers son bureau. Le chalet n'était pas très grand, mais il s'était aménagé une pièce de travail dans la seconde chambre. Il y avait accroché un gigantesque tableau blanc qui lui servait à afficher tout ce qu'il avait pu collecter sur les disparues de Sunset Mesa et Camden Crossing.

Une nouvelle fois, il étudia les photos que son prédécesseur, le shérif Harold Simmons, avait prises de l'accident. Le bus n'était plus qu'un tas de ferraille informe et partiellement calciné.

Keith Plummer, un artisan local, était arrivé le premier sur les lieux et avait prévenu les secours. D'après son témoignage, il avait d'abord vu la fumée, et compris que le bus avait basculé dans le ravin. Il avait dévalé la pente pour essayer de sauver les passagers coincés à l'intérieur mais, le temps qu'il arrive en bas, le bus avait explosé. Il avait repéré Tawny-Lynn, qui gisait quelques mètres plus loin, mais il n'y avait personne avec elle.

Etant donné que Plummer avait un casier, et qu'il avait travaillé à Sunset Mesa au moment des enlèvements, le shérif s'était intéressé de près à son témoignage. Plummer aurait pu causer l'accident, mentir sur l'horaire, et mettre Tawny-Lynn en sécurité. Mais qu'aurait-il fait de Peyton et Ruth ?

Un autre cliché montrait Tawny-Lynn inconsciente sur un brancard, la jambe tordue, du sang sur le visage et sur les mains. Elle était livide et semblait si fragile que c'était à se demander comment elle avait survécu.

Evacuant les émotions qu'il se refusait à éprouver pour elle, Chaz étudia la liste des suspects que le shérif Simmons avait établie. Plummer y figurait, bien sûr, mais les soupçons s'étaient également portés sur Barry Dothan, un jeune homme souffrant d'un léger handicap mental qui affectait ses capacités d'apprentissage et son comportement. Dothan aimait regarder les adolescentes de l'équipe de natation et de softball et les prendre en photo, mais sa mère affirmait qu'il était inoffensif.

Des clichés de Ruth et Peyton punaisés sur le tableau en liège au-dessus de son lit étaient les seules preuves incriminant le jeune homme. Quelques lycéennes avaient affirmé ne pas se sentir à l'aise en sa présence, mais aucune d'elles ne l'avait accusé d'avoir eu un comportement déplacé.

Frustré d'en être toujours au point mort sept ans après les faits, Chaz reporta son attention sur les deux filles qui avait disparu à Sunset Mesa l'année précédente, presque à la même période de l'année.

Avery Portland était une élève populaire. Chef de classe, elle faisait partie de la troupe de danse du lycée, et travaillait pendant les vacances chez un glacier.

Melanie Hoit était pom-pom girl et rêvait de devenir mannequin. Certaines de ses camarades la décrivaient comme la fille à qui toutes les autres voulaient ressembler. D'autres la trouvaient snob.

Aucune des deux n'avait été retrouvée. Il n'y avait pas eu de demande de rançon, et toutes les personnes interrogées avaient des alibis.

Chaz se renversa dans son fauteuil à dossier inclinable et laissa de nouveau son esprit vagabonder vers Tawny-Lynn.

Elle seule était capable de faire toute la lumière sur l'accident et d'apporter aux personnes concernées la réponse qu'ils attendaient tellement. Dans ce genre de situation, qu'y avait-il de plus atroce que de ne pas savoir ?

Il comprenait l'angoisse et la frustration de ses propres parents et de ceux des victimes. Mais pourquoi vouloir s'en prendre à Tawny-Lynn ? Si elle disparaissait, jamais on ne saurait ce qui s'était vraiment passé ce jour-là.

La réponse le frappa de plein fouet.

Seul le coupable avait intérêt à ce qu'elle ne retrouve jamais la mémoire.

Il surveillait la maison où dormait Tawny-Lynn.
Les images des filles mortes le tourmentaient. Il n'avait

pas l'intention de toutes les tuer. Il les aimait trop pour leur faire du mal.

Mais la situation lui avait échappé. Puis tout était allé de mal en pis.

Son estomac se noua au souvenir des cris de ces pauvres filles dans les flammes. Cela avait été horrible. Il en faisait des cauchemars toutes les nuits. Jamais il n'avait eu l'intention d'infliger de telles souffrances.

Son pouls s'accéléra en repensant à la panique qui s'était emparée de lui quand le bus avait explosé.

Ah, sa belle et douce Peyton. Si facile à aimer.

Et Ruth... Il avait tellement eu envie d'elle...

Encore quelques mois, et Tawny-Lynn ne l'aurait probablement pas laissé indifférent non plus.

En tout cas, elle lui plaisait beaucoup aujourd'hui.

Avec ses cheveux blonds et sa silhouette athlétique, elle était devenue jolie, finalement.

Dommage qu'elle doive mourir.

7

Tawny-Lynn ne parvenait pas à se rendormir. En fait, elle n'était pas certaine d'en avoir envie si c'était pour revivre le même vieux cauchemar.

Si seulement elle pouvait se rappeler le visage de la personne qui l'avait secourue !

Elle se leva, fit un passage express dans la salle de bains, enfila un jean et un T-shirt et noua ses cheveux en queue-de-cheval. Le ménage l'attendait.

Mais avant de s'y attaquer, elle avait besoin d'un café. Et maintenant que la cuisine était propre, il fallait qu'elle fasse le plein de nourriture pour tenir le temps qu'elle fasse les réparations nécessaires.

Elle attrapa son téléphone portable et son sac et dévala les marches d'un pas dansant, avant de se rappeler que sa voiture était chez le garagiste. Elle avait vu les clés du pick-up de son père quelque part. S'il fonctionnait toujours, elle le prendrait pour aller en ville.

Elle balaya le salon du regard, assommée par la tâche qui l'attendait, puis se rendit dans la cuisine et se souvint qu'elle avait déposé les clés dans le panier en osier avec les factures à payer.

Les clés à la main, elle se dirigea vers l'abri de fortune construit par son père. Le vieux pick-up était rongé par la rouille. Il toussa et cala quand elle essaya de le démarrer, comme s'il n'avait pas bougé du garage depuis des années.

Mais son père devait bien le conduire pour aller acheter son alcool et transporter toutes les vieilleries qu'il collectionnait.

Après trois tentatives, la batterie réagit enfin et elle sortit en marche arrière du garage. La suspension était fichue, et la traversée du chemin fut un calvaire pour son dos.

A l'intersection avec la route principale, elle bifurqua vers la ville. En passant devant le lycée, elle ralentit pour regarder les adolescents qui commençaient à arriver. Des élèves étaient déjà rassemblés sur le parking, traînant un peu avant d'aller en cours comme le faisaient autrefois Ruth et Peyton. La saison de softball était presque terminée, et une banderole félicitait l'équipe d'être arrivée jusqu'aux championnats nationaux. Le coach Wake devait être aux anges.

Elle continua sa route, dépassa le parc municipal et se gara non loin de la brasserie, avec l'envie désespérée d'un café. Des nuages assombrissaient le ciel, annonciateurs de pluie, et elle enfila sa veste en jean avant d'emprunter le trottoir sur quelques mètres.

Une appétissante odeur de bacon l'enveloppa quand elle poussa la porte et son estomac grommela, lui rappelant qu'elle n'avait rien mangé depuis une éternité.

Elle observa la salle, cherchant une table libre, et se rendit compte que l'atmosphère se modifiait. Les voix se firent moins fortes, les rires moururent, quelques chuchotements se propagèrent à travers la brasserie.

Et soudain, Chaz apparut, avec cette silhouette puissante et rassurante qu'elle croyait n'exister que dans les romans, tellement sexy qu'elle eut soudain follement envie de lui.

— Bonjour, Tawny-Lynn.

Elle n'était pas certaine que la journée soit si bonne que ça.

— Je devrais peut-être m'en aller…

Il secoua la tête.

— Non, assieds-toi et déjeune avec moi.

Savait-il à quoi il s'exposait ?

— Je ne suis pas sûre que ce soit une bonne idée.

Il la prit par le bras et la poussa vers une alcôve.

— Eh bien, moi, si.

Une émotion qu'elle ne parvint pas à définir l'envahit. Personne n'avait pris sa défense depuis longtemps.

Elle se laissa tomber sur la banquette, déjà fatiguée alors que la journée n'avait même pas commencé.

Chaz fit signe à une serveuse qui s'empressa d'accourir. La cinquantaine, les cheveux teints en roux et relevés en un volumineux chignon, elle était exagérément maquillée, et portait d'immenses anneaux aux oreilles.

— Bonjour, shérif.

Elle jeta un coup d'œil étonné à Tawny-Lynn.

— Bonjour, ma belle, vous êtes nouvelle en ville ?

Tawny-Lynn tritura sa serviette en papier, tout en déchiffrant le nom de la serveuse sur son badge, Hilda.

— Pas vraiment. J'ai vécu ici. Je suis Tawny-Lynn Boulder.

— Oh ! mais oui, mon chou. J'ai entendu dire que vous étiez de retour. Je suis tellement désolée pour votre papa. Il venait régulièrement prendre un café.

Après ce bref échange, Hilda prit leur commande et se dirigea vers la table voisine.

— Tu as réussi à dormir ? demanda Chaz.

— Un peu. Mais j'ai rêvé de l'accident.

Il la regardait, son intérêt piqué, mais il ne la pressa pas de questions.

— Tu en rêves souvent ?

— Presque tout le temps.

Elle glissa derrière son oreille une mèche de cheveux qui s'était échappée de sa queue-de-cheval. Elle n'avait jamais eu connaissance de la théorie des autorités, et ne savait pas non plus s'il y avait eu des suspects. Le shérif de l'époque s'attendait à ce qu'elle ait toutes les réponses, et n'avait pas jugé utile de l'informer du déroulement de l'enquête.

— Comment se fait-il que la voiture qui a heurté le bus n'ait jamais été retrouvée ? demanda-t-elle.

— Un échantillon de peinture a été prélevé, mais il s'est perdu dans le chaos qui a suivi.

Menaces à Camden Crossing

Un silence tendu s'installa tandis qu'Hilda déposait leur commande devant eux, puis Chaz reprit la parole.

— Il n'y a pas eu d'autres problèmes, la nuit dernière ?

— Non, heureusement.

— Comment es-tu venue en ville ? demanda-t-il entre deux gorgées de café.

— Avec le pick-up de mon père. Il est vieux, mais il rend encore des services. Je suppose que je vais devoir le vendre aussi…

Elle sentit tout à coup une présence à côté d'elle, et leva les yeux sur le coach Wake qui s'était arrêté à leur table.

— Tawny-Lynn, je suis sincèrement désolé pour ton père. Tu as l'intention de relancer l'activité du ranch ?

L'estomac de Tawny-Lynn se noua. Elle avait autrefois aimé le softball plus que tout au monde. Leur entraîneur était son idole, ainsi que celle de Ruth et Peyton. Aujourd'hui, il lui rappelait le pire jour de sa vie, et elle ne supportait plus de regarder un match.

— Non, je ne vais pas rester, dit-elle. Cela fait des années que l'activité agricole a été abandonnée, de toute façon.

Le regard de Jim Wake faisait l'aller-retour entre Chaz et Tawny-Lynn, comme s'il essayait de disséquer leur relation.

— Alors, tu vas vendre ?

— Il faut d'abord que je fasse quelques travaux.

Wake se déplaça pour laisser passer quelqu'un.

— Si tu as besoin d'aide, Keith Plummer ne refuserait pas un peu de travail. Il a fait des réparations chez moi, et j'ai été très satisfait de ses services.

Sous la table, Tawny-Lynn réduisait en miettes sa serviette entre ses doigts.

— Merci pour le conseil.

Deux adolescentes passèrent en gloussant, et l'une d'elles, une petite blonde à l'air espiègle, interpella Wake.

— Hé, coach, je croyais que vous vouliez arrêter les plats en sauce de Donna.

Il se tapota l'estomac avec un sourire bon enfant.

— J'ai besoin de calories pour tenir le choc avec vous, les filles. On va faire des sprints cet après-midi.

Les adolescentes grommelèrent, puis la rousse, à l'apparence plus réservée, consulta sa montre.

— Il faut y aller. Nous allons manquer la première sonnerie.

Elles détalèrent et Wake soupira.

— Bon, je suppose qu'il faut que je retourne au travail. Nous avons un entraînement cet après-midi. Tu sais que nous sommes qualifiés pour le championnat national ?

— Oui, j'ai vu la banderole sur la façade du lycée, en venant en ville. Félicitations.

Le sourire de l'entraîneur s'élargit.

— Nous avons une bonne équipe. Mais je n'ai jamais retrouvé une lanceuse comme toi. Viens nous voir jouer, si tu veux. Tu pourrais montrer quelques trucs aux filles.

— Je ne pense pas que j'aurai le temps, mais c'est gentil de me le proposer.

— Comme tu voudras.

Wake prit congé et se dirigea vers la porte. Il fut intercepté par deux femmes qui voulaient bavarder avec lui.

— Ça va ? demanda Chaz, alarmé par la pâleur de Tawny-Lynn.

— Mouais… mais le revoir me rappelle…

— Peyton et l'accident.

Elle hocha la tête, les yeux brillants de larmes.

Triste pour elle, Chaz se demandait ce qu'il pourrait dire pour la réconforter quand un jeune homme blond, vêtu d'un jean et d'une chemise de flanelle à carreaux, s'arrêta à leur hauteur.

— Bonjour, shérif, j'ai eu votre message.

Chaz serra la main du nouveau venu.

— Bonjour, Jimmy. Je vous présente Tawny-Lynn — la personne dont je vous ai parlé, et qui a besoin de nouvelles serrures.

Le regard rieur, l'homme toucha le rebord de son chapeau pour la saluer. Dans le genre cow-boy au visage buriné et aux manières bourrues, il était assez séduisant.

— Bonjour, mam'zelle, dit-il avec un accent traînant typiquement texan. Je suis Jimmy James, le propriétaire de la serrurerie. Je peux venir vous poser les serrures aujourd'hui.

— Merci. Je dois passer à l'épicerie, avant de retourner au ranch.

Il lui tendit une carte de visite.

— Appelez-moi quand vous serez chez vous. Je viendrai aussitôt.

Chez elle ? Il y avait bien longtemps que White Forks n'était plus chez elle. Mais elle ne protesta pas et prit la carte du serrurier. Puis, sur l'insistance de Chaz, elle le laissa payer la note.

Il l'accompagna jusqu'au pick-up de son père.

— Je ne sais pas si tu devrais faire appel à Keith Plummer, remarqua-t-il tandis qu'elle cherchait ses clés. Il y a quelque chose qui ne me plaît pas chez ce type.

— Quoi ?

Il haussa les épaules.

— Je n'en sais rien. Mais il a été interrogé après la disparition de Ruth et Peyton.

Tawny-Lynn releva brusquement la tête.

— Tu veux dire qu'il était suspecté ?

— Disons qu'il avait retenu l'intérêt des autorités.

— Quelqu'un d'autre a été suspecté ?

— Barry Dothan. Tu te souviens de lui ? Il est handicapé mentalement, et il a à peu près mon âge.

— Je le voyais quelquefois en ville. Il était bizarre et venait nous regarder jouer sur le terrain.

— Le shérif Simmons a trouvé des photos des filles de l'équipe dans sa chambre. Mais sa mère a affirmé qu'il était à la maison le jour de l'accident.

— Tu crois qu'elle aurait pu mentir pour le protéger ?

— Difficile à dire.

— Je ne pense pas qu'il ait pu faire du mal à qui que ce soit.

— Peut-être pas intentionnellement. Mais il a pu perdre les pédales. Admettons qu'il ait découvert Peyton et Ruth blessées et qu'il ait pris peur. Il y avait des pierres partout. Il aurait pu s'en servir contre elles.

— Mais qu'aurait-il fait des corps ? Il n'est certainement pas assez intelligent pour les avoir cachés.

— C'est pour cela que le shérif l'a laissé en liberté.

Chaz lui ouvrit sa portière.

— Je te dis ça pour que tu fasses attention à lui, ainsi qu'à Plummer. Si l'un des deux a quelque chose à voir avec la disparition de Ruth et Peyton, il pourrait redouter que la mémoire te revienne.

Tawny-Lynn hocha la tête. Mais elle n'avait pas l'intention de fuir comme l'espérait la personne qui avait écrit les messages de menace.

Si Plummer ou Barry Dothan savait quelque chose, elle le découvrirait.

Elle avait besoin de connaître la vérité pour passer à autre chose.

8

Tawny-Lynn se gara sur le parking de la supérette. Elle aurait dû penser à acheter de la nourriture la veille, mais elle était obsédée par le désordre et la saleté, et n'avait que le ménage en tête.

Elle prit un chariot et entra dans le magasin, se rappelant que, même si elle adorait cuisiner, elle n'aurait pas le temps de concocter des petits plats, et n'avait de toute façon pas l'intention d'inviter qui que ce soit.

La plupart de ses journées seraient occupées à ranger et nettoyer la maison, et à travailler dans le jardin. Elle n'avait pas l'intention de s'attarder à White Forks plus qu'il n'était nécessaire. Une semaine peut-être… Dix jours, éventuellement, mais pas plus.

Une fois qu'elle aurait mis le ranch en vente, elle retournerait à Austin et laisserait l'agent immobilier faire le reste.

Elle prit du café, du sucre, des œufs, du lait, des céréales, du pain de mie et du fromage sous vide, ajouta quelques conserves et sachets de soupe lyophilisée.

Le magasin était presque vide mais, au détour d'un rayon, elle a failli emboutir le chariot plein à craquer d'une vieille dame. Un homme aux cheveux gris, qu'elle supposa être son mari, s'approcha avec un filet d'oranges, qu'il ajouta à ses autres achats.

En la découvrant, il écarquilla les yeux.

— Tawny-Lynn, c'est bien toi ?

Elle crispa les doigts autour de la barre du chariot.

— Shérif Simmons ?

Il rit doucement en secouant la tête.

— Je ne suis plus shérif. Ça fait un moment que j'ai pris ma retraite. Chaz Camden m'a remplacé.

— Je sais. Je l'ai rencontré.

Rose Simmons l'observa par-dessus la monture métallique de ses lunettes.

— Je suis désolée pour votre papa, ma chère enfant.

— Merci.

Les gens la jugeaient probablement pour avoir refusé d'honorer sa mémoire par un service religieux.

— Qu'es-tu devenue ? demanda Harold Simmons.

— J'ai monté un bureau de paysagiste à Austin. Je suis revenue pour mettre le ranch en vente.

Le vieil homme lui pressa le bras.

— Je suis désolé de ne jamais avoir découvert ce qui était arrivé à Peyton et à Ruth. Cette affaire me hante encore aujourd'hui.

— Je sais que vous avez fait de votre mieux, dit-elle, d'une voix enrouée par l'émotion.

— Avez-vous retrouvé la mémoire depuis ? demanda Rose.

— Non. Je crois que le médecin se trompait en disant que ça pourrait revenir, ou qu'il mentait pour me réconforter.

De plus en plus mal à l'aise, Tawny-Lynn manœuvra son chariot pour faire demi-tour.

— Eh bien, ça m'a fait plaisir de vous revoir, mais il faut que je retourne au ranch.

Au moins, ils s'étaient montrés cordiaux, songea-t-elle, en s'arrêtant devant les étals pour choisir quelques fruits. La dernière fois qu'elle avait parlé à l'ancien shérif remontait à son retour au ranch après sa sortie de l'hôpital. Les habitants de Camden Crossing lui faisaient subir une très forte pression pour retrouver Ruth et Peyton, et il l'avait interrogée comme si elle avait elle-même causé l'accident.

Elle passa en caisse, sortit, et chargea sa voiture. Lorsqu'elle referma le coffre, une curieuse sensation l'envahit.

Elle avait l'impression que quelqu'un l'observait.

Elle regarda autour d'elle, scrutant les places de stationnement et les abords du magasin, mais ne vit personne de suspect. Une mère avec son bébé dans une poussette, une famille s'engouffrant dans un monospace, un vieil homme qui avançait tant bien que mal en s'appuyant sur sa canne...

Elle était en train de devenir paranoïaque.

Cependant, elle resta aux aguets tandis qu'elle traversait la ville et prenait la route empruntée par le bus.

Son visage et ses mains étaient couverts de sueur lorsqu'elle se gara sur le bas-côté, juste avant le virage fatidique. Elle était revenue deux fois sur les lieux au cours de l'année qui avait suivi l'accident, espérant que quelque chose ranimerait sa mémoire.

Les deux fois, elle avait souffert d'une telle crise de panique qu'elle s'était évanouie.

Mais cela n'arriverait pas aujourd'hui. Elle avait l'intention de tenir bon.

Longeant le ravin, elle constata que le rail de sécurité avait été remplacé par un garde-fou plus solide et plus haut. Il n'empêche que la hauteur était toujours aussi vertigineuse.

Elle fixa le rocher en contrebas et une image du bus en train de basculer traversa son esprit. Etait-ce un souvenir, ou un effet de son imagination dû aux photos qu'elle avait vues après coup ?

Un cri retentit dans sa tête, et elle ferma les yeux pour mieux se replonger dans le passé.

La victoire, la promesse d'aller manger une pizza pour fêter l'événement, Ruth et Peyton qui parlaient d'un garçon avec des mines de conspirateurs...

S'était-elle retournée pour voir ce qui avait heurté le bus ?

Non. Elle n'avait pas eu le temps. Le bus s'était mis à zigzaguer... Des cris, un frottement de métal contre du métal, du verre brisé, du sang, puis une plongée brutale. Elle glissait, essayait de se rattraper à quelque chose pour éviter de passer à travers la vitre...

Ensuite était venue la douleur. Elle ne pouvait plus bouger. Il faisait noir. Puis des mains l'avaient touchée, une voix basse et comme déformée lui avait dit qu'elle allait s'en sortir.

La fraîcheur de l'air lui avait fait un choc. Elle avait essayé d'inspirer profondément et avait senti une terrible douleur dans la poitrine. Quand elle avait ouvert les yeux, le visage était noir, invisible. Comme s'il était caché par un masque.

Non, pas un masque. Il n'y avait pas de visage.

Elle ouvrit les yeux, revenant au présent.

Pourquoi ne parvenait-elle pas à voir le visage ?

De frustration, elle donna un coup de pied dans un caillou, et le regarda dévaler la pente.

Soudain, elle eut de nouveau l'étrange pressentiment d'être observée.

Encore cette paranoïa.

Mais quand elle regarda par-dessus son épaule, une ombre bougea, des feuilles s'agitèrent, et elle entendit le craquement d'une branche.

Cette fois, ce n'était pas son imagination. Un homme se dissimulait dans les bosquets.

Mais pas n'importe quel homme : Barry Dothan.

Et il la prenait en photo.

Chaz se gara devant l'antenne de police de Sunset Mesa. Il avait téléphoné avant, et le nouveau shérif, Amanda Blair, avait accepté de le rencontrer.

Lorsqu'il entra, il sentit l'odeur du café en train de passer, et découvrit une jeune femme d'une trentaine d'années qui triait des documents sur une petite table métallique accolée au mur derrière le guichet d'accueil. Elle n'était pas très grande, mais avait une silhouette athlétique et, quand elle se retourna, il nota l'étincelle déterminée dans ses yeux.

Il porta la main à son chapeau.

— J'ai rendez-vous avec le shérif.

Elle lui sourit.

— C'est moi.
Elle lui tendit la main.
— Amanda Blair.
Sa poignée de main était ferme et franche.
— Et ne me dites pas que j'ai l'air trop jeune pour le poste. Mon père appartenait à la division de police des Texas Rangers. J'ai commencé à résoudre des crimes alors que je portais encore des couches-culottes.
Il gloussa poliment.
— Shérif Chaz Camden. Merci d'avoir accepté de me rencontrer. Et je ne me serais permis aucun commentaire sur votre âge.
Elle lui lança un regard dubitatif, avant de lui proposer un café. Il hocha la tête pour accepter, prit le mug qu'elle lui tendait, et la suivit dans son bureau.
— Que puis-je faire pour vous, Chaz ?
Son côté direct lui plut, et il cala sa longue silhouette dans le fauteuil de bois qui faisait face au bureau.
— Je ne sais pas si votre ancien shérif vous a transmis des informations sur les affaires non résolues communes à nos deux comtés ?
— Non, mais il est vrai qu'il avait des problèmes de mémoire. Le maire a fait preuve de beaucoup de compréhension, mais il a finalement dû se résoudre à lui demander de démissionner.
— Je suis désolé pour lui.
Chaz posa sur le bureau le dossier qu'il avait apporté.
— Il y a quelques années, deux filles de Sunset Mesa ont disparu. Peu après, un bus transportant des joueuses de l'équipe de softball de Camden Crossing s'est écrasé dans un ravin. Il n'y a eu qu'une seule survivante, mais deux autres filles, dont ma sœur Ruth, ont disparu. Nous ne savons toujours pas aujourd'hui ce qui leur est arrivé.
— Je suis au courant, affirma Amanda Blair. J'ai mis un point d'honneur à me familiariser avec les vieux dossiers quand j'ai pris le poste. Et puis, j'ai grandi par ici, et je me

rappelais combien la population avait été choquée quand les filles ont disparu.

Elle saisit un dossier posé sur le coin de son bureau.

— C'est tout ce que j'ai pu retrouver dans les archives, concernant les disparues dans notre secteur.

Tournant la chemise vers lui, elle l'ouvrit pour qu'il puisse lire son contenu.

— Avery Portland avait quinze ans et demi. Ses parents l'ont déposée à son école de danse. D'après son petit ami, elle s'était comportée bizarrement toute la soirée. Elle a provoqué une dispute et elle est sortie précipitamment. Il l'a cherchée, mais elle avait disparu.

— On a vérifié l'alibi du petit ami.

Amanda Blair haussa les épaules.

— Ses amis ont confirmé sa version.

— Et l'autre fille ?

— Melanie Hoit, seize ans. Elle a disparu un samedi soir dans une galerie marchande à Amarillo, où elle devait retrouver ses amies. Les caméras de sécurité n'ont rien montré. D'après ses parents, tout le monde l'aimait.

— Ni l'une ni l'autre n'avaient eu d'ennuis ?

— Non. Aucune arrestation. D'excellentes élèves. Pas de problèmes de comportement.

— Elles étaient amies ?

— Depuis la maternelle.

Comme Ruth et Peyton.

— Pas de demande de rançon, précisa encore Amanda Blair. Pas d'appel des filles. Aucune piste.

— Ça ressemble beaucoup à ce qui s'est passé à Camden Crossing.

— Sauf l'accident de bus. De plus, Avery et Melanie n'ont pas disparu en même temps.

— C'est vrai. Mais selon une des théories, le ravisseur aurait été obsédé par l'une d'elles et se serait vu contraint d'emmener les deux après l'accident.

— Il a pourtant laissé une autre survivante, la sœur de Peyton.

— Oui. Tawny-Lynn Boulder. Mais elle avait une jambe cassée et elle était inconsciente.

— Comment a-t-il fait pour que les filles l'accompagnent ? Y avait-il des traces de lutte ?

Chaz grimaça.

— Il était difficile de dire ce qui s'était exactement passé. Il y avait des traces de pneus d'un autre véhicule, mais celui-ci n'a jamais été retrouvé.

— Et du sang, suite à une bagarre ? Si les filles se sont débattues, il devait y avoir des traces.

— Le feu a quasiment tout détruit, et la pluie a fait le reste.

— Et la survivante ? Elle n'a pu fournir aucun détail ?

— Le choc qu'elle a reçu à la tête l'a rendue amnésique.

Chaz sortit trois photos de son dossier.

— Ces trois autres jeunes femmes ont également disparu dans la région au cours des cinq dernières années.

— Vous pensez que toutes ces affaires ont un lien ?

— Pourquoi pas ? Les victimes ont plus ou moins le même âge, et elles ont toutes disparu au printemps, sans laisser de traces.

— Au printemps ? Cela pourrait être significatif.

Chaz hocha la tête.

— Et il faut peut-être s'attendre à ce qu'une autre fille disparaisse dans les jours à venir.

Tawny-Lynn s'immobilisa, frémissant d'inquiétude.

Barry Dothan lui avait paru inoffensif lorsqu'elle était au lycée. Maigre et de petite taille, il avait un discours très enfantin et affichait toujours une mine joviale. Aujourd'hui, il avait des bajoues, un ventre qui passait au-dessus de la ceinture de son pantalon crasseux, et des cheveux sales et taillés en tous sens, comme s'il les avait coupés lui-même.

Se rappelant que la police avait trouvé des photos de Peyton et Ruth dans sa chambre, elle s'alarma.

Allait-elle à son tour se retrouver sur son mur ?

Elle s'avança lentement vers les bosquets, déterminée à lui parler. Mais la panique lui fit écarquiller les yeux quand il la vit, et il essaya de s'enfuir.

— Barry, attends ! cria-t-elle.

Essoufflé, il prit appui contre un tronc en soufflant comme une forge.

— J'ai rien fait de mal, dit-il d'une voix geignarde.

— Bien sûr que non. Je voulais seulement te parler.

— J'ai rien fait du tout, marmonna-t-il de nouveau. J'aime bien prendre des photos, c'est tout.

Tawny-Lynn alla dans son sens pour l'apaiser.

— Et il n'y a rien de mal à faire des photos, tu as raison. Mais que fais-tu ici ?

Il se mit à secouer frénétiquement la tête, le regard fou.

— J'ai rien fait !

Puis il courut jusqu'à son vélo, abandonné un peu plus loin, et fila en pédalant de toutes ses forces.

Le cœur battant à se rompre, Tawny-Lynn regagna sa voiture et mit le contact.

Barry avait peut-être développé une obsession pour sa sœur ou Ruth, mais leur aurait-il fait du mal ?

Peut-être avait-il voulu les aider ce jour-là, mais l'une d'elles s'était débattue et les choses avaient mal tourné…

En tout cas, Chaz avait raison. Il n'avait ni l'intelligence ni le contrôle émotionnel pour cacher un corps ou garder le silence pendant toutes ces années.

Cependant, la façon dont il avait protesté l'incitait à croire qu'il en savait plus qu'il ne l'avait dit.

Et s'il s'était trouvé là le jour de l'accident et avait vu quelque chose ?

Tout en roulant, elle essaya de se représenter l'homme sans visage. Etait-ce Barry qui l'avait tirée des flammes ?

En colère contre son esprit qui refusait de lui livrer les réponses dont elle avait besoin, elle s'engagea dans le chemin menant à White Forks.

Elle se gara sous l'auvent, sortit deux sacs du coffre et se dirigea vers le porche.

Au bas des marches, elle se figea, et sentit son estomac se révulser.

Un autre message de sang avait été tracé sur la porte.

« Dernier avertissement. »

9

Chaz venait de quitter Sunset Mesa quand son téléphone sonna. Son estomac se noua lorsqu'il vit le numéro de Tawny-Lynn s'afficher à l'écran.
— Oui ?
— Chaz, ça m'ennuie de te déranger...
— Que se passe-t-il ?
— Il y a un autre message. Sur la porte d'entrée, cette fois.
Chaz jura entre ses dents.
— Ne touche à rien, et ne rentre pas dans la maison.
— Je suis retournée à la voiture.
— Bien. Je fais aussi vite que possible.
Il actionna la sirène et accéléra, le téléphone collé à l'oreille.
— Tu as vu quelqu'un en arrivant ?
— Non.
— Jimmy est venu changer les serrures ?
— Pas encore. Je l'attends d'une minute à l'autre.
— Bon, reste attentive. Si tu vois quelqu'un de bizarre, va-t'en immédiatement. N'essaie pas de l'affronter seule.
— Ne t'inquiète pas. Je ne suis pas suicidaire.
Chaz ralentit à peine pour s'engager sur la bretelle d'accès à l'autoroute.
— Je viens de m'entretenir avec le shérif de Sunset Mesa, au sujet des deux filles qui ont disparu la même année que Ruth et Peyton.
— Le shérif Simmons n'avait pas vérifié cette piste ?
— Si, mais il se trouve que le shérif de Sunset Mesa souf-

frait d'un Alzheimer précoce. J'ai pensé qu'un nouveau regard discernerait ce qui avait été négligé à l'époque.

— Et alors ?

— Rien pour le moment, mais je ne renonce pas.

Il laissa passer un instant de silence.

— Tu es sûre que ça va ?

— Oui, oui.

Il ne fut pas convaincu.

— Il s'est passé autre chose ?

Elle soupira.

— Je suis retournée sur le lieu de l'accident.

Il ne sut pas quoi dire. Tout le monde l'avait poussée à se rappeler, mais cette journée avait été traumatisante et douloureuse pour elle.

— Et ?

— Je me suis souvenu qu'une personne m'avait fait sortir du bus. Il y avait de la fumée partout, et une chaleur insoutenable.

Chaz retint son souffle, le cœur battant.

— Mais c'est tout, conclut Tawny-Lynn d'un ton dépité. Son visage était comme un trou noir.

Il ralentit à l'abord d'un virage et passa devant le lycée.

— Tu n'as peut-être pas vu son visage.

— Je ne sais pas. J'ai l'impression que si, mais c'est comme s'il y avait un écran qui me bloquait la vue.

— Tu étais blessée. C'est normal que ton esprit reste confus.

Elle s'éclaircit la gorge.

— Il y a autre chose.

Chaz se passa la main dans les cheveux, tandis que le ranch se profilait au loin.

— Quoi ?

— Tout à l'heure, quand j'étais sur le lieu de l'accident, j'ai eu l'impression que quelqu'un m'observait. Et quand j'ai tourné la tête, j'ai vu Barry Dothan qui se cachait dans les bosquets et prenait des photos de moi.

Chaz s'alarma.

— Il t'a agressée ?

— Non. Mais il était bizarre. J'ai essayé de lui parler, mais il ne faisait que crier qu'il n'avait rien fait de mal.

— Tu sais à quoi il faisait allusion ?

— Non, mais je pense qu'il était là au moment de l'accident. Soit il a fait quelque chose aux filles sans le vouloir, soit il a vu quelque chose.

— J'irai parler à sa mère.

Soulevant derrière lui un nuage de poussière, Chaz emprunta à vive allure le sentier menant au ranch, et se gara derrière le pick-up.

Tawny-Lynn ouvrit sa portière et le rejoignit, le visage pâle.

— Il faut que je fasse quelque chose pour arrêter ça, murmura-t-elle.

— Ce n'est pas ta faute, grogna Chaz entre ses dents.

Puis il fit ce qu'il avait envie de faire depuis qu'il avait découvert le premier message : il attira Tawny-Lynn contre lui et referma les bras autour d'elle.

Tawny-Lynn se blottit en tremblant contre Chaz. Depuis ce terrible accident, elle se sentait seule.

Persécutée, confuse, terrifiée, et dévorée de culpabilité.

Elle avait appris à vivre avec et à se débrouiller seule mais, pour un instant seulement, elle s'autorisa à savourer le réconfort que lui offraient les bras de Chaz.

— Tu ne mérites pas tout ce qui t'arrive, Tawny-Lynn.

Il lui caressait doucement le dos et la tension qui nouait douloureusement ses muscles commença à refluer. Elle percevait la chaleur des mains qui dessinaient de lents cercles entre ses omoplates, le torse qui se gonflait contre sa joue et retombait au rythme de sa respiration, la caresse du souffle à son oreille...

Finalement, elle leva les yeux vers lui.

— Je suis désolée, Chaz. Je n'aurais pas dû m'affoler comme ça.

Son regard s'assombrit de sympathie et d'autres émotions qui donnèrent à Tawny-Lynn l'envie de caresser sa joue.

D'embrasser ses lèvres...

Un muscle joua dans la mâchoire de Chaz, trahissant sa colère.

— Je te promets que je vais mettre un terme à tout ça.

Elle s'écarta et tenta de minimiser la menace.

— Ce n'est probablement que de l'intimidation.

— Peut-être. Mais je ne tolérerai pas ce genre de comportement tant que je représenterai la loi. Quand je trouverai celui qui a fait ça, il va le payer cher.

Tandis qu'elle croisait les bras, en éprouvant déjà un sentiment de manque après ce contact avec lui, un bruit de moteur se fit entendre, et une camionnette noire approcha.

— Voilà Jimmy, dit Chaz.

Levant la main pour saluer le serrurier, il ajouta à son intention :

— Nous avons un problème. Laissez-moi le temps de vérifier la maison, et vous pourrez vous mettre au travail.

Resté seul avec Tawny-Lynn, Jimmy bascula d'avant en arrière sur ses bottes de cow-boy.

— Désolé que vous ayez des ennuis, mam'zelle.

Tawny-Lynn grimaça un sourire poli. Jimmy avait probablement trente-cinq ans. Il portait un jean délavé et une chemisette kaki avec le nom de sa société brodé sur la poche. Son attitude était chaleureuse, comme à la brasserie, mais il y avait une lueur de séduction dans son regard qui la mettait mal à l'aise. Cependant, Chaz devait lui faire confiance, ou il n'aurait pas fait appel à lui.

— Vous n'avez pas grandi à Camden Crossing, n'est-ce pas ? demanda-t-elle.

— Non, je viens de Sunset Mesa. Mais ça fait un petit moment maintenant que je suis installé ici.

Chaz revint sur le perron et leur fit signe qu'ils pouvaient venir.

— Je vais faire des relevés et nettoyer ça, expliqua-t-il. Mais que ça ne vous empêche pas de commencer à travailler, Jimmy.

— Il vous faut un système de sécurité ?

Tawny-Lynn se rembrunit et secoua la tête.

— Je ne pense pas que la dépense en vaille la peine.

Chaz n'était pas du même avis.

— Posez des serrures de sécurité sur toutes les portes et vérifiez le verrouillage des fenêtres. Ensuite, vous installerez une caméra cachée, pointée sur le porche. Si ce type revient, nous le coincerons.

Tandis que Tawny-Lynn sortait ses courses du coffre de la voiture et les rangeait, Jimmy commença à travailler sur la porte de service, laissant à Chaz le temps d'œuvrer à l'avant de la maison. Quand elle eut terminé, Tawny-Lynn prépara du café pour les hommes et commença à s'attaquer au rangement du salon.

Mais, très vite, le souvenir de Barry Dothan sur les lieux de l'accident lui fit revoir ses plans et elle décida de commencer plutôt par la chambre de Peyton.

Les semaines précédant l'accident, sa sœur et Ruth chuchotaient à propos des garçons, partageant des secrets en gloussant. Chaque fois qu'elle avait essayé de s'immiscer dans la conversation, sa sœur l'avait envoyée promener avec rudesse.

Et si son petit ami savait quelque chose ?

Peut-être y avait-il des indices dans la chambre de Peyton à propos de son identité...

Chaz n'avait trouvé ni empreintes ni traces de pas. La personne qui laissait ces messages savait comment masquer son passage.

De qui pouvait-il s'agir ? Tant de personnes en voulaient à Tawny-Lynn ! Sans compter le responsable de l'accident, qui avait tout intérêt à ce qu'elle ne retrouve pas la mémoire.

Rongé d'inquiétude, il décrocha son téléphone portable de sa ceinture, chercha dans ses contacts le numéro du laboratoire de la police scientifique, et demanda à parler au chef de l'unité de recherches, le lieutenant Willis Ludlow.

— Que puis-je faire pour vous ? demanda le lieutenant Ludlow.

— Mon adjoint vous a fait porter des échantillons que j'ai relevés sur une scène de crime…

— Oui, attendez une minute que j'affiche les résultats.

Chaz entendit remuer des papiers et taper sur un clavier d'ordinateur.

— Bien, voilà… Le sang provient d'un animal.

— Quel genre ?

— Un cervidé. Votre type est peut-être un chasseur.

— Possible. En tout cas, c'est probablement un homme.

— Ou une femme avec un estomac bien accroché.

— Et les empreintes ?

— Celles de Boulder et de sa fille.

— Ça ne me surprend qu'à moitié. Ce type avance masqué. Mais je finirai bien par l'avoir.

Il espérait seulement y parvenir avant que ce malfaisant ne réussisse à mettre ses menaces à exécution.

Se rappelant tout à coup la conversation qu'il avait eue avec son père, il décida qu'il fallait tirer les choses au clair une fois pour toutes. Certes, son père n'avait aucune raison de redouter les révélations de Tawny-Lynn. D'ailleurs, il était persuadé qu'elle feignait d'être amnésique depuis le début. Mais il ne voulait pas d'elle à Camden Crossing, et la chasse aux cervidés était sa passion.

Ensuite, il interrogerait Barry Dothan à propos des photos.

Tawny-Lynn frissonna en entrant dans l'ancienne chambre de sa sœur. C'était comme si elle venait de faire un bond dans le passé.

Peyton avait toujours été la préférée de leur père parce qu'elle avait des goûts et un comportement plus féminins, et sa chambre reflétait sa personnalité. Toutefois, leurs relations s'étaient envenimées les derniers mois, les désaccords portant essentiellement sur la longueur des jupes de Peyton, son maquillage et les garçons. Le soir, Peyton se glissait en douce hors de la maison, et elle avait pris l'habitude de voler de l'alcool dans la maison.

Par deux fois, elle était rentrée tellement ivre qu'elle pouvait à peine marcher. Le lendemain, elles s'étaient disputées, et Tawny-Lynn l'avait suppliée d'arrêter ses frasques. Peyton avait hurlé qu'elle avait presque dix-huit ans, qu'elle était amoureuse, et qu'elle faisait ce qu'elle voulait.

Deux semaines plus tard, Peyton était rentrée au petit matin, en larmes, et avait refusé d'en parler. Tawny-Lynn avait pensé à un problème avec un garçon, jusqu'à ce qu'elle entende Peyton se disputer au téléphone avec Ruth. Mais Peyton n'avait jamais confié ce qui la perturbait, ni expliqué ce qui s'était passé entre elle et sa meilleure amie.

Tawny-Lynn se glissa sur la chaise de bureau et fouilla les tiroirs, y trouvant tout un fatras d'objets : cahiers à spirale avec de vieux problèmes d'algèbre ou des cours de sciences, tickets de cinéma, élastiques pour les cheveux et bons de retard en classe. Peyton avait toujours été une élève moyenne, mais elle était appréciée parce qu'elle était jolie et drôle. Il y avait également des photos de sa sœur et de Ruth et, glissé dans un agenda scolaire, un cliché de Peyton, elle et leur mère. Peyton devait avoir deux ans, et elle était bébé.

Essuyant une larme, Tawny-Lynn glissa la photo dans sa poche. Si leur mère avait vécu, leur vie aurait-elle été différente ? Leur père se serait-il tenu à l'écart de la bouteille ?

Le bureau n'ayant livré aucun indice, elle vérifia la table de chevet. Sa sœur tenait un journal, mais elle l'avait cherché après sa disparition et ne l'avait jamais trouvé. Dans le tiroir, sous un vieux poudrier et une brosse à cheveux, elle tomba sur une boîte de douze préservatifs. Elle l'ouvrit et constata qu'il en manquait la moitié. Elle savait que Peyton collectionnait les petits amis, mais ignorait qu'elle était active sexuellement.

Avec qui couchait-elle ?

Espérant trouver un indice sur le mystérieux amant, elle fouilla le placard, inspectant les boîtes à chaussures et les poches des vêtements. En vain.

Décidant d'en faire don aux œuvres de la paroisse, elle rassembla plusieurs sacs-poubelle et entreprit d'y entasser pulls, T-shirts et jeans. Repérant sur le dossier d'une chaise le gilet que Peyton mettait pour traîner à la maison, elle s'apprêtait à l'ajouter au reste quand un bout de papier plié tomba d'une poche. Elle déplia le message et le lut.

« Peyton chérie,
« Je t'en supplie, ne me quitte pas. Je t'aime, et tu m'as dit que tu m'aimais aussi. Appelle-moi ce soir.
« Bisou d'amour,

« J.J. »

Tawny-Lynn essaya de se rappeler le nom de famille de J.J. Les annuaires scolaires étaient dans la bibliothèque, rangés par années. Elle attrapa le dernier et y chercha les photos des classes de terminale.
J.J. McMullen.
Oui, Peyton était sortie avec lui autour de la période de Noël. Vivait-il toujours dans la région ?
Elle utilisa son Smartphone pour chercher son numéro, et trouva un James McMullen.
Une femme lui répondit.
— Allô ?
— Oui, bonjour, je cherche à joindre James McMullen.
— Il travaille. Qui êtes-vous ?
Les pleurs d'un bébé résonnèrent au loin.
— Où travaille-t-il ?
— A l'abattoir. Vous ne m'avez toujours pas dit votre nom.
Tawny-Lynn raccrocha précipitamment, en essayant de se représenter le garçon aux cheveux sombres qui sortait avec Peyton en train de débiter des carcasses d'animaux, mais l'image ne collait pas. Cependant, son père était propriétaire de l'abattoir et il avait dû finir par aller travailler avec lui.
Elle se remit à la tâche, fourrant le couvre-lit et les draps poussiéreux dans un sac, les cahiers et les papiers sans impor-

tance dans un autre, et entreprit de descendre le tout, en faisant plusieurs voyages. Elle chargea ensuite les sacs de vêtements sur le plateau du pick-up et, après avoir averti Jimmy qu'elle s'absentait un moment, prit la direction de la ville. Elle confia les vêtements à la secrétaire de l'association caritative locale, se fit la remarque que son visage lui disait quelque chose, mais ne prit pas le temps de se présenter.

Quelques minutes plus tard, elle se garait à proximité de l'abattoir et entrait dans le local réservé à la vente directe. Des vitrines réfrigérées présentaient une grande variété de pièces de bœuf, porc et poulet, tandis que des sauces et épices s'alignaient sur une étagère.

Un homme âgé et presque chauve se tenait derrière le comptoir.

— Monsieur McMullen ? demanda-t-elle.
— Que puis-je pour vous, jeune fille ?
— Je voudrais parler à J.J.

L'homme se rembrunit mais cria le nom de son fils. Quelques secondes plus tard, ce dernier apparaissait, enveloppé dans un tablier couvert de taches.

— Tawny-Lynn ? dit-il, en écarquillant les yeux.

Elle hocha la tête, sortit le message de sa poche et le lui tendit. Il fit le tour du comptoir et s'y appuya pour le lire.

— Tu es le dernier garçon à être sorti avec Peyton avant sa disparition, remarqua-t-elle.

Il leva vers elle un regard outré.

— Tu penses que j'ai quelque chose à voir avec ça ?
— Bien sûr que non, dit-elle, sans en être totalement convaincue. Mais, dans ton message, tu lui demandes de ne pas te quitter, et je voulais savoir ce qui s'était passé.

Il jeta un coup d'œil à son père, puis rendit le mot à Tawny-Lynn.

— Elle m'avait laissé tomber, voilà ce qui s'est passé. Elle avait trouvé quelqu'un d'autre.
— Elle a dit qui ?
— Non, mais j'ai eu l'impression qu'il s'agissait d'un type plus âgé. Elle disait que c'était compliqué, mais qu'il était

extraordinaire, et qu'un jour ils se marieraient. Quand elle a disparu, j'ai cru qu'elle s'était enfuie avec lui.

Tawny-Lynn avait entendu cette rumeur, mais le shérif n'avait trouvé aucune preuve pour étayer cette théorie. A présent, elle s'interrogeait. Si sa sœur voyait un homme plus âgé, peut-être était-il marié. Et comme elle avait fait part à J.J. de son intention de l'épouser, peut-être Peyton faisait-elle pression sur lui pour qu'il quitte sa femme.

Aurait-il éliminé Peyton pour garder leur liaison secrète ?

10

Chaz se gara devant la banque, s'y engouffra, et se dirigea tout droit vers le bureau de son père. La secrétaire lui barra la route.

— Il n'est pas là. Il est rentré chez lui pour déjeuner avec votre mère.

La nouvelle était surprenante. Mais cela signifiait sans doute que son père avait relevé une dépense imprévue en pointant leur compte et voulait avoir des explications. Gerome Camden, un obsédé du contrôle qui avait fait fortune en comptant chaque centime, imposait un budget très strict à sa femme et ne se permettait jamais aucune frivolité, en dehors du standing qu'il estimait nécessaire d'afficher pour impressionner ses concitoyens.

Bref, il était la radinerie incarnée, sauf en ce qui concernait Ruth. Non seulement il lui passait tout, mais encore il la gâtait outrageusement.

En longeant l'allée qui menait à la maison de ses parents, Chaz fit un signe de main au jardinier occupé à tailler la haie, puis il sonna à la porte, et entra sans attendre que l'employée de maison vienne lui ouvrir.

Traversant le hall, il se dirigea vers la salle à manger. En entendant les talons de ses bottes claquer sur le marbre poli, sa mère tourna la tête et lui sourit.

— Chaz, quelle surprise ! Je vais appeler Harriet pour lui demander d'ajouter une assiette.

Comme sa mère esquissait un mouvement pour se lever, il l'interrompit.

— Non merci, maman. Je ne suis pas venu déjeuner.

Traversant la pièce, il se pencha pour déposer un rapide baiser sur sa joue.

— Allons donc, bien sûr que tu vas déjeuner avec nous, tonna son père en entrant dans la pièce.

Chaz pivota sur ses talons. Il n'avait pas très envie d'aborder devant sa mère le sujet qui le préoccupait, mais si quelqu'un pouvait calmer son père — et l'empêcher de s'en prendre à Tawny-Lynn —, c'était bien elle. Si Gerome Camden s'occupait des finances, Barbara régnait sur la maison, et sa moralité était tout aussi irréprochable que ses manières.

— Que se passe-t-il ? demanda sa mère.

Chaz déposa le dossier qu'il avait apporté devant son père.

— Quand papa a appris que Tawny-Lynn Boulder était de retour en ville, il m'a rendu une petite visite et m'a ordonné de la chasser.

— Quoi ? s'exclama sa mère. Gerome, tu n'as pas fait ça ?

Le visage de son père n'exprima pas la moindre gêne.

— Nous avons suffisamment souffert à cause de cette fille, il y a sept ans. Je ne voulais pas qu'elle réveille de vieilles blessures.

— Tu réagis comme si elle était responsable de l'accident, dit Barbara d'un ton de reproche. Mais tu oublies qu'elle a perdu sa sœur, et qu'elle a passé une semaine à l'hôpital.

— C'est exact, renchérit Chaz, en extrayant de son dossier les photos des messages de menace. A son arrivée, elle a trouvé ça sur le miroir de sa chambre. Le soir même, quelqu'un a essayé de lui faire quitter la route. Puis il y a eu un second message.

— C'est du sang ? demanda sa mère d'un ton horrifié.

— Provenant d'un cervidé. Et aujourd'hui, lorsqu'elle est revenue du supermarché, il y avait ceci…

Sa mère poussa un petit cri et prit un verre d'eau, mais son père se contenta de hausser les épaules.

— Je t'avais dit que personne ne voulait d'elle ici.

— C'est toi qui as fait ça, papa ? Ou peut-être as-tu engagé quelqu'un pour le faire ?

Son père frappa du plat de la main sur la table, faisant tressauter l'argenterie.

— Comment oses-tu m'accuser d'une telle chose ? Regarde comme tu as perturbé ta mère.

Chaz se planta les poings sur les hanches.

— Tu ne m'as pas répondu.

— Chaz, tu ne peux pas croire..., essaya d'intervenir Barbara.

— Maman, je t'en prie, laisse-le parler.

Chaz s'adressa de nouveau à son père.

— Je sais que tu voulais que Tawny-Lynn s'en aille. C'est toi qui as imaginé cela pour lui faire peur ?

— Bien sûr que non ! Range immédiatement ces horribles photos et emporte-les.

— J'espère que tu dis la vérité, papa. Car si je découvre que tu as quelque chose à voir avec ça, je reviendrai.

Il murmura une excuse à sa mère et se dirigea vers le hall. Dans son dos, il entendit des glaçons tinter dans un verre, comme si son père se servait un scotch.

Tawny-Lynn se creusait la mémoire pour se rappeler les noms des autres amis de Peyton. Sa sœur avait une vie sociale très active. Elle avait présidé le comité du bal de promotion, travaillé sur l'annuaire de sa classe, et intégré la troupe de danse durant la saison de football. Cindy Miller, la capitaine des pom-pom girls, avait invité Peyton à dormir chez elle quelques semaines avant l'accident. Tawny-Lynn chercha ses coordonnées et l'appela.

— Allô ?

— Bonjour, pourrais-je parler à Cindy ?

— Elle n'habite plus ici. Elle a sa propre maison. Qui êtes-vous ?

Tawny-Lynn jugea plus prudent de ne pas révéler sa véritable identité.

— Je m'occupe du comité des anciens élèves du lycée. Nous avons eu un problème informatique qui a effacé une partie de nos fichiers.

— Oh ! Cindy ne raterait pour rien au monde une réunion du lycée. Elle a épousé Donny Parker. Ils vivent à l'extérieur de Camden Crossing, dans une des maisons au bord du lac. C'est Donny qui a développé le projet immobilier.

Dans ce cas, ils ne devaient pas avoir de difficultés financières, songea Tawny-Lynn, non sans une certaine amertume au regard de sa propre situation.

— C'est formidable. Pouvez-vous me donner leur numéro de téléphone et leur adresse ? Et si elle travaille, j'aimerais également le numéro.

— Oh, non, Cindy ne travaille pas. Elle reste à la maison pour s'occuper des jumeaux.

Tout en notant les éléments que lui communiquait Mme Miller, Tawny-Lynn leva les yeux au ciel. Cindy avait probablement une nounou et passait ses journées au tennis.

Elle mit fin à la conversation, et prit la direction du lac.

Le lotissement était récent, certaines parcelles étaient encore vides et la plupart des jardins demeuraient en friche. Des idées pour les aménager lui vinrent à l'esprit, mais elle les chassa aussitôt. Personne à Camden Crossing ne voudrait faire appel à ses services.

Elle dépassa une maison adossée aux bois, et se rendit compte que c'était l'adresse qu'elle cherchait. Bâtie sur pilotis, avec un toit plat et de grandes baies vitrées, la maison en cèdre rouge ressemblait à chalet, dans sa version moderne. Un luxueux cabriolet était garé sous un abri. Tawny-Lynn monta l'escalier menant à la porte d'entrée et sonna. Il y eut un grand vacarme à l'intérieur, suivi de cris d'enfants.

La porte s'ouvrit et deux petits garçons aux cheveux roux, d'environ quatre ans, levèrent vers elle leur frimousse barbouillée de crème au chocolat.

— Les garçons, je vous ai dit de ne pas ouvrir la porte !

Tawny-Lynn tomba des nues en voyant Cindy apparaître.

Peut-être était-ce dû à sa grossesse, mais elle avait pris au moins quinze kilos.

— Tawny-Lynn ? s'exclama-t-elle en ouvrant de grands yeux.

— Bonjour, Cindy. Je n'étais pas certaine que tu te souviendrais de moi.

— Comment pourrais-je oublier ?

— Tu permets que j'entre un instant pour discuter ?

De méfiante, l'expression de la jeune femme se fit franchement hostile.

— Je ne vois pas ce que tu pourrais avoir à me dire.

Les deux bambins qui commençaient à s'ennuyer disparurent dans la maison, et Tawny-Lynn les entendit courir en poussant des cris stridents.

— Je t'en prie, insista-t-elle, je ne suis ici que pour quelques jours, le temps de mettre le ranch de mon père en vente.

Cindy se mordilla la lèvre inférieure, tout en se dandinant d'un pied sur l'autre, avant de lui faire signe d'entrer.

— Tu as une très belle maison. Ta mère m'a dit que tu avais épousé Donny Parker...

Un éclair de nervosité passa dans les yeux de Cindy.

— Tu as parlé à ma mère ?

— J'essayais de retrouver les anciens amis de Peyton.

Le regard brun de Cindy s'assombrit jusqu'à en devenir noir.

— Pourquoi ? Tu as eu du nouveau à propos de ta sœur ?

Tawny-Lynn prit place sur l'un des canapés de cuir du gigantesque salon, et admira la vue panoramique sur le lac. Cindy semblait tout avoir dans la vie. Alors pourquoi était-elle aussi anxieuse ?

— Non, dit-elle en réponse à sa question. Et toi ?

— Non, bien sûr que non. Je pensais seulement que... tu avais peut-être découvert ce qui lui était arrivé, ainsi qu'à Ruth.

— C'est pourquoi je pose des questions. J'ai discuté avec J.J. McMullen, et il m'a dit que Peyton l'avait quitté pour un homme plus âgé. Il a laissé entendre que celui-ci pouvait être marié. Elle ne t'en aurait pas parlé ?

Des bruits de dispute résonnèrent dans la maison, et Cindy sursauta.

— Non, je ne m'en souviens pas. Ecoute, il faut que j'aille voir ce que fabriquent les garçons, j'ai peur qu'ils fassent des bêtises.

Sur ces mots, Cindy la poussa vers l'extérieur et lui claqua pratiquement la porte au nez.

En quittant la maison de ses parents, Chaz se sentait honteux des accusations qu'il avait portées contre son père. Gerome Camden était un homme d'affaires, un membre respecté du conseil municipal, quelqu'un qui utilisait son argent et ses relations pour servir ses intérêts. Mais il n'avait jamais été violent pour obtenir ce qu'il voulait.

Tandis qu'il prenait la direction du camping où vivait Barry Dothan, Chaz fit le point sur les éléments en sa possession. Dans le rapport d'enquête original du shérif Simmons, il avait trouvé des photos d'adolescentes prises par Barry. Mais la mère de ce dernier lui avait fourni un alibi. Cependant, il n'aimait pas l'idée que le jeune homme ait espionné Tawny-Lynn.

Remontant l'allée principale du camping, il bifurqua vers la zone des mobile homes. Tous semblables, certains étaient mieux entretenus que d'autres, une terrasse avec du mobilier de jardin et des plantes en pots venant parfois les agrémenter. D'autres suintaient la tristesse et l'abandon.

Il passa un mobile home devant lequel traînaient des jouets, et où un chien, attaché à sa niche, jappait sans discontinuer. Sur l'emplacement voisin, il repéra le vélo de Barry et se gara.

En traversant la parcelle envahie de mauvaises herbes, il se rappela les histoires qu'il avait entendues au sujet de la famille. Dans sa jeunesse, Beverly Dothan avait été stripteaseuse, et c'est sur son lieu de travail qu'elle avait rencontré le père de Barry, lequel était actuellement en prison pour trafic de cocaïne. Des complications au cours de la naissance avaient causé des dommages irrémédiables au cerveau de Barry.

Il frappa et entendit bouger à l'intérieur. Après une brève attente, la porte s'entrebâilla, et Beverly fixa sur lui des yeux hagards, comme si elle était ivre. Elle portait un peignoir élimé, dont elle resserra la ceinture avant d'allumer une cigarette.

— Qu'est-ce que vous voulez, shérif ?
— Parler à Barry.

Chaz n'attendit pas d'y être invité pour entrer, jouant des épaules pour se faufiler dans la minuscule pièce à vivre, encombrée de linge sale.

Beverly se laissa tomber dans un fauteuil inclinable qui avait connu des jours meilleurs.

— Votre fils est là ?
— Qu'est-ce que vous lui voulez ? marmonna-t-elle d'une voix éraillée. Il a fait quelque chose ?
— Je ne sais pas, répondit Chaz. A votre avis ?

Elle haussa les épaules.

— C'est un bon garçon. Il est pas malin, mais il est pas méchant.

Chaz s'avança vers les chambres.

— Barry ?
— Il est pas là, je vous répète. Vous allez me dire ce que vous lui voulez, oui ou non ?
— Il a été vu sur le lieu de l'accident.

Il n'eut pas besoin d'en dire davantage. Tout le monde en ville connaissait l'endroit, la date et les circonstances. C'était ancré dans la mémoire collective à jamais. Beaucoup s'en servaient même comme référence — avant l'accident de bus, après l'accident de bus.

Beverly haussa de nouveau les épaules.

— Il aime se balader un peu partout avec son vélo.
— Il aime aussi prendre des photos. J'ai vu celles que le shérif Simmons a saisies il y a sept ans.

Un tic nerveux agita la paupière droite de Beverly.

— C'étaient des photos à l'école ou au terrain de sport. Pas la peine d'en faire toute une histoire. C'est pas comme si elles étaient nues.

Chaz haussa un sourcil.

— Possède-t-il des photos de filles nues ?

Beverly tira avec force sur sa cigarette et rejeta un nuage de fumée.

— Il est peut-être pas bien malin, mais c'est un garçon.

— Vous parlez de photos qu'il a prises lui-même, ou de magazines ?

— De magazines, bien sûr. Je ne sais pas où il les trouve, mais il en a une pile sous son lit. Je lui ai pas dit que j'avais trouvé sa cachette.

— Ça vous ennuierait que je jette un œil à sa chambre ?

Beverly écrasa son mégot dans un cendrier en argile, dont la forme maladroite laissait penser que Barry l'avait fabriqué.

— Pas si c'est pour essayer de lui coller quelque chose sur le dos. J'ai dit au shérif Simmons que Barry était avec moi le jour de l'accident. Il a rien à voir dans tout ça.

— Je n'ai pas dit que c'était le cas. Mais, aujourd'hui, il a pris Tawny-Lynn Boulder en photo, et il lui a fait peur.

— Barry, il est pas dangereux. Pourquoi est-ce qu'elle en fait tout un cirque ?

— Parce que quelqu'un a laissé chez elle des messages de menace tracés avec du sang.

Sa paupière tressauta de nouveau, et elle tendit le bras vers une bouteille de vodka presque vide.

— C'est pas mon garçon qui a fait ça.

— S'il est innocent, alors ça n'a pas d'importance que je jette un coup d'œil dans sa chambre ?

Cette fois, il n'attendit pas la réponse.

Le lit une personne était recouvert d'une couette avec des motifs de base-ball, une lampe en forme de dinosaure était posée sur une vieille chaise faisant office de table de chevet, et une collection de modèles réduits de voitures de course s'alignait dans une vitrine.

Sur le bureau étaient empilés des annuaires scolaires, et Chaz se dit que Barry avait dû les récupérer, puisqu'il n'avait pas fait d'études. Dans le tiroir, il trouva des dessins d'un style très enfantin, représentant une maison surplombée d'un grand soleil, et des personnages réduits à quelques traits portraiturant une famille. Barry rêvait-il de fonder un foyer ?

Le front plissé, Chaz étudia les photos fixées au mur. Une rose en plastique avait été ajoutée au-dessus du cliché représentant l'équipe de softball, en hommage aux vies perdues.

Tombant à genoux, il vérifia sous le lit et trouva la pile de magazines de charme dont avait parlé Beverly. Il trouva également une boîte à chaussures et la tira à lui.

Son estomac se noua quand il découvrit son contenu : une photo de Peyton et Ruth dans des costumes de danseuses orientales qu'elles avaient portés pour un spectacle scolaire, une autre des deux filles en train de s'asperger d'eau à la fontaine du stade après un match, une autre encore en maillot de bain sur le ponton du lac...

Barry n'était peut-être pas dangereux, mais ces photos étaient dérangeantes.

Lorsqu'il les montra à Beverly, celle-ci se contenta de hausser les épaules, en allumant une nouvelle cigarette.

— Vous savez comment sont les garçons...

Il ouvrait la bouche pour faire un commentaire quand la porte s'ouvrit à la volée, livrant le passage à un Barry titubant et désorienté.

Chaz se figea en découvrant le sang sur le T-shirt et sur les mains du jeune homme.

11

Lorsqu'il aperçut Chaz, Barry essaya de faire demi-tour et de s'enfuir.

— Attends une minute, Barry, dit Chaz en le rattrapant par la manche de son blouson en jean.

— J'ai rien fait de mal ! cria Barry.

— D'où vient ce sang sur ton T-shirt et tes mains ?

— Mon nez. J'ai cogné mon vélo contre un arbre.

— Alors, c'est ton sang ?

Barry tremblait de tous ses membres, et son regard affolé faisait le tour de la pièce, cherchant une issue.

— Oui. J'ai fait de mal à personne.

Beverly se leva péniblement de son fauteuil.

— Dis rien, Barry.

Chaz se saisit de l'appareil photo que Barry portait en bandoulière à épaule.

— Que faisais-tu dans les bois ? Tu prenais des photos ?

— Y a rien de mal à prendre des photos, protesta Beverly.

Chaz alluma l'appareil et consulta les clichés pris par Barry. Un sentiment de malaise le saisit en découvrant des photos de Tawny-Lynn sur le lieu de l'accident. Elle avait l'air si triste, si vulnérable, que son cœur se serra pour elle.

— Tu as pris des photos de Tawny-Lynn, cet après-midi. Est-ce que tu t'es mis en colère quand elle t'a demandé de la laisser tranquille ?

Barry se mit à bafouiller, répéta qu'il s'était cogné dans un arbre.

— Rien fait de mal… Tawny-Lynn… jamais je ferais du mal à Tawny-Lynn.

— Il a quelques années, tu as pris des photos de ma sœur et de Peyton Boulder. Je les ai trouvées dans ta boîte à secrets.

— Elles sont jolies. J'aime bien les jolies filles.

— Qu'est-ce que tu aimes faire avec les filles ? demanda Chaz, entre ses dents serrées.

— Mon garçon, il fait rien aux filles, protesta Beverly en attirant Barry contre elle. Il aime juste les regarder.

Chaz s'exhorta à rester calme. Il n'avait aucune preuve contre Barry.

— S'il s'en est pris à quelqu'un par le passé, vous ne l'aidez pas en le protégeant, madame Dothan.

— Mon fils n'est pas dangereux. Combien de fois je vais devoir vous le répéter ?

Barry s'était mis à pleurnicher comme un bébé, et elle le berça tendrement contre elle.

— Allez-vous-en. Vous voyez bien que vous lui faites peur.

Maintenant qu'elle avait commencé à poser des questions, Tawny-Lynn ne voulait plus s'arrêter.

Sept ans plus tôt, elle était trop submergée par le chagrin pour penser clairement. Elle ne se rappelait même pas si le shérif Simmons lui avait parlé des pistes qu'il avait suivies au cours de son enquête.

Mais elle était certaine que quelqu'un — un homme — l'avait extraite du bus en feu. Toutefois, cet homme n'était jamais sorti de l'ombre pour revendiquer son statut de héros, ce qui n'avait pas manqué de soulever des questions sur son rôle dans la disparition de Peyton et Ruth.

Ses retrouvailles avec Cindy lui avaient fait repenser aux autres filles de l'équipe — pas seulement celles qui avaient perdu la vie dans l'accident, mais aussi les autres joueuses qui n'avaient pas pris le bus ce jour-là. Deux filles souffraient d'une gastro-entérite et n'étaient pas venues à l'école, une autre fille s'était absentée de Camden Crossing à cause d'un décès dans sa famille. Judy Samsung avait le bras dans le plâtre, et elle était restée sur le banc de touche. Rudy Henway et Paula Pennington étaient rentrées en voiture avec leurs parents.

De retour en ville, Tawny-Lynn s'arrêta à la pharmacie pour faire renouveler son ordonnance d'antihistaminiques. Un annuaire de la ville était posé sur le comptoir, et elle demanda à le consulter. Installée sur une chaise dans un coin, elle feuilleta l'épais volume, cherchant le nom de chaque fille.

Paula figurait sous son nom de jeune fille, mais pas Rudy. Cependant, il y avait une annonce pour un magasin d'équipement de sport dirigé par Rudy Farnsworth. Le prénom n'était pas courant, et il s'agissait probablement de la même Rudy.

Elle composa le numéro de Paula, mais celui-ci n'était plus attribué. Elle fit ensuite celui du magasin de sport, et raccrocha, complètement paniquée, en entendant une voix de femme.

Après s'être ressaisie, elle retourna à sa voiture et prit la direction du magasin, situé dans un ancien immeuble rénové à la sortie de la ville.

— Je m'occupe de vous tout de suite.

Une jeune femme avec des cheveux d'un roux flamboyant tirés en queue-de-cheval se tenait derrière le comptoir, la tête penchée pour noter quelque chose.

Tawny-Lynn se souvint de l'apparence coriace qu'offrait autrefois Rudy. Elle s'était toujours demandé quel genre de vie elle avait chez elle.

Une seconde plus tard, la jeune femme releva la tête et son regard ambre scintilla de surprise.

— Tawny-Lynn ? Tu es vraiment revenue ?
— Juste le temps de vendre le ranch de mon père.

L'expression de Rudy se radoucit.

— Je te souhaite bonne chance !
— Merci. Alors, tu possèdes ce magasin ?
— Oui. Je suppose que mon côté garçon manqué ne m'a jamais quittée.

Tout en parlant, Rudy avait fait le tour du comptoir, et Tawny-Lynn remarqua qu'elle était enceinte.

— Oh ! le bébé est pour quand ?

— Pour dans trois mois.

— Félicitations.

Au moins, Rudy avait tourné la page et semblait heureuse. Elle n'avait jamais pu en faire autant. Même à des kilomètres de là, à Austin, elle semblait engluée à perpétuité dans le passé.

— Je suis désolée qu'on n'ait jamais retrouvé Ruth et Peyton, finit par dire Rudy.

— J'aurais aimé être plus utile. Me rappeler…

— Ce n'était pas ta faute. Tout le monde a été trop dur avec toi.

— Merci.

Des larmes inattendues montèrent aux yeux de Tawny-Lynn.

— Je peux te poser une question, Rudy ?

L'air soudain inquiet, Ruby posa une main sur son ventre.

— A quel sujet ?

— As-tu entendu ma sœur parler d'un autre garçon après sa rupture avec J.J. McMullen ?

Rudy soupira.

— Ça fait longtemps, Tawny-Lynn. Et tu sais que Peyton et moi n'étions pas des amies proches. Elle était la jolie fille populaire, et moi… le laideron.

Tawny-Lynn rit pour la première fois depuis longtemps, comme si elle venait de trouver une amie.

— Je ressentais la même chose vis-à-vis d'elle.

Rudy lui adressa un regard de sympathie.

— Je t'ai toujours appréciée. Et je n'oublierai jamais ce dernier match. Tu as été extraordinaire.

Tawny-Lynn eut du mal à contrôler ses larmes. Pendant longtemps, elle avait associé tout ce qui concernait Camden Crossing à cette horrible journée. Mais il y avait des gens bien, et elle y avait vécu de belles choses.

— Merci. Je te trouvais sympa aussi.

Elles rirent toutes les deux.

— Bonne chance avec le bébé.

Un soupçon d'envie s'éveilla en elle. Cela faisait si longtemps qu'elle avait fermé sa porte aux relations sérieuses qu'elle ne s'était jamais attardée à songer au mariage et aux enfants.

Elle s'apprêtait à partir, mais Rudy la retint.

— Tawny-Lynn… Je ne voulais rien dire parce que… Je n'avais pas envie de critiquer Peyton, mais…

— Mais quoi ?

Tawny-Lynn serra fortement la main de Rudy.

— Dis-moi ce que tu sais. J.J. a dit qu'il pensait que Peyton aurait pu avoir une relation avec un homme marié.

Le regard de Rudy s'assombrit de regret.

— Je le crois aussi.

— Qu'est-ce qui te fait dire ça ?

— Quelques jours avant l'accident, j'avais oublié mon sac au vestiaire et je suis retournée le chercher. J'ai entendu Peyton et Ruth discuter.

— De quoi parlaient-elles ?

— Peyton pleurait et disait qu'elle avait cru qu'il quitterait sa femme pour elle, mais qu'il lui avait menti. Elle semblait très perturbée.

— A-t-elle dit qui était cet homme ?

— Non. Apparemment, il lui avait demandé de ne rien dire car sa vie aurait été fichue si ça s'était su.

Le pouls de Tawny-Lynn s'accéléra. Elle devait découvrir qui était l'amant de Peyton. Cet homme avait très bien pu la tuer pour protéger son secret. Et si Ruth était au courant, il avait pu l'éliminer aussi pour la faire taire.

— Madame Dothan, dit Chaz sur le pas de la porte. Si je découvre que vous mentez pour protéger Barry, je reviens et je vous arrête.

— Je vous ai dit de sortir ! cria Beverly, couvrant les pleurs de Barry.

— Je m'en vais, mais surveillez votre fils. Prendre des

photos vous paraît peut-être innocent, mais cela pourrait être considéré comme du harcèlement. Et toi, Barry, ne n'approche plus de Tawny-Lynn

Il referma la porte derrière lui, en espérant que Beverly et son fils tiendraient compte de son avertissement, et regagna sa voiture. Il venait de se mettre au volant quand son téléphone vibra.

— Shérif Camden.

— Shérif, je suis le sergent Justin Thorpe, des Texas Rangers.

— Que puis-je faire pour vous, sergent ?

— Le mois dernier, deux jeunes femmes ont disparu dans des comtés voisins de Camden Crossing. Compte tenu des affaires non résolues dans votre ville et à Sunset Mesa, une unité spéciale a été créée pour enquêter sur l'éventuelle corrélation entre ces affaires.

— Parlez-moi de ces disparitions.

— Il y a un mois, Carly Edgewater a disparu en quittant l'école où elle enseigne. Depuis, personne n'a eu la moindre nouvelle.

— Comment est la famille ?

— Plutôt aisée. Ils étaient à une soirée caritative le soir de la disparition.

— Et l'autre femme ?

— Tina Grimes. Disparue la semaine dernière. Elle avait un rendez-vous chez le dentiste le matin, mais elle ne s'y est jamais présentée. D'après son père, elle était dépressive mais refusait toute thérapie.

— Elle s'est peut-être suicidée.

— C'est possible, mais elle n'a pas laissé de lettre d'adieu, et on n'a pas retrouvé de corps.

— Vous avez parlé avec le shérif Blair, à Sunset Mesa ?

— Elle est la prochaine sur ma liste.

— Donc vous croyez que nous avons affaire à un seul ravisseur ?

— C'est en coordonnant nos efforts que nous saurons s'il y a un lien.

— Si ce criminel sévit depuis des années sans jamais se faire prendre, il doit être rudement malin.

— Il est certain qu'il sait comment ne pas se faire remarquer.

— Envoyez-moi toutes les informations que vous possédez sur les affaires. Je les comparerai avec nos enquêtes non résolues.

— Merci. Plus nous aurons de regards sur les dossiers, mieux ce sera.

Chaz retourna à son bureau, et fut surpris de le trouver vide. Il en conclut que son adjoint était sorti patrouiller, et se prépara un café en attendant l'information. Lorsqu'elle arriva, il imprima une copie des dossiers afin de les emporter chez lui pour les étudier.

En relevant les dates des disparitions, il nota qu'elles avaient eu lieu au printemps, comme le shérif Blair l'avait également mentionné.

Cette époque de l'année avait visiblement une signification, mais laquelle ?

De retour au ranch, Tawny-Lynn entreprit de vider la chambre de son père. Une vague inattendue d'émotion la submergea lorsqu'elle décrocha ses vêtements de la penderie. La plupart étaient trop élimés, tachés ou brûlés par les cigarettes pour être donnés, mais elle trouva deux chapeaux neufs, et des cravates du dimanche qui n'avaient plus été portées depuis une décennie.

Elle avait allumé la radio pour se tenir compagnie, et tendit l'oreille quand le présentateur de la météo annonça de la pluie pour le week-end. Demain, elle s'attaquerait à l'extérieur. Elle pourrait finir le ménage et faire les réparations mineures durant les jours de pluie.

Ses épaules la tiraillaient de fatigue quand elle descendit les sacs-poubelle, mais elle poursuivit sa tâche, lessivant les murs de la chambre dans l'espoir de faire disparaître l'odeur de tabac froid, avant de récurer de fond en comble la salle de bains.

Deux heures plus tard, elle avait les mains presque à vif, mais l'odeur était toujours là.

S'accordant une pause, elle entreprit de trier le courrier qui s'amoncelait sur le bureau. Une enveloppe froissée attira son attention, et elle fut surprise de trouver une offre d'achat pour le ranch, signée du père de Chaz. Ses yeux s'écarquillèrent devant la somme proposée. La lettre était à en-tête de la banque et avait été rédigée trois semaines plus tôt.

Pour quelle raison Gerome Camden voudrait-il acheter le ranch ?

Parce qu'il possédait à peu près tout le reste.

Décidant de remettre à plus tard le tri du courrier et des photos, elle s'attaqua à la cheminée du salon. Elle était pleine de vieilles cendres et de suie, et il lui fallut du temps pour nettoyer le foyer. Elle termina en passant l'aspirateur et une serpillière humide sur le parquet. Il ne lui resterait plus qu'à le cirer entièrement, mais elle jugea qu'elle en avait assez fait pour la journée.

Les muscles douloureux, elle recula de quelques pas et admira son travail. La maison était vieille, mais le ménage faisait une énorme différence. Epuisée, elle monta l'escalier d'un pas lourd, se doucha, et s'effondra sur le lit.

Son travail de paysagiste était physique, mais jamais elle n'avait été fatiguée à ce point.

Elle ferma les yeux en espérant que les cauchemars la laisseraient tranquille et sombra dans un profond sommeil. Un peu plus tard, un bruit la réveilla en sursaut.

Un air frais flottait autour d'elle, lui donnant le frisson. Elle se rappela alors qu'elle avait laissé la fenêtre ouverte dans la chambre de son père pour évacuer l'odeur de tabac. Enfilant son peignoir, elle descendit au rez-de-chaussée, et tâtonna pour trouver l'interrupteur.

Soudain, quelqu'un la saisit par-derrière.

Elle cria et jeta le coude en arrière pour se défendre, mais son agresseur la poussa face contre terre et se mit à califourchon au-dessus d'elle. Elle donna des coups de pied, essaya de se débattre, mais il était plus fort qu'elle et la clouait au sol.

Puis il mit les mains autour de son cou, et ses doigts commencèrent à le serrer.

12

Tawny-Lynn luttait pour respirer, mais son agresseur resserra sa prise et elle commença à suffoquer.

Furieuse contre elle-même d'avoir laissé la fenêtre ouverte, elle transforma cette colère en énergie, glissa les mains sous sa poitrine et poussa de toutes ses forces pour se redresser.

La tactique fonctionna et l'homme, déstabilisé, écarta les mains, juste le temps qu'il lui fallait pour ramper vers la cheminée.

Le tisonnier était à quelques centimètres. Si elle pouvait l'attraper...

Mais son agresseur était rapide. Il lui attrapa la cheville et la tira en arrière. Elle le frappa en se servant de l'autre pied et se traîna jusqu'au tisonnier.

Un coup dans son dos la fit crier de douleur, et les larmes lui montèrent aux yeux. Elle les refoula, donna de nouveau des coups de pied en arrière, et entendit l'homme grogner tandis qu'elle le frappait au nez.

Cherchant sa respiration, elle se hissa sur ses genoux et attrapa le tisonnier.

Elle se retourna au moment où il chargeait vers elle.

Il faisait sombre, mais elle essaya de distinguer son visage.

Impossible. Il portait une cagoule de ski, et elle ne put voir que deux yeux sombres qui la fixaient.

Serrant les doigts autour du tisonnier, elle le manipula comme elle l'aurait fait d'une batte.

L'homme fit un écart et elle manqua sa tête de quelques

centimètres. Mais la barre de fer s'abattit sur son épaule, lui arrachant un grommellement de douleur.

Profitant de l'effet de surprise, elle le frappa alors aux genoux et il s'effondra en jurant.

Sans perdre un instant, Tawny-Lynn se rua à l'étage et s'enferma dans sa chambre. D'une main tremblante, elle composa le numéro de Chaz et pria pour qu'il réponde.

Si seulement elle avait pensé à garder avec elle le fusil de son père ! A partir de maintenant, elle dormirait avec l'arme à côté du lit.

En bas, des bruits de pas résonnèrent, et elle retint son souffle en essayant de déterminer s'ils se dirigeaient vers l'escalier.

Le téléphone sonna deux fois et Chaz répondit.

— Chaz, c'est Tawny-Lynn. Il y a quelqu'un dans la maison. Il a essayé de m'étrangler.

— J'arrive. Où es-tu ?

— Enfermée dans ma chambre. Dépêche-toi.

Elle colla son oreille à la porte.

— Oh ! mon Dieu, il est en train de monter.

Rongé d'inquiétude, Chaz prit son arme, courut à sa voiture, et roula pied au plancher. La nuit dessinait des ombres sur la route, et il guetta les voitures au cas où l'agresseur de Tawny-Lynn s'enfuirait.

Il prit le virage à la corde, soulagé d'habiter près du ranch. Son père avait un principe selon lequel rien de bon n'arrivait après minuit et, pour une fois, il était d'accord avec lui.

Un 4x4 de couleur sombre le croisa à vive allure, et il tourna la tête, en se demandant s'il pouvait s'agir de l'agresseur. Mais le véhicule était immatriculé dans le Montana. Sans doute s'agissait-il d'un touriste traversant la région.

Il coupa la sirène avant de s'engager dans le chemin qui menait au ranch. Le faisceau des phares dessinait deux trouées dans la nuit. Il n'y avait pas de lune, et les étoiles étaient cachées derrière les épais nuages qui avaient menacé toute la journée de se rompre en un déluge.

Tandis que la voiture de patrouille tressautait dans les ornières, il essaya d'apercevoir quelque chose. A part le vieux pick-up de Boulder, il n'y avait aucune voiture en vue. Mais l'intrus avait pu se garer dans un chemin forestier et accéder au ranch à travers bois.

Il s'arrêta à distance de la maison, éteignit ses phares, et descendit de voiture en refermant tout doucement sa portière.

L'arme à la main, il s'approcha en surveillant toutes les directions, prêt à affronter une embuscade. Le bruit d'un animal qui remuait dans les bosquets résonna à distance. A moins qu'il ne s'agît de l'agresseur de Tawny-Lynn en train de prendre la fuite…

Tous ses sens en alerte, il s'avança vers le porche, revoyant en esprit le message tracé sur la porte. Apparemment, la menace était bien réelle et suivie d'effet.

La porte était verrouillée, ce qui signifiait que l'intrus avait trouvé une autre issue, probablement une fenêtre laissée ouverte. Il fit le tour de la maison, et constata avec agacement que la fenêtre de la chambre du père de Tawny-Lynn était en effet ouverte. Il se glissa dans l'entrebâillement, vérifia que la voie était libre et traversa la pièce, non sans noter au passage le travail que Tawny-Lynn y avait accompli.

Retenant son souffle, il se pencha dans le couloir, vérifia là encore que la voie était libre, et inspecta la salle à manger, la cuisine et le cellier.

La porte de service était verrouillée, ce qui voulait dire que l'intrus était reparti comme il était venu, par la fenêtre, ou alors qu'il était à l'étage.

Le silence l'enveloppait, intensifiant à chaque marche franchie sa peur de retrouver Tawny-Lynn morte.

— C'est moi, dit-il en frappant à la porte. Tout va bien. Il n'y a personne dans la maison.

La porte s'ouvrit, et Tawny-Lynn lui apparut, solidement campée sur ses pieds et tenant un tisonnier à deux mains.

— Il est parti, dit-il d'une voix nouée par l'émotion. Tu vas bien ?

— Il a essayé de m'étrangler, murmura-t-elle.

Aussitôt, Chaz examina son cou.

— Tu as vu qui c'était ?

— Il faisait sombre, et il portait une cagoule. Je n'ai vu que ses yeux. Je pense qu'ils étaient bruns.

— Il a dit quelque chose ?

— Non, il a sauté sur moi et m'a plaquée au sol.

Refermant les bras autour d'elle, il lui massa gentiment le dos.

— Je suis désolé de ne pas avoir été là pour te protéger.

— Tu es venu dès que je t'ai appelé.

— C'est mon travail de protéger la ville.

Ainsi, elle n'était qu'un travail pour lui ? songea Tawny-Lynn. Un moyen de découvrir ce qui était arrivé à Ruth ? Elle ferait aussi bien de s'en souvenir…

Elle commença à s'écarter, mais il la retint.

— Attends, Tawny-Lynn. Ce n'est pas ce que je voulais dire.

Elle soutint son regard, consciente de la tension entre eux.

— Je comprends, Chaz. Je sais que j'ai laissé tomber tout le monde.

— Non, ce sont les autres qui t'ont laissée tomber.

Du bout des doigts, il suivit le dessin de sa mâchoire.

— Moi le premier.

Une douleur poignante serra la poitrine de Tawny-Lynn.

— Chaz…

— Je te promets d'être toujours là pour toi, désormais.

Elle ne se souvenait pas d'avoir jamais eu quelqu'un sur qui compter. Quelqu'un qui se souciait d'elle.

Mais, si fort et rassurant que semblât Chaz, pouvait-elle vraiment s'appuyer sur lui ?

Avant qu'elle ait eu le temps de deviner son geste, il prit son visage entre ses mains et referma ses lèvres sur les siennes. Oubliant ses réserves, elle s'abandonna à la magie du moment.

Ce fut un baiser fugitif, et elle n'eut pas le temps d'y prendre goût que déjà il s'écartait, l'air penaud.

— Je suis désolé, je n'aurais pas dû faire ça.

— Pourquoi ? A cause de ce que je suis ?

Il secoua la tête.

— Non, à cause de ce que je suis, moi.

Il y avait comme un dégoût de lui-même dans son intonation.

— Je suis supposé te protéger, pas profiter de toi.

— Tu n'as pas profité de moi.

Chaz serra les poings le long de son corps, en proie à l'envie désespérée d'attirer de nouveau Tawny-Lynn contre lui et de l'embrasser vraiment, à perdre haleine, jusqu'à en être tous deux pantelants de désir.

Mais il ne pouvait se permettre aucune distraction tant qu'il n'aurait pas élucidé le mystère qui hantait Camden Crossing depuis sept ans.

— Il faut que je fasse des relevés d'empreintes, dit-il.

— A quoi bon ? Il portait des gants.

— D'accord, mais il a peut-être laissé des fibres de ses vêtements, un cheveu, quelque chose qui nous aidera à le coincer. Il est venu dans la chambre ?

— Non, il m'a attaquée en bas.

— Je suppose qu'il est passé par la fenêtre de la chambre de ton père ?

Elle eut une mimique embarrassée.

— Je l'ai ouverte pour aérer pendant que je nettoyais. J'étais si fatiguée que j'ai oublié de la fermer en montant me coucher.

— Ne te fais pas de reproches. S'il voulait vraiment entrer, il aurait trouvé un autre moyen.

Elle acquiesça et resserra la ceinture de son peignoir.

— Bon, je vais chercher ma mallette. Tu me retrouves en bas ? Je voudrais prendre des photos de ton cou.

Quelle petite garce ! Elle avait failli lui casser les genoux avec son tisonnier. Elle était forte. Une vraie guerrière.

Elle avait conservé le punch et la détermination dont elle faisait preuve autrefois sur le terrain de softball.

Elle était loin d'être aussi douce et adorable que sa sœur. Ou que Ruth.

Sa sublime et délicieuse Ruth.

Elle lui manquait tellement. Il n'avait jamais imaginé que les choses tourneraient ainsi.

A présent que les rideaux avaient été décrochés dans la maison du vieil homme, il pouvait suivre à travers ses jumelles tous les faits et gestes du shérif et de Tawny-Lynn.

Bon sang, Camden commençait à se montrer un peu trop familier avec elle !

Voilà qui ne l'arrangeait pas du tout. Si ces deux-là devenaient trop proches, il allait devoir agir rapidement.

Se débarrasser de Tawny-Lynn devrait être facile.

Mais tuer le shérif… voilà qui était diablement plus risqué.

13

Tawny-Lynn avait l'impression de voir tourner les rouages du cerveau de Chaz. Pour la première fois depuis des années, il acceptait d'envisager que Ruth et Peyton soient mortes toutes les deux et, dans ces conditions, il n'était plus certain d'avoir envie de connaître la vérité.

Elle en avait quant à elle accepté la possibilité depuis longtemps. Après tout, si les filles avaient survécu, pourquoi auraient-elles laissé leur famille sans nouvelles ?

— Tu peux aller te coucher si tu veux, suggéra Chaz.

Elle haussa les épaules.

— Je ne crois pas que j'arriverai à dormir.

— Je vais rester en bas monter la garde. Va te reposer.

— Tu n'es pas obligé de rester, Chaz.

— Bien sûr que si. Je suis le shérif.

C'est vrai, il ne faisait que son travail. Sans doute avait-elle mal interprété son baiser...

— Je ne peux pas envoyer mes relevés au labo avant demain matin, expliqua-t-il. Ensuite, j'irai parler au shérif Simmons de ton hypothèse à propos d'une relation entre Peyton et un homme marié.

Seigneur, elle savait que sa sœur était folle des garçons et totalement hors de contrôle les derniers mois avant l'accident, mais comment avait-elle pu avoir une aventure avec un homme qui avait déjà une femme ? Avait-il également des enfants ?

Vivait-il toujours à Camden Crossing ? Si c'était le cas, il redoutait peut-être qu'elle connaisse son identité. Ou qu'elle ait découvert dans la maison quelque chose qui soit susceptible de réveiller sa mémoire...

— Restait-il quelque chose de l'incendie ? demanda-t-elle.

Chaz afficha une mine perplexe.

— Que veux-tu dire ?

— Je pensais au sac de sport de Peyton. Elle gribouillait le nom de J.J. sur son agenda. Peut-être avait-elle aussi écrit le nom de cet homme, et l'agenda était dans son sac.

— Je poserai la question à Simmons. Tu n'as rien trouvé dans sa chambre ?

— Non, mais je n'ai pas fini de trier ses cahiers.

Chaz passa la main le long de son bras.

— Tu devrais aller te coucher, je t'assure.

Elle était vraiment à bout de forces et, malgré la crainte des cauchemars, elle finit par se résoudre à monter l'escalier et à se glisser dans son lit.

Ce n'était pas de gaieté de cœur que Chaz avait laissé Tawny-Lynn se retirer seule dans sa chambre.

Depuis la disparition de Ruth, il se sentait coupable et avait mis toute son énergie à découvrir ce qui lui était arrivé. Tout cela était lié à Tawny-Lynn, et son retour en ville lui avait redonné de l'espoir.

Mais il mentirait s'il disait qu'il n'y avait rien d'autre. Il était attiré par elle. Ce baiser trop rapide et presque chaste avait éveillé en lui d'autres envies.

Toutefois, ce qu'il ressentait pour elle n'était pas seulement physique. *Il l'aimait bien.*

Elle était forte, opiniâtre, battante... c'était une survivante en dépit de ce qu'elle avait enduré. Elle semblait même n'avoir de haine pour personne dans cette ville, ce qui aurait été compréhensible.

Et elle voulait connaître la vérité autant que lui.

Mais cette proximité ne faisait qu'exacerber l'envie qu'il avait d'elle.

Il voulait veiller sur elle, assurer sa sécurité. Il voulait l'embrasser de nouveau et lui faire l'amour…

Mais cela lui était interdit.

Pour faire diversion à ses pensées, il passa en revue les hommes de la ville avec qui Peyton aurait pu avoir une liaison.

Grâce au nouveau lotissement près du lac, et à l'idée qu'avait eue le maire de faire rénover les vitrines des magasins pour donner au centre-ville des allures de décor de western, la population de la ville avait doublé en sept ans. De nouvelles familles et de nouvelles entreprises avaient fait revivre la ville. Mais celui qui avait enlevé Peyton et Ruth vivait déjà à Camden Crossing ou dans les proches environs il y a sept ans.

Keith Plummer avait été suspecté car il avait travaillé à la fois à Sunset Mesa et à Camden Crossing. Il s'était rendu à Austin pour un travail le jour de l'accident, mais le rendez-vous s'était mal passé. En colère et déçu, il s'était acheté une bouteille de bourbon et avait passé la nuit dans sa camionnette.

Mais personne n'avait pu corroborer sa version. Cependant, il n'y avait aucune preuve contre lui.

Il essaya de se rappeler l'âge de Plummer et supposa qu'il devait maintenant avoir entre trente et trente-cinq ans. Il aurait donc pu être assez jeune à l'époque pour attirer une adolescente, tout en étant considéré comme un homme plus âgé par Peyton et Ruth. Mais Chaz n'avait pas souvenir d'avoir vu dans son dossier qu'il était marié. Il faudrait qu'il vérifie l'information…

Le vent secoua les volets et il fit le tour du rez-de-chaussée pour s'assurer que toutes les fenêtres étaient bien fermées. Ses paupières étaient lourdes ; il se fit du café, qu'il alla boire sous le porche, assis à même les marches du perron.

Boulder avait laissé le ranch partir à vau-l'eau. La propriété n'était pas immense, mais elle avait du potentiel. Deux granges, une écurie, un manège pour le dressage des chevaux, et suffisamment de pâtures pour entretenir un petit troupeau de bovins. Malheureusement, il y avait peu de chances qu'un acheteur veuille y relancer une activité agricole. Le ranch attirerait plutôt un investisseur qui raserait les bâtiments et transformerait les lieux en lotissement, comme ce qui avait été fait près du lac.

Tout en sirotant son café, il regarda le jour se lever. Le ciel flamboyait de toutes les nuances de rouge — de l'orange aveuglant au pourpre éclatant, en passant par des roses diversement nuancés — mais, en dépit de la douceur de l'air, une curieuse sensation de malaise le laissait sur la défensive, comme si la mort avait déjà pris possession des lieux.

Mais il ne la laisserait pas emporter Tawny-Lynn. Elle avait suffisamment souffert et, s'il le fallait, il donnerait sa vie pour la protéger.

Aux premiers rayons du soleil, Tawny-Lynn se glissa hors du lit. Elle était épuisée d'avoir fixé le plafond toute la nuit en songeant à son agresseur.

Et au baiser que lui avait donné Chaz.

Le contact avait été bref, mais, à la seconde où leurs bouches s'étaient frôlées, elle avait senti tout son corps frémir comme sous une invisible bourrasque, comprenant combien elle avait besoin et envie d'être dans ses bras.

Ce sentiment n'était pas nouveau, elle rêvait déjà de lui quand elle était adolescente et, aujourd'hui, elle sentait que ce rêve pouvait se réaliser. Cependant, elle hésitait à prendre le risque d'entamer avec lui une relation sans lendemain. Dès que le ranch serait prêt à être mis sur le marché, elle quitterait la région, et cette fois ce serait pour toujours. Une autre vie l'attendait à Austin.

Une vie qui excluait Chaz.

Elle se doucha rapidement, noua ses cheveux en queue-de-cheval et enfila des vêtements de travail. On annonçait de la pluie pour le lendemain, et elle devait impérativement s'attaquer au jardin aujourd'hui.

L'odeur du café flottait dans l'air, l'attirant vers la cuisine baignée de lumière. L'endroit semblait différent maintenant, sans le désordre et la saleté. Presque... accueillant.

Avec un peu de peinture et de nouveaux meubles, la maison aurait de nouveau fière allure et offrirait un foyer confortable à une famille. Elle pouvait presque imaginer un bébé dans sa chaise haute à la table, un petit garçon aux cheveux noirs courant à travers le salon, un chien couché sur le tapis devant la cheminée…

Seigneur, le petit garçon qu'elle venait de se représenter avait les traits de Chaz.

Elle était folle, complètement folle. Même si une histoire d'amour s'engageait entre Chaz et elle, jamais les parents de ce dernier ne l'accepteraient.

Elle se servit une tasse de café et alla rejoindre Chaz sous le porche. Le soleil allumait des reflets bleutés dans sa chevelure d'ébène et ciselait son visage, ajoutant à sa virilité.

Mais lorsqu'il tourna la tête vers elle, des ombres enténébraient ses yeux.

— Tu as dormi ? demanda-t-elle.
— Non. Et toi ?
— Pas vraiment, dit-elle en s'asseyant sur la marche à côté de lui.

Ils gardèrent le silence un moment, sirotant leur café tout en laissant leur regard courir sur l'immensité des terres. L'herbe était sèche, brûlée par endroits. Les bâtiments agricoles avaient besoin d'être restaurés et, à proximité de la maison, les mauvaises herbes envahissaient les parterres de fleurs et le potager.

Il y avait tellement à faire !

Et pourtant, dans la douceur du matin, où le soleil déjà chaud donnait à l'atmosphère une limpidité de cristal, quelque chose d'intime se dégageait de la scène.

Chaz glissa une main vers la sienne, et elle retint son souffle. Incapable de s'en empêcher, elle entrelaça ses doigts aux siens et ressentit un agréable picotement sous sa peau.

— J'ai l'intention de rendre visite au shérif Simmons, aujourd'hui, annonça Chaz.

L'anxiété noua l'estomac de Tawny-Lynn, balayant l'impression de sérénité qu'elle éprouvait.

— Mais, après ce qui s'est passé la nuit dernière, je n'ai pas envie de te laisser seule. Tu pourrais venir avec moi…

Tawny-Lynn considéra sa proposition, mais elle connaissait trop le risque qu'il y avait pour elle à entretenir avec Chaz une trop grande proximité.

— Non, vas-y seul. J'ai trop de travail ici pour aller me promener.

Il lui lança un regard inquiet.

— Ce n'est pas prudent de rester toute seule.

— Personne ne va m'attaquer en plein jour. Et puis, j'ai le fusil de mon père. Je le garderai près de moi par précaution.

Il haussa un sourcil.

— Tu sais t'en servir ?

Elle esquissa un sourire empli de nostalgie.

— C'est une des rares choses que mon père et moi faisions ensemble. En dix secondes, je faisais tomber les canettes qu'il alignait sur la barrière.

— Il y a une grande différence entre tirer sur des canettes et tirer sur une personne.

Elle serra la main de Chaz, les yeux rivés sur ses lèvres. Elle avait désespérément envie de se blottir contre lui, de sentir de nouveau sa bouche sur la sienne…

— Je suis capable de le faire s'il le faut vraiment.

Chaz déposa sa tasse sur le sol et lui prit la sienne des mains. Puis, du bout des doigts, il suivit le contour de sa mâchoire.

— Tu es forte, Tawny-Lynn. Et je t'admire pour ça.

Elle grimaça.

— Je ne suis pas forte, Chaz. Si je l'étais, je réussirais à me rappeler le visage de cet homme.

Un silence s'installa, chargé d'anciennes douleurs et d'anxiété.

Avec douceur, Chaz passa les bras autour de sa taille, la fit pivoter vers lui et inclina la tête vers son visage.

Enivrée par son souffle sur sa bouche, elle s'abandonna, entrouvrant les lèvres. Le contact de sa langue la fit tressaillir de surprise et de trouble. Son baiser s'annonçait impétueux, exigeant, sans commune mesure avec le baiser tendre et bref de la veille. Elle y succomba avec bonheur, rêvant qu'il ne connaisse jamais de fin.

Mais il finit par s'écarter, en lui caressant la joue.

— Tu es sûre que tu ne veux pas venir avec moi ?

— Certaine. Mais ne t'inquiète pas pour moi. Tout se passera bien.

— Appelle-moi si tu as besoin de quelque chose. De toute façon, je prendrai de tes nouvelles après ma visite à Simmons.

Elle leva leurs mains jointes et lui embrassa la paume.

— Merci d'être venu hier soir, Chaz. Et d'être resté.

Quelque chose passa dans ses yeux, qu'elle ne parvint pas à définir.

— Je te promets de retrouver ton agresseur.

Chaz avait le cœur déchiré à l'idée de quitter Tawny-Lynn, mais il devait absolument s'entretenir avec Simmons et interroger Keith Plummer.

Il fit un bref détour par chez lui pour se doucher et se changer, et se rendit au chalet que l'ancien shérif avait fait construire pour y passer sa retraite.

Il frappa et, comme personne ne répondait, fit le tour de l'habitation. Il trouva Simmons assis sur un trépied au bord de l'étang, une canne à pêche en main.

— Hé, fit-il. Ça mord ?

Simmons eut un rire bon enfant.

— Non, mais je ne renonce pas.

Chaz désigna le seau d'appâts posé dans l'herbe.

— On dirait que vous profitez bien de votre retraite.

— Bah, on s'occupe comme on peut. J'avoue qu'il m'arrive parfois de m'ennuyer. Mais dites-moi plutôt quel bon vent vous amène, Camden.

Chaz lui relata l'agression dont Tawny-Lynn avait été victime la veille.

— La pauvre fille. La vie ne l'a pas épargnée.

Simmons sortit un grand mouchoir à carreaux de sa poche et s'épongea le front.

— Son père lui a reproché la disparition de Peyton comme si elle en était responsable. Je ne suis pas surpris qu'elle n'ait pas voulu de service funéraire.

Chaz s'assit sur une pierre plate à proximité, et regarda les oiseaux voler au-dessus de l'eau.

Simmons releva sa ligne, vérifia son appât et relança.

— Alors, que puis-je faire pour vous ?

— Tawny-Lynn a parlé à d'anciennes amies de Peyton, et pense que sa sœur aurait pu avoir une liaison avec un homme marié. Vous en avez entendu parler quand vous avez enquêté ?

Simmons grommela.

— Non. J'ai interrogé ses camarades de classe, mais tous m'ont dit qu'elle sortait avec J.J. McMullen. Quant à Ruth, elle était plutôt solitaire d'après vos parents.

Chaz ramassa un galet et le fit ricocher sur l'étang.

— J.J. aurait pu mal prendre leur rupture, suivre le bus, lui faire quitter la route et enlever Peyton et Ruth. Après tout, il était assez fort à dix-huit ans pour maîtriser deux filles.

— C'est possible, mais je me souviens qu'il avait l'air complètement abattu. Il avait également un alibi. Une des pom-pom girls a juré qu'il était avec elle au moment de l'accident.

— Il aurait pu la convaincre de mentir pour lui.

Simmons haussa les épaules.

— C'est possible.

— Est-ce qu'un homme aurait disparu à la même époque ?

— Non, j'ai vérifié au cas où une des filles se serait enfuie avec quelqu'un, mais sans résultat.

Chaz se sentait plus frustré que jamais. Il avait beau retourner le problème dans tous les sens, chaque piste soulevée s'avérait sans issue.

Seule Tawny-Lynn détenait la vérité.

Mais celle-ci était profondément enfouie dans son esprit et pourrait ne jamais resurgir.

Sans compter qu'un tueur était à ses trousses et risquait de l'éliminer avant même qu'elle ne retrouve la mémoire.

Après voir fait la vaisselle, Tawny-Lynn rassembla les quelques outils de jardinage qu'elle put trouver dans la remise de son père et décida de commencer par le désherbage du parterre de fleurs devant la maison.

Une vieille casquette de sport vissée sur la tête, les mains protégées par des gants, elle s'agenouilla et commença à arracher les mauvaises herbes.

Il lui faudrait ensuite retourner la parcelle et l'amender, avant d'y faire de nouvelles plantations qui viendraient embellir les abords de la maison, augmentant ainsi ses chances de séduire un acheteur.

Idéalement, il aurait fallu repeindre la façade, mais elle n'avait pas d'argent pour ça. Les nouveaux propriétaires n'auraient qu'à l'arranger à leur goût.

Une vague de tristesse la submergea soudain à l'idée d'accrocher à la barrière de l'entrée un panneau « à vendre ». Elle ne pouvait pourtant pas se permettre de sombrer dans le sentimentalisme. Cette propriété serait une charge beaucoup trop lourde pour elle si elle s'entêtait à la conserver.

Sans compter qu'elle lui rappellerait en permanence la famille qu'elle avait perdue.

Tandis qu'elle marquait une pause pour éponger d'un revers de manche son front couvert de sueur, quelque chose scintilla au soleil.

De ses mains gantées, elle fouilla la terre jusqu'à ce qu'apparaisse un bracelet.

Son cœur s'accéléra dangereusement tandis qu'elle le soulevait pour observer de plus près la chaîne à grosses mailles truffée de breloques.

Peyton et Ruth portaient toutes les deux des bracelets porte-bonheur. L'ornement préféré de Peyton était un cœur, prétendument offert par un admirateur secret. A l'époque, Tawny-Lynn pensait que sa sœur plaisantait.

Mais ce bracelet n'avait pas de pendentif en forme de cœur. On pouvait y voir une tulipe, un chat — symbole de l'équipe des Cats —, un téléphone, un escarpin rouge, et une petite clé.

Ce bracelet avait appartenu à Ruth.

Un curieux pressentiment s'empara de Tawny-Lynn.

Que faisait ce bracelet dans le parterre de fleurs ?

Ruth l'avait-elle perdu un jour où elle était venue au ranch ?

Pourtant, ni Ruth ni Peyton ne s'occupaient jamais du jardin.

Orientant le bijou vers la lumière, elle crut distinguer une tache de sang et son imagination s'emballa.

Pourtant, il devait y avoir une explication logique à sa présence.

Ruth pouvait l'avoir perdu des mois avant l'accident. Un animal avait pu le transporter jusque-là et l'enterrer…

Elle le fourra dans sa poche en se promettant de le donner à Chaz et se remit au travail.

La terre était à présent débarrassée de toutes les mauvaises herbes et n'attendait plus que d'être retournée.

Elle prit une bêche et commença à creuser, soulevant des mottes de terre une à une et les cassant pour alléger le sol.

Soudain, le fer de la bêche heurta quelque chose de dur. Pensant qu'elle avait affaire à une grosse pierre, elle sonda tout autour, à la recherche d'un point d'appui pour la soulever. Mais, partout où elle tapait, le fer butait contre quelque chose.

Elle s'agenouilla, écarta la terre avec ses mains, et hoqueta de surprise et d'horreur.

Seigneur, non !

Elle venait de découvrir un cadavre.

14

Après avoir quitté Harold Simmons, Chaz s'arrêta à l'abattoir.

J.J. se tenait derrière le comptoir de la boutique, son tablier marqué par le sang des découpes de viande qu'il avait enchaînées depuis le matin pour satisfaire les commandes des clients, nombreux à venir se fournir sur place plutôt que chez un boucher ou au supermarché.

Chaz avait toujours trouvé étrange qu'un joueur de football de son niveau ait choisi de renoncer à une carrière prometteuse pour travailler avec son père.

En chemin, il avait appelé son adjoint et lui avait demandé de faire une recherche d'antécédents sur McMullen. Il en était ressorti quelque chose d'intéressant.

L'ancienne vedette du lycée avait un casier.

J.J. leva les yeux vers lui, son visage bouffi marqué par l'inquiétude. Il tendit sa commande à une cliente, qui se déplaça vers la caisse tenue par le père de J.J.

— Je dois vous parler, annonça Chaz d'un ton sévère.

J.J. lança un regard hésitant à son père, qui lui fit signe de prendre une pause.

J.J. lui fit traverser l'atelier de découpe, et Chaz grimaça devant les tables en inox couvertes de sang. Les chambres froides se trouvaient tout à côté.

Un endroit idéal pour cacher un cadavre.

— Que voulez-vous ? demanda J.J.

Chaz décida d'aller droit au but.

— Quelqu'un a essayé de tuer Tawny-Lynn Boulder hier soir. Où étiez-vous ?

J.J. écarquilla les yeux.

— Vous pensez que j'y suis pour quelque chose ? Pourquoi je ferais ça ?

— Je pose seulement la question.

Les sourcils levés, Chaz attendit.

J.J. se passa la main dans les cheveux et soupira.

— Ecoutez, ce n'était pas moi.

— Vous savez donc de qui il s'agit ?

— Non, je voulais seulement dire que je n'ai pas agressé Tawny-Lynn.

— Vous avez dû quitter l'université parce que vous aviez harcelé une fille.

— C'est complètement faux. Quelqu'un lui avait donné de la drogue pendant une fête. Elle est devenue dingue et m'a accusé d'avoir essayé de la violer. Mais je ne l'ai jamais touchée.

— Vous avez quand même été condamné.

— Avec sursis. Et uniquement parce que son père était riche et pouvait s'offrir un ténor du barreau, alors que j'ai eu droit à un avocat commis d'office. Un gamin qui n'avait aucune expérience et m'a conseillé de plaider coupable. J'ai bénéficié de circonstances atténuantes, mais l'université m'a retiré ma bourse d'études.

D'un large geste du bras, il désigna l'abattoir.

— Et, comme vous le savez, ma famille n'est pas riche...

— Et Peyton Boulder ? Elle vous a quitté pour un autre homme, plus âgé. Ça ne vous a pas mis en colère ?

J.J. le toisa avec agacement.

— Si, j'étais en colère. Mais pas assez pour la tuer. Je l'aimais, bon sang.

— Raison de plus pour essayer de la récupérer. Vous avez peut-être suivi le bus, vous l'avez heurté accidentellement, et vous avez réussi à en faire sortir Peyton. Comme elle ne voulait pas venir avec vous, vous avez perdu la tête...

— C'est complètement faux. Je n'étais même pas à Camden Crossing ce jour-là. J'étais... C'est sans importance.

— Où étiez-vous ? insista Chaz.

— Rien ne m'oblige à vous le dire.

— Le shérif Simmons m'a dit qu'une des pom-pom girls vous avait fourni un alibi. Si je lui parle, vous croyez qu'elle changera son histoire ?

Une lueur d'inquiétude passa dans le regard de J.J.

— Vous allez m'arrêter ?

— Si vous êtes innocent et n'avez rien à cacher, vous feriez aussi bien de me répondre. Ça me permettra de vous éliminer de la liste des suspects.

J.J. réfléchit quelques instants et soupira.

— Le coach m'avait surpris en train de fumer de l'herbe et m'avait menacé de me virer de l'équipe si je ne me faisais pas soigner. J'étais à une réunion de désintoxication ce jour-là. Toute la journée.

Ce serait facile à vérifier. Mais Chaz avait encore une question.

— Peyton vous a-t-elle dit le nom de l'homme qu'elle voyait ?

— Non. Mais elle a affirmé qu'elle allait l'épouser, et qu'il lui donnerait tout ce qu'elle voulait. Des choses que je ne pouvais pas lui offrir...

J.J. se radoucit, le chagrin ayant remplacé la colère.

— Je n'ai pas fait de mal à Peyton. Et si j'avais su le nom de ce salaud, c'est à lui que je m'en serais pris, pas à Peyton.

Le téléphone de Chaz vibra et il vérifia aussitôt le numéro. C'était Tawny-Lynn. Il décrocha, tout en faisant demi-tour vers la boutique.

— Chaz, il faut que tu viennes immédiatement, cria-t-elle.

Il se rua vers sa voiture, se glissa au volant et tourna la clé de contact.

— Que se passe-t-il ? Le type est revenu ?

— Non. J'ai trouvé un cadavre sur la propriété.

Une boule d'angoisse contracta l'estomac de Chaz. Si c'était à White Forks, tout portait à croire qu'il s'agissait de Peyton.

Et si Peyton était enterrée là, où se trouvait Ruth ?

Tawny-Lynn tremblait de tous ses membres en raccrochant. Pour atroce que fût la vue, elle ne pouvait pas détacher les yeux de la tombe.

Pendant un moment, elle avait espéré qu'il s'agissait du cadavre de leur vieux chien, qui était mort quand elle était entrée à l'université. Mais elle avait déblayé suffisamment de terre pour mettre au jour une des couvertures autrefois utilisées pour les chevaux.

Quelqu'un l'avait utilisée comme linceul.

Et, à en juger par la taille de la tombe, c'était bien un cadavre humain qui s'y trouvait.

Un bruit provenant des bois la fit sursauter, et elle s'empara du fusil avant de se retourner. Quelques secondes après, un jeune daim détala et elle poussa un soupir de soulagement.

Bon sang, ses mains tremblaient tellement qu'elle aurait probablement été incapable de tirer s'il s'était agi de son agresseur.

S'exhortant au calme, elle revint vers le porche et s'assit sur les marches. Mais elle resta sur le qui-vive, le fusil en travers de ses genoux.

Une voiture apparut bientôt au bout du chemin, et elle fut soulagée en voyant Chaz rouler à vive allure vers la maison. Il s'arrêta dans un crissement de pneus, bondit hors de la voiture et se précipita vers elle.

— Où est le corps ?

Tawny-Lynn déglutit avec peine et désigna le parterre.

— Je nettoyais la plate-bande quand la bêche a heurté quelque chose…

— Je vais regarder.

En un coup d'œil, Chaz put constater que Tawny-Lynn ne s'était pas trompée. Ils étaient bien en présence d'un cadavre humain, et tout laissait à penser qu'il s'agissait de celui de Peyton.

Immédiatement, un scénario se forma dans son esprit. Le vieux Boulder avait appris que sa fille avait une liaison avec un homme marié et une dispute avait éclaté entre eux. Un peu plus tard, il avait découvert Peyton sur le lieu de l'accident et l'avait ramenée à la maison…

Et ensuite ? Il l'avait tuée ?

Ça n'avait aucun sens.

Il vérifierait quand même à quelle heure Boulder s'était présenté à l'hôpital.

Conscient qu'il allait avoir besoin d'aide, il appela la police scientifique du comté. Avec un cadavre à ce stade de décomposition, il faudrait un médecin légiste et une équipe d'experts possédant des compétences qu'il n'avait pas.

Lorsqu'il rejoignit Tawny-Lynn, celle-ci proposa de préparer du café en attendant l'arrivée de l'unité de recherches.

— J'ai l'impression que l'après-midi va être long, dit-elle avec un soupir désabusé.

— Lieutenant Levi Gibbons, de la police scientifique, annonça un homme aux cheveux sombres.

Il désigna les deux hommes plus jeunes qui l'accompagnaient, un blond avec une coupe en brosse et un châtain avec un petit bouc.

— Voici Seth Arnaught et Corey Benson.

Chaz fit les présentations, et Tawny-Lynn leur serra la main. Relevant ses lunettes de soleil, le lieutenant posa sur elle un regard attentif.

— C'est vous qui avez trouvé le corps ?

Tawny-Lynn hocha la tête et commença à expliquer comment elle avait fait cette macabre découverte.

Au même moment, un homme d'une cinquantaine d'années, aux cheveux grisonnants, arriva avec sa propre équipe.

— Stony Sagebrush, médecin légiste en chef, annonça-t-il.

Un nouveau tour de présentations fut fait, avant que Chaz ne pose une question.

— Avez-vous entendu parler des deux filles qui ont disparu de Camden Crossing il y a sept ans ?

Ils indiquèrent que c'était le cas.

— Vous pensez qu'il s'agit d'une des filles ? demanda le lieutenant Gibbons.

Tawny-Lynn s'éclaircit la gorge.

— Oui. Ça pourrait être ma sœur, Peyton.

— Qu'est-ce qui vous fait penser ça ? demanda Gibbons. Votre père et votre sœur ne s'entendaient pas ?

Tawny-Lynn adressa à Chaz un regard d'appel à l'aide.

— Son père était porté sur la bouteille, expliqua-t-il. Mais Peyton a disparu du lieu de l'accident de bus, il manque donc beaucoup de pièces au puzzle.

— Bien, mettons-nous au travail, annonça Gibbons. Ça ne sert à rien de spéculer, tant que nous n'avons pas identifié le cadavre.

S'adressant à Chaz, il ajouta :

— Et, si j'étais vous, je ferais fouiller la propriété à la recherche d'un deuxième corps.

— Je m'en occupe.

Tandis que l'équipe s'éloignait, Chaz se tourna vers Tawny-Lynn, l'air embarrassé.

Elle réagit avec un détachement surprenant.

— Nous voulions des réponses, non ?

Une heure plus tard, dix hommes passaient le ranch au peigne fin, Chaz s'étant réservé les granges et l'écurie. Désœuvrée, Tawny-Lynn décida de se remettre au ménage.

Maintenant qu'elle avait vidé la chambre de son père et celle de sa sœur, il était temps de s'attaquer à la sienne. Plus vite elle aurait terminé, plus vite elle pourrait quitter ce ranch et cette ville de malheur.

Elle plongea dans la penderie, exhumant des vêtements qu'elle n'avait plus portés depuis des années et qu'elle avait presque oubliés. T-shirts, jeans, jupes, chaussures... tout se retrouva dans des sacs-poubelle en un tournemain.

Puis elle s'attaqua au bureau, et fut gênée de retrouver un

vieux bloc-notes où elle avait gribouillé des dizaines de fois le nom de Chaz. Il ne lui accordait pas la moindre attention à l'époque, mais elle était folle de lui, comme savent l'être les adolescentes.

Soudain, une latte de plancher craqua, et une voix d'homme jaillit depuis le seuil.

— Que faites-vous, madame Boulder ?

Tawny-Lynn tourna la tête vers le lieutenant.

— Je débarrassais seulement mon ancienne chambre.

— Arrêtez immédiatement.

Il traversa la pièce et lui prit le carnet des mains, haussant les sourcils devant ses gribouillis puérils. Elle n'avait pas compris que Chaz l'accompagnait, jusqu'à ce qu'elle l'entende toussoter.

L'embarras la fit rougir.

— C'était il y a longtemps, protesta-t-elle. Des bêtises d'adolescente.

— Cet endroit a peut-être été le théâtre d'un crime. Essayez-vous de faire disparaître des preuves ?

— Quoi ? Bien sûr que non ! Je vous l'ai dit. Je vide la maison pour la mettre en vente.

— Nous allons devoir fouiller les lieux. En particulier la chambre de votre sœur.

— Mais... J'ai déjà tout nettoyé.

— Vraiment ? D'abord, vous faites le vide, et ensuite vous signalez un cadavre...

Le regard du lieutenant Gibbons vibrait de suspicion.

— On dirait bien que vous essayez de dissimuler des preuves.

La panique s'empara de Tawny-Lynn.

— Mais non ! Je ne savais pas qu'il y avait un cadavre dans le jardin. Je suis revenue uniquement parce que mon père est mort et que je veux vendre le ranch.

Le lieutenant désigna le bloc-notes.

— Etiez-vous jalouse de votre sœur, madame Boulder ? Une dispute entre vous aurait-elle mal tourné ?

— Cela suffit ! intervint Chaz. Ma sœur et la sienne ont disparu au cours de l'accident de bus. Tawny-Lynn était grièvement blessée et n'aurait pas pu matériellement s'en prendre à l'une ou à l'autre.

Tawny-Lynn adressa un regard de remerciement à Chaz, mais elle sentit que le lieutenant n'était pas convaincu.

— Peut-être pas, mais elle aurait pu couvrir son père pendant toutes ces années…

Tawny-Lynn contint avec difficulté sa colère. Elle avait déjà entendu ces accusations.

— Je vous suggère d'attendre dehors pendant que mes hommes fouillent la maison.

Il lui adressa un regard d'avertissement.

— Et dites-moi ce que vous avez fait des affaires de votre sœur et de votre père.

— J'en ai jeté une partie, et donné le reste aux bonnes œuvres.

Lorsque l'équipe eut terminé et quitté les lieux, la nuit tombait. Tawny-Lynn se sentait vaincue, vidée de toute énergie, impuissante…

Et furieuse que sa vie soit de nouveau bouleversée, que son innocence soit remise en question.

— Nous n'aurons pas le rapport du légiste avant demain, déclara Chaz. Heureusement, ils n'ont pas découvert d'autre cadavre.

Il lui tendit un verre de la seule bouteille de scotch qu'elle n'avait pas jetée car elle n'était pas entamée. Bien que peu habituée à boire de l'alcool, elle l'accepta avec plaisir et y trouva un réconfort bienvenu.

Une fois son verre terminé, elle annonça son souhait de se doucher. Elle se sentait sale, soudain, comme si la honte de ce qui s'était passé aujourd'hui avait laissé des traces sur elle.

Chaz hocha la tête.

— Je monte la garde.

— Tu n'es pas obligé de rester.

— Il n'est pas question que je t'abandonne cette nuit.

Elle n'avait pas la force de protester. Ou plus exactement elle n'avait pas envie d'être seule.

Elle monta les marches, abandonna ses vêtements au pied du lit et se dirigea vers la salle de bains. Mais, une fois sous la douche, les digues cédèrent et elle se mit à sangloter, pleurant sur sa sœur, sur son père et sur elle-même.

Tandis qu'il faisait le tour de la maison pour vérifier si toutes les issues étaient verrouillées, Chaz entendit Tawny-Lynn pleurer.

Il frappa à la porte de la chambre, entra et, sans vraiment être tout à fait sûr de ce qu'il avait en tête, déposa son arme sur la table de chevet.

La porte de la salle de bains s'ouvrit, livrant un nuage de vapeur, et Tawny-Lynn apparut dans l'embrasure, enroulée dans une serviette de bain.

Ses cheveux humides encadraient son visage, et l'eau qui s'en égouttait dessinait sur sa peau de fines rigoles qui allaient se perdre au creux de ses seins, éveillant l'imagination de Chaz.

— Que fais-tu là ? demanda-t-elle.
— Je t'ai dit que je n'avais pas envie de te laisser seule cette nuit, répondit-il en s'avançant vers elle.

Il vit trembler sa lèvre inférieure, avant que le désir n'enflamme ses yeux.

C'était le déclic dont il avait besoin pour l'attirer dans ses bras et refermer ses lèvres sur les siennes.

15

Chaz prit le visage de Tawny-Lynn entre ses mains, intensifiant son baiser tandis qu'il la poussait vers le lit.

Il sentit sur sa joue le contact humide de ses cheveux, tandis qu'il inclinait la tête pour mordiller le lobe délicat de son oreille, avant faire courir ses lèvres le long de son cou.

Respirer son odeur avait sur lui un effet enivrant et son désir s'enflamma. Dans un enchaînement de gestes qu'il contrôlait à peine, il glissa la main sous sa serviette de bain.

Il ne se rappelait pas à quand remontait sa dernière relation avec une femme, mais il savait qu'il n'avait jamais désiré personne comme il désirait Tawny-Lynn.

La renversant sur le lit, il écarta les pans de la serviette et découvrit avec ravissement son corps nu.

— Tu es belle, murmura-t-il.

Elle rougit.

— Non, Chaz, je…

— Chut. Ça fait un moment que j'y pense.

— Moi aussi.

Penché sur elle, il dessina de la langue une série de cercles autour d'un mamelon, avant d'en agacer délicatement la pointe dressée entre ses lèvres.

Tawny-Lynn gémit doucement et crispa les doigts entre les draps. Ses hanches se soulevèrent pour aller à sa rencontre, trahissant mieux que ne l'auraient fait des mots l'impatience qu'elle avait de l'accueillir en elle.

Mais il n'avait pas l'intention d'en rester là.

Faisant subir la même délicieuse torture à l'autre sein, il prit son temps, attentif au plaisir qu'il lui donnait, cherchant à pousser au paroxysme le besoin qu'elle avait de lui.

Sa peau avait la douceur de la soie sous sa langue, et le goût fruité des baies sauvages, tandis qu'il entamait un audacieux voyage vers le centre de sa féminité.

Alors qu'il explorait les replis humides de sa chair, elle crispa les doigts dans ses cheveux, se tordant et gémissant sous ses inlassables caresses. Le goût bouleversant de son plaisir emplit sa bouche, accentuant encore son envie d'être en elle.

Se débarrassant en hâte de ses vêtements, il prit un préservatif dans son portefeuille. Le désir faisait briller les yeux de Tawny-Lynn tandis qu'elle l'aidait à le dérouler. Elle serra son sexe gonflé entre ses doigts, voulut le caresser, mais il écarta sa main, redoutant de ne pas pouvoir se contenir assez longtemps.

Prenant place entre ses cuisses ouvertes, il se laissa glisser dans son sexe brûlant.

La sensation provoqua en lui un déchaînement de passion. Il entraîna alors Tawny-Lynn dans une danse sauvage, lui imposant un rythme rapide et puissant, jusqu'à ce qu'elle chavire en criant son prénom.

Attentive aux derniers soubresauts de plaisir qui agitaient son corps comblé, Tawny-Lynn restait médusée par la violence de son plaisir. Elle avait eu quelques aventures, sans réelle importance, et jamais elle n'avait éprouvé de telles sensations.

Etait-ce différent avec Chaz parce qu'elle était en train de tomber amoureuse de lui ?

La panique l'envahit. Elle ne pouvait pas être amoureuse de Chaz. Bientôt, elle devrait quitter Camden Crossing et lui… Eh bien, il resterait ici avec sa famille. Elle ne le voyait pas tout quitter et changer de vie pour elle.

Mais il serait bien temps demain d'affronter la réalité. Ce soir, elle avait envie de rester blottie dans ses bras et d'imaginer qu'un avenir radieux les attendait.

Chaz fut réveillé par le bourdonnement de son téléphone qui vibrait.

Il se pencha au-dessus de Tawny-Lynn pour attraper l'appareil posé sur la table de chevet, et blêmit en découvrant le numéro du légiste.

Enfilant son jean, il marcha jusqu'à la fenêtre, et regarda à l'extérieur tandis qu'il prenait l'appel.

— Shérif Camden.

— Bonjour, ici le Dr Sagebrush. J'ai des nouvelles à propos du corps...

Chaz lança un regard par-dessus son épaule à Tawny-Lynn, l'observant qui se retournait et s'étirait. Ses longs cheveux étaient répandus sur l'oreiller, ses seins magnifiques découverts par le drap se dressaient, fermes et tentateurs...

Il avait envie de raccrocher ce fichu téléphone, de retourner au lit avec elle et de lui faire sauvagement l'amour, jusqu'à ce qu'ils oublient le passé.

— Mouais ? dit-il à contrecœur.

— Je pense que nous devrions nous rencontrer, shérif. Je n'aime pas communiquer de mauvaises nouvelles au téléphone.

— Ecoutez, cela fait des années que Tawny-Lynn et moi attendons de connaître la vérité. Parlez-moi franchement. S'agit-il de sa sœur ?

— Non. J'ai vérifié les dossiers dentaires. Il ne s'agit pas de Peyton Boulder.

Il s'interrompit, et le cœur de Chaz s'emballa.

— Qui est-ce, alors ?

Il perçut une brève hésitation à l'autre bout de la ligne.

— Votre sœur, shérif.

Il eut l'impression que la pièce se mettait à tourner autour de lui, tandis que l'air devenait irrespirable.

Il cilla, déglutit avec peine, appuya son front contre la vitre...

Dehors, le soleil brillait, et le beau temps lui parut soudain incongru au regard de ce qu'il était en train de vivre.

Pendant toutes ces années, il avait espéré... Quoi, exactement ? Que Ruth soit toujours en vie ? Sans se l'avouer, il avait toujours su que cela se terminerait ainsi.

Ce qu'il ne s'expliquait pas, c'était la raison pour laquelle son cadavre avait été retrouvé à White Forks.

— Shérif ?

Il se passa une main sur le visage, cherchant à se ressaisir.

— Oui, je suis là. Vous êtes sûr de vous ?

— Absolument certain. Je suis désolé, shérif.

Son instinct professionnel prit finalement le dessus.

— Vous savez depuis combien de temps elle est enterrée là ?

— A peu près sept ans.

Donc, elle n'avait jamais fugué…

— Quelle est la cause de sa mort ?

— A en juger par les marques sur son crâne, elle a reçu un coup violent à la tête, mais je ne peux pas dire si c'était accidentel ou intentionnel.

— Merci, docteur. Je vais avertir mes parents.

Ensuite, ils pourraient offrir à Ruth la dernière demeure qu'elle méritait.

Il ne vit pas que Tawny-Lynn l'avait rejoint avant qu'elle lui touche le bras.

— Que se passe-t-il, Chaz ?

Alors qu'il tournait la tête vers elle, son regard fut attiré par quelque chose qui brillait sur le sol, près du lit.

La bousculant presque au passage, il traversa la pièce et se pencha pour ramasser l'objet.

Il s'agissait d'un bracelet porte-bonheur.

Le bracelet de Ruth.

— Où as-tu trouvé ça ? demanda-t-il, la gorge tellement nouée qu'il s'étouffait presque sur les mots.

— Chaz…

Sa colère se déchaîna tandis que leurs regards se croisaient.

— Où l'as-tu eu ?

— Dehors. Hier, dit-elle d'une voix mal assurée.

— Près de la tombe ?

Elle hocha la tête, en enfouissant les mains dans les poches de son peignoir.

— Chaz, est-ce que c'était le médecin légiste ? Le corps est celui de Peyton ?

— Tu sais très bien ce qu'il a dit.

La voix de Chaz était devenue glaciale.

— Tu as trouvé le bracelet. Tu savais que c'était Ruth dans cette tombe.

— Non, c'est faux.

Le visage blême, Tawny-Lynn secouait lentement la tête.

— Si, tu le savais.

Il agita le bracelet devant elle.

— Tu savais depuis hier, et tu m'as laissé croire que c'était Peyton.

Il enfonça brutalement les doigts dans son bras.

— Ou alors, tu le sais depuis longtemps.

— Quoi ? Non, bien sûr que non.

— C'est ça que tu as oublié, il y a sept ans ? Que Ruth était enterrée sur votre propriété ?

Un muscle joua dans la mâchoire de Chaz.

— Tu savais qu'elle était là depuis tout ce temps ? C'est pour ça que tu as quitté la ville ? Parce que tu ne supportais plus de mentir à tout le monde ?

— Non, dit-elle d'une toute petite voix.

— Si, tu le savais ! Que s'est-il passé ? Ruth et Peyton t'ont aidée à sortir du bus et sont parties ?

— Je ne sais pas. Je t'ai dit que je ne me souvenais de rien.

— Pourquoi Ruth est-elle enterrée là ? Comment a-t-elle fait pour venir du lieu de l'accident jusqu'au ranch ?

Les yeux de Tawny-Lynn étaient noyés de larmes.

— Je n'en ai pas la moindre idée.

Chaz réfléchit à un scénario plausible.

— Tu as dit que Peyton avait une liaison avec un homme marié. C'est peut-être lui qui a causé l'accident, et elle a finalement décidé de s'enfuir avec lui. Ruth a essayé de la raisonner et l'homme, ou Peyton, l'a frappée à mort et l'a enterrée ici pour que personne ne la trouve.

— Mais… Peyton aimait ta sœur. Elle ne lui aurait jamais fait de mal.

Il la libéra si soudainement qu'elle trébucha en arrière.

— Alors dis-moi ce qui s'est passé, bon sang !

— Je ne sais pas ! Peut-être que celui qui a tué Ruth a obligé Peyton à le suivre.

— Ou…

Une autre pensée venait de le traverser.

— Ton père était un ivrogne. Ruth est peut-être venue lui dire que Peyton allait s'enfuir avec un homme. Ils se sont disputés, et il l'a tuée !

— Tu dis vraiment n'importe quoi. Pourquoi ce serait la faute de mon père ou de ma sœur ?

— Où est-elle, ta chère sœur ? Qu'a-t-elle fait pendant toutes ces années ?

— Mais je n'en sais rien ! cria Tawny-Lynn. Si je le savais, tu ne crois pas que je te l'aurais dit ?

Chaz ne savait plus ce qu'il devait penser ou ce qu'il devait croire. Il finit de s'habiller, récupéra son arme et se dirigea vers la porte.

Avant toute chose, il devait prévenir ses parents. Et ce serait la pire démarche qu'il ait jamais accomplie de sa vie.

Les larmes aux yeux, Tawny-Lynn écoutait le pas décidé de Chaz marteler les lattes de parquet du couloir. Elle avait l'impression qu'un immense poids venait de s'abattre sur elle, que tout espoir de bonheur avec lui était anéanti à jamais.

Comment avait-il pu se montrer aussi dur, aussi injuste ? Ni sa sœur ni son père n'avaient de raisons de s'en prendre à Ruth. Et, pour sa part, elle ne mentait pas en affirmant qu'elle ne savait rien.

Mais s'il avait une aussi piètre opinion d'elle après l'intimité qu'ils avaient partagée, alors personne ne voudrait la croire.

Si seulement elle savait avec qui Peyton avait eu une liaison…

Elle arpenta la chambre, se creusant l'esprit, puis elle se souvint que Chaz avait parlé de Keith Plummer comme d'un suspect. A l'époque, il devait avoir moins de vingt-cinq ans, et elle avait le souvenir d'un homme séduisant.

Et si Peyton avait été amoureuse de lui ?

En admettant qu'elle l'ait poussé à quitter sa femme, il avait pu la tuer dans un accès de colère. Ruth avait peut-être été témoin du meurtre, ou elle était au courant pour lui, et il l'avait tuée pour la faire taire, l'enterrant à White Forks pour détourner les soupçons.

Déterminée à découvrir la vérité, elle prit une douche rapide, s'habilla, et chercha l'adresse de Plummer.

Vingt minutes plus tard, Tawny-Lynn se garait devant une modeste maison en brique d'un quartier populaire de la ville. Dans l'ensemble, les jardins étaient un peu négligés, mais les maisons étaient correctement entretenues.

Elle se gara dans la rampe d'accès au garage, notant les tricycles dans le jardin. Apparemment, les Plummer avaient de jeunes enfants.

Elle sonna, angoissée à l'idée de commettre un impair. Si elle accusait Plummer d'avoir eu une liaison et que sa femme n'était pas au courant, elle risquait de briser un mariage.

La porte s'ouvrit, et une jeune femme blonde d'une trentaine d'années apparut, un bébé calé sur la hanche et deux petits enfants agrippés à ses jambes.

— Si vous vendez quelque chose, je ne suis pas intéressée, dit-elle.

Tawny-Lynn glissa son pied dans l'entrebâillement avant qu'elle ait eu le temps de refermer la porte.

— Je ne vends rien, madame Plummer. Je m'appelle Tawny-Lynn Boulder, et je voudrais vous parler.

Un tic nerveux fit tressauter le coin de la bouche de la jeune femme.

— Herman, Jerry, allez regarder un dessin animé, dit-elle aux deux petits garçons qui dévisageaient la visiteuse avec curiosité.

Tapotant le dos du bébé, elle ajouta à l'intention de Tawny-Lynn :

— De quoi s'agit-il ?

— Je sais que la police a interrogé votre mari, il y a sept ans, quand ma sœur et Ruth Camden ont disparu...

— Vous voulez dire qu'ils l'ont harcelé.

Elle serra plus fort le bébé contre elle.

— Keith est un homme bien. Un bon père.

Tawny-Lynn prit une profonde inspiration.

— Depuis mon retour, j'ai appris que ma sœur avait une liaison avec un homme marié. J'ai besoin de savoir de qui il s'agit.

La femme de Plummer lui lança un regard noir.

— Vous croyez qu'il s'agit de Keith ?

— Je ne sais pas. Mais le cadavre de Ruth Camden a été retrouvé hier sur la propriété de mon père. Si Peyton a poussé cet homme à quitter sa femme, alors...

— Espèce de garce ! Comment osez-vous venir chez moi et sous-entendre que mon mari couchait avec une adolescente ? Et comme si ça ne suffisait pas, vous l'accusez de meurtre ?

— Je suis désolée. Je cherche seulement la vérité.

— Eh bien, la vérité est que Keith n'a jamais couché avec votre sœur, et qu'il n'a tué personne. Et maintenant, partez de chez moi avant que je ne vous mette dehors.

— Bien. Mais si je découvre que vous m'avez menti, je reviendrai. Et, cette fois, je serai accompagnée du shérif.

La jeune femme lui claqua la porte au nez, et Tawny-Lynn serra les dents. Elle venait de se faire une ennemie de plus.

Mais la femme de Keith Plummer s'était montrée nerveuse et sur la défensive quand elle avait appris qui elle était.

Mentait-elle pour couvrir son mari ?

16

Chaz s'efforça de contrôler ses émotions tandis qu'il apprenait la terrible nouvelle à ses parents. Sa mère était recroquevillée dans son fauteuil préféré et pleurait doucement, tandis que son père avalait d'un trait son deuxième verre de whisky en faisant les cent pas dans le salon.

— Tu l'as trouvée au ranch White Forks ? demanda-t-il, en reposant la question pour la deuxième fois.

— Oui. En fait, c'est Tawny-Lynn qui l'a découverte en nettoyant un parterre de fleurs.

Son père pivota vers lui, les yeux exorbités de rage, une veine battant dangereusement sur son front.

— Je t'ai dit que cette fille nous mentait depuis des années. Elle savait probablement depuis le début que notre petite fille était là !

— Je n'arrive pas à croire que son corps était si près de nous depuis tout ce temps, murmura Barbara Camden.

Elle se tamponna les yeux et fit un effort pour se ressaisir.

— J'ai toujours conservé l'espoir qu'elle avait survécu…

C'était le cas. Elle était sortie indemne de l'accident, et quelqu'un l'avait tuée. Dans l'ignorance, ils avaient organisé des battues, distribué des tracts, fait des apparitions télévisées pour supplier qu'on leur donne de ses nouvelles…

— Boulder n'était qu'un ivrogne minable, déclara Gerome. Et Tawny-Lynn a couvert ses actes.

Le mal de tête de Chaz s'amplifiait à mesure qu'il cherchait un sens à la situation. Il avait porté la même accusation, maltraitant en paroles Tawny-Lynn. Mais, à présent qu'il commençait à recouvrer ses esprits, il ne pouvait l'imaginer gardant un tel secret pendant si longtemps.

Avec le harcèlement que lui avaient fait subir la police et la ville, elle aurait forcément fini par craquer si elle avait quelque chose à cacher.

A moins que le meurtrier de Ruth ne soit pas le mystérieux amant de Peyton, mais bel et bien le vieux Boulder, et que Tawny-Lynn ait eu trop peur de son père pour avouer la vérité.

Mais la douleur dans ses yeux était bien trop réelle pour qu'elle ait menti. Et puis, si elle avait su que le cadavre était là, pourquoi le signaler maintenant ?

Chaz s'agenouilla devant sa mère et prit ses mains entre les siennes.

— Maman, je te promets que je ferai toute la lumière sur ce qui s'est passé.

Elle se pencha et le serra contre elle en tremblant.

— Je ne veux pas te perdre aussi, Chaz.

— Il ne m'arrivera rien, ne t'inquiète pas, dit-il d'un ton rassurant.

Il jeta un coup d'œil à son père qui arpentait toujours la pièce, son agitation grandissant chaque seconde qui s'écoulait.

A l'évidence, Gerome Camden n'était pas en mesure de consoler sa femme. Le jour où Ruth avait disparu, quelque chose s'était brisé en lui, et il n'avait plus jamais été le même. La confirmation de la mort de sa fille adorée achèverait probablement de le transformer, l'incitant à se retirer plus profondément encore dans sa coquille.

— Y a-t-il quelqu'un que je puisse appeler pour te tenir compagnie, maman ? Peut-être ton amie Louise ?

Elle hocha la tête et se redressa en lui pressant le bras.

— Oui, chéri, ce serait bien que Louise puisse venir.

— D'accord. Ensuite, il va falloir que je fasse une déclaration à la presse. Cela incitera peut-être un témoin à se présenter.

— Tu crois que c'est une bonne idée ? demanda son père.

— Tawny-Lynn a découvert que sa sœur voyait un homme

marié. Si nous le retrouvons, il pourra peut-être combler les blancs.

— Tu penses que c'est lui qui a tué Ruth ?

— C'est possible. Et, si c'est le cas, il payera pour ce qu'il a fait.

— Je suppose que nous allons devoir prendre des dispositions, dit sa mère, les yeux débordants de nouveau de larmes.

— Je vous préviendrai dès que le légiste aura restitué son corps.

— Quand tu feras cette conférence de presse, précise que nous offrirons cinquante mille dollars à quiconque nous fournira des informations permettant d'arrêter le coupable, dit son père. Cette fois, nous aurons peut-être un résultat.

Chaz approuva, embrassa sa mère, et appela Louise tandis qu'il regagnait sa voiture. L'amie de Barbara exprima ses regrets et promit de venir aussitôt.

Il appela ensuite le maire, le rédacteur en chef du journal local, la station de télévision la plus proche et Justin Thorpe, l'officier délégué par les Texas Rangers pour coordonner les différents cas de disparition de jeunes filles dans la région.

A midi, il s'adressait à eux.

— C'est avec une grande tristesse que je viens vous annoncer que nous avons retrouvé le cadavre de ma sœur, Ruth Camden. Le corps a été découvert au ranch de White Forks. Pour le moment, nous n'avons aucun élément permettant de localiser Peyton Boulder. Nous avons récemment appris qu'elle entretenait une liaison avec un homme marié, et il est possible que ce dernier ait joué un rôle dans sa disparition. A ce stade, nous ne connaissons pas l'identité de l'homme. Si vous avez des informations à ce sujet, veuillez prendre contact avec la police. Une récompense de cinquante mille dollars est offerte pour toute information qui permettra une arrestation dans cette affaire. Merci pour votre attention.

Plusieurs mains se levèrent et les questions fusèrent.

Chaz répondit de son mieux, en espérant que la démarche aboutirait, cette fois.

Tawny-Lynn avait les yeux rivés sur l'écran de télévision, et son cœur se serrait pour Chaz. Divulguer la nouvelle de la mort de Ruth était assurément un calvaire pour lui.

Les Camden devaient probablement la haïr.

Mais elle avait cessé de se préoccuper de ce qu'on pensait d'elle. Cela faisait trop longtemps maintenant qu'elle vivait avec la douleur de savoir que tout le monde était contre elle.

A quoi bon se ronger les sangs pour une situation qu'elle ne pouvait pas changer ? Elle avait envie de vivre un peu pour elle maintenant.

Pourtant, elle se souciait de ce que ressentait Chaz.

Et elle voulait que justice soit faite en ce qui concernait Ruth.

Les larmes menaçaient de nouveau de couler, et elle se leva, décidée à s'occuper pour faire diversion à son angoisse. Elle n'avait cependant pas la force de continuer à jardiner après la découverte qu'elle avait faite.

Faute de mieux, elle se replia donc sur le ménage, écœurée par le désordre que l'équipe de la police scientifique avait laissé. Elle lava les murs, dépoussiéra et cira sols et meubles jusqu'à la nuit.

Tombant d'épuisement, elle prit une douche, se servit un verre de vin, et se prépara une salade. Avant qu'elle ait eu le temps d'y plonger sa fourchette, le téléphone de la maison sonna.

Elle sursauta, apeurée. Elle avait oublié de résilier l'abonnement. C'était probablement un démarcheur, mais elle ne put se résoudre à ignorer l'appel et finit par saisir l'ancien et lourd combiné en bakélite noire.

— Allô ?

Seul le silence lui répondit, puis elle entendit le bruit d'une respiration à l'autre bout de la ligne.

— Qui est à l'appareil ?

Etait-ce la personne qui avait laissé les messages ensanglantés sur ses miroirs ? Celle qui avait essayé de la tuer ?

La colère la submergea.

— Ecoutez-moi bien, si c'est vous qui avez essayé de me tuer, sachez que vous ne me faites pas peur.

Ses mains moites glissaient du combiné et elle raffermit sa prise.

— D'accord, espèce de lâche. Je vais raccrocher.
— Non.

Tawny-Lynn se figea. La voix était celle d'une femme, mais elle était étouffée. Pourtant, elle lui parut familière.

— Qui êtes-vous ?
— Je sais avec qui couchait Peyton.

Etait-ce la femme de Keith Plummer ? Peut-être avait-elle décidé de cesser de couvrir son mari et de soulager sa conscience...

— Dites-moi son nom.
— Pas au téléphone. Retrouvez-moi à la base de loisirs, près du plan d'eau, et je vous raconterai tout.
— Comment cela « tout » ?

On raccrocha, et elle n'entendit plus que le bip-bip lancinant du téléphone.

Tawny-Lynn resta assise un moment à réfléchir, tandis que le vent faisait claquer les volets de la vieille maison.

Si la femme mystérieuse était l'épouse de Keith Plummer, pourquoi ne s'était-elle pas identifiée ? Et pourquoi ce rendez-vous clandestin ?

Et s'il s'agissait d'un guet-apens ? Elle était peut-être la complice de l'homme qui avait essayé de la tuer...

Ou alors, il s'agissait peut-être de la meurtrière de Ruth. Personne n'avait jamais envisagé que le coupable de la disparition des deux filles puisse être une femme. Mais si Peyton avait une liaison avec un homme marié et que sa femme l'avait appris, peut-être avait-elle voulu se venger ?

Et elle voulait maintenant éliminer le dernier témoin.

Tawny-Lynn prit son portable pour appeler Chaz, mais hésita, le cœur serré au souvenir des accusations qu'il avait proférées.

Non, à la réflexion, elle irait seule.

Mais elle prendrait le fusil de son père par simple précaution.

Après la conférence de presse, Chaz avait fait le point avec le Texas Tanger Justin Thorpe et le shérif Blair de Sunset Mesa. Puis il avait passé l'après-midi à répondre aux appels plus ou moins farfelus qui avaient suivi sa déclaration.

Dès qu'il était question de récompense, il fallait s'attendre à une avalanche de témoignages plus ou moins bien intentionnés, mais il en ressortait parfois un élément exploitable.

Hélas, la nuit était tombée sans qu'une nouvelle piste se dessine.

Chaz s'apprêtait à plier bagage quand la porte du bureau s'ouvrit, livrant le passage à Keith Plummer. L'homme était fou furieux.

— Comment osez-vous envoyer Tawny-Lynn Boulder questionner ma femme et porter des accusations contre moi ?

— Quoi ?

Chaz s'imposa de garder son calme.

— Je n'ai rien demandé à Tawny-Lynn.

— Alors pourquoi est-elle venue importuner ma femme, en prétendant que je tournais autour de sa sœur ?

Chaz laissa échapper un soupir d'exaspération.

— Parce qu'elle cherche des réponses, je suppose.

Il se leva, dépassant Plummer d'une bonne tête.

— Aviez-vous une liaison avec Peyton ?

— Vous vous fichez de moi ?

Plummer se mit à marmonner en secouant la tête.

— Je n'y crois pas ! Ça ne finira donc jamais ? On ne m'a pas assez pourri la vie, il y a sept ans ?

— Vous n'avez pas répondu à ma question, remarqua calmement Chaz. Avez-vous couché avec Peyton Boulder ?

— Non ! cria Plummer. Pour l'amour du ciel, c'était une adolescente.

Chaz le dévisagea avec insistance.

— Pourquoi le shérif Simmons vous a-t-il interrogé ?

— Parce que je me trouvais au mauvais endroit au mauvais moment. Et comme j'avais un casier, suite à une bagarre dans un bar deux ans plus tôt, j'étais le suspect idéal. Une fois qu'on est fiché, même pour un délit mineur, les flics vous ont dans le collimateur.

— Admettons. Mais le shérif Simmons avait peut-être des raisons valables de s'intéresser à vous.

L'homme lui lança un regard exaspéré.

— Ecoutez, shérif, ça m'a servi de leçon. Je n'ai pas bu une goutte d'alcool depuis des années, et je suis fidèle à ma femme. Je n'ai pas couché avec Peyton, et je n'ai pas tué votre sœur. Alors vous allez dire à Tawny-Lynn que, si elle continue à nous harceler, je vais porter plainte contre elle et ne pas la lâcher.

Sur ces mots, Plummer fit demi-tour et sortit en claquant la porte, laissant Chaz pensif. L'homme avait peut-être réglé son problème d'alcool, mais, à en juger par son tempérament explosif, il pouvait se montrer imprévisible.

Obéissant à une subite intuition, Chaz attrapa son Stetson et ses clés, et se dirigea vers sa voiture de patrouille. Les feux arrière de la camionnette de Plummer disparaissaient déjà dans la nuit.

Chaz quitta le parking et le suivit sur la route qui menait à White Forks. Mais, au lieu de se rendre chez Tawny-Lynn comme il le craignait, l'homme prit la direction du quartier où il résidait.

Chaz poursuivit sa route et, comme il approchait du chemin menant au ranch, il vit le vieux pick-up de Boulder en sortir. Curieux, il entreprit de suivre Tawny-Lynn, en veillant à conserver une certaine distance pour ne pas attirer son attention.

Au bout de deux kilomètres, elle tourna dans un petit chemin qui menait à la base de loisirs. L'endroit avait longtemps été apprécié des adolescents qui s'y donnaient rendez-vous pour flirter, mais ils avaient maintenant jeté leur dévolu sur un autre lieu, laissant celui-ci aux mains des revendeurs de drogue.

Le mois dernier, Chaz avait interrompu une transaction, mais il savait qu'il lui faudrait du temps pour démanteler le réseau. En chemin, il avait noté que plusieurs feux tricolores étaient hors service et se promit de prévenir au plus tôt les services de la ville. Le terrain de jeu avait lui aussi grand besoin d'être rénové, et peut-être son père pourrait-il soumettre la question au vote du conseil municipal, à moins qu'il ne lui soit possible de faire une donation à titre personnel. Mais, pour le moment, le sujet n'était évidemment pas d'actualité…

Il vit que Tawny-Lynn continuait à rouler vers la zone de pique-nique et il coupa ses phares pour ne pas l'alerter. Elle se gara et resta assise quelques minutes dans sa voiture.

Une autre voiture apparut, un petit modèle citadin qui ralentit en s'approchant du vieux pick-up du père de Tawny-Lynn.

Elle devait avoir donné rendez-vous à quelqu'un. Mais pourquoi avoir accepté cette rencontre en pleine nuit dans cet endroit désert ?

Il pensait qu'elle était plus raisonnable que ça.

Son instinct de protection se réveilla, et il vérifia son arme, avant de reporter son attention sur la femme vêtue d'une veste noire à capuche qui venait de sortir de la voiture.

Tawny-Lynn ouvrit la portière du pick-up et sortit. Chaz se sentit immédiatement soulagé en découvrant qu'elle avait emporté avec elle le fusil de son père.

Il descendit à son tour de voiture, en prenant soin de refermer sa portière sans bruit, puis il s'avança le long de la berge du plan d'eau, en profitant du couvert de la végétation.

L'inconnue désigna un banc. Tawny-Lynn abaissa son fusil et la suivit.

Chaz se démancha le cou, attendant pour voir son visage que la femme avance dans le halo diffusé par une lune blafarde.

Lorsqu'il put enfin voir qui elle était, son cœur s'arrêta un instant de battre.

Ce n'était pas possible.

Ça ne pouvait pas être…

17

Tawny-Lynn dévisageait avec stupeur la femme qui se tenait devant elle.

Ce n'était pas possible. Elle était victime d'une hallucination.

— Salut, sœurette.

Tawny-Lynn secoua la tête, comme pour remettre ses idées en place. Jamais elle n'aurait pu imaginer se retrouver un jour face à Peyton.

Et pourtant, c'était bien elle. La sœur dont elle pleurait la disparition depuis sept ans.

Elle avait les cheveux plus sombres maintenant, agrémentés de reflets roux, mais ses yeux bleus étaient reconnaissables entre mille.

— Tu es vivante ? s'exclama-t-elle, quand elle eut retrouvé son souffle. Mais comment est-ce possible ? Où étais-tu, toutes ces années ?

— Je suis désolée, Tawny-Lynn. Je regrette de t'avoir laissée affronter toute seule ce qui a suivi, mais j'avais peur.

Après la surprise et le soulagement, c'était maintenant de la colère qu'éprouvait Tawny-Lynn.

— Tu m'as laissée croire qu'on t'avait enlevée, peut-être violée et assassinée…

Des larmes difficilement contenues faisaient dérailler sa voix.

— Comment as-tu pu me faire ça ?

— Je vais t'expliquer. Mais, je t'en prie, pose le fusil de papa.

Tawny-Lynn avait complètement oublié qu'elle tenait une arme.

— Je pensais que tu étais peut-être la personne qui avait essayé de me tuer.

Peyton parut décontenancée.

— Quoi ? Oh ! mon Dieu, mais… Pourquoi voudrait-on te tuer ?

Tawny-Lynn posa le fusil sur une des tables de pique-nique.

— Parce que tout le monde en ville pense que j'en sais plus sur l'accident que je n'ai voulu en dire.

Sa voix monta soudain dans les aigus.

— Mais, depuis toutes ces années, tu étais bien vivante, alors que Ruth était enterrée dans notre ranch.

— Je… je n'étais pas au courant pour Ruth. Je pensais qu'elle s'était enfuie aussi.

Tawny-Lynn massa ses tempes où elle sentait poindre un mal de tête. Sa sœur lui avait tellement manqué. Elle avait tant désiré la revoir, priant pour qu'elle soit toujours en vie…

Et maintenant qu'elle était devant elle, elle ne savait pas comment réagir.

Elle se laissa tomber sur le banc, vidée de toute énergie. Peyton prit place à côté d'elle et la serra dans ses bras.

— Je suis désolée, vraiment. Je voulais t'appeler… Je voulais revenir et t'expliquer.

— Mais tu ne l'as pas fait, constata Tawny-Lynn d'un ton peiné.

— J'étais lâche. Mais j'avais mes raisons…

Un bruit de gravier écrasé résonna à proximité. Des branches craquèrent, puis une rude voix d'homme résonna, portée par le vent.

— Alors tu as menti pendant tout ce temps, Tawny-Lynn. Je comprends maintenant pourquoi tu es partie. Est-ce que vous habitiez toutes les deux ensemble ?

Tawny-Lynn s'écarta de sa sœur et tourna la tête, le cœur battant à se rompre. Chaz les fixait toutes deux avec rage.

— Non, c'est faux, murmura-t-elle, le souffle presque coupé.

— Alors où est la vérité ? demanda-t-il froidement. Parce que je ne sais plus du tout ce que je dois croire.

Tawny-Lynn avait la tête tournée.

— Je ne sais pas. Mais je ne t'ai pas menti.

— Et pourtant, tu es ici avec ta sœur soi-disant disparue.

Le souvenir de la nuit qu'elle avait passée dans les bras de Chaz était si lointain qu'elle aurait aimé pouvoir remonter le temps. Mais il s'était passé beaucoup trop de choses depuis, et elle doutait de pouvoir retrouver un jour une relation apaisée avec lui.

Toute complicité entre eux avait disparu et, si Chaz la croyait capable d'avoir couvert l'assassinat de Ruth, alors il la connaissait bien mal.

Chaz décrocha ses menottes de sa ceinture, prêt à emmener les deux sœurs et à les mettre en garde à vue pour dissimulation de preuves et entrave à l'enquête.

— Ce n'est pas la faute de Tawny-Lynn.

Peyton s'était levée pour prendre la défense de sa petite sœur. C'était bien joli, mais où était-elle quand la ville et leur propre père avaient persécuté Tawny-Lynn ?

A la réflexion, Chaz n'était plus aussi catégorique quant à l'implication de Tawny-Lynn. Il était impossible que cette dernière ait su à ce moment-là où se trouvait Peyton. Elle était blessée à la tête et traumatisée. Et sa réaction quand tout le monde l'avait rejetée avait été par trop réelle.

— Est-ce que tu as tué ma sœur ? demanda-t-il à Peyton.

Elle ouvrit de grands yeux.

— Non ! Grands dieux non, Chaz ! J'adorais Ruth.

Les bras croisés, elle se balança d'avant en arrière, faisant crisser les gravillons sous ses talons.

— En fait, j'ignorais qu'elle était morte avant de voir ta conférence de presse. C'est ce qui m'a décidée à appeler Tawny-Lynn et à lui donner rendez-vous.

Chaz tourna la tête vers Tawny-Lynn, qui observait sa sœur avec un mélange d'ébahissement et de reproche.

— Où étais-tu ? murmura-t-elle.

Peyton s'éclaircit la gorge.

— Dans le Tennessee. Je devais quitter la ville. Je n'avais pas le choix.

— Tu aurais pu revenir à la maison, remarqua Tawny-Lynn. Toute la ville te cherchait. Je te cherchais. Et papa...

— Papa et moi nous disputions sans arrêt. C'est pour ça que je suis partie.

— Il ne supportait pas que tu aies une liaison avec un homme marié, précisa sèchement Chaz.

Elle fut surprise.

— Comment le sais-tu ?

— J'ai discuté avec J.J., Cindy et Rudy, expliqua Tawny-Lynn.

Peyton devint livide.

— Que t'ont-ils dit d'autre ?

— Rien. Alors, qui était-ce ? Tu t'es enfuie avec lui ?

— Non.

Elle frissonna, et parut soudain effrayée et vulnérable.

— Mais c'est à cause de lui que je suis partie.

— Que s'est-il passé avec Ruth ? voulut savoir Chaz. Vous vous êtes disputées à cause de ta relation avec cet homme, et tu l'as tuée pour qu'elle ne révèle pas ton secret ?

Peyton secoua farouchement la tête.

— Je ne lui aurais jamais fait de mal, je te l'ai dit.

— Mais tu t'es disputée avec elle, insista Tawny-Lynn. Vous avez commencé à vous chamailler dans le bus.

— Tu nous as entendues ?

— Je n'ai pas compris ce que vous disiez, mais je savais que quelque chose n'allait pas. Puis le bus a été percuté, le chauffeur a perdu le contrôle, et nous avons basculé dans le ravin.

— Oui, et quand je suis revenue à moi, j'ai senti de la fumée. Tu étais blessée, et je t'ai tirée hors du bus avant qu'il n'explose.

— Alors, c'était toi ?

— Et Ruth ? demanda Chaz.

— Elle avait disparu. J'ai cherché tout autour, et je ne l'ai pas trouvée.

— Comment cela, tu ne l'as pas trouvée ?

— Elle n'était pas dans le bus. Tu dois me croire, Chaz. Si elle y avait été, je l'aurais sauvée aussi.

— Mais comment a-t-elle pu s'en aller ? s'étonna Tawny-Lynn.

Peyton eut un haussement d'épaules impuissant.

— Je ne sais pas. Au début, j'ai pensé qu'il avait peut-être… Qu'elle était partie avec lui. J'ai eu peur, et je me suis enfuie. Un routier m'a prise en stop, et c'est comme ça que je me suis retrouvée dans le Tennessee.

Chaz grinça des dents.

— Avec qui as-tu cru qu'elle était partie ?

— Tu dois comprendre que nous étions jeunes, dit Peyton pour sa défense. J'étais terrifiée…

— Tu n'as pas répondu à ma question.

Tawny-Lynn adressa à sa sœur un regard suppliant.

— Dis-nous ce qui s'est passé, Peyton. Depuis que je suis revenue à Camden Crossing, quelqu'un me menace. Un homme s'est même introduit au ranch et a essayé de m'étrangler.

— Je suis tellement désolée. Je pensais que tout s'arrangerait avec mon départ.

— Ce ne sera vraiment terminé que lorsque je l'aurai arrêté, dit Chaz.

Peyton se laissa tomber sur le banc en se tordant les mains.

— Je n'arrive pas à croire qu'il ait pu tuer Ruth. Il était marié et, quand il a rompu avec moi, j'ai été dévastée. J'étais jeune et stupide, et je croyais être amoureuse de lui…

— Tu voulais l'épouser ? demanda gentiment Tawny-Lynn.

— Oui. Je croyais qu'il était sincère avec moi. Puis il a commencé à faire des avances à Ruth. Et comme elle ne cédait pas, il a fait pression sur elle, il est devenu menaçant. Je me suis rendu compte qu'il s'était moqué de moi, que je n'étais pas la seule. J'ai dit à Ruth qu'elle devait en parler à ses parents.

Peyton leva les yeux vers Chaz.

— C'est pour ça que nous nous disputions. Elle avait peur d'en parler. Puis il a commencé à nous menacer… et je me suis enfuie.

Tawny-Lynn prit les mains de sa sœur dans les siennes.

— Qui est-ce ? Tu dois nous dire son nom.

Peyton hocha la tête et dit dans un murmure :

— C'est le coach Wake.

Tawny-Lynn tomba des nues.

— Notre entraîneur de softball ? Il a couché avec toi ?

Peyton hocha la tête, la mine honteuse.

— Il m'a séduite et je suis tombée follement amoureuse de lui. Mais ensuite, il a fait des avances à Ruth. Et j'ai entendu d'autres filles dire qu'il avait essayé de coucher avec elles. Je voulais qu'il laisse Ruth tranquille. Alors, après le match, ce jour-là, je lui ai dit que nous allions en parler aux Camden.

— Et c'est alors qu'il vous a menacées ? demanda Chaz.

Peyton répondit par un hochement de tête.

— Il a dit qu'il ferait de nos vies un enfer si nous en parlions. Ruth avait très peur de la réaction de ton père. Elle m'a suppliée de ne rien dire.

— Et quand tu as sorti Peyton du bus, où était Ruth ?

— Je ne sais pas.

— Tu aurais dû rester sur place et en parler à quelqu'un, aux secouristes par exemple. Ma sœur serait peut-être encore en vie.

— Je sais, mais j'étais terrifiée. Le coach était si furieux après notre conversation qu'il a suivi le bus. C'est lui qui a causé l'accident.

— Je devrais t'arrêter pour complicité de meurtre !

D'instinct, Tawny-Lynn prit la défense de sa sœur.

— Ecoute, Chaz, elle t'a dit la vérité. Elle n'a rien fait à Ruth, et elle s'est enfuie parce qu'elle avait peur, pas pour couvrir un meurtrier.

— Ta sœur était ma meilleure amie, dit Peyton avec ferveur. Si tu arrêtes le coach, je témoignerai contre lui.

Chaz l'observa un long moment.

— Tu peux me promettre de ne pas quitter la ville ?

— Oui.

Peyton passa un bras autour des épaules de Tawny-Lynn.

— J'avais dix-sept ans à l'époque, et j'avais peur. Mais je

ne suis plus une gamine. Je veux réparer mes erreurs. Et je ne laisserai pas le meurtrier de Ruth échapper à la justice.

— Nous allons rentrer au ranch ensemble, décida Tawny-Lynn.

— Et moi, je vais de ce pas arrêter ce salaud ! déclara Chaz.

Tandis qu'il retournait à sa voiture, Chaz se repassa des images du coach Wake. Il était toujours amical, souriant et blagueur, et particulièrement charmeur avec les mères. Mais c'étaient leurs filles qui l'intéressaient. Il les harcelait pour qu'elles couchent avec lui, puis il les menaçait pour ne pas qu'elles révèlent son sale petit secret.

Un secret pour lequel il était prêt à tuer.

Chaz tourna la clé de contact et quitta la base de loisirs. Consultant sa montre, il se dit que l'entraîneur devait être rentré chez lui. Sauf s'il y avait un match en nocturne.

Il bouillait de rage sur le trajet menant à la résidence des Wake. Sur place, il découvrit une maison neuve de deux étages avec des jardinières débordant de fleurs aux fenêtres, et un jardin bien entretenu.

Un décor idyllique laissant entendre que le coach Wake était un homme honnête et un bon père de famille.

Vérifiant son arme et ses menottes, Chaz monta les quelques marches du perron et sonna. Quelques instants plus tard, Susan Wake ouvrait la porte en souriant.

C'était une belle femme brune aux yeux verts. Et sa grossesse était très avancée.

— Shérif, que puis-je faire pour vous ?
— Votre mari est là ?
— Non, ils avaient un match.
— A domicile, ou à l'extérieur ?
— A domicile.

Chaz ne put s'empêcher de ressentir de la sympathie pour cette femme qui ignorait probablement tout des turpitudes de son mari. Néanmoins, il ne pouvait pas prendre le risque de lui expliquer la situation. Elle risquerait de prévenir son mari, et il n'avait pas l'intention que ce salaud lui échappe.

— Bon, ce n'est pas grave, dit-il. Je le verrai plus tard.

— Puis-je lui transmettre la raison de votre visite ?

— Non, merci. C'est sans importance.

Il s'en alla, comme si la conversation pouvait réellement attendre, mais il n'avait pas dit son dernier mot.

Il remonta en voiture et prit la direction du stade.

Les gradins des deux côtés étaient occupés par les parents des joueuses et des élèves. Le match tirait à sa fin. Le score était serré.

Des images de Ruth, Peyton et Tawny-Lynn en train de jouer lui revinrent. S'il avait su à l'époque à quel jeu immonde jouait le coach Wake, il aurait pris la défense des filles, et particulièrement celle de sa sœur qui était la plus vulnérable.

Pourquoi Ruth n'était-elle pas venue lui parler ?

Peut-être en avait-elle l'intention. Mais Wake l'avait tuée avant qu'elle ait eu le temps de se confier.

Les Cats égalisèrent et remportèrent le match. Les exclamations victorieuses lui rappelèrent le jour fatidique ou Tawny-Lynn avait fait gagner son équipe.

Et tout le reste avait été perdu.

L'équipe courait à travers le terrain, en criant, en se félicitant et en s'embrassant avec force démonstrations de joie. Le coach exultait. Il levait haut la main pour que les filles la tapent du plat de la paume en un rituel de victoire.

Les menottes tressautaient sur la hanche de Chaz, tandis qu'il traversait la pelouse à grands pas. L'équipe adverse se dirigeait déjà vers son bus. Mais les proches des Cats étaient debout dans les gradins, sifflant, criant et tapant des mains.

Le visage de Wake prit la couleur de la cendre lorsqu'il vit Chaz décrocher ses menottes, comme s'il devinait que le passé venait de le rattraper.

— Jim Wake, vous êtes en état d'arrestation.

Chaz tira les bras de l'homme en arrière. Les filles de l'équipe se figèrent, médusées. Le silence se fit dans les gradins, avant que des murmures curieux ne se mettent à fuser à travers la foule.

— Vous n'êtes pas obligé de faire ça devant tout le monde, grommela Wake.

— Oh que si !

Chaz referma les menottes d'un mouvement brusque, se souciant peu de brutaliser l'homme.

— Et vous devriez m'être reconnaissant de ne pas divulguer au micro les charges qui pèsent contre vous.

Il savait qu'on pourrait l'accuser de cruauté mentale pour avoir arrêté Wake devant l'équipe et la moitié de la ville, mais il s'en fichait.

Ce n'était qu'un juste retour des choses que l'homme qui avait bouleversé le cours de tant d'existences soit à son tour mis à mal.

18

— Où exactement as-tu découvert le corps de Ruth ? demanda Peyton à sa sœur, après qu'elles eurent chacune garé leur voiture.

Tawny-Lynn la conduisit sur le côté de la maison.

— Ici. J'arrachais des mauvaises herbes, et j'ai trouvé son bracelet. Puis… le cadavre.

— Je ne comprends pas comment elle a pu se retrouver ici. C'est à des kilomètres du lieu de l'accident.

— Je ne comprends pas non plus. En admettant que Wake l'ait tuée, pourquoi serait-il venu cacher son corps ici ?

— Je suis désolée de t'avoir laissée affronter ça toute seule.

— J'ai eu tellement peur. Tous ces gens qui m'en voulaient… Et puis, je pensais à toi tout le temps. Je me demandais ce qui avait pu t'arriver…

Peyton l'attira contre elle et la serra tendrement dans ses bras.

— Je regrette tellement. Je ne voulais pas vous faire souffrir, papa et toi. Simplement, je ne savais pas quoi faire.

Tawny-Lynn aurait voulu pardonner à sa sœur sans poser de questions, mais elle avait souffert pendant des années et elle avait besoin de tout savoir pour pouvoir tourner la page.

— Viens, rentrons. Je veux savoir où tu es allée, ce que tu as fait…

Elles marchèrent bras dessus, bras dessous jusqu'au perron. Mais, au moment de franchir la porte, Peyton eut une hésitation.

— Je ne suis pas sûre que ma place soit ici.

Tawny-Lynn lui pressa gentiment le bras.

— Moi non plus. Tu aurais dû voir l'état de la maison quand je suis arrivée. Papa s'était mis à boire vraiment beaucoup ces dernières années, et il était devenu très désordonné. Il n'y avait pas un seul endroit vide ou propre nulle part.

Peyton traversa le salon et s'arrêta devant la cheminée.

— J'aurais dû lui faire savoir que j'étais en vie avant qu'il ne meure.

Tawny-Lynn n'eut pas la force de protester poliment pour apaiser la culpabilité de Peyton.

Certes, elle était folle de joie de l'avoir retrouvée, mais elle ne pouvait s'empêcher de continuer à lui en vouloir pour la façon dont elle avait bouleversé leur vie. Sa disparition avait fait basculer leur père dans une quasi-démence, le poussant à boire et à collectionner les vieilleries comme pour remplir un vide. Sa relation avec lui s'était dégradée, il lui reprochait ouvertement de l'avoir privé de sa fille préférée, et leurs différends avaient fini par se transformer en haine.

Consciente qu'elles avaient besoin d'un remède à la tension qui régnait entre elles, Tawny-Lynn se dirigea vers la cuisine, ouvrit une bouteille de vin, et sortit deux verres d'un placard.

Peyton referma ses doigts tremblants autour du verre.

— Merci.

Tawny-Lynn but une gorgée pour se donner du courage.

— Papa a très mal vécu ta disparition. Il m'en a voulu.

— A toi ?

Peyton se laissa tomber sur le canapé.

— Pourquoi ? Tu étais blessée.

— Tu n'as pas lu les journaux ou regardé la télé ?

— J'étais trop occupée à chercher comment m'en sortir. Mais tu vas me raconter.

— J'ai souffert d'une commotion cérébrale, et ma mémoire était confuse. Je savais que quelqu'un m'avait sortie du bus, mais je ne pouvais pas voir de visage. Les parents des autres filles, ceux de Chaz, et même papa m'ont fait des reproches. Ils pensaient qu'on aurait pu vous retrouver si j'avais fait un effort pour me souvenir. D'autres étaient persuadés que je simulais l'amnésie pour couvrir votre ravisseur.

— Oh…

Peyton fixait son verre, trop embarrassée pour regarder sa sœur.

— Je n'ai jamais pensé que… Je crois que je n'ai pensé à rien du tout. Je me sentais tellement stupide et honteuse d'avoir couché avec le coach. Surtout quand j'ai découvert qu'il faisait des avances à toutes les filles.

— Papa et toi vous vous êtes beaucoup disputés durant les trois mois qui ont précédé l'accident. Il était au courant ?

— Non, mais il m'a surprise un soir à faire le mur, et il m'a traitée de dévergondée. Nous avons eu une dispute terrible… mais il avait raison.

Tawny-Lynn se radoucit.

— Tu n'étais qu'une gamine trop naïve. Wake a profité de toi.

— Mais j'aurais dû parler. Je n'ose pas imaginer le nombre de filles qui ont continué à subir son harcèlement.

Elle avait raison. Sept ans, sept équipes de filles…

— En tout cas, tu es de retour, et Chaz l'a arrêté. Il ne fera plus de mal à personne maintenant.

— Mais ça ne fera pas revenir Ruth.

Tawny-Lynn s'assit à côté de sa sœur, savourant le bonheur de la savoir en vie.

— Non, mais elle obtiendra enfin justice, et nous pourrons tous aller de l'avant.

Chaz appela ses parents sur le trajet vers son bureau et leur demanda de le retrouver là-bas. Il ne voulait pas qu'ils apprennent la nouvelle de l'arrestation du coach par la rumeur. C'était à lui de le leur annoncer, et ils méritaient de se confronter à l'homme qui avait tué Ruth.

Wake était prostré sur la banquette arrière, la tête baissée. Chaz ouvrit la portière et le tira à l'extérieur, tenant son bras avec fermeté tandis qu'il l'escortait à l'intérieur.

Son adjoint haussa les sourcils mais ne fit pas de commentaires tandis que Chaz relevait les empreintes de Wake et prenait des clichés.

— Je ne sais pas ce que vous croyez, shérif, mais vous faites une grave erreur.

— Vous n'aurez plus l'occasion de harceler qui que ce soit, répliqua Chaz entre ses dents serrées.

— Où avez-vous été chercher ces accusations stupides ? Aucune fille de mon équipe ne dirait jamais quelque chose d'aussi monstrueux à mon sujet.

Chaz colla presque son visage à celui de Wake.

— Et pourquoi ça ? Parce que vous avez menacé de détruire leur famille et leur vie si elles parlaient ?

L'homme se raidit.

— Je ne menacerais jamais une de ces petites.

— J'ai un témoin qui dit le contraire.

Un éclair de panique traversa le regard de Wake.

— Qui est-ce ?

— Vous le saurez en temps voulu.

Il prit l'homme par le bras et lui fit franchir la double porte au fond.

— Vous allez le regretter, déclara Wake, tandis qu'il le jetait en cellule.

Chaz fit claquer la grille et tourna la clé dans la serrure.

— Je ne crois pas. Vous allez enfin payer pour ce que vous avez fait.

— Je veux un avocat ! cria Wake. J'ai droit à un coup de téléphone.

— Vous l'aurez.

De retour dans les bureaux, Chaz expliqua la situation à son adjoint et lui demanda d'envoyer le plus tôt possible les empreintes au labo pour les comparer avec celles relevées au ranch Boulder et sur le bracelet de sa sœur.

Quelques minutes plus tard, ses parents faisaient irruption dans le bureau, l'air hagard.

— Que se passe-t-il, Chaz ? demanda sa mère, avec des larmes dans la voix.

— Tu as arrêté le meurtrier de Ruth ? s'écria son père.

— J'ai en effet arrêté quelqu'un. Mais je dois vous expliquer quelque chose avant que la nouvelle se répande.

Sa mère s'agrippa à son bras.

— Quoi ?

— Je n'y comprends plus rien, dit son père, perdant patience. Tu as arrêté l'assassin de Ruth, ou non ?

— Venez vous asseoir.

Il les conduisit dans une pièce à l'écart et leur proposa un café qu'ils refusèrent tous les deux.

— Dis-nous ce qui se passe, ordonna son père.

Chaz croisa les bras et commença par expliquer que Peyton était vivante.

Barbara eut un hoquet de surprise.

— Quoi ? Mais où était-elle pendant toutes ces années ?

— C'est elle qui a tué Ruth ? demanda Gerome Camden.

Chaz secoua la tête.

— Non. Je crois que c'est Jim Wake, mais j'ai besoin de temps pour étayer mes soupçons. J'ai un mobile, toutefois.

Barbara blêmit.

— Quel mobile ?

Chaz prit un siège et s'assit en face d'elle, notant que son père restait debout, tout son corps crispé comme s'il s'attendait à une nouvelle plus horrible encore.

— Peyton affirme que Wake l'a séduite, puis qu'il a fait des avances à Ruth.

Barbara écarquilla les yeux, sous le choc.

— Non. Ce n'est pas possible.

Chaz la détrompa d'un hochement de tête.

— Peu après, Peyton a compris que le coach harcelait d'autres filles. Après le match, ce jour-là, Ruth a dit à Wake qu'elle allait tout vous dire, mais il l'a prévenue qu'elle le regretterait si elle faisait ça.

— Il l'a menacée ? demanda Barbara.

— Le salaud ! s'exclama son père. Où est-il ? Je vais le tuer.

Chaz empêcha son père de quitter la pièce.

— Non, papa, tu ne vas rien faire du tout. Tu vas me laisser gérer ça. Il est en cellule maintenant.

— Qu'a-t-il fait à notre petite fille ? demanda Barbara dans un murmure.

Chaz tint bon face à son père qui essayait de le contourner pour gagner la porte.

— Peyton dit qu'il a suivi le bus et l'a percuté. C'est Wake qui a causé l'accident qui a tué les autres passagers et le chauffeur.

Barbara laissa tomber la tête entre ses mains.

— Oh ! Seigneur...

— Puis il a emmené Ruth quelque part et l'a tuée, dit Gerome. Il mérite la mort pour ce qu'il a fait.

Chaz partageait cet avis mais, pour que Wake soit condamné, il devrait bâtir un dossier solide.

— Maintenant, je veux que vous rentriez à la maison. Ne parlez à personne. Il faut que je prenne la déposition de Peyton, et que je rassemble le plus de preuves possible pour que Wake ne ressorte pas libre.

— Si c'est le cas, il ne vivra pas longtemps, marmonna Gerome.

— Je comprends ce que tu ressens, papa, mais évite de dire ce genre de choses en public.

Encore que son père n'avait pas tort. Si Wake échappait à la justice, la ville le lyncherait probablement.

Peyton se resservit un verre de vin.

— Tu n'as jamais pensé à revenir vivre ici ?

Le visage de Chaz passa dans son esprit comme un flash, et le cœur de Tawny-Lynn se serra. Mais, s'il y avait eu de l'amour entre eux, c'était à sens unique.

— Non, il n'y a rien pour moi à Camden Crossing, à part des souvenirs amers.

— C'est ma faute, et je ferai en sorte que tout le monde le sache.

Tawny-Lynn soupira.

— Je ne sais pas comment les gens réagiront, Peyton. Ils risquent de t'en vouloir de ne pas être revenue plus tôt.

— Je sais, mais il est temps que la vérité éclate. Tous ces mensonges m'ont rongée pendant des années. Et tu m'as manqué.

Peyton faisait de gros efforts pour refouler ses larmes.

— Quand j'ai appris que le cadavre de Ruth avait été découvert, j'ai compris que je ne me supporterais plus si je continuais à me terrer comme ça. Et toi ? Où es-tu allée quand tu as quitté le ranch ?

— J'ai obtenu une bourse pour l'université, mais, comme je ne m'en sortais pas financièrement, j'ai pris un emploi à mi-temps dans une pépinière. Je me sentais déprimée, comme morte, et je me suis rendu compte que j'aimais faire pousser des plantes, du coup j'ai fait une école de paysagiste.

— Tu es surprenante.

— Pas tant que ça. J'ai monté ma propre affaire l'année dernière, mais ça a du mal à démarrer. Quand j'ai appris la mort de papa, j'ai pensé que je pourrais vendre le ranch et investir l'argent dans mon affaire.

— Tu le peux toujours.

— Le ranch t'appartient pour moitié.

Peyton secoua la tête.

— Je ne le mérite pas, après ce que j'ai fait.

— Tu étais une victime. Tu n'as aucun reproche à te faire. Mais parle-moi plutôt de ce que tu as fait pendant tout ce temps.

Peyton replia ses jambes sur les coussins du canapé et se cala contre l'accoudoir.

— J'ai d'abord vécu dans la rue pendant un moment. Puis j'ai rencontré une fille qui m'a emmenée dans un foyer pour adolescentes, et m'a aidée à me procurer de faux papiers. J'ai trouvé un emploi de plongeur dans un petit restaurant. Une des serveuses m'a prise sous son aile et m'a proposé de m'héberger le temps que j'obtienne mon bac.

— Que lui as-tu dit à propos de ta famille ?

Peyton rougit.

— Que ma mère était morte et que mon père était un alcoolique invivable.

Tawny-Lynn reconnut que ce n'était pas tout à fait faux.

— Et ensuite ?

— J'ai trouvé un emploi de secrétaire dans un cabinet d'avocats, et j'ai continué à étudier pour devenir juriste.

— Tu t'en es bien sortie.

— J'ai un bon travail maintenant, mais je me suis longtemps sentie seule.

Un sourire attendri se forma sur ses lèvres.

— Mais j'ai rencontré un homme et cela fait un an que nous vivons ensemble.

Tawny-Lynn ne put s'empêcher de songer à Chaz, et son cœur se serra.

— J'espère que tu me le présenteras.

— Bien sûr.

Le portable de Tawny-Lynn vibra et elle décrocha aussitôt.

— J'ai arrêté Jim Wake, annonça Chaz. Peyton est toujours avec toi ?

— Oui.

— Dis-lui de venir au poste demain matin pour signer une déposition.

— D'accord.

— Merci.

Il raccrocha sans rajouter un mot, et Tawny-Lynn resta un bref moment interloquée. Elle essaya cependant de faire bonne figure devant Peyton.

— C'était Chaz. Il a arrêté Jim Wake, et il veut que tu passes le voir demain matin.

D'une main tremblante, Peyton posa son verre sur la table basse.

— La ville va être sous le choc.

Pour la seconde fois en sept ans.

— Au moins, cette fois, ils auront des réponses.

Peyton essaya d'étouffer un bâillement.

— Je vais appeler Ben pour lui donner des nouvelles.

— Il est au courant pour moi, et pour ce qui s'est passé ?

Peyton hocha la tête.

— Je lui en ai parlé avant de partir. Quand j'ai entendu parler de Ruth, j'ai craqué. Il a fait preuve d'un réel soutien.

— Tant mieux.

En proie à une grande nervosité, l'homme surveillait le ranch à distance. Le coach Wake avait été arrêté. C'est lui qui avait causé l'accident de bus.

Et il avait tué Ruth.

En tout cas, c'était la version officielle, celle que tout le monde croirait.

Et alors, il ne risquerait plus rien.

Sauf si Tawny-Lynn se rappelait son visage. Car il était sur le lieu de l'accident ce jour-là.

Quelle malédiction que cette fille et sa sœur, Peyton. Pendant toutes ces années, il s'était demandé où était passée cette petite garce. Ce qui était arrivé à Ruth était sa faute. Elle avait séduit le coach et lui avait fait désirer les autres filles de l'équipe.

Ce type méritait la prison à vie.

Quant à Tawny-Lynn... Elle restait toujours un problème.

Un jour ou l'autre, elle finirait bien par se rappeler quelque chose.

Il était temps qu'il se débarrasse d'elle.

19

Après le départ de ses parents, Chaz décida d'interroger Jim Wake. Il voulait sa réaction instinctive, avant que l'avocat n'arrive, et ne réfute la plupart des questions en exploitant chaque faille de la loi.

Il trouva Wake assis sur la paillasse, la tête entre les mains.

— Alors, coach, on a des choses à me dire ?

Wake lui lança un regard furieux.

— Vous vous trompez. Je n'ai rien fait à ces filles.

— Vraiment ?

Chase croisa les bras sur son torse.

— J'ai pourtant un témoin qui affirme que vous l'avez incitée à avoir des relations sexuelles avec vous, et que vous avez fait pression sur plusieurs filles de l'équipe.

— Je n'y peux rien si des gamines ont craqué pour moi. Ça arrive à la plupart des entraîneurs. Mais j'aime ma femme, et je ne suis jamais entré dans leur petit jeu.

— Mon témoin n'a aucune raison de mentir.

— Dites-moi de qui il s'agit.

— Pas encore. Je voulais simplement vous donner une chance d'avouer avant que ça ne tourne mal pour vous.

— C'est pour vous que ça va mal tourner, car je vais porter plainte pour arrestation arbitraire et diffamation.

Démangé par l'envie d'étrangler cette vermine, Chaz crispa les doigts autour des barreaux.

— Je sais que vous avez tué ma sœur, et vous allez payer pour ça.

— Je n'ai pas tué Ruth. Elle est sortie vivante du bus.

— Donc, vous avez bien suivi le bus et vous avez provoqué l'accident ?

— Je n'ai jamais dit ça.

— Je sais que vous vouliez coucher avec elle. Et quand elle a menacé de tout dire à mes parents, vous avez suivi le bus, vous l'avez percuté et poussé dans le ravin.

— Cette garce de Tawny-Lynn. C'est ce qu'elle vous a dit ? Elle a finalement retrouvé la mémoire ?

— Alors, vous admettez que vous étiez là ? Mais vous n'avez rien fait pour sauver les passagers. Vous avez laissé tout le monde mourir.

Wake se passa la main sur le visage, se leva et se mit à arpenter la cellule.

— Je n'admets rien du tout.

— Et quand Tawny-Lynn est revenue, vous avez pris peur et vous avez essayé de la tuer.

— Je veux mon avocat.

— Bien. Mais vous n'échapperez pas à la prison. Et demain, toute la ville saura ce que vous avez fait.

— Je suis innocent.

Chaz tourna simplement les talons et laissa l'homme mijoter en cellule.

Dans les prochaines vingt-quatre heures, son avocat le ferait probablement libérer sous caution. A moins qu'il ne puisse convaincre un juge de le placer en détention préventive jusqu'à son procès…

Le bus était en feu. Des flammes s'élevaient autour d'elle, dévorant les sièges et le plafond. La fumée saturait ses poumons.

Quelqu'un la tirait hors du bus. Sa sœur. Peyton était en vie.

Elle essaya de s'asseoir, mais elle avait mal partout. Sa jambe en particulier la faisait atrocement souffrir. Elle baissa les yeux et vit qu'elle était bizarrement tordue. Cassée.

— Peyton !

Elle essayait de crier pour couvrir le bruit des vitres qui explosaient, mais sa voix n'était qu'un murmure rauque.

Elle ne voyait plus sa sœur. Il y avait de la fumée partout. Puis elle aperçut un homme qui emmenait Ruth.

La panique l'envahit. Elle essaya de voir le visage de l'homme, mais il était trop loin.

Peyton se réveilla en sursaut et s'assit dans son lit.

Le cœur battant à tout rompre, elle balaya la chambre du regard. Elle était vide. Il n'y avait personne dans la maison.

Fermant les yeux, elle essaya de faire revenir dans sa tête l'homme du cauchemar.

Voyons, il emmenait Ruth de force. Il portait un manteau noir… quelque chose de doré brillait dans l'obscurité. Portait-il une bague ?

Ou bien était-ce un effet de son imagination ? C'était peut-être tout simplement le reflet des flammes…

S'agissait-il de Jim Wake ? Faisait-elle un blocage sur son visage parce qu'elle avait été choquée de le voir enlever Ruth ?

Le téléphone portable de Chaz sonna à 6 heures précises, l'arrachant au sommeil. Il l'attrapa à tâtons sur la table de chevet, et se dirigea vers la cuisine pour se faire un café.

— Shérif, vous feriez bien de venir rapidement.

Chaz tiqua, en proie à un mauvais pressentiment.

— Que se passe-t-il ?

— Les parents des trois filles qui sont mortes dans l'accident sont ici, avec votre père. Je sens que ça va dégénérer.

Chaz jura entre ses dents. Il aurait dû deviner que son père préviendrait les autres parents.

— J'arrive.

Il raccrocha, s'aspergea le visage d'eau fraîche, et enfila en hâte ses vêtements de la veille.

En chemin, il s'arrêta pour acheter un café à emporter. Il

avait besoin d'avoir les idées claires, et de se calmer aussi, parce que l'envie le démangeait de mettre son père en cellule pour trouble à l'ordre public.

Lorsque Chaz arriva au poste, la femme de Wake, et son avocat, Alvin Lambert, s'étaient joints au comité d'accueil. Son adjoint barrait l'accès aux cellules, la main sur la crosse de son arme portée à la ceinture.

— C'est vrai ? cria Mme Pullman.
— Wake a forcé les petites à coucher avec lui, puis il les a tuées ! lança M. Marx.
— Dites-nous la vérité ! demanda Mme Truman.

Chaz leva la main pour obtenir un peu de silence.

— Ecoutez-moi. Je l'ai effectivement arrêté, mais il me faut du temps pour l'interroger et rassembler des preuves contre lui.
— S'il a tué nos filles, il doit payer, déclara M. Truman.
— Je vous en prie, shérif, gémit Mme Pullman. Cela fait si longtemps que nous attendons de connaître la vérité.
— Croyez-moi, je sais ce que vous ressentez, affirma Chaz. Nous voulons tous que la justice triomphe. Mais, vous devez partir maintenant et me laisser faire mon travail.
— Shérif, intervint Lambert. Je veux parler à mon client.
— Pourquoi faites-vous ça à mon mari ? demanda Susan Wake. C'est un homme bien. Jamais il n'aurait fait ce dont vous l'accusez.

La porte s'ouvrit sur Peyton et Tawny-Lynn. Découvrant l'attroupement, elles se figèrent, indécises.

Les exclamations fusèrent.

— Oh ! mon Dieu...
— Peyton Boulder !
— Elle avait caché sa sœur...

Chaz s'avança vers les deux femmes, dans une attitude protectrice.

— Calmez-vous. Je vais tout vous expliquer.

Les questions reprirent de plus belle.

— Vous saviez qu'elle était vivante ?
— Pourquoi avez-vous laissé nos filles mourir ?

Chaz leur fit signe de se calmer.

— Comme vous le voyez, Peyton Boulder a survécu à l'accident, mais elle a quitté la ville parce qu'elle avait peur, essaya-t-il d'expliquer.

— Peur de quoi ? demanda Gerome Camden. Que tout le monde découvre qu'elle était une traînée ?

Chaz se tourna vers son père, outré.

— Papa, si tu dis un mot de plus, je te mets en cellule.

— Je suis désolée, dit Peyton d'une toute petite voix. J'étais vraiment terrorisée.

— Pourquoi cela ? demanda gentiment Mme Pullman.

Peyton commença à raconter son histoire, et des exclamations d'horreur et de désolation fusèrent dans la pièce.

— C'est vrai ? demanda Mme Marx. Il a obligé nos filles à avoir des relations sexuelles avec lui ?

— Je n'en suis pas certaine, reconnut Peyton. Nous n'en parlions pas entre nous. Moi-même, je ne l'avais dit qu'à Ruth.

— Et c'est donc lui qui a provoqué l'accident ? voulut savoir Mme Pullman.

— J'ai vu sa voiture suivre le bus. Puis il nous a heurtés et le chauffeur a perdu le contrôle. Je pense que j'ai dû me cogner la tête quand nous sommes passés au-dessus de la rambarde. Quand je suis revenue à moi, j'ai vu ma sœur coincée sous un fauteuil. Je l'ai sortie, puis je suis retournée au bus pour essayer de sauver les autres filles, mais il a explosé.

Des larmes roulaient sur ses joues, sa voix était brisée par l'émotion.

— Je suis désolée. Je voulais les aider…

Un terrible silence était tombé sur la pièce, tandis que chacun essayait d'assimiler comme il pouvait l'affreuse description que Peyton venait de faire.

— Et ensuite ? demanda Mme Pullman, en se tamponnant les yeux avec son mouchoir.

— J'ai vu Jim Wake en haut, sur la route. Il regardait le bus brûler.

Des exclamations outrées et des insultes jaillirent.

Susan Wake, qui n'avait rien dit jusqu'à présent, intervint, le visage rouge de colère.

— Mon mari n'aurait jamais abandonné ces pauvres filles comme ça. Il était leur mentor. Il se souciait d'elles.

Peyton chercha son regard.

— Il les a pourtant abandonnées, madame. Je suis désolée, je ne voulais pas vous faire souffrir. J'étais une gamine stupide à l'époque. Mais il m'a fait croire qu'il m'aimait pour que j'accepte de coucher avec lui. Puis il a fait des avances à Ruth…

— C'est faux ! C'est vous qui l'avez détourné du droit chemin. Et maintenant, vous revenez pour ruiner sa réputation.

— Non, je suis revenue pour rétablir la vérité quand j'ai appris la mort de Ruth.

Susan Wake s'avança vers Peyton, menaçante, mais son avocat s'interposa.

— Allons, allons, calmons-nous. Nous allons parler à votre mari et clarifier les choses.

Chaz essaya de reprendre la situation en main.

— Ecoutez, je sais que vous êtes en colère et que vous avez envie de vous venger, mais vous allez rentrer chez vous et me laisser gérer les choses légalement.

Sans leur laisser le temps de protester davantage, il poussa tout ce petit monde vers la porte, non sans rappeler qu'il n'hésiterait pas à sanctionner toute personne qui entraverait l'enquête.

Susan Wake s'était effondrée sur une chaise et massait son ventre protubérant. Barbara Camden s'approcha de Peyton et lui pressa la main.

— Je sais que tu aimais Ruth.

— C'est vrai. Et je suis désolée. J'ai pensé… J'ai espéré qu'elle s'en était sortie ce jour-là. Je n'aurais jamais imaginé qu'il la tuerait.

Gerome Camden ne se montra pas aussi compréhensif.

— Si tu nous avais prévenus, nous aurions peut-être pu la retrouver, et elle serait encore en vie aujourd'hui.

— Ce n'est pas juste, protesta Tawny-Lynn. D'abord, c'est moi que vous accusez, et maintenant vous vous en prenez à Peyton. Mais, si vous devez en vouloir à quelqu'un, c'est à Jim Wake.

Chaz décida d'intervenir.

— Papa, tu devrais ramener maman à la maison, elle est épuisée.

Tawny-Lynn était exaspérée par l'animosité de Gerome Camden envers sa sœur.

Ne voyait-il pas combien Peyton avait souffert ? Elle avait quitté sa famille parce qu'un homme en qui elle avait confiance et qu'elle admirait l'avait menacée. Et elle avait perdu sa meilleure amie.

Après avoir lancé un regard glacial au père de Chaz, elle prit le bras de Peyton.

— Viens, sœurette. Rentrons à la maison. Encore quelques efforts et nous pourrons la mettre en vente et quitter cette horrible ville.

Mais les souvenirs les hanteraient pour toujours.

De même qu'elle n'oublierait jamais le beau visage de Chaz.

Pourquoi avait-il fallu qu'elle tombe amoureuse de lui ?

Il croisa son regard.

— Tu ne risques plus rien, maintenant. Mais n'hésite pas à m'appeler si tu as un problème. Et toi, Peyton, il faudra que tu signes une déposition.

Alors, c'était tout ?

Chaz se retranchait derrière une attitude professionnelle, comme s'il ne s'était jamais rien passé entre eux ?

Ce fut le cœur brisé que Tawny-Lynn quitta le bâtiment. Elle avait finalement retrouvé sa sœur et obtenu les réponses à toutes les questions qu'elle se posait.

Mais elle avait perdu l'homme qu'elle aimait.

20

Chaz termina sa conférence de presse avec un nœud à l'estomac. Il avait envie de revoir Tawny-Lynn, mais il était probable qu'elle le détestait maintenant. Après tout, il s'était montré affreusement dur avec elle quand ils avaient découvert Ruth.

Mais ce n'était pas le moment de s'appesantir sur ses sentiments. Il avait plus important à faire.

La priorité était de boucler cette enquête pour que Wake puisse être jugé comme il le méritait.

L'information serait diffusée à midi, et elle ne ferait qu'une traînée de poudre à travers la ville.

Il avait laissé son adjoint avec la femme et l'avocat de Wake, et fut soulagé de constater à son retour qu'ils avaient quitté le poste.

Après avoir consulté les messages relevés par son adjoint, il décida d'appeler en premier lieu le médecin légiste.

— Vous avez quelque chose ?

— Malheureusement, nous n'avons pas trouvé sur le cadavre d'ADN appartenant à Jim Wake. Elle avait des côtes cassées, mais c'est probablement dû à l'accident. Nous pensons qu'elle est tombée en arrière et s'est cogné la tête sur un objet pointu, peut-être une pierre. C'est cela qui l'a tuée.

Chaz essaya d'assembler mentalement les pièces du puzzle. Ruth avait dû ramper hors du bus. Wake l'avait repérée. Il l'avait poursuivie et ils s'étaient battus. Il l'avait poussée violemment, et elle s'était cogné la tête en tombant.

— C'est tout ce que vous avez ?

— J'en ai bien peur. L'ADN qui aurait pu se trouver sous ses ongles s'est dissous depuis longtemps avec les intempéries et la décomposition.

— Bien. Merci.

Chaz raccrocha et appela l'unité de recherches médico-légales, en espérant qu'ils auraient davantage d'éléments à lui exposer.

— Bonjour, c'est le shérif Camden. Dites-moi que vous avez de bonnes nouvelles.

— Pas pour le moment, mais nous essayons de récupérer des traces sur une des pierres trouvées sur la tombe.

— Ce serait celle qui l'a tuée ?

— Non, mais à la façon dont elle était plantée dans la terre, on aurait dit qu'elle servait de repère pour retrouver l'emplacement de la tombe.

Chaz essaya d'en tirer une conclusion. Wake avait-il marqué l'endroit afin de pouvoir revenir rendre visite à Ruth ? Ou bien avait-il l'intention de déplacer son cadavre plus tard ?

— Et le bracelet ?

— Il y avait une empreinte partielle, sur laquelle nous travaillons.

On frappa à la porte de Chaz, et son adjoint passa la tête.

— Shérif, il y a des personnes qui veulent vous voir.

Il grimaça. Le cirque avait donc commencé.

Il remercia le technicien du labo et se dirigea vers l'accueil. A sa grande surprise, il y découvrit Cindy Miller-Parker et Rudy Farnsworth.

— Nous devons vous parler, déclara Cindy.

— C'est important, renchérit Rudy. C'est à propos du coach.

Chaz eut un bref moment d'inquiétude. Elles n'étaient quand même pas là pour défendre Wake et dire que Peyton avait menti ?

— Je vous écoute.

Cindy toussota.

— Nous avons appris l'arrestation de Jim Wake, et aussi les accusations que Peyton a portées contre lui.

Chaz hocha la tête, affichant une patience qu'il était loin de ressentir.

— Ce qu'elle a dit est vrai, déclara Rudy.
— Comment le savez-vous ?

Elles parlèrent en même temps, les yeux rivés sur lui avec conviction.

— Parce qu'il nous a fait la même chose.

— Je sais que c'était difficile pour toi, dit Tawny-Lynn à sa sœur, après qu'elles eurent fini de déjeuner.

Peyton haussa les épaules.

— Ça m'a fait du bien de soulager ma conscience. Mais je suis quand même désolée de t'avoir laissée affronter ça toute seule.

— Et je suis désolée que tu aies eu l'impression que tu ne pouvais pas te confier à papa ou à moi.

— Peut-être que nous arrêterons un jour de dire que nous sommes désolées.

Tawny-Lynn leva son verre pour porter un toast.

— Et si on décidait que c'était aujourd'hui ? Il est temps de tourner la page.

Peyton prit les assiettes et alla les déposer dans l'évier.

— D'accord. Et maintenant, qu'est-ce que je peux faire pour t'aider à rendre cette maison plus vendable ?

— Pendant qu'il ne pleut pas, nous pourrions en profiter pour travailler dans le jardin.

— Il faudrait faire repeindre la façade, non ?
— Sans doute, mais je n'ai pas les moyens.
— Je peux payer. J'ai quelques économies.
— D'accord. Mais tu te rembourseras sur la vente.
— Qui sait, une fois que tu auras tout remis en ordre, tu n'auras peut-être plus envie de vendre.
— Il le faut. Je ne peux pas rester ici.
— Pourquoi pas ? Quelqu'un t'attend à Austin ?
— Non. Rien que mon travail.

— Camden Crossing a peut-être besoin d'une bonne paysagiste. J'ai vu plusieurs nouveaux lotissements en venant.

Tawny-Lynn haussa les épaules.

— Ce n'est pas évident pour moi, ici.

— A cause de ce qui s'est passé, ou à cause de Chaz ?

— Pourquoi me parles-tu de lui ?

— J'ai vu comment vous vous regardiez tous les deux. Vous êtes amoureux, je me trompe ?

Tawny-Lynn n'avait pas été proche de quelqu'un depuis si longtemps qu'elle trouvait étrange, d'abord d'avoir retrouvé sa sœur comme si elle l'avait quittée la veille, et ensuite que celle-ci la devine et la comprenne si bien.

— Il ne ressent pas la même chose que moi.

— Tu en es sûre ? Parce qu'il m'a semblé qu'il était fou de toi.

— Sa famille me déteste. Son père m'a crucifiée après l'accident. Il m'a accusée de cacher intentionnellement des informations sur Ruth et toi.

— Je suis sûre qu'il ne le pensait pas.

— Oh que si, il le pensait ! Tu sais, le père de Chaz est riche et possède pour ainsi dire la ville. Il a retourné d'autres personnes contre moi. Je ne serai jamais assez bien pour son fils.

Peyton lui prit le bras.

— Si Chaz t'aime, il ne fera pas attention à ce que pense son père.

— Oui, mais il ne m'aime pas.

Elle se tourna vers l'évier et y fit couler de l'eau chaude.

— Et maintenant, assez parlé des Camden. Je fais la vaisselle, et on attaque le jardin. J'ai envie de planter des roses.

— Et si nous mettions des roses blanches, là où Ruth était enterrée ? Je me souviens qu'elle les adorait.

Tawny-Lynn s'apprêtait à ajouter du liquide vaisselle dans l'eau quand son téléphone sonna. Elle vérifia l'affichage à l'écran et vit qu'il s'agissait de Chaz.

— Oui ? dit-elle d'un ton prudent.

— Je voulais te dire que Cindy et Rudy sont passées à mon bureau après la conférence de presse.

— Vraiment ? Elles étaient choquées à propos du coach ?
— Pas exactement, non. En fait, elles ont témoigné que Wake les avait également harcelées.

Tawny-Lynn resta quelques instants sans voix. Elle comprenait mieux maintenant leur étrange comportement.

— Et alors ? Elles vont témoigner et confirmer les dires de Peyton ?
— Oui. Tu pourras dire à ta sœur qu'elle n'est pas toute seule.
— Quel soulagement !
— Bien, il faut que je te laisse. Je vais essayer d'obtenir des aveux de Wake pour que nous puissions accélérer le processus.

Tawny-Lynn raccrocha et transmit l'information à Peyton.

— Je suis désolée qu'il s'en soit pris à elle.
— Moi aussi. Mais avec leur témoignage, les charges vont s'alourdir.
— Tant mieux.

Chaz passa des heures à répondre aux appels d'habitants de Camden Crossing qui avaient appris l'arrestation de Jim Wake. Les parents étaient affolés et voulaient des détails : s'en prenait-il uniquement aux filles, ou également aux garçons ? Quand ? Combien de fois ?

Les questions se succédaient sans répit.

Il finit par brancher le répondeur, décidant qu'il écouterait les messages plus tard. Si quelqu'un avait une information pertinente à fournir, il pourrait facilement le rappeler.

On frappa à sa porte, et son adjoint annonça de nouveaux visiteurs.

Chaz se leva.

— Vérifie les messages, et dis-moi si certains valent la peine que nous y donnions suite.

A l'accueil, il découvrit deux couples de parents, chacun accompagné d'une adolescente.

— Shérif Camden. Que puis-je faire pour vous ?

L'un des pères prit la parole.

— Je m'appelle Joe Lansing. Nous voulons porter plainte contre Jim Wake.

— Je vous écoute.

La mère passa un bras autour des épaules de sa fille, une petite blonde qu'ils présentèrent comme étant Joan.

— Après avoir vu la conférence de presse, Joan est venue me voir. Elle m'a dit que le coach l'avait forcée à avoir des relations sexuelles avec lui l'année dernière.

Chaz observa intensément la jeune fille.

— C'est vrai ?

Joan baissa la tête.

— J'avais peur d'en parler. Il a dit qu'il me renverrait de l'équipe.

L'autre fille prit la parole.

— Il a dit qu'il m'aimait, et que si je ne voulais pas rester sur le banc de touche à tous les matchs, je devais lui montrer que je l'aimais aussi.

Chaz hésita. Il savait que certaines adolescentes profitaient d'un fait divers pour inventer des histoires et attirer l'attention sur elles. Mais, après quelques minutes d'entretien, il fut convaincu qu'elles disaient la vérité.

— Je vais avoir besoin de vos dépositions. Etes-vous prêtes à témoigner devant un tribunal ?

Elles répondirent par l'affirmative, ainsi que leurs parents.

Après leur départ, son adjoint lui fit part de trois autres plaintes. Il rappela aussitôt les parents qui avaient laissé un message et leur expliqua qu'ils allaient devoir passer au poste pour qu'il puisse enregistrer leur déposition.

Fort de ces nouveaux témoignages, il se dirigea vers les cellules.

Wake se leva en le voyant, bouillant de rage.

— Quand doit avoir lieu mon audience de mise en liberté sous caution ? Je veux sortir de ce trou à rats.

Chaz croisa les bras.

— A votre place, je n'y compterais pas trop. J'ai cinq nouvelles plaintes contre vous.

— Mensonges !

— Vraiment ? Vous voulez dire que Peyton est sortie de son silence au bout de sept ans pour mentir ? Ainsi que Cindy Miller et Rudy Farnsworth ? Et les filles de votre équipe actuelle mentent aussi ?

— Elles voulaient coucher avec moi. Elles me l'ont dit clairement. Elles ont tout fait pour me faire craquer.

— Ma sœur n'a rien demandé, rétorqua Chaz entre ses dents serrées. En fait, elle allait tout raconter à nos parents.

— Elle voulait juste se faire désirer.

Chaz serra les poings. Il avait envie d'étrangler ce malade.

— Non, Ruth n'était pas comme ça. Vous vous êtes servi de votre pouvoir et de votre influence pour attirer les filles dans vos filets. Et Ruth a eu le courage de vous repousser. C'est pour ça que vous l'avez tuée.

— Je ne l'ai pas tuée. Je veux bien reconnaître que j'ai couché avec Peyton et les autres filles. Mais je n'ai pas poussé le bus dans le ravin intentionnellement. J'étais énervé contre Peyton et Ruth, j'ai suivi le bus, et ma voiture a dérapé dans une flaque. Je n'ai pas pu éviter l'accrochage. C'était un accident.

— Un accident, peut-être. Mais vous n'avez rien fait pour essayer de sauver les passagers. Vous êtes resté sur la route à regarder le bus prendre feu.

— C'est arrivé trop vite. J'étais sous le choc. Je ne savais pas quoi faire.

Chaz n'y croyait pas.

— Vous aviez peur qu'on découvre votre secret. Alors, vous avez retrouvé Ruth, vous l'avez tuée, et vous l'avez enterrée à White Forks pour qu'on accuse le père de Peyton.

— Je n'ai pas tué Ruth. J'ai vu Peyton sortir Tawny-Lynn du bus. Puis elle y est retournée et j'ai pensé qu'elle allait aider Ruth. Ensuite, j'ai entendu une voiture arriver.

— Et au lieu d'aller porter secours aux autres passagers, vous avez filé.

— J'ai paniqué, c'est tout. Ça peut arriver à tout le monde.

— Et ensuite, vous avez laissé la ville se déchaîner contre

Tawny-Lynn, alors que vous saviez qu'elle n'y était pour rien. Et puis, vous avez repris vos petites habitudes…

— Vous ne comprenez pas. Ces filles, elles font tout pour vous allumer.

— Ce sont des mineures. Des élèves placées sous votre responsabilité. Elles vous faisaient confiance, et vous avez abusé d'elles.

— OK, j'ai couché avec quelques filles, mais je n'ai pas tué Ruth.

Chaz ne savait plus quoi penser. Cet homme l'écœurait, et pourtant il semblait sincère quand il disait qu'il n'avait pas tué Ruth.

Mais alors, si ce n'était pas lui…

Tawny-Lynn se laissa tomber sur son lit, épuisée par les événements de la journée et le rude travail physique qu'elle avait effectué à l'extérieur en compagnie de Peyton.

Non seulement elles avaient planté des fleurs, mais encore elles avaient désherbé autour des troncs d'arbres, recouvrant la terre ainsi mise à nu d'écorces de pin ou de paillis de lin pour ralentir la repousse des mauvaises herbes.

Rassurée de savoir Jim Wake en prison et Peyton dans la chambre voisine, elle ne tarda pas à sombrer dans un profond sommeil.

Elle n'avait plus à redouter les cauchemars, maintenant.

Mais un peu plus tard, une sensation de froid la réveilla. La chambre était sombre et une odeur d'eau de toilette masculine flottait dans l'air.

Elle essaya de crier, mais une main se plaqua sur sa bouche, puis elle sentit le contact glacé d'une arme contre sa tempe.

21

Tard dans la nuit, Chaz ressassait encore sa conversation avec l'entraîneur de softball.

Jim Wake allait être condamné pour homicide involontaire concernant l'accident de bus et harcèlement sexuel. Avec ça, il moisirait en prison jusqu'à la fin de ses jours.

Au point où il en était, pourquoi ne pas avouer le meurtre de Ruth ?

Hier, il était persuadé d'avoir enfin résolu une enquête restée non élucidée pendant sept ans. Mais à présent, il n'était plus sûr de rien.

Son téléphone sonna, ajoutant à son énervement. Le numéro de White Forks s'affichait à l'écran, et il s'empressa de répondre.

— Shérif Camden.
— Chaz, c'est Peyton. Tawny-Lynn a été enlevée.
— Quoi ?

Un voile de sueur glacée couvrit son front.

— J'ai entendu un cri, et j'ai couru à sa chambre, mais elle n'y était pas. Puis je me suis précipitée vers l'escalier, et j'ai vu une silhouette vêtue de noir entraîner Tawny-Lynn à l'extérieur.

— Un homme ou une femme ?
— Je ne sais pas. Je n'ai pas pu voir.

Un sanglot lui échappa.

— J'ai peur, Chaz. Tu dois la retrouver.

Son esprit fonctionnait à toute allure. Après avoir arrêté Wake, il s'était persuadé que Tawny-Lynn ne risquait plus rien.

Qu'est-ce que cela voulait dire ?

Plusieurs personnes en ville, et particulièrement les parents des filles qui étaient mortes dans l'accident, avaient détesté Tawny-Lynn pendant des années. Mais depuis que la vérité avait éclaté, elles n'avaient plus de raisons de s'en prendre à elle.

La seule personne qui pourrait avoir un mobile était la femme de l'entraîneur. Elle était enceinte et visiblement en désaccord avec les accusations portées contre son mari. Elle ne tenait probablement pas à ce que le père de son bébé soit en prison quand l'enfant naîtrait.

L'autre hypothèse était que Susan Wake ait été présente sur le lieu de l'accident et que Tawny-Lynn l'ait vue. Admettons qu'elle ait toujours su que son mari la trompait avec ses élèves. Elle aurait pu suivre Wake, qui lui-même suivait le bus… et tuer Ruth.

— Chaz, je ne veux pas la perdre, alors que je viens juste de la retrouver.

Il ne voulait pas la perdre non plus, même si elle ne lui appartenait pas vraiment. Mais ils avaient fait l'amour, et il avait cru qu'elle tenait un peu à lui.

Puis il avait tout gâché avec ses accusations.

— Enferme-toi dans la maison, Peyton. Je vais t'envoyer mon adjoint pendant que je cherche ta sœur.

Tawny-Lynn revint à elle avec un terrible mal de tête. Après l'avoir traînée jusqu'à la voiture, son agresseur l'avait assommée d'un coup de crosse à l'arrière du crâne.

Elle cilla dans l'obscurité pour essayer de l'apercevoir.

— Bien, tu es réveillée. Il est temps maintenant pour toi d'écrire ta lettre de suicide.

Cette voix lui était familière. Très familière.

Elle cilla de nouveau, essaya de s'asseoir, et vit que ses poignets et ses chevilles étaient entravés.

Enfonçant les doigts dans sa chair, il lui saisit rudement le bras et la redressa.

Un rayon de lune illumina le visage jusqu'alors indiscernable.

Ce visage qu'elle occultait depuis des années.

A présent, elle le reconnaissait.

C'était le père de Chaz.

Soudain, le passé lui revint en rafale.

Elle était revenue à elle ce jour-là, et elle l'avait vu qui entraînait Ruth avec lui.

Ruth criait et se débattait, le suppliant de la laisser tranquille. Mais Gerome Camden l'avait giflée à toute volée. Ruth avait perdu l'équilibre et s'était effondrée contre un rocher.

Puis Tawny-Lynn avait de nouveau perdu connaissance.

— Pourquoi avez-vous fait ça ? demanda-t-elle, le cœur battant à tout rompre. Chaz avait arrêté Wake, et je ne me souvenais de rien.

— Mais ça aurait fini par te revenir. Ce n'était qu'une question de temps. Hier, j'ai vu que tu me regardais bizarrement.

Il lui glissa un bloc et un crayon entre les mains.

— Et puis, tu as séduit mon fils. Je ne peux pas prendre le risque qu'il…

— Que Chaz apprenne que vous avez tué Ruth ? Vous étiez sur le lieu de l'accident. Vous vous êtes disputé avec elle.

La douleur dévastait le visage de Gerome.

— C'était un accident. Elle m'a parlé du coach et m'a demandé de rendre l'affaire publique.

— Mais vous ne vouliez pas de scandale, dit Tawny-Lynn.

— Bien sûr que non. Tout le monde en aurait parlé, l'aurait jugé. On aurait dit que c'était une traînée. Je ne voulais pas de cela.

— Vous auriez pu prendre sa défense et faire en sorte que Wake ne recommence pas. Mais vous vous souciez davantage de votre fierté et des apparences que de votre fille.

— Tais-toi ! Je viens de te dire que c'était un accident.

— Alors, pourquoi l'avoir caché ? Comment avez-vous pu l'enterrer comme un animal, au lieu de lui offrir une vraie sépulture ?

Des larmes roulèrent sur les joues de Gerome.

— J'aurais voulu pouvoir bien faire les choses, mais Barbara n'aurait pas compris. Et Chaz… Il m'aurait détesté.

— Alors, vous avez retourné la ville contre moi.

— Si ta sœur n'avait pas commencé à allumer Wake, il n'aurait pas jeté son dévolu sur ma petite Ruth.

— Vous vous trompez complètement. Chaz m'a appelée la nuit dernière pour me dire que plusieurs jeunes filles avaient porté plainte contre Jim Wake. Et ce n'est sans doute pas fini.

— Peu importe. Ni ma femme ni Chaz ne doivent savoir ce qui s'est passé. Et maintenant, tu vas écrire ce que je vais te dicter.

— Je vous en prie. Vous n'êtes pas obligé de faire ça. De toute façon, personne ne croira que je me suis suicidée.

— Oh, mais si ! Tu vas avouer que tu étais jalouse de Ruth et de Peyton, jalouse du coach car il voulait Ruth et pas toi.

Chaz fut surpris de trouver de la lumière chez les Wake. Il regarda à travers la vitre du salon, guettant un mouvement.

Des bruits de pas résonnèrent à l'intérieur et il sortit son arme.

Comme il ne voyait toujours rien dans le salon, il se déplaça sur le côté. La fenêtre lui offrit une vue sur la cuisine, où Susan marchait de long en large, en se massant le ventre. Soudain, elle poussa un cri et se plia en deux.

Etait-elle en train d'accoucher ?

Il fit le tour de la maison, cherchant une issue, mais tout était verrouillé. Finalement, il revint à la fenêtre de la cuisine et vit Susan s'effondrer sur une chaise, en essayant d'attraper le téléphone.

Il tambourina à la porte de service.

— Madame Wake, c'est le shérif Camden. Ouvrez.

De longues minutes s'écoulèrent, puis il entendit des pas traînants, et la porte s'ouvrit enfin.

Le visage déformé par la douleur, Susan était livide.

— Le travail a commencé ?

Elle hocha la tête

— Je vais vous conduire à l'hôpital.
— J'ai besoin de mon mari.
— Malheureusement, ça ne va pas être possible. Est-ce que Tawny-Lynn est ici ?
— Quoi ? Pourquoi serait-elle ici ?
— Elle a été enlevée chez elle, cette nuit.
— Et vous croyez que j'y suis pour quelque chose ?

Il ne répondit pas et s'avança dans la maison, faisant rapidement le tour de chaque pièce. Lorsqu'il découvrit une valise dans la chambre parentale, il supposa que c'était celle de Susan et la descendit.

Agrippée à la table de cuisine, brisée par une contraction, elle s'efforçait de trouver son souffle.

— Dépêchez-vous, ou je vais avoir mon bébé dans votre voiture.

Il mit la sirène et fila à travers la ville endormie. Il n'y avait pas de circulation, et l'hôpital était tout à côté.

Cinq minutes plus tard, il s'arrêtait devant les urgences et allait chercher de l'aide.

— Je vous en prie, shérif, demanda-t-elle tandis qu'on l'emmenait. Je voudrais que mon mari assiste à l'accouchement.

A son grand regret, Chaz ne pouvait accéder à sa requête. Il devait se mettre en quête de Tawny-Lynn, son adjoint montait la garde auprès de Peyton, et personne d'autre n'était disponible pour escorter un prisonnier.

— Y a-t-il quelqu'un d'autre que je puisse appeler ?
— Ma mère.

Le message fut transmis, et Chaz regagna sa voiture. Il démarrait quand son téléphone sonna. A l'écran s'affichait le numéro de portable de sa mère.

Qu'est-ce qui pouvait bien la pousser à appeler à 4 heures du matin ?

— Maman ?
— Chaz, j'ai besoin de toi, dit-elle d'une voix tremblante.
— Que se passe-t-il ?
— Ton père...

— Quoi, mon père ?
— Il est parti.
— Parti où ?
— Je ne sais pas, mais il faut que tu viennes. Je dois te parler.

Chaz prit peur. D'abord, Tawny-Lynn était enlevée, et voilà que son père disparaissait.

Où diable était-il passé ?

Il mit la sirène pour quitter l'hôpital et fila vers la maison de ses parents. L'inquiétude le rongeait, tandis qu'il essayait de trouver un sens à ce nouveau rebondissement.

Si Wake n'avait pas tué Ruth, alors Tawny-Lynn avait vu le meurtrier après l'accident et celui-ci avait peur qu'elle se souvienne de son visage.

Mais quel rapport avec son père ?

Ses pneus crissèrent tandis qu'il prenait le virage à la corde et s'engageait dans l'allée de ses parents.

Son front et ses mains étaient couverts de sueur quand il coupa le contact.

Sa mère l'attendait à la porte, livide.

— Oh ! Chaz, j'ai tellement peur.

Il la prit dans ses bras et la guida jusque dans le salon.

— Que s'est-il passé ?

Elle éclata en sanglots.

— Je ne sais pas. Il était tellement perturbé la nuit dernière quand il est rentré à la maison… Et il s'est mis à boire. Puis il a sorti toutes les vieilles photos de Ruth, et les coupures de presse consacrées à l'accident.

Il lui tendit un mouchoir et attendit qu'elle se soit essuyé les yeux.

— J'ai essayé de lui parler, mais il ne voulait rien dire.
— Et ensuite ?
— Il a pris son revolver dans le bureau, et il a dit qu'il avait quelque chose à finir.
— De quoi parlait-il ?
— Je ne sais pas. Il a simplement dit qu'il devait le faire pour notre famille.

— Il avait en tête de tuer Jim Wake ?

— Non, je ne le crois pas.

Chaz prit une profonde inspiration.

— Wake a tout avoué, à part le meurtre de Ruth. Si tu sais quelque chose, je t'en prie, dis-le-moi.

— Je ne sais pas trop…

— Mais tu soupçonnes quelque chose ?

Elle hocha la tête d'un air misérable.

— La nuit de l'accident… Je l'ai vu cacher le sac de sport de Ruth.

— Papa avait son sac ?

Le sac n'ayant pas été retrouvé, les enquêteurs avaient supposé qu'il avait brûlé dans l'accident.

— Quand j'ai essayé de lui en parler, il est entré dans une rage folle. Avec le temps, j'ai oublié, mais ce soir, quand je l'ai vu regarder les photos, il avait de nouveau ce sac.

Chaz sentit son sang se glacer. Si son père avait le sac de sport de Ruth, cela signifiait qu'il se trouvait sur le lieu de l'accident.

Il pouvait avoir vu Ruth, lui avoir parlé… et si elle lui avait parlé du coach…

Non, c'était impossible.

Son père était soupe au lait, il avait toujours surprotégé Ruth, il se souciait du qu'en-dira-t-on…

Son instinct de flic prit le dessus, et son esprit partit dans une direction dangereuse. Son père avait mené la cabale contre Tawny-Lynn. Peut-être pour détourner les soupçons ?

Seigneur, son père avait-il tué Ruth ?

— Vous ne vous en sortirez pas comme ça, dit Tawny-Lynn, en finissant la rédaction de sa lettre d'adieu. Chaz devinera la vérité.

Gerome Camden ricana.

— Mais non, voyons. S'il tient vraiment à toi, il sera dévasté d'apprendre que tu as tué sa sœur et que tu t'es servie de lui.

— Il est plus intelligent que vous ne le pensez. Il ne laisse pas les émotions interférer avec son travail.

Malheureusement, elle en avait fait la triste expérience.

Gerome agita son revolver sous son nez.

— Tais-toi et sortons.

— Chaz n'y croira jamais.

— Je ferai en sorte que ce soit réaliste.

Il la fit sortir de la voiture, et la traîna jusqu'au bord du précipice.

Il s'était garé à l'endroit même où le bus avait quitté la route. Cela cadrait parfaitement avec son plan. Tout le monde penserait qu'elle était rongée par la culpabilité et qu'elle avait décidé de mettre fin à ses jours là où elle avait pris la vie de Ruth.

— Même si Chaz se laisse duper, ma sœur n'y croira jamais. Et puis, vous oubliez que j'avais la jambe cassée. J'aurais été dans l'incapacité de la tuer…

Elle se débattit, mais il avait une poigne de fer.

— Au fait, comment avez-vous fait pour l'enterrer à White Forks sans que mon père vous voie ?

— Je l'ai fait quand il était à l'hôpital avec toi. Et maintenant, finissons-en.

Tawny-Lynn essaya encore de le raisonner.

— La mort de Ruth était un accident. Si vous expliquez qu'elle est tombée, tout le monde comprendra. Mais dans mon cas, il y aura préméditation.

Il la poussa rudement et elle trébucha sur les graviers. La vue du ravin ressuscita des images de l'accident. Le pire, c'étaient les cris des passagers pris au piège…

Mais elle avait finalement retrouvé Peyton. Elle ne pouvait pas mourir maintenant. Pas comme ça.

Et elle ne pouvait pas quitter ce monde en laissant croire à Chaz qu'elle était responsable de la mort de sa sœur.

22

La panique dévastait Chaz.

— Maman, quelqu'un est entré au ranch et a enlevé Tawny-Lynn cette nuit. Tu crois que papa serait capable de lui faire du mal ?

— Je ne sais pas, Chaz, dit-elle d'une voix étranglée par les larmes. Je ne l'avais jamais vu comme ça. Il était… complètement hors de lui.

— Je dois le trouver avant qu'il ne s'en prenne à elle. As-tu une idée de l'endroit où il aurait pu l'emmener ?

Elle secoua la tête, tandis que les larmes coulaient sur ses joues.

— Il ne cessait de répéter que le jour de l'accident avait détruit nos vies.

Chaz fut frappé par l'évidence.

Il avait emmené Tawny-Lynn là-bas. A l'endroit où tout avait commencé.

Il serra les mains de sa mère entre les siennes.

— Je dois y aller. Si tu as de ses nouvelles, appelle-moi.

Elle acquiesça, l'air terrifié.

— Je t'en supplie, trouve-le et arrête-le, murmura-t-elle. Il n'a pas voulu ce qui est arrivé à Ruth. Mais Tawny-Lynn…

— Je sais.

Il ressortit au pas de course, se rua dans sa voiture et démarra dans un rugissement de moteur suivi d'un crissement de pneus tandis qu'il bifurquait au bout du chemin pour rejoindre la route principale.

Il appela son adjoint et fut soulagé quand celui-ci répondit.
— Comment va Peyton ?
— Elle est inquiète. Vous avez trouvé Tawny-Lynn ?
— Pas encore, mais j'ai une piste. Reste avec Peyton. Je te rappelle.

Il raccrocha et prit la direction du lieu de l'accident, le cœur battant à tout rompre.

Le soleil se levait, zébrant le ciel de longues traînées pourpres et promettant une belle journée au lieu de la pluie annoncée par le présentateur de la météo.

Au détour d'un virage, il aperçut la voiture de son père sur le bas-côté, garée en travers, le pare-chocs dirigé vers le ravin.

Chaz ralentit, en proie à la panique.

Son père se tenait derrière Tawny-Lynn, un pistolet pressé dans son dos.

Il se gara à quelques mètres de là, et sortit doucement de la voiture. Malgré ses précautions, du gravier crissa sous ses bottes tandis qu'il approchait lentement.

Son père tourna la tête dans sa direction, le regard fou.
— Ne t'approche pas, Chaz, cria-t-il.
— Papa, il faut que tu te ressaisisses. Tu n'as pas réellement envie de faire du mal à Tawny-Lynn.
— Elle doit mourir. Tu ne le comprends pas ? Elle m'a vu, ce jour-là. Elle détruirait notre famille.
— Ce n'est pas sa faute.

Chaz croisa le regard de Tawny-Lynn. Elle semblait effrayée, mais elle lui adressa un tel message de confiance qu'il fut submergé d'amour pour elle.

D'amour ?

Oui, il l'aimait, comprit-il. Mais il s'était montré tellement stupide qu'il ne le lui avait jamais dit.

— Va-t'en, Chaz, et laisse-moi régler ça. J'ai tout prévu. Elle a signé une confession. Elle était jalouse de Ruth et de Peyton, jalouse du coach car il voulait Ruth et pas elle. N'est-ce pas, Tawny-Lynn ?

— Vous savez que ça ne s'est pas passé comme ça, monsieur Camden.

— Je ne peux pas perdre ma famille, répliqua-t-il, la colère irradiant par tous ses pores.

— C'est pourtant ce qui va se passer si tu la tues, papa. Maman et moi savons très bien que ce qui est arrivé avec Ruth était un accident, et nous ne t'en voulons pas. Mais, si tu t'attaques délibérément à Tawny-Lynn, ce n'est pas la même chose.

— Je n'avais pas l'intention de faire ça. Ruth me tenait tête. Elle disait qu'elle allait raconter à tout le monde ce que faisait le coach Wake. J'ai simplement essayé de la raisonner et je lui ai pris le bras, mais elle s'est débattue, et elle est tombée. Sa tête a heurté une pierre.

Les larmes noyaient sa voix.

— J'aimais Ruth.

— Je sais.

Tout en parlant, Chaz s'était subrepticement rapproché de son père.

— Maman et moi pouvons te le pardonner, papa. C'était un accident. Mais nous n'accepterons pas que tu fasses du mal à Tawny-Lynn.

La main de son père qui tenait le pistolet se mit à trembler.

— Je t'en prie, papa, pose cette arme.

Chaz tendit la main.

— Pose-la par terre, et nous allons discuter.

— Non. Si elle reste en vie, tout le monde saura.

Il retourna son arme vers lui, visant la tête.

Tawny-Lynn s'affola. Si Gerome Camden se suicidait, Chaz ne surmonterait jamais sa culpabilité.

Sans réfléchir, elle lui assena un violent coup de coude dans les côtes et souleva son bras pour faire dévier le tir. Un coup partit, la balle vola en hauteur mais, dans sa panique, Camden la bouscula, lui évitant peut-être d'être touchée.

Chaz se rua sur son père et essaya de lui arracher son arme des mains. Un nouveau coup partit, mais Chaz réussit à s'emparer du revolver et le jeta un peu plus loin, avant de plaquer son père au sol.

Tawny-Lynn trébucha, perdit l'équilibre et glissa. Du gravier roula le long de la pente tandis qu'elle était emportée.

Elle cria, tout en essayant de se rattraper à quelque chose.

Chaz menotta son père dans le dos. Il aurait préféré ne pas avoir à en arriver là, mais il n'avait pas le choix.

Les cris de Tawny-Lynn pénétrèrent son esprit et, mesurant immédiatement la situation, il se rua vers le bord du ravin.

Tawny-Lynn avait réussi à s'agripper à une pierre saillante, mais de la terre et des graviers dévalaient vers son visage et ses mains commençaient à glisser.

Se jetant à plat ventre, il tendit le bras et lui saisit un poignet. Puis il essaya d'attraper l'autre main, mais elle avait lâché prise et se trouvait suspendue dans le vide.

— Chaz, cria-t-elle. Je n'ai plus de forces. Je vais lâcher.
— Tiens bon. Tu vas y arriver. Fais-moi confiance.

Chaz s'avança vers le vide autant qu'il le pouvait, étirant ses muscles jusqu'aux limites du supportable, et parvint enfin à lui saisir l'autre bras.

Les doigts crispés autour de ses poignets, il la remonta lentement, rampant vers l'arrière jusqu'à ce qu'ils soient tous deux en sécurité.

— Ça ne m'est revenu que la nuit dernière, dit-elle.
— Je sais.

Il prit son visage dans ses mains.

— Est-ce que tu vas bien ?

Elle hocha la tête, en dépit des larmes qui coulaient sur son visage.

— Je regrette tellement pour Ruth…
— Chut, murmura-t-il.

Puis il l'enveloppa de ses bras.

— Je t'aime, Tawny-Lynn. J'ai eu tellement peur de te perdre avant d'avoir pu te le dire.

Elle plongea son incomparable regard de jade dans le sien.

— Je t'aime aussi, Chaz.

Ils allaient devoir parler d'avenir, décider du sort de son père, réconforter sa mère…

Mais pas maintenant.

A cet instant, il avait simplement envie de l'embrasser et de savourer la joie de la savoir en vie.

Épilogue

Tawny-Lynn ne parvenait pas à croire qu'il soit possible d'être aussi heureuse. Aujourd'hui, elle se mariait.

Peyton, vêtue d'une robe en mousseline bleu pâle, se glissa dans la pièce et déposa son bouquet de lis sur une console, le temps de venir redresser son voile.

— Tu es magnifique, sœurette.

— Merci.

Tawny-Lynn serra sa sœur dans ses bras, remerciant chaque jour le ciel que Peyton ait survécu.

— J'apprécie beaucoup Ben.

Peyton esquissa un sourire.

— C'est un type bien. Il est patient avec moi. Et…

Elle agita sa main gauche, où brillait un diamant à l'annulaire.

— Il m'a demandé de l'épouser.

— C'est formidable.

Elles s'embrassèrent à travers leurs larmes, et Peyton s'écarta pour prendre des mouchoirs.

— Arrête de pleurer, ou tu vas abîmer ton maquillage.

Tawny-Lynn se tamponna les yeux en riant nerveusement, tandis que Peyton se précipitait vers la porte.

— Dépêche-toi. Ils vont commencer à jouer la marche nuptiale.

Une vague de tristesse vint brièvement ternir l'humeur de Tawny-Lynn lorsqu'elle vit la mère de Chaz assise seule au premier rang.

Cela avait été un déchirement pour Chaz d'arrêter son

propre père, mais il n'en avait pas tenu rigueur à Tawny-Lynn. Il fallait qu'il le fasse pour Ruth.

Gerome Camden avait été interné en psychiatrie, et sa femme, bien que dévastée par la situation, avait présenté ses excuses à Tawny-Lynn pour la façon brutale dont ils l'avaient traitée par le passé.

Les relations restaient tendues entre les deux femmes, mais elles faisaient toutes deux des efforts pour l'amour de Chaz.

Tawny-Lynn avait décidé de garder le ranch. Chaz allait s'y installer avec elle et avait prévu de l'aider à restaurer la maison.

Cindy Miller avait présenté Tawny-Lynn à son mari, et ce dernier l'avait engagée pour concevoir les jardins des nouveaux lotissements en construction.

Pour une fille qui s'était sentie rejetée par la ville, elle s'était finalement plutôt bien intégrée.

Avant de s'avancer sur la terrasse, Tawny-Lynn marqua une pause pour embrasser du regard le jardin du ranch, spécialement aménagé pour la cérémonie par Andrea Radcliff, une de ses anciennes camarades de classe devenue organisatrice de mariages.

Des rangées de chaises blanches encadraient l'allée menant à une tonnelle ornée de rubans et de fleurs. Un peu à l'écart, une tente également blanche abritait champagne et petits-fours.

Il en émanait une impression magique, envoûtante de romantisme. Mais rien n'aurait pu concurrencer l'émotion qu'elle ressentit lorsqu'elle découvrit Chaz en costume sombre, santiags et chapeau de cow-boy.

Chaz croisa le magnifique regard de sa future femme et comprit que le grand jour était enfin arrivé.

Son adjoint l'avait surpris en avouant qu'il jouait de la guitare, et s'était proposé pour interpréter la marche nuptiale, au son de laquelle Tawny-Lynn s'avançait à présent dans l'allée centrale.

Elle était si belle que son cœur se serrait chaque fois qu'il repensait à ce jour effroyable où il avait failli la perdre.

La brise soulevait ses cheveux couleur de blé mûr, qu'elle avait laissés flotter librement sur ses épaules ainsi qu'il l'aimait.

Entre ses mains, son bouquet de roses rouges contrastait avec le satin blanc de la robe bustier qui épousait délicieusement ses formes.

Il n'avait qu'une hâte : la lui ôter.

Elle s'arrêta devant lui, et il lui prit la main pour la guider vers les quelques marches menant à la tonnelle.

Le révérend procéda à une courte cérémonie et les déclara bientôt mari et femme.

Chaz se tourna vers Tawny-Lynn et prit son visage entre ses mains.

— Je t'aime, madame Camden.

— Je t'aime aussi, murmura-t-elle.

Avec tendresse, il posa ses lèvres sur les siennes, lui communiquant à travers ce baiser — leur tout premier baiser de jeunes mariés — l'amour infini qu'il éprouvait pour elle.

RITA HERRON

Au cœur du mystère

INTÉGRALE
ENQUÊTES & PASSIONS

Traduction française de
CAROLE PAUWELS

Titre original :
COLD CASE AT CARLTON'S CANYON

Ce roman a déjà été publié en 2014

©2014, Rita B. Herron.
© 2014, 2021, HarperCollins France pour la traduction française.

Prologue

Elle n'avait pas envie de mourir.

Mais la personne qui lui avait aimablement proposé de la prendre en stop, alors que sa voiture était en panne dans la banlieue de Sunset Mesa, la personne qui, croyait-elle, lui avait évité de marcher en pleine nuit sur une route déserte, venait de dévoiler son insoupçonnable folie.

Une haleine fétide lui balayait la joue et son estomac se révulsa.

— Je vous en supplie, murmura-t-elle.

Les mots moururent sur ses lèvres quand des doigts resserrèrent la ceinture autour de son cou.

Des gravillons roulèrent sous ses semelles tandis que son assaillant la tirait vers le bord du ravin et l'obligeait à regarder le terrain caillouteux en contrebas.

Des centaines de mètres s'étiraient entre elle et le sol. Même si elle parvenait à atterrir sur l'avancée relativement plate en surplomb des rochers déchiquetés, l'impact de la chute la tuerait.

— Voilà où est ta place, siffla la voix démente. Les mauvaises filles comme toi méritent la mort.

— Non, je vous en prie, arrêtez, hoqueta-t-elle. Pourquoi me faites-vous ça ?

Des yeux révulsés de rage la fixèrent.

— Tu sais pourquoi.

Ses poumons luttaient pour maintenir leur fonction ventilatoire, mais l'air ne leur parvenait presque plus et la tête commençait à lui tourner.

Elle ne comprenait pas. Elle ne savait pas pourquoi cette personne voulait sa mort. Pourquoi quiconque aurait pu vouloir qu'elle disparaisse.

Elle fut poussée encore plus près du bord, et ses jambes se mirent à prendre mollement dans le vide comme celles d'une poupée de chiffon.

Elle ne pouvait pas lutter. Il n'y avait plus une once d'énergie dans son corps. Elle ne pouvait plus bouger les mains, encore moins lever les bras…

Des larmes roulèrent sur ses joues tandis que les étapes clés de sa vie défilaient devant elle : la dernière fois que sa mère lui avait brossé les cheveux avant de mourir, les chasses aux œufs de Pâques, les fêtes de Noël, les cours de danse et le bal de fin d'année du lycée…

Quelques petits amis, des fêtes complètement folles à l'université… et son futur mariage.

Elle avait choisi sa robe et son bouquet — des roses blanches. Son enterrement de vie de jeune fille devait avoir lieu aujourd'hui même.

Et sa lune de miel sur une île au soleil… Elle avait rêvé devant le sable blanc et les palmiers sur les brochures, mais elle ne les verrait jamais en vrai.

La douleur fendit sa poitrine en deux comme un coup de couteau. La nausée se mêla à la terreur.

Puis le vert vibrant du printemps se transforma en ténèbres tandis que la mort venait la chercher.

1

Le sergent Justin Thorpe était un solitaire. Il l'avait toujours été et le serait toujours.

C'est ce qui expliquait pourquoi il était aussi doué dans son travail. Pas d'entraves pour le distraire ou l'empêcher d'évoluer.

L'estomac noué par la nervosité, il fixa le corps partiellement décomposé qui flottait à la surface de la rivière.

Quelque chose lui disait qu'il s'agissait d'une des filles disparues à Sunset Mesa. Au début, personne n'avait fait le lien entre les disparitions, mais il avait noté que celles-ci avaient toujours lieu au printemps.

Pour le moment, il n'était pas parvenu à établir d'autres connexions, mais cela viendrait. Ce n'était qu'une question de temps.

Stony Sagebrush, le médecin légiste, s'accroupit pour observer le corps, tandis que deux experts de la police scientifique commençaient à inspecter la berge.

— A quand remonte la mort ? demanda Justin.

— Difficile à dire.

L'air désabusé, le Dr Sagebrush repoussa ses lunettes sur son nez et soupira.

— La température de l'eau a pu ralentir la décomposition, mais je pense que ça fait un moment. Peut-être deux mois.

Le regard du médecin s'étrécit tandis qu'il écartait du visage de la jeune femme quelques mèches de cheveux mouillés et emmêlés.

— Regardez ça, dit-il, en désignant des ecchymoses sur le cou.

Justin observa la profonde ligne rouge large de près de deux centimètres qui entourait la gorge de l'inconnue.

— Elle a été étranglée, constata-t-il. On dirait que le tueur a utilisé une ceinture.

Stony Sagebrush approuva d'un signe de tête.

— C'est probablement ce qui a causé sa mort, mais je ne peux pas me prononcer avant de l'avoir examinée. S'il y a de l'eau dans ses poumons, ça veut dire qu'elle était encore vivante quand on l'a jetée ici.

Justin eut l'estomac noué en imaginant cette pauvre fille en train de lutter jusqu'à son dernier souffle.

La force du courant et la présence de nombreux rochers affleurant à la surface faisaient de cet endroit le terrain de jeu favori des adeptes du rafting. Si elle était vivante quand on l'avait jetée à l'eau, ses derniers instants avaient dû être atroces.

Après dix ans passés à traquer des tueurs en série, Justin connaissait la musique. Pourtant, la mort absurde d'une jeune femme le bouleversait toujours autant.

Le légiste souleva les paupières de la victime, révélant des hémorragies pétéchiales sur ses globes oculaires, et Justin en conclut qu'elle était morte par strangulation.

L'un des experts scientifiques exhuma de la rive limoneuse une chaussure de tennis et la compara au pied de la victime.

— Ça pourrait être la sienne. Nous allons l'examiner et voir ce que nous pouvons en tirer.

Jim hocha la tête.

— Je vais faire un tour pour voir si je trouve quelque chose. Mais il y a fort à parier qu'elle n'a pas été tuée ici.

Le shérif Amanda Blair sirotait son énième café de la journée tout en triant distraitement son courrier quand une enveloppe au logo du lycée attira son attention.

Elle l'ouvrit avec un empressement mêlé d'appréhension.

L'invitation à la réunion des anciens de Canyon High confirma ses craintes.

Elle avait quitté Sunset Mesa après sa dernière année de lycée. Elevée par un père qui appartenait à la division de police des Texas Rangers, elle avait su très vite qu'elle voulait suivre ses traces et entrer dans les forces de l'ordre, mais il n'y avait pas d'opportunité pour elle à Sunset Mesa.

De toute façon, rien ne l'y retenait. Ni meilleure amie ni tendre amoureux. Personne à qui elle manquerait. Personne même pour lui demander quels étaient ses projets d'avenir.

Elle avait toujours été une solitaire, un garçon manqué, plus intéressée par les enquêtes de son père que par les papotages ridicules des filles de l'école à propos du maquillage, de la mode et des garçons.

De même qu'elle avait choisi le softball et la natation plutôt que la troupe de pom-pom girls et les compétitions de danse, elle s'était toujours sentie plus à l'aise en accompagnant les garçons à des événements sportifs plutôt qu'en participant à des soirées-pyjama ou des séances de shopping avec les filles.

Mais un événement était venu bouleverser la monotonie de sa vie de lycéenne : la mort de Carlton Butts.

Le décès d'un adolescent n'est pas dans l'ordre des choses, surtout lorsqu'il s'agit d'un suicide.

Aujourd'hui encore, elle était hantée par le regret de ne pas avoir été une meilleure amie pour lui, de ne pas avoir senti à quel point sa dépression était profonde.

Pendant des années, elle avait fait des cauchemars où elle le voyait se jeter au fond du canyon. En fait, nombreux étaient les gens en ville qui surnommait maintenant cet endroit le canyon de Carlton.

De temps à autre, elle avait même l'impression d'entendre Carlton murmurer son nom, l'appeler à l'aide.

La supplier de le sauver de lui-même.

Mais elle était passée à côté des signaux d'alerte.

La culpabilité l'avait poussée à chercher des réponses, mais sa quête était restée vaine. Puis des jeunes femmes avaient commencé à disparaître à travers le Texas, dont deux à Sunset Mesa, et elle avait ressenti le besoin d'y retourner.

Parce qu'elle n'avait pas réussi à aider un de ses camarades, elle devait découvrir ce qui était arrivé à ces inconnues.

Lorsqu'un poste de shérif adjoint s'était libéré à Sunset Mesa, elle avait postulé. Le shérif Lager était un ami de son père, et il avait soutenu sa candidature. Souffrant d'un début d'Alzheimer, il n'avait pas tardé à lui faire part de son souhait de prendre sa retraite.

Avec un soupir, elle remit le carton d'invitation dans l'enveloppe.

Il n'y avait personne de sa classe qu'elle avait envie de revoir, et elle n'était pas certaine d'assister à l'événement.

Mais son travail consistait à trouver des réponses et, si l'un d'entre eux avait des informations sur les femmes disparues, rien ne valait une réunion informelle où tout le monde était supposé être ami pour glaner discrètement des informations.

Séduite par cette idée, elle glissa l'enveloppe dans les pages de son agenda de bureau, et entra la date dans le calendrier de son téléphone. Cette semaine, elle avait prévu un pique-nique en famille, un cocktail et une soirée dansante.

Ni mari ni enfants pour elle.

Une image de Julie Kane et Thurston Howard ouvrant le bal en tant que reine et roi de la promotion lui rappela qu'elle avait toujours fait tapisserie.

Mais elle n'était plus une gamine au physique ingrat, désormais.

Et elle était shérif.

Ce n'était pas une stupide réunion du lycée qui allait la transformer de nouveau en adolescente timide et mal dans sa peau !

La porte du poste de police s'ouvrit soudain avec brutalité, et Amanda releva la tête.

Larry Lambert, le directeur de la banque locale, entra d'un pas de hussard, l'air très inquiet. Un homme d'une trentaine d'années l'accompagnait, la coiffure échevelée comme s'il n'avait cessé d'y passer les mains. La tension entre les deux hommes était palpable, jetant un froid soudain sur la pièce.

Amanda se leva et contourna son bureau.

— Monsieur Lambert…

— Vous devez nous aider, shérif Blair. Ma fille Kelly…

Le colosse d'un mètre quatre-vingts avait les larmes aux yeux.

— Elle n'est pas rentrée à la maison la nuit dernière.

Cette nouvelle attrista Amanda.

Le printemps aurait dû être une période de renouveau et d'allégresse. Au lieu de quoi, une autre jeune femme avait disparu, comme chaque année à la même époque.

Une personne avec qui elle était allée à l'école, et qui avait le même âge qu'elle…

Ça ne correspondait pas au schéma du tueur en série. Kelly était plus âgée que les adolescentes disparues.

Pour autant, il ne fallait pas négliger la piste d'une disparition criminelle.

Justin attendait avec impatience de connaître les résultats de l'autopsie, et il n'avait pu s'empêcher d'appeler le laboratoire de la police dès la première heure. On avait promis de le rappeler le plus vite possible, mais il n'avait toujours pas de nouvelles.

Suspectant que la victime pouvait être une des filles disparues à Sunset Mesa, il décida de rendre visite au shérif.

Il s'était déjà entretenu avec Amanda Blair à la faveur d'une enquête non élucidée rouverte par le shérif de Camden Crossing. L'affaire concernait la propre sœur du shérif et la meilleure amie de celle-ci, Peyton Boulder. Les deux filles avaient disparu sept ans plus tôt au cours d'un accident de bus. Au début, ils avaient pensé à un lien avec les disparitions de Sunset Mesa mais avaient fini par découvrir qu'il n'en était rien.

Un paysage de terres arides défilait le long de l'autoroute, baigné par les lueurs orangées du soleil couchant. Au loin, les contreforts de la chaîne rocheuse s'obscurcissaient, mais sa crête déchiquetée baignait dans une lumière flamboyante.

La région était si belle que Justin regrettait de s'y trouver pour traquer un tueur en série plutôt que pour y passer des vacances. Mais il ne restait jamais très longtemps dans un même endroit, et il n'y avait aucune raison qu'il s'attache à cette ville plutôt qu'à une autre.

Après avoir quitté l'autoroute, il parcourut quelques kilomètres sur une route secondaire déserte, et finit par apercevoir au nord un ranch de taille modeste, avant que n'apparaisse le panneau signalant l'entrée de Sunset Mesa.

La ville semblait tout droit sortie d'un vieux western, avec sa large rue principale flanquée de commerces aux façades anciennes. Le poste de police, la prison et le tribunal étaient abrités dans un bâtiment en pisé couleur ocre.

Il se gara le long du trottoir et se dirigea vers la porte principale.

Lorsqu'il avait parlé pour la première fois au téléphone au shérif Blair, il s'était fait l'image d'une femme assez masculine à cause de sa voix grave et un peu rauque. Puis il l'avait rencontrée brièvement, et s'était rendu compte de son erreur. Même l'uniforme ne parvenait pas à masquer ses courbes et sa beauté. Mais peu importait de quoi elle avait l'air. Il était là pour accomplir une mission, et rien d'autre.

Le plancher grinça sous ses bottes lorsqu'il entra. Il eut à peine le temps d'observer les vieilles photos en noir et blanc de la ville qui ornaient les murs jaune pâle que des bruits de voix éclatèrent à l'arrière.

Il se rapprocha et frappa à la porte. Quelques instants après, une femme apparaissait. Pas très grande, avec des courbes affolantes, elle avait les cheveux d'un roux évoquant les feuilles d'automne. Une fois de plus, il fut subjugué par son apparence.

Des yeux verts pailletés d'or se posèrent sur lui, exprimant une légère contrariété.

— Madame, dit-il en effleurant le bord de son Stetson. Je ne sais pas si vous vous souvenez de moi, je suis le sergent Justin Thorpe, des Texas Rangers.

Elle le détailla de la tête aux pieds et, pour la première

fois de sa vie, il eut peur de ne pas avoir laissé une impression marquante. D'habitude, il se souciait peu de ce que ses collègues pensaient de lui, mais il y avait quelque chose chez cette femme qui lui donnait envie qu'elle l'admire.

— Oui, je me souviens de vous, dit-elle.

Rien dans son intonation ne lui permettait de savoir si c'était en bien ou en mal.

— Quelqu'un vous a appelé pour que vous veniez ici aujourd'hui ? demanda-t-elle.

Il grimaça, confus.

— Non, je voulais vous parler des personnes disparues.

— Vous êtes au courant pour Kelly Lambert ?

— Kelly Lambert ?

Justin essaya de se rappeler les noms de toutes les femmes sur la liste, mais celui-ci ne lui disait rien. Le shérif Blair aurait-elle reçu avant lui des informations sur la dernière victime ?

— La jeune femme qui a disparu la nuit dernière, expliqua-t-elle. Son père et son fiancé sont dans mon bureau.

Justin comprit la raison des éclats de voix. Mais la femme de la crique ne pouvait pas être Kelly Lambert car son décès remontait à des mois.

Ce qui signifiait que Kelly Lambert était peut-être encore en vie...

2

Amanda faisait un effort considérable pour ne pas laisser paraître le trouble que lui inspirait le grand et séduisant Texas Ranger.

Depuis leur première rencontre, elle avait eu un mal fou à se sortir son image de la tête.

Et voilà qu'il était de retour pour travailler avec elle !

Elle ne pouvait s'empêcher de le dévorer des yeux. Il la dominait de sa haute et puissante silhouette, sa chemise de coupe western tendue à craquer sur ses épaules et ses bras vigoureux. La mâchoire était forte, le nez légèrement dévié comme s'il avait été cassé, et il avait une fossette au menton.

En soi, ses traits n'avaient rien d'extraordinaire, peut-être même étaient-ils un peu trop anguleux, mais il s'en dégageait quelque chose de résolument viril qui ne manquait pas d'attrait. Et le contraste des yeux d'un bleu très clair, presque délavé, avec la peau mate et les cheveux noirs ne gâchait rien.

Mais l'étoile argentée du Texas qui brillait sur la poche de sa chemise était là pour rappeler que la visite du policier était professionnelle.

Et Amanda mettait un point d'honneur à ne pas mélanger les affaires et le plaisir.

Elle avait travaillé trop dur pour s'imposer dans un monde d'hommes et ne pouvait pas tout gâcher en ayant une aventure avec un collègue. Plus personne alors ne la respecterait.

— Je crois que nous ferions mieux de reprendre au début,

dit le sergent Thorpe. Vous disiez qu'une autre femme avait disparu ?

Amanda hocha la tête.

— Kelly Lambert. Elle n'est pas rentrée chez elle hier soir, et ni son fiancé ni son père n'ont eu de ses nouvelles.

— Donc ça fait moins de vingt-quatre heures. Il est trop tôt pour remplir un rapport.

Amanda le contredit.

— En fait, ça fait plus de vingt-quatre heures. Elle ne répond pas au téléphone depuis hier matin. Elle préparait son mariage, et elle ne s'est pas rendue à la fête d'enterrement de vie de jeune fille qui devait avoir lieu cet après-midi.

— Elle a peut-être changé d'avis et s'est enfuie.

— C'est possible, mais, d'après ce que le père et le fiancé m'en ont dit, je n'ai pas eu l'impression que c'était son genre.

Amanda croisa les bras et le dévisagea.

— Mais, attendez... Si vous n'étiez pas au courant pour Kelly, quelle est la raison de votre visite ?

Il grimaça.

— Le corps d'une jeune femme vient d'être découvert à Camden Creek.

Un mauvais pressentiment s'empara d'Amanda.

— Et si c'était Kelly ?

Un cri de surprise résonna soudain dans son dos. Elle pivota et découvrit Larry Lambert et Raymond Fisher sur le seuil.

— Vous l'avez trouvée ? demanda Larry d'une voix brisée.

Raymond était livide.

— S'il vous plaît, dites-nous que ce n'est pas elle...

Amanda fit les présentations, et laissa Justin répondre.

— Nous n'avons pas encore identifié la jeune femme, mais il ne peut pas s'agir de Kelly car son décès remonte à deux mois au moins.

— Mais vous pensez que la mort de cette femme pourrait avoir un lien avec la disparition de Kelly ? demanda le père.

Le fiancé s'avança en titubant, se laissa tomber sur une

chaise à proximité du bureau, et enfouit son visage dans ses mains en laissant échapper un sanglot.

— Vous croyez qu'elle est morte, n'est-ce pas ?

— Il est trop tôt pour l'affirmer, répondit Amanda.

Bien que d'ordinaire peu encline aux familiarités, elle ne put s'empêcher de tapoter l'épaule de Raymond Fisher.

— Ce que nous savons pour le moment, c'est que Kelly ne s'est pas rendue à la fête organisée pour elle et ne vous a pas donné de nouvelles. Peut-être a-t-elle voulu prendre un peu de recul avant le mariage ?

— Non, dit Raymond avec un vigoureux mouvement de tête. Elle ne serait jamais partie comme ça. Elle m'aime, et je l'aime. Elle était impatiente de se marier.

— Il a raison, renchérit Larry Lambert. Kelly n'est pas le genre à faire faux bond à qui que ce soit. Elle a la tête sur les épaules, et on peut compter sur elle. Et, en admettant qu'elle ait éprouvé le besoin de réfléchir, elle nous en aurait parlé. Je l'ai appelée une cinquantaine de fois au cours des dernières heures, et elle n'a jamais répondu ni donné suite.

— Je l'ai appelée aussi, reprit Raymond Fisher. Et je lui ai envoyé une dizaine de SMS. Je suis même allé chez elle, mais il n'y avait personne et sa voiture n'était pas là.

— Quel genre de modèle conduit-elle ? demanda Amanda.

— Une Toyota rouge.

— Vous connaissez l'immatriculation ?

Il lui donna l'information, et Amanda la nota sur le bloc de notes adhésives posé sur son bureau, avant d'appeler son adjoint, Joe Morgan, pour lui demander de rechercher la voiture.

Au vu des circonstances, Justin se devait de rester objectif et de traiter cette disparition comme n'importe quelle autre affaire, plutôt que d'y voir l'œuvre du tueur en série qui enlevait des femmes depuis presque dix ans chaque printemps.

D'ailleurs, la publicité faite autour de ces disparitions pouvait avoir donné des idées à quelqu'un qui aurait voulu couvrir une vengeance plus personnelle... par exemple un fiancé jaloux...

— Shérif, que diriez-vous d'offrir un café à M. Lambert dans votre bureau pendant que je m'entretiens quelques minutes avec M. Fisher ? suggéra-t-il.

Le regard d'Amanda croisa le sien, vaguement surpris, mais il faisait partie de la procédure de séparer les victimes ou les suspects, et elle répondit par un bref hochement de tête.

— Venez avec moi, monsieur Lambert. Je vais commencer à rédiger un rapport de disparition.

Elle s'adressa ensuite à Justin et Raymond.

— Vous voulez également un café ?

Raymond secoua la tête avec une mimique de dégoût.

— Je ne crois pas que mon estomac le supporterait en ce moment.

— Avec plaisir, dit Justin. Noir, sans sucre.

Amanda eut un frémissement de sourcils comme pour lui faire comprendre qu'elle n'était pas à son service.

Il lui répondit par un sourire narquois. Après tout, c'était elle qui avait demandé.

Elle conduisit Larry Lambert à son bureau et ne tarda pas à revenir avec une petite bouteille d'eau minérale pour Raymond Fisher et une tasse de café pour lui.

— Merci, dit-il avec un demi-sourire.

Il y eut comme une étrange décharge électrique lorsque leurs doigts se frôlèrent au moment où elle lui tendait sa tasse. La bouche crispée, elle retira précipitamment sa main et se hâta de regagner son bureau.

Hésitant entre la surprise et l'amusement, Justin reporta son attention sur Raymond Fisher.

L'homme avait le front couvert de sueur. Etait-il simplement bouleversé par la disparition de Kelly, ou nerveux parce qu'il cachait quelque chose ?

Justin but une gorgée de café, et fut surpris par son goût. Tous les postes de police du pays avaient la réputation de proposer un café exécrable. Amanda Blair avait visiblement d'autres talents que celui de savoir tenir une arme.

— Monsieur Fisher, depuis combien de temps connaissez-vous Kelly ? demanda-t-il de but en blanc.

L'homme serrait les doigts avec une telle force autour de sa bouteille d'eau minérale que ses jointures avaient blanchi.

— Cela remonte au lycée, mais nous n'avons commencé à sortir ensemble qu'une fois à l'université. Nous nous sommes fiancés à Noël. Après avoir consacré du temps à des missions humanitaires, Kelly s'est finalement dirigée vers l'enseignement et cherche actuellement un poste d'institutrice.

— Et vous ? Que faites-vous ?

Raymond Fisher haussa les épaules.

— Je suis conseiller financier. Je viens d'obtenir un nouveau poste dans une entreprise à Austin. Nous devions nous y installer après le mariage.

— Des problèmes entre vous récemment ?

— Non.

— Pas de disputes ? Un désaccord sur le déménagement ? Des problèmes d'argent ?

— Non, vraiment pas. Nous nous entendons très bien.

— Vous vivez ensemble ?

Raymond Fisher hocha la tête.

— Nous avons décidé de prendre un appartement ensemble quand nous étions en deuxième année à l'université.

— Qu'en a pensé son père ?

— Au début, il n'était pas ravi, reconnut Raymond Fisher. Mais, lorsque des étudiantes ont été agressées sur le campus, il s'est senti soulagé que Kelly soit avec moi.

L'émotion fit trembler sa voix.

— Il avait l'impression qu'elle était en sécurité...

— Kelly et son père s'entendent bien ?

Raymond Fisher le dévisagea avec perplexité.

— Oui, pourquoi ?

— Tout ce que vous pourrez nous dire à propos de Kelly nous sera utile pour la retrouver. Alors, ses relations avec son père ?

— Après le décès de la mère de Kelly, ils ont traversé une période difficile, mais cette épreuve les a rapprochés.

— Que pensait M. Lambert de votre mariage ?

— Au début, il voulait que nous attendions d'avoir une situation stable, mais nous lui avons prouvé que nous avions de quoi nous débrouiller.

— Vous avez de l'argent ?

— Un peu. J'ai bénéficié de bourses pour mes études, ce qui m'a permis d'économiser tout ce que j'ai pu gagner en travaillant l'été. Mais pourquoi toutes ces questions ? Vous ne devriez pas plutôt être en train de chercher Kelly ?

— Je vous l'ai dit. Nous avons besoin d'en savoir le plus possible à son sujet. M. Lambert vous aide-t-il financièrement ?

— Il prend en charge les frais du mariage, mais il ne paie ni notre loyer ni nos factures.

— Comment sont ses finances ?

— Il est banquier. A votre avis ?

— Inutile de le prendre sur ce ton ! répliqua Justin en guise d'avertissement.

Le jeune homme se passa la main dans les cheveux.

— Désolé. Je suis nerveux et inquiet. J'ai l'impression que je serais plus utile dehors à chercher Kelly…

Il ouvrit sa bouteille d'eau et en avala une grande gorgée.

— Des disputes entre vous ?

Il marqua une brève hésitation.

— Quelques chamailleries, comme dans tous les couples, mais rien qui justifie qu'elle me quitte.

— Des ex ?

Il pinça les lèvres et détourna brièvement le regard vers la porte.

— Son ancien petit ami, Terry Sumter, l'a appelée il y a une quinzaine de jours. Il avait appris qu'elle allait se marier et voulait lui parler.

— A quel sujet ?

Raymond Fisher haussa les épaules, fit tomber le bouchon de la bouteille et se pencha pour le ramasser.

— Je n'en sais rien.
— Elle ne vous l'a pas dit ?
— Non. Je lui ai demandé si elle avait encore des sentiments pour lui, et elle a ri.
— Et lui ? Avait-il encore des sentiments pour elle ?
— Kelly prétendait que non.

Raymond Fisher jouait avec le bouchon, le faisant rouler nerveusement entre ses doigts, et Justin devina qu'il ne lui disait pas tout.

— Mais ?
— Mais j'ai vu un texto qu'il lui avait envoyé, et ça avait tout l'air du contraire.

La colère qui vibrait dans sa voix augmenta les soupçons de Justin.

— Avait-elle accepté de le rencontrer ?

Raymond Fisher ferma un instant les yeux, les rouvrit et prit une nouvelle gorgée d'eau.

— Je ne sais pas. Quand elle n'est pas rentrée la nuit dernière, j'ai pensé… qu'elle était peut-être allée le trouver.
— Quand avez-vous vu ou parlé à Kelly pour la dernière fois ?
— Hier matin, au petit déjeuner. Elle m'a dit qu'elle avait un million de choses à faire… Elle était surexcitée et n'arrêtait pas de parler. J'avais la tête ailleurs et je n'écoutais qu'à moitié.

Il soupira, le regard attristé.

— J'étais loin d'imaginer que c'était peut-être la dernière fois que je la voyais.

Justin ne savait toujours pas à quoi s'en tenir. La peur du jeune homme semblait sincère, tout comme ses remords. Mais n'était-ce pas tout simplement parce qu'il avait peur de se faire prendre ?

— Elle devait rentrer chez vous hier soir ?

Il hocha la tête, en se frottant les yeux.

— J'ai appelé sans relâche, et j'ai fini par recevoir un SMS disant qu'elle dormait chez une amie.
— Qui ?

— Betty Jacobs. Ce matin, j'ai appelé Betty, et elle m'a dit que Kelly n'avait pas passé la nuit chez elle.

Trois scénarios possibles se formèrent dans l'esprit de Justin.

Kelly pouvait avoir vu son ex, pris conscience qu'elle avait fait une erreur en acceptant d'épouser Raymond Fisher, et décidé de s'enfuir avec lui.

Ou Sumter avait essayé de la convaincre de partir avec lui et l'avait enlevée ou tuée après qu'elle eut refusé.

Ou encore Raymond Fisher avait découvert que Kelly aimait toujours son ex, s'était disputé avec elle et l'avait tuée, soit accidentellement, soit dans un accès de rage.

La photo de Kelly Lambert avait rejoint celles des autres filles sur le mur.

Toutes ces jolies filles avec leurs cheveux brillants et leurs dents parfaitement blanches et alignées.

Toutes ces filles si laides à l'intérieur qu'elles méritaient de mourir.

Une par une, elles quitteraient ce monde.

Et tout le monde à Canyon High saurait pourquoi…

3

Amanda savait que la meilleure tactique consistait à séparer Larry Lambert et Raymond Fisher. Si l'un des deux mentait ou cachait quelque chose, la vérité finirait ainsi par ressortir. Mais elle n'appréciait pas beaucoup que Thorpe lui donne des ordres et dirige son enquête à sa place.

Larry Lambert jeta un regard inquiet vers la porte.

— Qu'est-ce que ce Ranger veut à Raymond ?

— Il lui pose simplement des questions de routine, afin d'établir un portrait général de Kelly : qui sont ses amis, quelles sont ses habitudes, quand a-t-elle été vue pour la dernière fois…

Larry Lambert commença à montrer des signes d'agitation.

— Vous devez la retrouver. J'ai perdu ma femme. Je ne peux pas perdre aussi ma fille. Kelly est toute ma vie.

Amanda lui pressa l'épaule dans un élan de sympathie.

— Je vous promets que le sergent Thorpe et moi ferons tout notre possible pour la retrouver.

Il baissa les yeux vers ses doigts noués sur son estomac, et Amanda remarqua qu'il avait des égratignures sur le dessus des mains.

Tandis qu'elle lui servait son café, une image de Kelly recevant le prix de la fille la plus populaire du lycée lui revint.

— Qu'est-il arrivé à vos mains ?

Il dénoua ses doigts et observa le dessus de ses mains avec un air perplexe, comme s'il ne s'en souvenait plus.

— Je… j'étais nerveux à force d'attendre des nouvelles de

Kelly, et j'ai décidé de désherber le jardin. J'ai dû me griffer dans les rosiers.

L'explication était plausible... mais sa fille avait disparu.

— Il va nous falloir une photographie récente de Kelly pour les médias, et pour diffusion auprès des différentes forces de police.

Larry Lambert prit son portefeuille dans la poche intérieure de sa veste, et en sortit une photo de sa fille.

Amanda eut un petit pincement au cœur en la découvrant. Kelly avait toujours été jolie, mais elle était encore plus ravissante aujourd'hui.

— Elle a été prise il y a quelques mois, au country club, expliqua Larry Lambert.

Amanda étudia la robe imprimée, les longs cheveux lâchés sur les épaules, le sourire radieux, et songea à sa relation à la fois affectueuse et complice avec son propre père.

Le sort de Kelly l'inquiétait. Si cette dernière avait été enlevée par le tueur en série qui sévissait depuis des années, elle était probablement déjà morte.

Elle prit place à côté de Larry Lambert.

— Votre fille a-t-elle des ennemis ?

Il la regarda avec stupéfaction.

— Non, bien sûr que non. Tout le monde l'aime.

— Vous vous entendez bien ?

— Oh ! oui. Elle est tout pour moi.

Il toussota et leva vers Amanda des yeux emplis de larmes.

— C'est une bonne petite, shérif. Une gentille fille.

— Je sais.

La première règle du métier de policier était de ne pas se laisser submerger par l'émotion, et Amanda fit un effort pour rester professionnelle.

— Et avec Raymond ? Ont-ils des problèmes ?

— Pas à ma connaissance. Elle l'adore. J'aurais préféré qu'ils attendent d'avoir une meilleure situation pour se marier, mais ils disaient que l'amour n'attend pas.

Amanda ne put s'empêcher de grimacer devant tant de naïveté. Elle ne croyait pas à l'amour.

— Et vous, monsieur Lambert ? Avez-vous des ennemis ?

Il écarquilla les yeux.

— Vous pensez que c'est moi qui suis visé ?

— Je l'ignore, mais il faut envisager toutes les possibilités.

Larry Lambert se leva et se mit à arpenter la pièce.

— Je ne pense pas avoir d'ennemis. Bien sûr, il est possible que certaines personnes m'en veuillent parce que je leur ai refusé un crédit, ou parce que je les ai fait saisir. Mais ce sont les affaires.

— Il va me falloir leurs noms.

Il s'arrêta de marcher et lissa les devants de sa veste du plat de la main.

— Bien sûr.

— Parlez-moi de votre situation financière. Possédez-vous un important portefeuille boursier ? De grosses économies ?

— En cas de demande de rançon, vous voulez dire ?

— Oui. Il faut l'envisager.

— J'ai pas mal d'argent, admit-il.

— Assez pour inciter quelqu'un à enlever votre fille ?

— Si c'est une question d'argent, je paierai ce qu'ils demandent.

— Faites-moi une liste de toutes les personnes qui pourraient avoir des griefs contre vous. Nous aurons également besoin de connaître les noms des amis de Kelly.

— Bien sûr.

Il revint vers sa chaise, mais s'arrêta au passage devant le tableau où étaient affichées les photos des femmes qui avaient disparu au cours des dix dernières années.

— Monsieur Lambert, venez vous asseoir...

Un son étranglé lui échappa, et il vacilla en arrière, l'air effaré.

— Vous n'avez jamais retrouvé ces filles, n'est-ce pas ? Et vous ne retrouverez pas Kelly non plus.

Justin fit glisser le bloc-notes vers Raymond Fisher.

— Inscrivez les noms de toutes les personnes invitées à votre mariage, ceux de vos amis, de vos proches… Nous allons avoir besoin de leur témoignage.

Les yeux de l'homme étincelèrent de colère quand il comprit ce que cela impliquait.

— C'est la meilleure ! Le père de Kelly et moi sommes venus ici pour demander de l'aide, et voilà que vous me traitez comme un suspect ! Vous croyez vraiment que j'ai quelque chose à voir avec la disparition de ma fiancée ?

— Je n'ai pas dit ça…

Justin s'efforçait de garder un ton détaché. Dans la majorité des cas de disparition, le coupable se trouvait parmi les membres de la famille ou les amis proches. Le fait que de nombreuses femmes des environs aient disparu n'était évidemment pas anodin, mais il ne pouvait rien négliger à ce stade.

— Mais, reprit-il, il est important que nous parlions à tous ceux qui connaissent Kelly. Hommes et femmes. Peut-être l'un d'entre eux aura-t-il vu quelque chose qui pourrait nous aider.

Raymond Fisher lui lança un regard mauvais.

— Fadaises ! Vous voulez leur demander comment Kelly et moi nous entendions, si j'étais jaloux de son ex au point de la tuer…

— Je poserai la question, mais par pure routine. La première chose que nous faisons dans une enquête, c'est d'éliminer de la liste des suspects les membres de la famille et les amis. Très souvent, quelqu'un nous parle d'un détail apparemment sans importance mais qui nous aide beaucoup.

Il désigna la chaise.

— Et maintenant, si vous voulez nous aider à retrouver Kelly, asseyez-vous et faites cette liste. Vous perdez un temps précieux.

Raymond Fisher darda sur lui des yeux noyés par l'émotion et rougis par les larmes ou le manque de sommeil — ou peut-être les deux.

Finalement, il soupira et se laissa tomber sur la chaise.

— Très bien. Mais j'aime Kelly et je ne lui ferais jamais de mal.

Justin l'observa en se demandant comment il réagirait à sa place. Il mettrait probablement le bureau sens dessus dessous, exigeant des réponses, poussant la police à passer les rues au peigne fin... prêt à tuer la personne qui lui avait volé sa fiancée.

En admettant que les choses se soient passées ainsi.

Tandis que Raymond Fisher commençait à rédiger la liste, le shérif Blair et Larry Lambert apparurent sur le seuil. Amanda s'adressa aux deux hommes :

— Je voudrais que vous m'autorisiez à mettre vos téléphones sur écoute, au cas où Kelly appellerait, ou si vous receviez une demande de rançon. Nous aurons également besoin de l'ordinateur de Kelly.

— Bien sûr, comme vous voulez, répondit Raymond Fisher.

— Faites ce que vous avez à faire, dit Larry Lambert. Mais, je vous en prie, retrouvez ma fille.

Amanda hocha la tête, mais elle paraissait inquiète.

— Je vais entrer la photo de Kelly dans la base de données des personnes disparues et alerter les médias. Avec un peu de chance, quelqu'un nous fournira une piste.

— Je ne veux pas que la photo de Kelly se retrouve sur votre tableau. Il faut la retrouver, insista Larry Lambert.

— Je comprends, dit Amanda d'un ton compatissant. Nous ferons tout ce que nous pouvons.

— Je compte sur vous.

Le dos voûté, Larry Lambert se dirigea vers la porte d'une démarche traînante, suivi par Raymond Fisher.

— J'aurais préféré qu'il ne voie pas le tableau, se justifia Amanda auprès de Justin.

— Vous le croyez innocent ?

— Tout ce que je sais, c'est qu'il aime sa fille. Je vais jeter un œil à ses finances. Il a refusé plusieurs prêts cette année, et a fait saisir la maison de deux couples.

Justin haussa un sourcil.

— Alors ça pourrait être une question d'argent ?

— Nous verrons s'il reçoit une demande de rançon. Quelqu'un a peut-être finalement trouvé un moyen détourné d'obtenir son prêt…

— Là vengeance est un mobile puissant, reconnut Justin.

— Et le fiancé ? Qu'en pensez-vous ?

— Il semble sincèrement bouleversé, mais il se peut qu'il joue la comédie. Apparemment, un ex de Kelly a récemment pris contact avec elle et voulait la revoir avant le mariage.

— Nous l'interrogerons. En attendant, je propose d'aller perquisitionner chez Kelly. Vous m'accompagnez, sergent ?

— Avec plaisir. Et, puisque nous devons travailler ensemble, je propose que nous passions aux prénoms.

— Si vous y tenez, dit-elle d'un ton pincé. Mais sachez que je ne mélange jamais le travail et la vie privée.

— Il ne me semble pas vous l'avoir demandé.

Visiblement piquée au vif, Amanda leva le menton.

— Je suis peut-être une femme, mais je connais mon travail.

— Je n'ai jamais dit le contraire.

— Bien. Je suis ravie que les choses soient claires entre nous.

Sans le savoir, Amanda venait de lever un coin du voile sur elle et sur son passé.

Apparemment, elle avait dû se battre pour s'imposer parmi des hommes qui la croyaient incompétente pour la simple raison qu'elle était une femme.

A moins que son exceptionnelle beauté ne lui ait valu des avances indésirables…

Il ne commettrait pas une telle erreur, songea Justin. Il était là pour résoudre une enquête, et ce n'était pas un joli minois qui le détournerait de sa mission.

Même si l'attirance entre eux était indéniable.

Les invitations pour la dixième réunion des anciens du lycée avaient été envoyées. Une grande banderole ornait le fronton de l'école.

Les élèves qui avaient quitté Sunset Mesa pour faire carrière et s'établir ailleurs allaient revenir en ville.

Ils allaient faire la fête, boire, revivre leur jeunesse : les soirées entre amis, les victoires au football, les compétitions de danse, les feux de camp près du canyon...

La soirée du bal de promotion.

Ils seraient heureux, ils riraient aux éclats, se vantant de leur réussite, de leur carrière, exhibant leur conjoint et leurs enfants...

Pour certains, ce serait un retour aux sources après des années d'absence.

Quelle meilleure opportunité que celle-ci pour sélectionner de nouvelles proies ?

4

Elle n'aurait jamais dû faire ce commentaire sur sa capacité à mener à bien son travail ! Amanda était furieuse contre elle-même. Mais peut-être avait-elle réagi ainsi parce que Justin était le premier depuis longtemps qui lui donnait envie de briser son vœu sacro-saint de ne pas s'impliquer avec un collègue.

Elle ne céderait évidemment pas à la tentation.

Les désillusions avaient été trop nombreuses pour qu'elle prenne le risque de faire de nouveau confiance à un homme.

— Votre père était dans les Texas Rangers, non ?

La question la prit par surprise.

— Comment le savez-vous ?

Elle espérait qu'il n'avait pas fait de recherches sur elle.

— Sa photo est affichée au bureau central. C'était un héros.

Amanda se concentra sur la route pour garder le contrôle de ses émotions. Son père était mort depuis cinq ans, mais son décès avait laissé un trou béant dans son cœur.

— Oui, il l'était.

— Il a trouvé la mort en sauvant un petit garçon ?

Elle hocha la tête, fière de son père, même si sa dévotion à son métier avait causé sa perte. Elle comprenait d'autant mieux ce sens du devoir qu'elle le possédait aussi.

En fait, elle avait toujours voulu ressembler à son père.

Mais elle ne voulait pas aborder de sujets personnels avec Justin, et le reste du trajet jusqu'à l'appartement de Kelly se fit en silence.

Raymond Fisher était déjà sur place et leur ouvrit la porte.

— Je ne sais pas ce que vous pensez trouver ici, mais allez-y, faites le tour des pièces.

Amanda remarqua des cartons empilés un peu partout.

— Vous étiez en train de déménager ?

— Nous avons acheté une maison près de mon nouveau bureau. Les déménageurs devaient venir demain.

Sa voix se brisa.

— Nous voulions nous installer avant le mariage. J'étais supposé prendre mon poste au retour de notre voyage de noces.

Il passa la main sur l'un des cartons encore ouvert et qui contenait des ustensiles de cuisine, l'air égaré, comme s'il ne savait pas quoi faire.

Justin s'éclaircit la gorge.

— Où est l'ordinateur de Kelly ?

Raymond Fisher désigna un ancien bureau en chêne, et Justin s'adressa à Amanda :

— Je vais y jeter un œil, si vous voulez inspecter l'appartement...

Elle acquiesça et commença par la cuisine, tandis qu'il s'installait au bureau et allumait l'ordinateur portable.

Raymond Fisher resta un moment les bras ballants, et sursauta lorsque son téléphone vibra.

— C'est mon nouvel employeur, dit-il, avant de se glisser sur le balcon pour prendre l'appel.

Amanda ouvrit les placards et les tiroirs de la cuisine, et constata qu'ils étaient tous vides. Sur le plan de travail traînaient un décapsuleur et un panier contenant des enveloppes.

Une quittance d'électricité, un relevé bancaire, des récépissés de carte bancaire, des factures acquittées deux jours plus tôt chez le fleuriste et le traiteur, indiquant que Kelly avait toujours l'intention de se marier...

Son compte était créditeur de cinq mille dollars, une belle somme, mais pas assez pour inciter quelqu'un à l'enlever. Cependant, le père de la jeune femme ne manquait pas d'argent.

Au moment de quitter la pièce, le regard d'Amanda fut

attiré vers le réfrigérateur. Un faire-part de mariage y était fixé à l'aide d'un aimant, ainsi qu'une invitation à la réunion du lycée. La réunion devait avoir lieu la veille du mariage, ce qui voulait dire qu'un grand nombre d'amis de Kelly se trouveraient encore en ville pour la cérémonie.

Contrairement à elle, Kelly avait toujours été une fille populaire.

Elle passa ensuite à la chambre, où une photo du couple trônait sur la commode. Ils avaient l'air parfaitement heureux et amoureux.

Là aussi il y avait des cartons, et les tiroirs de la commode étaient vides. Mais lorsqu'elle ouvrit la porte de la penderie elle y découvrit une robe de mariée en satin blanc. Des boutons en perle couraient tout le long du dos jusqu'à la taille, où la jupe s'évasait en un flot d'organza et de dentelle.

C'était une robe magnifique, et Kelly aurait été une mariée ravissante.

Sa vie s'était-elle achevée avant l'heure ?

Jusqu'à présent, les versions du fiancé et du père se tenaient. Il faudrait les confronter aux témoignages des amis de Kelly. Si ceux-ci étaient innocents, elle ne pouvait se permettre de perdre trop de temps avec eux. Chaque minute écoulée augmentait l'avance que le ravisseur de Kelly avait sur eux.

Son téléphone portable vibra. Voyant que l'appel provenait de son adjoint, Joe Morgan, elle s'empressa de décrocher.

— Je viens de retrouver la voiture de Kelly Lambert, annonça-t-il.

— Où ?

— Sur la route d'Old River Mill.

— Il y a un corps à l'intérieur ?

— Non. La voiture a piqué du nez dans un fossé. Il y a des marques de dérapage sur la route, comme si un autre véhicule avait cherché à lui faire perdre le contrôle. Et j'ai trouvé des traces de peinture grise sur la carrosserie.

— Demandez à la police scientifique d'envoyer une équipe pour faire des relevés.

— Je m'en occupe, et je les attends sur place.
— Vous avez inspecté les parages ? Kelly est peut-être quelque part, blessée et inconsciente.
— Il n'y a personne, shérif. Mais j'ai trouvé des traces de sang qui vont de la voiture au bord de la route.

Amanda fut aussitôt gagnée par un mauvais pressentiment. Si Kelly était blessée, et que l'autre conducteur l'avait obligée à monter avec lui, où était-elle maintenant, et dans quel état ?

La lecture des e-mails de Kelly n'avait rien apporté de concluant. Certains étaient adressés à des amis, et Kelly s'y répandait avec enthousiasme sur son futur mariage, d'autres concernaient les derniers arrangements pour la cérémonie et la réception. Les derniers dataient de la veille de sa disparition, ce qui confirmait qu'elle n'avait aucunement prévu de disparaître ou d'annuler le mariage.

Un message provenait d'Eleanor Goggins, qui voulait savoir si Kelly avait l'intention d'assister à la réunion des anciens du lycée. Deux autres filles, Anise Linton et Mona Pratt, insistaient pour qu'elle vienne, en soulignant combien il serait amusant de réunir la fine équipe d'autrefois.

Justin vérifia son historique de navigation et vit qu'elle avait consulté de nombreux sites dédiés à la décoration, à l'organisation de mariages et aux voyages. Elle avait également consulté des sites d'offres d'emploi dans l'enseignement privé, et envoyé trois candidatures à des écoles d'Austin.

Elle figurait aussi sur la plupart des réseaux sociaux. Il prit quelques minutes pour lire ses messages et découvrit qu'elle aimait entre autres les romans policiers et la musique classique. Elle twittait tous les jours des informations sur sa recherche d'emploi et son mariage, et sa page Facebook regorgeait de photos d'elle et de Raymond.

Il n'y avait pas là matière à suspicion, au contraire cela étayait la version du père et du fiancé. Restait la possibilité qu'une personne jalouse ait pris ombrage de cette démonstration publique de réussite et de bonheur...

Amanda ressortit de la chambre, l'air troublé.

— Quoi ? demanda-t-il.

Elle jeta un coup d'œil vers le balcon et parut soulagée de constater que Raymond Fisher s'y trouvait toujours.

— Mon adjoint vient d'appeler. Il a retrouvé la voiture de Kelly.

— Où ?

— Du côté d'Old River Mill. Apparemment, quelqu'un lui a fait quitter la route et l'a enlevée.

— On sait quel genre de voiture l'a heurtée ?

— Il faut attendre les conclusions de la police scientifique pour connaître la marque et le modèle, mais je peux déjà vous dire qu'elle est grise.

— Quel genre de voiture conduit Raymond Fisher ?

— Une Lexus noire.

— Et Larry Lambert ?

— Une Mercedes blanche.

Justin abaissa le capot de l'ordinateur.

— Je n'ai rien trouvé d'intéressant. Allons voir cette voiture, ensuite nous interrogerons l'ex-petit ami. S'il possède une voiture grise, nous tenons peut-être notre coupable.

Les ombres de la nuit s'étiraient le long de la route jonchée de feuilles mortes que le vent rabattait en rafales. Tout était sec à cette époque de l'année, et les températures restaient fraîches.

Pour quelle raison Kelly avait-elle emprunté cette route déserte ? Y avait-elle rendez-vous avec quelqu'un ?

Au détour d'un virage, Amanda aperçut le panneau d'une agence de location de chalets, avant de distinguer la lumière intermittente d'un gyrophare. La voiture de patrouille de son adjoint était stationnée sur le bas-côté, une centaine de mètres plus loin, et elle se gara derrière.

— Qu'est-ce qu'elle pouvait bien faire par ici ? demanda Justin, tandis qu'ils descendaient de voiture.

Amanda prit deux torches, lui en tendit une, puis elle attrapa sa mallette d'expertise.

— Je me posais la même question.

Elle repéra la Toyota rouge dans le faisceau de sa torche, et vit son adjoint qui marchait vers eux le long de la route.

— Comment avez-vous trouvé la voiture ? demanda-t-elle.

— J'ai tracé son téléphone portable, répondit Joe en levant l'appareil qu'il tenait dans sa main gantée. La batterie était faible, mais il était toujours allumé.

— Vous avez vérifié le journal des appels ?

Joe jeta un coup d'œil surpris au Ranger, et Amanda se rendit compte qu'elle n'avait pas fait les présentations. Elle répara cet oubli tout en enfilant des gants.

— Que dit le téléphone ? demanda Justin.

— Son dernier appel a été passé à une certaine Anise, hier à 10 heures du matin. Ensuite, il y a eu des dizaines de messages du père et du fiancé.

Amanda prit le téléphone et écouta les premiers messages.

— Ils semblent tous les deux très inquiets, commenta-t-elle.

— Et les SMS ? demanda Justin.

Amanda vérifia.

— Il y en a quelques-uns de Raymond Fisher... Attendez, en voici un qui date d'hier, à 9 heures. Il provient d'une femme nommée Hailey. Elle demande à Kelly de la rejoindre au bureau de location des chalets. Il est question d'une surprise pour son fiancé.

— Nous devons lui parler. Elle est probablement la dernière à avoir été en contact avec Kelly.

— Je demande à notre technicien informatique de retrouver l'expéditeur de ce message, dit Joe.

— Vous avez prévenu l'équipe scientifique ? lui demanda Justin.

L'adjoint du shérif hocha la tête.

— Ils ne devraient plus tarder à arriver.

Amanda essaya de se rappeler s'il y avait une fille prénommée Hailey dans leur classe de dernière année, en vain.

Peut-être Kelly avait-elle fait sa connaissance à l'université. A moins qu'il ne s'agisse d'une négociatrice en immobilier, ou d'une organisatrice d'événements…

Elle balaya le faisceau de sa torche le long de la route tandis qu'elle suivait son adjoint, et tiqua lorsqu'elle découvrit la trace de sang près de la voiture.

Décidée à ne rien laisser au hasard, elle prit une série de clichés.

La portière du conducteur était ouverte, le pare-chocs enfoncé, l'herbe du bas-côté piétinée.

Il y avait du sang sur le siège et le volant.

Mais pas trace de Kelly.

Le contenu de son sac, sans doute projeté par le choc, gisait sur le plancher de la voiture. Il y avait un tube de rouge à lèvres, un poudrier, un portefeuille et diverses babioles.

Amanda fouilla le portefeuille et constata qu'il contenait toujours le permis de conduire et les cartes de crédit, ainsi que cinquante dollars.

Il ne s'agissait donc pas d'une tentative de vol.

Ces premières constatations ne disaient rien qui vaille à Amanda. La quantité de sang n'était pas suffisante pour indiquer une hémorragie fatale, mais Kelly était blessée.

Cela en faisait une proie facile, trop faible pour se défendre contre un ravisseur ou s'enfuir.

5

Tandis qu'il patientait au téléphone, Justin s'était accroupi pour observer de plus près les marques laissées par les pneus. Un moulage devrait permettre de déterminer le type de voiture, et peut-être la marque s'il s'agissait d'un modèle spécial.

A l'autre bout de la ligne, le technicien s'éclaircit la gorge.

— Bon, désolé, mais le SMS de Hailey provient d'un téléphone jetable. Impossible de le tracer ou de retrouver son acheteur.

Justin jura entre ses dents.

— Et l'historique du téléphone du fiancé ? Il prétend avoir reçu un message de Kelly disant qu'elle allait passer la nuit chez une amie du nom de Betty Jacobs. Mais Betty affirme ne pas l'avoir vue. Est-ce qu'elles ont été en communication toutes les deux ?

Il y eut un bref silence, puis Justin entendit taper sur des touches d'ordinateur, avant que le technicien ne reprenne la parole.

— Il y a eu un appel d'une minute à Betty Jacobs hier matin aux alentours de 8 heures, plus rien après.

Tout en parlant, Justin était revenu vers la voiture et examinait les taches de sang.

— Vérifiez les appels de Raymond Fisher.

Il y eut un nouveau temps d'attente, et il en profita pour rejoindre Amanda.

Dans le faisceau de sa lampe, une empreinte partielle de pied apparut sur sa gauche. Un peu plus loin, sur le talus, il remarqua un talon aiguille coincé dans une touffe de mauvaises herbes.

— Sergent Thorpe ? dit le technicien au téléphone. Je viens d'examiner l'activité du téléphone de Raymond Fisher, et vous n'allez pas le croire : le SMS que Kelly a reçu depuis un téléphone jetable a été envoyé avec le même téléphone que celui qui a prévenu Raymond Fisher que Kelly dormirait chez une amie.

— Donc Kelly n'a jamais écrit ce message. Ça vient de son ravisseur.

— Ce qui me surprend, c'est que Raymond Fisher n'ait pas remarqué que le numéro n'était pas le même.

— Beaucoup de leurs amis sont en ville pour la réunion du lycée. Il a peut-être pensé qu'elle avait emprunté un téléphone.

Justin échangea encore quelques mots avec le technicien et raccrocha. Puis il héla Amanda.

— Vous avez trouvé quelque chose ?

— Un talon d'escarpin.

Il désigna la zone d'herbe, et Amanda s'empressa de s'accroupir pour l'examiner.

— La version de l'enlèvement semble se confirmer, commenta-t-elle. Un conducteur heurte la voiture de Kelly, l'extirpe de son siège, elle casse son talon en remontant la pente du fossé, puis il la fait monter dans sa voiture...

— Ça en a tout l'air. Et ce que vient de me confirmer le technicien va dans le même sens. Le SMS envoyé par la mystérieuse Hailey provient d'un téléphone jetable.

— Donc Hayley serait un faux nom ?

— Probablement.

— On a donc attiré Kelly dans un piège pour l'enlever. Ce n'est pas une question de hasard ou d'opportunité. Elle était visée spécifiquement. La question est de savoir par qui.

— Et si nous rendions une petite visite à l'ex de Kelly ? Vous seriez surprise de ce que le dépit amoureux peut pousser à faire.

Amanda grimaça, dubitative, et consulta sa montre.

— Je préférerais parler d'abord aux membres du cortège des

futurs mariés. Je vais appeler Raymond Fisher et lui demander de les rassembler au poste d'ici une demi-heure.

Justin observa le groupe de jeunes hommes et femmes qui patientaient dans le hall du bureau du shérif.

Betty Jacobs, Anise Linton, Mona Pratt et Eleanor Goggins, les demoiselles d'honneur de Kelly, étaient de jolies femmes de moins de trente ans.

Elles auraient toutes pu correspondre au profil des jeunes femmes qui avaient disparu au cours des dernières années.

Le mode opératoire du ravisseur n'était pas très clair, ce qui expliquait pourquoi la police avait tardé à relier les affaires. Normalement, un criminel en série se focalisait sur un certain type de femmes. Or, celui-ci ne semblait pas avoir de préférence pour la couleur des cheveux, la silhouette ou le choix de carrière. Simplement, ses victimes vivaient toutes au Texas, et disparaissaient au printemps.

Les garçons d'honneur, Glen Cates, Danny Latt et Lance Stephens, semblaient nerveux. Le père de Raymond Fisher, Ernie, était son témoin. Il se tenait à côté de son fils, une main sur son épaule. Marqué par le poids de la journée, Raymond avait une mine affreuse.

Amanda s'était isolée avec le père de Kelly pour lui parler de la voiture et de ce qu'ils avaient trouvé.

— Je voudrais d'abord vous remercier d'être venus, commença Justin.

— Vous avez trouvé Kelly ? demanda Raymond.

Justin secoua la tête.

— Malheureusement, non. Mais nous avons trouvé sa voiture.

Raymond sursauta, tandis que les autres échangeaient des regards inquiets.

— Où ? demanda Ernie Fisher.

— Du côté d'Old River Mill.

— Que faisait-elle là-bas ? murmura Raymond.

Les bras croisés, Justin observait le groupe, guettant un

signe indiquant que l'un d'eux était déjà au courant, mais les visages ne trahissaient que de la peur et de l'inquiétude.

— Notre technicien a étudié le SMS que vous avez reçu, monsieur Fisher. Celui qui était supposé avoir été envoyé par Kelly pour vous prévenir qu'elle passait la nuit chez Betty.

— Comment cela, « supposé » ?

— Ce message provenait d'un téléphone jetable. Ce téléphone a également servi à envoyer un message à Kelly pour lui demander de retrouver quelqu'un sur la route d'Old River Mill.

Les yeux de Raymond s'écarquillèrent d'effroi.

— Elle a été attirée dans un traquenard.

— C'est exact. Quant au message que vous avez reçu, il avait pour but de vous empêcher de vous rendre compte immédiatement qu'elle avait disparu.

Des exclamations choquées et des murmures se propagèrent dans le groupe.

— Elle a été enlevée, n'est-ce pas ? demanda Raymond.

— Il semblerait, oui.

— Pourquoi elle ? demanda Betty d'une voix altérée. Tout le monde aime Kelly.

— Elle était si heureuse à l'idée de se marier ! ajouta Anise.

— Elle avait tellement hâte d'ouvrir ses cadeaux et de s'installer dans sa nouvelle maison, renchérit Eleanor.

Mona essuya ses larmes d'un revers de main et prit Eleanor dans ses bras.

Le visage livide et l'air abattu, Larry Lambert sortit du bureau d'Amanda.

— Surtout, prévenez-nous si vous recevez une demande de rançon, insista-t-elle.

Larry tourna vers son futur gendre un regard dévasté.

— Vous avez eu des nouvelles, Ray ?

Celui-ci secoua la tête, tout en frottant ses yeux rougis.

— Bien, mesdames, je vais vous interroger une par une, dit Amanda.

— Quant à moi, je vais m'occuper des garçons d'honneur, déclara Justin.

Un concert de protestations leur parvint.

— Vous pensez que l'un de nous a quelque chose à voir avec sa disparition, grommela Lance, en croisant les bras sur son torse.

— Ce n'est pas ce que nous avons dit, répondit Amanda. Mais nous espérons que vous pourrez nous aider. Vous voulez qu'on retrouve Kelly, n'est-ce pas ?

La question fut accueillie par des hochements de tête et des « oui » prononcés avec force.

Amanda désigna Betty.

— Et si nous commencions par vous ? Ça ne prendra que quelques minutes.

S'adressant à Justin, elle ajouta :

— Vous pouvez prendre le bureau de mon adjoint pour auditionner les hommes.

Justin fit signe à Raymond Fisher.

— Venez. J'ai quelques points à préciser avec vous.

L'homme parut agacé mais suivit Justin sans un mot. Une fois la porte refermée, il explosa :

— Que puis-je vous dire de plus ? Je ne connais pas l'auteur des SMS, et je ne sais pas qui pourrait vouloir du mal à Kelly.

— Monsieur Fisher, dit calmement Justin. Vous avez parlé d'un ex de Kelly qui voulait la revoir, mais n'auriez-vous pas également une ex-petite amie qui pourrait ne pas voir d'un bon œil votre futur mariage ?

Fisher garda un moment le silence, et finit par se laisser tomber sur une chaise.

— Je ne vois pas qui… A moins que…

— Quoi ?

— J'ai rompu avec celle qui était ma petite amie au lycée pour sortir avec Kelly. Mais cela remonte à des années, et je ne vois pas Renee s'en prendre à Kelly. Elle a dû passer à autre chose depuis longtemps.

— Où vit-elle ?

— Dans une petite ville au nord d'ici.

Il tambourina du bout des doigts sur son genou tandis qu'il réfléchissait.

— Quoi d'autre ? insista Justin.

Un muscle joua dans sa mâchoire.

— Elle préside le comité des anciens élèves.

— Donc elle savait que vous alliez revenir pour la réunion, et pour vous marier. Peut-être n'a-t-elle pas supporté l'idée d'affronter seule vos anciens amis, alors que vous-même seriez accompagné.

— J'imagine que c'est possible, mais j'ai du mal à le concevoir.

Justin poussa vers lui un bloc-notes.

— Inscrivez-moi ses coordonnées. Vous les avez, n'est-ce pas ?

Une lueur de culpabilité assombrit le visage de l'homme.

— Oui, mais uniquement à cause de la réunion.

— Bien sûr.

Justin le regarda écrire, tout en se demandant si la jeune femme pouvait avoir enlevé Kelly par jalousie.

Cela leur faisait maintenant deux suspects potentiels : l'ex-petit ami de Kelly, et l'ex-petite amie de Raymond.

Son portable vibra, et le numéro du bureau du légiste apparut à l'écran.

— Excusez-moi, dit-il à Fisher, je dois répondre. Vous pouvez y aller.

Fisher parut désarçonné en se levant.

— Vous voulez que je vous envoie quelqu'un d'autre ?

Justin hocha la tête.

— Dites à Lance Stephens de venir.

Il voulait commencer par l'homme qui avait protesté. Peut-être ce dernier avait-il une raison de vouloir éviter les questions.

Le téléphone continuait à vibrer, et il se décida enfin à décrocher.

— Sergent Thorpe.

— Dr Sagebrush. Nous avons identifié le corps retrouvé dans la crique.

Justin retint son souffle.

— Son nom ?
— Tina Grimes.
— Cause de la mort ?
— Strangulation.
— Des signes d'agression sexuelle ?
— Non. Mais j'ai remarqué quelque chose. Je ne sais pas si c'est important... Elle serrait dans son poing sa chevalière aux armoiries de l'école.

Justin se demanda ce que cela signifiait.

Avait-elle essayé de la dissimuler pendant que son agresseur la tuait ?

Ou bien le tueur en série avait-il glissé la bague au creux de sa main en guise de signature ?

Les annuaires scolaires étaient étalés sur la table, classés par dates. On pouvait y suivre l'évolution des étudiantes de Sunset Mesa jusqu'à l'obtention de leur diplôme.

Aujourd'hui, toutes ces filles avaient réussi. Elles étaient mariées, avaient des enfants...

L'une d'elles était même devenue une journaliste primée pour ses enquêtes consacrées aux questions humanitaires.

Quelle ironie alors que cette petite garce n'avait pas une once d'humanité !

Il suffisait de tourner les pages pour voir apparaître le visage de toutes ces pimbêches qui méritaient d'être punies.

La photographie d'Amanda Blair en tenue de joueuse de softball lui sauta aux yeux. C'était à l'époque la vedette de l'équipe.

Et aussi une sale lâcheuse qui ignorait ce que voulait dire l'amitié.

Il faudrait qu'elle paie, elle aussi.

Mais ce n'était pas la pire de toutes. Loin de là.

Avant que ne vienne son tour, il y en avait d'autres à éliminer. Beaucoup d'autres.

Qui serait la prochaine ?

6

Amanda avait auditionné deux des demoiselles d'honneur, et il lui en restait encore deux à interroger.

D'après Betty et Anise, Kelly adorait Raymond et trépignait d'impatience à l'idée de se marier. Elle avait programmé la cérémonie le lendemain de la réunion des anciens du lycée de façon à ce qu'un grand nombre de ses amis puisse y assister.

Tout en observant Mona, Amanda se fit la réflexion que la très jolie blonde n'avait qu'un an de moins qu'elle.

Bon sang, ce qu'elle se sentait vieille !

Il faut dire qu'elle avait d'autres soucis dans la vie que de gérer ses rendez-vous chez la manucure et chez le coiffeur.

— Avez-vous remarqué des tensions entre Raymond et Kelly ? demanda-t-elle.

Même si elle connaissait plus ou moins tous les témoins pour les avoir côtoyés au lycée, elle avait opté pour le vouvoiement qu'elle jugeait plus professionnel.

Mona tortilla une mèche de cheveux entre ses doigts, rappelant à Amanda le comportement qu'elle avait déjà au lycée. Toujours à minauder et à flirter. Les garçons lui mangeaient dans la main.

— Ils formaient le couple parfait. Je n'arrive pas à réaliser qu'elle a disparu.

— D'après Raymond, son ex, Terry Sumter, voulait renouer avec elle. Vous en avait-elle parlé ?

Mona soupira.

— Il essayait régulièrement de reprendre contact avec elle,

généralement après avoir rompu avec sa dernière conquête, mais Kelly l'envoyait systématiquement promener.

— Des conquêtes ? Il en avait donc tant que ça ?

Mona gloussa.

— C'est un vrai don Juan, et les filles se laissent facilement prendre à ses belles paroles. Mais il a tendance à devenir violent quand il boit.

— Il s'en est déjà pris physiquement à Kelly ?

Mona se mordilla la lèvre, indécise.

— Dites-moi la vérité. Si vous pensez qu'il a pu faire du mal à Kelly, j'ai besoin de le savoir.

— Eh bien, j'ai du mal à l'imaginer en ravisseur. Mais Eleanor et moi l'avons vu au pub un soir, et il était très énervé. Il insultait Kelly et lui reprochait d'avoir gâché sa vie.

— Gâché sa vie ?

— Oui, il disait que tout était parti à vau-l'eau après son départ, qu'elle lui avait brisé le cœur, et qu'il n'avait jamais plus pu faire confiance à une femme après ça.

— Et c'était de la faute de Kelly ?

— D'après lui, oui. Je crois aussi qu'il venait de perdre son travail ce jour-là.

— Que faisait-il ?

— Il travaillait dans le bâtiment. Il était sur le point de devenir chef d'équipe. Mais Kelly n'y est pour rien s'il a perdu son travail. Il s'est sans doute fait prendre en train de boire sur un chantier.

Peu importait que Kelly soit responsable ou non de ses malheurs, se dit Amanda. Si Terry s'était mis cette idée en tête, peut-être avait-il décidé de se venger.

Sans surprise, les trois garçons d'honneur avec qui Justin venait de s'entretenir soutenaient Raymond de façon inconditionnelle. Ils se connaissaient depuis l'enfance, et un lien très fort les unissait qui, selon eux, ne se briserait jamais.

Ils se refusaient également à croire que Kelly ait pu tromper Raymond, affirmant qu'elle ne voyait que par lui.

Justin n'avait jamais connu ce genre de relation, et se demandait à quoi ça pouvait ressembler.

Simple curiosité de sa part.

La perspective de se retrouver jour après jour en tête à tête avec la même femme ne le faisait pas rêver. Sans réellement collectionner les aventures, il vivait au rythme de ses envies sans trop d'états d'âme.

Son seul véritable engagement, c'était envers son travail. Et il avait compris depuis longtemps qu'on ne pouvait compter que sur soi-même.

Revenant à son enquête, il abandonna les hommes à l'accueil et alla frapper à la porte du bureau d'Amanda. Elle ne tarda pas à ouvrir, faisant sortir Eleanor.

— J'ai terminé avec les hommes, dit-il.

— Nous pouvons les renvoyer chez eux. Ensuite, nous irons interroger Sumter.

Raymond Fisher fut le dernier à s'en aller, non sans leur adresser une dernière supplique.

— Retrouvez-la, je vous en prie.

Justin hocha la tête, et Amanda murmura qu'elle le tiendrait au courant.

Dès que la porte se fut refermée sur le fiancé, elle soupira.

— J'ai bien peur que ça se finisse mal.

— Justement, j'ai quelque chose à vous dire...

L'air résigné, elle se laissa tomber dans son fauteuil.

— Le légiste m'a appelé. Ils ont identifié le cadavre de la crique. Il s'agit de Tina Grimes.

Amanda se décomposa.

— Mon Dieu...

— Vous la connaissiez ?

Elle hocha la tête et repoussa une mèche de cheveux derrière son oreille, en un geste qui la fit soudain paraître vulnérable.

Bizarrement, alors qu'elle dégageait l'image d'une femme

solide, au fort caractère, il eut envie de la prendre dans ses bras et de la réconforter.

— Nous sommes allées au collège ensemble, puis au lycée. Elle avait un an d'avance sur moi. La dernière fois que je l'ai vue, c'était à l'enterrement de sa mère.

— Vous étiez des amies proches ?

— Pas vraiment. Tina était populaire. C'était le genre de fille coquette et féminine. Moi, j'étais un garçon manqué.

— Vous faisiez du sport ?

— Softball et natation. Un jour, mon père m'a demandé si je voulais essayer d'intégrer l'équipe des pom-pom girls, et je lui ai répondu : « Pourquoi j'acclamerais une bande de garçons alors que je peux être acclamée en pratiquant un sport qui me plaît ? »

Même si la situation ne s'y prêtait guère, Justin apprécia son humour. Décidément, Amanda lui plaisait de plus en plus.

Ce qui pouvait s'avérer dangereux.

— Son père va être dévasté, murmura Amanda.

Il se contenta de hocher la tête, lui laissant un moment pour assimiler ses sentiments.

Elle finit par lui adresser un regard déterminé.

— Cause de la mort ?

— Strangulation. Le tueur a utilisé une ceinture. Pas d'agression sexuelle.

— Donc, ce n'est pas ce qui le motive.

— Ou il est impuissant. Cela pourrait aussi suggérer que le tueur est une femme. La strangulation est assez répandue chez les meurtrières. Cela implique également qu'il s'agit d'un acte personnel. Autre chose : le Dr Sagebrush a trouvé une chevalière aux armoiries du lycée dans la main de Tina.

— Vous en pensez quoi ?

— Que le tueur pourrait viser les filles qui ont été scolarisées à Canyon High.

— Si c'est le cas, la réunion des anciens du lycée devrait lui fournir l'occasion de frapper de nouveau.

Suzy Turner devait être la prochaine.

Ce n'était rien d'autre qu'une hypocrite et une manipulatrice qui passait son temps à voler les petits amis des autres filles et à mentir à ses copains.

Avec ses jupes trop courtes et ses décolletés plongeants, elle faisait tout pour aguicher les garçons et, quand elle avait obtenu ce qu'elle voulait, elle les ridiculisait devant toute l'école.

Mais l'heure de la vengeance avait sonné. Tous ceux qui avaient été cruels seraient éliminés.

Ceux qui avaient humilié les élèves timides, mal dans leur peau, dotés d'un physique peu avantageux, allaient payer.

Et c'était le tour de Suzy.

La porte de sa maison était ouverte. Il y avait une piscine dans le jardin. Elle était en train de s'y baigner avec insouciance.

Elle était loin de se douter qu'il s'agissait de sa dernière baignade.

Ce soir, elle allait quitter ce monde.

Et celui-ci ne s'en porterait que mieux.

7

Justin n'aimait pas ce qui se passait.

Perturbé par le tour que venait de prendre l'enquête, il se hissa au volant de son 4x4.

Si quelqu'un visait des jeunes femmes originaires de Sunset Mesa, et en particulier dans la tranche d'âge d'Amanda, celle-ci pouvait être en danger.

Ils devaient avant toute chose établir le mobile du meurtrier.

Celui-ci visait-il une catégorie bien particulière de femmes, ou toutes les anciennes élèves du lycée local étaient-elles en danger ?

Et, avec cette réunion qui devait se tenir dans moins d'une semaine, il n'y avait pas une minute à perdre s'ils voulaient éviter une nouvelle disparition — ou la découverte d'un nouveau cadavre.

— Nous devons étudier de nouveau le profil des victimes, dit-il. Rassembler tous les détails et voir si un schéma commun se dessine.

Amanda boucla sa ceinture de sécurité avec une moue dubitative.

— Elles étaient toutes très populaires, pom-pom girls ou danseuses. A part ça, je ne vois pas…

— Y avait-il quelqu'un qui les détestait pour une raison ou une autre ?

— Pas à ma connaissance. Bien sûr, il y avait des rivalités entre filles, mais rien qui sorte de l'ordinaire.

— Comme cet accident de bus à Camden Crossing ?

— Exactement. Cet événement a bouleversé la ville. Les parents des victimes étaient en colère et avaient pris pour bouc émissaire la seule survivante de l'accident dont l'amnésie, que certains croyaient feinte, l'empêchait d'identifier le coupable. Tout le monde est tombé des nues en apprenant que l'entraîneur de l'équipe féminine de softball harcelait ses joueuses, et avait provoqué l'accident pour faire taire celles qui voulaient le dénoncer.

Tout en négociant une série de virages passablement dangereux, Justin se creusait les méninges.

— Il n'y a pas eu une soirée où les choses se sont mal passées ? De la drogue ? Des jeunes arrêtés ? Un garçon accusé de viol ?

Amanda se massa la tempe.

— Je ne me souviens rien de ce genre.

Le front barré par un pli soucieux, elle resta un moment silencieuse.

— Quoi ? insista Justin.

— En y repensant, il y a bien eu deux incidents. Donald Reisling a été victime d'un accident de voiture, l'année de la remise des diplômes. Depuis, il est en fauteuil roulant.

— Que s'est-il passé ?

— Officiellement, il a pris le volant alors qu'il avait bu. Mais des rumeurs ont couru selon lesquelles c'était sa petite amie qui conduisait, et il l'aurait couverte.

— Qu'est devenue la fille ?

— Lynn Faust ? Elle a déménagé. Mais j'ai vu qu'elle avait confirmé sa présence à la réunion.

— Et Donald ?

— Il était mal en point. Sa famille était furieuse et a tenté de prouver que Lynn était au volant. Le père de cette dernière a engagé un ténor du barreau, et l'affaire a été classée sans suite.

Amanda lui indiqua où tourner pour accéder au quartier où vivait Sumter.

Tout y était délabré, à l'abandon, et il se dégageait une infinie tristesse des immeubles en béton gris.

— Donald est paralysé des membres inférieurs, expliqua Amanda. Il n'a pas la capacité d'enlever des femmes, de les tuer et de se débarrasser de leur corps.

Justin tourna dans le parking où s'alignaient pour l'essentiel des voitures en mauvais état, dont les modèles dataient d'une dizaine d'années au moins.

Quelques véhicules sortaient du lot : une Jeep noire poussiéreuse mais récente, un Land Rover haut de gamme, et deux pick-up avec un logo d'artisan sur les portières.

— Sauf s'il a un complice.

Amanda écarquilla les yeux.

— Je suppose que c'est possible.

— Et sa famille ? Ils doivent avoir très mal pris la décision de la cour.

— Je ne sais pas. Je ne les ai pas vus depuis des années.

— Et vous dites que l'ex-petite amie sera présente à la réunion ? Donald pourrait vivre comme un affront qu'elle revienne danser sous nez, alors qu'il ne peut plus marcher.

— Mon Dieu, vous avez peut-être raison… Cela pourrait expliquer la présence de la bague dans la main de Tina.

Elle réfléchit quelques instants.

— Mais pourquoi s'en prendre à toutes les filles ? Pourquoi ne pas viser uniquement celle qui a détruit sa vie ?

— J'imagine que les filles ne se bousculent pas pour sortir avec lui depuis qu'il est en fauteuil roulant. Il veut peut-être leur faire payer leurs rebuffades.

Repérant un emplacement vide, Justin s'y gara et coupa le moteur, avant de conclure :

— Lynn pourrait être son bouquet final.

L'inquiétude assombrit le visage d'Amanda.

— Il faut la prévenir.

Justin secoua la tête.

— Je préfère que nous parlions d'abord au père de Donald pour tester notre théorie. Ce n'est pas la peine de semer la panique pour rien.

Otant la clé du contact, il tourna la tête vers Amanda.

— Vous avez parlé de deux incidents...

Elle resta un moment silencieuse, paraissant hésiter.

— L'autre était un suicide. Celui d'un garçon du nom de Carlton Butts.

— Que s'est-il passé ?

— C'était un ami à moi.

— Vous sortiez ensemble ?

— Non. Rien de ce genre. C'était un garçon adorable, intelligent, mais très introverti, mal dans sa peau. Du genre dont les autres aiment se moquer.

Amanda soupira.

— Je ne comprendrai jamais ce qui motive les adolescents à se liguer contre plus faible qu'eux. Et j'ai l'impression qu'aujourd'hui ça va encore plus loin dans la cruauté. Bref, Carlton et moi avons grandi ensemble. Nous nous réconfortions l'un l'autre car je n'étais pas populaire non plus.

— J'ai du mal à le croire.

— C'est pourtant vrai. Mais la différence entre Carlton et moi, c'est que ça l'affectait énormément, et pas moi.

Sa voix se mua en un murmure attristé.

— J'aurais dû mesurer l'importance de sa dépression. Mais c'était le printemps, et j'étais occupée par les compétitions sportives...

— Vous n'êtes pas responsable de sa mort.

— Sans doute pas, mais j'aurais dû être plus présente pour lui.

— Je suis sûr que vous étiez la meilleure des amies. Mais personne ne peut vraiment savoir ce qui se passe dans la tête des autres.

Justin laissa passer quelques secondes de silence avant de poursuivre.

— La famille de Carlton est-elle toujours en ville ?

— Sa mère. Mais elle a des problèmes de santé, une polyarthrose qui l'oblige à utiliser un déambulateur pour se déplacer.

— De la famille ?

— Un frère, Ted. Très différent de lui. Le jour et la nuit.

— Le frère était populaire ?

— Très. Ted faisait de la boxe, et les filles le trouvaient sexy. Il vit dans une ville voisine.

— Les deux frères étaient proches ?

— Pas vraiment. J'ai toujours eu l'impression qu'ils ne s'entendaient pas. Ted était impatient avec Carlton, assez brutal, même. Il voulait que Carlton s'affirme et tienne tête aux personnes qui se moquaient de lui.

— Le shérif a-t-il enquêté sur la mort de Carlton pour s'assurer qu'il s'agissait bien d'un suicide ?

— Non. Ted était en déplacement pour un tournoi de boxe. Et Carlton a laissé une lettre de suicide qui ne laissait pas de place au doute.

— Je suis quand même étonné qu'il n'y ait pas eu d'enquête.

— Je suppose que l'avis du psychologue qui suivait Carlton pour sa dépression a été déterminant.

Justin ouvrit sa portière.

— Bien, nous allons procéder par étapes. D'abord l'ex de Kelly Lambert, puis celle de Fisher. Ensuite, nous irons interroger Donald Reisling et son père.

Amanda descendit de voiture, les nerfs à vif. Cette affaire était bien plus compliquée qu'elle ne se l'était imaginé.

Il restait à espérer qu'ils parviendraient à la résoudre avant qu'il n'y ait une autre victime.

Tandis que Justin surveillait le couloir et la cage d'escalier, Amanda sonna à la porte de l'appartement. N'obtenant pas de réponse, elle tambourina sur le battant.

— Monsieur Sumter ? C'est le shérif Blair et le sergent Thorpe. Nous devons vous parler.

Ils entendirent des mouvements dans l'appartement, des bruits de pas, puis quelque chose qui claquait, comme une fenêtre ou une porte.

— Il essaie de s'enfuir, dit Justin.

Sortant son arme, il enfonça la porte d'un puissant coup de pied, et se rua à l'intérieur.

Du bruit dans une pièce du fond lui fit tourner la tête et s'élancer vers la chambre.

La fenêtre était ouverte, et les rideaux volaient au vent. Il s'y précipita, et vit Sumter émerger des buissons en contrebas.

— Restez ici, dit-il à Amanda. Je m'en occupe.

Sans attendre de réponse de sa part, il enjamba l'appui de fenêtre, sauta à terre, et se lança à la poursuite de l'homme qui filait déjà vers les bois longeant la résidence.

— Police ! Arrêtez-vous, cria-t-il.

L'homme trébucha et faillit tomber. Il se rattrapa de justesse, regarda en arrière et continua à courir.

Augmentant sa foulée, Justin ne tarda pas à le rattraper et plongea pour le plaquer au sol.

— Lâchez-moi, je n'ai rien fait ! protesta Sumter en se débattant.

— Quand on n'a rien à se reprocher, on ne s'enfuit pas.

Sumter cracha au sol tandis que Justin le relevait.

Il sentait l'alcool et le tabac et ne cessait de jurer tandis que Justin le poussait pour le faire avancer vers l'immeuble.

Amanda les attendait dans le salon, l'air contrarié. Justin n'eut pas le temps d'analyser si c'était contre lui ou contre Sumter.

Il poussa le fugitif sur le canapé encombré de linge sale. L'homme s'y laissa tomber avec une nouvelle bordée d'injures.

— Vous n'avez pas le droit de débarquer ici et de me harceler, les accusa-t-il.

— Nous avons tous les droits, rétorqua froidement Justin.

Les bras croisés, Amanda se planta devant Sumter.

— Pourquoi vous êtes-vous enfui ? demanda-t-elle.

— J'ai pensé que c'était des cambrioleurs, répliqua Sumter, narquois.

Justin secoua la tête.

— Nous nous sommes présentés.

— Vous savez pourquoi nous sommes là, ajouta Amanda.

L'homme la nargua ouvertement.

— Ouais, je sais, *Amanda*. Tu te crois supérieure à nous maintenant parce que tu portes un insigne.

Agacé par le ton sarcastique de Sumter, Justin se demanda si d'autres personnes parmi les anciens élèves s'agaçaient de voir une des leurs exercer les responsabilités de shérif.

Si Amanda fut affectée par son attitude, elle n'en montra rien, et ce fut avec calme qu'elle dit :

— Nous avons des questions à vous poser au sujet de la disparition de Kelly.

— Je ne sais rien.

— Nous avons entendu dire que vous vouliez vous remettre avec elle, remarqua Justin.

— C'est vrai que j'ai éprouvé quelque chose pour elle, mais c'est de l'histoire ancienne.

— Ce n'est pas ce que pense son fiancé.

Sumter eut une mimique dégoûtée.

— Elle est beaucoup trop bien pour lui.

— Il m'a pourtant donné l'impression de l'aimer sincèrement, remarqua Amanda.

— Je l'aimais, et elle a promis de m'aimer toujours. Puis Fisher est arrivé, et il me l'a volée.

— Nous étions des gamins à l'époque, remarqua Amanda. Tout le monde connaît un premier amour et passe à autre chose.

Tout en les écoutant, Justin passait l'appartement en revue.

Peinture écaillée sur les murs, meubles usés et moquette tachée. L'endroit empestait l'alcool, le tabac, et d'autres substances moins licites. Des verres sales et des tasses où flottait un fond boueux de marc de café s'entassaient sur une table basse en piteux état.

— Mais vous n'avez pas tourné la page, je me trompe ? dit-il.

— Bien sûr que si ! protesta Sumter. J'ai couché avec des quantités de femmes depuis.

Une lueur égrillarde s'alluma dans ses yeux.

— En fait, je n'ai aucun problème dans ce domaine.

— Avoir couché avec d'autres femmes ne veut pas dire que vous avez oublié Kelly, ni que vous avez cessé de la vouloir, remarqua Justin. Son mariage approchait, vous vous êtes dit que c'était votre dernière chance de la reconquérir et vous l'avez appelée pour lui donner rendez-vous.

— Oui, c'est vrai, je lui ai demandé, mais elle a refusé.

— Et ça vous a mis en colère, n'est-ce pas ? insista Justin.

— Vous lui avez envoyé un SMS en vous faisant passer pour quelqu'un d'autre, renchérit Amanda. Et vous lui avez dit de se rendre à Old River Mill.

— Mais non, pas du tout ! protesta Sumter.

— Vous l'avez prise en chasse avec votre voiture et l'avez obligée à quitter la route, continua Amanda.

Sumter secoua la tête, l'air paniqué.

— Non…

— Quel genre de voiture conduisez-vous ? demanda Justin.

Le regard de Sumter passa de l'un à l'autre, méfiant, comme s'il les soupçonnait de vouloir le piéger.

— Un pick-up.

— De quelle couleur ?

— Noir.

Réalisant qu'il risquait de gros ennuis, il lança à Amanda un regard d'enfant perdu.

— Amanda, tu ne crois pas sérieusement que j'ai pu faire du mal à Kelly ? Tu me connais depuis des années. Tu sais que j'en suis incapable.

Amanda resta professionnelle et ne dévia pas du vouvoiement.

— Je sais que vous devenez violent quand vous buvez. Et, à en juger d'après les bouteilles vides dans la cuisine et votre haleine, je ne pense pas que vous ayez renoncé à vos mauvaises habitudes.

— Vous connaissiez Tina Grimes ? demanda Justin.

Le front de Sumter s'était couvert de sueur.

— Tina ? Mais pourquoi vous me parlez d'elle ?

Amanda croisa les bras sur sa poitrine et le toisa avec sévérité.

— Elle aussi a disparu, il y a quelques mois…

— Bon sang, vous croyez que je les ai tuées toutes les deux ?

Le regard paniqué de Sumter dévia vers la porte, comme s'il évaluait ses chances de pouvoir s'enfuir.

— Tu es complètement folle, Amanda. Je ne suis pas un tueur en série.
— Répondez à la question, asséna Justin avec fermeté.
— Je ne dirai plus un mot avant d'avoir vu un avocat.

Suzy n'était qu'une bimbo écervelée. Elle était tombée dans le piège sans poser de questions.
Elle s'était même montrée amicale.
Après ce qu'elle avait fait, c'était le comble !
La petite garce.
Son corps gisait à présent, mou comme celui d'une poupée de chiffon, marqué au cou par le cercle rouge laissé par la ceinture.
Que faire de ce corps ?
Le cacher comme tous les autres ?
Ou bien l'exposer aux yeux de tous ces idiots revenus célébrer leurs glorieuses années de lycée ?
Elles n'avaient rien de glorieux, ces années. Oh ! non.
Ils devaient prendre conscience que tout ça était leur faute.
Que tout le monde n'avait pas envie de faire la fête.
Et que le temps était venu pour eux d'expier leurs péchés.

8

— Que pensez-vous de Terry ? demanda Amanda sur le trajet du retour.

Justin grimaça.

— Il fait un bon suspect pour l'enlèvement de Kelly, mais je ne suis pas certain qu'il ait le profil d'un tueur en série. Son alcoolisme l'empêche de se contrôler.

— Je suis d'accord. Instable comme il est, il aurait déjà commis des erreurs.

— Laisser le corps de Tina bien visible *était* une erreur.

— C'est vrai. Mais il n'empêche que notre homme doit être plus organisé, plus méthodique que ne l'est Terry.

— Vous avez raison.

Justin jeta un coup d'œil à la pendule du tableau de bord.

— Il est minuit, Amanda. Je pense qu'on va s'arrêter là. Il est trop tard pour rendre visite à l'ex-petite amie de Disher.

— Je n'ai aucune envie d'aller me coucher alors que nous n'avons pas retrouvé Kelly.

— Je comprends, mais nous avons fait le maximum pour aujourd'hui. Sa photo a été diffusée à l'échelon national. Toutes les polices la recherchent. Vous devez vous reposer si vous voulez être en forme demain.

Il laissa échapper un soupir à fendre l'âme.

— Quant à moi, je vais devoir dormir dans une des cellules. Il n'y avait pas une chambre à louer en ville…

Ne l'écoutant qu'à moitié, Amanda hocha la tête. Elle n'était pas certaine de pouvoir trouver le sommeil avec les images du cadavre de Tina Grimes flottant dans sa tête.

Kelly allait-elle connaître le même sort ?

Etait-elle seulement encore en vie ?

Justin se gara, et ils descendirent de voiture.

Les rues obscures s'étaient vidées de leurs passants. La plupart des habitants de cette paisible petite ville dormaient déjà.

Mais étaient-ils en sécurité ?

Sa mission était de protéger ses concitoyens. Et si elle échouait ?

Justin faisait ce métier depuis suffisamment longtemps pour savoir qu'Amanda prenait cette affaire beaucoup trop à cœur.

On pouvait le comprendre, d'ailleurs. Elle connaissait certaines des victimes, dont Kelly Lambert, et il y avait un lien évident avec le lycée qu'elle avait fréquenté. Elle devait se creuser l'esprit pour comprendre lequel.

Ce qui signifiait qu'elle ne dormirait probablement pas cette nuit.

— A quand remonte votre dernier repas ? demanda-t-il, tandis qu'elle se servait un café.

Elle le regarda comme s'il venait d'une autre planète.

— Si vous croyez que j'ai la tête à ça !

— Amanda, vous ne pouvez pas faire votre travail convenablement si vous ne vous reposez pas et si vous ne mangez pas quelque chose. Y a-t-il un magasin ouvert à cette heure-ci ?

— Non.

— Vous avez de la nourriture chez vous ?

Elle haussa les épaules.

— Des œufs, je pense.

— D'accord. Voilà ce que je vous propose : je vous suis jusque chez vous, et je prépare une omelette pendant que vous vous douchez. Avec quelque chose dans l'estomac et quelques heures de sommeil, vous y verrez plus clair demain.

— Vous pensez que je suis à côté de la plaque ? demanda-t-elle, sur la défensive.

— Ce n'est pas ce que j'ai voulu dire.

Il fit un effort pour contenir son agacement, avant d'ajouter :

— Quand vous serez détendue, vous vous rappellerez peut-être quelque chose. Ou vous penserez à une théorie plus satisfaisante que celles que nous avons déjà échafaudées.

De son côté, puisque la nuit s'annonçait pour le moins inconfortable, il avait l'intention d'étudier les dossiers un à un jusqu'à ce qu'il comprenne ce qui leur échappait.

Amanda jeta un coup d'œil aux chemises cartonnées posées sur son bureau et les fourra dans un grand sac à bandoulière.

— Bien, allons-y. Mais vous n'allez pas passer la nuit dans une cellule. Vous pouvez dormir sur mon canapé.

Il voulut protester, mais elle leva la main.

— Croyez-moi, il est loin d'être confortable. Mais ce sera toujours mieux que les couchettes de la prison.

Il répondit par un hochement de tête, lui fit signe de passer devant lui et la suivit à l'extérieur.

Elle vivait à un kilomètre du poste de police, dans un petit quartier où tous les styles de constructions étaient représentés : maisons en brique rouge, constructions de bois, fermettes en pisé et pavillons modernes.

L'ensemble était bien entretenu, les jardins regorgeaient de plantes et de fleurs, et les nombreux jouets d'enfants qu'on y voyait traîner indiquaient la présence de jeunes parents.

— Pourquoi avez-vous choisi ce quartier ? voulut savoir Justin, tout en se demandant si elle envisageait de fonder une famille.

Elle haussa les épaules.

— C'était près de mon travail et abordable.

Déverrouillant la porte, elle ajouta :

— Vous excuserez le désordre, je n'ai pas souvent de compagnie.

Etait-ce une façon de lui faire comprendre qu'elle n'avait pas de petit ami ?

— Je ne me plains pas. Comme vous l'avez dit, tout vaut mieux qu'une cellule.

En réalité, il aima immédiatement sa maison.

Vaste et sobrement meublée, la pièce à vivre paraissait néanmoins chaleureuse avec ses fauteuils de velours usé et son canapé de cuir patiné encadrant la cheminée. Un tapis orné de motifs amérindiens dont les teintes s'étaient fanées recouvrait le parquet, un ancien bureau à cylindre était appuyé contre un mur, tandis que de simples casiers de bois accueillaient des livres et quelques objets d'artisanat local. Devant la porte-fenêtre ouvrant sur une terrasse de bois où on apercevait deux transats, une table ronde en chêne et quatre chaises dépareillées formaient le coin repas.

C'était le genre d'endroit où un homme pouvait se sentir à l'aise, à l'inverse de ces décors figés comme ceux d'un magazine, où les meubles étaient conçus pour être vus mais en aucun cas touchés.

Un jour, il était sorti avec une femme dont le salon était entièrement blanc, canapés de cuir et moquette compris. Qui diable posait de la moquette blanche dans son salon ?

Amanda alluma une lampe, et les murs recouverts d'enduit à la chaux s'éclairèrent d'un halo doré.

Déposant son sac sur le bureau, elle se dirigea vers la cuisine adjacente, et il ne put s'empêcher d'admirer le voluptueux balancement de ses hanches. Même le tissu et la coupe ordinaires de l'uniforme ne parvenaient pas à dissimuler la perfection de sa silhouette.

D'un geste las, elle ôta la barrette d'écaille qui retenait ses cheveux relevés en torsade, secoua la tête, et passa les doigts dans la masse de boucles souples ainsi libérées.

Un désir inattendu s'empara aussitôt de Justin. Le geste avait quelque chose d'intime et de terriblement sensuel, même si elle ne semblait pas s'en rendre compte.

— Vous voulez une bière ? demanda-t-elle en ouvrant la porte du réfrigérateur.

Elle sortit une bouteille, la décapsula, et la posa sur l'étroit comptoir qui séparait la cuisine du salon. Puis, sans s'occuper de lui, elle déboucha une bouteille d'eau minérale, et la porta à ses lèvres en renversant la tête.

Fasciné, il regarda jouer les muscles de sa gorge tandis qu'elle avalait l'eau glacée, et sentit son corps réagir violemment lorsqu'elle se passa la langue sur les lèvres.

Bon sang, il n'était pas supposé ressentir cette attirance pour elle ! C'était une collègue de travail, que diable.

Mais elle n'en était pas moins une femme. Très jolie, de surcroît.

— Allez prendre votre douche, dit-il, impatient qu'elle quitte la pièce pour qu'il puisse recouvrer ses esprits. Je m'occupe de l'omelette.

Elle l'observa un moment, sans qu'il parvienne à deviner son état d'esprit. Amical ? Inquiet ?

— Je n'ai jamais fait venir d'homme ici, admit-elle d'une voix très douce.

Donc, elle n'avait pas de petit ami ? Bizarrement, il en fut soulagé.

— Evidemment, c'est professionnel, ajouta-t-elle. Nous pourrons peut-être jeter un œil aux dossiers tout en dînant ?

La déception vint tempérer son désir.

Mais pas assez toutefois pour le faire taire. Il avait toujours envie d'elle.

Le sexe était le meilleur remède contre le stress.

Mais comment réagirait-elle s'il lui proposait une aventure d'un soir ? Pas de complications, rien qu'une relation purement physique.

Elle le giflerait probablement et le poursuivrait pour harcèlement sexuel.

— Oui, pourquoi pas, répondit-il un peu plus sèchement qu'il n'en avait l'intention.

Une lueur de confusion passa dans les yeux d'Amanda, puis elle haussa les épaules et se dirigea vers le couloir.

Peu après, le bruit assourdi de la douche lui parvint et, plus troublé que jamais, Justin se représenta la cabine de douche emplie de vapeur, l'eau chaude qui s'infiltrait dans les magnifiques cheveux de sa collègue et ruisselait sur son corps aux courbes affolantes...

Malgré la chaleur qui régnait dans la petite salle de bains, Amanda frissonnait.

S'était-elle trompée sur cette lueur de désir qui enflammait le regard de Justin quelques minutes plus tôt ? Tout son corps la picotait sous la caresse de l'eau qui balayait sur sa peau le gel douche parfumé à la vanille.

Son ventre se noua tandis qu'elle imaginait Justin en train de se déshabiller, avant de se glisser dans la douche avec elle. Ses mains parcourraient inlassablement son corps nu, s'attardant sur la rondeur de ses seins, glissant entre ses cuisses brûlantes, sa bouche dévorerait la sienne, leurs langues se mêleraient, jusqu'à la laisser pantelante de désir. Il glisserait les mains sous ses fesses, la soulèverait pour qu'elle noue les jambes autour de ses hanches. Ouverte à lui, elle s'empalerait sur son sexe dressé, savourant l'exquise sensation de la possession consentie...

Tandis qu'une chaleur insoutenable palpitait aux creux de son ventre, elle lutta pour reprendre le contrôle et, diminuant la température de l'eau, renversa son visage sous le jet presque glacé.

Que lui arrivait-il ? Elle n'était pas du genre à fantasmer sur tous les hommes qu'elle croisait.

Surtout pas sur un officier de police.

Sa carrière serait fichue si elle cédait à ses pulsions.

Furieuse, elle coupa l'eau, s'enroula dans une serviette de bain et se sécha les cheveux. Puis elle enfila un pantalon de jogging informe et un T-shirt à manches longues.

Au moins, on ne pourrait pas lui reprocher de semer le trouble avec une tenue trop sexy.

Non qu'elle eût la prétention de croire que Justin était intéressé. *C'est un homme. Les hommes sont toujours intéressés par le sexe.*

Mais, même s'il n'avait pas été un collègue, il ne se serait rien passé. Elle avait essayé d'être une femme moderne et de prétendre que le sexe n'avait rien de personnel, mais elle n'y parvenait pas. Ses émotions finissaient toujours par prendre le dessus, et elle ne pouvait pas faire autrement que de s'impliquer.

Lorsque Amanda sortit de la salle de bains, une appétissante odeur de bacon et d'œufs vint lui chatouiller les narines.

Dans la cuisine, Justin avait mis la table, où une assiette de toasts beurrés les attendait, et ouvert une bouteille de vin. En la voyant entrer, il déposa les tranches de bacon sur une assiette recouverte d'un papier absorbant, et coupa le gaz sous la poêle où dorait une épaisse omelette. Apparemment, il avait effectué une descente dans son réfrigérateur et ses placards et trouvé une boîte de champignons et le sachet de lamelles de poivron surgelées.

— Finalement, vous avez pas mal de réserves de nourriture, remarqua-t-il.

Elle glissa sur la chaise, soudain affamée.

— J'aime bien cuisiner quand j'ai le temps. Mais j'ai la fâcheuse habitude de ne jamais suivre les recettes.

— C'est bien d'être créatif. Quant à moi, c'est à peu près tout ce que je suis capable de faire. Encore que je sois assez doué pour la cuisson des steaks.

Elle saliva, mais peut-être plus pour Justin que pour les steaks.

Leurs regards se croisèrent, restèrent un long moment prisonniers l'un de l'autre, et l'air se chargea d'électricité. Ses seins se durcirent et son ventre se noua.

— Amanda ? dit Justin d'une voix étrangement rauque.

— Ça a l'air fantastique, s'exclama-t-elle en se forçant à sourire.

Le repas se déroula dans un silence tendu et fut rapidement expédié. Une fois la table débarrassée, Amanda alla chercher ses annuaires scolaires dans la bibliothèque. Tournant les pages, elle désigna tour à tour Avery et Melanie, les deux premières disparues, puis Kelly, Anise, Mona et Julie.

— Toutes ces filles étaient amies, précisa-t-elle.
— Et Renee Daly, l'ex de Fisher ?

Amanda scruta les photos et se figea en découvrant un cliché de Raymond et Kelly en train de discuter sous un arbre. A l'arrière-plan, Renee semblait espionner les deux jeunes gens, qui ne sortaient pas encore ensemble à l'époque, et leur lançait un regard meurtrier.

Etait-elle jalouse au point d'avoir mûri sa vengeance pendant toutes ces années ? Mais pourquoi attendre aussi longtemps ? Et pourquoi ne pas s'en prendre uniquement à Kelly ?

Les tueurs en série étaient souvent issus de familles maltraitantes. Ce n'était le cas ni de Terry Sumter ni de Donald Reisling.

Tournant la page, elle tomba justement sur une photo de ce dernier. Assis dans son fauteuil roulant à côté des gradins, il était seul et semblait terriblement triste. Comme si tout le monde l'avait abandonné.

Ce qui était un peu le cas.

— Maintenant que j'y pense, certaines des filles m'ont dit que leurs parents ne voulaient plus qu'elles approchent Donald parce qu'il avait pris le volant en ayant bu.

— Est-il allé à l'université ?
— Avec son handicap, c'était compliqué. Je crois qu'il a fini par suivre une formation technique par correspondance. J'imagine qu'il n'a pas pu mener la carrière dont il rêvait. Sans parler du sport qu'il a dû abandonner. Il excellait au basket.

Elle désigna deux adolescents assis côte à côte au premier rang des gradins.

— C'est Lynn Faust et Jimmy Acres. Il est devenu capitaine de l'équipe après l'accident.

Se pouvait-il que Donald ait pris toutes les filles en grippe après qu'elles lui eurent tourné le dos ?

Cette haine allait-elle jusqu'à vouloir les tuer ?

9

Les sens embrasés par de troublantes images d'Amanda, Justin se tourna et se retourna toute la nuit sur le canapé.

C'était la première fois qu'une femme le déconcentrait ainsi, et le moment n'aurait pu être plus mal choisi. La vie de femmes innocentes était entre ses mains.

Son téléphone vibra, et il s'en empara avec appréhension. Il pouvait s'agir d'une mauvaise nouvelle concernant une autre disparition, ou la découverte d'un nouveau cadavre.

Mais c'était son supérieur, Stone Stabler.

— Bonjour, chef.

Il se leva et marcha jusqu'à la porte-fenêtre.

La veille, il faisait nuit, et il n'avait pas remarqué la vue à l'arrière de la maison. Le soleil qui se levait sur le canyon lui coupa le souffle, et il comprit pourquoi Amanda avait choisi de s'installer ici.

— Où en êtes-vous de l'enquête ? demanda le chef Stabler.

— Nous pensons que toutes les disparitions sont liées à Sunset Mesa. Presque toutes les filles ont fréquenté le même lycée. Les autres ont vécu en ville à un moment ou à un autre.

— Et le corps découvert dans la crique ? Vous avez une identité ?

— C'est celui de Tina Grimes. On a retrouvé une chevalière scolaire dans sa paume.

— Des suspects ?

— Je crois, mais j'en saurai plus après avoir questionné les gens du coin.

— Bien. Comment ça se passe avec le shérif ? Elle est coopérative ?

Justin s'interdit de penser à Amanda autrement que sur un plan professionnel.

— Ça va. Elle est très compétente.

Et diablement sexy.

Ils convinrent de se rappeler plus tard et mirent fin à la conversation.

Justin s'habilla rapidement, et laissa un mot à Amanda pour lui dire qu'il passait chez le père de Tina Grimes et qu'il la retrouverait au poste dans la matinée.

Trente minutes plus tard, après un détour pour avaler un beignet et un café, Justin sonnait chez les Grimes.

C'était une jolie maison de style géorgien, bâtie sur un vaste terrain superbement arboré et fleuri. Une fontaine ornait le centre de l'allée circulaire, et deux lions de pierre semblaient monter la garde de part et d'autre du perron.

Une employée de maison ouvrit la porte. Justin se présenta en lui montrant son insigne, et demanda à parler à M. Grimes.

Elle le conduisit vers un bureau sur la droite, et disparut. Justin étudia la bibliothèque et remarqua que Grimes possédait une collection de livres anciens, ainsi que des magazines touristiques et financiers.

Des bruis de pas résonnèrent, et un homme aux cheveux gris franchit la double porte. Il avait le visage hâlé, et sa tenue indiquait qu'il s'était préparé pour jouer au golf.

Justin répugnait à lui gâcher la journée, mais l'homme n'avait probablement pas eu une minute de répit depuis que sa fille avait disparu.

— Vous avez retrouvé Tina ? demanda-t-il aussitôt, avec un accent de désespoir.

Justin hocha la tête.

— Je suis désolé, monsieur Grimes. Les nouvelles sont mauvaises.

L'homme tituba jusqu'à son fauteuil de bureau, s'y laissa tomber, et enfouit son visage dans ses mains.

Justin attendit sans rien dire qu'il se ressaisisse.

Finalement, Grimes poussa un soupir, se tamponna les yeux avec un mouchoir et leva la tête vers lui.

— Où ?

— A Camden Creek.

— A-t-elle… souffert ?

Justin grimaça. Le pauvre homme n'avait pas besoin de connaître tous les détails.

— Elle a été étranglée.

— Seigneur…

Grimes fit un effort visible pour se contrôler.

— Avez-vous une idée de qui a pu faire ça ?

— Nous travaillons sur plusieurs pistes.

Il hésita.

— Je comprends votre chagrin, monsieur, mais j'ai besoin de vous poser quelques questions.

Grimes soupira.

— J'ai déjà tout dit au shérif, il y a des mois de cela.

— Je comprends. Mais nous avons trouvé une chevalière aux armoiries de l'école dans la main de Tina. Cette bague représentait-elle quelque chose de spécial pour elle ?

Grimes se massa pensivement le menton.

— Je ne vois pas… Nous avons quitté Sunset Mesa avant la fin de sa scolarité. Elle n'a pas obtenu son diplôme à Canyon High.

— Est-elle restée en contact avec ses anciens amis ?

Il réfléchit quelques instants.

— Quelques-uns. Kelly Lambert et Suzy Turner.

— Et les garçons ?

— Elle est sortie avec un certain Donald, mais il a rompu avec elle. Quelque temps après, il a eu un accident de voiture, et il s'est retrouvé en fauteuil roulant.

— Se sont-ils revus par la suite ?

— Je ne crois pas. Il lui a téléphoné une ou deux fois. Mais, comme il l'avait quittée, elle n'a pas donné suite.

— Merci, monsieur Grimes. Le médecin légiste vous appellera pour les formalités.

Il déposa sa carte sur le bureau.

— Appelez-moi si vous pensez à quelque chose qui pourrait nous aider.

De retour à sa voiture, Justin appela le légiste.

— Dr Sagebrush, avez-vous trouvé de l'ADN sur la bague de Tina.

— J'allais justement vous appeler. Eh bien, figurez-vous que oui.

Le pouls de Justin s'accéléra. Ils tenaient peut-être enfin une piste.

— A qui appartient-il ? A l'homme qui l'a étranglée ?

— C'est là que ça devient intéressant. Je pensais qu'il pouvait appartenir au tueur, mais ce n'est pas un ADN masculin. C'est celui d'une femme.

— Vous avez un nom ?

— Melanie Hoit. La première des disparues. J'ai également trouvé ses initiales à l'intérieur de la bague.

— Donc les affaires sont liées. Le tueur a déposé la bague de Melanie dans la main de Tina en guise de signature.

En proie à un mal de tête persistant, Amanda avait du mal à se concentrer sur sa tâche, d'autant que le téléphone n'avait pas arrêté de sonner.

Il y avait d'abord eu le maire, qui voulait faire le point sur l'affaire Lambert et avait exigé une arrestation dans les meilleurs délais, puis deux journalistes, qui avaient insisté pour obtenir une entrevue.

En chemin, elle avait croisé Julie Kane qui se rendait à l'école et avait été tentée de s'arrêter pour la prévenir qu'un psychopathe risquait de s'en prendre à elle et à leurs anciennes camarades de classe. Mais cela n'aurait fait que semer la panique. Tant qu'elle n'aurait pas davantage d'informations, il valait mieux ne rien dire.

Elle en était à sa troisième tasse de café quand Justin entra, l'air agité.

— J'ai du nouveau, annonça-t-il, avant de lui rapporter sa conversation avec le légiste.

— Vous croyez que Melanie est toujours en vie ? demanda Amanda.

— J'en doute. Le tueur a probablement pris sa bague en guise de trophée. Et il est possible qu'il ait gardé les chevalières de toutes ses autres victimes en souvenir.

— La théorie se tient, mais nous n'avons pas découvert d'autres corps, et Tina n'a pas obtenu son diplôme à Canyon High.

— Son père m'a dit qu'elle était sortie avec Donald avant Lynn, et qu'il avait essayé de reprendre contact avec elle après l'accident, mais elle l'a repoussé.

— Jusqu'à présent, le tueur a agi prudemment, en enlevant une seule femme par an, remarqua Amanda. Mais la réunion le pousse à précipiter les choses. Il doit considérer ça comme une sorte d'anniversaire.

— Exactement. Il ne supporte pas l'idée de voir tout le monde se réunir pour faire la fête, alors qu'il souffre et se sent trahi par eux.

Cela pouvait correspondre au profil de Donald et, même si elle n'avait pas le cœur à le soupçonner après le drame qu'il avait vécu, Amanda avait conscience qu'elle devait faire son travail.

Justin fit un geste en direction de la porte.

— Allons parler à Renee Daly. Puis nous interrogerons Donald Reisling et son père.

Amanda le suivit en silence jusqu'à sa voiture, mais, dès qu'ils furent à l'intérieur, elle lui fit part de ses préoccupations.

— Nous devrions peut-être organiser une conférence de presse pour avertir les femmes de Sunset Mesa qu'elles sont en danger.

— Elles l'ont probablement déjà compris, rétorqua Justin.

Et puis, tout ce que nous avons pour le moment, c'est une théorie de travail.

— Mais si la réunion est le déclencheur du tueur, il risque de frapper au cours d'un des événements. Je devrais demander à Julie Kane d'annuler la réunion.

— Au contraire, c'est en ne changeant rien à ce qui était prévu que nous avons une chance de coincer ce type. Il suffira de demander des renforts de police pour assurer la sécurité.

Amanda n'était pas convaincue. Certes, le plan était astucieux, mais elle ne pouvait pas en ignorer les risques pour ses anciennes camarades de classe.

— Pensez-y, insista Justin. Il nous reste deux jours pour nous décider. Entretemps, nous aurons peut-être la chance d'arrêter le suspect.

Amanda se faisait du souci pour les habitantes de la ville, mais c'était pour elle que Justin s'inquiétait.

Et, tant que le mobile du tueur ne serait pas clairement identifié, il avait l'intention de ne pas la quitter des yeux.

— C'est là, à gauche.

Amanda désigna l'angle du carrefour.

— Renee possède cette boutique de prêt-à-porter. Il paraît qu'elle y vend les derniers modèles des plus grands créateurs.

Justin afficha une moue ironique.

— A Sunset Mesa ?

Elle rit.

— Je sais. Cette petite ville ressemble à un décor de films de cow-boys des années quarante. Renee voulait lui apporter un peu de classe et de modernité.

Avant de bifurquer, Justin longea la banque et vit le père de Kelly Lambert sortir de sa Mercedes et se diriger vers l'agence d'un pas traînant.

Le pauvre homme avait l'air épuisé et désespéré après une nuit de plus sans avoir eu de nouvelles de sa fille.

Hélas, ils n'avaient pas d'informations rassurantes à lui apporter.

Justin se gara devant la boutique et remarqua les minijupes et les talons de douze centimètres dans la vitrine. L'espace d'un instant, il se demanda à quoi ressemblerait Amanda dans cette tenue.

Loin d'imaginer ce qui lui traversait l'esprit, celle-ci ouvrit sa portière et descendit de voiture.

Le panonceau sur la porte annonçait que le magasin n'ouvrait pas avant 10 heures, mais on voyait du mouvement dans l'arrière-boutique.

Amanda frappa au carreau.

— Renee, c'est le shérif Blair. Nous devons vous parler.

Quelques secondes passèrent, puis des bruits de pas résonnèrent à l'intérieur.

Une voix de femme dit : « Une seconde », et la porte s'ouvrit.

Une grande blonde tout en jambes, vêtue d'une étroite et courte robe bustier qui semblait bizarrement déplacée dans cette petite ville, apparut.

Justin dut reconnaître qu'elle était séduisante, mais elle ne lui faisait aucun effet. Au contraire d'Amanda, qui mettait ses sens à rude épreuve dans son disgracieux uniforme.

— Que se passe-t-il ? demanda Renee, tandis que son regard inquiet allait de l'un à l'autre.

— Je vous présente le sergent Thorpe des Texas Rangers, déclara Amanda. Nous devons vous parler de la disparition de Kelly Lambert.

Renee esquissa un froncement de sourcils qui se remarqua à peine tant son front était figé par le Botox.

— J'en ai entendu parler. C'est affreux. Vous avez une piste ?

— Pas encore. C'est pour ça que nous interrogeons tous ceux qui la connaissent.

— Vous êtes bien sortie avec son fiancé, Raymond Fisher ? demanda Justin.

Elle leva les yeux au ciel.

— Oui, mais ça remonte à des siècles. Nous sommes simplement amis, maintenant.

— Et cette amitié vous suffit ? insista Justin.

Renee parut choquée par le sous-entendu.

— Evidemment. J'ai des amants dans trois villes différentes. Que voulez-vous que je fasse d'un vieux flirt d'adolescence ?

— Connaissez-vous quelqu'un qui pourrait vouloir du mal à Kelly ? demanda Amanda.

Renee secoua la tête.

— Non. Mais je pense à ce pauvre Raymond… Il doit être dévasté.

— Il en a l'air en tout cas, répondit Amanda.

— Et qu'en est-il de cette fille retrouvée morte dans la crique ? J'ai entendu dire qu'elle avait habité la région…

— En effet, dit Amanda. D'autres femmes de Sunset Mesa ont disparu au cours des dix dernières années, et nous pensons que cela pourrait avoir un rapport avec notre classe. Par ailleurs, la réunion des anciens élèves pourrait avoir attisé la colère du tueur, l'incitant à passer à la vitesse supérieure.

Renee pâlit et recula d'un pas.

— Vous dites que ce psychopathe pourrait s'en prendre à moi ?

Aujourd'hui comme tous les jours, les adolescents de Sunset Mesa allaient se lever, plus ou moins ensommeillés et de mauvaise humeur.

Ils allaient engloutir leur petit déjeuner, ou partir le ventre vide pour ne pas rater le bus.

Une surprise les attendrait dans les gradins.

Kelly Lambert avait quelque peu perdu de sa superbe.

Traîner son cadavre jusqu'au stade n'avait pas été de tout repos.

Sans compter le risque de se faire surprendre.

Mais le jeu en valait la chandelle.

Les anciens du lycée comptaient les jours avant de pouvoir être réunis et faire la fête ensemble.
Mais, d'ici là, il ne resterait plus grand monde.
A part peut-être au cimetière…

10

— Qu'avez-vous pensé de Renee ? demanda Amanda.

Justin eut une petite moue qui en disait long sur le peu d'estime qu'il avait pour l'ancienne camarade de classe d'Amanda.

— Il est évident qu'elle aime séduire, et je ne la vois pas se morfondre pendant dix ans pour quelqu'un comme Fisher.

— C'est vrai qu'elle a toujours été superficielle.

Amanda fut à la fois surprise et soulagée de constater que Justin n'avait pas été sensible au charme de la jolie blonde. La plupart des hommes étaient incapables de lui résister.

D'un autre côté, elle n'avait aucune raison d'être jalouse.

Justin faisait ce qu'il voulait. S'il désirait flirter, ou même coucher avec Renee, grand bien lui fasse ! Il n'avait pas de comptes à lui rendre.

— Je pense également qu'elle est trop obsédée par son apparence pour se salir en commettant un meurtre.

L'air moqueur, il agita les doigts.

— Vous avez vu ses griffes d'oiseau de proie ? Des filles comme ça ont bien trop peur de se casser un ongle pour étrangler quelqu'un.

Amanda éclata de rire.

— Vous n'avez pas tort. Et maintenant si nous allions voir Donald ?

— Chez lui ou au travail ?

— J'ai vérifié ce matin, il est graphiste à domicile.

Amanda lui donna l'adresse et lui indiqua la route tandis qu'il conduisait.

Un regain de nervosité s'empara d'elle tandis qu'ils longeaient le lycée. Les professeurs arrivaient et les cars scolaires commençaient à décharger leur flot d'élèves.

Au-dessus du perron, une banderole annonçait la réunion à venir dans moins de deux semaines.

— C'est la bonne route ? demanda Justin.

Amanda s'arracha à ses pensées pour lui répondre.

— Oui. Allez jusqu'au carrefour, et tournez à gauche.

Après un kilomètre d'une route sinueuse à travers bois, Amanda signala à Justin un chemin privé uniquement signalé par deux bornes de pierre.

Ils remontèrent une allée de terre battue bordée d'arbres. Et soudain, au détour d'un virage, le domaine Reisling et ses hectares d'herbages apparut.

Justin laissa échapper un sifflement en découvrant l'imposante maison en brique aux allures de manoir.

— Que diable peut bien faire ce type pour posséder une maison pareille ?

Amanda haussa les épaules.

— Fortune familiale. Le grand-père de Donald a inventé une machine agricole qu'il a fait breveter et qui lui a rapporté beaucoup d'argent. Son fils a investi dans l'immobilier et ne s'en sort pas mal non plus.

Justin se gara, et elle le retint par le bras avant qu'il ne descende de voiture.

— Si ça ne vous ennuie pas, j'aimerais mener l'audition. Donald pourrait être… sur la défensive.

— Il pourrait aussi être coupable. Je n'ai pas l'intention de le ménager parce qu'il est en fauteuil.

— Je comprends, dit Amanda, non sans éprouver de la compassion pour Donald, au regard du mauvais tour que la vie lui avait joué.

Pourtant, il avait endossé la pleine responsabilité de l'accident en prétendant que c'était lui qui conduisait et non Lynn.

Sans doute l'avait-il amèrement regretté depuis.

Une employée de maison les accompagna jusqu'à un bureau équipé des dernières innovations informatiques. Donald releva la tête de son écran en les entendant entrer, et les accueillit avec un large sourire.

— Amanda !

— Shérif Blair, le corrigea-t-elle, en donnant immédiatement le ton. Voici le sergent Thorpe, des Texas Rangers. Nous aimerions vous poser quelques questions.

— Je vous écoute.

— Quand avez-vous vu Kelly pour la dernière fois ?

Donald se massa la tempe, comme s'il avait besoin d'y réfléchir.

Etait-ce pour élaborer un mensonge ?

— En fait, ça remonte à des mois. Elle est passée un jour pour me demander si je voulais faire partie du comité chargé d'organiser la réunion des anciens du lycée. Vous imaginez un peu ?

Justin intervint.

— Le shérif Blair m'a raconté ce qui vous est arrivé. Je suppose que sa visite vous a contrarié ?

— Disons que j'ai trouvé ça pour le moins ironique.

Il eut un rire désabusé.

— On ne peut pas dire que je sois resté ami avec quiconque de cette époque-là. Je ne vois pas ce que j'aurais été faire à cette réunion, et encore moins au comité d'organisation.

Amanda comprenait sa réaction. Elle avait eu la même en ouvrant son invitation.

Et Donald avait davantage de raisons qu'elle d'en vouloir à leurs anciens camarades.

— Pourquoi n'avez-vous pas déménagé ? demanda Justin.

Donald haussa les épaules.

— Ça coûte cher d'aménager un endroit avec un accès handicapé. J'ai tout ce qu'il me faut ici, et mon père est rarement à la maison. Mais les affaires commencent à marcher, et j'envisage de prendre un appartement en ville.

Amanda lui sourit.

— Vous semblez avoir réussi.

— Professionnellement, vous voulez dire ? Parce qu'on ne peut pas dire que les femmes se précipitent pour me tenir compagnie.

Tandis qu'Amanda songeait qu'elle ne pouvait s'empêcher d'éprouver de la sympathie pour lui, Justin intervint avec une certaine rudesse dans la voix.

— Où étiez-vous avant-hier ?

Le visage de Donald se ferma.

— Quoi ? Pourquoi ? Vous ne pensez quand même pas que j'ai quelque chose à voir avec la disparition de Kelly ?

Le bref silence qui suivit, chargé de tension, répondit à sa question.

Il chercha le regard d'Amanda.

— Enfin, Amanda, tu me connais. Comment peux-tu penser ça ?

— Vous avez vécu une terrible tragédie, dit-elle en veillant à garder ses distances, et vous en avez assumé la responsabilité alors que vous n'étiez pas au volant. Tout le monde sait que Lynn conduisait cette nuit-là.

— Cela a dû vous ronger pendant toutes ces années, renchérit Justin. La voir continuer à mener sa vie comme si de rien n'était, sortir avec d'autres garçons, profiter de tout ce que vous ne pouviez pas avoir…

— Et alors ? Même si j'éprouvais du ressentiment envers Lynn, pourquoi m'en prendrais-je à Kelly ?

Sa voix monta d'une octave, trahissant sa nervosité.

— Et d'ailleurs je croyais qu'un psychopathe avait enlevé toutes ces femmes.

Justin croisa les bras sur son torse, imperturbable.

— Il est possible que le ravisseur déteste les femmes qui lui font penser à celle qui l'a fait souffrir.

Donald posa une main sur son cœur.

— Ecoutez, je ne suis pas cette personne. J'ai compris depuis longtemps que la colère ne faisait que me retenir en arrière.

— C'est très mûr de votre part, commenta Justin, non sans un certain sarcasme.

— Donc, vous avez oublié Lynn ? demanda Amanda.

— Oui.

Un mélange d'émotions indéchiffrables passa dans le regard de Donald.

— Vous ne me croyez peut-être pas, mais regardez-moi. Même si j'étais animé par un esprit de vengeance, comment voulez-vous que je kidnappe qui que ce soit ?

— Nous ne cherchons qu'à découvrir la vérité, dit Amanda d'un ton apaisant. Une des disparues a été retrouvée étranglée, et tenait dans la main une chevalière aux armoiries de l'école.

— Et vous pensez que c'est quelqu'un de notre classe qui l'a assassinée ?

— Quelqu'un qui a un compte à régler avec les femmes, en tout cas, dit sèchement Justin. On nous a dit qu'après votre accident les filles ont refusé de sortir avec vous.

La tristesse assombrit le regard de Donald.

— J'admets que ça été une période difficile, mais ça ne fait pas de moi un tueur.

— Et votre père ? demanda Justin.

Un muscle joua dans la mâchoire de Donald.

— Quoi, mon père ?

— Vous avez peut-être pardonné à Lynn et accepté votre situation, mais qu'en pense-t-il ? Il espérait probablement vous voir devenir un champion de basket. Il avait de grands rêves pour vous. Ceux-ci ont été anéantis à cause d'une adolescente écervelée. Cela suffirait à déstabiliser n'importe quel parent.

Donald saisit les roues de son fauteuil et les manœuvra pour contourner son bureau.

— Je pense que vous devriez partir, maintenant. Et si, à l'avenir, vous souhaitez me parler, passez par mon avocat.

— Je veux absolument interroger le père de Reisling, déclara Justin tandis qu'ils montaient en voiture.

— Il a un bureau en ville, dit Amanda, en attachant sa ceinture de sécurité.

— Vous éprouvez de la pitié pour ce type, n'est-ce pas ?

Elle se tourna vers lui pour lui répondre.

— Je ne sais pas quoi penser. Il est tout à fait possible qu'il ait vraiment pardonné à Lynn, et qu'il ait trouvé une forme de paix et de bonheur.

— Mais pas son père. L'amour d'un parent est le lien le plus fort qui existe. J'ai vu des pères, et particulièrement des pères de sportifs, faire des choses peu recommandables pour aider leurs enfants à réussir. Quant à se venger de ceux qui font du mal à leur progéniture, c'est monnaie courante.

— Je sais…

Un silence s'ensuivit, que Justin fut le premier à rompre.

— Vous étiez amie avec Donald, autrefois ?

— Pas vraiment. Comme je vous l'ai dit, j'étais un peu à l'écart du groupe. Lui, au contraire, était très populaire. Comme la plupart des sportifs du lycée.

— Jusqu'à l'accident, corrigea Justin. Entre la perte du statut social de Donald, et l'aide qu'il a dû lui apporter pour créer son entreprise, son père a pu finir par craquer.

Amanda soupira.

— Dans l'absolu, vous avez raison. Mais c'est dur de croire qu'un tueur en série ait pu vivre pendant tout ce temps à Sunset Mesa sans jamais se faire prendre.

— Souvent, les gens sont aveuglés parce qu'ils sont trop proches des événements.

— Mais quand même, un ami ou un membre de la famille aurait bien fini par remarquer quelque chose d'anormal.

Justin se gara et, tandis qu'ils remontaient le trottoir, constata que l'immeuble de bureaux était le plus moderne et le plus élégant de la rue. Reisling devait avoir dépensé une petite fortune pour le rénover.

— Il est possible que le tueur vive seul. Ou ses proches sont dans le déni.

Amanda soupira.

— A moins qu'ils ne se sentent redevables envers lui et n'osent pas le dénoncer.

Justin poussa la porte du hall.

— Cela correspondrait à Donald. Il a parfaitement conscience d'être à la charge de son père, même s'il gagne sa vie.

— Je n'aime pas ça, marmonna Amanda. Mais j'aime encore moins l'idée qu'un tueur se cache en ville, juste sous mon nez.

— Ne vous faites pas de reproches. Cette série de disparitions a commencé bien avant que vous ne preniez le poste de shérif.

— Oui, mais, quand je pense à mes camarades de classe, je ne vois pas qui pourrait être capable de tels crimes.

L'intérieur de l'immeuble contrastait avec le style suranné de la ville. Tout y était sophistiqué et moderne : acier, chrome et œuvres d'art, et Justin eut l'impression qu'il n'était plus au Texas.

Amanda se dirigea vers la réceptionniste.

— Nous voudrions parler à M. Reisling.

La quinquagénaire aux cheveux argentés releva la tête de son ordinateur, causant une surprise à Amanda.

— Madame Kane, je ne savais pas que vous travailliez ici.

Ou qu'elle travaillait tout court. C'était le type même de l'abonnée au country-club.

— Oui, dit la femme avec un air embarrassé. Cela fait deux ans que M. Reisling m'a engagée. Il a été très bon avec moi.

— Il est là ?

— Puis-je vous demander l'objet de votre visite ?

Justin sortit son insigne.

— Dites-lui que la police le demande. C'est urgent.

Elle se leva, non sans afficher un air contrarié, et disparut dans un couloir.

— Vous avez eu l'air surprise de la voir, dit Justin.

— C'est vrai. C'était une de ces mondaines qui joue au tennis, donne des cocktails et ne sait rien faire de ses dix doigts.

La secrétaire ne tarda pas à réapparaître, et les escorta jusqu'à un bureau plus luxueux encore que la réception. Robert

Reisling leur serra la main, et leur fit signe de prendre place dans le coin salon.

Une desserte accueillait une machine à expresso et divers alcools dans des carafes en cristal taillé. Il leur proposa à boire, mais Amanda secoua la tête, et Justin alla droit au but.

— Monsieur Reisling, nous enquêtons sur la disparition de plusieurs jeunes femmes dans la région au cours des dix dernières années. Nous venons également de découvrir le cadavre de Tina Grimes.

Robert Reisling lissa du plat de la main sa cravate rouge.

— Je ne comprends pas en quoi je peux vous être utile.

Il tourna la tête vers Amanda, et la toisa avec sévérité.

— Que se passe-t-il, shérif ?

— Une chevalière scolaire de Canyon High a été retrouvée dans la main de Tina, monsieur Reisling. Compte tenu du fait que toutes les disparues ont vécu en ville à une époque, et que la majorité des victimes étaient scolarisées à Sunset Mesa, nous croyons que leur ravisseur est originaire de la région, et qu'il a un compte à régler avec ces jeunes femmes.

Reisling secoua la tête, la paupière droite agitée par un tic nerveux.

— Je ne vois toujours pas où vous voulez en venir.

— Nous savons ce qui est arrivé à votre fils, dit Justin. Ne trouvez-vous pas injuste qu'il soit paralysé, et qu'il ait été poursuivi pour conduite en état d'ivresse, alors que la vraie coupable s'en est sortie et l'a laissé tomber après coup ?

— Mais cela remonte à des années.

— Ça n'empêche pas la colère et l'amertume.

Le visage de Reisling devint écarlate.

— Oui, c'est vrai, j'en ai beaucoup voulu à cette petite garce, mais la page est tournée. Mon fils lui a pardonné, et il a réussi à faire quelque chose de sa vie. Je suis très fier de l'homme qu'il est devenu.

— Et toutes les filles qui ont refusé de sortir avec lui après l'accident ? insista Justin. Ne me dites pas que vous les portez dans votre cœur.

Au cœur du mystère

— Et quand bien même je les mépriserais ? Ce n'est pas pour autant que je les ai enlevées et tuées. Je suis un homme d'affaires respecté dans cette ville !

D'un geste brutal, il désigna la porte.

— Fichez le camp d'ici. Et laissez mon fils tranquille. Il a assez souffert.

Le téléphone d'Amanda vibra, brisant la tension qui flottait dans l'air, et elle le décrocha de sa ceinture tout en se dirigeant vers la porte.

Justin serrait les dents. Reisling était le genre d'homme qui utilisait son pouvoir et son argent pour obtenir ce qu'il voulait. L'homme n'était peut-être pas coupable, mais il était en revanche malin, calculateur, et probablement vindicatif.

Et, s'il était méticuleux dans son travail, il était probablement aussi organisé et patient.

Patient au point d'attendre dix ans avant d'atteindre son but ?

Amanda observa le numéro qui s'affichait à l'écran et fut surprise de voir que c'était celui du lycée.

Etait-ce en rapport avec la réunion ? Peut-être les organisateurs avaient-ils finalement décidé de l'annuler en apprenant la découverte du corps de Tina ?

— Qui est-ce ? demanda Justin.

— L'école.

Elle pressa la touche de connexion.

— Shérif Blair.

— Shérif, c'est le principal Blakely. Il faut que vous veniez immédiatement.

Amanda crispa les doigts autour du téléphone.

— Que se passe-t-il ?

Elle espérait qu'il ne s'agissait pas d'une fusillade comme on en voyait malheureusement de plus en plus dans les écoles.

— On vient de découvrir un cadavre dans les gradins du stade. Ce sont les jeunes de l'équipe d'athlétisme qui l'ont trouvé en venant à leur entraînement.

L'estomac d'Amanda se noua, et elle dut faire un effort pour que sa panique ne se communique pas à sa voix.
— Qui est-ce ?
— Kelly Lambert. Elle a été assassinée et abandonnée là aux yeux des élèves. C'est une tragédie, shérif. Ces pauvres enfants sont traumatisés. Quel monstre peut faire une telle chose ?

11

Amanda s'était ruée hors du bureau et arrivait à la voiture.
— Fermez immédiatement le lycée.
— C'est déjà fait, et nous avons confisqué les téléphones portables. Je ne suis malheureusement pas certain qu'un de nos élèves n'ait pas déjà diffusé l'information. Il y a peut-être des photos en circulation sur internet.
Elle retint une exclamation agacée.
— Tenez tout le monde à l'écart du stade. J'arrive.
Elle avait le cerveau en ébullition face à tout ce qu'impliquait le coup de téléphone du principal. Il allait leur falloir une équipe d'experts scientifiques, des renforts de police pour interroger les élèves…
— Que se passe-t-il ? demanda Justin en la rejoignant.
— Le corps de Kelly Lambert vient d'être retrouvé sur l'un des gradins du stade.
La voyant pâlir, Justin la saisit par le haut des bras pour l'aider à recouvrer son équilibre.
— Amanda, ça va ?
— Je dois prévenir sa famille avant que la nouvelle ne se répande, si ce n'est pas déjà fait.
— Avec les ados et leurs portables, il y a fort à parier que l'information a déjà filtré. Les gens n'ont plus aucun respect pour la vie privée. Plus c'est morbide ou choquant, mieux c'est.
— Je suis d'accord avec vous, mais nous discuterons des dérives de notre société un autre jour. Il faut y aller.
— Je préviens la scientifique.

Le téléphone d'Amanda vibra de nouveau, et elle vérifia l'appel entrant.

— Zut, c'est Larry Lambert !

— Il est au courant. Ça n'aura pas traîné.

Tandis que Justin se mettait au volant et prenait la direction du lycée, Amanda prit une grande inspiration pour se donner du courage et décrocha.

— Shérif Blair. Oui, monsieur Lambert, je…

Il y eut une pause, et Amanda se massa la tempe du bout des doigts.

— Je suis au courant, monsieur Lambert. Je suis vraiment désolée que vous l'ayez appris ainsi… Non, vous ne pouvez pas venir au lycée. Tout est fermé. La police et les Texas Rangers vont prendre possession des lieux… Oui, c'est promis. Je vous préviens dès que nous aurons déplacé le corps pour que vous puissiez voir Kelly.

Amanda et Justin retrouvèrent le gardien du lycée devant la grille et furent aussitôt escortés jusqu'au stade. Le principal et l'entraîneur de football les y attendaient.

Les élèves qui avaient découvert le corps avaient été enfermés dans le gymnase, sous la surveillance du coach d'athlétisme. Les autres étaient cantonnés dans leur classe.

Hagard, le principal Blakely les conduisit jusqu'aux gradins.

L'émotion noua la gorge d'Amanda quand elle vit les cheveux poisseux de la morte, sa peau couleur de cendre et son expression d'effroi.

Elle enfila une paire de gants et en tendit une à Justin.

— Qui l'a trouvée ? demanda ce dernier.

— Naomi Carter, une des filles de l'équipe d'athlétisme. Elle a été la première à la voir, elle a crié, et tout le monde s'est précipité.

Amanda grimaça.

— Les élèves ont-ils touché à quelque chose ?

— Je ne crois pas. Le coach Turner m'a dit qu'il leur avait

ordonné de reculer immédiatement. Certains des enfants sont vraiment secoués.

— Faites venir la psychologue scolaire.
— C'est déjà fait.

Blakely secoua la tête avec tristesse.

— Pourquoi abandonner un cadavre dans une école ?
— Pour faire passer un message, répondit Justin.
— Plusieurs femmes de la région ont disparu, expliqua Amanda. Et nous pensons que leur disparition a un lien avec Canyon High.

Amanda s'accroupit pour examiner le cou de Kelly, et y découvrit des marques de strangulation.

— Est-ce que ça ressemble aux traces laissées sur la gorge de Tina ? demanda-t-elle.

Justin s'approcha pour vérifier.

— Oui. On dirait que le tueur a utilisé la même ceinture.

Amanda prit plusieurs clichés avec son téléphone portable. Son kit d'intervention ne quittait jamais sa voiture de patrouille, mais ils étaient venus avec le véhicule de Justin, et elle devait faire avec les moyens du bord.

La jupe et le chemisier de Kelly étaient froissés et tachés, une manche était déchirée, mais le reste de ses vêtements était intact, et rien à première vue n'indiquait une agression sexuelle. Ce serait toutefois au légiste de le confirmer.

— Vous avez vérifié ses mains ? demanda Justin.

Un brouhaha de voix résonna derrière eux, et Amanda s'aperçut que le légiste et les officiers de renfort étaient arrivés.

— Voyez avec les officiers comment organiser les auditions des élèves, dit Justin au principal. Il va nous falloir tous les portables pour vérifier les photos qui ont été prises, ainsi que leurs contacts après la découverte du corps.

— Vous pensez que c'est l'un d'eux qui l'a tuée ? demanda le principal.

— Non, répondit Amanda. Mais ils auraient pu prendre en photo un détail important qui pourrait nous aider.

Tandis que le principal allait à la rencontre des nouveaux arrivants, Amanda reporta son attention sur la dépouille de Kelly.

Sa main gauche était ouverte et ses ongles étaient cassés, comme si elle avait lutté avec son agresseur. Si c'était le cas, peut-être retrouverait-on de l'ADN.

Doucement, elle se saisit de la main droite de Kelly. Elle était fermée, et la rigidité cadavérique s'était déjà installée. Pour l'ouvrir et constater l'éventuelle présence d'une bague dans sa paume, elle n'avait d'autres choix que lui briser les os des phalanges.

— Pardonne-moi, Kelly, murmura-t-elle. J'aurais voulu te retrouver avant que ça ne se produise. Mais je te promets que j'arrêterai celui qui t'a fait ça, et qu'il paiera.

Ses soupçons furent confirmés par la présence d'une chevalière dans la paume.

— Même mode opératoire, constata Justin.

Amanda prit une photo et souleva la bague, en sachant déjà qu'il s'agissait de celle d'un garçon.

Elle la retourna et essaya de déchiffrer la gravure à l'intérieur de l'anneau.

TS. C'était la chevalière de Terry Sumter.

Comment le tueur se l'était-il procurée ? Et pourquoi la mettre dans la main de Kelly ?

Etait-ce un message de Terry destiné à faire comprendre que Kelly avait toujours été à lui ?

Dans ce cas, il se désignait comme coupable. Mais peut-être tenait-il à se faire arrêter maintenant qu'il estimait avoir accompli sa mission ?

Elle déposa la bague dans un sachet de pièces à conviction, en espérant que son analyse leur serait utile.

— Je me demande si elle l'avait conservée pendant toutes ces années, ou si quelqu'un l'a mise dans sa main pour faire accuser Terry, spécula Justin à voix haute.

Des clameurs montèrent près des barrières du stade, et ils virent une horde de reporters secouer la grille et passer des appareils entre les barreaux pour tenter de prendre une photo.

Puis on entendit du côté du parking des bruits de moteur, des portières claquer, et des vociférations.

Le principal Blakely revint précipitamment vers eux, l'air hébété.

— Seigneur, la rumeur s'est répandue, et les parents commencent à déferler vers l'école. Je ne sais pas quoi faire.

Amanda demanda à Justin de veiller à la répartition des agents sur toute la zone pour contrôler la foule. Puis elle téléphona à son adjoint et lui demanda de conduire Sumter au poste pour un interrogatoire.

A peine venait-elle de raccrocher que de nouveaux éclats de voix retentirent. Larry Lambert avait escaladé la barrière, et luttait pour échapper à l'agent qui s'était interposé. Parvenant à lui échapper, il se mit à courir à travers le terrain et l'agent sortit son arme.

— Je m'en occupe ! cria Amanda, en levant la main pour signaler à son collègue que tout allait bien.

Il n'aurait plus manqué qu'un policier fasse un tir de sommation contre le père de la victime et que la situation échappe à tout contrôle.

Elle se rua vers Lambert et lui bloqua le passage.

— Je vous avais dit d'attendre mon appel, dit-elle.

— Je veux la voir, répondit-il, mi-criant, mi-sanglotant. C'est ma petite fille…

— Je sais, et je suis désolée.

Justin détestait les débordements d'émotion et se réjouit de voir qu'Amanda gérait parfaitement la situation toute seule. Cela lui laissait tout le loisir de s'intéresser au travail du légiste.

— Le mode opératoire est-il le même que pour Tina ? demanda-t-il.

— La marque de la ceinture semble être de la même largeur.

Le légiste lui lança un coup d'œil par-dessus la monture de ses lunettes.

— Mais votre tueur ne l'a pas conservée longtemps avant de s'en débarrasser.

— Il accélère le rythme pour nous narguer. Il veut nous faire comprendre qu'il a l'intention de continuer à tuer jusqu'à ce que nous l'arrêtions.

Justin s'adressa ensuite au principal qui venait de les rejoindre.

— Dites-moi, monsieur Blakely, y a-t-il des caméras de sécurité à l'extérieur du lycée ?

L'homme pinça les lèvres.

— Nous en avons quelques-unes, mais pas autant que nous le voudrions. Et certaines sont hors service.

Justin secoua la tête, dissimulant à peine son agacement. C'était incroyable avec la recrudescence de fusillades en milieu scolaire !

— Je voudrais regarder les enregistrements du parking et des alentours du stade sur la période des dernières vingt-quatre heures.

D'un geste du bras, il désigna la foule sur le parking.

— Il est possible que notre tueur soit dans cette foule à observer tout ce tumulte, et la façon dont nous gérons les événements.

C'était une belle cacophonie.
Les reporters affluaient, avides d'un bon scandale.
Les élèves étaient bouleversés.
Les parents se précipitaient pour consoler leurs petits chéris.
Quelle belle bande d'hypocrites !
Ces mêmes parents fermaient les yeux quand leurs adolescents pourris gâtés harcelaient les plus faibles, mettaient à l'écart comme s'ils avaient la peste ceux dont le physique était moins avantageux que le leur, et se moquaient des premiers de la classe.
Suzy Turner en faisait partie.
Quand les journaux télévisés diffuseraient les images du

cadavre de Kelly Lambert abandonné dans les gradins, Suzy Turner saurait ce qui l'attendait.

Plus question de pérorer à propos des fêtes qu'elle organisait, des voyages qu'elle faisait ou des vêtements de luxe qu'elle pouvait s'offrir.

Oh ! elle se croyait importante et aimée de tous.

Mais les habitants de cette ville n'étaient qu'un ramassis d'égoïstes et de lâches.

Ils auraient tôt fait de l'oublier comme ils avaient oublié les autres.

12

Amanda et Justin s'approchèrent des reporters, bien décidés à reprendre la situation en main, avant que la presse ne génère un immense mouvement de panique.

Les parents et les familles étaient de plus en plus agités, et il suffirait d'un rien pour mettre le feu aux poudres.

Amanda se hissa sur l'un des murets délimitant les extérieurs du stade.

— Mesdames et messieurs, s'il vous plaît… Je voudrais votre attention.

Des voix coléreuses tempêtèrent contre elle.

— Est-ce qu'un élève a été tué ici ce matin ?
— Qui est mort ?
— Pourquoi ne nous dit-on rien ?
— Est-ce qu'il y a un tireur dans l'école ?

Amanda agita les mains.

— S'il vous plaît, écoutez-moi. Il n'y a pas eu de fusillade, et aucun élève du lycée n'a été blessé. Personne n'est en danger.

— Mais alors, pourquoi l'école est fermée ?
— On sait qu'il y a un cadavre !

Amanda essaya d'obtenir un peu de silence.

— Du calme, je vous en prie. Il n'y a aucune raison de paniquer. Les élèves vont bien.

— Mais que se passe-t-il, exactement ?

— Je vais vous répondre, si vous me laissez parler. Ce matin, lorsque l'équipe d'athlétisme est allée s'entraîner, ils ont découvert une femme de vingt-sept ans, Kelly Lambert, qui avait disparu depuis deux jours. Elle n'a pas été tuée dans l'enceinte du lycée, mais son assassin a déposé le corps dans les gradins.

— Mais pourquoi ici, à l'école ?
— Vous pensez qu'un des élèves est responsable ?
— Le tueur est là-dedans avec nos enfants ?

Amanda secoua la tête.

— Les lycéens de Canyon High n'ont rien à voir avec cette malheureuse histoire. Et nous n'avons aucune raison de croire que le tueur se trouve encore sur les lieux. Mais certains élèves ont vu le corps, et nous devons les interroger.

— Pourquoi bloquer tout le monde ? demanda une femme, très énervée. Vous n'avez qu'à garder les témoins.

— C'est la procédure. Nous devons poser des questions à tout le monde. Mais, rassurez-vous, la psychologue de l'école et le conseiller d'éducation seront présents lors des auditions.

Elle reprit sa respiration, et fit un effort pour insuffler calme et fermeté à son intonation.

— Maintenant, je vous demande de rentrer chez vous et de nous laisser faire notre travail.

— Et si vous vous trompiez, et que le tueur soit toujours dans l'école ? cria quelqu'un.

Amanda se crispa. Et si en effet elle se trompait ?

Non, le tueur ne prenait pour cible que des femmes d'au moins vingt-cinq ans, pas des adolescentes.

— Je vous le répète, nous ne pensons pas que ce soit le cas. Le cadavre de Kelly Lambert a été déposé ici durant la nuit. Le tueur était parti depuis longtemps quand les élèves sont arrivés.

Mais, tandis qu'elle s'efforçait de rassurer les parents, Amanda ne put s'empêcher de se demander si c'était vrai.

Selon toute vraisemblance, le tueur n'était pas à l'intérieur, mais il se pouvait qu'il rôde dans la foule pour observer comment sa macabre surprise était accueillie.

Tandis qu'Amanda s'adressait à l'assemblée, Justin étudiait attentivement les personnes qui la composaient, cherchant un individu plus nerveux que les autres, ou quelqu'un sur le qui-vive, prêt à détaler.

— Vous avez fait du bon travail, lui dit-il lorsqu'il la rejoignit pour l'accompagner à la loge du gardien.

Ce dernier les escorta jusqu'au poste de sécurité à l'intérieur et leur montra l'installation.

Deux caméras situées à chaque angle du bâtiment permettaient de surveiller la cour et l'entrée des classes. Deux autres offraient en principe une vue sur le parking et le stade, mais celle-ci était hors service. Les accès de secours étaient également sous surveillance, mais les angles étaient restreints.

Malheureusement, rien ne ressortit du visionnage des enregistrements de la nuit. D'après le vigile, la caméra du stade était en panne depuis six semaines, probablement vandalisée par des élèves. Le principal n'avait pas le budget pour la remplacer. Le tueur devait le savoir.

Ils basculèrent sur la capture en temps réel des images afin de pouvoir observer la foule.

— Que voyez-vous ? demanda Justin.

Amanda se massa la tempe.

— Des parents inquiets. Je ne peux pas les blâmer. Si mon enfant était dans cette école, je serais inquiète moi aussi.

Justin posa la main sur la sienne, et ce qui n'était au départ qu'un geste innocent de camaraderie lui fit souhaiter bien plus que cela.

— Nous trouverons qui a fait ça.

— Je continue à croire que nous devrions prévenir les anciennes qui reviennent pour la réunion.

— Mais nous perdrions notre avantage. Pour le moment, le tueur ignore que nous sommes sur sa piste.

Amanda grimaça.

— Nous n'avons pas vraiment d'éléments probants.

Justin lui pressa la main.

— Mais si. Nous savons qu'il éprouve du ressentiment

pour vos camarades de classe. Le père de Reisling a le bon profil, et il possède suffisamment d'argent pour se payer un alibi si besoin est.

Il tambourina du bout des doigts sur la table tandis qu'il scrutait la foule.

— Vous voyez quelqu'un qui n'a rien à faire là ?

— Difficile à dire. Je ne connais pas tous les habitants de Sunset Mesa. Oh ! attendez ! On dirait la mère de Suzy Turner.

— Qui est Suzy Turner ?

— Une autre des anciennes. Sa mère semble perturbée. Et elle parle avec le principal Blakely.

Quelques secondes après, son téléphone vibrait.

— Shérif Blair.

— Oui, c'est le principal Blakely. Mme Turner est là et voudrait vous parler.

— J'arrive.

Amanda raccrocha et se tourna vers Justin.

— Continuez à surveiller les écrans. Je vais parler à Mme Turner.

Amanda pressa le pas dans le couloir, gagna les extérieurs, et se dirigea vers la zone délimitée par un ruban de police.

La mère de Suzy vint à sa rencontre.

— Amanda, s'écria-t-elle, j'ai peur. Je n'ai pas de nouvelles de Suzy. Je crois qu'elle a disparu.

Elle jeta un coup d'œil vers les gradins.

— Quand j'ai appris qu'un cadavre avait été découvert ici, j'ai craint qu'il ne s'agisse d'elle.

— Expliquez-moi ce qui s'est passé. Qu'est-ce qui vous fait penser que Suzy a disparu ?

— Elle devait venir dîner chez nous hier soir. Elle vient toujours le jeudi depuis que son père est tombé malade.

— Je suis désolée. Je ne savais pas pour votre mari.

Les yeux de Pamela Turner s'emplirent de larmes.

— Il est condamné. Suzy n'en parle pas, mais elle essaie

de passer le plus de temps possible avec lui pendant qu'il est encore là.

Sa voix s'était brisée sur les derniers mots.

— Il faut que tu la retrouves. Je ne peux pas la perdre aussi.

Amanda pressa les mains de Pamela Turner.

— Quand l'avez-vous vue ou lui avez-vous parlé pour la dernière fois ?

— Hier matin. Elle a appelé pour dire qu'elle apporterait le dessert, mais elle n'est pas venue.

— Vous avait-elle dit quels étaient ses projets pour la journée ?

— Seulement qu'elle avait des courses à faire. Elle était chargée de la décoration pour la réunion.

Pamela se frotta les bras, comme prise de frissons.

— Je l'ai appelée toute la nuit, mais elle n'a jamais décroché son téléphone. Ce matin, je me suis rendue à son appartement pour vérifier, mais il n'y avait personne.

— Et sa voiture ?

— Elle n'était pas là.

— Ne voyage-t-elle pas pour son travail ?

Amanda se rappelait vaguement que Suzy était visiteuse médicale.

— Si, mais elle avait pris quelques jours de congé pour préparer la réunion.

Décidément, tout tournait autour de cette réunion. Si elle ne faisait pas en sorte de l'annuler très vite, il ne resterait plus aucune fille pour y participer, se dit Amanda. Le tueur avait éliminé Kelly en deux jours, ce qui voulait dire que la vie de Suzy était en danger.

— Je dois fouiller son appartement, ses téléphones, son ordinateur. Avec un peu de chance, j'y trouverai une indication sur l'endroit où elle est allée. Elle a peut-être eu une réunion professionnelle urgente.

— Je l'espère, mais ça ne lui ressemble pas de ne pas appeler.

Pamela Turner s'essuya les yeux d'un revers de main.

— Tu crois que la personne qui a tué Kelly s'en est prise à ma Suzy ?

Malheureusement, c'était une possibilité, mais Amanda ne voulait pas faire paniquer la mère de la jeune femme.

— Ne tirons pas de conclusions hâtives. Suzy était-elle perturbée par quelqu'un ? Avait-elle des problèmes au travail ?

— Non. Son travail marchait très bien. Elle venait d'avoir une promotion.

— Pas de mésententes avec ses collègues ?

— Elle n'en a jamais parlé.

— Un petit ami ?

— Personne de sérieux. Elle disait qu'il y avait quelqu'un au travail qui lui plaisait, mais elle ne voulait pas me dire qui c'était.

Immanquablement, Amanda se demanda s'il était marié.

— Je vais jeter un œil chez Suzy le plus vite possible. Auriez-vous une clé de chez elle ?

Pamela fouilla dans son sac, lui tendit un trousseau de clé et lui donna l'adresse.

— Je ne peux pas la perdre, Amanda. Vous devez la retrouver avant qu'elle ne finisse comme Kelly.

— Je vous promets de faire tout ce que je peux.

Amanda avait parfaitement conscience d'avoir fait la même promesse au père et au fiancé de Kelly et d'avoir échoué.

Elle posa une dernière question.

— Suzy avait-elle eu des ennuis avec quelqu'un de notre classe ?

— Non. Pourquoi me demandes-tu ça ?

— Simple question de routine.

— Tu te souviens de Suzy. Elle était populaire, chef des pom-pom girls, vice-présidente de classe... Tout le monde l'aimait.

Sauf les filles loin d'être aussi populaires et qui la jalousaient.

Mais étaient-elles jalouses au point de vouloir la tuer dix ans après ?

Cela semblait un peu excessif.

— Pamela, vous rappelez-vous Donald Reisling et son accident ?

— Bien sûr. Quel affreux malheur ! J'ai eu beaucoup de peine pour son pauvre père et la façon dont Donald lui a fait honte…

Amanda fut étonnée par cette réponse. Pamela ne savait-elle pas que Lynn était au volant ? Evidemment, personne n'avait jamais pu le prouver.

— Suzy est-elle sortie avec Donald ?

— Non. Elle a été très gentille avec lui après l'accident, elle voulait être son amie. Mais je crois qu'il est tombé amoureux d'elle, et c'est ce qu'il l'a incitée à cesser de le voir. Mais pourquoi ? Quel rapport y a-t-il entre Donald et Suzy ?

— Je ne sais pas. Sans doute aucun.

Justin continuait à surveiller la foule sur les écrans de contrôle. Son instinct l'alerta quand il repéra un homme jeune, entre vingt-cinq et trente ans, avec des cheveux blond cendré et une barbe de trois jours.

Il semblait nerveux. Son regard balayait la foule comme s'il cherchait quelqu'un.

L'un des agents chargés d'évacuer le parking fit signe aux gens de regagner leurs voitures. L'homme enfonça une casquette de base-ball sur sa tête, enfouit les mains dans les poches de son jean et s'empressa de déguerpir.

Justin suivit les autres caméras pour voir quelle voiture il possédait, mais l'inconnu disparut dans un angle mort.

Qui était-il, et pourquoi était-il aussi nerveux ?

Suzy Turner avait lutté pour sauver sa peau. C'est qu'elle tenait à la vie, cette petite garce.

Tous ces efforts pour rien.

A présent, elle gisait comme une poupée de chiffon, ses

cheveux blond platine emmêlés autour de son visage, son regard vert ordinairement rieur désormais vitreux.

Quel plaisir de la regarder mourir !

Les photos des prochaines s'alignaient sur le mur. Julie Kane, Lynn Faust...

Et la toute dernière : Amanda Blair.

Une fois celle-ci éliminée, sa vengeance serait achevée.

13

Amanda se hâta de regagner le poste de sécurité pour parler avec Justin. D'un geste impatient, il lui fit signe d'entrer.

— J'ai réduit le créneau horaire pendant lequel le corps a été déposé, annonça-t-il. Soit un peu après 2 heures.

Il désigna la caméra orientée vers l'entrée ouest du terrain.

— L'une des caméras est hors service depuis quelques semaines, mais la deuxième fonctionnait. Quelqu'un a tiré dedans aux alentours de 2 h 15.

— Ça peut nous aider. Il faut que l'équipe technique quadrille les lieux pour trouver la balle.

— Je les ai prévenus. Mais il y a autre chose que je veux vous montrer.

Amanda s'assit à côté de lui.

— D'accord, mais nous avons un autre problème, Justin. Pamela Turner est inquiète. Elle pense que sa fille Suzy a disparu.

Justin jura entre ses dents.

— Bon, regardez ça, et ensuite nous parlerons du cas Turner.

Il rembobina l'enregistrement et zooma sur le jeune homme à la casquette.

— Vous le reconnaissez ?

Amanda plissa les yeux.

— Oui, c'est Ted, le frère de Carlton Butts.

— Il a un jeune parent scolarisé à Canyon High ?

Elle fit non de la tête.

— Alors que fait-il ici ?

— Je ne sais pas. Il est peut-être venu par curiosité, comme la moitié de la ville.

— C'est possible, mais il a l'air diablement nerveux.

— Oui, c'est vrai.

— Vous avez dit que son frère et lui n'étaient pas proches ?

— Non, ils étaient très différents. A l'enterrement de Carlton, il m'a dit qu'il ne l'avait jamais compris. Ted savait que son frère était dépressif et que les autres élèves en avaient fait leur souffre-douleur. Mais il pensait que Carlton était responsable de la façon dont on le traitait.

— Donc il ne ressentirait pas le besoin de punir les filles qui se sont moquées de son frère ou ont refusé de sortir avec lui ?

— Je ne pense pas, mais nous pouvons toujours nous entretenir avec lui si vous le voulez.

— Nous verrons plus tard. En attendons, concentrons-nous sur Suzy. Il faut éplucher son agenda, retracer ses déplacements le jour de sa disparition. Peut-être pourrons-nous établir un lien avec Kelly.

Le trajet de retour au poste de police s'était fait sous un ciel de plomb qui s'accordait à merveille à l'humeur morose d'Amanda.

A leur arrivée, Terry Sumter était assis dans la salle d'attente et semblait prêt à en découdre.

Un peu plus loin, Robert Reisling discutait à mi-voix avec un homme qui devait être son avocat.

Justin proposa d'interroger le père de Donald pendant qu'Amanda se chargerait de Sumter.

Elle accepta, consciente que les interrogatoires iraient plus vite s'ils se partageaient la tâche. Ils avaient passé la plus grande partie de la journée au lycée, le soir commençait à tomber, et ils avaient besoin de réponses.

Ils devaient trouver Suzy avant qu'il ne soit trop tard.

Terry lui lança un regard haineux.

— Vous n'allez quand même pas m'arrêter ?

— Où étiez-vous, il y a deux nuits ?

Il croisa les jambes, faussement décontracté.

— Vous voulez dire la nuit où Kelly a disparu ?

— Oui.

— Je travaillais

— Je croyais que vous aviez perdu votre emploi.

— Mon employeur a mis la clé sous la porte quand le marché de la construction s'est effondré. Mais je me suis associé avec Harvey Malbry. Il y a deux nuits de ça, je posais du parquet. Vous n'avez qu'à demander à Harvey.

— Je le ferai.

Amanda poussa un bloc-notes vers lui.

— Inscrivez-moi ses coordonnées.

La main de Terry tremblait quand il prit le stylo.

— Vous êtes nerveux ?

Il la toisa méchamment.

— J'ai bu un verre, c'est tout.

Il ne devait pas s'être contenté d'un seul, songea Amanda, confortée dans l'idée qu'il était alcoolique.

— Avez-vous vu Suzy Turner récemment ?

— Non. Elle a laissé un message sur mon répondeur à propos de la réunion, mais je ne l'ai pas rappelée. Il n'y a vraiment personne que j'aie envie de revoir.

— Attendez-moi là pendant que j'appelle Harvey.

Amanda quitta la salle d'interrogatoire et composa le numéro de l'artisan.

— Oui, il était avec une équipe à poser du parquet toute la journée et une partie de la nuit confirma l'homme. Ils ont fini vers 5 heures du matin. Mais, vous savez, Terry n'est pas un mauvais type. Il faudrait seulement qu'il règle son problème avec l'alcool.

Amanda se demanda si c'était à cause de cela qu'il avait perdu son emploi précédent, plutôt qu'en raison de la situation économique.

Elle remercia Harvey Malbry et retourna dans la salle d'interrogatoire.

— Terry, avez-vous encore votre chevalière du lycée ?
— Non, je l'ai donnée à Lynn quand nous sortions ensemble. Quand nous avons rompu, je n'ai pas voulu la récupérer.

Il se tordit les mains et contempla son annulaire nu.

— Pourquoi cette question à propos de ma chevalière ?

Amanda grinça des dents.

— Je ne peux rien dire pour le moment.

Mais, si Terry avait donné sa chevalière à Lynn, comment s'était-elle retrouvée dans la main de Kelly Lambert ?

Justin observait Robert Reisling avec circonspection.

L'interroger ne serait probablement qu'une perte de temps. L'homme avait de l'argent et du pouvoir, et abusait largement de ses prérogatives.

Mais il était le suspect le plus probant qu'ils avaient.

— Permettez-moi de me présenter, dit l'homme en luxueux costume gris anthracite. Je suis l'avocat de M. Reisling, Jay Edward Fuller.

— Sergent Thorpe, des Texas Rangers. Et, avant que vous m'abreuviez de votre jargon juridique, je veux vous dire pourquoi nous avons demandé à M. Reisling de venir.

— Je le sais. Il m'a expliqué que vous enquêtiez sur la disparition d'une certaine Kelly Lambert.

— En fait, nous l'avons retrouvée, et je suis certain que vous le savez déjà si vous avez suivi les informations télévisées. Son corps a été découvert au lycée ce matin. Nous avons maintenant affaire à un homicide.

— Quelle tristesse, dit Reisling. Une gentille fille comme elle.

Le ton sarcastique de l'homme fit lever les sourcils de Justin.

— Je vois que ma première impression était fondée. Vous l'avez toujours détestée pour la façon dont elle s'est détournée de votre fils après l'accident qui l'a paralysé.

— Tous ces sales gosses l'ont abandonné, marmonna Reisling.

— Ne dites rien de plus, lui recommanda Fuller.

Justin retint un sourire, ravi de voir Reisling dans l'embarras.

Et, si c'était lui le coupable, il se ferait un plaisir de l'envoyer moisir en prison.

— Où étiez-vous, il y a deux nuits ? demanda-t-il.

Reisling lissa sa cravate du plat de la main.

— A Austin. Pour affaires.

— Quelqu'un peut confirmer ?

Reisling jeta un coup d'œil à son avocat, qui l'encouragea d'un signe de tête.

— J'étais avec une cliente, et elle confirmera.

Justin s'adossa au coin du bureau et croisa les bras.

— Et la nuit dernière ?

Reisling se tortilla nerveusement et, une fois de plus, appela du regard son avocat à sa rescousse.

— A quelle heure ? demanda Fuller.

— Entre 2 h 15 et 6 h 30.

Cela correspondait au laps de temps entre le tir qui avait mis hors service la caméra de sécurité, et l'arrivée du vigile à son poste.

Les lèvres de Reisling s'étrécirent en une ligne sévère.

— J'étais au lit, comme tout le monde dans ce patelin perdu.

— Pas tout le monde, corrigea Justin. Quelqu'un a déposé le corps de Kelly Lambert sur les gradins du stade pour que les lycéens le découvrent ce matin en arrivant.

Reisling grommela et voulut dire quelque chose, mais son avocat posa la main sur son bras et l'en dissuada d'un mouvement de tête.

— Nous sommes venus ici par courtoisie, sergent Thorpe, dit Fuller. Mais j'en ai assez entendu. A moins que vous ayez l'intention d'arrêter mon client, nous en avons terminé.

Il se leva, et Reisling suivit.

— Connaissez-vous Suzy Turner ? demanda encore Justin.

Une lueur assassine s'alluma dans le regard de Reisling, avant qu'il ne la dissimule derrière un sourire factice.

— Bien sûr, elle était au lycée avec mon fils.

— Que se passe-t-il ? demanda Fuller.

— Nous pensons que le meurtre de Kelly Lambert est lié

à une série d'enlèvements dans la région. Le dénominateur commun est le lycée, et plus particulièrement les filles qui étaient dans la classe du fils de votre client.

L'avocat ne parvint pas à cacher sa surprise, et Justin réalisa que Reisling n'avait pas dû lui parler du passé de son fils. Fuller ne devait pas être de Sunset Mesa ou il l'aurait su.

— Vous recherchez un tueur en série ? demanda l'avocat.

Justin hocha la tête.

— Et votre client a un mobile pour avoir éliminé chacune des disparues.

— Comment ça s'est passé avec Reisling ? demanda Amanda, tandis qu'ils roulaient vers le domicile de la mère de Carlton Butts.

Tout en écoutant d'une oreille la réponse de Justin, elle suivait le cours de ses pensées.

Elle ne savait pas si le frère de Carlton y vivait encore, mais, dans la mesure où Mme Butts avait du mal à se déplacer et devait s'aider d'un déambulateur, il y avait de grandes chances que la vieille dame n'habite pas seule.

La maison se trouvait dans un quartier à loyers modérés, que les enfants appelaient le coin des pauvres. Cela faisait aussi partie des raisons pour lesquelles Carton était le souffre-douleur de l'école.

Dix ans après, les peintures écaillées et le délabrement général annonçaient que personne, ni promoteur immobilier ni particulier, n'avait eu envie d'entretenir les habitations.

Les mauvaises herbes et les arbustes morts envahissaient les jardins, les arbres arrachés par la dernière tempête n'avaient pas été tronçonnés. Et les voitures en piteux état garées dans les allées confirmaient la présence de familles à bas revenus qui s'en sortaient à peine.

Elle se gara et coupa le moteur.

— Je venais souvent ici pour faire mes devoirs avec

Carlton. Même après tout ce temps, je n'arrive pas à croire qu'il se soit suicidé.

— Sa mère n'a pas remarqué de signes avant-coureurs ?

— Je ne sais pas, répondit Amanda, tandis qu'ils s'avançaient sur l'allée bétonnée en pente.

Elle appuya sur le bouton de sonnette, mais celle-ci ne fonctionnait pas et Justin frappa. Il balayait du regard les parages, et notamment les bois à l'arrière, comme s'il s'attendait à un problème.

Il y eut des bruits de pas à l'intérieur, et le cliquetis d'une clé qu'on tournait dans la serrure. Finalement, Mme Butts entrebâilla la porte et glissa un regard à l'extérieur.

— Madame Butts, c'est Amanda, ou plutôt le shérif Blair maintenant.

Elle désigna Justin.

— Voici le sergent Thorpe, des Texas Rangers. Nous voudrions vous parler, ainsi qu'à votre fils.

— Mon fils est mort.

Ses cheveux autrefois bruns étaient striés de larges mèches blanches et n'étaient pas coiffés. D'une main, elle serrait un peignoir en éponge râpé autour de son cou, et de l'autre elle se cramponnait à son déambulateur.

— Je sais que Carlton est mort, répondit Amanda, en se demandant si la vieille dame perdait la tête. Nous voudrions parler à votre autre fils, Ted.

— A propos de quoi ?

— Ted est-il là ? demanda Justin, qui commençait à s'impatienter.

— Et pourquoi il serait là ? Il ne vit plus ici depuis longtemps.

— Où habite-t-il ?

— De l'autre côté de la ville. Il a acheté un de ces chalets près de la rivière.

Amanda ne put s'empêcher de faire le rapprochement avec la découverte du corps de Tina Grimes à Camden Creek.

— Est-ce qu'il s'y trouve en ce moment ? demanda-t-elle.

— Non. Il est au travail. Qu'est-ce que vous lui voulez ?

— Il était au lycée tout à l'heure quand le corps de Kelly Lambert a été trouvé.

Mme Butts haussa les épaules.

— Et alors ? Je suis sûre qu'il y avait plein de monde.

— La plupart étaient des parents d'élèves, souligna Amanda.

— Où travaille votre fils ? demanda Justin.

— Il a un atelier d'ébénisterie en ville.

— Est-il resté en contact avec certains de ses anciens camarades de lycée ? voulut savoir Amanda.

Mme Butts secoua la tête.

— Non. Pour quelle raison ? Après la façon dont ils ont traité Carlton, il a décidé qu'il avait mieux à faire que de perdre son temps avec eux.

— Donc, il continue à leur en vouloir pour la mort de son frère ? demanda Justin.

Le regard de la femme passa de l'un à l'autre, quelque peu affolé, comme si elle réalisait qu'elle en avait trop dit.

— Ted est un bon garçon.

— A-t-il l'intention d'aller à la réunion ? demanda Amanda.

— Il faudra lui demander.

Amanda la remercia et retourna à la voiture en compagnie de Justin.

Dix minutes plus tard, ils entraient dans le show-room de Ted, qui s'apparentait davantage à une agence de designer qu'à l'idée qu'on pouvait se faire de l'atelier d'un artisan. Une jeune femme rousse vêtue de noir et perchée sur des bottes à talons aiguilles proposa de les renseigner.

Amanda et Justin se présentèrent et demandèrent à parler à Ted.

— Je vais voir s'il n'est pas occupé avec un client.

Elle disparut dans un couloir. Des bruits de voix leur parvinrent puis elle revint et les guida jusqu'à un bureau étonnamment moderne.

— Bonjour, Amanda, dit Ted.

La casquette de base-ball vue sur les enregistrements de la caméra avait disparu. Ses cheveux étaient soigneusement lissés en arrière. Son jean noir et sa chemise blanche lui donnaient une allure professionnelle mais décontractée.

— Je vois que vos affaires vont bien, dit Amanda.

Il haussa les épaules, mais son regard étincelait de fierté.

— Oui, j'aime mon travail.

Il jeta un coup d'œil circonspect à Justin.

— Mais je suppose que vous n'êtes pas venus me parler de la beauté de mes placards ?

Amanda décida d'aller droit au but.

— Que faisiez-vous au lycée, ce matin ?

Une lueur gênée passa dans son regard.

— J'ai entendu la nouvelle, et ça m'a intrigué, comme tout le monde, je suppose.

— Vous aviez gardé le contact avec Kelly ? demanda-t-elle.

Il secoua la tête.

— Elle m'a laissé un message à propos de la réunion. Je ne l'ai jamais rappelée.

— Vous projetez d'y aller ?

D'un geste machinal, il fit courir sa main sur un échantillon de bois.

— Je n'en suis pas encore sûr. On ne peut pas dire que je sois resté ami avec qui que ce soit. Après la mort de Carlton, ça a été... difficile.

— Et Suzy Turner ? demanda Justin. Vous l'avez vue, récemment.

— Non. Mais elle a également laissé un message à propos de la réunion. Elle disait qu'elle viendrait avec son nouveau petit ami. Vous savez, elle a toujours aimé se vanter.

— Vous aviez un penchant pour elle ? demanda Justin.

— Vous voulez rire ? J'ai horreur des pimbêches.

L'irritation se lisait dans son regard, mais il essaya de donner le change en souriant.

— Ecoutez, Amanda, je n'étais pas proche de ces filles au lycée, et ça va faire dix ans que Carlton est mort. Si vous croyez que j'ai entretenu de la rancune contre elles pendant tout ce temps, vous vous trompez. J'aimais mon frère, mais je pensais qu'il devait s'endurcir. Je lui ai d'ailleurs souvent répété. Il s'est suicidé, et j'ai ramassé ma mère à la petite cuillère.

La colère durcit sa voix.

— Je n'en veux pas aux gamins de l'école. J'en veux à Carlton. Il a choisi la voie de la lâcheté, et il a détruit notre famille.

— Eh bien, c'était assez surprenant, commenta Justin, tandis qu'ils regagnaient la voiture. Ted avait une bonne raison de vouloir se venger des filles qui ont ridiculisé son frère, mais ça n'a pas l'air de l'intéresser.

— Je vous avais dit que les deux frères ne s'entendaient pas. Visiblement, il en veut toujours à Carlton de s'être donné la mort.

— Il n'a pas tort quand il dit que c'est de la lâcheté.

— Ça peut se discuter.

— En tout cas, je ne le retiendrais pas comme suspect. Qu'en pensez-vous ?

Amanda ne répondit pas. Elle avait composé le numéro de Pamela Turner, en espérant un miracle.

Cette dernière répondit à la deuxième sonnerie, la voix enrouée comme si elle avait pleuré.

— Oui, Amanda ?

— Vous avez eu des nouvelles de Suzy ?

— Non. Et de votre côté ?

— Rien, hélas. Je vais chez elle.

— Vous voulez que je vous y rejoigne ?

— Non, ce ne sera pas la peine. Mais prévenez-moi si elle se manifeste.

Amanda raccrocha, démarra la voiture, et se dirigea vers les faubourgs de la ville. La nuit était tombée, et il n'y avait pas âme qui vive sur la route.

Subitement, un véhicule sombre sortit d'un chemin transversal, accéléra pour la rattraper, et attendit d'être quasiment collé à son pare-chocs pour déboîter.

Agacée, elle enclencha la sirène, mais la voiture continua son dépassement. Les vitres étaient teintées, et elle ne pouvait pas voir à l'intérieur.

Soudain, la vitre s'abaissa du côté passager et un coup de feu déchira l'air.

Amanda se coucha sur le volant, et un fit un écart brutal sur la droite.

Le verre de sa vitre explosa, et elle ressentit une brûlure fulgurante dans son bras gauche.

Justin jura et attrapa le volant, tandis que la voiture de patrouille se mettait à tanguer, glissant dangereusement vers le ravin.

14

Tenant le volant d'une main, Justin sortit son arme de son holster, passa le bras derrière la tête d'Amanda et tira. Mais la berline sombre avait déjà accéléré, et ses phares arrière ne tardèrent pas à disparaître dans la nuit, lui laissant tout juste le temps de constater qu'elle n'était pas immatriculée.

La voiture de patrouille alla mordre sur le bas-côté gravillonné. Les pneus crissèrent, l'arrière dérapa, et elle finit par s'arrêter.

Justin fut brutalement propulsé en avant, mais sa ceinture de sécurité le retint. Amanda était courbée sur le volant, et il fut surpris de constater que l'airbag ne s'était pas déclenché. Sans doute le choc n'avait-il pas été suffisant.

— Bon sang, il a filé ! s'exclama Amanda.
— Où êtes-vous blessée ?
— A bras. Mais ce n'est qu'une égratignure.

Elle repoussa ses cheveux de son visage.

— Vous avez réussi à voir le tireur ?
— Non. Et vous ?

Elle secoua la tête.

— Les vitres étaient trop sombres.
— Et il n'y avait pas de plaques d'immatriculation.
— L'attaque était planifiée.

Amanda ferma les paupières et reposa la tête contre le dossier, incitant Justin à se demander si elle avait menti sur la gravité de sa blessure.

— Montrez-moi votre bras, dit-il.

Elle soupira et tourna la tête pour le regarder.

— Je vais bien. Mais visiblement, le tueur veut nous empêcher de poser des questions.

Il lui prit la main.

— Laissez-moi voir, Amanda.

Les émotions allumaient des reflets changeants dans ses yeux. La journée avait été chargée en rebondissements, et elle avait l'air épuisée.

— J'aurais dû arrêter ce type plus tôt, murmura-t-elle.

La culpabilité altérait la voix d'Amanda et, mû par la compassion, Justin ne put s'empêcher de l'attirer contre lui.

— Rien n'est votre faute, Amanda. Vous faites un travail remarquable.

Elle secoua la tête, et ses cheveux lui caressèrent le menton, mais elle ne le repoussa pas.

— Mais j'ai promis à Larry Lambert que je retrouverais Kelly. J'ai échoué. Et maintenant c'est Tina qui a disparu.

Justin lui caressa doucement le dos pour la réconforter.

— J'ai déjà travaillé sur des affaires comme celles-ci. Le tueur semble toujours avoir une longueur d'avance sur nous, mais il finit par faire une erreur. Nous le trouverons, Amanda.

Il sentit sur son cou la caresse légère du souffle d'Amanda quand elle redressa la tête pour le regarder.

— Mais ce n'est pas suffisant, protesta-t-elle. Si je ne procède pas très vite à une arrestation, Suzy risque de finir comme Kelly.

Justin se mordit la langue pour ne pas rétorquer que Suzy était probablement déjà morte.

Il prit le visage d'Amanda entre ses mains.

— Ecoutez-moi. Nous sommes des représentants de la loi, mais nous restons des êtres humains. Nous ne pouvons pas sauver tout le monde.

— Mais nous devons essayer.

Il hocha la tête, le cœur battant à tout rompre.

— Oui. Et nous l'arrêterons.

Son regard fut irrésistiblement attiré vers les lèvres d'Amanda. Il avait envie de l'embrasser.

Comme animée d'une volonté propre, sa bouche effleura la sienne avec douceur, presque respectueusement.

Les lèvres d'Amanda s'entrouvrirent, l'invitant à plus d'audace, et son baiser se fit passionné, exigeant.

Plaquée contre lui, les bras noués autour de sa nuque, elle lui répondit avec une ardeur qu'il n'aurait pas soupçonnée.

Chargée d'une sensualité qui le faisait vibrer, l'étreinte était magique et lui inspirait d'autres pensées : déboutonner la chemise d'uniforme, faire courir ses lèvres sur les douces rondeurs de ses seins encore prisonniers du soutien-gorge qu'il imaginait comme un souffle de dentelle, les arrondir à travers l'étoffe arachnéenne sur la pointe dressée, les libérer enfin et les couvrir de caresses…

Soudain, le téléphone d'Amanda vibra sur le tableau de bord, et elle s'écarta.

Le souffle court, et saccadé, il resta un bref instant hébété, désemparé comme s'il venait de perdre quelque chose d'important.

Mais pouvait-on perdre quelque chose que l'on n'avait pas ?

Amanda frissonna devant l'intensité de l'expression de Justin. Le ciel lui vienne en aide. Elle pourrait se noyer dans ces yeux de velours.

Il était si fort et parfaitement maître de lui-même. Masculin, plein d'assurance et tellement protecteur — exactement comme l'était son père.

Elle avait été dévastée quand elle avait perdu ce dernier.

Comment survivrait-elle si elle tombait amoureuse de Justin et qu'il lui arrive quelque chose ?

Il aurait pu être tué une minute plus tôt.

Elle aussi, d'ailleurs, et elle n'aurait jamais su ce que cela faisait d'être dans ses bras, de recevoir un baiser de lui. Devait-elle passer à côté du bonheur, fût-il momentané, par crainte de souffrir ?

Son téléphone continuait à vibrer et, dans le silence de l'habitacle, le bruit résonnait aussi puissamment qu'une sirène.

Bon sang, elle était supposée travailler.

Elle attrapa l'appareil.

— Shérif Blair.

— Oui, c'est Joe. Je voulais vous dire que j'ai étudié la liste des personnes à qui Lambert a refusé un crédit. Elle se résume à trois personnes. Deux ont déménagé, l'autre est le vieux Gentry. Il a presque quatre-vingts ans, et je ne le vois pas enlever ou tuer qui que ce soit.

— Merci d'avoir vérifié, Joe.

Elle raccrocha et voulut tendre la main vers la clé de contact, mais Justin l'en empêcha.

— Laissez-moi d'abord regarder votre bras.

Elle avait le bras en feu, et la douleur persisterait un moment. La balle avait frôlé son épaule, et elle dut déboutonner les premiers boutons de sa chemise d'uniforme pour la montrer à Justin.

Le regard de ce dernier s'enflamma tandis qu'il la regardait faire. Elle savait que l'uniforme kaki n'était pas seyant, mais elle avait satisfait son envie de féminité en portant dessous un soutien-gorge de dentelle noire.

Le sourire appréciateur de Justin fit s'envoler une nuée de papillons dans son ventre. Ses seins se durcirent, avides de sentir la caresse des mains de cet homme qui l'attirait irrésistiblement.

Ignorant l'attirance qu'elle éprouvait pour lui, elle se tourna et inclina le torse pour qu'il puisse voir sa blessure.

A travers la déchirure de la manche, sa peau était rouge vif, abrasée par le contact avec la balle, mais celle-ci ne s'était pas fichée dans sa chair.

— Un peu de pommade cicatrisante devrait suffire, dit-il.

— Je vous l'avais dit. Il n'y a vraiment pas de quoi en faire toute une histoire.

Troublée d'être aussi proche de lui, et de ne pouvoir ni le toucher ni l'embrasser, elle s'empressa de reboutonner sa chemise.

— Il faut retrouver la balle, déclara Justin.

Après quelques secondes d'observation, il vit qu'elle s'était fichée dans la garniture de sa portière et la récupéra.

— On dirait du 38 mm. Je vais l'envoyer au labo pour la faire analyser.

Justin se réprimandait en silence tandis qu'Amanda roulait vers le domicile des Turner. Que lui arrivait-il ?

Il ne s'autorisait jamais de rapprochement avec une collègue de travail, jetant plutôt son dévolu sur des femmes sexy et sans complications qui, comme lui, ne cherchaient rien d'autre que des aventures sans lendemain.

Ce n'était pas vraiment le genre d'Amanda. Encore qu'elle ne semblait pas disposée à s'engager sur le long terme, et donnait l'impression de ne vivre que pour son travail. Elevée par un Ranger, elle avait visiblement envie de suivre ses traces.

— Donald Reisling vous a-t-il demandé de sortir avec lui ? demanda-t-elle tout à coup.

Elle lui lança un regard surpris.

— Pourquoi cette question ?

— Simple curiosité. Alors ?

— Non. C'était un athlète vedette et, je vous l'ai dit, je n'étais pas une fille populaire.

— Je ne comprends pas. Vous êtes jolie et intelligente. Les garçons ne le voyaient pas ?

— On parle d'*adolescents*, dit-elle, en insistant bien sur le mot. La seule chose qu'ils ont en tête, c'est le sexe. Je n'étais pas ce genre de fille.

Il s'en doutait, ce qui ne la rendait que plus sympathique à ses yeux.

Et désirable.

Serrant les poings, il s'exhorta à se ressaisir.

— Et après l'accident, quand les petites pimbêches de Canyon High l'ont rejeté, Reisling a-t-il recherché votre amitié, ou celle de personnes qu'il dédaignait auparavant.

Elle se mordilla la lèvre.

— Pas que je m'en souvienne. Je sais qu'il a sombré dans une profonde dépression pendant un moment.

— C'est compréhensible.
— Mais pourquoi ces questions à propos de Donald ?
— Parce qu'on vient de nous tirer dessus. Ou plutôt sur vous. Et le père de Donald est notre suspect principal.

Amanda frissonna.

— Vous pensez que le tueur, quel qu'il soit, pourrait me viser également ?
— Malheureusement, c'est une possibilité que nous ne pouvons pas écarter.

Lorsqu'ils entrèrent dans le luxueux immeuble où vivait Suzy Turner, Amanda avait réussi à évacuer le souvenir du baiser échangé avec Justin.

Ils se présentèrent au poste de sécurité, et expliquèrent la situation. Leurs insignes leur valurent aussitôt une déférence un peu servile de la part du vigile, un gros garçon rougeaud boudiné dans son uniforme.

— Vous avez des caméras de surveillance ? demanda Justin.
— Oui, monsieur. Si Mme Turner a été enlevée, ça ne s'est pas produit ici.

Amanda eut une moue peu convaincue. Rien n'était impossible. Mais il est vrai que la sécurité renforcée de l'immeuble rendait les choses plus difficiles.

Lorsque le vigile désigna la caméra fixée au-dessus de l'ascenseur, couvrant toute la zone autour de la porte de Suzy, elle révisa son jugement.

L'enlèvement ne pouvait effectivement avoir eu lieu dans l'immeuble. Comme pour Kelly, était-ce un faux texto qui l'avait attirée dans un piège ?

Dix ans après, Suzy Turner entrait encore sans difficulté dans sa tenue de pom-pom girl. Tous ces cours de gym avec un entraîneur personnel, ces régimes et ces crèmes amincissantes avaient donné des résultats.

Dommage que ça ne serve plus à rien maintenant qu'elle était morte.

Mais sa mère ne serait-elle pas fière malgré tout qu'elle ait gardé sa ligne ?

Sa jolie petite fille, la prunelle de ses yeux, en avait fait tourner des têtes et brisé des cœurs.

Elle flirtait avec les garçons, leur donnait de l'espoir, puis elle les piétinait comme elle l'aurait fait de fourmis s'invitant à un pique-nique.

C'était fini maintenant. Elle ne ferait plus souffrir personne.

Tout ce cirque au lycée avait été un plaisir à regarder.

Demain, ce serait encore mieux lorsqu'ils découvriraient Suzy.

Il serait temps alors de passer à la suivante.

15

Justin hésita sur le seuil de l'appartement, étudiant la scène, tandis que, derrière lui, Amanda laissait échapper un hoquet de surprise.

Les coussins du canapé en lin beige avaient été tailladés et le rembourrage s'en échappait. Quelque chose de noir qui ressemblait à de la cendre maculait le tissu.

Etait-ce symbolique ? Le tueur essayait-il de faire passer un message, ou s'était-il simplement défoulé en mettant le salon à sac ?

Amanda se glissa à l'intérieur, son arme à la main, et ils se répartirent la fouille de l'appartement.

Dans la chambre principale, Justin put constater que Suzy était une maniaque de l'ordre et du design. La pièce était une vitrine dénuée de tout objet personnel, pas un endroit où on avait envie de vivre.

Meubles hors de prix, œuvres d'art, tapis de laine blanche...

L'atmosphère était tout sauf chaleureuse.

La penderie était ouverte, et les vêtements toujours sur leurs cintres étaient en lambeaux. Sur les rayonnages s'alignaient des boîtes de chaussures portant le logo de grandes marques. Elles étaient toutes vidées de leur contenu.

Justin se glissa dans la salle de bains, s'attendant presque à trouver le cadavre de Suzy sur le sol ou dans la baignoire.

Il ne savait pas d'où lui venait cette idée. Jusqu'à présent, seules deux des femmes disparues avaient été retrouvées, toutes les deux étranglées.

Mais aucune ne l'avait été chez elle.

La salle de bains était entièrement blanche, jusqu'aux serviettes et aux accessoires de toilette. Sur une coiffeuse surmontée d'un grand miroir entouré de spots, s'alignaient flacons de parfum et produits de maquillage.

La vaste baignoire d'angle installée sur un podium était à demi remplie d'eau. Un bouquet de violettes y flottait.

Mentalement, il chercha à emboîter les pièces du puzzle.

Une chevalière aux armoiries du lycée avait été trouvée dans la main de Tina et dans celle de Kelly, évoquant la réunion des anciens.

Que signifiait le bouquet ?

Suzy portait-elle ce genre d'ornement à son corsage pour le bal de promotion de sa classe, dix ans plus tôt ?

Amanda prit une profonde inspiration pour se donner du courage avant d'entrer dans le bureau de Suzy.

Elle avait déjà remarqué la destruction de la télévision à écran plat dans le salon, mais un ordinateur portable toujours intact occupait le plateau de verre fumé d'une table de travail à piétement métallique. L'appareil était allumé, et un économiseur d'écran affichait une photo de Suzy et de son équipe de pom-pom girls datant de dix ans. Les cheveux blonds de Suzy étincelaient sous la lumière du flash, et son sourire d'une blancheur parfaite aurait pu faire la publicité d'un dentifrice.

Le pouls d'Amanda s'accéléra.

Y avait-il une raison particulière pour que l'intrus n'ait pas détruit l'ordinateur ? Cette photo de Suzy et des autres filles avait-elle une signification ?

Elle remarqua une pile d'invitations sur un coin du bureau, ainsi qu'un dossier en rapport avec les préparatifs de la réunion.

— Rien à signaler dans la chambre, annonça Justin.

Elle lui jeta un regard par-dessus son épaule.

— Vous n'avez pas trouvé d'indice ?

— Il y avait bien un bouquet de violettes dans la baignoire, mais je ne sais pas ce qu'il faut en penser.

— Quel genre de bouquet ?

— Une sorte de broche fleurie que les adolescentes portent à leur corsage pour le bal de promotion.

— Ça nous ramène une fois de plus au lycée.

— Et à ce qui s'est produit, il y a dix ans.

— Regardez-ça.

Elle désigna l'écran.

— Je doute que Suzy soit attachée au passé au point de garder cette photo en fond d'écran. Surtout s'il s'agit de son ordinateur professionnel.

Justin se pencha au-dessus d'elle pour étudier la photo.

— Qui sont ces filles ?

Amanda les désigna une à une, de gauche à droite.

— Melanie Hoit, Julie Kane, Lynn Faust, Kelly Lambert, et Suzy au premier rang. Derrière se trouvent Anise Linton, Mona Pratt et Eleanor Goggins.

— Deux filles du premier rang sont mortes, et une troisième est portée disparue.

L'estomac d'Amanda se noua d'inquiétude.

— Je me demande si cela signifie que Julie et Lynn sont les prochaines.

Après un temps de réflexion, elle ajouta :

— Mais Avery Portland, la toute première victime, ne faisait pas partie de l'équipe des pom-pom girls. Pas plus que Tina Grimes, Carly Edgewater ou Denise Newman.

— C'est vrai, mais elles ont forcément un point commun.

— Nous devons prévenir les autres filles de l'équipe qu'elles sont en danger.

— Attendons encore un peu. Je ne voudrais pas déclencher une panique générale. Et de toute façon, avec la mort de Kelly, elles doivent déjà se tenir sur leurs gardes.

Un désagréable picotement se mit à courir le long de la colonne vertébrale d'Amanda.

— Et si nous faisions fausse route depuis le début ? Nous savons que le père de Donald Reisling a de bonnes raisons de détester ces filles. Mais nous n'avons jamais envisagé que le tueur puisse être une femme. Une fille de notre classe qui se serait sentie rejetée ou trahie par les autres...

Justin parut enthousiasmé par la suggestion.

— Par exemple, une fille qui n'aurait pas été acceptée dans l'équipe des pom-pom girls ?

— C'est un peu mince comme motif, non ?

Justin haussa les épaules.

— Pas si la fille est dérangée mentalement. Parfois, les gens instables psychologiquement se focalisent sur un événement en apparence anodin, mais qu'ils voient comme un tournant dramatique dans leur existence.

— Je vais parler à Debbie Anderson, la coach des pom-pom girls. Elle aura peut-être une idée.

— Il faudrait également discuter avec la psychologue scolaire. Elle pourrait nous dire si une élève avait des problèmes émotionnels cadrant avec le profil.

— Bien.

— Vous avez vu un sac ou un téléphone portable ?

— Non.

— Je vais chercher pendant que vous vérifiez les e-mails. Si elle n'a pas été enlevée ici, elle a pu recevoir un message comme Kelly.

— En tout cas, on sait que le suspect est venu ici. Il faudrait demander au vigile les enregistrements des dernières vingt-quatre heures.

— Je m'en occupe.

Après une fouille infructueuse de l'appartement, Justin avait rejoint le poste de surveillance et scrutait les bandes de surveillance.

Le vigile identifiait au fur et à mesure les résidents, à l'extérieur comme à l'intérieur du bâtiment, émaillant ses commentaires d'informations personnelles qu'il avait collectées au cours de ses années de service.

Les habitants étaient pour l'essentiel de jeunes célibataires ou des couples de trentenaires qui travaillaient, et il n'y avait guère d'allées et venues en journée.

Un coursier avait fait une livraison la veille, mais le résident était chez lui et avait signé le récépissé. L'équipe de ménage chargée de l'entretien des parties communes avait respecté ses horaires habituels.

Le matin de sa disparition, Suzy Turner était sortie de chez elle l'air distrait, consultant ses messages téléphoniques tout en jonglant avec son attaché-case.

— Quel type de voiture conduit-elle ?
— Une BMW gris métallisé.

Le vigile récita par cœur le numéro d'immatriculation.

Justin appela son supérieur pour lui demander de se procurer un relevé des communications de Suzy, et de lancer un avis de recherche pour la voiture, puis il reporta son attention sur l'écran de contrôle.

Vers 10 heures, une femme vêtue d'une blouse et d'un foulard sur la tête comme en portait le personnel de l'équipe de nettoyage était entrée dans l'appartement de Suzy.

— Est-ce que les femmes de ménage ont l'habitude de rentrer chez les particuliers ?

Le vigile haussa les épaules.

— La compagnie de nettoyage propose des formules individuelles de ménage, et certains résidents y font appel.

Justin étudia attentivement la femme, et tiqua en voyant qu'elle portait des bottes noires. Il lui semblait que les autres employées étaient chaussées de tennis.

Il rembobina la bande pour vérifier et constata qu'il ne s'était pas trompé.

Après avoir ouvert la porte à l'équipe de la police scientifique, Amanda avait continué à passer au peigne fin le contenu de l'ordinateur de Suzy. Cette dernière était active sur les réseaux sociaux et semblait mener une vie trépidante. Elle avait remporté le trophée de la meilleure visiteuse médicale de son entreprise, elle voyageait constamment en Europe, et adorait faire son shopping en ligne, ainsi que dans des boutiques de créateurs hors de prix.

Amanda se rappelait vaguement l'avoir entendue dire un jour qu'elle aurait préféré mourir que d'être vue dans un supermarché, ou avec un vêtement qu'une autre fille aurait pu porter.

Elle chercha la présence d'un petit ami et trouva plusieurs messages sur le mode du flirt entre Suzy et un homme prénommé Syd qui vivait à Londres, mais n'y vit rien de significatif. Il y avait surtout de nombreux échanges avec Kelly, Julie et Lynn à propos de la future réunion.

En ouvrant la galerie de photos, Amanda trouva de vieux clichés du lycée assemblés sous forme de diaporama, que Suzy avait probablement préparé pour le diffuser lors de la réunion.

L'une des photos attira son attention, celle de Suzy en tenue de soirée, en compagnie de son cavalier.

Un bouquet de violettes monté en broche ornait son corsage.

Elle fit de nouveau défiler les photos, cherchant des signes d'une camarade de classe qui aurait pu être jalouse de Suzy et des autres pom-pom girls, mais rien ne retint son attention. Pourtant, quelque chose lui disait que Julie et Lynn seraient les prochaines victimes du tueur en série.

Relisant les derniers e-mails reçus par Suzy, elle en découvrit un de Julie qui demandait à son amie de la rencontrer à la cafétéria où elles aimaient se rendre quand elles étaient adolescentes.

Amanda composa immédiatement le numéro de Justin et lui fit part de sa découverte.

— Rejoignez-moi dans le hall, et nous irons ensemble. Si ce message est un piège pour attirer Julie et Suzy au même endroit, nous trouverons peut-être un témoin qui les a vues.

Ce double rendez-vous était une idée de génie.
Suzy aurait été horrifiée que tout le monde la voie

si pâle et si défaite dans la mort. Normalement, elle était maquillée à la perfection. A présent, de longues traînées noires de mascara maculaient ses joues, et sa peau avait pris une couleur cireuse.

Et Julie… Ah, Julie, la reine du bal de promotion. Elle espérait faire un retour triomphal, se vantant d'avoir épousé son amour de jeunesse et d'avoir accumulé une petite fortune.

Mais ni l'argent ni la beauté ne l'avaient sauvée.

Désormais, tout le monde en ville les verrait comme elles avaient toujours été : des filles stupides et laides à l'intérieur, qui n'avaient rien apporté de positif à ce monde.

Des filles stupides et laides qui avaient fait souffrir les autres.

Des filles stupides et laides qui méritaient de mourir.

16

Des images de Suzy et Julie mortes hantaient l'esprit d'Amanda.

Elle devait faire vite.

— Cherchez le numéro de téléphone de Julie, demanda-t-elle à Justin. Si le tueur ne l'a pas déjà enlevée, nous devons la prévenir.

Justin sortit son portable de sa poche et se connecta pour faire une recherche dans l'annuaire, tandis qu'Amanda filait sur l'autoroute.

L'obscurité baignait le rude paysage de terres arides qui séparait les deux villes.

Le téléphone de Julie sonnait et sonnait encore. Finalement, le répondeur se déclencha. Justin laissa un message demandant de rappeler le bureau du shérif le plus rapidement possible.

— J'ai bien peur que nous n'arrivions trop tard, dit Amanda.

— Personne n'a signalé la disparition de Julie.

— Ça ne veut pas dire qu'elle est saine et sauve. Vous avez trouvé quelque chose sur les enregistrements ?

— Peut-être. Il y a un service de ménage dans l'immeuble, qui intervient également chez les particuliers. Il se compose de cinq femmes et d'un homme. Je les ai vus aller et venir normalement, puis j'ai remarqué une femme à l'allure bizarre.

— Comment cela ?

— Elle avait la même tenue que les autres employées, mais elle portait des bottes au lieu de tennis.

Amanda lui lança un bref coup d'œil.

— Vous pensez qu'elle ne faisait pas partie de l'équipe ?
— C'est peut-être elle qui a mis l'appartement à sac.
— Vous avez pu voir son visage ?
— Non. Elle faisait en sorte qu'il ne soit pas dans le champ de la caméra. Mais j'ai demandé au vigile de faire porter la cassette au labo pour l'analyser. Ils trouveront peut-être quelque chose qui nous aidera à l'identifier.

C'était probablement un coup d'épée dans l'eau, mais avec la technologie actuelle on pouvait aborder l'image sous différents angles, l'agrandir, exploiter les ombres, les reflets…

Amanda prit son virage à la corde puis ralentit, en se rappelant qu'un accident ne ferait que les retarder. Mais plus ils s'approchaient de leur destination, plus sa peur grandissait.

Les doigts crispés sur le volant, elle guetta le panneau d'entrée de ville et tourna à droite au premier carrefour. Bizarrement, la cafétéria était presque vide. Avec l'arrivée en ville des premiers participants à la réunion, elle s'attendait à voir plus de voitures.

Si le suspect avait entamé un compte à rebours comme ils le croyaient, il terminerait en apothéose samedi soir.

Elle devait impérativement le stopper avant qu'une autre de ses anciennes camarades de classe soit tuée.

Justin était persuadé que Suzy et Julie étaient déjà mortes, mais il ne voulait pas ajouter à l'inquiétude d'Amanda.

Elle avait l'air épuisée et bouleversée, et l'enquête était loin d'être terminée.

Elle se gara devant la cafétéria aux allures de fermette mexicaine. Au-dessus de la porte, le nom « La Cantina » clignotait en lettres orange à côté d'un néon vert en forme de cactus.

— Pourquoi choisiraient-elles un établissement comme celui-ci pour se donner rendez-vous ? s'étonna Justin. Je les aurais imaginées dans un lieu plus sélect.

— C'était l'endroit où tous les jeunes du lycée venaient

traîner. A l'époque, on y servait les meilleurs milk-shakes de la région.

L'estomac de Justin se mit à gronder, lui rappelant qu'ils n'avaient pas pris le temps de déjeuner.

— On pourrait en profiter pour manger un morceau pendant que nous sommes là, suggéra-t-il.

— Vous n'avez qu'à commander des hamburgers pendant que je parle à Max, le propriétaire.

Justin se hissa sur un tabouret de bar et commanda trois burgers et deux portions de frites tout en surveillant la salle.

Un couple entre deux âges était assis dans une alcôve d'angle et sirotait un chocolat malté. Trois vieilles dames jacassaient et gloussaient en dégustant un café et une tarte aux pommes.

A gauche, des adolescents mangeaient des hamburgers et buvaient des sodas, tout en gardant l'oreille collée à leur téléphone portable. Un petit groupe sur la droite se lamentait à propos d'un devoir à rendre bientôt et que personne n'avait encore commencé.

Décidant de laisser Amanda se débrouiller avec le propriétaire, Justin partit explorer les lieux. Un couloir menait aux toilettes. Il poussa la porte, fit le tour des stalles, et ne vit rien d'anormal.

Au bout du couloir, il trouva une porte de service. Il tourna la poignée et le battant s'ouvrit sur une ruelle.

Repérant la benne à ordures, il souleva le couvercle et poussa un soupir de soulagement.

Le corps de Suzy n'avait pas été abandonné là.

Fallait-il en déduire qu'elle était toujours en vie ?

Amanda s'approcha de Mary Lou, la femme de Max qui garnissait le porte-serviettes d'une table proche de l'accès dans la cuisine.

— Je peux vous parler une minute ?

— Bien sûr, Amanda… je veux dire, shérif.

La vieille dame gloussa.

— Seigneur, je ne m'habitue pas à te voir en uniforme. Je te vois encore boire ton milk-shake à la banane en faisant tes devoirs d'algèbre.

Amanda se força à sourire. Tout cela lui paraissait si loin.

— J'aime toujours les milk-shakes.

— Ton papa aussi les aimait.

Amanda eut un pincement au cœur. Son père lui manquait encore chaque jour.

— Je pense que vous avez entendu parler de ce qui est arrivé à Kelly Lambert…

— Quelle tristesse ! Je n'arrive pas à croire qu'on ait pu abandonner son corps comme ça. Quel genre de personne peut agir de cette façon ?

— C'est pour ça que je suis ici, Mary Lou. Nous pensons que Suzy Turner pourrait également avoir disparu.

La vieille dame poussa un petit cri de surprise et porta une main à son cœur.

— Oh ! non !

— Elle était supposée retrouver Julie ici pour discuter de la réunion. Les avez-vous vues hier ?

— Je ne crois pas. En tout cas, pas dans la journée. Mais je vais demander à Myra. Elle était dans l'équipe de nuit.

Mary Lou décrocha son téléphone pour appeler son employée.

— Myra, aurais-tu vu Suzy Turner ou Julie Kane hier soir à la cafétéria ?

Il y eut une pause.

— Non ? Bien. Merci.

Elle raccrocha et se tourna vers Amanda.

— Elle dit que non.

Amanda se sentait perdue. Si le message était un piège, le tueur avait dû enlever les deux jeunes femmes avant qu'elles n'entrent dans la cafétéria.

Mais comment avait-il fait pour les forcer à le suivre ?

Et où les avait-il emmenées ?

Dès que Justin revint au comptoir, la serveuse déposa sa commande devant lui. Amanda arriva au même moment et s'empara avec précipitation du verre d'eau.

— Suzy et Julie ne sont pas venues hier, annonça-t-elle après s'être désaltérée.

Justin lui fit signe de s'asseoir.

— J'ai vérifié les lieux au cas où, mais je n'ai rien vu.

Le soulagement détendit les traits d'Amanda. Elle se hissa sur le tabouret et se saisit avec empressement du burger.

— J'ai repensé à la possibilité d'un tueur au féminin. Nous devons parler à la psychologue du lycée et à la coach des pom-pom girls.

— Mangez. On verra cela après.

Ils avalèrent leur repas à toute allure, et Justin tendit la main vers l'addition. Amanda fit la même chose au même moment, et leurs doigts se touchèrent.

Justin ressentit comme une décharge électrique dans tout le bras, et posa les yeux sur ses lèvres, les sens agacés par le souvenir de leur baiser.

— C'est pour moi, dit-il, d'une voix un rien plus brusque qu'il ne l'aurait voulu.

Elle retira sa main.

— Comme vous voulez. Je vous attends à la voiture.

En attendant que Justin la rejoigne, Amanda avait appelé Debbie Anderson, et celle-ci avait accepté de les recevoir en dépit de l'heure tardive.

Un silence tendu plana dans la voiture pendant les dix minutes du trajet à travers les rues désertes, sans qu'Amanda parvienne à déterminer si la tension était due à l'attirance grandissante entre Justin et elle, ou aux difficultés de l'enquête.

Une femme athlétique, vêtue d'un survêtement, les cheveux blond cendré coupés court, leur ouvrit. Quelques minutes après, ils étaient assis à une table de cuisine en Formica, avec une tasse de café devant eux.

— Que puis-je faire pour vous ? demanda Debbie.
— C'est au sujet de la mort de Kelly.

Amanda lui fit part des informations dont ils disposaient sur les cas de personnes disparues, ainsi que leurs spéculations au sujet de Donald Reisling et de son père.

— Tout notre raisonnement était bâti sur le postulat que le tueur était un homme, expliqua Justin. Mais j'ai vu une femme déguisée en employée de ménage entrer dans l'appartement de Suzy Turner la nuit dernière. Nous envisageons donc à présent que le coupable soit une femme.

— Je ne comprends toujours pas en quoi je peux vous aider.

— Nous avons établi un lien entre les disparitions et la réunion des anciens du lycée, poursuivit Justin. Nous nous intéressons donc de près aux élèves de cette classe et à leurs éventuels ennemis.

— Une photo de l'équipe des pom-pom girls remontant à dix ans a été découverte dans l'ordinateur de Suzy, ajouta Amanda. Ça m'a fait penser qu'une fille qui n'aurait pas été acceptée dans l'équipe aurait pu développer une haine tenace contre les autres membres.

— Vous voyez quelqu'un qui pourrait correspondre à la description ? demanda Justin entre deux gorgées de café.

Debbie eut une mimique pour exprimer son ignorance.

— Vous savez, on refuse des candidates tous les ans. Ce n'est pas facile pour moi de me rappeler toutes les filles.

Elle se leva et se dirigea vers la bibliothèque, dont elle sortit un annuaire scolaire qu'elle se mit à feuilleter.

— Je ne vois pas qui pourrait tuer pour cette raison…

— Il s'agit probablement de quelqu'un qui avait déjà des problèmes émotionnels, expliqua Amanda. Une fille avec une vie de famille compliquée et une mauvaise estime de soi.

Debbie revint s'asseoir, et continua à tourner les pages. Elle s'arrêta sur une photo de l'équipe prise lors d'une répétition, et scruta les adolescentes rassemblées sur les gradins.

Son index s'arrêta sur une brune un peu boulotte au second rang, affublée de grosses lunettes et d'un appareil dentaire.

— Je me souviens d'avoir éliminé cette fille le premier jour des sélections. Bernadette Willis. La pauvre petite n'avait aucune coordination.

Ou elle n'était pas assez jolie, songea Justin.

— Comment a-t-elle pris le refus ?

— Elle semblait déçue, mais pas plus que les autres filles qui n'avaient pas été retenues.

— Qu'est-ce qui fait que vous vous êtes souvenue d'elle ? voulut savoir Justin.

— Eh bien… il y avait des rumeurs de violences conjugales à propos de son père, qui avait quitté sa famille cette année-là. La mère était alcoolique, et elle s'est tuée dans un accident de voiture quelques semaines après le départ de son mari. On n'a jamais su si c'était un suicide ou un accident. Après ça, Bernie a dû aller dans un foyer pour adolescents.

Cette nouvelle arracha un soupir de compassion à Amanda.

— Toute sa vie s'est effondrée, puis elle s'est trouvée happée par le système. Sans compter ce qui a dû lui arriver dans ce foyer…

Amanda faisait un effort pour se rappeler si Bernadette Williams et elle avaient partagé certains cours. Peut-être la chimie ou les mathématiques ? Elle se souvenait vaguement d'une fille repliée sur elle-même, en proie de temps en temps à des crises de colère.

Il fallait absolument qu'elle ait un entretien avec la psychologue scolaire, ainsi qu'avec l'assistante qui avait suivi le placement de Bernie en foyer. Si cette dernière souffrait de dépression, cela pouvait expliquer son besoin de vengeance.

Le téléphone d'Amanda vibra, provoquant en elle une immédiate sensation de crainte.

Elle vérifia le numéro qui s'affichait à l'écran, et son mauvais pressentiment s'amplifia.

— Shérif Blair.

— Shérif, c'est Eileen Faust. Vous devez venir immédiatement à la salle des fêtes.
— Que se passe-t-il, madame Faust ?
— Suzy Turner... Je viens de la trouver et...
Un long gémissement résonna à l'autre bout de la ligne.
— Oh ! Amanda... elle est morte.

17

— Nous devons y aller, Justin. C'était la mère de Lynn Faust. Elle a découvert le cadavre de Suzy Turner à la salle des fêtes.

Debbie poussa un petit cri, tout en croisant les mains sur son cœur. Justin se leva, la mâchoire crispée.

— Appelez-moi si quelque chose vous revient, lança Amanda par-dessus son épaule, tandis qu'ils se précipitaient vers la porte.

La nouvelle de la mort de Suzy l'avait abasourdie.

Combien de femmes encore devraient mourir avant qu'elle n'arrête ce psychopathe ?

Une rafale de vent glacé la frappa de plein fouet, charriant une odeur de pluie. D'une main tremblante, elle tendit les clés à Justin.

— Vous conduisez. Je vais essayer de joindre Julie et Lynn.

Pour une fois, Amanda était heureuse de pouvoir se reposer sur quelqu'un. Elle se sentait toute petite, vulnérable… et en situation d'échec.

Les émotions se bousculaient en elle, menaçant de rompre les digues.

Mais elle devait garder le contrôle. Quand elle aurait arrêté le coupable — homme ou femme —, alors elle aurait le droit de s'effondrer.

Pendant que Justin manœuvrait à travers le lotissement et rejoignait la route qui menait en ville, Amanda prévint son adjoint d'envoyer une unité scientifique et le légiste à la salle des fêtes, puis elle composa le numéro de Julie.

Comme elle le craignait, personne ne répondit et elle laissa un message. Le même scénario se reproduisit avec Lynn.

La salle des fêtes se profilait à quelque distance, et elle la désigna à Justin. Il se gara, coupa le moteur, et se tourna vers elle.

— Si vous voulez, je peux m'en occuper. Je comprends très bien que vous vous sentiez proche de ces femmes et de leur famille, et que cette enquête vous bouleverse.

Les larmes brûlaient l'intérieur des paupières d'Amanda, mais elle les refoula. La dernière fois qu'elle avait pleuré, c'était aux funérailles de son père. Elle ne pouvait pas craquer maintenant.

— Justement, c'est parce que je les connaissais que je dois arrêter cette folie, répondit-elle.

Justin pestait intérieurement contre lui-même alors qu'il refermait la portière de la voiture de patrouille. Amanda se faisait des reproches, mais la mort de Suzy était autant sa faute que la sienne.

Depuis le temps, il aurait dû deviner qui était le coupable. Au lieu de quoi, il avait l'impression de courir plusieurs lièvres à la fois : Terry Sumter, Donald Reisling et son père, le frère de Carlton Butts et maintenant cette Bernadette Willis.

Le fait qu'Amanda n'ait pas réussi à entrer en contact avec Julie ou Lynn signifiait peut-être qu'elles étaient déjà en danger.

Mortes, éventuellement. Et ce alors qu'il était supposé assurer la sécurité dans cette ville.

Alors qu'ils approchaient de l'immeuble, Amanda se redressa et se composa un visage impassible.

Une femme entre deux âges, vêtue d'une jupe grise et d'un pull blanc se précipita à leur rencontre, le visage dévasté par l'horreur et les larmes.

— Amanda, c'est tellement affreux, cria-t-elle. Cette pauvre Suzy.

Amanda prit le temps de la réconforter avant de l'interroger.

— Quand l'avez-vous trouvée ?

— Juste avant de vous appeler. Mais qu'arrive-t-il à cette ville ? D'abord Kelly Lambert, et maintenant Suzy ! Et cette horrible mise en scène à l'école… Qui peut faire ça ?

— Nous faisons tout ce que nous pouvons pour le découvrir, assura Amanda avec fermeté.

— Comment le tueur est-il entré dans l'immeuble ? demanda Justin.

— Je n'en sais rien. Je suis passée déposer des arrangements floraux pour la réception que nous avons demain.

— Quel genre de réception ?

— Disons que c'est un événement mère-fille. Il est organisé tous les ans par les mères du country-club.

— Donc, toutes les filles du lycée ne sont pas invitées ? demanda Amanda. Seulement celles dont les parents sont membres du country-club.

— C'est exact. Mais pourquoi cette question ? Cela signifie-t-il quelque chose ?

— Cela veut dire que la personne qui a déposé le corps de Suzy ici a choisi cet endroit pour faire passer un message, comme pour le lycée.

— Parce qu'il ou elle se sent rejeté du groupe, compléta Amanda.

— Restez avec elle, dit Justin à Amanda. Je vais aller examiner la scène de crime. Vous m'enverrez le légiste et l'équipe scientifique dès qu'ils arriveront.

Si l'extérieur de l'immeuble était assez quelconque, la décoration intérieure était des plus luxueuses. De grandes tables rondes couvertes de nappes blanches occupaient l'espace. Des bouquets de roses blanches et roses en ornaient le centre. Porcelaine et argenterie y étaient en bonne place. Des serviettes roses nouées par un lien de dentelle étaient déposées sur les assiettes.

Il se dégageait de l'ensemble une impression formelle et classique que n'auraient pas manqué d'apprécier les femmes du monde, s'il n'y avait eu ce cadavre installé en position assise dans un fauteuil de velours vert posé sur l'estrade.

Justin n'avait jamais vu Suzy Turner en personne, mais sur ses photos c'était une très jolie fille. A présent, les yeux verts étaient grands ouverts, pétrifiés de terreur, et sa peau originellement mate avait la pâleur de l'ivoire.

Il tira des gants de sa poche et se pencha vers elle, frappé par une vague de colère et de tristesse. Suzy Turner avait peut-être commis des erreurs en tant qu'adolescente, elle avait peut-être fait souffrir un ou une de ses camarades, mais elle ne méritait pas de finir ainsi.

Refoulant ses émotions, il s'agenouilla et examina son cou. Le même type de marque que pour les autres victimes indiquait qu'elle avait été étranglée avec une ceinture d'homme. Ses vêtements et sa chevelure étaient en désordre, une conséquence sans doute du déplacement de son corps par le tueur, mais une fois encore il n'y avait pas de preuve visible d'agression sexuelle.

Le cœur battant, il vérifia ses mains. L'une était posée sur sa poitrine, comme si le tueur l'avait placée ainsi. L'autre pendait sur le côté, paume ouverte.

Il se servit de son téléphone portable pour prendre quelques clichés de la position exacte du corps, puis il se saisit de la main posée sur le cœur et déplia doucement les doigts.

Comme il s'y attendait, une chevalière se trouvait à l'intérieur. Il la souleva vers la lumière pour déchiffrer les initiales.

JK — Julie Kane.

Etait-ce une façon de leur faire comprendre que Julie Kane serait la prochaine ?

Amanda avait l'impression de ressentir physiquement l'horreur exprimée par Eileen Faust.

— Ecoutez-moi, dit-elle patiemment. Je sais que ce n'est pas facile pour vous, mais j'ai besoin que vous m'aidiez. Avez-vous remarqué quelque chose qui sortait de l'ordinaire quand vous êtes arrivée ? Une fenêtre ouverte ? Une serrure fracturée ? Une voiture quittant les lieux ?

— Non, non, murmura Eileen. Le parking était vide. Je ne sais pas comment le tueur est entré.

— Avez-vous touché à quelque chose ?

— La porte... le comptoir de la cuisine, dans l'arrière-salle...

Le front plissé, elle fit un effort de réflexion.

— Le robinet, quand j'ai pris de l'eau pour les fleurs... Et, ensuite, j'ai trouvé Suzy.

Elle prit le bras d'Amanda.

— Est-ce que sa mère a été prévenue ?

— Pas encore. Je vais demander à mon adjoint de s'en charger pendant que le sergent Thorpe et moi enquêtons sur place. Mais je dois vous demander autre chose.

La peur s'intensifia sur les traits d'Eileen.

— Quoi ?

— Avez-vous été en contact avec Lynn aujourd'hui ?

Eileen secoua la tête.

— Non. Nous nous sommes parlé hier. Elle voulait s'acheter une robe pour le bal de samedi soir, et ensuite elle devait retrouver Suzy.

Elle comprit soudain et poussa un petit cri.

— Mon Dieu, non...

Ses jambes flageolèrent, et Amanda la retint avant qu'elle ne s'effondre. Elle l'aida à s'asseoir sur les marches du perron et l'engagea à prendre de profondes respirations.

Mais les ongles d'Eileen s'enfonçaient dans son bras.

— Vous pensez que ce fou a enlevé ma fille ?

— Je ne sais pas, mais je n'ai pas réussi à joindre Lynn. Avez-vous une idée de l'endroit où elle pourrait être ?

— Elle est descendue à l'hôtel. Des amies devaient arriver cette nuit, et elles voulaient être ensemble. C'était l'idée de Julie.

La voix d'Eileen se brisa.

— Lynn disait que ce serait comme autrefois : une virée entre copines...

— Continuez à essayer de l'appeler, et prévenez-moi si vous avez des nouvelles. Ses amies et elle sont peut-être allées dîner ou voir un spectacle…

Amanda aurait aimé que ce soit vrai, mais son instinct lui disait que ce n'était pas le cas.

— Vous souvenez-vous d'une ancienne camarade de classe du nom de Bernadette Willis ?

Eileen eut une moue réprobatrice.

— Sa mère était une alcoolique. Et un jour quelqu'un m'a dit que la fille était complètement folle. Avant qu'ils emménagent ici, elle avait été internée dans une sorte de centre pour jeunes délinquants parce qu'elle avait essayé de tuer sa mère.

Justin avait accueilli l'équipe scientifique, et la découverte du corps de Suzy les avait autant surpris qu'il l'avait lui-même été.

— Comment le tueur a-t-il pu entrer ici sans que personne ne voie ou n'entende quoi que ce soit ? demanda le lieutenant Gibbons. Le bâtiment est au beau milieu de la ville.

Justin avait déjà vérifié les accès.

— Il y a une porte de service qui donne sur le parking. Notre homme a dû attendre là qu'il fasse nuit. Il n'y a ni caméra de surveillance ni alarme.

C'était inconcevable pour un endroit qui accueillait des événements publics. Mais on était dans une petite ville où tout le monde se connaissait, et la municipalité devait probablement penser qu'il n'y avait aucun danger.

— Regardez attentivement, dit Justin. Même un cheveu pourrait nous aider à coincer ce psychopathe. Et gardez à l'esprit que nous cherchons peut-être une femme.

— Qu'est-ce qui vous le fait penser ? demanda le Dr Sagebrush.

Justin lui parla de Bernadette Willis et de la femme de ménage dans l'appartement de Suzy.

Tandis que l'équipe scientifique se mettait au travail, Amanda rejoignit Justin, le visage sombre.

En découvrant le corps de Suzy, elle ne put s'empêcher de

détourner les yeux, mais Justin eut le temps d'y voir briller des larmes.

— Elle a été étranglée ? demanda-t-elle.

— Le mode opératoire est le même que pour Kelly et Tina. La bague dans sa main appartient à Julie Kane.

— Lynn et Julie étaient descendues au Sunset Mesa Inn. Eileen Faust n'a pas eu de nouvelles de sa fille depuis hier.

— Vous avez parlé au directeur de l'hôtel ?

— J'allais le faire. Et mon prochain appel sera pour la psychologue scolaire.

Un des techniciens scientifiques leur fit signe qu'il avait trouvé quelque chose. Justin s'empressa de le rejoindre, tandis qu'Amanda passait ses appels téléphoniques.

L'homme brandit un long cheveu brun tenu par une pince à épiler.

— La victime est blonde, et ce cheveu pourrait appartenir à l'agresseur : une femme à en juger par la longueur.

Justin se refusa à crier victoire. Des quantités de gens avaient foulé les lieux : employés, prestataires de services, invités… la liste était longue.

— N'oubliez pas d'inspecter les murs, recommanda-t-il. Si notre tueur est bien une femme, elle a dû traîner le corps à l'intérieur. A un moment ou à un autre, elle a pu prendre appui contre le mur ou ailleurs.

Amanda revint, son téléphone à la main.

— Ni Lynn ni Julie ne se sont présentées à l'hôtel hier soir. J'ai demandé à mon adjoint de fouiller les chambres qu'elles occupaient.

— Je peux faire tracer leurs téléphones, suggéra Justin.

Tandis qu'ils retournaient en hâte à la voiture, Justin appela son supérieur. Cette fois, ce fut Amanda qui prit le volant et, dix minutes plus tard ils étaient assis dans le salon de Faye Romily, la psychologue scolaire.

— Je ne comprends pas en quoi je peux vous aider, dit-elle.

Amanda expliqua le lien qu'ils avaient établi entre les disparitions et les victimes les plus récentes.

— Vous pensez vraiment qu'une de nos anciennes élèves est derrière tout cela à cause d'une jalousie profondément ancrée ? demanda Faye.

— Le coupable est forcément instable mentalement, expliqua Justin. La réunion des anciens a été un accélérateur de la colère qui le rongeait depuis des années, et il est passé à la vitesse supérieure dans l'exécution de ses crimes.

— Debbie Anderson nous a dit que Bernadette Willis n'avait pas été acceptée dans l'équipe des pom-pom girls, il y a dix ans, et qu'elle souffrait de troubles du comportement, remarqua Amanda.

Le visage de Faye se ferma.

— Amanda, vous savez que je ne peux pas parler des séances que j'ai eues avec aucun des élèves. C'est confidentiel.

Amanda soupira, presque résignée, mais Justin insista.

— Madame Romily, nous avons des raisons de croire que deux autres jeunes femmes ont disparu. Si le suspect suit son schéma habituel, il est hélas fort probable qu'elles soient déjà mortes. Nous n'avons pas le temps d'attendre une commission rogatoire.

— Je vous en prie, Faye, plaida Amanda. Vous n'avez pas à divulguer les détails. Dites-nous seulement si Bernadette était instable psychologiquement.

La psychologue prit une profonde inspiration, avant de répondre par l'affirmative.

— Pensiez-vous qu'elle était dangereuse ?

— Je ne voudrais pas…

Justin reprit la parole.

— A-t-elle proféré des menaces contre une de ses camarades ?

La psychologue grimaça et détourna le regard.

— C'était une jeune fille mal dans sa peau, avec un comportement parfois agressif. J'ai voulu savoir ce qu'elle était devenue après avoir quitté le lycée, et j'ai appris qu'elle avait été internée quelque temps.

— Vous vous rappelez le nom de l'hôpital ou du centre de cure ?

Faye hésita un moment et finit par griffonner une adresse.

Amanda lança un regard inquiet à Justin. Ils avaient tous les deux conscience que le temps leur filait entre les doigts comme du sable.

— Je vais les appeler, déclara Justin. Ils pourront peut-être m'en apprendre plus sur sa personnalité, et me dire où elle vit maintenant.

Le téléphone d'Amanda vibrait, et elle consulta le numéro qui s'affichait.

— C'est le maire. Je vais lui demander d'organiser une conférence de presse pour demain matin. Je pense qu'il est temps d'informer tout le monde qu'un tueur en série sévit en ville.

Tandis qu'elle s'écartait pour prendre l'appel, Justin composait sur son téléphone le numéro de l'hôpital psychiatrique.

Combien d'autres femmes encore allaient perdre la vie avant qu'ils ne parviennent à mettre un terme aux agissements de ce monstre ?

18

Justin pressa le bouton de fin d'appel et jura entre ses dents.
— La réceptionniste de l'hôpital ne veut rien me dire à propos de Bernadette. Secret médical.
— Allons sur place. Peut-être pourrons-nous parler avec un médecin. En attendant, je demande une commission rogatoire.
Tout en grinçant des dents, Justin prit le volant et roula à toute allure vers l'hôpital, tandis qu'Amanda négociait au téléphone avec un juge.
— Oui, monsieur le juge, je vous le répète : deux autres femmes ont disparu, et nous craignons qu'elles ne soient tuées dans les heures qui viennent. Chaque minute compte.
Il y eut une pause, puis Amanda le remercia et raccrocha.
— Il va le signer. Au fait, je ne vous ai pas dit que la conférence de presse a été fixée à demain matin 10 heures.
— Avec un peu de chance, nous aurons peut-être arrêté le coupable d'ici là, et nous pourrons annoncer la bonne nouvelle.
Amanda fit rouler ses épaules pour tenter d'en évacuer la tension.
— Espérons…

Dix minutes plus tard, ils se garaient devant un bâtiment en béton à l'allure de blockhaus, construit en retrait de la route et entouré de hautes clôtures électrifiées.
— On dirait une prison, marmonna Justin.
— C'est le seul établissement spécialisé dans les maladies

mentales à une centaine de kilomètres à la ronde. Je suppose qu'ils ont des cas dangereux.

— Comme celui de Bernadette ?

Elle haussa les épaules, et ils s'identifièrent au poste de garde, puis ils se garèrent dans le parking visiteurs. En dehors de quelques voitures dans la zone réservée aux employés, l'endroit était désert.

A l'intérieur, la sensation d'abandon était encore plus flagrante. Le bâtiment mal entretenu sentait le vieux, les produits antiseptiques, la maladie et le désespoir.

Amanda adopta une attitude ferme et autoritaire pour s'adresser à la réceptionniste qui les toisait derrière ses lunettes à verres épais.

— Nous attendons l'accord du juge Stone pour accéder au dossier de Bernadette Willis. En attendant, je veux parler au directeur de l'établissement, ainsi qu'au médecin qui a suivi Bernadette.

L'employée décrocha son téléphone de mauvaise grâce pour prévenir le directeur, puis elle passa un appel au micro à l'attention du Dr Herbert.

Le directeur, un homme corpulent, portant une courte barbe blanche fut le premier à se présenter. Le Dr Herbert, silhouette filiforme, calvitie prononcée et lunettes à monture d'acier, les rejoignit quelques instants plus tard.

Après qu'Amanda eut expliqué la raison de leur visite, la discussion se poursuivit dans le bureau du directeur.

— Nous devons en savoir le plus possible sur Bernadette, précisa Amanda. Quel était son diagnostic ?

Le directeur contourna son bureau, se laissa tomber dans son fauteuil de cuir et, se renversant sur son dossier d'un air suffisant, lui répondit d'un ton sans appel :

— Vous savez que je n'ai pas le droit de divulguer des informations sur l'état de mes patients.

— Nous enquêtons sur une série de disparitions, leur rappela Justin d'un ton sombre. Trois jeunes femmes au moins sont déjà mortes. Si Bernadette a montré des signes de violence ou a proféré des menaces contre elles, vous pourrez être tenus pour responsable de leur mort.

Le médecin et le directeur échangèrent des regards catastrophés, puis le médecin, qui était resté debout, se décida à répondre, en agitant nerveusement les mains au fond des poches de sa blouse blanche.

— Bernadette souffrait de troubles bipolaires quand je l'ai traitée. Et, oui, il est vrai qu'elle a exprimé de la haine envers plusieurs adolescentes de sa classe, des filles qui la tenaient à l'écart et se moquaient d'elle. Mais, pour autant que je sache, elle n'est jamais passée à l'action. Toutefois…

Il s'interrompit, et Justin et Amanda attendirent la suite.

— Nous vous écoutons, l'encouragea finalement Justin.

Le médecin soupira.

— Elle a attaqué une de nos patientes pendant qu'elle séjournait parmi nous.

— Qu'entendez-vous par « attaquer » ? demanda Amanda. Que s'est-il passé exactement ?

— Elle a essayé de l'étrangler.

Amanda sentit déferler une brusque poussée d'adrénaline, tandis que l'espoir renaissait.

— Qu'avez-vous fait ?

— Nous avons réévalué son cas et changé ses médicaments. Elle a suivi une thérapie intensive, et elle a pu quitter notre établissement l'année suivante.

— Où est-elle allée ? s'enquit Justin.

Herbert questionna du regard le directeur, qui lui fit signe de poursuivre.

— Je l'ai envoyée dans un foyer pour jeunes femmes en difficulté, de façon à ce qu'elle puisse consolider sa guérison par une thérapie de groupe.

— Comment s'appelle cet endroit ?

— Hopewell House.

— Avez-vous continué à prendre de ses nouvelles ? voulut savoir Justin.

— Oui, mais elle est partie au bout de quelques semaines, et personne ne sait ce qu'elle est devenue.

— Vous devriez essayer du côté de sa tante, leur conseilla le directeur. Elle lui a rendu visite ici une fois, mais elle estimait être trop âgée pour s'occuper de Bernadette à temps complet.

— Vous avez son adresse ? demanda Amanda.

— Je ne suis pas supposé vous la donner.

— Vous voulez que d'autres femmes soient assassinées ? s'écria brutalement Justin.

L'homme passa une main sur sa barbe, puis il pianota sur son clavier d'ordinateur et griffonna l'information sur un bloc-notes.

— Merci pour votre aide, dit Amanda, en échangeant une poignée de main avec les deux hommes. Si vous pensez à quoi que ce soit qui pourrait nous aider, appelez-moi.

La brume, que les phares peinaient à traverser, donnait un aspect fantomatique et désolé à l'étroit et sinueux chemin de terre où ils venaient de s'engager. La voiture tressautait dans les ornières, mettant leur dos à rude épreuve.

La tante de Bernie vivait-elle vraiment là — toute seule ?

Finalement, le chemin déboucha sur un terrain en friche où était installé un mobil-home délabré. Attaché à sa niche par une chaîne, un chien efflanqué au poil miteux releva à peine la tête en les voyant approcher.

Un invraisemblable fatras digne d'une décharge encombrait les abords de l'habitation. Sur le côté, une corde à linge exposait une collection de jeans usés jusqu'à la corde, de T-shirts délavés et de robes d'intérieur en Nylon à gosses fleurs ou à motifs géométriques criards.

— Comment s'appelle la tante ? demanda Justin, tandis qu'ils avançaient vers la porte.

— Oda Mae Willis. C'est la sœur du père de Bernie. J'ai entendu dire que c'était une excentrique.

Trois chats étaient couchés sur les marches et le plancher en lattes disjointes du perron. Lorsque Amanda frappa à la porte, des feulements de chats qui se battaient résonnèrent à l'intérieur. Un remue-ménage s'ensuivit, puis une femme corpulente aux cheveux gris en bataille leur ouvrit. Elle portait une robe d'hôtesse à gros motifs bariolés et empestait la cigarette.

— Qu'est-ce que vous voulez ? s'enquit-elle, après qu'Amanda se fut présentée.

— Vous poser quelques questions à propos de votre nièce. Est-elle avec vous ?

— Fichtre non ! J'ai dit à ces gens de l'hôpital que je ne pouvais pas m'en occuper. Cette gamine a trop de problèmes.

— L'avez-vous vue, ou lui avez-vous parlé récemment ?

— Je n'avais pas eu de nouvelles pendant des années, jusqu'à ce qu'elle débarque ici, il y a quelques jours pour cette réunion. Elle voulait montrer ce qu'elle avait réussi à faire de sa vie à tous ces gamins qui avaient été méchants avec elle.

— Que voulait-elle leur montrer ? interrogea Justin.

— Du diable si je le sais ! Mais elle avait une mauvaise lueur dans l'œil, comme le soir où je l'ai envoyée à l'hôpital.

— C'est vous qui avez demandé son internement ? s'étonna Amanda.

Oda Mae hocha la tête avec vigueur.

— Je n'avais pas le choix. Elle avait étranglé un de mes chats.

Le pouls d'Amanda s'accéléra. Tuer des animaux trahissait un comportement sociopathe, et l'on retrouvait cette déviance chez presque tous les tueurs en série.

— Si Bernadette n'est pas chez sa tante, où peut-elle être ? demanda Justin lorsqu'ils furent de retour à la voiture.

Amanda se massa la tempe et tourna la clé de contact.

— Sans doute à l'hôtel. Le Sunset Mesa Inn est le plus fréquenté, mais il y a aussi le Canyon Resort Motel à la sortie de la ville.

— Je fais une recherche de numéros et je les appelle, dit Justin.

Le premier appel déboucha sur une impasse, mais la réceptionniste qui répondit au motel confirma que Bernadette Willis occupait la chambre 12.

Amanda bifurqua pour revenir sur la route principale. Cinq kilomètres après le panneau de sortie de ville, un long bâtiment en pisé couleur orange brûlée leur apparut, au milieu d'un paysage désertique de terre ocre et de cactus. Amanda se gara en biais devant le bureau de la réception, et ils se ruèrent à l'intérieur, dégainant leurs insignes.

La frêle vieille dame qui se tenait derrière le comptoir semblait avoir cent ans.

— Que se passe-t-il, shérif ?
— Nous devons parler à Bernadette Willis.
— Mais elle n'est pas là. Je l'ai vue partir ce matin.
— Vous pouvez nous donner la clé de sa chambre ?
— Je ne crois pas être autorisée à le faire.
— Ecoutez, il faut absolument que nous y entrions, insista Justin. Nous pensons qu'elle pourrait être en danger.

L'air apeuré, la réceptionniste se tourna vers le tableau derrière elle et décrocha une clé. Sa main osseuse et parsemée de taches de vieillesse tremblait quand elle la tendit à Amanda.

Justin ouvrit la voie le long de la longue coursive desservant les chambres. Il frappa, s'identifia puis, n'obtenant pas de réponse il entra.

La pièce était plongée dans l'obscurité, et il actionna l'interrupteur du plafonnier à côté de la porte. Le lit était défait. Une serviette de toilette tire-bouchonnée y avait été abandonnée. Un sac de voyage gisait béant à terre.

— Bernadette ? appela Amanda, tandis qu'elle contournait Justin pour aller vérifier la salle de bains.

La pièce était vide.

Justin fouilla le sac de voyage et y trouva la même photo de l'équipe des pom-pom girls que celle qui figurait sur l'ordinateur de Suzy.

Bernadette avait dessiné de grandes croix noires sur le visage de chaque fille.

Le téléphone d'Amanda vibra, et elle le détacha de sa ceinture.

— Shérif Blair.

Elle marqua une courte pause.

— D'accord. Nous arrivons tout de suite.

— Quoi ? demanda Justin.

— C'est Dolores, la réceptionniste du Sunset Mesa Inn. Bernadette s'y trouve en ce moment même.

Amanda roulait à tombeau ouvert, sirène hurlante. Elle contourna à la dernière minute un tracteur qui commençait à s'engager hors d'un chemin transversal et ne ralentit qu'aux abords de la ville.

Toutes ses pensées allaient à Lynn et Julie. Allaient-elles bien ? Peut-être avaient-elles simplement décidé de faire une virée hors de la ville, s'amusant tellement qu'elles ne pensaient pas à donner de nouvelles à leurs proches ?

L'autre possibilité était trop dérangeante car elle signifiait qu'elles étaient probablement déjà mortes.

Peu avant d'arriver aux abords de l'hôtel, Amanda coupa la sirène et ralentit.

Justin désigna un 4x4 noir de l'autre côté de la rue.

— Regardez cette voiture. Il y a une femme brune à l'intérieur.

Amanda continua sa route l'air de rien et se gara un peu plus loin.

En silence, ils se glissèrent hors de la voiture, arme à la main, et revinrent à pas mesurés vers le 4x4, avant de l'encercler.

Mais Bernadette avait perçu leur déplacement dans le rétroviseur et elle démarra aussitôt.

Amanda dut faire un écart pour ne pas être renversée.

— Police ! Arrêtez-vous ! cria vainement Justin.

Ils retournèrent en courant à la voiture de patrouille, et Amanda démarra dans un crissement de pneus. Pied au plancher, elle se lança à la poursuite du 4x4.

Sur la route menant au motel, une voiture jaillit brusquement d'un chemin transversal et Bernadette donna un coup de volant brutal pour l'éviter. Le haut véhicule tout-terrain se mit à tanguer, les freins crissèrent, les roues se bloquèrent, et il finit sa course dans le fossé.

Amanda retint son souffle. Si Bernadette mourait là sur cette route de campagne, ils ne retrouveraient probablement jamais les autres femmes disparues.

19

Le temps qu'Amanda se gare et qu'ils descendent de voiture, de la fumée s'échappait du capot du 4x4. Justin fut le premier à atteindre le côté conducteur.

Il ouvrit la portière et sortit Bernadette du véhicule. Elle avait du sang sur la tempe et à la commissure des lèvres, et ses yeux étaient vitreux. Un effet du choc, ou de la drogue ?

Il l'étendit sur bas-côté et vérifia son pouls.

Amanda s'empara de son téléphone.

— J'appelle une ambulance.

Après avoir communiqué leur position au régulateur, elle vint s'accroupir à côté de Bernadette.

— Comment est-elle ?

— Le pouls est faible et instable, et elle est en état de choc. Mais l'airbag a fonctionné, et elle devrait s'en sortir.

Amanda remarqua aussitôt la différence entre l'adolescente qu'elle avait connue et la séduisante jeune femme d'aujourd'hui. Le nez épais et bosselé avait disparu, remplacé par un adorable nez en trompette. Les pommettes avaient été rehaussées, les lèvres gonflées et elle ne portait plus de lunettes. La silhouette était fine, les jambes galbées, la poitrine haute et ferme. Bref, elle était devenue une beauté capable de faire tourner la tête de tous les hommes.

Etait-cela qu'elle voulait montrer aux autres ?

— Bernadette ? dit Amanda, en lui prenant la main. Est-ce que vous m'entendez ?

La jeune femme marmonna, battit des paupières, puis la panique envahit ses yeux.

— Vous avez eu un accident, expliqua Amanda. L'ambulance arrive.

Bernadette porta la main à son visage, comme pour s'assurer que l'œuvre du chirurgien esthétique n'avait pas été détruite.

— Tout va bien, la rassura Justin. Vous n'êtes pas blessée.

— Pourquoi vous-êtes-vous enfuie ? s'enquit Amanda.

Les lèvres de Bernadette tremblèrent, mais pas un mot n'en sortit.

— Que faisiez-vous devant l'hôtel ? insista Amanda. Cherchiez-vous à rencontrer Julie et Lynn ?

Bernadette toussa et grimaça en se tenant la poitrine.

— Elles n'ont pas voulu que j'y prenne une chambre, marmonna-t-elle d'une voix rauque. Ces stupides garces n'ont pas changé.

— C'est pour ça que vous les avez fait disparaître au fil des années ? demanda Justin.

Il n'obtint pas de réponse.

— Avez-vous tué Kelly Lambert et Suzy Turner ?

— Elles méritaient de mourir, siffla Bernadette entre ses dents serrées. Toutes. Elles n'ont eu que ce qu'elles méritaient.

L'ambulance s'arrêta à proximité, et deux secouristes en jaillirent.

— Cette femme est une suspecte dans un homicide, et je dois l'accompagner, déclara Justin.

Pendant que les deux hommes vérifiaient l'état de la blessée et plaçaient une minerve autour de son cou avant de la hisser sur le brancard, il s'adressa à Amanda.

— Vous me retrouvez à l'hôpital ?

Elle acquiesça, l'air soucieux.

— Je vais fouiller sa voiture et essayer de trouver son numéro de téléphone.

Justin monta à l'arrière de l'ambulance, en espérant obtenir une confession de Bernadette durant le trajet.

Mais, à la minute où les portes du véhicule de secours se refermèrent, elle abaissa les paupières et sombra dans le mutisme.

— Bernadette, dit-il avec une patience qu'il était loin d'éprouver, si vous avez enlevé Julie Kane et Lynn Faust, et qu'elles sont toujours vivantes, vous devez me le dire. Ce sera beaucoup plus facile pour vous si nous les retrouvons en vie.

Elle ouvrit les yeux et le toisa froidement.

— Le procureur vous proposera un arrangement si elles reviennent saines et sauves, suggéra Justin. Et vous pourrez aller dans un institut psychiatrique plutôt que dans un pénitencier.

Un battement de paupières fut sa seule réponse.

— Pensez-y, insista Justin, tandis que l'ambulance s'engageait dans l'entrée des urgences. Une prise en charge médicale, ou une plongée en enfer...

Un sinistre rictus déforma les lèvres de Bernadette.

— Elles méritaient toutes de mourir, répéta-t-elle. Chacune d'entre elles.

Un gobelet de café à la main, Amanda et Justin prenaient leur mal en patience dans la salle d'attente des urgences.

La fouille de la voiture de Bernadette n'avait rien donné. Pas d'arme, ni aucun indice permettant de prouver qu'elle avait été en contact avec les disparues. Le numéro de ses deux dernières victimes présumées ne figurait pas dans la liste des appels de son téléphone. Mais elle pouvait les avoir effacés, et il faudrait attendre un relevé de ses communications pour en avoir le cœur net.

Un médecin s'approcha et s'éclaircit la gorge pour attirer leur attention.

— Elle n'a rien. L'ouverture de l'airbag a provoqué un choc, mais il n'y a pas de côtes cassées. Nous allons la garder une nuit en observation pour surveiller les risques de commotion cérébrale. Autre chose : nous avons fait une recherche de toxiques, et l'examen a révélé qu'elle prenait des médicaments utilisés dans le traitement des troubles bipolaires…

— Elle a été internée en psychiatrie pendant un temps, intervint Justin.

— Ça explique tout, dit le praticien. Vous connaissez le nom du médecin qui l'a suivie ?

Amanda lui donna l'information, et le prévint que Bernadette était en état d'arrestation.

— Je suis certaine que la cour ordonnera une évaluation psychiatrique, dit-elle. J'ai demandé à mon adjoint de rester devant sa porte toute la nuit, et demain elle sera placée en détention. Mais avant je veux lui parler.

— Malheureusement, c'est impossible pour le moment, dit le médecin. Elle est sous sédatifs.

Amanda pesta, les poings serrés.

— Il faut qu'elle se réveille et nous dise où sont Julie et Lynn.

Ce fut le moment que choisit Joe Morgan pour apparaître, mais sa jovialité naturelle ne parvint pas à dérider Amanda.

— Au rapport, shérif ! lança-t-il d'une voix tonitruante.

Amanda fit le point avec lui sur la situation.

— Veillez à ce qu'elle reste toujours menottée au lit. Et prévenez-moi si elle se réveille. Je veux l'interroger.

— Vous pouvez compter sur moi.

— Merci.

Justin vérifia sa montre au moment où ils quittaient l'hôpital.

Il était déjà presque minuit. Ils avaient travaillé non-stop depuis son arrivée en ville, et il commençait à ressentir les effets de l'épuisement.

En outre, une idée le taraudait, ne laissant aucun repos à son esprit.

Julie et Lynn manquaient toujours à l'appel, et il se demandait si Amanda figurait sur la liste des cibles à abattre.

Etait-elle en sécurité maintenant que Bernadette avait été neutralisée ?

Amanda avait fait une halte au poste de police afin que Justin puisse récupérer sa voiture, et il la suivait à présent jusque chez elle.

De gros nuages noirs s'accumulaient dans le ciel, masquant la lune, et s'accordaient à merveille aux sombres pensées qui l'agitaient.

Elle ne cessait de revivre en esprit les jours qui venaient de s'écouler et de revoir le visage des victimes.

Bernadette avait été assez maligne pour ne pas se faire piéger pendant toutes ces années, mais ils avaient enfin mis un terme à ses agissements, et la ville allait pouvoir recouvrer sa sérénité.

Toutefois, il fallait encore retrouver Julie et Lynn et les corps de ses autres victimes disparues.

Lasse et attristée, elle se gara et marcha jusqu'à sa porte, consciente de la présence de Justin derrière elle.

Elle s'arrêta en haut du perron, et son cœur fit un bond dans sa poitrine.

Une photo avait été punaisée sur sa porte, et un gros X tracé au feutre noir barrait son visage.

— Que diable… ? s'exclama Justin.

— C'est un message pour me faire comprendre que je serai la prochaine, balbutia Amanda, sous le choc.

Justin sortit une paire de gants de sa poche et détacha la photo.

— Si elle a laissé des empreintes, cela nous aidera à bâtir l'accusation.

— Nous l'enverrons au labo demain. Il faudra également faire le point avec eux et voir ce qu'ils ont trouvé à la salle des fêtes.

Même si Bernadette était sous bonne garde, Amanda sortit son arme avant de déverrouiller la porte.

Derrière elle, Justin fit la même chose, et ils entrèrent à pas de loup.

Tout semblait comme elle l'avait laissé, et pourtant elle eut l'impression que quelqu'un était entré chez elle.

Après avoir balayé du regard le salon et la cuisine ouverte, elle inspecta sa chambre et la salle de bains.

— Rien n'a l'air d'avoir été touché.

— Elle cherchait à vous narguer. Elle voulait que vous sachiez qu'elle vous observait.

— Elle avait l'intention de me tuer aussi. Pourtant, je n'ai jamais rien eu à voir avec les pom-pom girls. Je ne comprends pas…

Amanda semblait si vulnérable que Justin ne put résister à l'envie de la prendre dans ses bras.

— Bernadette est malade. Personne ne peut comprendre ni anticiper ce qui se passe dans sa tête.

Gentiment, il repoussa une mèche de cheveux derrière son oreille.

— Vous êtes très différente de ces adolescentes qui ont fait souffrir Bernadette. Vous le savez, n'est-ce pas ?

Elle soupira.

— J'aurais dû voir à quel point elle était perturbée. Les gens de cette ville comptaient sur moi pour résoudre cette affaire, et j'ai laissé la situation se dégrader sans rien faire.

Du plat de la main, Justin lui massa le dos pour la réconforter.

— Vous l'avez résolue. Bernadette est sous bonne garde, et nous aurons ses aveux demain matin.

Voyant qu'elle grimaçait, il lui souleva le menton du bout de son pouce.

— Non seulement vous avez fait du bon travail, mais vous avez fait preuve de compassion pour les victimes et leur famille. Tous les représentants de l'ordre n'en font pas autant.

Leurs regards se croisèrent, restèrent rivés l'un à l'autre, en un examen plein de curiosité réciproque.

Peu à peu, l'air se chargeait d'un désir alimenté par l'émotion, l'adrénaline et le danger — un désir qui leur fit oublier toutes leurs réserves.

Amanda fit le premier pas, posant la main sur sa joue, avant de se hisser sur la pointe des pieds pour effleurer ses lèvres des siennes.

Un feu violent embrasa les sens de Justin. Amanda était rude et tendre à la fois, forte et vulnérable, timide et audacieuse et cela se ressentait dans sa façon d'embrasser.

Une petite voix en lui l'enjoignait de mettre fin à cette folie, mais la semaine avait été fertile en un autre genre de folie, et il avait besoin de cet exutoire : une connexion physique chargée d'envie, de besoin et de passion.

Son baiser se fit conquérant, sensuel et, plaquée contre lui, les bras noués autour de son cou, Amanda y répondit avec la même fièvre que celle qu'il sentait couler dans ses veines.

Le vent soufflait dans leur dos, et il réalisa qu'ils avaient laissé la porte ouverte. Il la referma d'un coup de pied et laissa courir sa main le long de la hanche d'Amanda, jusqu'à ce que ses doigts effleurent le holster à sa ceinture.

Rejetant la tête en arrière, il l'interrogea du regard.

Avec un gémissement de frustration, elle défit rapidement les lanières qui retenaient l'étui de son arme et posa le tout sur la table basse. Justin l'imita sans tarder.

Devant la cheminée, l'épais tapis de laine semblait les appeler.

Glissant les mains dans les cheveux d'Amanda, de chaque côté de son visage, Justin l'embrassa de nouveau longuement, puis l'entraîna avec lui au sol.

Emportés par la passion, ils se dévêtirent mutuellement, et soudain ils furent étroitement enlacés, peau contre peau, bouche contre bouche, prêts à plonger dans un univers sans interdit.

Amanda avait perdu toute notion du temps et de l'espace. Seules comptaient les sensations que lui procurait ce sauvage corps à corps avec un homme qu'elle avait désiré dès le premier regard.

Haletante, le corps agité par des spasmes d'une intensité encore jamais atteinte, elle enfonça les doigts dans les épaules de Justin. Chaque terminaison nerveuse semblait électrifiée, revivifiée par l'érotisme de leur étreinte.

Tandis que le plaisir montait en elle, irrésistible, se déployant à l'infini, un tourbillon de couleurs explosa derrière ses paupières.

Jamais elle n'avait ressenti cela.

Mais quand le doute vint nuancer le plaisir, quand les sentiments qu'elle éprouvait pour Justin prirent le dessus, elle s'affola.

Elle ne pouvait pas être amoureuse de lui. Il ne vivait que pour son métier, exactement comme elle. Il pouvait mourir en service comme cela était arrivé à son père.

Et alors elle resterait seule de nouveau, abandonnée et brisée.

Son instinct la supplia d'arrêter immédiatement cette folie.

C'était sans doute la meilleure relation sexuelle qu'elle eut jamais expérimentée.

Mais c'était purement sexuel. Oui, voilà, ce n'était que ça.

Inutile de faire tout un drame de cette histoire. Ils avaient fait l'amour en toute connaissance de cause, et en prenant soin de se protéger.

Et il n'y avait rien de mal à faire l'amour. C'était même une excellente façon d'évacuer la tension.

Ils n'étaient pas des adolescents énamourés, mais des adultes consentants qui avaient ressenti l'envie de décompresser après une semaine éprouvante.

Demain, leur vie reprendrait son cours normal comme si rien ne s'était passé.

On était déjà vendredi.

Encore un jour avant la réunion.

Un jour avant que la ville comprenne qu'on ne pouvait pas rester les bras croisés pendant que des adolescents innocents se faisaient martyriser.

Ils croyaient peut-être que les mots ne pouvaient pas faire mal ?

Mais les mots pouvaient être cruels et trancher la chair jusqu'à l'os comme l'aurait fait un couteau.

L'anticipation était comme une potion magique, savoureuse et motivante.

Dix ans à regarder ceux qui avaient péché gravir les échelons de la société en dépit de leur médiocrité.

Cette semaine, ils étaient revenus pour en mettre plein la vue à tout le monde, sans la moindre pensée pour ceux qu'ils avaient piétinés.

Comme si leurs victimes n'avaient pas existé.

Mais elles avaient existé.

Demain, au lieu d'être réunis pour faire la fête, ils parleraient de funérailles et d'adieux, et de la fin de leur glorieuse époque.

Et la justice triompherait enfin.

Julie et Lynn seraient présentes à la réunion, mais elles ne danseraient pas.

Eh non !

Car les morts ne dansent pas.

20

Justin se pencha pour déposer un baiser sur le front d'Amanda.
— Retour à la réalité ! annonça-t-il. La conférence de presse a lieu ce matin, et nous devons interroger Bernadette.

Sa prétendue confession l'avait hanté durant la nuit. Elle avait dit que les victimes méritaient de mourir, mais elle n'avait jamais reconnu les avoir tuées.

Il devait la pousser dans ses retranchements, s'assurer qu'ils tenaient le bon coupable.

La vie d'Amanda en dépendait.

La mention de la conférence de presse avait tiré Amanda de la douce torpeur où elle se complaisait, se repassant en esprit le film de sa folle nuit avec Justin.

Lorsque le bruit assourdi de la douche lui parvint, elle fut tentée de rejoindre Justin dans la cabine, mais le jour qui se levait à travers la vitre jetait un éclairage nouveau sur la situation, l'obligeant à affronter la réalité.

Ce qui s'était passé cette nuit entre Justin et elle n'était qu'une agréable parenthèse qu'il était temps de refermer.

En attendant de se doucher à son tour, elle appela son adjoint pour prendre des nouvelles de Bernadette.

— Elle a dormi comme une masse toute la nuit.
— Le sergent Thorpe ne va pas tarder à venir l'interroger. Quand il sera là, rentrez chez vous et reposez-vous. Je vais au bureau préparer la conférence de presse avec le maire.

Une heure plus tard, Amanda se tenait sur le parvis du tribunal et tentait de faire bonne figure sous le feu roulant des questions.

— Que se passe-t-il à Sunset Mesa ?
— Avez-vous retrouvé les disparues ?
— Y a-t-il un tueur en série en ville ?

Amanda leva la main pour demander le silence, et fit honnêtement le point sur la situation.

— Nous avons un suspect en garde à vue, mais je ne peux dévoiler son nom tant que l'enquête est en cours...
— Et si ce n'était pas la bonne personne ? cria une voix féminine. Si les femmes de cette ville étaient toutes en danger ?

Amanda tourna la tête pour voir qui avait posé la question, et se rembrunit en découvrant qu'il s'agissait de Betty Jacobs, l'une des demoiselles d'honneur de Kelly Lambert.

— Sommes-nous en danger, shérif ? insista-t-elle.

Amanda avait envie de lui répondre que non, qu'ils tenaient le bon coupable. Mais elle ne pouvait pas mentir. Et si elle assurait aux résidents et à ses anciennes camarades de classe qu'ils étaient en sécurité, et qu'une autre femme soit enlevée, ce serait sa faute.

— Tout ce que je peux dire, c'est que nous avons un suspect. Tant que nous n'aurons pas confirmation que cette personne est bien celle que nous recherchons, j'engage toutes les femmes à se tenir sur leurs gardes. Ne sortez jamais seule, et ne faites confiance à personne.

Justin observa un moment Bernadette avant de la réveiller. Certes, elle était instable et avait tué un des chats de sa tante, mais cela faisait-il d'elle une tueuse en série ?

Etait-elle suffisamment organisée et patiente pour mener sa vengeance pendant des années sans jamais se faire prendre ?

Il lui toucha la main.

— Bernadette, il est temps de vous réveiller et de parler.

Elle ouvrit les yeux d'un coup, comme si elle faisait semblant de dormir. Son regard était embrumé, hébété par les médicaments, mais le même rictus sinistre qu'il avait vu la veille tordait son visage.

— Vous êtes revenue en ville pour leur montrer votre nouveau visage, n'est-ce pas ?

— Oui. Mais vous croyez que ces garces ont été impressionnées ?

— C'était important pour vous. Vous ressassez votre colère depuis le lycée. Vous avez décidé de commencer à vous venger, il y a dix ans.

Bernadette tendit maladroitement le bras vers la table de chevet pour attraper la minibouteille d'eau minérale, et Justin la lui avança. Elle avala une longue gorgée et reposa la tête sur l'oreiller.

— Elles auraient dû remarquer que j'avais changé. Mais elles ont refusé que je prenne une chambre au Sunset Inn. Comme si l'hôtel leur appartenait. De toute façon, elles ont toujours fait ça. Elles pensaient être propriétaires du lycée, et aujourd'hui elles croient l'être de la ville.

— Je comprends que vous soyez bouleversée. Elles vous ont fait beaucoup de mal, il y a dix ans, et elles continuent encore aujourd'hui.

— Je n'étais pas la seule. Elles s'en prenaient aux moches comme moi, aux premiers de la classe comme Carlton Butts. Vous savez qu'il s'est suicidé à cause d'elles ?

— Oui, je l'ai entendu dire. Mais, au lieu de mettre fin à vos jours vous aussi, vous avez décidé de faire peau neuve et de vous venger.

— Elles ne méritent pas qu'on meure à cause d'elles.

— Mais elles méritent de mourir, c'est ce que vous avez dit...

— Ah oui, alors ! Elles méritent de mourir.

— Donc, vous vous êtes entraînée sur les chats de votre tante ?

Bernadette écarquilla les yeux.

— Vous avez parlé à cette vieille folle ?

— Vous détestiez votre tante, n'est-ce pas ?

— Elle aimait ces fichues bestioles bien plus que moi. Il y en avait partout. Son mobil-home empestait l'urine de chat et ressemblait à une poubelle. Elle ramassait tous les chats errants qu'elle trouvait, mais elle n'avait pas de place chez elle pour sa propre nièce.

— Elle vous a fait souffrir, et pour vous venger vous avez tué un de ses chats.

— Jamais de la vie ! Elle a inventé ça pour se débarrasser de moi.

— Admettons... Mais, ces filles qui se moquaient de vous à l'école, vous les avez fait payer, n'est-ce pas ? Vous les avez enlevées l'une après l'autre, et vous les avez tuées.

Bernadette se tourna sur le côté, en remontant le drap sous son menton.

— Vous pouvez me parler, Bernadette. Je suis de votre côté.

— Personne n'est de mon côté.

— Je pendrai votre défense si vous me dites ce qui s'est passé. Qui était la première fille que vous avez enlevée ?

Elle baissa les yeux vers ses doigts crispés autour du drap.

— Je les ai toutes enlevées, et je les ai fait souffrir pendant des heures, je les ai obligées à me supplier...

Justin tiqua. Les victimes avaient été étranglées, mais il n'y avait pas de traces de coups ou de torture.

— Comment les avez-vous fait souffrir ?

Elle ricana.

— Vous le savez bien puisque vous les avez trouvées.

— Qui était votre première victime ?

Elle se trémoussa nerveusement et se massa la tempe comme si elle faisait un effort de mémoire.

— Je ne sais plus. Tout se mélange. Ça fait longtemps.

— Ne serait-ce pas Gina Mazer ?

Bernadette se pinça l'arête du nez.

— Oui, c'est possible. J'ai du mal à me souvenir. Ça doit être les médicaments.

Ou bien elle n'avait rien à voir avec les meurtres.

Car il n'y avait pas de Gina Mazer sur la liste des personnes disparues.

— Il faut que vous alliez jusqu'au bout, que vous rendiez cela public, dit-il d'un ton encourageant. Vous avez fait tout ça pour la gloire, pour prouver quelque chose. Si personne ne le sait, tous vos efforts n'auront servi à rien.

— Eh bien, dites-leur de prendre ma photo et de la mettre dans tous les journaux. Et alors Bernadette Willis obtiendra enfin réparation pour tous les affronts qu'elle a subis.

Justin fit mine d'hésiter.

— Je veux bien, mais il faut me dire comment vous avez procédé pour les éliminer.

— Vous le savez. Je les ai étranglées.

— Comment ? Avec vos mains ? Avec une corde ? Avec un foulard ?

Il avait délibérément insisté sur le dernier mot.

— Oui, avec un foulard. Je l'avais volé à ma tante. Il empestait l'urine de chat.

Sa réponse se termina dans un rire hystérique.

Justin savait désormais à quoi s'en tenir.

Bernadette n'avait pas tué ces femmes, pour la bonne raison qu'elles avaient été étranglées avec une ceinture d'homme. C'était un détail qu'ils n'avaient pas révélé à la presse et que seul le véritable assassin pouvait connaître.

Ces idiots de flics avaient placé un suspect en garde à vue. Une ancienne camarade de classe des petites garces, une fille nommée Bernadette.

Elle aussi avait fait partie des vilains petits canards, de ceux que les autres — les beaux, les forts, les sales gosses outrageusement gâtés par leurs parents béats — aimaient martyriser.

Si quelqu'un pouvait comprendre pourquoi ces filles devaient mourir, c'était bien Bernadette.

Quand tout serait fini, peut-être accepterait-elle de devenir son amie ?

21

En dépit du climat de suspicion et de crainte qui régnait en ville, le pique-nique organisé dans le cadre de la réunion des anciens du lycée n'avait pas été annulé.

Justin y retrouva Amanda, comme convenu, et fut surpris de la découvrir en uniforme.

— Tu essaies de faire passer un message à tes anciens camarades ?

Elle haussa les épaules.

— Oui, que je suis au travail et qu'ils sont en sécurité.
— Bref, tu n'as pas l'intention de te fondre dans la foule ?
— Surtout pas.

Une brise légère faisait voleter une mèche autour du visage d'Amanda. Il avait envie de la caler derrière son oreille, mais ils étaient en public et il ne pouvait pas la toucher.

De toute façon, cela aurait été une très mauvaise idée.

Une nuit, ce n'était qu'une simple attirance sexuelle. Deux nuits, pouvaient mener à tout autre chose. Cela pouvait signifier qu'elle commençait à prendre possession de son esprit.

Et de son cœur.

— Comment ça s'est passé avec Bernadette ?

Il soupira.

— Je ne sais pas, Amanda. Elle veut qu'on lui attribue les meurtres, mais quand je l'interroge sur les détails son histoire ne tient pas la route.

— Que veux-tu dire ?
— Elle prétendait que les sédatifs perturbaient sa mémoire.

J'ai mentionné le nom d'une fausse victime pour la tester, et elle est tombée dans le piège.

Amanda mit sa main en visière pour observer le coin jeu installé pour les enfants, avec château gonflable et stand de maquillage.

— Il est possible qu'elle réagisse mal aux médicaments.

— Admettons. Mais, quand je lui ai demandé comment elle avait tué ses victimes, elle m'a dit qu'elle les avait étranglées avec un foulard.

— Et alors ? Elle essaie peut-être de nous mener en bateau, en espérant que nous la remettions en liberté d'ici samedi soir.

— C'est possible. Mais, de toute façon, nous avons assez d'éléments pour la retenir vingt-quatre heures.

Amanda déambulait à travers la foule, captant des bribes de conversations.

On s'exclamait sur la façon dont l'un ou l'autre avait changé, ou au contraire pas du tout. On posait des questions sur le mariage, les enfants et le travail. Elle restait en périphérie, évitant de prendre part aux conversations, tendant l'oreille dans l'espoir de saisir une information décisive.

Si Bernadette n'était pas la meurtrière, alors ça pouvait être n'importe laquelle de ses camarades.

Deux des demoiselles d'honneur de Kelly Lambert réussirent à la coincer près des sodas.

— Nous avons vu la conférence de presse, dit Anise. Vous avez trouvé la personne qui a tué Kelly ?

— Qui est-ce ? demanda Mona Pratt.

— Je regrette, mais je ne peux pas divulguer cette information pour le moment.

— Vous êtes sûre que c'est bien le coupable ?

— Nous le pensons. Mais, en attendant d'avoir confirmation, soyez prudentes.

Amanda prit rapidement congé et continua à surveiller la foule, en s'y sentant tout aussi incongrue que dix ans plus tôt.

Au cœur du mystère

Le frère de Carlton Butts était là, s'esclaffant avec deux types qui pratiquaient autrefois l'athlétisme dans la même équipe que lui. Donald Reisling était finalement venu lui aussi. Mais il n'était pas seul. Trois anciens joueurs de basket se massaient autour de lui pour glaner des conseils financiers et buvaient ses paroles.

Raymond Fisher et Terry Sumter se croisèrent en se lançant des regards haineux. Renee Daly, l'ex de Fisher, rôdait dans son sillage et finit par le coincer près du buffet, prête visiblement à le consoler.

Lorsque Justin et Amanda se présentèrent à l'hôpital pour conduire Bernadette en prison, le médecin qui la suivait leur apprit qu'il avait demandé une évaluation psychiatrique, et qu'elle avait été transférée dans une autre unité le temps de stabiliser son traitement.

Tandis que Justin faisait le point avec le laboratoire de la police scientifique, Amanda appela son adjoint pour lui demander de monter la garde une nuit de plus devant la porte de Bernadette.

Amanda n'aurait su dire si c'était à cause des médicaments, ou si elle avait réalisé qu'elle ne serait pas libérée et que son plan pour samedi allait échouer, mais Bernadette ne desserra plus les dents.

Lorsque Justin et Amanda regagnèrent le poste de police, la mère de Lynn Faust et les parents de Julie Kane les attendaient.

— Où sont nos filles ? cria la mère de Lynn.

— Vous avez dit que vous avez arrêté un suspect. Où est-il ? demanda M. Kane.

Mme Kane se tamponna les yeux avec un mouchoir.

— Laissez-nous lui parler. Il nous dira peut-être où sont nos filles.

— Je vous en prie, Amanda, insista Lynn. Retrouvez-les. Je n'ai plus que Lynn.

L'émotion nouait la gorge d'Amanda.

— Nous faisons tout ce que nous pouvons.

— Bon sang, shérif, ce n'est pas assez ! tempêta M. Kane. Dites-nous qui a enlevé nos filles, et je vais aller lui parler.

Justin attira leur attention.

— Ecoutez-moi, tout le monde. Je comprends que vous soyez bouleversés, mais le shérif fait son travail. Nous devons continuer à interroger notre suspecte.

— C'est une femme ? demanda Lynn Faust, en manquant s'étrangler.

— Je veux la voir ! hurla M. Kane.

Justin se serait giflé d'avoir révélé le sexe du suspect.

— C'est impossible. Mais nous vous informerons dès que nous aurons du nouveau.

Leur douleur déchirait le cœur d'Amanda, et elle forma en silence le vœu qu'ils parviennent à trouver les réponses dont les familles avaient besoin.

Le jour pointait à peine lorsque Amanda ouvrit un œil, dérangée dans son sommeil par une sensation de froid.

Apercevant le drap rejeté au pied du lit, elle se redressa pour le remonter jusqu'à ses épaules. Soudain, elle prit conscience qu'elle n'était pas seule.

En se remémorant la folle nuit qu'elle avait passée avec Justin, elle sentit le rouge lui monter au visage. Elle s'était pourtant juré de ne pas retomber dans ses bras.

Lorsque l'enquête serait terminée, Justin quitterait Sunset Mesa. Son métier l'obligeait à se déplacer à travers tout le Texas, et chaque départ pour une nouvelle mission comportait le risque qu'il ne revienne jamais.

Dans ces conditions, il était impensable qu'elle s'attache à lui.

Justin la rejoignit dans la cuisine pour le petit déjeuner, et ils tombèrent tacitement d'accord pour ne pas parler de leur nuit.

Toujours pas habituée à avoir un homme dans sa cuisine, elle lui tendit maladroitement une tasse de café, et finit de préparer leurs œufs brouillés.

— Nous devrions réinterroger Bernadette, suggéra-t-elle, en récupérant les toasts cuits à point dans le grille-pain.

La routine qui commençait à s'installer entre eux n'était pas sans évoquer la vie de femme mariée qu'elle aurait pu mener à ses côtés, et cette intimité la troublait infiniment.

Pourtant, elle n'avait pas le droit de se laisser distraire. Les habitants de Sunset Mesa comptaient sur elle.

Ce soir aurait lieu le grand bal venant clôturer les retrouvailles des anciens du lycée.

Et dans sa tête il lui semblait entendre résonner le tic-tac d'une bombe à retardement.

Lorsqu'ils entrèrent dans sa chambre, Bernadette dormait, le visage pâle et crispé.

Amanda lui secoua doucement l'épaule.

— Bernadette, c'est le shérif Blair. Je dois vous parler.

Elle grommela et ouvrit lentement les yeux. Puis elle regarda autour d'elle, l'air désorienté.

— Où suis-je ?

— A l'hôpital de Sunset Mesa. Hier, vous nous avez dit que vous aviez tué Suzy Turner et Kelly Lambert.

— Je n'ai jamais dit ça ! Vous mentez !

— Vous m'avez dit qu'elles méritaient de mourir, intervint Justin. Que vous les aviez étranglées.

— Non ! Vous inventez des choses pour m'enfermer encore une fois.

— Mais non, rappelez-vous, dit Amanda d'une voix douce. Vous étiez à l'hôtel…

— Je n'ai rien fait de mal, hurla Bernadette à pleins poumons. Je n'ai tué personne.

La porte de la chambre s'ouvrit soudain, et un médecin se précipita à l'intérieur.

— Que se passe-t-il ici ?

— Ils disent que j'ai tué quelqu'un, cria Bernadette. Ils veulent m'enfermer. Ça recommence. Tout le monde se ligue contre moi.

Le médecin fit signe à Justin et Amanda de le suivre dehors, tandis qu'un infirmier se précipitait pour administrer un sédatif à Bernadette.

— Elle a besoin d'une thérapie intensive, déclara le médecin.

— Mais hier elle affirmait avoir tué plusieurs femmes, protesta Justin.

— Bernadette a suivi un traitement très lourd pendant des années. Quand elle cesse de prendre ses médicaments pendant plusieurs jours, comme c'est le cas en ce moment, elle souffre d'hallucinations et ne sait plus ce qu'elle dit.

— Elle n'avait plus toute sa tête quand elle a été amenée ici ? demanda Amanda.

— Sans ses médicaments, elle devient très influençable. Si vous lui dites qu'elle est un extraterrestre à la peau verte, elle acquiescera.

— Donc, rien de ce qu'elle nous a dit hier n'était vrai ? insista Amanda.

— Probablement pas.

Une bouffée d'angoisse envahit Amanda.

Si Bernadette n'avait rien à voir avec les meurtres, alors le véritable tueur s'apprêtait peut-être à faire une autre victime.

Les filles décoraient le char fleuri en riant et en évoquant le bon vieux temps.

En principe, le lycée faisait partie des bons moments d'une vie.

Mais, pour certains, c'était une torture.

La dernière rangée de fleurs en crépon fut ajoutée, puis on installa sur le char deux mannequins habillés avec des costumes de pom-pom girls.

Ce soir, le char ferait le tour de la ville pour que chacun puisse l'admirer.

La tentation était grande de remplacer ces deux stupides poupées de Celluloïd par Julie et Lynn.

Mais il y avait mieux à faire…

22

Justin attendait qu'Amanda termine de se préparer pour le bal et commençait à perdre patience. Il avait enfilé un jean propre et une chemise de coupe western, dissimulant son arme sous une veste.

Lorsque Amanda sortit de la salle de bains, elle était si éblouissante qu'il en eut le souffle coupé. Pour faire honneur à l'événement, elle portait une courte robe noire qui mettait ses courbes en valeur et la faisait ressembler davantage à une sirène qu'à un shérif.

— C'est trop habillé ? demanda-t-elle.

Esquissant un demi-tour, elle décida :

— Je vais me changer.

Il la retint par le bras.

— Non, tu es magnifique.

— Ce n'est pas ce qui m'importe. J'ai un travail à faire.

— Tu as l'air moins intimidante comme ça. Ton uniforme risquerait de faire fuir le tueur. Si toutefois il se montre ce soir.

— Le tueur sera là, dit-elle avec conviction.

Il approuva d'un hochement de tête et la guida jusqu'à son 4x4.

— Cette fois, on prend ma voiture.

— Les invités seraient peut-être plus rassurés de voir mon véhicule de patrouille.

— Tu seras là. Ça suffira à les rassurer. Toi, en revanche…

Il lui pressa la main.

— Amanda, tu sais que le tueur a laissé cette photo sur ta porte en guise d'avertissement ?

Elle redressa le menton.

— Je sais. Il estime que je dois être punie moi aussi. Pourtant, je ne vois pas ce que j'ai pu faire pour le contrarier.

— Cela signifie que tu es en danger, et je n'ai pas envie qu'il t'arrive quelque chose.

Contre toute attente, elle souleva le bas de sa robe, révélant un revolver fixé à sa cuisse.

— Je connais mon métier, dit-elle. Ne t'inquiète pas pour moi.

La police avait libéré la salle des fêtes à temps pour l'événement, mais le comité avait décidé de déplacer la réception dans un autre lieu, un hôtel équipé d'une salle de bal, à dix kilomètres au nord.

La mère de Lynn avait recommandé l'endroit, en disant qu'elle ne pourrait pas assister à une fête là où le corps de Suzy avait été trouvé, d'autant plus que sa propre fille était toujours portée disparue.

Des volontaires du comité de l'école s'étaient empressés de décorer les lieux et de tout organiser. Le char que les élèves avaient conçu était garé dans la cour, comme pour démontrer qu'ils ne baissaient pas les bras, et qu'ils tenaient à célébrer leur amitié malgré le traumatisme laissé par les récents événements.

Lorsque Amanda et Justin entrèrent, un orchestre jouait. Les lumières avaient été tamisées, et les couples avaient envahi la piste de danse.

Amanda avait choisi de ne pas assister au dîner précédant le bal, préférant surveiller les extérieurs. A présent, elle observait les danseurs, à l'affût d'un comportement suspect

— Vous semblez différente sans uniforme.

Elle tourna la tête et découvrit Donald.

— Je suis pourtant en service. Et vous, Donald ? Ça vous fait plaisir de revoir la vieille équipe ?

Il haussa les épaules.

— Je n'oublierai jamais la façon dont certains m'ont traité

après l'accident, mais ça m'a forgé le caractère, et je suis fier d'avoir réussi malgré tout.

— Tant mieux pour vous.

De l'autre côté de la salle, le frère de Carlton dansait avec Eleanor Goggins, une des demoiselles d'honneur de Kelly.

Non loin de là, Raymond Fisher parlait avec Renee Daly. Le couple semblait très à l'aise, ce qui ne manqua pas d'éveiller de nouveau les soupçons d'Amanda. Renee se contentait-elle de le réconforter, ou bien avait-elle une autre idée en tête ?

Soudain, un fracas éclata du côté de l'entrée, et une petite foule de curieux commença à se rassembler.

Justin lui pressa le bras.

— Reste là et surveille tout le monde. Je vais voir ce qui se passe.

Sur les nerfs, Amanda déambula dans la pièce, étudiant les visages des personnes qu'elle connaissait depuis l'adolescence, et se reprochant de les voir à présent comme de possibles assassins.

Un son aigrelet de clochette annonça l'arrivée d'un texto, et elle sortit son téléphone de sa pochette de soirée pour le consulter, s'attendant à un message de Justin.

L'expéditeur était inconnu.

Elle plissa les yeux sous le faible éclairage, le cœur battant à tout rompre tandis qu'elle déchiffrait le message.

> J'ai des informations sur le tueur que vous recherchez. Si vous voulez savoir de qui il s'agit, retrouvez-moi près de l'escalier de service.

Amanda remit son téléphone dans son sac, et se fraya un chemin dans la foule des invités pour atteindre la porte desservant la zone réservée au personnel.

Justin joua des épaules pour gagner l'extérieur, d'où provenaient des éclats de voix.

— Que se passe-t-il ?

— Quelqu'un a saccagé le char, répondit un jeune homme.
— Qui a pu faire une chose aussi horrible ? lança quelqu'un.
— Il faut retirer ces mannequins de là, dit une autre personne.

Justin s'approcha au moment où deux femmes grimpaient sur le char.

— Attendez, dit-il.

Puis il vit ce qui choquait tant tout le monde.

Les tenues de pom-pom girls que portaient les mannequins étaient couvertes d'une substance rouge qui ressemblait à du sang.

— C'est sans doute lié aux crimes en ville, dit-il. Nous allons devoir inspecter le char. Que personne n'y touche !

Il héla un curieux.

— Allez chercher un vigile et demandez-lui de surveiller le char jusqu'à l'arrivée de la police scientifique.

Tandis que l'homme s'éloignait, Justin s'efforça de calmer la foule, tout en cherchant quelqu'un en périphérie, occupé à les regarder.

Le tueur était là, il en était sûr, prenant plaisir à observer les réactions de ses camarades.

En attendant l'arrivée du vigile, il appela le lieutenant Gibbons pour demander une équipe scientifique, puis il essaya de joindre Amanda sur son portable, mais elle ne répondit pas.

Amanda ne parvenait pas à croire à sa propre sottise. Comment avait-elle pu se laisser attirer dans un tel traquenard ?

Comment surtout avait-elle pu se laisser désarmer par une femme beaucoup plus frêle et moins bien entraînée qu'elle ?

Parmi toutes les personnes qu'elle avait soupçonnées, il ne lui était jamais venu à l'esprit que la mère de Carlton Butts pouvait avoir la force physique et la détermination nécessaires pour perpétrer tant de meurtres pendant dix ans.

Mais la vieille dame lui avait froidement plaqué un pistolet sur la nuque, lui avait attaché les mains dans le dos et l'avait poussée à l'arrière d'une vieille camionnette.

— Je croyais que vous aviez des difficultés à marcher, remarqua Amanda.

— Et moi, je croyais que tu étais amie avec Carlton. Mais en fait tu étais comme tous les autres, tu l'as laissé tomber quand il avait besoin de toi.

Tandis que sa ravisseuse roulait à tombeau ouvert, Amanda se redressa en position assise, et batailla avec la corde qui lui cisaillait les poignets.

— Ce n'était pas mon intention. Je tenais à lui.

— Alors, pourquoi as-tu essayé de m'arrêter ?

— Parce que ce n'est pas bien de tuer ces femmes.

— Tu sais comment elles ont traité mon fils. Elles l'ont tué.

— Je comprends ce que vous ressentez, mais beaucoup d'adolescents subissent du harcèlement à l'école et ne se suicident pas pour autant.

— Non, certains d'entre eux tuent leur bourreau. Mais mon Carlton était trop gentil pour ça. Elles l'ont rendu fou, elles l'ont conduit à un tel désespoir qu'il pensait que personne ne pourrait jamais l'aimer.

Elle marmonna des paroles indistinctes, avant de poursuivre d'une voix plus audible :

— C'était un garçon tellement intelligent. Il aurait pu devenir quelqu'un. Tu sais qu'il aimait les sciences. Il aurait pu faire de grandes découvertes.

Petit à petit, Amanda commençait à desserrer le nœud autour de ses poignets.

— Je pense aussi qu'il aurait pu accomplir de grandes choses, dit-elle. Mais il a renoncé, madame Butts. Il a fait le choix de ne pas se battre…

— Comment oses-tu dire du mal de mon fils ? Tu vois, tu es exactement comme les autres. Tout ce qui t'intéresse, c'est ta propre vie. Les autres, tu t'en fiches.

— Ce n'est pas vrai. J'ai eu beaucoup de peine quand Carlton est parti, et j'en ai encore. Je n'ai jamais oublié ce qui lui est arrivé. C'est une des raisons pour lesquelles j'ai choisi les forces de l'ordre. Je voulais aider les autres.

— Mais tu as pris le parti de ces petites pestes qui ont fait du mal à Carlton. Je t'ai vue à la télé. Tu les as présentées comme de pauvres petites innocentes qui n'avaient jamais rien fait.

— Nous n'avons retrouvé que Tina, Kelly et Suzy. Qu'avez-vous fait des autres ? Melanie, Denise, Avery, Carly... combien en avez-vous tuées ?

— Uniquement celles qui le méritaient. Et, ne t'inquiète pas, toutes les premières sont ensemble.

Elle ricana.

— Toutes dans une grande tombe.

Un frisson d'horreur traversa Amanda. La mère de Carlton semblait avoir sombré dans la démence.

— Avec Tina, j'ai dû changer de méthode. Je pensais que quelqu'un m'avait vue avec elle, alors je l'ai laissée dans la rivière. C'était une erreur, mais je devais m'en débarrasser rapidement. Je pensais que le courant l'emporterait.

— Mais elle est restée coincée dans des branches, et les poissons ont commencé à la dépecer. C'était terriblement cruel.

— Cruel ?

Un rire hystérique échappa à la vieille dame.

— Tu sais ce qu'elle a fait à mon pauvre Carlton ? Elle lui a envoyé un mot pour lui donner rendez-vous dans les vestiaires du stade. Il pensait qu'elle voulait l'embrasser, mais elle a baissé son pantalon et l'a attaché à un banc pour que toute la classe le voie comme ça.

Le cœur d'Amanda se serra en entendant cette histoire.

— Et qu'avez-vous fait de Julie et Lynn.

De nouveau, la mère de Carlton eut un rire de folle.

— Ah, Ah... Mystère !

Elle tourna brusquement à droite et emprunta le chemin situé à l'arrière du lycée.

Un frisson glacé enveloppa Amanda.

Elle savait exactement où sa ravisseuse l'emmenait.

Elle allait la tuer au canyon de Carlton, là où son fils s'était donné la mort.

23

Repérant Betty Jacobs, une des amies de Kelly, Justin lui demanda si elle avait vu Amanda. Elle fit non de la tête, et il se rapprocha du bar pour interroger d'autres personnes.

— Elle se dirigeait vers l'escalier de service, il y a quelques minutes, dit Donald. Elle a reçu un texto, et elle s'est ruée hors de la pièce.

Justin le remercia et se précipita vers la partie de l'hôtel réservée aux employés. La cage d'escalier était sombre, mais il remarqua quelque chose de brillant à terre, sous les marches.

Il se pencha, et son pouls s'accéléra lorsqu'il découvrit l'arme d'Amanda.

Il la ramassa, la glissa dans la ceinture de son jean, et courut dehors. A l'exception d'une camionnette de traiteur, la cour était vide.

Pris de panique, il revint dans la salle de bal, s'empara du micro et lança un appel.

— La mise en scène avec le char était une diversion. Amanda a été enlevée... enfin, je veux dire le shérif Blair. Elle a reçu un texto et s'est rendue dans le couloir de service. Quelqu'un l'a-t-il vue ?

— Je l'ai aperçue près de l'escalier, dit une jeune femme.

— Y avait-il quelqu'un avec elle ?

Du coin de l'œil, il vit Ted Butts essayer de se glisser en douce vers la sortie et lui cria de s'arrêter.

— Où croyez-vous aller comme ça ?

Il sauta de l'estrade et se jeta sur lui, le saisissant au col.

— Vous avez fait quelque chose à Amanda ?

— Mais non, pas du tout. Je suis resté ici toute la soirée avec Daisy.

— Oui, c'est vrai, il était avec moi, dit une rousse au décolleté vertigineux. Je le jure.

Anise s'approcha, le souffle court.

— Je n'ai pas vu Amanda, mais j'ai vu la mère de Carlton rôder près de l'escalier.

Justin regarda Ted avec sévérité.

— Votre mère est ici ?

— Je... Je l'ignorais.

Il semblait choqué et mal à l'aise.

— Mais vous savez quelque chose. Je crois que le moment est venu de cracher le morceau.

— Ce n'est pas possible, marmonna Ted, en secouant la tête. Ma mère est un peu dérangée, mais elle ne ferait de mal à personne.

— Elle n'avait pas son déambulateur, précisa Anise. En fait, elle marchait tout à fait normalement.

Justin avait de plus en plus de mal à dissimuler sa colère.

— Votre mère simule son handicap ?

— Je n'en sais rien. Je ne me suis jamais posé la question. Je n'aurais jamais cru... Ou peut-être que je ne voulais pas voir la réalité en face...

— Elle ne s'est jamais remise de la mort de Carlton, commenta Daisy.

— Où pourrait-elle l'avoir emmenée ?

Ted avait l'air totalement désorienté.

— Je ne sais pas...

— Essayons chez vous.

Amanda retint son souffle lorsqu'elle aperçut les silhouettes de Julie et Lynn assises à l'une des tables de pique-nique qui occupaient la corniche en surplomb de la rivière. Elles avaient les mains et les pieds entravés, un bâillon sur la bouche, et une corde épaisse les ficelait au banc.

Puis le soulagement l'envahit.

Elles étaient vivantes.

— Mme Butts — Wynona —, vous pouvez arrêter ça maintenant, dit-elle, tandis que la mère de Carlton la tirait hors de la camionnette et la poussait vers les deux femmes.

— Tu vas les regarder mourir, siffla-t-elle entre ses dents. Puis ce sera ton tour.

Amanda continuait sans relâche à triturer la corde. Elle avait réussi à faire passer un bout dans la boucle. Il lui suffisait à présent de desserrer un peu les liens pour libérer une main.

Le canon de son arme collé entre ses omoplates, Wynona la força à avancer.

— C'est là que vous avez jeté les autres corps ?

Un rire cynique résonna dans son dos.

— C'était approprié, non ?

Justin roulait à toute allure en direction de la maison de Wynona Butts, tandis que Ted essayait de joindre sa mère au téléphone. Mais elle ne répondait et, quand ils arrivèrent à destination, ils constatèrent que sa camionnette n'était pas dans l'allée.

— Pourquoi n'avez-vous pas réagi face au délire de votre mère ? demanda Justin, tandis que Ted lui ouvrait la porte de la maison.

— Je vous l'ai dit : je n'étais pas au courant.

Il eut soudain les larmes aux yeux.

— Vous n'allez pas lui faire de mal, n'est-ce pas ?

Justin le toisa froidement.

— Je ferai tout ce qui sera nécessaire pour sauver Amanda.

Justin cria pour s'identifier tandis qu'il entrait dans la maison. Il en fit le tour et s'attarda dans la chambre de la propriétaire pour fouiller la commode et le bureau. Il n'y trouva rien d'autre que de vieilles factures et des vêtements.

Dépité, il ouvrit la penderie et resta médusé devant l'amoncellement de photos collées à l'intérieur des portes. Wynona Butts avait découpé les photos des victimes dans l'annuaire scolaire et avait barré leur visage d'une grande croix noire.

Il remarqua également un portrait de Carlton quand il était adolescent, et une autre photo du canyon derrière l'école. On y voyait un parterre de fleurs au pied d'un arbre, comme un mémorial pour son fils défunt.

Voilà, c'était là ! Le cayon où Carlton s'était suicidé. C'était là qu'elle avait emmené Amanda.

Il retourna dans le salon et trouva Ted effondré sur le canapé.

— Je sais où elle est, annonça-t-il.

Le cœur battant à tout rompre, il courut à sa voiture et appela le lieutenant Gibbons en chemin.

Coupant la sirène et le gyrophare aux abords du lycée, il se gara devant et fit le tour du bâtiment à pied.

La grille qui séparait l'établissement scolaire du canyon était ouverte. Dégainant son arme, il suivit l'étroit sentier bordé d'arbres.

Des voix lui parvinrent bientôt sur la droite, et il les suivit.

Une peur effroyable lui tordit le ventre quand il vit Amanda agenouillée, le canon d'un revolver sur la tempe.

Il n'y avait plus une minute à perdre. Il devait agir.

Il se rapprochait, guettant le bon angle de tir, quand Amanda bouscula Wynona Butts d'un coup d'épaule et parvint à la faire basculer.

Un coup de feu partit, et il se précipita, redoutant qu'Amanda soit blessée. Mais elle était parvenue à s'emparer de l'arme de sa ravisseuse et la tenait en joue.

Justin la menotta dans le dos, et Amanda courut délivrer les deux autres femmes.

Quelques minutes plus tard, la sirène d'une ambulance déchirait le silence et des secouristes prenaient en charge Lynn et Julie.

L'adjoint d'Amanda arriva peu après, suivi du superviseur

de Justin. Puis ce fut un déferlement de techniciens munis de matériel de recherche pour localiser les cadavres.

Laissant Justin contrôler le travail d'excavation, Amanda conduisit Wynona Butts à la prison, en attendant son transfert dans un endroit plus sécurisé.

A l'aube, elle s'endormit d'épuisement sur le canapé de son bureau.

Un peu plus tard dans la matinée, une nouvelle conférence de presse fut organisée, puis Justin et elle consacrèrent du temps aux familles des victimes. Des arrangements furent pris pour les autopsies, et un service funèbre fut programmé pour le soir même, en attendant les funérailles.

Lorsque Justin et Amanda quittèrent le bureau à la fin de leur service, un apaisement mêlé de tristesse s'était installé entre eux.

L'enquête était résolue. Il faudrait du temps aux familles pour se reconstruire mais, maintenant qu'elles connaissaient la vérité, elles allaient pouvoir commencer leur deuil.

Justin jeta un coup d'œil à Amanda tandis qu'elle verrouillait la porte du poste de police. Peut-être pourraient-ils profiter d'une dernière nuit ensemble avant qu'il ne quitte Sunset Mesa ?

Son téléphone vibra, et il vérifia le numéro. Il soupira en voyant que c'était celui de son supérieur.

— Sergent Thorpe.

— Thorpe, écoutez, je sais que vous venez juste de boucler cette enquête, et vous avez fait du bon travail…

— C'était un travail d'équipe avec le shérif Blair.

— Bien sûr, bien sûr. Bon, écoutez, nous venons de récupérer une autre affaire. Si vous voulez, elle est à vous. Mais vous devez partir pour Laredo immédiatement.

Justin ressentit une poussée d'adrénaline.

Une autre affaire tout de suite après celle-ci ? Il ne refusait jamais une occasion de résoudre un crime.

— Je pars immédiatement.

Amanda leva vers lui un regard interrogateur.

— Le devoir m'appelle, dit-il sans plus d'explication.

Quelque chose qui ressemblait à de la déception ternit un instant le regard d'Amanda. Mais peut-être n'était-ce qu'un effet de son imagination car l'instant d'après elle lui souriait avec une distance toute professionnelle, comme le premier jour où il l'avait rencontrée.

— Merci, sergent, dit-elle en lui tendant la main. Ce fut un plaisir de travailler avec vous. Bonne chance pour la suite.

Il soutint son regard. Un moment de tension passa entre eux. Il eut envie d'ajouter quelque chose, mais ne trouva pas les mots.

Après lui avoir serré la main, elle lui tourna le dos et se dirigea vers sa voiture.

Visiblement, elle n'avait aucun sentiment pour lui.

Elle était indépendante, intelligente… et incroyablement belle.

Et, tout comme lui, elle était mariée à son travail.

24

Amanda se mordit la lèvre pour contrôler ses émotions tandis qu'elle regardait Justin s'éloigner.

Elle était une grande fille. Une femme forte et indépendante.

Elle n'avait pas besoin d'un homme.

Elle avait toujours su que son temps avec Justin était limité. Uniquement lié au travail et à la durée de l'enquête.

Alors, pourquoi pleurait-elle ?

Parce que Justin était le premier homme qui comprenait son implication dans son travail, son besoin de résoudre des crimes. Et qui l'admirait pour cela.

Il savait aussi faire vibrer son corps comme personne.

Mais ce n'était pas tout.

Elle était tombée amoureuse de lui.

Pouvait-on être plus stupide ?

Quand on exerçait un métier comme le sien, tomber amoureuse était de la folie. Surtout s'il s'agissait d'un Texas Ranger qui pouvait partir en mission un matin, et rentrer dans une housse mortuaire le soir.

Mais cela pouvait lui arriver aussi.

Elle essuya ses larmes, se gara devant chez elle, et se précipita sous la douche.

Lorsqu'elle avait cru mourir la nuit dernière, elle avait vu sa vie défiler devant ses yeux. Une vie comblée par le travail, mais faite de solitude si elle y réfléchissait bien. Soudain, elle avait eu envie d'autre chose : de quelqu'un à aimer.

Quelqu'un comme Justin, par exemple.

Oui, elle avait failli mourir la nuit dernière. Et qui s'en serait soucié ?

Allait-elle passer le reste de sa vie seule parce qu'elle avait trop peur de souffrir pour laisser entrer l'amour dans son cœur ?

Justin s'arrêta au carrefour et repéra sa route. S'il roulait toute la nuit, il pouvait être à Laredo demain matin. Trouver un hôtel, prendre une douche, avaler un solide petit déjeuner, et il serait prêt à se mettre au travail avant midi.

La lune enveloppait le canyon d'un halo argenté, lui conférant une beauté étrange. Tout semblait apaisé, comme si les fantômes avaient finalement disparu et que les morts pouvaient reposer en paix.

Amanda avait failli perdre la vie à cet endroit.

Son estomac se serra à cette pensée. Jamais de sa vie il n'avait eu aussi peur.

Parce qu'il l'aimait.

Il tourna brusquement le volant et fit demi-tour.

Il n'avait pas envie de rouler toute la nuit vers une nouvelle scène de crime. Le chef avait d'autres agents qui pouvaient faire le travail aussi bien que lui.

Son cœur battait la chamade tandis qu'il roulait à vive allure vers la maison d'Amanda.

Arrivé à destination, il bondit hors du 4x4 et frappa à la porte.

Il ne savait pas ce qu'il allait dire, mais il ne pouvait pas quitter Sunset Mesa cette nuit.

Il ne pouvait pas quitter Amanda.

Elle entrebâilla la porte. Ses yeux étaient rougis, comme si elle avait pleuré, et il se demanda si un malheur était arrivé.

Il prit une profonde inspiration, et une odeur fleurie de gel douche l'enveloppa. Il réalisa alors qu'elle était enveloppée dans une serviette de bain. L'eau s'égouttait de ses cheveux, ruisselait sur ses épaules, dessinait une rigole entre ses seins...

— Il y a un problème ? demanda-t-elle. Je croyais que tu devais partir.

— Tu as pleuré ? Pourquoi ?
Elle baissa les yeux et rougit.
— Tu me manquais. Pourquoi es-tu revenu ?
— Pour toi. Je n'ai pas envie d'aller à Laredo.
— Moi non plus.
— Ce que je veux, c'est être avec toi.
Il inclina la tête et l'embrassa.
— Ce soir. Demain. Toujours.
Elle noua les bras autour de son cou et l'embrassa à son tour.
— Qu'es-tu en train de dire, Justin ?
— Que je t'aime, murmura-t-il contre son oreille. J'ai failli te perdre la nuit dernière, et ça m'a fichu une peur bleue.
— Nous risquons tous les deux de mourir en mission.
— C'est vrai.
Il lui mordilla tendrement le cou.
— Et c'est pour ça que nous devons profiter de la vie au maximum.
— Je t'aime aussi, dit-elle.
Une lueur narquoise dans le regard, elle le tira par les revers de sa veste.
— Viens par ici, cow-boy.
Il rit et se laissa entraîner vers la chambre.
Quelques instants plus tard, ils étaient nus dans les bras l'un de l'autre, s'abreuvant de mots d'amour, avant d'unir leurs corps jusqu'au bout de la nuit.

RITA HERRON

La rivière des disparus

INTÉGRALE
ENQUÊTES & PASSIONS

Traduction française de
B. DUFY

Titre original :
COLD CASE AT COBRA CREEK

Ce roman a déjà été publié en 2015

©2014, Rita B. Herron.
© 2015, 2021, HarperCollins France pour la traduction française.

Prologue

Sage Freeport s'était juré de ne plus jamais accorder sa confiance à aucun homme.

Et cela, à cause de la façon dont Trace Lanier l'avait traitée. Il lui avait fait des promesses d'amour et de bonheur éternels… Et le jour où elle lui avait appris sa grossesse, ses promesses s'étaient évaporées, et lui avec.

Benji, leur fils de trois ans, ne connaissait donc pas son père. L'absence de figure masculine dans la vie du petit garçon avait inquiété Sage, et elle s'était efforcée de combler elle-même ce manque. Elle n'avait cependant pas assez de force dans les bras pour lancer une balle de softball à plus de deux mètres, et la seule idée d'accrocher un ver au bout d'un hameçon lui donnait la nausée.

Et puis Ron Lewis était arrivé. Entré dans sa vie quelques mois plus tôt, il l'avait très vite conquise par sa gentillesse, son intelligence et une attitude quasi paternelle envers Benji.

Le regard de la jeune femme s'arrêta sur le sapin de Noël miniature posé sur le comptoir qui séparait la cuisine de la salle à manger. Elle l'avait décoré la veille avec son fils et, une fois ce dernier couché, elle avait empaqueté son cadeau. Il serait aux anges, le matin de Noël, en découvrant la balle de softball et le gant qu'il avait demandés.

Sage sortit du four les petits pains à la cannelle qu'elle avait confectionnés pour les clients de sa maison d'hôtes, les mit à refroidir sur une grille, puis elle monta dans la chambre de Benji.

D'habitude, à cette heure, il était déjà dans la cuisine : en pyjama et pieds nus, il babillait pendant qu'elle préparait le petit déjeuner, il lui posait mille questions, chipait une ou deux tranches de bacon dès qu'elle les avait retirées de la poêle…

Mais aujourd'hui, il n'était pas encore descendu et, quand Sage entra dans sa chambre, elle trouva le lit vide. Où pouvait-il bien être ? Les figurines éparpillées sur le sol lui apprirent seulement qu'il s'était relevé pour jouer, la veille au soir.

Pensant qu'il s'amusait à se cacher, elle alla dans la salle de bains, mais il n'y était pas non plus. De retour dans la chambre, elle regarda sous le lit, dans le placard…

Personne.

— Benji ? Où es-tu, mon chéri ?

Pas de réponse.

Les battements de son cœur se précipitèrent, mais elle se raisonna. La maison était grande : outre les pièces communes et la partie à usage privé, elle comptait huit chambres d'hôtes — presque toutes inoccupées en ce moment. Les fêtes de fin d'année approchant, la plupart des gens restaient chez eux, rendaient visite à leur famille ou partaient en vacances dans des endroits plus excitants qu'une petite ville texane comme Cobra Creek.

Soudain, Sage remarqua que le tiroir de la commode était ouvert et que les vêtements qu'il contenait étaient en désordre. Benji avait dû vouloir s'habiller tout seul. A trois ans, il commençait à revendiquer son indépendance, et c'était très bien. Il lui fallait juste apprendre à assortir les couleurs.

Sage remarqua ensuite que le sac à dos de son fils avait disparu, et là, elle eut beau s'exhorter au calme, son pouls s'emballa.

Pour ne rien arranger, une inspection plus attentive de la chambre lui révéla d'autres absences : celles de l'ours en peluche avec lequel Benji dormait normalement, d'un sifflet qu'il adorait, et de sa casquette de base-ball rouge — sa préférée.

Et le fait que son doudou soit là, lui, augmenta encore l'inquiétude de Sage, car Benji ne se séparait jamais de cette couverture bleue.

Mais il devait juste être en train de jouer à faire du camping, se dit-elle pour se rassurer. Ron et lui avaient parlé d'effectuer une randonnée, trois ou quatre jours plus tôt. Ron avait même demandé au petit garçon quels objets il emporterait alors.

L'ours en peluche, le sifflet et la casquette de base-ball rouge étaient du nombre.

S'efforçant de chasser de son esprit d'autres scénarios que celui d'un simple jeu, Sage ressortit dans le couloir et fouilla toutes les chambres vides à la recherche de son fils.

En vain.

L'idée d'importuner les rares clients de la maison d'hôtes l'ennuyait, mais une terrible appréhension lui nouait à présent l'estomac. Elle commença par aller frapper à la porte des Ellis, couple âgé venu fêter au Texas son quarante-cinquième anniversaire de mariage.

— Oui ? demanda l'homme encore en robe de chambre qui lui ouvrit.

— Excusez-moi de vous déranger, monsieur Ellis, mais vous n'auriez pas vu mon fils, par hasard ?

— Non. On se réveille à l'instant, ma femme et moi.

— Vous voulez bien vous assurer qu'il ne s'est pas caché dans votre chambre pendant que vous dormiez ? Il n'a que trois ans, et il aime bien faire des farces.

Le vieil homme se gratta la tête, achevant ainsi d'ébouriffer ses cheveux gris.

— D'accord...

Il laissa la porte ouverte, ce qui permit à Sage de le voir regarder sous le lit, dans la penderie, dans la salle de bains attenante... et de le croire sur parole lorsqu'il revint lui annoncer :

— Non, madame Freeport, votre fils n'est pas là.

— Merci, monsieur Ellis, et excusez-moi encore !

Sage gravit ensuite l'escalier qui menait à la chambre mansardée du deuxième étage. C'était là qu'avait demandé à loger une femme prénommée Elvira. Ayant récemment perdu un enfant, elle avait déclaré avoir besoin de calme et de solitude.

Comme Elvira ne répondait pas, Sage poussa la porte. Il y

avait, posé bien en évidence sur la table, un mot de sa cliente lui disant qu'elle avait décidé de partir très tôt et n'avait pas voulu la réveiller.

Benji aimait cette pièce parce que sa fenêtre offrait une vue dégagée sur le ruisseau qui coulait à l'arrière de la maison.

Mais il n'y était pas.

Les nerfs à vif, Sage redescendit et fouilla une nouvelle fois chaque chambre, en appelant son fils. Elle se précipita ensuite dehors, explora la cour, le jardin, la cabane dans laquelle le petit garçon avait l'habitude de se réfugier, les dépendances…

Benji demeura introuvable.

C'était de la terreur que Sage éprouvait maintenant. Il fallait prévenir la police, organiser des recherches… Elle regagna la maison en courant pour appeler le shérif, mais quand elle entra dans la cuisine, le téléphone sonnait. Elle décrocha, décidée à se débarrasser le plus vite possible de son correspondant…

— Mademoiselle Freeport ? Shérif Gandt, à l'appareil !
— Ah ! j'allais justement vous appeler ! Mon fils a disparu.
— C'est bien ce que je craignais.

Le cœur de la jeune femme s'arrêta de battre.

— P… pourquoi ? bredouilla-t-elle.
— Le mieux serait que vous veniez me rejoindre.
— Où ?
— A la sortie ouest de Cobra Creek, sur la route qui longe le ruisseau.
— Que se passe-t-il ?
— Je vous l'expliquerai quand vous serez là.

Sur ces mots, le shérif coupa la communication. Sage sentit ses genoux fléchir, et elle dut se raccrocher au bord du plan de travail pour ne pas tomber.

Non, surtout ne pas paniquer… Il n'était rien arrivé à Benji…

Elle attrapa ses clés et se rua dehors. Au bout de trois essais infructueux, son monospace finit par démarrer, et elle prit pied au plancher la direction du lieu de rendez-vous.

A peine sortie de Cobra Creek, elle vit des flammes s'élever dans le ciel, accompagnées d'une épaisse fumée noire. C'était un véhicule qui brûlait.

Le cœur battant, elle écrasa la pédale de frein, se gara sur le bas-côté et sauta à terre. Le shérif Gandt l'attendait près de quatre pompiers qui s'efforçaient d'éteindre l'incendie. Elle se mit à courir et ne tarda pas à se rendre compte que la voiture en feu était une Jeep noire.

Ron avait une Jeep noire.

— Vous reconnaissez ce véhicule ? lui demanda le policier lorsqu'elle se fut arrêtée à sa hauteur.

Un violent frisson la secoua.

— C'est celui de Ron Lewis, mon fiancé.

Sage remarqua vaguement que la lumière crue du matin accentuait la dureté des traits du shérif.

Puis elle vit ce qu'il tenait à la main, et son sang se figea dans ses veines.

Un ours en peluche et une casquette de base-ball rouge.

Mon Dieu ! Benji était dans la voiture de Ron, au moment de l'accident qui avait provoqué cet incendie !

1

Deux ans plus tard

Dugan Graystone ne faisait aucune confiance au shérif Billy Gandt.

Gandt se comportait en seigneur et maître de la ville. Il méprisait les hommes d'origine indienne, comme Dugan, ne perdait pas une occasion de leur infliger une sanction et n'hésitait pas à dire qu'ils étaient incapables d'exercer des responsabilités importantes.

Il était allé jusqu'à tenter d'écarter Dugan de cette opération de recherche, comme s'il voulait se réserver le mérite de son éventuel succès. Les familles des deux jeunes randonneurs disparus connaissaient cependant la réputation de traqueur émérite de Dugan, et elles avaient insisté pour louer ses services.

Dugan était en train de parcourir à cheval la zone inhabitée qui s'étendait à l'ouest de Cobra Creek. A l'instigation de Gandt, une équipe de sauveteurs bénévoles s'était déployée dans les immenses forêts situées de l'autre côté de la ville, mais son instinct avait conduit Dugan dans un tout autre secteur, et il en scrutait maintenant chaque buisson, chaque centimètre carré de terrain, dans l'espoir d'y déceler la trace d'une présence humaine récente.

Cette inspection minutieuse ne l'empêchait pas de continuer à fulminer intérieurement contre Gandt... Candidat aux dernières élections au poste de shérif, il avait perdu — en grande partie parce que ce dernier avait acheté des voix... Pourtant, il se faisait fort d'arriver un jour à prouver que, sous son apparence de brave et honnête homme, Gandt en réalité n'était qu'un hypocrite, un lâche et une fripouille.

Né dans la réserve indienne la plus proche de Cobra Creek, Dugan se battait pour la conception qu'il avait de la justice et de la morale...

Deux notions auxquelles Gandt était totalement étranger. Seul le guidait son goût immodéré pour l'argent, le pouvoir et les femmes.

Dugan possédait un ranch, mais il exerçait en plus une activité de détective privé et s'était juré de démasquer Gandt. Son ami le Texas ranger Jaxon Ward était, lui, en train d'éplucher les comptes de l'intéressé, à la recherche de rentrées ou de dépenses anormalement élevées qui permettraient de le confondre.

La crue récente du ruisseau qui donnait son nom à la petite ville de Cobra Creek avait déraciné des arbustes et fait remonter dans ses eaux des débris provenant de la rivière dont il était l'affluent. Notant un endroit où de hautes herbes semblaient avoir été piétinées, Dugan mit pied à terre, attacha son cheval à un arbre et s'agenouilla pour examiner le sol détrempé.

Ce qui ressemblait à une empreinte de pas lui apparut, mais de quand datait cette marque ?

Il y en avait une autre un peu plus loin, puis une succession de broussailles écrasées dessina un chemin qui se dirigeait vers le bord du cours d'eau.

Après être allé prendre une torche électrique dans sa sacoche de selle, Dugan suivit cette piste. Au bout de quelques mètres, il tomba sur une parcelle de terrain envahie par un mélange de boue, de branches, de morceaux de bois... et d'autre chose.

Des os.

Les restes d'un squelette d'animal, peut-être ?

Intrigué, Dugan se pencha pour les voir de plus près.

Un fémur... Un doigt...

Il s'agissait d'ossements humains et, à en juger par leur état, ils étaient là depuis trop longtemps pour pouvoir appartenir aux deux adolescents disparus.

La radio fixée à la ceinture de Dugan émit soudain un crépitement. Il établit la communication, et la voix de Jaxon retentit dans le haut-parleur :

— On a retrouvé les randonneurs. Ils sont un peu déshydratés, mais à part ça ils vont bien.

Dugan souleva son Stetson pour essuyer son front couvert de sueur.

— Tant mieux, mais il faut que le légiste vienne me rejoindre avec une camionnette de la morgue.

— Pourquoi ?

— J'ai découvert près du ruisseau des ossements qui doivent dater d'environ deux ans.

Ce fut seulement en disant cela que Dugan se rappela quelque chose : deux ans plus tôt, un dénommé Ron Lewis était censé avoir péri non loin de là dans un accident de voiture. Le fils de Sage Freeport était avec lui à ce moment-là.

Le corps de l'homme n'avait jamais été retrouvé, et celui du petit garçon non plus.

Et si ces ossements appartenaient à Ron Lewis ?

Sage disposa un couvert pour son fils sur la table de la cuisine, mit un pancake dans l'assiette et le saupoudra de sucre — Benji préférait cela au sirop d'érable —, puis elle remplit le bol de chocolat au lait.

Le sapin de Noël miniature était toujours sur le comptoir, avec ses décorations. Mais il y avait à présent trois paquets dessous.

La balle de softball achetée deux ans plus tôt ne poserait pas de problème, mais le gant ? Ne serait-il pas un peu juste quand Benji reviendrait ?

Les clients attablés dans la salle à manger pour le petit déjeuner — un couple du nom de Dannon qui se levait toujours très tôt — considérèrent Sage d'un air compatissant, mais elle les ignora.

Elle savait que les gens la croyaient folle. Lucy Krandall, qui tenait un restaurant à Cobra Creek, l'avait mise en garde : entretenir ainsi l'illusion de la survie de son fils n'était pas bon pour elle ; il y avait là quelque chose de morbide qui pouvait même se révéler mauvais pour ses affaires.

Et Sage avait besoin de travailler. Pour payer ses factures et aussi, maintenant, pour préserver sa santé mentale.

Mais elle refuserait d'admettre que Benji était mort tant que le mystère de sa disparition n'aurait pas été éclairci : pourquoi Ron l'avait-il emmené, ce matin-là, et pour aller où ?

Sans compter qu'il n'existait aucune preuve concrète de son décès... Sa casquette rouge et son ours en peluche avaient certes été retrouvés sur les lieux de l'accident, mais pas son cadavre.

Selon le shérif Gandt, Ron et Benji, blessés, avaient tenté d'échapper à l'incendie de la voiture en allant se jeter dans le ruisseau. De fortes pluies ayant créé un violent courant la nuit précédente, ils avaient dû se noyer. Et leurs corps avaient été emportés jusqu'à la rivière, où leur trace ensuite s'était perdue.

Sage se reprochait amèrement de ne pas avoir été là pour empêcher Ron de partir avec Benji. C'était à cause d'elle, si le petit garçon avait disparu...

Mais il reviendrait. Elle devait s'accrocher à cet espoir, sinon ses remords prendraient toute la place dans son esprit et finiraient par la détruire.

Dugan regardait en serrant les dents le shérif Gandt observer les ossements.

— C'est peut-être un randonneur solitaire, ou un vagabond, dit le policier. Je vais consulter le fichier national des personnes disparues... A moins que ce ne soit un criminel recherché : ce ne serait pas le premier à venir se cacher dans les coins sauvages qui abondent par ici.

Liam Longmire, le médecin légiste, était en train d'examiner le cadavre, à présent débarrassé de la boue et des débris qui le recouvraient auparavant presque entièrement. Le squelette était quasiment intact : les os avaient été attaqués par des animaux, mais il en restait largement assez pour identifier le mort — à condition que son ADN soit conservé quelque part, sinon aucune recherche ne donnerait de résultat.

— Il peut aussi s'agir de Ron Lewis, non ? suggéra Dugan.

Le shérif remonta son pantalon d'uniforme sur son ventre et se remit à mâchonner le brin d'herbe coincé entre ses dents. Son silence surprit Dugan, car il avait d'habitude réponse à tout.

Le Dr Longmire leva la tête et fixa tour à tour les deux hommes avant d'annoncer :

— Je ne peux pas encore dire qui c'est, mais une chose est sûre : il n'a pas succombé à des brûlures, et il ne s'est pas noyé non plus.

— De quoi est-il mort, alors ? demanda Dugan.

— Regardez la cage thoracique... Vous voyez, là, cette côte cassée ? C'est une balle qui a fait ça. L'autopsie m'en apprendra plus, mais, à en juger par l'angle de pénétration, cette balle a dû transpercer le cœur.

Un grognement s'échappa de la gorge du shérif.

— Vous voilà donc avec une enquête criminelle sur les bras ! lui lança Dugan.

Gandt le considéra froidement et se tourna ensuite vers le légiste.

— La mort remonte à quand ?

— Environ deux ans, et ça correspond au temps qui s'est écoulé depuis la disparition de ce Ron Lewis et du fils de Sage Freeport.

Visiblement agacé de constater que les conclusions du médecin accréditaient l'hypothèse émise par un homme de couleur, le shérif esquissa une moue agacée. La découverte de ce cadavre lui apparaissait visiblement comme un problème dont il se serait volontiers passé.

— Je vais me procurer les empreintes dentaires de Ron

Lewis, reprit Longmire. Une comparaison nous dira si c'est bien lui la victime de ce meurtre.

Un hochement de tête, puis Gandt commença de s'éloigner, mais Dugan l'arrêta en déclarant :

— Vous ne comptez pas demander à une équipe de la police scientifique de venir effectuer une fouille des environs, shérif ?

— A quoi bon ? Si ce type est mort depuis deux ans, tous les indices ont disparu. Et si ce n'était pas encore le cas il y a quelques jours, la crue de la semaine dernière aurait tout emporté... Le véhicule de Lewis a en outre été retrouvé en aval de l'endroit où nous sommes... Si son corps a séjourné dans l'eau, ce n'est donc pas ici, en amont du lieu de l'accident, qu'il a pu être rejeté !

— Sauf si le meurtrier s'en est débarrassé ailleurs que sur l'emplacement même du crime, souligna Dugan.

Ignorant cette remarque, le shérif lança au légiste :

— Identifiez-moi cet homme, docteur ! J'attends votre rapport pour ouvrir l'enquête !

Une fois Gandt remonté dans sa voiture, Dugan réfléchit et dut admettre que le policier pouvait bien avoir raison : la victime était peut-être un touriste, ou un vagabond, ou un fugitif... Deux détenus s'étaient justement évadés d'une prison du Texas deux ans plus tôt, et ils n'avaient jamais été rattrapés.

Le shérif n'en aurait pas moins dû organiser une recherche d'indices aux alentours de l'endroit où les ossements avaient été retrouvés.

Dugan utilisa son téléphone portable pour les photographier. Le légiste lui montra la trace d'autres lésions que celle de la côte brisée, lui en donna l'origine probable, et Dugan prit des notes. Les employés de la morgue transportèrent ensuite le corps dans leur camionnette, et tout le monde partit — sauf Dugan.

Résolu à pallier le manque de conscience professionnelle du shérif, il effectua le travail normalement dévolu aux techniciens de scène de crime, et son obstination paya : il trouva un petit bout de tissu accroché à une ronce, et un bouton en métal à demi enfoui dans la boue, près de l'endroit où les premiers ossements lui étaient apparus.

Après avoir mis en sac ces deux objets pour les faire expertiser par le laboratoire de la police scientifique, il réalisa une nouvelle fouille des environs, mais en étendant cette fois ses recherches à plusieurs centaines de mètres en amont et en aval du lieu de sa macabre découverte.

Le temps qui s'était écoulé, les intempéries et la présence de nombreux animaux sauvages dans cette zone ne lui permirent malheureusement pas de déterminer si la victime avait ou non été déplacée après sa mort.

Frustré, il finit par remonter sur son cheval et regagna la ville, mais il était inquiet. Gandt avait classé trop vite à son goût l'affaire de la disparition de Ron Lewis et du petit Benji Freeport.

Et il était bien parti pour bâcler *aussi* cette enquête-là…

La nouvelle de la découverte d'un squelette parvint à Sage en fin d'après-midi : elle était à l'épicerie, en train d'acheter les ingrédients nécessaires à la confection de son fameux gâteau à la noix de coco quand elle entendit deux femmes parler des jeunes randonneurs retrouvés sains et saufs. La caissière, qui était la cousine du Dr Longmire, intervint soudain dans la conversation :

— Et un des participants aux recherches est tombé sur le cadavre d'un homme, près du ruisseau… D'après Liam, il ne restait plus que les os !

— Qui est-ce ? demanda l'une des deux femmes.

— Je ne crois pas que la police le sache encore, mais mon cousin devait essayer de l'identifier grâce à des empreintes dentaires. Quand je l'ai vu, il pouvait quand même déjà dire que la mort remontait à deux ans.

Cette précision força l'attention de Sage. Cela faisait presque deux ans que la voiture de Ron avait brûlé.

Et si…

Abandonnant son chariot dans sa hâte d'en apprendre plus, Sage se précipita dehors. Les bureaux du shérif se trouvaient de l'autre côté de la place, et elle resserra les pans de sa veste sur sa poitrine pour se protéger du vent froid qui soufflait dans la rue.

Gandt ne lui avait pas témoigné beaucoup d'égards quand Benji avait disparu… Depuis ce jour, elle allait régulièrement lui demander s'il y avait du nouveau dans cette affaire, et il l'accusait chaque fois de le harceler — sans lui cacher, en outre, qu'il jugeait absurde son obstination à croire son fils encore vivant. Il ne l'accueillerait donc sûrement pas à bras ouverts aujourd'hui, mais peu lui importait.

Elle entra dans le bâtiment au pas de charge et eut la surprise d'y voir Dugan Graystone. Il lui arrivait de le croiser en ville, mais c'était un homme réservé, qui passait pour un solitaire — et aussi pour le meilleur traqueur du Texas.

Très grand et large d'épaules, avec des yeux noirs et perçants, des pommettes hautes et un air taciturne, il avait tout du beau ténébreux…

La moitié des femmes de Cobra Creek le trouvait sexy ; l'autre moitié avait peur de lui.

Il était en train de parler avec le Dr Longmire et le shérif. Les trois hommes se tournèrent vivement vers Sage, comme si elle les avait surpris en train de faire quelque chose de mal, et elle leur dit avec autant d'assurance que sa nervosité le lui permettait :

— Il paraît qu'un corps a été découvert au bord du ruisseau…

Le regard de Dugan se planta dans le sien, et elle y lut de l'inquiétude. Gandt, lui, la considéra avec son arrogance habituelle. Elle se demandait comment il avait pu être marié… mais comprenait pourquoi il ne l'était plus ! Le fait qu'il ait recueilli sa vieille mère, une femme exigeante clouée dans un fauteuil roulant, l'obligeait cependant à lui reconnaître quelque mérite.

— De qui s'agit-il ? reprit-elle.
— De Ron Lewis, répondit le légiste.
— Vous… vous en êtes sûr ?

— Oui. Les empreintes dentaires l'attestent.

Sentant ses jambes fléchir, Sage s'assit sur la chaise la plus proche. L'angoisse qui lui étreignait le cœur rendait sa respiration difficile, mais après deux années d'une douloureuse incertitude, elle voulait savoir la vérité.

Alors elle prit une profonde inspiration et demanda :
— Benji était avec lui ?

2

— Je vous demande si vous avez retrouvé Benji, shérif…, insista Sage faute d'avoir obtenu une réponse rapide à sa dernière question.

— Non. Seulement le corps de Lewis.

Une onde de soulagement la submergea.

— Alors il y a des chances pour que mon fils soit encore en vie.

Dugan et le légiste échangèrent un regard qu'elle ne parvint pas à déchiffrer, mais le froncement de sourcils du shérif fit revenir en force son anxiété. Lui cachait-il quelque chose ? Etait-ce pour cela qu'il avait clos si vite l'enquête sur la disparition de Benji ?

— Mademoiselle Freeport, déclara Gandt sur le ton de patience appuyée qu'il aurait utilisé pour raisonner un enfant, le Dr Longmire pense que Lewis est mort le jour même de l'accident de voiture. Ça signifie qu'il en va de même pour votre fils, comme je l'ai toujours dit. Et si son corps n'a pas été retrouvé, c'est sans doute parce qu'il est resté coincé au fond de…

— Ça suffit, shérif ! coupa sèchement Dugan.

— Vous n'avez plus rien à faire ici, Graystone ! répliqua l'interpellé. Vous pouvez y aller !

— Comment Ron est-il mort ? insista Sage.

— Calmez-vous, mademoiselle Freeport ! Rentrez chez vous, et…

— Il a été tué par balle, intervint de nouveau Dugan.

— Ce n'est donc pas l'accident qui lui a coûté la vie ?

— Non, indiqua le Dr Longmire. Il s'est probablement vidé de son sang.

Les pensées se bousculaient à présent dans l'esprit de Sage. Qui avait tiré sur Ron, et pourquoi ?

— Alors ce serait la balle qu'il a reçue la cause de l'accident ? observa-t-elle. Il aurait perdu le contrôle de son véhicule ?

— C'est possible, dit le médecin.

— Il y avait un impact de balle dans la voiture ? s'enquit Dugan.

Le shérif haussa les épaules.

— Je n'en sais rien. Les flammes l'avaient presque entièrement détruite.

Le rebondissement que constituait la découverte du corps de Ron allait obliger Gandt à sortir de son inertie, et Sage profita du fait qu'elle avait des témoins pour le lui rappeler :

— Que la balle ait été ou non retrouvée, vous avez la preuve que Ron a été assassiné, et vous devez ouvrir une enquête pour meurtre !

Dugan avait du mal à maîtriser sa colère contre Gandt. Cette crapule aurait dû réconforter Sage, s'engager à tout mettre en œuvre pour découvrir ce qui était arrivé à son fils…

C'était ce qu'il ferait, lui, s'il était shérif.

Mais il n'avait ni l'argent ni le pouvoir dont disposaient des gens comme les Gandt et, dans une petite ville comme Cobra Creek, c'était rédhibitoire.

— Je sais ce que j'ai à faire, mademoiselle Freeport ! déclara sèchement le shérif. Je compte en effet enquêter sur la mort de Lewis, mais si votre fils était encore en vie, il y a longtemps que nous l'aurions retrouvé, croyez-moi ! S'il était avec Lewis au moment de l'accident, il a pu s'extraire comme lui de la voiture… mais pour se noyer ensuite dans un ruisseau transformé en torrent, et être emporté loin d'ici. Son cadavre…

— Shérif…, gronda Dugan, révolté par la crudité des propos de Gandt.

Le légiste, lui, adressa un regard compatissant à Sage, puis il s'excusa et se dirigea à grands pas vers la porte.

Voyant le shérif remonter de nouveau son pantalon, Dugan se dit qu'il aurait dû porter des bretelles… ou perdre vingt centimètres de tour de taille.

— Vous voudriez que je donne une version édulcorée de la réalité, Graystone, mais je suis policier, pas psy… J'appelle un chat un chat !

— Admettons, mais en tant que shérif, vous avez pour rôle de protéger les honnêtes citoyens et de procéder à une enquête approfondie lorsqu'il leur arrive quelque chose. Or vous n'avez rien fait pour apporter des réponses aux questions que Sage Freeport se pose au sujet de son fils.

— Vous pensez que le lui ramener à l'état de squelette la consolera ?

— Ce serait douloureux, intervint l'intéressée, mais au moins, je connaîtrais la vérité… Et maintenant que nous savons que Ron a été assassiné, nous pouvons supposer que son meurtrier a emmené Benji avec lui. Mon fils attend donc peut-être depuis deux ans, seul et malheureux, que je vienne le chercher…

La voix de Sage se brisa, et un élan de pitié souleva Dugan.

Ce sentiment était étranger à Gandt, car il tendit un index autoritaire vers la porte et s'écria :

— Je n'ai de leçon à recevoir de personne sur la façon dont je m'acquitte de mes fonctions, alors partez tous les deux, pour que je puisse me mettre au travail !

— D'accord, mais tenez-moi au courant, dit Sage avant de pivoter sur ses talons et de sortir du bâtiment.

— Elle mérite de savoir ce que son fils est devenu, déclara Dugan en regardant le shérif droit dans les yeux. Et s'il est vivant, il faut tout faire pour le lui ramener.

— Il est mort ! Je n'arrête pas de le lui répéter, mais elle est en plein déni ! Elle aurait pourtant intérêt à cesser de se bercer d'illusions : ça lui permettrait de tourner la page, au lieu de rester enchaînée au passé !

Dugan n'avait pas d'enfants, mais à supposer qu'il en ait un et que cet enfant disparaisse, il remuerait ciel et terre pour le retrouver.

— Vous allez enquêter sur le meurtre de Ron Lewis, n'est-ce pas ? demanda-t-il. Vous devez aux habitants de Cobra Creek de vous assurer que son assassin n'est pas toujours parmi eux !

— Au cas où vous l'auriez oublié, Graystone, ces gens m'ont élu, et ça signifie qu'ils ont confiance dans mes compétences... Partez, maintenant !

Cette fois, Dugan obéit. Il pensait malheureusement que le shérif ne ferait qu'un minimum d'efforts pour élucider le meurtre de Lewis, et aucun pour retrouver Benji Freeport — que le petit garçon soit mort ou vivant.

Dehors, il aperçut Sage assise sur un banc de la place, le visage caché dans ses mains et le corps secoué de tremblements. Il se dirigea vers elle et, le temps de la rejoindre, sa décision était prise : puisque Gandt ne lèverait pas le petit doigt pour rechercher Benji, c'était lui, Dugan, qui s'en chargerait.

Sage pleurait, mais plus de rage que de désespoir. Ce n'était pas la première fois que le shérif Gandt l'envoyait promener, mais comment pouvait-il refuser de l'écouter, après la découverte d'un élément nouveau aussi important que l'assassinat de Ron Lewis ?

L'image de son ex-fiancé s'imposa brusquement à son esprit, lui causant un douloureux pincement au cœur. Elle ne se pardonnerait jamais de lui avoir fait confiance. Pourquoi avait-il emmené Benji, ce matin-là ? Où allait-il ?

Et à ces questions qui la tourmentaient depuis deux ans, s'en ajoutait aujourd'hui une autre : qui l'avait tué ?

Quand ce promoteur immobilier était entré dans sa vie, il avait apporté la promesse d'un heureux changement sur tous les plans : affectif, parce qu'il était attentionné et séduisant ;

professionnel, parce qu'il voulait dynamiser l'économie de la ville en y développant le tourisme, et que l'essor de ce secteur profiterait directement à sa maison d'hôtes.

Peut-être était-ce pour cela que Ron avait cherché à se rapprocher d'elle... Peut-être s'était-il imaginé qu'elle pouvait l'aider à convaincre la municipalité de soutenir son projet...

Un bruit de pas tira Sage de ses pensées. Elle sentit ensuite une présence, puis le contact d'une main sur son épaule.

Relevant vivement la tête, elle essuya les larmes qui coulaient sur ses joues. Son regard croisa alors celui de Dugan Graystone — la seule personne qu'elle ait jamais vue défier le shérif.

Ses pommettes saillantes et son teint mat trahissaient ses origines indiennes, mais c'était sans doute à son métier de traqueur qu'il devait son impressionnante musculature, ses mains robustes...

Des mains que Sage imagina soudain en train de se promener sur son corps...

Elle se gronda intérieurement. Même si elle se sentait terriblement seule et vulnérable, même s'il émanait de Dugan une séduisante impression de force et un puissant magnétisme, il n'était pas question de lui tomber dans les bras ! Elle en avait fini avec les hommes.

Tous les hommes.

— Qu'est-ce que vous voulez ? demanda-t-elle.

Il y avait dans sa voix plus d'agressivité qu'elle n'avait eu l'intention d'en mettre. Dugan tressaillit légèrement, mais ce fut sur un ton calme qu'il observa :

— Gandt est un abruti.

Ces mots chassèrent la colère de Sage.

— C'est bien mon avis ! s'écria-t-elle avec un petit rire sans joie.

— Il a quand même dit qu'il allait enquêter sur l'assassinat de Lewis.

— Je doute qu'il déploie plus de zèle aujourd'hui qu'il y a deux ans !

Dugan s'assit à côté de Sage et déclara :

— Je sais que vous étiez fiancée à Ron Lewis. Il est donc normal que l'arrestation de son meurtrier soit importante pour vous.

— Nous étions certes fiancés, mais j'ai commis là une erreur de jugement, et mes sentiments pour lui se sont évanouis à l'instant même où je me suis rendu compte qu'il avait emmené mon fils sans ma permission. Si je l'avais retrouvé avant que quelqu'un le tue, je crois que j'aurais été capable de l'étrangler de mes propres mains pour le punir d'être parti avec Benji !

— Je comprends.

— Cet homme m'a pris ce que j'avais de plus précieux au monde…, murmura Sage sans pouvoir réprimer un sanglot.

— Permettez-moi de vous aider !

— Comment ?

— En découvrant l'auteur et le mobile du meurtre de Lewis. Cela peut nous fournir une piste en ce qui concerne la disparition de votre fils.

Sage observa attentivement le visage de son interlocuteur. Il avait l'air sincèrement désireux de lui apporter des réponses, comme s'il s'intéressait vraiment à elle…

Mais deux expériences malheureuses successives l'avaient échaudée : elle ne se fierait plus jamais aux apparences.

D'un autre côté, Dugan avait perdu contre Gandt aux dernières élections pour le poste de shérif… Il avait donc des raisons personnelles de vouloir battre ce dernier sur son propre terrain : s'il résolvait l'assassinat de Ron Lewis et l'affaire de la disparition de Benji, il montrerait aux habitants de Cobra Creek qu'ils n'avaient pas voté pour la bonne personne.

Et peu importaient pour Sage les motivations de Dugan, pourvu qu'il lui apporte une aide efficace dans la recherche de son fils…

— D'accord, dit-elle, et si votre enquête sur Ron vous apprend des choses peu reluisantes à son sujet, inutile de les cacher ! Je me moque de sa réputation — et de la mienne aussi, d'ailleurs.

Dans le silence qui suivit, elle perçut avec une surprenante acuité la chaleur qui émanait du corps de Dugan, l'intensité du regard qu'il fixait sur elle...

— Je ferai tout mon possible pour découvrir ce que votre fils est devenu, finit-il par déclarer, mais ces investigations ne donneront pas forcément le résultat que vous espérez.

— Je le sais. Tout ce que je veux, c'est la vérité.

— Même si elle est cruelle ?

— Oui. Elle ne peut pas être pire que les hypothèses que je ressasse jour et nuit depuis deux ans.

Les scénarios que Dugan commençait de son côté à imaginer n'avaient rien de rassurant. Le petit garçon avait pu se noyer, comme l'avait indiqué le shérif ; il avait aussi pu être enlevé par l'assassin de Ron Lewis — et cela constituait même peut-être le but visé dès le départ, Lewis ayant alors été engagé pour le kidnapper, avant d'être abattu par son commanditaire.

— Vous avez déjà mené ce genre d'enquête ? demanda Sage.

— Oui. J'exerce une activité accessoire de détective privé, et j'ai déjà collaboré à la résolution de plusieurs affaires classées avec le Texas ranger Jaxon Ward.

— Vous le connaissez bien ?

— Oui, et depuis longtemps.

Dugan n'en dit pas plus. Il avait vécu quelque temps dans la même famille d'accueil que Jaxon, et c'était là qu'ils s'étaient liés d'amitié. Il ignora ensuite, et pour la même raison, le haussement de sourcils interrogateur de son interlocutrice : ils n'étaient pas là pour parler de lui et de sa jeunesse difficile.

— Je vais commencer par entrer la photo de votre fils dans le fichier des enfants disparus, annonça-t-il.

Les grands yeux verts de Sage se voilèrent de larmes, mais elle acquiesça de la tête.

— Ça me paraît indispensable, en effet ! J'ai supplié le shérif Gandt de le faire il y a deux ans, mais pour lui, c'était une perte de temps : personne ne pourrait reconnaître Benji, puisqu'il était mort le jour même de sa disparition... Passez chez moi quand vous voulez, et je vous donnerai une des dernières photos de Benji que j'ai prises.

— Je peux vous y accompagner maintenant.

— Non, il faut d'abord que j'aille à l'épicerie. Rejoignez-moi là-bas dans une demi-heure.

— Entendu.

Sage se leva, mais elle resta ensuite un moment immobile, la main crispée sur son sac, l'air hésitant.

— Merci, Dugan, finit-elle par déclarer. Vous ne pouvez pas savoir le bien que ça me fait d'être enfin écoutée. La plupart des gens me croient folle ; ils pensent que j'aurais dû lâcher prise depuis longtemps.

Dugan avait entendu dire qu'elle mettait un couvert pour son fils à chaque repas, comme s'il allait revenir d'un instant à l'autre, mais était-ce un signe de trouble mental, ou essayait-elle seulement de préserver ainsi l'espoir de le revoir un jour ?

— Je comprends que vous refusiez de vous résigner... Du moins tant que vous n'aurez aucune certitude dans un sens ou dans l'autre.

Ce qu'impliquait cette dernière remarque n'échappa sûrement pas à Sage : si on lui apportait la preuve que Benji était mort, elle devrait l'accepter.

Mais s'il y avait une chance pour que le petit garçon soit encore en vie, Dugan n'aurait de cesse qu'il ne l'ait retrouvé et ramené à sa mère.

Sage prépara du café avant de commencer à ranger ses courses d'épicerie. Elle se félicitait de ce que les Dannon — ses seuls clients en ce moment — soient partis en excursion et n'aient prévu de rentrer que pour se coucher.

Le petit déjeuner était inclus dans le prix des chambres, mais pas les autres repas : les gens qui désiraient en prendre sur place devaient le dire à leur arrivée, pour que Sage puisse s'organiser en fonction des réservations. Elle mettait cependant à la disposition de tous, en milieu de matinée et d'après-midi, une collation comprenant des boissons chaudes, des fruits et des gâteaux faits maison.

Quelqu'un sonna à la porte, puis le tintement de la clochette fixée au vantail annonça que cette personne était entrée. Sage se rendit dans le vestibule et y trouva Dugan en train d'observer les vieux outils agricoles et les gravures de chevaux qui décoraient les murs. Les touristes étaient friands de couleur locale, et Sage s'efforçait de leur en donner.

Dugan souleva son chapeau pour la saluer, et ses traits d'une mâle beauté se découpèrent avec une netteté particulière dans la lumière du soir.

— Je viens chercher la photo dont nous avons parlé, déclara-t-il.

— Oui, suivez-moi ! dit Sage.

Elle le conduisit dans la cuisine… et le surprit en train de fixer le sapin de Noël et les paquets posés sur le comptoir. Elle faillit se lancer dans une explication, mais refusa finalement de se justifier.

Benji ne reviendrait peut-être jamais, mais dans le cas contraire, il trouverait ses cadeaux, et elle fêterait avec lui tous les Noëls passés loin l'un de l'autre.

3

Sage ouvrit un album de photos sur la table de la cuisine, se mit à le feuilleter. Dugan, qui l'observait à ce moment, vit une expression de douleur se peindre sur son visage. Visionner les images des trois premières années de la vie de son fils devait lui fendre le cœur.

Page après page, le nouveau-né enveloppé dans une couverture bleue et blotti dans les bras de sa mère se transforma en nourrisson, puis en un bébé souriant, qui jouait dans son bain avec un canard en plastique, qui commençait à ramper, puis à marcher…

Suivirent des photos de Benji ouvrant des cadeaux lors de son premier goûter d'anniversaire, se balançant près d'un sapin de Noël sur un cheval à bascule tout juste déballé, courant dans le jardin, endormi dans un fauteuil — en pyjama et serrant contre lui une couverture bleue visiblement transformée en doudou…

— Quand je lui ai coupé les cheveux pour la première fois, j'en ai gardé une mèche, dit Sage, le doigt posé sur une petite enveloppe glissée entre deux pages.

Dugan se força à sourire. Il n'était évidemment pas question d'arracher la jeune femme à ses souvenirs, mais il était mal à l'aise. Une famille aimante relevait pour lui du simple concept. Dans les endroits où il avait grandi — la réserve indienne et des foyers d'accueil —, personne ne voulait vraiment de lui, et il n'avait donc pas la moindre idée de la façon dont une famille normale fonctionnait.

Sage essuya une larme, puis elle détacha de l'album une photo de Benji devant l'arbre de Noël.

— J'ai pris ce cliché la veille de sa disparition.

Le regard de Dugan se fixa de nouveau sur le sapin, et il nota que l'un des paquets posés dessous et celui de la photo ne faisaient qu'un. Sage n'y avait donc pas touché : elle attendait depuis deux ans que son fils revienne et ouvre ce cadeau !

— Vous me rendrez cette photo ? déclara-t-elle. Comme vous pouvez le voir, c'est à peu près tout ce qui me reste de...

Le sanglot étouffé qui l'empêcha de terminer sa phrase chavira Dugan.

— Je vous la rapporterai, bien sûr, et j'en prendrai grand soin.

Il espérait ramener aussi l'adorable garçonnet qu'elle représentait, mais il s'interdit de faire à Sage une promesse qu'il n'était pas sûr de pouvoir tenir.

— Avant de démarrer mon enquête, dit-il, j'ai quelques questions à vous poser.

— Je vous écoute.

— Vous savez pourquoi votre fils se trouvait dans la voiture de Lewis, ce matin-là ?

— Non, je n'en ai pas la moindre idée ! répondit-elle en passant une main nerveuse dans ses longs cheveux auburn. Le shérif pense que Ron emmenait Benji m'acheter un cadeau de Noël.

— Ça vous paraît possible ?

— Pas vraiment. Si c'était le cas, Ron m'aurait sûrement laissé un mot, quitte à mentir sur la raison de leur absence pour que ce cadeau reste une surprise. Benji étant ma seule famille, j'avais tendance à le surprotéger, et Ron savait que je paniquerais en constatant leur disparition à tous les deux sans en avoir l'explication.

— Vous n'avez plus vos parents ?

— Non. Je n'ai jamais connu mon père, et ma mère est morte dans un accident de voiture un an avant la naissance de Benji.

La question suivante touchait à un sujet délicat, Dugan en avait conscience, mais il devait la poser.

— Et le père de Benji ?

— Il s'appelle Trace Lanier. Je l'ai rencontré peu de temps après le décès de ma mère. Cette épreuve m'avait fragilisée, sinon je ne me serais sans doute pas engagée aussi vite dans une liaison avec lui. Bref, je suis tombée enceinte et, quand Trace l'a appris, il m'a quittée.

— Où est-il maintenant ?

— Je l'ignore. Il participe au circuit professionnel de rodéo. C'est un métier qui implique des déplacements continuels.

— Il a exprimé un quelconque désir d'avoir des contacts avec son fils ?

Sage émit un petit rire amer.

— Non, il n'a même pas voulu le reconnaître. Il m'a accusée de lui attribuer la paternité de cet enfant pour pouvoir ensuite lui soutirer de l'argent !

Dugan secoua la tête. Sage ne lui apparaissait pas du tout comme une femme menteuse et calculatrice.

— J'étais furieuse ! continua-t-elle. Je lui ai dit que ma mère m'avait élevée seule, et que j'étais prête à faire la même chose avec mon futur bébé.

— Il est donc parti…

— Oui, et je n'ai plus jamais eu de nouvelles de lui.

— Vous pensez qu'il a pu changer d'avis, vouloir soudain passer du temps avec son fils ?

— Non. Il jouit maintenant d'une certaine notoriété : sa spécialité, c'est la monte de chevaux à moitié sauvages — la plus prisée des fans de rodéo. Il n'a sûrement pas envie de s'encombrer d'un enfant : cela ferait fuir ses admiratrices !

Dugan n'avait pas besoin de connaître cet homme pour le trouver antipathique, mais il se renseignerait tout de même sur lui. Peut-être son manager lui avait-il dit que la présence d'un petit garçon à ses côtés renforcerait sa popularité ?

Ce n'était pas une piste très prometteuse, mais Dugan comptait n'en négliger aucune.

Sage avait honte d'admettre qu'elle s'était laissé abuser par le physique avantageux de Trace Lanier. C'était pourtant le cas. Pire encore, elle avait été assez naïve pour croire Ron Lewis différent…

Pouvait-il vraiment avoir juste emmené Benji lui acheter un cadeau de Noël ? S'il n'avait pas été tué en chemin, aurait-il ramené le petit garçon ?

Ou bien l'avait-il enlevé ? Mais pourquoi ? Elle n'avait pas de quoi payer une rançon !

— J'ai préparé du café, déclara-t-elle à Dugan. Vous en voulez ?

— Oui, volontiers.

Sage remplit deux mugs, en tendit un à son visiteur et lui servit en prime un morceau de quatre-quarts.

— Il est tout frais, indiqua-t-elle. Je l'ai fait ce matin.

— Merci. J'avais entendu dire que vous étiez une excellente cuisinière… Je sais maintenant que c'est vrai.

Qu'avait-il entendu dire d'autre sur elle ? se demanda Sage, un peu inquiète.

— Ça doit être bon pour vos affaires, enchaîna-t-il.

— Sans doute… Je passais presque toutes les vacances scolaires chez ma grand-mère, quand j'étais petite. C'est elle qui m'a appris à cuisiner.

— Venons-en à Ron Lewis ! Comment vous êtes-vous connus, tous les deux ?

— C'était un de mes clients, au départ. Ce sont ses affaires qui l'ont amené ici : il était promoteur immobilier et envisageait d'implanter à Cobra Creek des infrastructures touristiques qui boosteraient l'économie, créeraient des emplois… Bref, qui nous feraient passer directement du Moyen Age au XXIe siècle.

— Oui, je me rappelle avoir entendu parler de ce projet. Il était question notamment de doter la ville d'un grand centre commercial, de fast-foods et même d'un ranch pour vacanciers, si je me souviens bien, sur des terres achetées aux alentours.

— C'est ça, et Ron était là, entre autres choses, pour

obtenir de la municipalité un accord de principe concernant les permis de construire.

— Vous vous êtes donc rapprochés, tous les deux ?

— J'ai gardé mes distances, au début, mais il ne manquait pas de charme… Et il s'est pris d'affection pour mon fils.

— C'était réciproque ?

— Oui, Benji l'aimait bien.

— Il serait parti avec lui de son plein gré ?

— Probablement. Ron avait passé ici la plus grande partie de l'été précédent et, en décembre, j'avais le sentiment que nous formions déjà presque une famille.

Sage avait cru avoir enfin trouvé un homme qui les aimait, elle et son fils…

Comment avait-elle pu être aussi bête ?

Dugan mangea un morceau de quatre-quarts, et le sourire appréciateur qu'il adressa ensuite à Sage lui causa un étrange plaisir.

— La municipalité a approuvé le projet de Lewis ? demanda-t-il ensuite.

— Les discussions étaient en cours… Vous pensez que son meurtre a quelque chose à voir avec ça ?

— Je ne sais pas, mais c'est une hypothèse à envisager.

La possibilité de tenir là une piste sérieuse fit regretter à Sage de ne pas avoir posé plus de questions à Ron sur ses affaires, sur la société qui devait financer son projet, sur *lui*…

Et maintenant, il était trop tard. Si c'était un problème professionnel, Ron avait peut-être emporté ce secret avec lui dans la tombe.

Dugan comptait se renseigner sur le programme de développement touristique de Lewis. Les habitants de la région étaient-ils en majorité pour ou contre ? Quel était son état d'avancement au moment du décès de Lewis ? Des terres avaient-elles déjà été achetées ? des permis de construire, délivrés ?

L'intérêt de cet homme pour Benji donnait cependant aussi à Dugan matière à réfléchir.

— Vous dites que Lewis s'était pris d'affection pour votre fils ?

— Oui. Certains hommes n'aiment pas les enfants, d'autres ne savent pas comment leur parler... Ron, lui, a tout de suite été très à l'aise avec Benji.

— Il appartenait à une famille nombreuse ?

— Non. Quand je lui ai posé la question, c'est d'un air triste qu'il m'a dit n'avoir ni frère ni sœur. Il avait en outre perdu ses parents très jeune.

— Il avait peut-être un ou plusieurs enfants d'un premier mariage...

— Non, il n'était pas divorcé... A l'entendre, tout du moins, et après ce qui s'est passé, je ne sais pas si je dois le croire. Il ne m'a même raconté que des mensonges, si ça se trouve !

C'était possible... Lewis pouvait avoir projeté de kidnapper Benji dès le départ, et il avait alors gagné la confiance du petit garçon pour que ce dernier, le jour venu, ne lui oppose aucune résistance.

Mais pourquoi ?

Dans le but de l'échanger contre une rançon ? Mais que Lewis ait enlevé Benji pour son propre compte, ou qu'il ait été payé pour le faire, puis assassiné par son commanditaire en tant que dénonciateur potentiel, Sage n'avait sûrement pas de gros moyens financiers...

En dehors de l'argent, le rapt d'un enfant pouvait avoir le chantage pour mobile : le ou les ravisseurs menaçaient de tuer leur otage si son père ou sa mère ne leur rendait pas un service précis. Dans le cas de Sage, si le but recherché était l'adhésion de la municipalité au projet de Lewis, ce calcul n'aurait pas marché, car la jeune femme n'avait pas la moindre influence sur ce genre de décision.

Dugan devait d'ailleurs reconnaître qu'il n'avait aucune preuve de la malhonnêteté de Lewis. Peut-être cet homme était-il vraiment venu à Cobra Creek pour y développer le tourisme et avait-il été sincèrement amoureux de Sage...

Peut-être même était-il mort en essayant de sauver le fils de sa fiancée.

— Lewis a laissé quelque chose ici ? déclara Dugan.

— Non, je ne crois pas, répondit Sage avant d'avaler sa dernière gorgée de café.

— Je pourrais voir la chambre qu'il occupait ? A moins qu'elle ne soit prise en ce moment ?

— Non, je vais vous y emmener.

— Vous l'avez louée, depuis la mort de Lewis ?

— Deux fois seulement. Venez !

Cette chambre se trouvait au premier étage. Sage y conduisit Dugan et le regarda ouvrir les tiroirs de la commode — vides —, puis celui du bureau placé dans un angle de la pièce — vide lui aussi.

— Qu'est-ce que vous cherchez ? finit-elle par demander.

— Si Lewis a été tué parce qu'il se livrait à des activités illicites, il a peut-être laissé des documents compromettants derrière lui... Il a emporté toutes ses affaires, le matin de son départ ?

— Quand je suis allée faire le ménage dans sa chambre, quelques jours plus tard, je me suis aperçue que sa valise et son ordinateur n'étaient plus là.

— S'il avait juste emmené Benji vous acheter un cadeau, il ne les aurait pas pris... Il vous avait parlé d'un prochain voyage, ou d'un simple déplacement ?

— Il m'avait dit la veille qu'un rendez-vous important allait peut-être l'obliger à s'absenter, mais qu'il serait de retour avant Noël.

— Il vous a indiqué le lieu de ce rendez-vous ?

— Non. J'aurais dû lui poser la question, mais les préparatifs de Noël m'occupaient tellement à ce moment-là que je n'y ai pas pensé. Si je lui avais demandé des précisions, pourtant, quelque chose m'aurait peut-être mis la puce à l'oreille...

Abandonnant la fouille du placard qu'il venait d'entreprendre, Dugan rejoignit Sage d'un pas énergique qui fit résonner les talons de ses bottes sur le plancher.

— Vous n'avez rien à vous reprocher ! s'écria-t-il.
— Si. Benji est mon fils. J'étais censée le protéger.
— Personne n'est en mesure de tout contrôler. Il est évident que vous êtes une excellente mère.
— Alors pourquoi Benji a-t-il disparu ? Pourquoi n'est-il pas ici avec moi, en train d'emballer des cadeaux de Noël et de m'aider à confectionner des cookies ?
— Je l'ignore, mais je vous promets de le découvrir.

Bien que Sage soit reconnaissante à Dugan d'essayer de la réconforter, elle ne parvenait pas à chasser les questions qui la hantaient depuis deux ans.

Qu'était devenu son fils ? Si quelqu'un l'avait enlevé, était-il bien traité ? Mangeait-il à sa faim ? Avait-il peur ?

Et se souviendrait-il d'elle, quand elle l'aurait retrouvé ?

4

— Lewis n'a occupé à aucun moment une autre chambre que celle-là ? demanda Dugan.

— Non.

— Combien de temps ont duré ses différents séjours à Cobra Creek ?

— La première fois, il est resté une quinzaine de jours. Il s'est ensuite absenté pendant un mois et, à son retour, il a passé environ six mois ici.

— Où était-il allé ?

— Il prospectait le marché foncier du Texas. Il travaillait en collaboration avec une société qui l'avait chargé de trouver des terres à acheter aux alentours de petites villes dont l'économie avait besoin d'un coup de fouet... C'est du moins ce qu'il m'a raconté.

— Où était-il domicilié ?

Sage remonta le couvre-lit sur les oreillers avant de répondre :

— Dans le sud du Texas, je crois. Il m'a dit être originaire d'une bourgade proche de Laredo.

Il faudrait vérifier ça, songea Dugan. Et si Lewis n'avait pas menti sur ce point, peut-être quelqu'un de là-bas pourrait-il le renseigner sur lui.

Retournant à la fouille du placard, Dugan y entra cette fois complètement. Son pied buta sur une aspérité et, en baissant les yeux, il remarqua une lame de parquet disjointe.

Il s'agenouilla, le cœur battant. Y avait-il quelque chose sous le plancher ?

D'un coup sec, il arracha la pièce de bois, fit de même pour celle d'à côté, et une petite enveloppe en papier kraft lui apparut. Il s'en saisit et, après s'être assuré qu'il n'y avait rien d'autre dans la cachette, il se releva et rejoignit Sage.

— Vous avez trouvé quelque chose d'intéressant ? lui demanda-t-elle.

— Je ne sais pas encore... On va voir.

Dugan ouvrit l'enveloppe et en vida le contenu sur le lit.

— Ça alors ! s'écria Sage.

Une demi-douzaine de permis de conduire s'étaient éparpillés sur le couvre-lit. Ils portaient tous la photo de Ron Lewis — Dugan le connaissait de vue —, mais aucun n'était à ce nom.

— Ce sont des faux, déclara-t-il, et celui que Lewis utilisait ici devait l'être lui aussi.

— Il ne s'appelait donc pas Ron Lewis...

— Non, et un homme qui se fait faire des faux papiers ne peut pas être quelqu'un d'honnête.

Abasourdie, Sage se laissa tomber sur le lit.

— Je n'aurais pas été surprise d'apprendre que Ron m'avait menti sur certains points, mais sur son identité ? Pourquoi a-t-il fait ça ?

— Vous avez de la fortune personnelle ?

— Aucune. Je me suis endettée jusqu'au cou pour aménager cette maison d'hôtes !

— Ce n'est donc pas dans le but de vous soutirer de l'argent que Lewis vous a menti. Je pense que son projet de développement touristique de la ville était une vaste escroquerie, et que vous vous y êtes retrouvée mêlée par hasard.

— Ce qui revient à dire qu'il ne m'a jamais aimée.

Sage s'était posé la question des centaines de fois. Elle se vantait de tout préférer à l'incertitude, mais maintenant que la vérité s'imposait, c'était un sentiment d'humiliation qu'elle éprouvait. Et en outre, par sa crédulité, elle avait mis son fils en danger !

— Ce n'est pas parce que Lewis était un arnaqueur qu'il ne tenait pas vraiment à vous, observa Dugan.

— Oui, et j'imagine qu'il allait rentrer dans le droit chemin par amour pour moi ! répliqua Sage sur un ton sarcastique.

Puis elle ramassa l'un des faux permis de conduire, lut le nom du titulaire — Mike Martin — et le lança ensuite contre le mur.

— Il s'est servi de moi, reprit-elle, et l'idiote que je suis ne s'est aperçue de rien ! Mais ça n'explique pas pourquoi il a emmené Benji, ce matin-là...

— Il savait que vous étiez endettée ?

— Oui, et il me disait de ne pas m'inquiéter : quand il aurait mené son projet à bien, mon établissement ne désemplirait pas.

— Il désirait peut-être sincèrement permettre à vos affaires de mieux marcher.

— Comment voulez-vous que je croie à la sincérité d'un homme qui s'est présenté à moi sous une fausse identité ?

Sage se pencha sur les permis de conduire en essayant de se rappeler si Ron avait mentionné devant elle l'un des noms inscrits dessus, mais aucun ne lui parut familier.

— Je me demande comment j'ai pu être assez bête pour avaler tous ses mensonges !

Elle le savait, en fait.

C'était parce que la solitude lui pesait, à cette époque.

Parce que l'idée de donner un père à Benji lui plaisait.

Mais elle s'était juré depuis de ne plus jamais baisser sa garde.

De ne plus jamais laisser un homme profiter de sa vulnérabilité.

Dugan remit les permis de conduire dans l'enveloppe. Il allait demander à Jaxon Ward d'effectuer une recherche dans les fichiers informatiques de la police. Le nombre de ces pseudonymes le portait à croire que Lewis n'en était pas à sa première escroquerie, deux ans plus tôt, et il pouvait donc avoir un casier judiciaire sous l'une de ses autres identités.

Cela pouvait également expliquer son assassinat : un escroc

se faisait forcément plus d'ennemis qu'un honnête citoyen, et il avait donc plus de chances de mourir de mort violente.

Restait à savoir qui Lewis avait spolié ou dupé.

Le fait qu'il ait menti à Sage et soit allé jusqu'à la demander en mariage incitait Dugan à penser que d'autres femmes avaient été victimes de ses boniments. Il avait peut-être eu une kyrielle de petites amies ou d'épouses — une dans chaque ville du Texas où il avait travaillé ou séjourné.

Ce qui augmentait encore le nombre de personnes susceptibles de lui en vouloir...

— Vous savez avec qui Lewis avait pris contact au sujet de son projet ? déclara Dugan.

— Avec George Bates, le directeur de la banque, avec le maire et certains de ses adjoints... Il a aussi parlé à plusieurs propriétaires terriens des environs, mais j'ignore lesquels, et ce que ces discussions ont donné.

— Je commencerai par Bates, indiqua Dugan en mettant l'enveloppe dans la poche intérieure de sa veste.

— Vous allez confier ces permis de conduire au shérif ?

— Non, il serait furieux d'apprendre que j'enquête sur cette affaire, et je n'ai aucune confiance en lui, de toute façon.

— Moi non plus !

Sage se frotta les bras, comme pour se réchauffer. Ce devait être le contrecoup du choc causé par la découverte de la véritable personnalité de Ron Lewis, et Dugan faillit céder à la tentation de l'attirer contre lui pour la réconforter.

Elle était si belle ! Cela faisait des années qu'il l'admirait — de loin, car elle méritait mieux qu'un homme cabossé par la vie comme lui.

Alors qu'il se dirigeait vers la porte, elle l'arrêta en lui posant une main sur le bras.

— Promettez-moi quelque chose, Dugan !

— Quoi ?

— De ne rien me cacher. Je veux connaître la vérité, quelle qu'elle soit. J'en ai besoin : on m'a trop menti.

Il souleva la main de Sage, la serra dans la sienne... et

s'efforça d'ignorer l'onde brûlante que ce contact fit courir le long de ses veines.

— Je vous le promets.

Ce n'était pas le seul engagement qu'il aurait voulu prendre envers elle, mais il se remit en marche et sortit presque en courant de la chambre pour s'empêcher de manquer à sa première promesse, en disant à Sage ce qu'elle avait envie d'entendre au lieu de la vérité.

La vérité étant qu'il ne savait même pas si ses recherches aboutiraient un jour.

La découverte des faux permis de conduire avait profondément secoué Sage. Ron étant de toute évidence un menteur professionnel, il avait certainement abusé d'autres personnes qu'elle, mais ce n'était guère une consolation. Et puisque « Ron Lewis » était un pseudonyme, comment cet homme s'appelait-il vraiment ? Qui était-il ?

Et dans quel but s'était-il fiancé avec elle ? Il n'avait sûrement pas l'intention de l'épouser... Etait-ce pour gagner la confiance des habitants de la région ? Pour qu'ils le considèrent comme un des leurs et soient ainsi plus faciles à escroquer ?

Après avoir remis en place les lames de parquet, Sage se rendit dans la chambre de son fils. Benji adorait les animaux sauvages, si bien qu'elle avait peint sur un des murs une scène de jungle. L'étagère, au-dessus du lit, était remplie de peluches — ses amis, comme il les appelait —, et il les disposait tout autour de lui pour dormir. Il en avait tellement que leur présence empêchait presque Sage de l'embrasser, quand elle venait le border.

Comme eux, la couverture bleue soigneusement pliée sur l'oreiller semblait attendre le retour du petit garçon.

Où était-il ? S'il avait survécu, quelqu'un s'occupait-il de lui ? Avait-il un doudou et des « amis » pour le rassurer la nuit ?

Sage croyait avoir déjà tant pleuré qu'il ne lui restait plus de larmes. Elle en avait pourtant versé aujourd'hui — de colère — après sa conversation avec le shérif, et d'autres — de douleur, celles-là — lui montèrent alors aux yeux. Au bout de deux ans, l'absence de son fils lui causait toujours le même sentiment de désolation absolue.

Les disparitions d'enfants intéressaient généralement les médias, et ils avaient parlé de celle de Benji pendant quelques semaines. Selon la thèse communément admise, Ron et lui étaient morts des suites de l'accident, mais un appel à témoins avait malgré tout été lancé, au cas où quelqu'un aurait vu l'accident se produire et pourrait dire si une deuxième voiture était impliquée.

Personne ne s'était manifesté, et d'autres événements avaient chassé celui-là de la une des journaux. Avec le rebondissement que la découverte du corps de Ron Lewis constituait dans cette affaire, cependant, peut-être serait-il possible de ranimer l'intérêt des journalistes.

Sage redescendit dans la cuisine et sortit le cahier dans lequel, de façon un peu morbide, elle avait collé les articles parus sur l'accident. Elle ne savait pas trop pourquoi elle les avait gardés... Peut-être espérait-elle y découvrir un jour quelque chose qui expliquerait ce qui était arrivé à Benji...

La ville de Cobra Creek n'était pas assez grande pour avoir son propre journal, mais une reporter de Laredo avait interviewé Sage et couvert l'enquête — s'il était possible d'appeler ainsi les molles investigations que le shérif Gandt avait menées. Son nom figurait en bas de l'article — Ashlynn Fontaine —, et Sage le nota. Elle lui téléphonerait le lendemain matin, le fait que Ron Lewis avait été assassiné ayant des chances de piquer sa curiosité et de réveiller celle du public pour cette affaire.

Dugan se rendit à la banque le lendemain matin pour parler à George Bates. L'unique guichet était tenu par une jolie brune occupée à classer des papiers, et une femme plus âgée était en train de pianoter sur le clavier d'un ordinateur, au fond de la salle.

Ce fut à cette dernière que Dugan s'adressa. Elle le conduisit dans le bureau du directeur, un homme d'une cinquantaine d'années aux cheveux clairsemés et vêtu d'un costume démodé, qui serra la main à Dugan par-dessus une table encombrée de dossiers.

— Vous désirez ouvrir un compte ?

— Non, je voudrais vous poser quelques questions au sujet de Ron Lewis.

— Ron Lewis ? Mais il est mort il y a deux ans !

— En effet. Au cas où vous ne le sauriez pas, cependant, son corps a été retrouvé hier matin, et les constatations du légiste révèlent qu'il a été assassiné.

— Assassiné ?

— Oui. Abattu.

— Quel rapport avec moi ? s'écria Bates, visiblement sur la défensive.

— Aucun, mais le fait que Benji Freeport n'a pas été retrouvé en même temps laisse à penser qu'il est encore en vie, et sa mère m'a demandé d'enquêter sur sa disparition. L'identification du meurtrier de Lewis peut m'aider à découvrir ce qu'est devenu ce petit garçon… Vous avez envie qu'il soit rendu à sa mère, n'est-ce pas ?

— Euh… oui, bien sûr !

— Alors dites-moi tout ce que vous savez sur Ron Lewis.

Bates fit signe à Dugan de s'asseoir avant de déclarer :

— Lewis est venu me présenter un vaste projet destiné à développer l'économie de Cobra Creek, avec des croquis à l'appui. Il voulait dynamiser le centre-ville en le dotant d'espaces verts et de rues piétonnes, créer aux alentours des lotissements, un centre équestre, un grand centre commercial, un ranch pour vacanciers…

— Comment comptait-il financer toutes ces belles réalisations ?

— Ce n'était pas très clair. Il a commencé par me dire qu'il n'y avait pas de problème de ce côté-là — il avait le soutien d'une grosse société —, et puis il m'a proposé d'investir dans ce projet. Je sais qu'il a fait la même offre à plusieurs autres personnes — Lloyd Riley et Ken Canter, en particulier. Ils possèdent de vastes étendues de terrain dans les zones qui conviendraient le mieux au centre équestre et au ranch pour vacanciers.

— Ils ont accepté ?

— C'est à eux qu'il faut poser la question. A moi, ils n'ont voulu fournir de détails ni l'un ni l'autre, mais je crois qu'ils ont tous les deux signé un accord avec Lewis.

Qu'étaient devenus ces accords ? se demanda Dugan.

— Les habitants de Cobra Creek étaient plutôt favorables au projet de Lewis ? déclara-t-il.

— Certains commerçants pensaient que ce serait bon pour leurs affaires, mais l'idée du centre commercial et du ranch pour vacanciers déplaisait à beaucoup de gens.

— Quand Lewis vous a proposé d'investir dans ce programme, vous vous êtes informé sur la société censée financer son projet ?

— J'allais le faire quand il a eu cet accident, et ensuite, ça ne m'a plus paru nécessaire.

— Il avait un associé ?

— Pas que je sache.

Lewis devait opérer en solitaire, songea Dugan. Il comptait soutirer un maximum d'argent aux gens du pays, puis disparaître avec le magot...

L'une de ses victimes l'avait-elle démasqué, et tué pour le punir d'avoir voulu l'escroquer ?

5

Dugan fit une halte à son ranch avant d'aller voir les propriétaires terriens avec lesquels Lewis avait eu des contacts.

Adolescent, il avait effectué toutes sortes de petits travaux dans des ranchs de la région. Il y avait appris à monter, puis à dresser les chevaux, et il s'était juré dès cette époque de posséder un jour son propre élevage.

La réserve où il était né ne lui laissait que de mauvais souvenirs. Sa mère était une Indienne qui peinait à subvenir à leurs besoins, et son père, comme celui du petit Benji Freeport, avait pris le large avant sa naissance. Dugan ne savait pas où il était et n'avait de toute façon aucune envie de le connaître.

Un homme capable d'abandonner sa compagne enceinte ne valait rien à ses yeux.

Sa mère était morte quand il n'avait que cinq ans, et il avait ensuite été ballotté de famille d'accueil en famille d'accueil, avec le sentiment de n'être nulle part à sa place.

C'était pour cela qu'il avait voulu avoir son propre ranch — un îlot de stabilité où il se sentirait chez lui.

Un jeune homme, Hiram, y travaillait à ses côtés et le remplaçait quand ses autres activités l'obligeaient à s'absenter. Lui aussi était d'origine indienne et, devenu orphelin très jeune, il serait tombé dans la délinquance s'il n'avait pas trouvé cet emploi chez Dugan.

C'est pour la même raison que Dugan avait pris comme apprentis trois adolescents qui avaient interrompu leurs études secondaires. Il les avait inscrits à des cours du soir pour qu'ils puissent les terminer et s'inscrire un jour à l'université s'ils le souhaitaient.

Après s'être assuré qu'aucun problème n'était survenu pendant son absence, il se rendit dans son bureau. Là, il alluma son ordinateur et entra le nom de Trace Lanier dans un moteur de recherche.

Des dizaines de résultats s'affichèrent, qui confirmèrent les propos de Sage : Lanier était une étoile montante du circuit professionnel de rodéo, et il apparaissait sur toutes les photos entouré d'un essaim de jeunes et jolies admiratrices. Il gagnait beaucoup d'argent, collectionnait les conquêtes féminines et, à en juger par les clichés pris dans des soirées, des boîtes de nuit et des casinos, c'était un fêtard qui n'avait pas de place dans sa vie pour un enfant.

Le circuit de rodéo faisait de toute façon étape à Tucson au moment de la disparition de Benji, et Lanier y avait concouru.

Dugan le raya de la liste des suspects, puis il appela son ami Jaxon et le mit au courant de la découverte du cadavre de Ron Lewis et de ses faux permis de conduire.

— Cet homme était visiblement un escroc professionnel, déclara le Texas ranger. Envoie-moi ses pseudonymes ! Je vais voir s'il avait déjà été condamné sous une ou plusieurs de ses fausses identités.

— Je comptais en effet te demander ce service... Je fais ça tout de suite !

Après avoir transmis à Jaxon les noms et la photo de Lewis par courrier électronique, Dugan rappela son ami. Ce dernier accusa réception de l'envoi et ajouta :

— J'entre tout ça dans le casier judiciaire national et différents autres fichiers. Les résultats ne devraient pas tarder à arriver... Dis-moi tout ce que tu sais sur ce type, en attendant !

Dugan lui répéta ce qu'il avait appris de Sage et de Bates. Il venait d'annoncer son intention d'aller parler à Lloyd Riley et à Ken Canter quand Jaxon s'écria :

— Ça y est ! J'ai les informations.
— Et ?

— Notre homme avait volé le nom de Ron Lewis à un habitant décédé de Corpus Christi, pour commencer.

— Il l'avait assassiné ?

— Non, le vrai Ron Lewis avait quatre-vingts ans, et il est mort d'un cancer.

— Ensuite ?

— Trois des autres noms figurent avec des condamnations dans le casier judiciaire national : Joel Bremmer, Mike Martin et Seth Handleman. Le premier a été arrêté pour vol, le deuxième et le troisième, pour blanchiment d'argent et détournement de fonds... Mais notre homme a évité la prison grâce à une mise en liberté sous caution et un défaut de comparution le jour du procès.

— Avec, entre les deux, un changement d'identité...

— Exactement !

— Qui a payé la caution ?

— Attends ! Je vais voir si je peux trouver ça.

— Pendant que tu y es, essaie de te procurer le rapport de police sur l'accident de Lewis. J'aimerais savoir s'il a été tué avant ou après.

— Gandt l'ignore ?

— Il croyait que Lewis était mort des suites de cet accident. La découverte de son corps nous a appris qu'il avait en fait été abattu, mais quand j'ai demandé au shérif s'il y avait un impact de balle dans la voiture, il a éludé la question. Il n'avait pas pris la peine d'examiner le véhicule, si tu veux mon avis...

— Le connaissant, c'est probable en effet ! Ne quitte pas !

Dugan pianota impatiemment sur son bureau en attendant que son ami revienne au bout du fil.

— C'est chaque fois une femme qui a payé la caution de Lewis, annonça Jaxon au bout de quelques instants. Il y a d'abord une dénommée Eloise Bremmer, qui s'est présentée comme l'épouse de Joel, et ensuite une certaine Carol Sue Tinsley qui, elle, était censée être la petite amie de Mike Martin... Quand la police est allée à l'adresse fournie par Eloise Bremmer, elle n'y a trouvé personne. Et chez Carol Sue Tinsley non plus après la disparition de Mike Martin.

— Je me demande si ces deux femmes ne sont pas en fait une seule et même personne.

— C'est possible.

— Et Seth Handleman ? Qui a payé sa caution ?

— Personne, car les poursuites ont été abandonnées avant sa mise en examen. Il était apparemment marié, et son épouse, Maude, habitait Laredo.

— Tu as son adresse ?

— Oui.

— Donne-la-moi ! Elle y vit peut-être encore.

Et cette Maude Handleman pouvait bien ne faire qu'une avec « Eloise Bremmer » et « Carol Sue Tinsley ».

Après s'être garée devant le café où Ashlynn Fontaine lui avait fixé rendez-vous, Sage caressa du bout du doigt le médaillon qu'elle portait depuis la disparition de Benji. Elle avait mis à l'intérieur un portrait du petit garçon et s'était juré de garder ce bijou autour de son cou jusqu'au retour de son fils. Elle le touchait ainsi souvent dans la journée, tel un talisman qui l'empêcherait de perdre espoir.

Elle entra dans l'établissement, commanda un *latte* au comptoir et alla s'asseoir à une table. La journaliste arriva cinq minutes plus tard ; elle repéra Sage, lui adressa un petit signe de la main, puis la rejoignit avec une tasse de café noir.

— Bonjour, mademoiselle Freeport ! Je dois dire que votre coup de téléphone a piqué ma curiosité !

— Appelez-moi Sage !

— D'accord... L'affaire de la disparition de votre fils et de votre fiancé vient donc de connaître un rebondissement ?

— Oui. Le corps de Ron Lewis a été retrouvé.

— Ah bon ? Quand ?

— Hier matin.

— Où ?

— Au bord de Cobra Creek.
— Par qui ?
— Dugan Graystone, un traqueur des environs. Il est tombé dessus par hasard, en recherchant des randonneurs qui s'étaient perdus.

Ashlynn sortit un carnet et un stylo de son sac, griffonna quelques mots, puis demanda :

— Le shérif a été prévenu ?
— Oui. Il a promis d'ouvrir une enquête, mais s'il la mène avec aussi peu de conviction que la première...
— Comment Lewis est-il mort ?
— Il a été tué par balle.
— Il s'agit donc d'un assassinat... Sa voiture a pourtant été retrouvée accidentée et en train de brûler, si je me souviens bien...
— En effet, mais il n'y avait personne dedans. On ne sait pas encore si Ron a été abattu avant l'accident — ce qui l'aurait alors causé — ou après, pendant qu'il essayait d'échapper aux flammes.
— Intéressant...
— Ce qui m'importe, moi, c'est le fait que le corps de mon fils n'a pas été découvert en même temps que celui de Ron. Ça me conforte dans l'idée que Benji est toujours vivant.
— On a retrouvé hier un élément concret allant dans ce sens ?
— Non, mais réfléchissez ! La personne qui voulait tuer Ron ne s'attendait sûrement pas à ce qu'il soit accompagné d'un enfant... Une fois son forfait accompli, elle a peut-être enlevé Benji...

Un silence tendu s'installa, qu'Ashlynn finit par rompre en observant :

— C'est possible, mais il se peut aussi que les choses se soient passées autrement.
— Que le meurtrier de Ron se soit débarrassé de Benji, vous voulez dire ?
— Oui, pour ne pas laisser de témoin derrière lui. Je comprends que vous n'ayez pas envie de croire à cette hypothèse,

mais la police a-t-elle recherché une tombe aux alentours du lieu de l'accident, au cas où le tueur aurait enterré votre fils ?

— Je n'ai pas repris contact avec vous pour que vous me convainquiez de la mort de Benji ! J'espérais que vous accepteriez d'écrire un nouvel article sur cette affaire, en soulignant que la disparition de Ron Lewis était maintenant élucidée, mais pas celle de mon fils.

Prête à s'en aller, Sage sortit de son sac une photo de Benji et la posa sur la table.

— Publiez cette photo, s'il vous plaît, et rappelez à vos lecteurs que mon fils n'a pas encore été retrouvé, que je suis toujours à sa recherche. Quelqu'un l'a peut-être vu...

— Entendu ! dit Ashlynn d'une voix apaisante. Je suis prête à tout faire pour vous aider à savoir ce que votre petit garçon est devenu.

— Comme la plupart des gens, vous doutez qu'il soit encore vivant, mais moi, je suis sa mère... Je ne renoncerai pas avant d'avoir une certitude.

— Je comprends. Cette photo sera publiée, je vous le promets, mais elle date d'il y a deux ans... Benji a-t-il un signe physique distinctif, quelque chose de permanent, comme une tache de vin, une cicatrice ou un grain de beauté ?

— Il est né avec un morceau de cartilage en plus à l'oreille droite. Mais ce n'est visible que de près.

— Vous avez une photo où cette particularité apparaît nettement ?

— Oui, la première que j'ai prise de lui après sa naissance. Et je l'ai justement dans mon portefeuille...

Sage remit le cliché à la journaliste, qui le rangea dans son sac et déclara :

— Je vais écrire cet article aujourd'hui même. Je vais aussi demander à une de mes amies, qui travaille à la télévision régionale, de lancer un nouvel appel à témoins aux informations du soir avec les photos de votre fils à l'appui.

— Merci, dit Sage.

La question d'Ashlynn à propos d'une tombe l'avait cependant profondément troublée. Ce seul mot lui faisait peur, et pourtant elle devrait en parler à Dugan.

Dugan entra l'adresse de Maude Handleman dans le bloc-notes de son téléphone portable, puis il se mit en route pour le ranch de Lloyd Riley, situé à quelques kilomètres de Cobra Creek.

Il savait qu'une partie des exploitants agricoles des environs venaient de connaître des années difficiles : les intempéries avaient endommagé les récoltes, la vogue du bio avait obligé certains cultivateurs à opérer de coûteux changements dans leurs méthodes de production, et la filière de la viande bovine avait souffert.

La clôture qui délimitait les terres de Lloyd Riley était brisée par endroits, nota Dugan. Il longea ensuite des champs en friche, et la maison d'habitation qui lui apparut au bout d'un kilomètre et demi aurait eu besoin de sérieuses réparations : la toiture était en mauvais état, la peinture de la façade s'écaillait, et le bois de la terrasse semblait vermoulu. La porte ouverte de l'écurie révélait des box vides, il y avait un tracteur abandonné dans un pré, un peu plus loin, et le pick-up noir garé dans la cour portait des traces de rouille.

Riley faisait manifestement partie des exploitants agricoles en difficulté !

Dugan se rangea devant l'escalier extérieur, gravit les marches et frappa à la porte.

Personne ne répondit.

Après avoir attendu deux bonnes minutes, il frappa de nouveau et, cette fois, une voix cria de l'intérieur :

— J'arrive !

Un bruit de pas traînants se fit entendre, puis la porte s'ouvrit sur un homme grand et robuste.

— Lloyd Riley ? demanda Dugan.

— Lui-même... Et vous, vous ne seriez pas l'Indien qui a retrouvé les randonneurs ?

— J'ai participé à leur recherche, mais c'est quelqu'un d'autre qui les a retrouvés.

Dugan se présenta et tendit une main que Riley serra avant de déclarer :

— Qu'est-ce qui vous amène ?

Il fallait choisir ses mots avec soin, se dit Dugan. Les cow-boys purs et durs — catégorie à laquelle son interlocuteur appartenait visiblement — n'aimaient pas admettre qu'ils avaient des problèmes d'argent.

— J'ai discuté ce matin avec George Bates, le directeur de la banque, des infrastructures que Ron Lewis envisageait de réaliser autour de Cobra Creek.

Riley se raidit.

— Oui, et alors ?

— Bates m'a appris que Lewis lui avait proposé d'investir dans ce projet, et qu'il avait fait la même offre à des propriétaires terriens des environs.

— Lewis a parlé de ça à la municipalité et à presque tous les gens du coin… Pas à vous ?

— Non. Il en avait sans doute l'intention, mais il est mort avant de pouvoir le faire.

— Oui, c'est triste de mourir aussi jeune.

Le ton sur lequel cette remarque avait été proférée manquait singulièrement de sincérité…

— Lewis voulait acheter des terres par ici, observa Dugan. Il avait des vues sur les vôtres ?

— Oui, mais j'ai refusé de les lui vendre, répondit Riley. Elles appartenaient à mon père, et à son père avant lui… Je n'allais pas permettre à cet homme de construire dessus un centre commercial, ou de les transformer en une espèce de parc d'attractions ! Il a pourtant réussi à en rouler quelques-uns…

— « Rouler » ?

— Oui. Il leur a offert un prêt pour les tirer d'affaire. L'argent était censé provenir d'une société de financement, mais ils auraient dû lire plus attentivement le contrat…

— Pourquoi ?

— Je ne connais pas tous les détails, mais quand il leur a fallu rembourser et qu'ils ne l'ont pas pu, Lewis les a dépossédés de leurs terres.

L'air de soudain regretter d'en avoir trop dit, Riley enchaîna sur un ton suspicieux :

— Mais pourquoi vous me posez toutes ces questions ?
— Simple curiosité, répondit Dugan.

Puis, comme son interlocuteur ne semblait pas convaincu, il décida de gagner sa confiance en lui livrant à son tour une information :

— Lewis était un escroc professionnel. Je crois qu'il s'enfuyait avec l'argent que ses combines lui avaient rapporté, le jour où sa voiture a brûlé.

— Oui, ça ne m'étonnerait pas !
— Qui a-t-il roulé ?
— Les personnes concernées sont fières, Graystone. Elles n'ont pas envie que les gens sachent qu'elles se sont fait pigeonner... Cet accident est bien tombé !

— Ce serait vrai si c'était lui la cause de la mort de Lewis, mais la découverte de son corps, hier matin, prouve le contraire.

— Ah bon ?

— Oui. Lewis a été assassiné et, selon toute vraisemblance, par l'une des victimes de ses escroqueries... Ken Canter ne serait pas du nombre, par hasard ?

— Non, répondit Riley. L'argent ne l'intéressait pas. Tout ce qu'il voulait, c'était se débarrasser de ses terres, pour pouvoir ensuite aller vivre près de sa fille. Il a quitté le Texas juste après avoir fait affaire avec Lewis. Partez, maintenant ! Je n'ai plus rien à vous dire !

Il voulut claquer la porte, mais Dugan l'empêcha de se refermer en posant le pied contre le chambranle.

— Je comprends votre volonté de protéger vos amis, monsieur Riley, mais le fils de Sage Freeport, alors âgé de trois ans, a disparu le jour du meurtre de Lewis. Cet homme étant un escroc, je ne serais pas particulièrement désireux d'attraper son assassin s'il n'y avait des chances pour qu'il sache ce que Benji Freeport est devenu. Et si cet enfant est encore vivant, sa mère n'a déjà que trop attendu qu'il lui soit rendu, vous ne trouvez pas ?

6

Sage s'était endormie en pressant sur son cœur le doudou de son fils, la veille au soir. L'odeur du petit garçon, que la couverture avait gardée, l'avait réconfortée.

Mais la remarque d'Ashlynn Fontaine à propos d'une tombe l'obsédait maintenant.

Une fois de retour chez elle, Sage appela Dugan, l'informa de sa conversation avec la journaliste et lui demanda d'essayer de savoir si la police avait recherché près du lieu de l'accident les traces d'une tombe fraîchement creusée.

— Mon ami Jaxon Ward vient justement de me communiquer le contenu du rapport du shérif…, répondit-il. Il y est dit que Gandt est arrivé sur place peu de temps après l'explosion du réservoir d'essence responsable de l'incendie. Je doute que le meurtrier ait eu le temps d'enterrer Benji, mais je peux aller vérifier, si vous voulez.

— Oui. Merci, Dugan.

— J'y vais tout de suite.

— Je vous rejoins là-bas.

Pour ne pas laisser à son correspondant le temps de discuter, Sage raccrocha aussitôt après. Elle remplit une Thermos de café, attacha ses cheveux indisciplinés avec un élastique et remonta ensuite dans son monospace.

Lorsqu'elle atteignit sa destination, Dugan y était déjà et, sans surprise, il lui déclara :

— Vous n'étiez pas obligée de venir… J'aurais pu faire ça tout seul.

— Bien sûr, mais je préfère participer à cette recherche que de rester à en attendre le résultat à côté du téléphone… Elle aurait d'ailleurs dû être effectuée il y a deux ans !

— D'après le rapport de police, une fouille des environs a malgré tout été organisée pour tenter de retrouver Benji.

— Personne n'a dû penser, à l'époque, qu'il avait pu être enterré, et ce n'est en effet sûrement pas le cas, mais depuis que cette journaliste m'a parlé d'une tombe, je n'arrive pas à me sortir cette idée de la tête… J'ai besoin de savoir.

— Je comprends.

Dugan serra la main de Sage dans la sienne, et ce fut suffisant pour que se propage en elle une onde de chaleur bienfaisante.

Ils se dirigèrent ensuite vers l'endroit exact où la voiture de Ron Lewis avait brûlé. Dugan sortit une torche électrique de sa poche et commença à en promener le faisceau sur le sol, en s'éloignant progressivement du lieu même de l'accident.

Sage le suivit pas à pas, les images du véhicule en flammes revenant la hanter. Elle voyait encore souvent en rêve les pompiers sortir de la voiture le corps calciné de Benji… Dans la réalité, le petit garçon n'avait pas été retrouvé, et c'était ce qui lui donnait le courage de se lever le matin.

Après deux heures d'une exploration minutieuse des environs, Dugan se tourna vers Sage.

— Votre fils n'a pas été enterré ici. Le sol en aurait gardé la trace, sinon.

— Ça ne me dit pas où il est, observa-t-elle, infiniment soulagée, mais maintenant, je peux au moins chasser de mon esprit l'horrible doute qu'Ashlynn Fontaine y avait mis.

— Oui, et son article va peut-être nous apporter des témoignages intéressants.

Ils regagnèrent leurs véhicules respectifs, et Dugan annonça avant de monter dans le sien :

— Les fausses identités de Lewis m'ont permis d'obtenir des informations sur lui — dont le fait qu'il était marié sous le nom de Seth Handleman. Je vais me rendre à Laredo où, avec un peu de chance, sa veuve habite toujours.

Un mensonge de plus ou de moins n'aurait dû rien changer, et pourtant Sage trouva particulièrement douloureux d'apprendre que Ron l'avait demandée en mariage alors qu'il était déjà marié.

L'absence de tombe aux alentours soulagea Dugan d'un grand poids. Les recherches menées autrefois n'en avaient certes pas trouvé, mais c'était Gandt qui les avait dirigées, et cela suffisait à Dugan pour douter de leur efficacité.

Le shérif avait manifestement adhéré d'emblée à la thèse de l'accident, si bien qu'il n'avait pas jugé utile d'examiner l'intérieur du véhicule ou de le faire expertiser par le laboratoire de la police scientifique.

L'impact de la balle qui avait tué Lewis aurait sinon été détecté — sauf si Lewis avait été abattu après avoir quitté la voiture en feu —, cette découverte déclenchant l'ouverture immédiate d'une enquête pour meurtre. Deux ans plus tard, les chances d'identifier l'assassin étaient considérablement réduites.

— Je voudrais vous accompagner à Laredo, déclara Sage.

— D'accord, mais je vous préviens : même si cette femme vit toujours là-bas, nous risquons d'y aller pour rien. Si elle protégeait son mari, elle refusera sans doute de nous parler.

— Vous pensez qu'elle était au courant de ses agissements ?

— Qui sait ? Elle pouvait même être sa complice... Ou elle faisait partie de ses victimes, comme vous.

— Beaucoup de gens avaient des raisons de souhaiter la mort de Ron, si je comprends bien !

— Avec les escroqueries de toutes sortes qu'il avait pratiquées sous ses différents pseudonymes, il ne manquait pas d'ennemis, en effet... On y va, maintenant ?

— Oui. Suivez-moi jusqu'à mon domicile, et je monterai ensuite avec vous.

— Entendu.

Un quart d'heure plus tard, Sage s'installait dans le siège passager du 4x4 de Dugan.

— Comment avez-vous découvert l'existence de cette femme ? demanda-t-elle.

— Grâce aux recherches effectuées par mon ami Jaxon dans les fichiers de la police, répondit Dugan en démarrant. Lewis s'était, sous trois noms différents, rendu coupable de vol, de blanchiment d'argent et de détournement de fonds.

— Il a fait de la prison ?

— Non, il a disparu deux fois de suite après avoir bénéficié d'une mise en liberté sous caution, la caution étant payée par une femme — la même ou pas, ce point reste à éclaircir. La troisième fois, les poursuites ont été abandonnées avant sa mise en examen. C'est son épouse de l'époque, Maude Handleman, que j'espère voir aujourd'hui.

— Comment ai-je pu croire que cet homme s'intéressait vraiment à moi ? Jamais je ne me pardonnerai de m'être laissé manipuler de la sorte !

— Pourquoi auriez-vous quelque chose à vous pardonner ? Vous n'avez rien fait de mal !

— Vous ne comprenez pas… Si je n'avais pas jugé Ron uniquement sur sa bonne mine, Benji n'aurait pas disparu… Je suis une mauvaise mère !

— Bien sûr que non ! Il est évident que vous adorez votre fils, et je suis sûr que vous n'avez jamais pris aucune décision sans avoir pensé à lui d'abord.

— C'est vrai, mais dans ce cas précis, j'ai manqué de discernement. J'ai cru que Ron serait un bon père pour Benji, que nous formerions tous les trois une famille heureuse… Regardez où mon aveuglement m'a menée !

Le cœur de Dugan se serra. Il n'aurait pas dû se laisser gagner par l'émotion, mais les reproches que Sage se faisait le bouleversaient.

Les mots étant visiblement impuissants à la convaincre, il se contenta de poser la main sur la sienne. Il vit des larmes briller dans ses yeux, puis elle se tourna vers la vitre, et il s'obligea à se concentrer, lui, sur la route, pour s'empêcher de s'arrêter sur le bas-côté et de la prendre dans ses bras. Elle avait accepté son aide... Il n'était pas sûr qu'elle accepterait son réconfort.

Le nombre d'informations que Dugan avait réussi à obtenir sur Ron Lewis en si peu de temps redonnait espoir à Sage. Il lui avait promis de tout faire pour retrouver Benji, et c'était donc un homme de parole.

Elle ne se fiait pas à son propre jugement, qui s'était révélé désastreux en ce qui concernait Trace Lanier, puis Ron Lewis, mais les faits confirmaient ce qu'elle avait entendu dire de Dugan Graystone, à savoir qu'il était honnête, franc et compétent.

A l'approche de Laredo, Sage se mit à observer plus attentivement le paysage qui défilait derrière sa vitre. Des groupes de maisons et des grandes surfaces ne tardèrent pas à apparaître et, juste avant l'entrée de la ville, Dugan s'engagea sur une petite route qui les conduisit à un lotissement.

Il avait entré l'adresse de Maude Handleman dans son GPS, et la maison qu'ils cherchaient se révéla être un modeste pavillon situé dans une impasse. Les fenêtres n'avaient pas de volets, la cour était envahie par les mauvaises herbes, et une berline qui avait connu des jours meilleurs occupait la contre-allée.

Dugan se gara le long du trottoir, et Sage l'accompagna jusqu'à la porte d'entrée. Il frappa et, pendant qu'ils attendaient, elle se dit que, si ses escroqueries avaient rapporté de l'argent à Ron, il n'en avait pas fait profiter son épouse !

Au bout de quelques secondes, Dugan frappa de nouveau. La porte finit par s'ouvrir, et une femme de petite taille, aux cheveux d'un brun terne, s'encadra dans l'embrasure.

— Madame Handleman ? déclara Dugan.
— Oui, mais quoi que vous vendiez, je n'en veux pas !
— Nous ne vendons rien. Laissez-nous entrer, et nous pourrons vous expliquer.
— M'expliquer quoi ?
— S'il vous plaît, madame Handleman ! intervint Sage d'une voix douce. C'est important... Il s'agit de votre mari.

L'interpellée pâlit, mais elle s'écarta et fit signe à ses visiteurs de la suivre. Elle les conduisit dans un séjour meublé de façon sommaire, où le regard de Sage tomba immédiatement sur une photo encadrée de Maude et de l'homme qu'elle avait connu sous le nom de Ron Lewis.

— Qu'est-ce que mon mari a encore fait ? questionna impatiemment la maîtresse des lieux.

Comme Dugan se taisait, Sage comprit qu'il préférait la laisser répondre.

— Comment se prénomme votre mari ? demanda-t-elle.

— Seth, mais je ne l'ai pas vu depuis quatre ans... Depuis qu'il a échappé de peu à une peine de prison, très exactement !

— Vous savez qu'il a utilisé d'autres identités ?

— D'autres identités ? répéta Maude, l'air effaré.

— Oui, déclara Dugan. Nous avons découvert une demi-douzaine de permis de conduire, tous avec sa photo, mais sous un nom différent. C'est comme ça que nous avons pu vous retrouver.

— Vous êtes de la police ?

— Non, dit Sage. Votre mari est venu séjourner à Cobra Creek, où j'habite, mais il s'y est présenté sous le nom de Ron Lewis. Il s'est fait passer pour un promoteur désireux de valoriser le potentiel touristique de la ville.

— Je sais qu'il a travaillé un temps dans l'immobilier...

— Mais ce que vous semblez ignorer, observa Dugan, c'est qu'avant d'échapper à la peine de prison dont vous parliez à l'instant, il avait déjà été arrêté pour vol, blanchiment d'argent et détournement de fonds. Je pense que le véritable objectif de sa présence à Cobra Creek était d'escroquer les propriétaires terriens des environs.

Maude croisa les bras et s'exclama sur un ton belliqueux :

— Ecoutez, vous pouvez accuser Seth de tout ce que vous voulez, mais si vous êtes venus me demander de rembourser les gens qu'il a volés, vous allez être déçus : je n'ai pas même pas les moyens d'entretenir correctement cette maison !

— Ce n'est pas pour vous réclamer de l'argent que nous sommes là, indiqua Sage.

— Pour quoi, alors ?

— Le jour où Ron Lewis a quitté Cobra Creek, il a emmené mon fils de trois ans avec lui.

— Il l'aurait kidnappé ? Non ! C'était peut-être un escroc, mais je ne le vois pas enlever un enfant !

— C'est pourtant ce qui s'est passé.

Sage sortit une photo de son portefeuille et la montra à Maude.

— Voilà mon fils Benji tel qu'il était il y a deux ans. Je ne l'ai pas revu depuis.

— J'en suis désolée pour vous, mais j'ai vraiment du mal à croire que Seth ait pu le kidnapper.

— Je ne sais pas pourquoi il l'a emmené, mais une chose est sûre : il n'a pas cessé de me mentir, allant jusqu'à me cacher qu'il était marié ! Son affection pour Benji semblait cependant sincère, et il s'y prenait très bien avec lui... Vous avez des enfants ?

— Non. J'ai fait une fausse couche juste après notre mariage, et ensuite, j'ai eu peur de réessayer.

— Seth le regrettait ? Il aurait voulu fonder une famille ?

— Pas particulièrement.

— Et sa famille à lui ? Vous l'avez rencontrée ?

— Il n'en a pas. Ses parents sont morts, et il n'a ni frère ni sœur.

— Quand l'avez-vous vu pour la dernière fois ?

— Je vous l'ai déjà dit : il y a quatre ans. Il venait d'échapper de justesse à une peine de prison, et il est parti dès le lendemain, après m'avoir expliqué qu'il devait aller parler à quelqu'un à propos d'un travail... Je n'ai aucune nouvelle de lui depuis.

Dugan fit signe à Sage qu'il voulait prendre le relais, et sans doute jugeait-il le moment venu de brusquer un peu les choses, car ce fut d'un ton dur qu'il demanda :

— Vous n'étiez vraiment pas au courant des démêlés antérieurs de votre mari avec la justice, madame Handleman ?

— Non.

La rivière des disparus   429

— Ni de ses fausses identités ?
— Non !
— Et vous avez laissé passer quatre années entières sans chercher à savoir ce qu'il était devenu ?
— J'ai essayé de nombreuses fois de le joindre sur son portable, mais sans résultat, et la ligne a fini par être désactivée. J'ai alors pensé que ses ennuis judiciaires l'avaient rattrapé, et qu'il était en prison… Ce n'est pas le cas ?
— Non. Je regrette d'avoir à vous apprendre que Ron Lewis, alias Seth Handleman, a été assassiné.

Maude ouvrit de grands yeux.

— Assassiné ? Et par qui ?
— C'est pour tenter de le savoir que nous sommes là : j'enquête sur ce meurtre.

Maude ne jouait pas la comédie, estima Sage qui l'observait attentivement : sa réaction de surprise n'avait rien de simulé, et elle n'avait à aucun moment parlé de son mari comme de quelqu'un dont elle aurait souhaité la mort. Ron Lewis avait sans doute été tué par l'une des victimes de ses tromperies en tout genre, mais sa femme pouvait être rayée de la liste des suspects.

— Si vous avez une idée de l'endroit où Seth avait l'intention d'emmener mon fils, Maude, je vous en prie, dites-le-moi ! supplia Sage. Je crains que Benji n'ait été enlevé par le tueur et qu'il ne soit en danger.

La prière de Sage parut émouvoir Maude.

— Je… je vous répète que je ne vois pas Seth kidnapper un enfant… Ou alors, s'il l'a fait, c'est qu'on l'y a obligé.
— J'ai envisagé cette hypothèse, indiqua Dugan, mais Mlle Freeport n'a reçu aucune demande de rançon.
— J'aimerais pouvoir l'aider à retrouver son fils, mais je ne sais rien.
— Les noms de Mike Martin et de Joel Bremmer vous disent quelque chose ?
— Non. Pourquoi ?
— Ce sont deux des autres pseudonymes de votre mari.

— Vous pensez qu'il a été assassiné par l'une des personnes qu'il a escroquées ?

— C'est possible... A moins que ce ne soit par une des femmes qu'il a réussi à séduire sous ses différentes identités.

Un petit cri de détresse s'échappa de la gorge de Maude.

— J'aurais dû me douter qu'il me trompait..., gémit-elle. Pourquoi faut-il toujours que je tombe sur des hommes dénués de toute moralité ?

— Bienvenue au club ! s'exclama Sage.

Dugan posa sa carte sur la table.

— Si quelque chose vous revient, madame Handleman, appelez-moi !

Lorsqu'ils furent remontés dans son 4x4, Sage lui demanda :

— Que faisons-nous, maintenant ?

— J'ai deux autres femmes à interroger.

— Des épouses de Ron ?

— Une épouse et une petite amie. J'espère que l'une des deux pourra nous en apprendre plus sur Lewis — et notamment s'il a menti à Maude et à vous en déclarant n'avoir aucune famille.

— S'il en avait, vous pensez que c'est avec elle que se trouve Benji ?

— Je ne sais pas, mais il y a peut-être dans son passé des éléments susceptibles de nous mettre sur la piste de son meurtrier.

7

Sage posa la tête contre le dossier de son siège et s'assoupit pendant que Dugan roulait en direction de la ville, située au sud de Laredo, où se trouvait la dernière adresse connue de Mike Martin. Carol Sue Tinsley, son ancienne petite amie, était peut-être revenue y habiter après la visite de la police… Aux dernières nouvelles, elle travaillait comme bénévole dans un foyer pour femmes battues de la région.

Alors qu'après un trajet d'une heure Dugan approchait de sa destination, il entendit Sage crier :

— Non, par pitié, ne l'emmenez pas !

Il lui jeta un coup d'œil et se rendit compte qu'elle était en train de faire un cauchemar.

Combien de nuits avait-elle passées sans en faire, au cours des deux années précédentes ? Très peu, certainement…

— Par pitié ! répéta-t-elle dans un sanglot.

Dugan lui tapota doucement l'épaule.

— Réveillez-vous, Sage !

Elle tressaillit violemment, ouvrit les paupières et secoua la tête comme pour chasser les images de son rêve, mais un reste de peur et de douleur continua d'assombrir ses yeux verts.

Un parcours compliqué dans une cité miteuse finit par amener Dugan à l'immeuble qu'il cherchait. Le parking, devant, était à moitié vide. Il se gara, coupa le moteur et se tourna vers sa passagère.

— Vous attendez ici ?

— Non, je vous accompagne !

La porte du bâtiment était couverte de graffitis, et les murs de l'escalier qu'ils prirent pour se rendre au premier étage s'effritaient.

— Ron avait des goûts de luxe, observa Sage. Je ne vois pas habiter dans un endroit aussi sordide un homme qui portait toujours des costumes griffés et conduisait une Jeep flambant neuve !

Dugan opina : comparée à cet immeuble, la maison de Maude Handleman faisait figure de palace. Mais peut-être Mike Martin avait-il vécu là avec Carol Sue Tinsley de façon provisoire, juste le temps de préparer sa prochaine arnaque... Les beaux costumes et la belle voiture que Sage lui avait connus étaient sans doute destinés à impressionner ses futures victimes, à leur faire croire qu'il pouvait les sauver financièrement.

L'appartement de Mike Martin portait le numéro dix. Il y avait une sonnette, que Dugan actionna plusieurs fois à quelques minutes d'intervalle — sans résultat. Il crocheta alors la serrure, ouvrit doucement la porte et entra dans un séjour vide, à la moquette tachée et au papier peint défraîchi.

— Restez derrière moi ! ordonna-t-il à Sage.

Une cuisine, sur sa gauche — vide, elle aussi. Un couloir étroit menait à l'arrière du logement, mais avant de s'y engager, Dugan tendit l'oreille, à l'affût du moindre bruit révélateur d'une présence.

Rien. Il s'avança et, toujours suivi de Sage, pénétra successivement dans deux chambres. Il n'y avait personne dedans, et les placards ne contenaient aucun vêtement.

A en juger par l'odeur de renfermé qui régnait dans tout l'appartement, il était sûrement inoccupé depuis un bon moment.

— Il faut que je parle au gérant, déclara Dugan. Il sait peut-être où Carol Sue Tinsley habite maintenant.

Les bureaux du gérant se trouvaient au rez-de-chaussée de l'immeuble voisin. Dugan et Sage y furent accueillis par une réceptionniste aux cheveux crêpés et au fard à paupières assorti à ses lunettes turquoise.

— Vous cherchez un appartement ?

— Non, répondit Dugan. Nous avons juste besoin d'une information... Le gérant est là ?

— Désolée, c'est son jour de repos.

Le badge de la réceptionniste apprit à Dugan qu'elle se prénommait Rayanne.

— Mais vous pouvez peut-être nous renseigner, Rayanne..., susurra-t-il.

— J'en serais très heureuse ! dit-elle en battant des cils.

— Vous travaillez ici depuis longtemps ?

— J'ai l'impression d'y avoir passé la moitié de ma vie !

Dugan posa sur le bureau la photo de Ron Lewis qu'il avait emportée.

— Vous reconnaissez cet homme ? Il habitait dans le bâtiment G.

— Ça ressemble à Mike Martin... sauf qu'il avait les cheveux châtain clair et une moustache.

Devant le faux permis de conduire au nom de Mike Martin que Dugan lui montra ensuite, cependant, Rayanne s'écria avec un grand sourire :

— Oui, là, c'est bien Mike ! Quel charmeur, celui-là ! Sa petite amie, en revanche, était une vraie harpie !

— Ah bon ?

— Oui, elle était tout le temps en train de le houspiller, parce qu'elle ne se plaisait pas ici : ce n'était pas assez classe à son goût !

— Vous les connaissiez bien ?

— Non. Mike venait juste me voir de temps en temps, pour flirter un peu avec moi... Il me disait qu'il serait riche, un jour, et que Carol Sue comprendrait alors qu'elle l'avait sous-estimé... Mais ils sont partis depuis longtemps ! Pourquoi vous vous intéressez à eux ?

— Vous saviez que Mike avait eu des ennuis avec la justice ?

Rayanne baissa les yeux, l'air embarrassé.

— Pourquoi vous me demandez ça ?

— Parce qu'il a tenté d'escroquer un certain nombre de mes concitoyens, intervint Sage, et qu'il m'a menti, à moi, avant de s'enfuir avec mon petit garçon et d'être assassiné... C'était il y a deux ans, et je recherche mon fils depuis.

— Quelle histoire ! s'exclama Rayanne. J'avais entendu parler de son arrestation, mais comme il est revenu juste après...

— Oui, Carol Sue avait payé sa caution, indiqua Dugan.

— Elle tenait vraiment à lui, alors !

— Ils sont ensuite partis au bout de combien de temps ?

— Dès le lendemain ! A la cloche de bois, et en laissant derrière eux tout un bric-à-brac. M. Hinley a dû engager quelqu'un pour l'aider à vider l'appartement.

— Qu'a-t-il fait de ce « bric-à-brac » ?

— Il l'a emporté à la décharge. Il n'y avait rien qui valait la peine d'être gardé ou vendu.

Encore une impasse, songea Dugan qui avait espéré trouver à cette adresse un indice, une piste...

— Vous savez si Mike avait de la famille, Rayanne ?

— Non.

— Mais vous lui connaissiez peut-être un ami, quelqu'un chez qui il serait allé si Carol Sue l'avait mis dehors après une dispute, par exemple ?

— Eh bien...

— Oui ?

— Mike avait une autre femme dans sa vie. Carol Sue l'ignorait, mais il fréquentait en douce une locataire du bâtiment D, Beverly Vance...

— Elle habite toujours ici ?

— Oui, dans l'appartement 2. Elle est coiffeuse et travaille au Big Beautiful Hair, mais si vous allez la voir, ne lui dites surtout pas que c'est moi qui vous ai donné son nom !

— Pourquoi ? Vous êtes fâchées, toutes les deux ?

— Non, c'est juste que Beverly est d'une jalousie maladive. Elle détestait Carol Sue, ce qui peut s'expliquer, mais elle m'accusait, moi, de faire du gringue à Mike ! Elle disait qu'il serait bientôt rien qu'à elle.

Dugan estima pouvoir ajouter Beverly Vance à la liste des suspects.

Jusqu'à preuve du contraire, n'importe laquelle des femmes que Lewis avait séduites et dupées était à inscrire sur cette liste, en fait…

Sauf Sage, bien sûr !

— Si c'est Beverly Vance qui a tué Ron… enfin, Mike…, elle a peut-être emmené Benji ? observa Sage durant le court trajet jusqu'au bâtiment D.

— C'est possible, admit Dugan, mais Rayanne n'a parlé d'aucun enfant qui vivrait avec elle.

— Elle ne l'aurait pas forcément gardé… Elle aurait pu l'abandonner dans une église ou un hôpital — un endroit où il aurait été en sécurité.

— Oui, mais dans ce cas, l'appel à témoins diffusé par les journaux régionaux après la disparition de votre fils ne serait pas resté sans effet : quelqu'un l'aurait reconnu et aurait prévenu les autorités.

— Pas forcément, et c'est encore moins évident si Benji a été conduit dans un autre Etat, car Gandt n'a pas déclenché l'alerte Enlèvement.

Ils étaient maintenant arrivés devant l'appartement de Beverly Vance. Dugan sonna et, pendant qu'ils attendaient, une idée terrifiante traversa l'esprit de Sage.

— Oh ! mon Dieu ! Je n'y avais encore jamais pensé, mais si Benji avait été emmené au Mexique ? Je n'aurais alors presque aucune chance de savoir ce qu'il est devenu !

— Inutile de se tourmenter pour un problème qui ne se posera peut-être pas ! On va suivre les pistes qui se présentent, et voir où elles nous mènent.

Pas au Mexique ! pria silencieusement Sage. Il serait déjà difficile de retrouver Benji aux Etats-Unis… Devoir partir à sa recherche dans un pays où le fonctionnement de la police et de la justice laissait à désirer compliquerait encore les choses.

Dugan sonna de nouveau, puis, personne ne répondant,

ils retournèrent à sa voiture et se rendirent dans le salon de coiffure où Beverly Vance travaillait.

Contrairement à ce que ce nom ronflant suggérait, le « Big Beautiful Hair » était installé dans une simple caravane, à la périphérie de la ville, entre une supérette et une station-service.

Impatiente de parler à Beverly, Sage gravit presque en courant les degrés du marchepied et, à peine le seuil franchi, elle fut assaillie par un bruit assourdissant de sèche-cheveux, tandis qu'une odeur âcre de teintures et autres produits chimiques lui piquait les narines.

— Vous désirez, mademoiselle ? lui demanda une petite brune aux formes généreuses et aux bras couverts de bracelets.

Puis elle commença à observer avec intérêt les cheveux indisciplinés de Sage — qui recula d'un pas.

— Je voudrais voir Beverly.

— Ah bon... Beverly !

— Oui ? répondit en se retournant une blonde platine occupée à friser une cliente.

Sage se dirigea vers elle. Dugan, lui, était resté dans la voiture. Après en avoir discuté, ils avaient décidé de procéder ainsi : Beverly se confierait sans doute plus facilement à une femme qu'à lui.

— Vous avez une minute à me consacrer, Beverly ? déclara Sage.

— Si vous voulez que je vous fasse une coupe et une couleur, ça prendra plus d'une minute !

— Non, je ne suis pas venue pour ça, mais pour vous poser quelques questions sur Mike Martin.

La coiffeuse posa son fer à friser et rejoignit Sage en deux enjambées.

— Mike ? Je croyais ne plus jamais entendre parler de lui !

— Quand l'avez-vous vu pour la dernière fois ?

— Il y a environ quatre ans et demi.

— Comment était-il ?

— Agité.

— Vous saviez qu'il avait été arrêté ?

Avant de répondre, Beverly attira Sage à l'écart, au fond de la caravane.

— Je le savais, mais Mike m'a dit que c'était une erreur. Il allait tout arranger, et ensuite, il reviendrait me chercher.

— Vous étiez donc aussi au courant de son intention de quitter la ville ?

— Oui. Il devait mettre en route un projet qui lui ferait gagner beaucoup d'argent, et après, on se marierait et on achèterait une maison... Peut-être même un ranch... J'ai toujours rêvé de vivre à la campagne, de me lever avec le soleil et de passer mes journées au grand air.

— Mais Mike n'est jamais revenu ?

— Non. J'ai essayé de le joindre au numéro de téléphone qu'il m'avait donné... Je suis tombée sur un répondeur disant que ce numéro n'était plus attribué. Mike s'était comme volatilisé.

— Que lui était-il arrivé, à votre avis ?

Les yeux bleus de Beverly se remplirent de larmes.

— Je n'arrête pas de me demander depuis si Carol Sue, sa petite amie en titre, n'avait pas deviné nos intentions et fait quelque chose d'horrible.

— Mais encore ?

— Si elle ne l'avait pas tué... Elle a toujours été jalouse de moi.

— Elle possédait un pistolet ?

— Oui, un 9 mm, et elle savait s'en servir ! D'après Mike, son père l'emmenait toutes les semaines au stand de tir, quand elle était petite. Et elle avait gagné le concours de ball-trap de la kermesse du comté trois années de suite.

Sage serra les poings. Il fallait absolument retrouver Carol Sue... Si c'était elle qui avait assassiné Ron Lewis, elle savait peut-être où était Benji.

Quand Sage vint le rejoindre, Dugan lut de la frustration sur son visage, et il partagea ce sentiment une fois au courant de ce qui s'était dit dans la caravane : cet entretien avec Beverly

Vance ne leur apprenait finalement pas grand-chose en dehors du fait qu'elle avait été follement amoureuse de Mike Martin, alias Ron Lewis, alias...

Quel était le vrai nom de cet homme ? Le savoir serait d'une grande utilité, car son éducation pouvait expliquer qu'il soit devenu non seulement un escroc, mais aussi un séducteur capable de conquérir le cœur et la confiance de femmes auxquelles il ne faisait pourtant que mentir.

Sage ne reprit la parole qu'au moment où ils approchaient de Cobra Creek.

— J'ai pitié de Beverly : elle croyait comme moi que Mike l'aimait... Mais si ses soupçons sont fondés, nous en revenons à la question que nous nous posions tout à l'heure à son sujet : si c'est Carol Sue qui a tué Ron, qu'a-t-elle fait de Benji ?

— Je vais demander à Jaxon de consulter les archives des hôpitaux, des églises et des orphelinats du Texas et des Etats voisins. Si un enfant de trois ans a été abandonné dans ce genre d'endroit peu de temps après la disparition de votre fils, un dossier le concernant aura forcément été constitué.

— Cette démarche aurait dû être effectuée il y a deux ans.

— C'est aussi mon avis.

— Mais en admettant que Carol Sue ait déposé Benji quelque part, pourquoi n'a-t-il pas dit son nom aux gens qui l'ont trouvé ?

Une demi-douzaine de scénarios vinrent à l'esprit de Dugan. Le petit garçon était peut-être blessé, désorienté, traumatisé... La personne qui l'avait amené avait pu le menacer...

Pour ne pas affoler Sage, cependant, ce fut l'hypothèse la moins inquiétante qu'il mit en avant :

— Carol Sue — si c'est bien elle la meurtrière — ne s'est peut-être pas contentée d'abandonner Benji sur les marches d'une église ou dans une salle d'attente d'hôpital. Elle a pu le confier à quelqu'un — un prêtre ou une infirmière — sous un faux nom, en prétendant que c'était son fils et qu'elle reviendrait le chercher.

— Oui, et si Benji l'avait accusée de mentir, personne ne l'aurait cru.

— Exactement ! J'appelle tout de suite Jaxon.

Au moment où Dugan s'apprêtait à sortir son portable de sa poche, cependant, un coup de feu retentit, et la lunette du 4x4 vola en éclats.

Sage poussa un cri. Dugan lui posa une main sur la nuque pour l'obliger à baisser la tête et regarda ensuite dans son rétroviseur.

La voiture qui le suivait accéléra alors et percuta violemment l'arrière du 4x4.

8

Un choc projeta Sage en avant, provoquant le blocage de sa ceinture de sécurité, puis une deuxième détonation et le bruit de la balle qui ricochait sur la carrosserie du 4x4 lui arrachèrent un nouveau cri.

— Accrochez-vous ! lui ordonna Dugan.

Sans ralentir, il tourna sur une route secondaire creusée de nids-de-poule, mais, au bout de quelques mètres, il fit brusquement demi-tour et regagna la route principale.

— Que se passe-t-il ? demanda Sage.

— Celui qui nous a tiré dessus est maintenant devant nous, et je vais le poursuivre.

Sage se redressa et vit une berline noire s'éloigner à toute allure.

— Qui est-ce ? déclara-t-elle.

— Je ne sais pas. Je n'ai pas pu distinguer son visage.

Dugan accéléra. Un virage leur cacha un instant la berline et, quand ils l'eurent franchi, ils s'aperçurent qu'elle zigzaguait. Sans doute à cause de la vitesse, le conducteur avait perdu le contrôle de son véhicule.

La distance, entre eux, diminua alors rapidement, et lorsque quelques dizaines de mètres seulement les séparèrent, Dugan sortit un pistolet de la boîte à gants et tira dans les pneus de la berline. Elle fit une embardée, dérapa, puis se retourna. Après plusieurs tonneaux, elle retomba sur ses roues mais alla ensuite percuter un rocher. Une seconde plus tard, elle prenait feu.

Un coup de volant à gauche permit à Dugan d'éviter de

l'emboutir. Il se rangea sur le bas-côté, sauta à terre et courut vers la voiture en flammes.

Les images de la Jeep de Ron Lewis en train de brûler assaillirent alors Sage. Elle avait craint, ce jour-là, que son fils ne soit à l'intérieur du véhicule...

Aujourd'hui, le conducteur avait voulu les tuer, Dugan et elle...

Pourquoi ? Parce qu'ils essayaient de savoir ce que Benji était devenu ?

S'arrachant à l'état de quasi-stupeur où les événements l'avaient plongée, elle descendit du 4x4. Dugan était penché vers la vitre avant gauche de la berline, comme s'il cherchait à sortir le conducteur de l'habitacle. Mais le réservoir d'essence explosa soudain, une deuxième déflagration suivit, et l'incendie redoubla de violence.

Le front couvert de sueur sous les effets conjugués de l'effroi et de la chaleur, Sage s'immobilisa. Et Dugan dut se rendre compte qu'il ne pouvait plus sauver le conducteur, car il vint la rejoindre.

— Vous avez vu qui c'était ? lui demanda-t-elle.

— Un homme, mais je ne l'ai pas reconnu.

Il composa un numéro sur son portable et déclara un instant plus tard :

— Jaxon ? Dugan, à l'appareil... J'ai besoin que tu me trouves le nom du propriétaire d'un véhicule...

Après avoir dicté un numéro d'immatriculation et attendu quelques instants, il s'écria :

— Bon sang !

Une pause, puis :

— Non, envoie-moi une équipe de la police scientifique. Le conducteur est mort, mais il y a peut-être des indices à recueillir dans la voiture.

— Alors, à qui appartenait cette berline ? questionna Sage lorsque Dugan eut donné à son ami les coordonnées du lieu de l'accident et raccroché.

— C'est une voiture volée — par l'homme qui était au volant, probablement, mais ça ne nous dit pas de qui il s'agit.

— Espérons que le légiste pourra l'identifier !

Dugan avait le visage rougi par la chaleur du brasier, et une odeur de fumée et de métal incandescent se dégageait de lui.

Il caressa du bout du doigt la joue de Sage.

— Ça va ? demanda-t-il.

Elle hocha affirmativement la tête malgré les frissons qui continuaient de la parcourir.

— Quelqu'un veut nous empêcher de poser des questions, reprit Dugan, mais c'est signe que nous sommes sur la bonne piste.

Sa voix douce détendit Sage et, quand il l'attira contre lui, elle s'autorisa pour la première fois depuis deux ans à chercher du réconfort dans les bras d'un homme.

Dugan couvrit le dos de Sage de lentes caresses tout en lui murmurant des mots apaisants. Il éprouvait un mélange de peur rétrospective et de colère. Qui que soit le conducteur de la berline, il avait eu l'intention de les tuer, Sage et lui.

Si elle était morte...

Mais elle ne l'était pas. Lui non plus, et cette tentative de meurtre renforçait sa volonté de poursuivre son enquête jusqu'au bout. Elle signifiait en effet qu'il était déjà assez proche de la vérité sur l'assassinat de Lewis et la disparition de Benji pour inquiéter sérieusement le ou les coupables.

Le mugissement d'une sirène retentit au loin. Dugan s'écarta de Sage et lui demanda :

— Ça va mieux, maintenant ?

— Oui, merci.

La voiture du shérif et un camion de pompiers arrivèrent deux minutes plus tard. Trois pompiers entreprirent aussitôt d'éteindre l'incendie, tandis que Gandt s'approchait sans se presser du 4x4.

— Que s'est-il passé ? déclara-t-il.

Quand Dugan le lui eut expliqué, il observa en fronçant les sourcils :

— Le conducteur vous a donc pris en chasse et tiré dessus comme ça, sans raison ?

Dugan faillit se taire, mais s'il ne coopérait pas, cette fripouille pourrait en tirer prétexte pour l'arrêter, et Sage se retrouverait seule pour rechercher son fils.

— Non, répondit-il, je pense qu'il y a une raison à cette agression : les questions que je pose depuis hier au sujet de Ron Lewis font peur à quelqu'un.

— Je vois… Et vous avez appris quelque chose d'intéressant sur lui ?

— Oui. Le fait, notamment, que « Ron Lewis » n'était pas son vrai nom et qu'il s'était forgé d'autres identités… Mais vous le savez sûrement déjà ?

Cette provocation valut à Dugan un coup d'œil glacial.

— Evidemment ! Je suis le shérif, non ?

— Certes… Et où en est l'enquête sur son assassinat ?

— Ça ne vous regarde pas, et je vous conseille vivement d'arrêter de vous en mêler !

— Nous essayons juste de retrouver mon fils, intervint Sage.

— Oui, c'est ça…, rétorqua Gandt sur un ton sarcastique.

L'arrivée d'une camionnette de la police scientifique et technique interrompit la conversation. Deux hommes en sortirent, et le shérif déclara d'une voix cette fois vibrante de colère à Dugan :

— C'est vous qui les avez appelés ?

— Oui, pour vous faire gagner du temps.

— Ecoutez-moi bien, Graystone ! Si vos recherches vous ont appris des choses importantes, c'est le moment de me les communiquer, parce que si je découvre que vous m'avez caché quelque chose, je vous coffrerai pour rétention d'informations !

— Non, je vous ai tout dit, mentit Dugan. Vous pourrez me donner le nom du conducteur de la berline, quand il aura été identifié ? Ça m'intéresse de savoir qui a tenté de me tuer.

Gandt fixa sur lui un regard où brillait une lueur de défi.

— Bien sûr ! J'ai été élu pour servir et protéger mes concitoyens, après tout…

Ravalant la réplique cinglante qui lui brûlait les lèvres, Dugan ouvrit à Sage la portière de son 4x4 avant de faire le tour du véhicule et de se mettre au volant. Il avait le sentiment que le shérif regrettait l'échec de la tentative de meurtre perpétrée contre Sage et lui : leur mort l'aurait débarrassé de deux personnes qu'il considérait visiblement comme des empêcheurs de tourner en rond.

Le portable de Dugan sonna au moment où il s'apprêtait à démarrer. Voyant le nom du directeur de la banque s'afficher sur l'écran, il s'excusa auprès de Sage et prit la communication.

— Oui, monsieur Bates ?

— J'ai réfléchi, après votre départ, à Lewis et à ses grands projets de développement. Cela m'a poussé à aller rechercher dans mes archives les dossiers de saisies datant d'il y a deux ou trois ans… C'est la partie la plus déplaisante de mon travail, mais je n'ai pas toujours le choix…

— Continuez !

— Il y a deux affaires qui, déjà à l'époque, m'avaient intrigué. Deux éleveurs tellement endettés que j'allais devoir déclencher une procédure de saisie avaient conclu un accord avec Lewis : il leur avait proposé de leur prêter de l'argent par l'intermédiaire d'une société.

— Que s'est-il passé ensuite ?

— Ils sont venus me confier qu'ils avaient pris du retard dans leurs remboursements, et que Lewis les avait alors dépossédés de leurs terres. Ils n'avaient pas lu le contrat assez attentivement, m'ont-ils dit.

Cela correspondait à l'histoire que Lloyd Riley avait racontée… Et si Lewis connaissait des gens prêts à lui racheter les biens acquis de cette manière, il pouvait espérer réaliser une énorme plus-value !

Mais il avait ainsi donné à ses victimes un excellent mobile de meurtre : la vengeance.

— De qui s'agit-il ? demanda Dugan. Leur témoignage peut m'aider dans mon enquête...

— Je veux bien vous le dire, mais promettez-moi de ne pas mentionner mon nom ! Un banquier est censé observer la plus grande discrétion sur les affaires de ses clients... Si les gens apprennent que je vous ai parlé de cette histoire, ils ne me feront plus confiance.

— Je comprends, et je vous promets de ne pas citer votre nom... Qui sont les éleveurs que Lewis a floués ?

— Donnell Earnest et Wilbur Rankins.

— Et après la disparition de Lewis, personne n'est venu leur réclamer quoi que ce soit ?

— Apparemment pas.

Dugan remercia Bates, puis il appela Jaxon pour lui demander de se renseigner sur tous les petits garçons de trois ans abandonnés dans des églises, des hôpitaux et des orphelinats aux environs de la date à laquelle Benji Freeport avait disparu.

— Trouve-moi aussi le maximum d'informations sur la petite amie de Mike Martin, Carol Sue Tinsley, ajouta-t-il, ainsi que sur Maude Handleman et une certaine Beverly Vance... N'importe laquelle de ces trois femmes peut avoir tué Lewis.

Après avoir raccroché et remis son portable dans sa poche, Dugan démarra et prit la direction du ranch de Donnell Earnest, situé à quelques kilomètres seulement de Cobra Creek.

La tentative de meurtre, suivie de la vision cauchemardesque de la berline en feu, avait durement éprouvé les nerfs de Sage, mais cela ne l'empêchait pas de réfléchir...

— Si c'est Carol Sue la meurtrière, observa-t-elle, au lieu de se débarrasser de Benji, il est possible qu'elle se soit enfuie avec lui... Et comme elle faisait du bénévolat dans un foyer pour femmes battues, elle a pu y retourner, ou aller dans un autre centre, présenter Benji comme son fils et, sous prétexte d'échapper à un compagnon brutal, demander de l'aide pour disparaître.

— Ces établissements ont en effet des filières clandestines qui permettent aux victimes de violences domestiques de refaire leur vie loin de leur bourreau, admit Dugan. Mais nous n'avons aucune raison de soupçonner Carol Sue d'avoir enlevé votre fils.

— Quoi qu'il en soit, il faut la retrouver !

— Oui. Espérons que Jaxon nous fournira son adresse actuelle.

— Espérons surtout que l'assassin de Ron — qu'il s'agisse de Carol Sue ou de quelqu'un d'autre — n'a pas supprimé Benji pour l'empêcher de raconter ce qu'il avait vu !

— Je sais qu'il est difficile de ne pas envisager le pire, mais l'âge de votre fils a pu jouer en sa faveur. D'une part, les jeunes enfants ne font pas de bons témoins, et en tuer un exige une dose de sang-froid que, Dieu merci, très peu de gens possèdent.

— Vous semblez d'un naturel confiant…

— Non, pas vraiment, mais je pense que si Benji était mort, il aurait déjà été retrouvé.

Même si ces mots étaient juste destinés à la rassurer, se dit Sage, elle se les répéterait autant de fois qu'il le faudrait pour se redonner du courage.

Il n'était pas question de renoncer.

Jamais elle ne s'y résoudrait.

Les scénarios imaginés par Sage étaient possibles, mais Dugan n'avait pas voulu s'attarder dessus : cela aurait eu pour seul résultat de la faire souffrir inutilement.

Car il savait d'expérience que toutes les histoires ne finissaient pas bien.

L'hypothèse selon laquelle Carol Sue aurait enlevé Benji et décidé de l'élever comme son propre fils n'était pas la pire et, quoi que Dugan en ait dit, elle valait la peine d'être explorée.

Il rappela donc Jaxon et lui demanda d'interroger les anciens collègues de Carol Sue au foyer pour femmes battues.

Quelques minutes plus tard, il s'engageait dans le chemin

qui menait au ranch de Donnell Earnest. Donnell élevait théoriquement des bovins, mais il y en avait très peu dans les pâturages qui bordaient le chemin.

Dugan se gara devant un bâtiment de ferme en mauvais état, mais flanqué de chênes majestueux et agrémenté d'une pelouse — vestiges, sans doute, d'une époque plus faste. Il expliqua à Sage pourquoi Earnest l'intéressait, puis ils descendirent de voiture.

Un chien efflanqué vint flairer les bottes de Dugan et les mollets de la jeune femme. Elle se pencha pour le caresser pendant que Dugan gravissait les marches branlantes de l'escalier extérieur.

Il n'eut pas le temps de frapper à la porte : elle s'ouvrit brusquement sur un homme massif aux joues recouvertes d'une épaisse barbe noire... et armé d'un fusil de chasse.

— Allez-vous-en ou je tire ! cria-t-il.

9

— Ecoutez-moi, monsieur Earnest ! dit Dugan. J'ai juste besoin de vous poser quelques questions sur l'accord que vous avez passé avec Ron Lewis.

— Mêlez-vous de vos affaires !

— Je sais qu'il vous a arnaqué, mais ce n'est pas ça qui m'intéresse. J'essaie d'aider Mlle Freeport à retrouver son petit garçon. Il a disparu le même jour que Lewis, et elle le recherche depuis.

Sage, que Dugan avait obligée à rester derrière lui, se porta alors à sa hauteur.

— On ne veut aucun mal, monsieur Earnest ! déclara-t-elle. C'est mon fils, et lui seul, qui m'importe ! Il doit avoir peur, et d'autant plus qu'il est trop jeune pour comprendre ce qui lui est arrivé.

Les traits de Donnell Earnest se détendirent, et il baissa son fusil.

— Qu'est-ce qui vous fait croire que je peux vous renseigner sur votre fils ?

— Il n'est évidemment pas avec vous, mais Ron Lewis avait décidé de vous déposséder de vos terres...

— Et alors ?

— Alors, répondit Dugan, cet homme ne s'appelait pas vraiment Ron Lewis, et son corps vient d'être retrouvé au bord de Cobra Creek.

— Ah bon ?

— Oui. Il a été assassiné, et la mort remonte au jour de sa disparition.

Un silence, pendant lequel Dugan entendit presque tourner les rouages du cerveau de son interlocuteur, puis ce dernier brandit de nouveau son arme et s'écria :

— Vous pensez que j'ai tué Lewis ? C'est pour ça que vous êtes là ?

— Je ne vous accuse de rien. J'ai juste entrepris d'interroger tous les gens qui connaissaient Lewis, au cas où quelque chose qu'il leur aurait dit pourrait nous conduire à Benji Freeport.

— Je ne sais rien, et je ne l'ai pas tué... Mais je ne le pleurerai pas !

— Je vous comprends, déclara Sage. Vous détenez cependant peut-être sans en avoir conscience des informations qui nous guideraient dans nos recherches. Ron vous a parlé d'une personne qu'il comptait aller rejoindre en quittant Cobra Creek, par exemple ?

— Non, répondit Earnest avant de baisser de nouveau son fusil.

— Il y avait une adresse, sur les papiers que vous avez signés ?

— Non, je ne crois pas... Mais je me demande encore comment j'ai pu être aussi naïf ! Ma mère disait toujours que, si quelque chose était trop beau pour être vrai, c'est sans doute que ça l'était... Elle avait raison !

— Vous n'êtes pas le seul à vous être laissé prendre aux boniments de cet homme, monsieur Earnest !

— Peut-être, mais je m'en veux quand même !

Bien que Donnell Earnest ne semble avoir aucune information utile à leur fournir, Dugan décida de lui poser une dernière question avant de partir :

— Lewis avait de la famille, à votre connaissance ?

— Il ne m'a jamais parlé de ses parents, mais je me souviens qu'il m'a dit avoir grandi près de San Antonio... à moins que ce ne soit Laredo... Et il a un jour mentionné sa sœur dans la conversation.

— Comment s'appelle-t-elle ?
— Janet… Janelle… Quelque chose comme ça.
— Merci, monsieur Earnest. On ne vous dérange pas plus longtemps.

Dugan prit Sage par le bras et l'entraîna vers l'escalier. Il allait demander à Jaxon de faire une recherche informatique pour les prénoms « Janet » et « Janelle » accolés à chacun des pseudonymes de Lewis.

Avec un peu de chance, il en ressortirait quelque chose.

— Vous pensez que c'est Donnell Earnest l'assassin de Ron ? demanda Sage à Dugan lorsqu'ils eurent quitté le ranch.
— Il est trop tôt pour le dire. Il semble sincère, mais il a un mobile.
— Comme les autres victimes de Ron… Et le fait que Ron ait été assassiné a eu l'air de le surprendre.
— Il jouait peut-être la comédie. Ou alors, c'est juste la découverte du corps qui l'a surpris… Au bout de deux ans, le meurtrier — que ce soit Earnest ou un autre — croyait sans doute avoir commis le crime parfait.

Un sombre désespoir menaça d'envahir Sage. Cela faisait deux ans qu'un assassin jouissait de l'impunité la plus totale…

Deux ans que Benji avait disparu…

Les jeunes enfants changeaient presque de jour en jour. Benji devait maintenant avoir beaucoup grandi, s'être affiné…

La personne qui l'avait enlevé le traitait-elle bien ? Avait-il une alimentation saine ? Y avait-il quelqu'un pour le border le soir et lui garantir qu'il n'y avait pas de monstre caché sous son lit ?

Il avait peur du noir. Sage avait acheté une veilleuse en forme de chat, qu'elle allumait toujours à l'heure du coucher… Combien de temps s'était écoulé avant que Benji arrive à bien dormir sans son doudou et ses peluches, sans lumière pour le rassurer ?

Sage sentit des larmes lui piquer les yeux.

A cinq ans, Benji aurait dû être en grande maternelle et commencer l'apprentissage de la lecture... Deux ans plus tôt, il savait compter jusqu'à vingt... Jusqu'à combien aujourd'hui ? Etait-il capable d'écrire son nom ?

Une foule d'autres questions se pressaient dans l'esprit de Sage, mais celles qui concernaient l'école ne cessaient de revenir.

— Benji est peut-être scolarisé quelque part, finit-elle par déclarer.

— Ça représenterait un gros risque pour la personne avec qui il vit, mais si elle travaille, elle n'a pas forcément le choix. C'est donc une piste qui vaut la peine d'être creusée.

Joignant le geste à la parole, Dugan appela son ami Jaxon et lui demanda d'envoyer la photo de Benji à toutes les écoles, publiques et privées, du Texas et des Etats voisins. Il lui parla ensuite de la sœur de Ron Lewis — cette Janet, ou Janelle, dont il fallait trouver le nom de famille —, et Sage sentit ses espoirs renaître.

— Merci, dit-elle à Dugan lorsqu'il eut raccroché.

— Ne me remerciez pas ! Je n'ai encore rien fait.

— Si. Vous recherchez activement mon fils, ce que le shérif Gandt ne s'est jamais donné la peine de faire. Il a considéré d'emblée que Benji était mort, et que je devais me résigner à envisager l'avenir sans lui. Mais je ne le pourrai pas avant d'avoir la preuve de son décès.

Et cela ne lui permettrait peut-être même pas de tourner la page, parce que Benji était toute sa vie.

Parce que, s'il lui était arrivé malheur, elle en portait la responsabilité et ne se le pardonnerait jamais.

Pour chasser cette terrible pensée, Sage imagina Benji en train d'écrire son nom. Mais le souvenir d'autres enlèvements relatés par les médias l'assaillit alors, et elle se retrouva à lutter contre une nouvelle vague de désespoir.

Des histoires terribles lui revinrent alors à la mémoire, des histoires d'enfants à qui leur ravisseur avait fait croire que leurs parents ne voulaient plus d'eux et les avaient abandonnés...

Des histoires d'enfants kidnappés si jeunes par une femme

qu'ils s'attachaient très vite à elle et finissaient par la prendre pour leur vraie mère...

Et une nouvelle raison de s'inquiéter lui apparut soudain : il était à peu près certain que celui ou celle qui avait enlevé Benji avait changé son patronyme, voire son prénom. Si quelqu'un lui demandait comment il s'appelait, ce ne serait donc pas « Benji Freeport » qu'il répondrait... Et s'il allait à l'école, il devait y être connu sous un autre nom, ce qui rendrait plus difficile encore son identification avec une photo vieille de deux ans.

Peut-être même avait-il oublié son vrai nom — et jusqu'à la femme qui lui avait donné la vie, chanté des berceuses et lu des histoires pour l'endormir... Celle qui lui avait promis de le protéger de tous les monstres et autres créatures susceptibles de lui faire du mal...

En accordant sa confiance à Ron Lewis, elle avait trahi cet engagement et mis en péril l'existence de son fils.

Un fils qu'elle risquait maintenant de ne plus jamais revoir.

Dugan prit la direction du ranch de Wilbur Rankins. Cet homme avait les mêmes raisons que Donnell Earnest d'en vouloir à Lewis. Et c'était peut-être le cas d'autres éleveurs, des environs ou d'ailleurs, *en plus* des anciennes épouses et petites amies trompées... Lewis avait vraiment le don de se faire des ennemis !

Sage s'était brusquement tue. Que se passait-il dans sa tête ? Dugan aurait aimé pouvoir l'empêcher de ruminer de sombres pensées, mais c'était impossible... Il n'arrivait même pas à chasser ses propres angoisses !

Situées à une dizaine de kilomètres de Cobra Creek, les terres de Rankins semblaient aussi sous-exploitées que celles de Donnell Earnest : les grands troupeaux censés paître dessus se limitaient à quelques groupes de bovins par-ci par-là. Les deux hommes s'étaient visiblement retrouvés dans une situation financière si critique qu'après avoir vendu la majeure partie de leur bétail, ils avaient été des proies faciles pour Lewis.

S'attendant à un nouvel accueil hostile, Dugan dit à Sage après s'être garé devant la maison :

— Restez dans la voiture jusqu'à ce que j'aie tâté le terrain.

— D'accord, mais je tiens à parler à cet homme.

— Vous le ferez seulement si j'estime qu'il n'y a pas de danger.

Donnell Earnest aurait pu les tuer avant qu'ils aient eu le temps de gravir l'escalier, tout à l'heure, et Dugan savait que l'immense majorité des éleveurs texans possédaient un fusil de chasse. Il ne comptait donc prendre aucun risque.

Son pistolet coincé dans la ceinture de son jean, il se dirigea vers la porte. Un vieux pick-up était garé sous un auvent, à gauche de l'habitation, et, un peu plus loin, un adolescent était en train de couper du bois. De la fumée sortait de la cheminée, un sapin de Noël scintillait derrière une fenêtre... Cette maison semblait plus vivante que celle de Donnell Earnest !

Dugan frappa, et un homme d'une quarantaine d'années vint lui ouvrir. Il n'avait pas l'air aimable, mais il ne brandissait pas une arme à feu, c'était déjà ça...

— C'est pour quoi ? grommela-t-il.

— Vous êtes Wilbur Rankins ?

— Non, je suis son fils. Je porte le même prénom que lui, mais tout le monde m'appelle Junior.

— Votre père est là ?

— Oui, mais il est souffrant... Qui êtes-vous, et qu'est-ce que vous lui voulez ?

La portière du 4x4 claqua, derrière Dugan. Il se retourna et fit signe à Sage que tout allait bien. Elle le rejoignit et, après qu'ils se furent présentés, Dugan annonça :

— Nous savons que Ron Lewis vous a escroqués, et que vous n'êtes pas les seuls dans ce cas.

— J'ai entendu dire qu'il avait été assassiné, mais si vous croyez que c'est moi le coupable, vous vous trompez lourdement ! Jusqu'à l'accident de voiture de cette crapule, j'ignorais qu'il avait floué mon père.

— Vous l'avez rencontré ? demanda Sage.

— Non. Je vivais à Corpus Christi avec mon fils, à cette époque. On est venus s'installer ici il y a seulement quelques mois, quand l'état de santé de mon père s'est aggravé.

— Je suis désolée... De quoi souffre-t-il ?

— Il se bat contre un cancer depuis trois ans. C'est lui qui l'a obligé à lever le pied, et ensuite, tout est parti à vau-l'eau : les dettes se sont accumulées, la banque a menacé de saisir l'exploitation...

— Lewis s'est alors présenté avec une solution miracle pour sauver la situation, déclara Dugan.

Une expression de dégoût se peignit sur les traits rudes de son interlocuteur.

— Oui, un vrai vautour, si vous voulez mon avis ! Mon père...

Un bruit de pas interrompit Junior Rankins et un homme âgé, vêtu d'une robe de chambre, entra dans la pièce. D'une voix irritée, il s'écria :

— Qu'est-ce qui se passe ?

— Calme-toi, papa ! Tout va bien.

— Monsieur Rankins ? dit Dugan. On peut vous parler une minute ?

— Oui, entrez, puisque vous êtes là ! Mais c'est tout de même terrible... Il n'y a pas moyen d'être tranquille !

— Désolé, papa..., s'excusa Junior. J'essayais justement de régler moi-même cette affaire.

— Quelle affaire ?

Une fois à l'intérieur, Dugan commença par se présenter. Sage l'imita, et elle expliqua tout de suite après :

— Ron Lewis a voulu vous dépouiller de vos terres, monsieur Rankins, mais il a fait encore pire : le jour où il a quitté la ville, il a emmené mon petit garçon avec lui. Si vous avez la moindre idée de l'endroit où il comptait se rendre, ou si vous lui connaissiez un complice, je vous en prie, donnez-nous cette information ! Elle peut nous aider à retrouver mon fils.

— Je ne sais rien, mais...

Une quinte de toux coupa la parole au vieil homme, et il dut en attendre la fin pour reprendre :

— Mais je suis content que cet escroc soit mort. Comme ça, il ne pourra plus voler personne.

— Qui a pu l'assassiner, à votre avis ? demanda Dugan.

— Aucune idée !

— Où étiez-vous, le matin où il a disparu ?

Junior alla aussitôt se placer devant son père, comme pour le protéger.

— Ne réponds pas ! lui ordonna-t-il.

Puis, fusillant Dugan du regard, il s'exclama :

— Partez, sinon j'appelle le shérif, et je lui dis que vous nous harcelez !

Dugan s'apprêtait à protester lorsque son portable sonna. Il le sortit de sa poche et eut la surprise de voir que le nom inscrit sur l'écran était celui du shérif Gandt.

— Graystone, à l'appareil !

— Sage Freeport est avec vous ?

— Oui. Pourquoi ?

— Amenez-la-moi ! J'ai quelque chose à lui montrer.

— De quoi s'agit-il ?

— De quelque chose qui a échappé à notre attention après la fouille des environs de l'accident, il y a deux ans.

— On arrive !

Un sombre pressentiment s'empara de Dugan dès qu'il eut raccroché.

C'était une mauvaise nouvelle qui attendait Sage à Cobra Creek, il le sentait.

Quand elle sortit du 4x4, Sage avait les mains moites. D'après Dugan, le shérif avait été vague au téléphone, mais ce n'était sûrement pas pour lui annoncer une bonne nouvelle qu'il voulait la voir, sinon il n'aurait pas fait tous ces mystères.

Elle essaya de se préparer au pire, en se disant que tout était préférable à la torture de l'incertitude... Mais il lui fallait bien admettre que la découverte du seul corps de Ron Lewis avait renforcé sa croyance dans la survie de son fils.

Dugan ouvrit la porte du bâtiment qui abritait les bureaux du shérif et s'écarta pour laisser passer Sage. Gandt devait guetter leur arrivée, car il se tenait à côté du guichet de l'accueil.

— Alors ? lui demanda Dugan quand ils l'eurent rejoint.

— Après la révélation par le légiste de la façon dont Lewis était mort, j'ai décidé d'aller jeter un coup d'œil au carton contenant les indices recueillis il y a deux ans sur les lieux de l'accident et autour.

— Et... ?

— Tout au fond du carton, difficile à voir à cause d'une matière et d'une couleur presque identiques, j'ai trouvé ceci...

Le shérif prit une enveloppe sur le guichet et en sortit un sifflet bleu.

Sage poussa un cri étouffé.

C'était le sifflet de Benji.

Et il y avait du sang séché dessus.

10

— Ce... ce sifflet appartenait à mon fils, bredouilla Sage.
— Vous avez fait analyser le sang, pour voir si c'est celui de Benji, shérif ? questionna Dugan.
— Non, pas encore. Je voulais d'abord montrer cet objet à Mlle Freeport.
— Maintenant qu'elle l'a reconnu, il faut le confier au labo ! Ce sang peut être celui de Benji, mais aussi celui de l'assassin de Lewis !

Un instant au bord du malaise, Sage parvint à se ressaisir, et elle demanda :

— Vous avez trouvé autre chose, shérif ?
— Non, c'est tout.
— Et l'homme qui nous a tiré dessus tout à l'heure ? s'enquit Dugan. Il a été identifié ?
— L'autopsie aura lieu demain. Ramenez Mlle Freeport chez elle maintenant, et laissez-moi mener tranquillement mon enquête ! Je sais ce que j'ai à faire.

Sage faillit souligner que Dugan avait découvert en moins de deux jours plus de choses que Gandt en deux ans, mais elle se retint. Cela n'aurait servi qu'à envenimer des relations déjà tendues.

— J'aimerais récupérer ce sifflet, quand vous n'en aurez plus besoin, dit-elle à la place.
— Entendu.
— Et je vous serais reconnaissante de m'informer du résultat de l'analyse ADN.

Le shérif parut hésiter, puis il répondit avec un sourire mielleux :

— Je n'y manquerai pas ! Et soyez sûre, mademoiselle Freeport, que je mets tout en œuvre pour retrouver l'assassin de Ron Lewis et découvrir ce que votre fils est devenu.

De peur que sa voix ne trahisse sa détresse, Sage se contenta de hocher la tête.

Elle avait hâte de partir.

Pour ne plus voir ce policier hypocrite et suffisant.

Ni ce sifflet couvert d'un sang qui était peut-être celui de son fils.

C'est pleinement conscient de l'émotion de Sage que Dugan la reconduisit à la maison d'hôtes. Elle était en train de vivre un moment terrible, et elle tenait bon, mais que se passerait-il si jamais l'espoir de revoir un jour son fils lui était définitivement enlevé ?

Aussi belle que courageuse, mais fragile aussi, comment réagirait-elle si son pire cauchemar devenait réalité ?

— Même si le sang sur le sifflet se révèle être celui de Benji, lui dit Dugan après l'avoir raccompagnée jusqu'à sa porte, ce ne sera en aucun cas la preuve qu'il est mort.

— Je le sais, déclara-t-elle, mais c'est gentil de me le rappeler.

Un signal sonore annonça l'arrivée d'un texto sur son portable. Elle sortit l'appareil de son sac, lut le message et indiqua ensuite :

— Ça vient d'Ashlynn Fontaine, la journaliste à qui j'ai parlé... Son article paraîtra demain, et la télévision régionale va diffuser aux informations de ce soir un reportage sur Ron Lewis et Benji.

Dugan esquissa une moue de contrariété. Le recours aux médias était une arme à double tranchant.

— Vous pensez que j'ai eu tort de reprendre contact avec cette journaliste ? demanda Sage.

— Je n'ai pas dit ça.

— Non, mais mon initiative n'a quand même pas l'air de vous enthousiasmer !

— Plus l'histoire de Benji sera médiatisée, plus grandes seront les chances que quelqu'un le reconnaisse...

— Mais ?

— Mais ça peut aussi nous lancer sur de fausses pistes. Et s'avérer dangereux : il n'est pas forcément souhaitable que tout le monde soit au courant de la réouverture de l'enquête.

— Quelqu'un nous a déjà tiré dessus... Et j'accepte à l'avance tous les risques que me fera courir la poursuite de mes recherches. Je ne les abandonnerai que si j'acquiers la certitude que mon fils est mort... Pas avant !

Dugan avait malheureusement entendu parler d'affaires d'enlèvements et de disparitions d'enfants qui duraient des décennies. Certaines ne trouvaient même jamais de conclusion, ni dans un sens ni dans l'autre.

Il s'était toujours demandé comment les parents concernés arrivaient à supporter une telle épreuve, à vivre jour après jour, semaine après semaine, mois après mois, sans savoir s'il valait mieux pour eux continuer d'espérer ou se faire une raison.

— Appelez-moi si vous avez des nouvelles de votre ami Jaxon, reprit Sage. Je vais rentrer me reposer, maintenant : la journée a été longue.

Bien qu'il répugne à la laisser seule, Dugan acquiesça de la tête. Sa journée à lui n'était pas terminée. Il voulait notamment chercher de son côté une Janet, ou une Janelle, susceptible d'être la sœur de Ron Lewis.

Cette femme serait une mine de renseignements. Peut-être même son frère lui avait-il dit pourquoi il emmènerait Benji avec lui, le jour de son départ de Cobra Creek...

Et si c'était à elle qu'il comptait le confier, pour un temps et une raison indéterminés ?

Hypothèse peu probable, mais Dugan ne voulait en exclure aucune.

Les Dannon étaient partis le matin, pour passer les fêtes en famille et, comme Sage était fatiguée, elle aurait dû se réjouir d'être libérée de toute obligation professionnelle…

Le silence de la maison ne faisait, hélas, que lui rappeler la proximité d'un troisième Noël sans son fils.

Quand elle avait acheté et rénové cette maison, elle l'avait imaginée constamment remplie d'une joyeuse animation. C'était la nostalgie d'une grande famille à elle qui avait alimenté ce rêve et, lorsqu'il avait commencé à se réaliser, l'arrivée de Benji dans sa vie l'avait rendu encore plus beau.

Maintenant que le petit garçon n'était plus là, cette vie et cette maison ressemblaient à des coquilles vides.

Le contenu du réfrigérateur lui permit de se préparer un sandwich. Elle n'avait plus d'appétit depuis deux ans, mais s'obligeait à prendre au moins un repas par jour, pour être en possession de tous ses moyens quand son fils reviendrait.

Elle se versa un verre de lait, l'emporta avec le sandwich dans le séjour et alluma la télévision. Le journal régional du soir débutait et, après plusieurs autres sujets, la présentatrice — une jolie blonde répondant au nom de March Williams — aborda l'affaire qui intéressait Sage. Elle montra une photo de Ron Lewis et rappela ce qui s'était passé deux ans plus tôt avant d'enchaîner :

— La police sait maintenant que cet homme était un escroc et qu'il avait commis de nombreux délits sous d'autres noms. Elle sait également qu'il a été assassiné, et son meurtrier est activement recherché.

La journaliste marqua une pause pour ménager ses effets, puis elle reprit :

— Mais une interrogation demeure : qu'est devenu Benji Freeport ?

La photo de Benji qui s'afficha alors sur l'écran mit Sage au bord des larmes.

— Âgé de trois ans à l'époque, continua la présentatrice, ce petit garçon vivait avec sa mère, Sage Freeport, qui tient une maison d'hôtes à Cobra Creek. Le matin de sa disparition, Ron

Lewis l'avait emmené avec lui. Le corps de cet homme vient d'être découvert, mais il y a des chances pour que Benji, lui, soit toujours vivant. Si vous êtes en possession d'une information susceptible de faire avancer l'enquête sur le meurtre de Ron Lewis ou d'aider à retrouver Benji Freeport, appelez la police ou le numéro de téléphone qui figure en bas de votre écran.

Sage jeta un coup d'œil à l'arbre de Noël et aux cadeaux posés dessous. Elle avait décidé d'en ajouter un tous les ans… Combien y en aurait-il quand Benji reviendrait ?

L'étoile qui devait être placée tout en haut du sapin était restée dans sa boîte, à côté des paquets. Sage ne l'avait pas accrochée, parce que c'était une tâche réservée à Benji.

La gorge nouée, elle ferma les yeux et pria le ciel pour que quelqu'un reconnaisse son fils et se manifeste. Pour que le prochain Noël soit celui où il accrocherait l'étoile en haut du sapin et ouvrirait ses cadeaux.

La tentative de meurtre dont Sage et lui avaient été victimes continuait d'inquiéter Dugan, et il resta un long moment devant sa maison pour s'assurer que personne ne rôdait autour. Il alla ensuite dîner au restaurant de Lucy Krandall et commanda le plat le plus nourrissant. Il avait appris à cuisiner au feu de bois, dans la réserve, mais l'usage des fours et les courses d'épicerie étaient pour lui des domaines largement inexplorés.

Il considérait la nourriture comme un simple moyen de satisfaire les besoins énergétiques de son organisme. L'exploitation d'un ranch exigeait de se lever tôt et de faire pendant des heures entières de gros efforts physiques — deux choses qui lui plaisaient : elles lui permettaient de ne jamais s'ennuyer, et d'être assez occupé pour oublier qu'il n'avait aucune famille.

C'était quelque chose qui ne le dérangeait pas jusque-là, en fait. Mais l'amour de Sage pour son fils lui avait rappelé celui de sa mère, autrefois…

Rappelé, aussi, le terrible sentiment de n'intéresser personne que lui avait ensuite donné son renvoi de famille d'accueil en famille d'accueil.

Benji était-il en train de connaître le même sort ? Quelles étaient les intentions de Lewis le jour où il l'avait enlevé ?

Le repas de Dugan arriva et, pendant qu'il mangeait, deux cultivateurs âgés entrèrent en se plaignant de la météo et de la médiocrité de leurs dernières récoltes. Un couple vint ensuite, main dans la main, s'asseoir dans le box voisin de celui où le shérif Gandt était en train de déguster un steak saignant.

Donnell Earnest poussa à son tour la porte de l'établissement, mais il alla, lui, s'installer au comptoir et commanda une bière.

— Ça va, Donnie ? lui demanda Nadine, la barmaid, avec un sourire.

— Non. Graystone est venu me poser des tas de questions indiscrètes, et ça m'a énervé.

Nadine lança un coup d'œil à Dugan par-dessus l'épaule de Donnell — qui n'avait visiblement pas remarqué la présence de la personne dont il parlait.

— J'ai entendu dire qu'il recherchait le fils de Sage Freeport, déclara-t-elle.

— Oui, et l'assassin de Ron Lewis... Junior Rankins m'a appelé, et Graystone lui a rendu visite à lui aussi... Si ce fichu métis essaie d'accuser l'un de nous du meurtre de Lewis, il ne l'emportera pas au paradis !

Dugan serra les poings. Il avait entendu pire, et Donnell, le cas échéant, n'aurait sans doute pas mis sa menace à exécution, mais les mots avaient le pouvoir de faire encore plus de mal que des violences physiques.

La seule femme avec qui il avait entretenu une liaison n'avait pas supporté les remarques racistes et les propos malveillants qui visaient parfois leur couple dans les lieux publics : elle l'avait quitté au bout de quelques mois, en disant qu'elle ne tenait pas assez à lui pour accepter d'être montrée du doigt par ses concitoyens.

C'était des années plus tôt, et Dugan avait décidé ce jour-là de ne plus accorder d'importance qu'à son ranch et à son travail de détective privé.

Un portable sonna, derrière lui. Un instant plus tard, le shérif quitta précipitamment son box et se dirigea vers la porte. La vue de Dugan le stoppa net, et une expression de colère tordit ses traits.

— Qu'est-ce que vous êtes allé faire chez Wilbur Rankins ? s'écria-t-il.

— Je me suis contenté de lui poser quelques questions.

— Je vous avais pourtant interdit de vous mêler de mon enquête ! Et maintenant, à cause de votre ingérence, Wilbur s'est tué !

— Quoi ?

— Oui, il s'est tiré une balle dans la tête !

— Une seconde... Il était en train de mourir d'un cancer... Pourquoi se serait-il suicidé ?

— D'après son fils, il a vu ce soir un reportage télévisé sur Ron Lewis qui l'a bouleversé. Il a trouvé trop humiliant de vivre avec des gens qui le savaient désormais assez bête pour s'être laissé avoir par un escroc.

La couverture médiatique de cette affaire comportait des risques, Dugan l'avait toujours su, mais il y avait là quelque chose qui ne collait pas : Sage avait parlé à la journaliste de Laredo avant de connaître le nom des éleveurs victimes de Lewis, le reportage télévisé n'avait donc pas pu citer celui de Wilbur Rankins.

— Vous allez chez lui ? demanda-t-il au shérif.

— Oui. Je dois y retrouver le légiste.

— Je vous accompagne.

— Non ! Vous avez déjà fait assez de mal comme ça ! Et vous êtes sûrement la dernière personne que Junior Rankins a envie de voir en ce moment !

Sur ces mots, Gandt se remit en marche, laissant Dugan avec ses doutes : Rankins s'était-il vraiment suicidé ?

Ou quelqu'un l'avait-il assassiné pour le réduire au silence ?

Parce qu'il avait menti en déclarant ne rien savoir sur la mort de Ron Lewis ?

Après le dîner, Sage alla faire le ménage dans la chambre que les Dannon venaient de libérer. Pour pouvoir espérer trouver le sommeil, elle avait besoin de se dépenser physiquement avant de se coucher.

L'image du sifflet taché de sang l'obsédait.

Elle passa l'aspirateur, épousseta les meubles, défit le lit et nettoya la salle de bains.

Elle laissa les draps sales près de la porte — elle n'avait pas envie de redescendre, et leur lavage pouvait attendre le lendemain —, puis elle longea le couloir pour gagner sa chambre en passant devant celle de son fils... et ne put résister à la tentation d'y entrer, puis de s'allonger sur le lit.

Les étoiles fluorescentes qu'elle avait collées au plafond luisaient dans la pénombre. Le ciel nocturne fascinait Benji au point qu'elle lui avait prédit un avenir d'astronome...

Un avenir, quel qu'il soit, s'offrait-il encore à lui, à moins que... ?

Un sanglot lui noua la gorge, et elle s'autorisa à pleurer pendant quelques minutes avant de refouler ses larmes.

Il n'était pas question de s'abandonner au désespoir. Elle avait au contraire de nouvelles raisons d'espérer : le reportage diffusé aux informations stimulerait la mémoire d'un habitant de la région, quelqu'un reconnaîtrait Benji dans la rue, ou à l'école...

Oui, d'une façon ou d'une autre, à un moment ou à un autre, son fils lui reviendrait ! Il l'aurait alors peut-être oubliée, quelqu'un lui aurait peut-être fait croire qu'elle l'avait abandonné... Elle saurait cependant le convaincre, par la force de son amour, que depuis deux ans, il ne s'était pas passé un jour sans qu'elle pense à lui et rêve de pouvoir le serrer de nouveau dans ses bras.

Epuisée, Sage se rendit dans sa chambre, se mit en pyjama

et se coucha. Quand elle ferma les yeux, le visage de Dugan lui apparut, et le souvenir de sa voix rassurante la détendit. Il avait accepté de l'aider à rechercher Benji, et c'était une raison supplémentaire d'espérer, car si quelqu'un était capable de retrouver le petit garçon, c'était bien lui.

Une rafale de vent secoua les vitres d'une fenêtre, au rez-de-chaussée, et la fit sursauter juste au moment où le sommeil la gagnait.

Un autre bruit l'alerta ensuite, venant de l'escalier... ou bien était-ce du couloir ?

Elle s'apprêtait à se lever pour aller voir ce qui se passait lorsqu'elle entendit quelqu'un respirer, dans la chambre.

Son sang se figea dans ses veines.

Il lui aurait fallu une arme, mais elle n'en avait pas. Son portable était posé sur la table de chevet, en revanche... Elle tendit le bras pour le prendre, mais une ombre se jeta alors sur elle, et une main gantée se plaqua sur sa bouche tandis qu'une voix d'homme lui soufflait à l'oreille :

— Lewis est mort. Arrête de poser des questions, sinon ce sera ton tour !

11

D'abord paralysée par la terreur, Sage réussit à dégager sa bouche et demanda :
— C'est vous qui avez enlevé mon fils ?
— Laisse-le où il est !

Cette réponse la mit en colère. Résolue à voir le visage de son agresseur, elle lui enfonça un coude dans les côtes pour le forcer à se redresser. Il hurla mais la fit basculer aussitôt après sur le ventre, lui entoura le cou de ses mains, serra...

Elle voulut crier... Aucun son ne sortit de sa gorge. L'homme se coucha sur elle, planta un genou dans son dos pour la maintenir immobile, et elle eut beau tenter de se débattre, il était plus fort qu'elle. Il lui enfonçait en outre le visage dans l'oreiller tout en accentuant la pression sur son cou.

Sa respiration, de plus en plus difficile, finit par se bloquer... Un voile noir s'abattit devant ses yeux, et puis, plus rien.

Une fois de retour chez lui, Dugan entra dans son ordinateur tous les pseudonymes de Ron Lewis et les associa l'un après l'autre au prénom « Janet ».

Sans succès.

Il recommença avec le prénom « Janelle », et obtint cette fois un résultat : une certaine Janelle Dougasville habitait près de Crystal City, là où se situait l'une des anciennes adresses de Mike Martin.

Une recherche un peu plus poussée lui apprit que cette femme avait commis des délits mineurs et qu'elle était actuellement en liberté conditionnelle après une condamnation pour usage de stupéfiants.

Si elle était en contact régulier avec Lewis deux ans plus tôt, peut-être connaissait-elle ses projets et la raison pour laquelle Benji était avec lui le jour de l'accident…

Une raison toujours mystérieuse : si Lewis quittait alors Cobra Creek pour fuir un danger, par exemple, pourquoi s'encombrer d'un enfant ?

Et si le petit garçon n'était pas avec lui au moment de l'accident ? songea brusquement Dugan. Si Lewis l'avait déposé avant chez un complice, ou chez Janelle ?

Quoi qu'il en soit, une visite à cette femme s'imposait, et le plus tôt serait le mieux.

La sonnerie du téléphone arracha Dugan à ses réflexions. Le numéro de l'appelant ne lui dit rien, mais il décrocha malgré tout : maintenant que tout le monde, dans la région, savait qu'il aidait Sage Freeport à retrouver son fils, peut-être quelqu'un avait-il une information sur Benji à lui fournir.

— Allô !
— C'est D.J. Rankins.
— D.J. ?
— Le petit-fils de Wilbur. Vous avez dû m'apercevoir, tout à l'heure : j'étais dehors quand vous êtes venu au ranch avec cette dame.
— Oui, tu étais en train de couper du bois… J'ai appris la mort de ton grand-père, D.J. Toutes mes condoléances !
— Merci. Et c'est pour ça que je vous appelle… Mon père et lui se sont violemment disputés, après votre départ.
— A quel sujet ?
— Mon père a traité mon grand-père de vieil imbécile, à cause de la façon dont il s'était laissé berner par ce Lewis… Grand-père l'a alors accusé d'attendre impatiemment qu'il casse sa pipe pour pouvoir hériter de ses terres. Il lui a ensuite ordonné de disparaître de sa vue. Mon père a pris son fusil, et il est parti.

— C'est en son absence que ton grand-père s'est tué ?

Pendant le long silence qui suivit, Dugan entendit quelques reniflements.

— D.J. ? finit-il par déclarer.

— Oui, je suis toujours là, mais... J'ai sans doute eu tort de vous téléphoner. Si mon père l'apprend, il sera furieux.

— Tu ne m'aurais pas appelé si tu n'avais pas eu quelque chose d'important à me dire, alors je t'écoute !

Un autre reniflement, puis :

— Je ne crois pas que mon grand-père se soit suicidé.

Sage reprit lentement connaissance. Son cou la faisait souffrir et elle respirait difficilement. Une odeur de sueur assaillit ses narines, mêlée à une autre... Fumée de cigarette ? De cigare ?

Etourdie et désorientée, elle se souleva sur un coude et fouilla la pièce du regard.

Que s'était-il passé ?

Le souvenir de son agression lui revint soudain à la mémoire : l'homme qui s'était jeté sur elle et avait failli l'étrangler... Sa voix menaçante : « Lewis est mort. Arrête de poser des questions, sinon ce sera ton tour ! »

Mon Dieu ! Et s'il était toujours là ?

Elle se figea, tendit l'oreille... Seul le cliquetis du radiateur de la chambre lui parvint.

Le bruit qu'elle avait pris pour celui du vent secouant les vitres d'une fenêtre du rez-de-chaussée devait être celui que l'intrus avait fait en cassant un carreau pour entrer.

Tremblante, Sage attrapa son portable et appela Dugan. Pendant que le téléphone sonnait, elle se leva et alla jeter un coup d'œil dans le couloir.

Personne, aucun bruit suspect en bas, mais la maison était grande... Les endroits où se cacher ne manquaient pas...

— Sage ?

La voix de Dugan, dans l'écouteur, la fit bêtement sursauter.

— Oui... Un homme s'est introduit chez moi et m'a agressée.

— Vous êtes blessée ?
— Non.
— Il est encore là ?
— Je ne crois pas, mais je n'en suis pas sûre.
— Où êtes-vous ?
— Dans ma chambre.
— Enfermez-vous et restez là ! Je me mets en route. Je vous enverrai un texto quand je serai arrivé.

Après avoir raccroché, Sage rentra dans la chambre, tourna la clé dans la serrure et alluma la lumière. Le miroir fixé à côté de la porte lui renvoya l'image d'une femme aux cheveux en désordre, aux yeux bouffis, avec des ecchymoses autour du cou...

Faute d'avoir vu son agresseur, elle essaya de se le représenter à partir des sensations qu'elle avait éprouvées. Il était grand et lourd, de cela elle était certaine. Fort, aussi, et il lui semblait avoir senti de la barbe contre sa joue quand il lui avait parlé à l'oreille.

La peur ne lui avait malheureusement pas permis d'enregistrer beaucoup de détails. C'était la voix de l'homme dont elle se souvenait le mieux, mais cela ne lui disait pas qui il était !

Dugan effectua le trajet entre son ranch et Cobra Creek pied au plancher et le cœur battant. Sage était indemne, mais elle avait eu l'air secouée, au téléphone. Il se demanda si l'intrus était toujours chez elle...

Son monospace était la seule voiture garée à proximité de sa maison. Dugan se rangea contre le trottoir et scruta les alentours à la recherche de ce qui pourrait ressembler à un rôdeur.

Un chien errant s'enfuit, effrayé par les phares du 4x4. Le couvercle d'une poubelle traversa bruyamment la contre-allée la plus proche, sans doute poussée par une rafale de vent. Un pick-up démarra, au bout de la rue, et se dirigea vers la sortie de la ville.

Etait-ce le véhicule de l'intrus ?

Dugan faillit le suivre, mais si c'était celui d'un honnête citoyen, l'agresseur de Sage risquait de revenir pendant ce temps ou d'attaquer de nouveau, s'il était encore dans la maison.

Après avoir éteint ses phares et coupé le moteur, Dugan sortit son pistolet du holster caché sous sa veste et envoya à Sage un texto annonçant son arrivée. Puis il mit pied à terre et s'approcha avec précaution de la maison.

Trouvant la porte d'entrée fermée à clé, il contourna le bâtiment et ouvrit doucement la barrière qui donnait sur le jardin.

Une terrasse de bois bordait l'arrière de la maison sur toute sa longueur. Des sièges confortables y étaient installés afin que les clients puissent se détendre quand il faisait beau et admirer la vue qui s'étendait jusqu'au ruisseau et aux bois.

Il n'y avait personne aux alentours, mais une des fenêtres du rez-de-chaussée était ouverte et un rideau claquait au vent. C'était par là que l'intrus avait pénétré dans la maison.

Sage n'avait donc pas d'alarme ? songea Dugan en s'approchant de la fenêtre.

Un des carreaux était cassé. Il reviendrait chercher d'éventuelles empreintes, mais il voulait d'abord s'assurer que Sage ne courait aucun danger.

Son portable vibra et il le prit de sa main libre. C'était un texto de Sage, qui lui demandait où il était.

Sur la terrasse, répondit-il avant de tourner la poignée de la porte de la cuisine — qu'une simple poussée suffit, elle, à ouvrir. Entré par la fenêtre, l'intrus était donc sorti par cette porte.

Cela signifiait qu'il n'était plus dans la maison. Rassuré, Dugan pénétra dans la cuisine, mais un bruit de pas venant de l'étage le dissuada de rengainer tout de suite son pistolet. Il se glissa dans le couloir, attendit...

Quelques secondes plus tard, Sage descendait l'escalier en courant et se jetait dans ses bras.

Cela faisait si longtemps que Sage était seule avec son chagrin, sa peur et ses terribles interrogations qu'elle n'arrivait pas à s'écarter de Dugan.

De quand datait la dernière fois où quelqu'un lui avait témoigné une sollicitude sincère ?

Deux ans, et même plus, car Ron Lewis ne l'avait jamais vraiment aimée.

— Tout va bien…, lui murmura Dugan, la joue posée sur ses cheveux. Votre agresseur est parti.

Elle hocha la tête, mais sans parvenir à s'arrêter de trembler.

— Il m'a serré le cou jusqu'à ce que je m'évanouisse.

Ces mots firent violemment tressaillir Dugan. Il se recula juste assez pour pouvoir la regarder, et une lueur de colère s'alluma dans ses yeux lorsqu'il vit les ecchymoses.

— Vous avez vu son visage ? demanda-t-il.

— Non, à aucun moment.

— Dites-moi tout ce dont vous vous souvenez à son sujet.

— Il sentait la sueur et le tabac. Il était costaud, et il avait peut-être de la barbe, ou au moins les joues mal rasées.

— Il vous a parlé ?

— Oui. Il m'a dit que Lewis était mort et que je devais arrêter de poser des questions, sinon ce serait mon tour.

— Bon Dieu ! grommela Dugan.

Il se tut ensuite un long moment, et quand Sage, surprise, croisa son regard, elle vit que la flamme du désir y avait remplacé la colère.

L'instant d'après, il s'emparait de ses lèvres, et elle devait l'avoir inconsciemment prévu, et même souhaité, car loin de le repousser, elle s'offrit à son baiser.

Une chaleur délicieuse se répandit aussitôt dans ses veines, suivie par un feu d'artifice de sensations de plus en plus intenses. Dugan la serra plus fort contre lui, et elle sentit la pression d'une puissante érection contre son ventre.

Une envie impérieuse la saisit de satisfaire pleinement la passion qui s'était emparée d'eux : ne serait-ce que l'espace de quelques heures, elle voulait s'autoriser à éprouver de nouveau du plaisir, oublier la douleur et l'angoisse qui la consumaient depuis deux ans... Oublier que son fils avait disparu...

Le sentiment de culpabilité dont ces derniers mots la remplirent lui fit l'effet d'un électrochoc, et elle s'écarta vivement de Dugan.

Que lui arrivait-il ? La solitude lui pesait-elle donc au point de la pousser dans les bras du premier homme qui entrait dans sa vie ?

C'était une erreur qu'elle avait déjà commise avec Ron... Cela aurait dû lui servir de leçon, non ?

Son regard croisa celui de Dugan, et elle y lut une émotion dont elle ne parvint pas à déterminer la nature.

Peut-être regrettait-il de l'avoir embrassée ?

Quoi qu'il en soit, cela ne devait pas se reproduire.

Dugan se reprocha sa faiblesse, mais un mélange d'attirance physique et d'instinct protecteur l'avait amené à garder Sage si longtemps dans ses bras que sa libido avait fini par prendre le dessus.

L'attaque dont Sage venait d'être victime les avait tous les deux profondément affectés et, d'une certaine façon, ils avaient eu besoin de se rassurer mutuellement...

Par bonheur, Sage était toujours en vie, mais pourquoi son agresseur ne l'avait-il pas tuée ? Croyait-il vraiment l'avoir suffisamment effrayée pour la faire renoncer à chercher son fils ?

12

Sage avait mis un peignoir par-dessus son pyjama, et Dugan en fut soulagé : si son corps gracile n'avait ainsi été en grande partie invisible, il aurait pu céder à la tentation de reprendre les choses là où elles en étaient restées.

Secouant la tête pour chasser cette idée, il s'obligea à se mettre en mode professionnel et déclara :

— Je vais aller effectuer une recherche d'empreintes dans votre chambre.

— L'homme portait des gants de cuir, je viens de m'en souvenir.

— Il est prudent ! Mais il a pu quand même laisser des indices derrière lui : un cheveu, une fibre de vêtement, un objet qui serait tombé de sa poche...

— D'accord. Suivez-moi !

Dugan passa la demi-heure suivante à fouiller la pièce, et il finit par apercevoir, à demi enfoui dans la natte qui servait de descente de lit, une petite lanière de cuir. Après avoir recouvert sa main d'un mouchoir, il la ramassa et l'examina. Cela ressemblait à l'un de ces éléments de passementerie qui décoraient certains accessoires : chaussures, ceintures... et gants.

— C'est à vous ? demanda-t-il à Sage.

— Non.

— Vous avez lutté contre votre agresseur ?

— Je me suis débattue, oui.

— Je vais mettre cet objet dans un sac et le confier au

labo. Recouchez-vous, maintenant, et ne vous inquiétez pas : je monterai la garde en bas jusqu'à demain matin.

— Je doute quand même de pouvoir dormir.

— Contentez-vous de vous reposer, alors.

— Une des vitres du rez-de-chaussée est cassée, n'est-ce pas ?

— Oui. Je vais essayer de trouver quelque chose pour la boucher.

— Il y a du contreplaqué et une boîte à outils dans le débarras qui donne dans la cuisine.

— Parfait !

Dugan s'obligea à détacher ses yeux de Sage. Elle avait l'air si malheureux et vulnérable que résister à la tentation de la réconforter lui demandait un effort quasi surhumain.

— Vous devriez installer une alarme, reprit-il.

— Pour qu'elle ne se déclenche pas la nuit, il faudrait que j'instaure un couvre-feu... Mes clients n'apprécieraient pas !

— Il existe des systèmes qui se désactivent avec une simple clé.

— Ils coûtent sûrement très cher.

— Oui, mais ça rendrait la maison plus sûre, pour vos clients comme pour vous.

— J'étudierai la question.

Au moment où Dugan se détournait pour quitter la pièce, Sage murmura :

— Merci d'être venu.

— De rien. L'agression dont vous avez été victime me révolte... J'ai autant à cœur d'identifier son auteur que de retrouver votre fils, et je ferai les deux !

— J'en suis sûre.

Ce témoignage de confiance réchauffa le cœur de Dugan. Jusque-là, en dehors de Jaxon, personne n'avait jamais cru en lui.

Et surtout pas une femme.

Il descendit ensuite dans la cuisine et mit la lanière de cuir dans un sachet de congélation découvert dans un placard. Après avoir cherché en vain d'autres indices au rez-de-chaussée, il boucha le carreau cassé avec un morceau de contreplaqué, puis il se prépara une pleine cafetière. Même s'il ne voyait pas pourquoi l'intrus reviendrait, il refusait de prendre le risque de s'endormir : Sage comptait sur lui pour la protéger.

Le reste de la nuit fut aussi calme qu'il l'avait prévu, mais quand les premières lueurs du jour éclairèrent le petit sapin posé sur le comptoir, Dugan eut conscience de ne pas seulement vouloir être digne de la confiance de Sage : il voulait lui ramener son fils avant Noël.

Contrairement à ce que Sage croyait avant de se recoucher, le sommeil finit par la gagner. Elle rêva de Benji et des fêtes de fin d'année, puis de l'agression, qu'elle revécut de façon assez nette pour sentir les mains de l'homme autour de son cou, son poids qui l'écrasait, son genou planté dans son dos... Elle suffoquait, elle n'arrivait plus à respirer.

Elle se réveilla en sursaut. Le cœur battant, elle parcourut la pièce des yeux... et puis la réalité s'imposa à elle : l'intrus était parti, et elle était d'autant plus en sécurité que Dugan montait la garde au rez-de-chaussée.

Elle se rendormit et rêva, cette fois, que Dugan était dans le lit avec elle, qu'il l'embrassait, la déshabillait, lui faisait l'amour...

Lorsqu'elle rouvrit les paupières, son corps tout entier éprouvait un mélange de bien-être et d'insatisfaction. Ce qu'elle venait d'imaginer, le baiser échangé avec Dugan la veille lui en avait donné l'envie, mais y céder aurait été une erreur. Elle était trop vieux jeu pour s'engager dans ce qui pourrait n'être qu'une aventure sans lendemain : il lui fallait plus qu'une simple attirance physique, aussi puissante soit-elle, pour faire l'amour avec un homme.

Le jour était levé et une bonne odeur de café montait du rez-de-chaussée. Sage alla se doucher, puis elle se dépêcha de s'habiller et de descendre dans la cuisine.

Dugan lui servit aussitôt une tasse de café, et elle vit qu'il avait préparé des œufs au bacon. Avec le souvenir de son rêve érotique encore frais dans son esprit, ce moment lui parut empreint d'une chaude intimité, comme si Dugan et elle vivaient ensemble.

Quelle idiote elle faisait ! Deux cuisants échecs sentimentaux ne lui avaient-ils pas appris que les hommes ne la considéraient pas comme éligible à une relation forte et durable ?

La voix de Dugan la ramena au présent.

— Hier soir, avant votre appel, j'ai effectué une recherche informatique pour essayer de trouver le nom et les coordonnées de la sœur de Ron Lewis.

— Et ?

— Une certaine Janelle Dougasville habite près d'une des anciennes adresses de Mike Martin.

— Vous lui avez parlé ?

— Pas encore. Je compte lui rendre visite ce matin.

— Allons-y !

— Le ventre vide ?

— Je n'ai pas faim.

— Moi si, et d'autant plus que je vous ai attendue pour prendre mon petit déjeuner ! Alors asseyez-vous, et faites honneur au seul repas que je sais préparer !

Sage sourit et s'exécuta. L'appétit de Dugan devait même être contagieux, car elle se surprit à manger presque autant que lui.

Une fois le repas terminé et la table débarrassée, ils se mirent en route. Dugan s'arrêta au garage le temps de faire remplacer la lunette arrière de son 4x4, puis au laboratoire de la police scientifique pour déposer la lanière de cuir trouvée dans la chambre de Sage.

Tout, dans la ville, parlait de Noël : la décoration des rues, l'immense sapin recouvert de faux givre qui se dressait au milieu de la place, les guirlandes qui clignotaient dans les vitrines des magasins, les couronnes accrochées aux portes des habitations…

En passant devant l'église, Sage se rappela que le spectacle de Noël de la paroisse aurait lieu le soir même.

Des larmes lui montèrent aux yeux. Si Benji avait été là, elle l'y aurait emmené. Mais sans lui, elle n'avait pas le courage d'y aller.

— Où habite exactement cette Janelle Dougasville ? demanda-t-elle pour se forcer à penser à autre chose.

— A quelques kilomètres de Crystal City.

Quand ils furent sortis de Cobra Creek, Dugan conduisit pendant un moment en silence, puis il déclara d'une voix un peu hésitante, comme si c'était pour annoncer une mauvaise nouvelle :

— J'ai dîné au restaurant de Lucy Krandall, hier soir, et je suis tombé sur le shérif Gandt.

— Que vous a-t-il dit ? questionna Sage avec appréhension.

— Que Wilbur Rankins venait de se suicider.

— Oh ! Mon Dieu ! Ce n'est pas à cause de notre visite, j'espère !

— D'après son fils, c'est à cause du reportage télévisé sur Ron Lewis. Il n'aurait soi-disant pas supporté que tout le monde soit au courant de la bêtise dont il avait fait preuve en accordant sa confiance à un escroc.

— Ça ne tient pas debout ! Son nom n'était pas cité dans ce reportage !

— Je sais, et il y a autre chose : D.J. Rankins, le petit-fils de Wilbur, m'a appelé. Il ne croit pas au suicide de son grand-père.

— Comment ça ?

— Son père et son grand-père se sont violemment disputés, après notre départ.

— Junior Rankins aurait tué son père, alors ?

— Lui, ou quelqu'un d'autre, répondit Dugan.

Parce qu'ils posaient trop de questions, se dit Sage. Parce que le reportage télévisé avait ressuscité un passé qu'une ou plusieurs personnes croyaient définitivement enterré...

C'était la raison de la menace de mort qui planait sur Dugan et sur elle.

Une heure plus tard, Dugan s'arrêtait en face de la maison de Janelle Dougasville, située dans un bourg dont l'unique rue était bordée d'habitations en mauvais état.

Une voiture dont la peinture rouge s'écaillait par endroits était garée devant celle de Janelle. Cette dernière était au chômage depuis des mois, d'après les informations auxquelles Dugan avait pu accéder.

— Si Ron Lewis avait gagné de l'argent grâce à ses arnaques, observa-t-il, il n'en avait apparemment fait profiter aucune des femmes de son entourage — même pas sa sœur !

Il dut frapper trois fois de suite à deux minutes d'intervalle pour que la porte s'ouvre enfin, sur une petite femme aux cheveux filasse, en pantoufles et robe de chambre, qui marmonna :

— Ouais ?

— Mademoiselle Dougasville ? déclara Dugan. On peut vous parler ?

— Vous êtes de la police ?

— Non, répondit Sage. Nous sommes à la recherche de mon fils, Benji Freeport. Vous avez peut-être vu sa photo à la télévision, hier soir… Il a disparu il y a deux ans.

— Oui, et alors ? Ça a un rapport avec moi ?

— Si vous voulez bien nous laisser entrer, nous vous donnerons de plus amples explications.

Un instant d'hésitation, puis Janelle s'écarta pour les laisser passer. Son haleine sentait l'alcool, nota Dugan, et la bouteille de whisky à moitié vide posée sur la table basse du séjour lui en fournit la raison.

Sage et lui s'installèrent sur le canapé, tandis que Janelle s'affalait dans un fauteuil et se servait un autre verre.

— Bon… Je vous écoute !

Quand Dugan lui eut parlé de Ron Lewis, de ses escroqueries et de ses pseudonymes, Sage ajouta :

— Je ne comprends pas pourquoi mon fils était avec lui ce jour-là, mais je le cherche depuis.

— Je n'ai pas la moindre idée de l'endroit où il peut être, indiqua Janelle. J'ignorais même tout de cette histoire.

— Mais ce Ron Lewis est bien votre frère ? insista Dugan.
— Pas au sens où on aurait eu les mêmes parents. On a juste grandi dans les mêmes familles d'accueil.
— Vous connaissez sa véritable identité ?
— Juste son prénom quand on était gosses.
— A savoir ?
— Lewis.
— C'est de là que vient son dernier patronyme !
— Oui.
— Parlez-nous de son enfance ! déclara Sage.
— Les services sociaux l'ont pris en charge parce que ses parents l'affamaient et le battaient. On avait à peu près le même âge, et mon histoire ressemblait à la sienne... Ça crée des liens.
— Vous êtes restés en contact, après votre majorité ? demanda Dugan.
— Pas de façon régulière.
— Quand l'avez-vous vu pour la dernière fois ?
— Il y a environ trois ans : il est venu me rendre visite comme ça, sans prévenir, pour me dire qu'il avait un grand projet en préparation et qu'il allait enfin concrétiser toutes les choses dont on rêvait ensemble autrefois.

Une expression mélancolique adoucit les traits durs de Janelle.

— Parce qu'on avait conclu un pacte, poursuivit-elle. Une fois adultes, on devait réussir dans un domaine ou dans un autre, devenir riches... J'espérais qu'on se marierait un jour, tous les deux, et qu'on fonderait une famille, une vraie.
— Il voulait avoir des enfants, lui aussi ? demanda Sage.
— C'est ce qu'il disait, mais il mentait souvent : quand ça l'arrangeait, et aussi pour amadouer les gens, pour se faire aimer d'eux.

Si Lewis avait choisi une autre voie que la criminalité pour prendre sa revanche sur une jeunesse difficile, Dugan aurait éprouvé de la compassion pour lui.

— Que savez-vous de ses parents ? questionna Sage.
— Son père jouait aux courses le peu qu'il gagnait, et sa mère se droguait. Elle est morte d'une overdose, d'après ce

qu'il m'a dit la dernière fois qu'on s'est parlé, et son père a été assassiné par un bookmaker à qui il devait de l'argent.

— Il y a quelqu'un, à votre connaissance, chez qui Lewis serait allé s'il avait eu des ennuis ? Une petite amie, par exemple ?

— Il en a eu plein, mais une seule a vraiment compté pour lui. Il était très jeune, quand ils se sont connus, mais ils s'aimaient au point de vouloir se marier.

— Comment s'appelait-elle ?

— Sandra Peyton. Il l'a mise en cloque, mais elle a fait une fausse couche, et je ne sais pas si c'est pour ça, mais après ils se sont séparés.

Dugan nota mentalement le nom de cette femme. Si Lewis n'avait jamais cessé de l'aimer et s'il croyait ses rêves de richesse enfin réalisés, il avait peut-être décidé d'aller la voir pour tenter de la reconquérir.

Une autre idée germa ensuite dans l'esprit de Dugan : et si Lewis avait enlevé Benji pour « l'offrir » à Sandra en remplacement de l'enfant qu'ils avaient perdu ?

13

Dugan s'arrêta pour déjeuner dans une pizzeria, mais Sage n'arriva même pas à finir la salade composée qu'elle avait commandée.

L'histoire de la jeunesse de Lewis que Janelle leur avait racontée l'obsédait. Elle comprenait que cette enfance pauvre et déracinée lui ait donné envie de biens matériels… Lui ait appris, aussi, à manipuler les gens pour se faire accepter et obtenir d'eux ce qu'il voulait.

— J'ai presque pitié de Ron… enfin, de Lewis, puisque c'était apparemment son vrai prénom, dit-elle en repoussant son assiette.

— Il ne faut pas le plaindre ! décréta Dugan qui venait d'avaler la dernière bouchée d'une énorme pizza. La vie ne lui a pas fait de cadeaux, c'est vrai, mais tous les gens qui ont eu une enfance malheureuse ne sont pas devenus des escrocs pour autant !

— Oui, vous avez raison. Les épreuves qu'il avait subies auraient pu au contraire le rendre sensible aux souffrances des autres.

— Exactement !

— D'après Janelle, cette Sandra Peyton était la femme de sa vie… Il a peut-être voulu renouer avec elle, Benji prenant alors la place de l'enfant qu'ils avaient perdu…

— La même idée m'est venue.

Si cette hypothèse était la bonne, se dit Sage, si Benji avait été confié à l'ancienne petite amie de Lewis avant l'accident de ce dernier, il était en sécurité, et cette femme devait bien s'occuper de lui.

Restait à la trouver…

Une fois sorti de la pizzeria et remonté dans son 4x4, Dugan appela Jaxon.

— Tu t'es renseigné auprès du foyer pour femmes battues où Carol Sue Tinsley faisait du bénévolat ? lui demanda-t-il.

— Oui. Pour des raisons évidentes, le personnel de ce genre d'établissement observe la plus grande discrétion vis-à-vis de l'extérieur, mais quand j'ai évoqué la possibilité que Benji ait été kidnappé, j'ai obtenu des réponses. Négatives, malheureusement : Carol Sue ne travaille plus là-bas, et personne ne l'a vue depuis plusieurs années, ni avec ni sans enfant.

Encore une impasse !

— Tu peux essayer de localiser pour moi une certaine Sandra Peyton ?

— Qui est-ce ?

— J'ai retrouvé la sœur de Lewis — une sorte de sœur d'adoption, en réalité, mais peu importe… Elle s'appelle Janelle Dougasville et nous a dit que Lewis avait vécu une grande histoire d'amour avec cette Sandra Peyton. Il avait peut-être repris contact avec elle, avant sa mort.

— Je m'en occupe.

Le signal sonore annonciateur d'un double appel retentit. Dugan remercia son ami et prit la communication.

— Monsieur Graystone ? Ashlynn Fontaine, à l'appareil… Je suis la journaliste que Sage Freeport a sollicitée pour écrire un article sur la disparition de son fils.

— Oui, je suis au courant.

— La présentatrice des actualités régionales, qui est une amie à moi, en a aussi parlé hier soir à la télévision. Elle a lancé un appel à témoins, et je lui avais demandé d'afficher sur l'écran mon numéro de téléphone professionnel.

— Comment avez-vous eu celui de mon portable ?

— Par Sage Freeport. Elle m'avait dit de vous transmettre toute information qui me parviendrait concernant son fils.

— Et vous en avez une ?

— Oui. J'ai reçu un appel anonyme ce matin. Une femme et un petit garçon d'environ trois ans se sont installés dans la maison voisine de mon correspondant, un mois après la disparition de Benji Freeport. Cette femme est très sauvage. Elle semble se méfier de tout le monde, et même si mon informateur n'est pas certain que le petit garçon soit Benji, je pense que vous devriez aller lui rendre visite.

— Envoyez-moi son nom et ses coordonnées par SMS !

Le message arriva quelques secondes plus tard, et Dugan prit la direction de l'adresse indiquée.

C'était peut-être une fausse piste, mais peut-être aussi pour Sage la fin du terrible cauchemar qu'elle vivait depuis deux ans.

Après avoir dit à Sage où ils allaient et pourquoi, Dugan ajouta :

— Il ne faut pas se réjouir trop vite. Les appels à témoins ne mènent souvent à rien.

Sage hocha la tête en silence. Il essayait de la préparer à une déception, mais elle ne pouvait s'empêcher d'espérer : l'âge du petit garçon, l'extrême méfiance de la femme, l'époque de leur installation... Tout concordait.

La nervosité prit cependant le pas sur son optimisme à mesure que leur destination approchait. Après un trajet qui les ramena à une dizaine de kilomètres seulement de Cobra Creek, elle avait même manipulé tant de fois le pendentif accroché à son cou que le frottement de la chaîne sur ses ecchymoses les avait rendues douloureuses...

Lui rappelant au passage les menaces de mort proférées par son agresseur.

La femme « dénoncée » par son voisin s'appelait Laurie Walton et habitait une petite maison de plain-pied située dans un quartier pavillonnaire. Un Père Noël avec une hotte débordante de paquets sur le dos escaladait la façade, et les guirlandes d'un sapin clignotaient joyeusement derrière l'une des fenêtres.

Si Benji était là, celle qui l'y avait emmené fêtait au moins dignement Noël ! se dit Sage.

Elle s'en réjouit pour lui, mais un sentiment de rancœur l'envahit ensuite : cette période magique, c'était avec elle que Benji aurait dû la passer !

Dugan se gara de l'autre côté de la rue et un peu en retrait de la maison. Une femme vêtue d'un manteau noir en sortit juste à ce moment-là, tenant d'un côté la laisse d'un labrador, et de l'autre, la main d'un petit garçon. Sage colla son nez à la vitre pour mieux le voir, mais la capuche de son anorak dissimulait en grande partie son visage, et un doute affreux l'étreignit soudain : les enfants changeaient si vite qu'elle n'arriverait peut-être même pas à distinguer Benji d'un autre enfant du même âge…

Non, songea-t-elle aussitôt après. Même au bout de deux ans, même s'il avait changé, elle reconnaîtrait son fils entre mille. Au pire, le morceau de cartilage supplémentaire qu'il avait à l'oreille droite la renseignerait.

Réconfortée par cette idée, elle détacha sa ceinture de sécurité et s'apprêtait à ouvrir sa portière quand Dugan s'écria :

— Attendez ! Mieux vaut se contenter d'observer cette femme, dans un premier temps. Il ne faut pas l'effrayer.

Aussi impatiente qu'elle soit d'en avoir le cœur net, Sage dut admettre que Dugan avait raison : si Laurie Walton faisait passer Benji pour son fils et s'apercevait que la vraie mère du petit garçon les avait retrouvés, elle risquait de s'enfuir avec lui.

Dugan sortit de sous son siège une paire de jumelles, la tendit à Sage, puis il se retourna pour attraper un appareil photo sur la banquette arrière, effectua quelques réglages et prit plusieurs clichés.

Les jumelles permirent à Sage de se rendre compte que Laurie Walton serrait fort la main du petit garçon dans la sienne.

Etait-ce un geste naturel de protection, ou bien craignait-elle qu'il ne s'échappe ?

Si cet enfant était Benji, avait-il peur de celle qui s'occupait de lui, ou bien la considérait-il au contraire comme une mère, allant peut-être jusqu'à l'appeler « maman » ?

Cette idée lui fut si douloureuse qu'elle ne put retenir un gémissement.

La plainte étouffée que poussa Sage bouleversa Dugan. Elle n'avait pas vu son fils depuis deux ans... Sans doute se demandait-elle à quoi il ressemblait aujourd'hui, s'il la reconnaîtrait, s'il n'avait pas développé le syndrome de Stockholm...

Les émotions qui devaient l'agiter étaient sans doute aussi puissantes que contradictoires, pourtant elle faisait preuve d'un sang-froid admirable en restant dans la voiture.

Le langage corporel de Laurie Walton et du petit garçon indiquait qu'ils avaient de bonnes relations, estima Dugan. L'enfant dit quelque chose, et la femme se pencha vers lui en souriant. Elle s'arrêta ensuite pour laisser le chien flairer l'herbe d'un jardin, et Dugan eut soudain l'impression qu'elle le fixait. Il se dépêcha de baisser son appareil photo et déclara à Sage :

— Je crois qu'elle nous a repérés ! Posez vos jumelles !

Sortant une carte du vide-poches de sa portière, il feignit de la consulter, mais sans cesser d'observer la rue du coin de l'œil. Cela lui permit de voir Laurie Walton pivoter sur ses talons et repartir à grands pas dans l'autre sens.

— Elle a l'air effrayée, nota Sage. On devrait peut-être aller lui parler.

— Non. Attendons de savoir ce qu'elle va faire.

— Et si elle s'enfuit ?

— On la suivra.

Lorsqu'elle atteignit l'allée qui menait à sa maison, la femme accéléra encore. Entraînant le chien et le petit garçon dans sa course, elle se précipita à l'intérieur et claqua la porte derrière eux — non sans avoir d'abord jeté à Dugan un regard anxieux.

Il sentit son pouls s'accélérer.

Etait-il sur le point de tenir la promesse qu'il avait faite à Sage de découvrir ce que son fils était devenu ?

En voyant la porte se refermer, Sage faillit bondir de la voiture et se ruer vers la maison, mais la sagesse l'emporta : si Laurie Walton avait enlevé Benji et acquérait la certitude d'avoir été démasquée, elle pouvait s'esquiver par le jardin avec le petit garçon et disparaître ensuite sans laisser de traces.

Dugan se taisait. Il devait chercher la meilleure façon d'approcher Laurie Walton sans l'affoler, et Sage le laissa réfléchir.

Mais quelque chose de totalement inattendu se produisit soudain : une sirène retentit, Dugan poussa un juron et, trente secondes plus tard, le véhicule du shérif s'arrêta derrière le 4x4.

— Elle a dû appeler le 911, grommela Dugan.

Ce n'était pas bon signe, songea Sage. Laurie Walton l'aurait-elle fait si elle se cachait avec un enfant recherché par la police ?

Dugan posa l'appareil photo sur le plancher, et Sage dissimula les jumelles dans son sac. La portière de la voiture du shérif claqua, et Gandt mit pied à terre. Il remonta son pantalon sur son gros ventre et, l'air mauvais, alla frapper à la vitre du conducteur. Dugan l'ouvrit et déclara sur un ton neutre :

— Oui ?

— Qu'est-ce que vous fichez là, tous les deux ?

— On s'est perdus et on consulte la carte.

— Vous me prenez pour un idiot ? Sortez du véhicule !

Impossible de ne pas obéir, mais que comptait faire Gandt ? Les arrêter ?

Dugan descendit du 4x4, s'adossa à l'aile gauche, et Sage alla le rejoindre.

— La femme qui habite là, dit alors le shérif en montrant la maison de Laurie Walton, s'est plainte d'être traquée par deux personnes qui semblent en vouloir à son fils et à elle.

— On ne la « traque » pas ! protesta Sage.

— Mais vous l'espionnez !
— On veut juste vérifier une information qui nous est parvenue aujourd'hui, expliqua Dugan.
— Quelle information ?
— Après le reportage télévisé diffusé hier soir aux actualités régionales quelqu'un a pensé que l'habitante de cette maison y vivait avec Benji, répondit Sage.
— Vous auriez dû m'appeler ! s'écria Gandt.
Pourquoi l'aurait-elle fait alors qu'il ne l'avait jamais aidée ? Alors qu'elle n'avait aucune confiance en lui ?

Dugan faillit frapper le shérif. Comment ce triste individu qui, par incompétence ou simple paresse, avait refusé de suivre la moindre piste susceptible de mener à Benji pouvait-il reprocher à Sage de l'exclure des investigations qu'elle menait de son côté ?
— On vous croyait accaparé par l'enquête sur le soi-disant suicide de Wilbur Rankins, susurra Dugan.
— « Soi-disant » ?
— Oui. Vous êtes bien sûr qu'il s'agit d'un suicide ?
— Evidemment ! C'est son fils lui-même qui m'a prévenu ! Il a entendu le coup de feu !
— Vous avez effectué une recherche de résidu de poudre sur la peau de Junior Rankins ?
Rouge de colère, Gandt s'exclama :
— A quoi bon ? Son père n'a pas supporté d'apparaître aux yeux de tous comme la victime d'un escroc, et...
— Le reportage ne citait pas son nom, coupa Dugan.
— Alors son cancer lui causait peut-être de terribles souffrances, et il a voulu les abréger. Mais il s'est tué, point final ! Circulez, à présent ! Vous avez fait une peur bleue à cette pauvre femme : elle a cru que vous aviez l'intention de kidnapper son fils.
— Si elle a peur, c'est peut-être plutôt parce qu'elle a enlevé Benji et craint d'avoir été démasquée, intervint Sage. Maintenant

qu'un nouvel appel à témoins a été lancé, les chances pour que quelqu'un reconnaisse mon fils ont beaucoup augmenté, non ?

Gandt poussa un soupir exaspéré, mais Dugan ne comptait pas en rester là. Si le petit garçon que Sage et lui avaient vu était Benji, Laurie Walton ferait ses valises et s'enfuirait avec lui pour une destination inconnue dès que la voie serait libre.

— Il n'y a qu'une façon d'en avoir le cœur net : aller parler à cette femme, déclara-t-il.

— Elle pourrait vous accuser de harcèlement, objecta le shérif.

— Venez avec nous, alors ! dit Sage. Vous lui expliquerez la situation et, si elle n'a rien à cacher, si ce petit garçon est bien son fils, nous nous excuserons et nous partirons.

— Bon, d'accord…, maugréa Gandt. Mais je vous préviens : si elle insiste pour porter plainte contre vous, je ne chercherai pas à l'en dissuader !

Dugan acquiesça. Il posa la main sur l'épaule de Sage, et ils se dirigèrent tous les trois vers la maison de Laurie Walton.

14

Sage attendit en retenant son souffle que quelqu'un réponde au coup de sonnette du shérif. Et l'expression méfiante de la femme qui ouvrit la porte précipita les battements de son cœur.

— Madame Walton ? demanda le shérif.
— Oui…

Les cheveux noirs de Laurie Walton encadraient un visage mince qui aurait été joli sans le pli amer qui abaissait les coins de sa bouche et la cicatrice aux bords irréguliers qui barrait sa joue droite.

Elle fixa tour à tour Sage et Dugan avant de leur lancer d'une voix vibrante de colère :

— Pourquoi m'espionnez-vous ?
— Faites-nous entrer et nous vous expliquerons, dit Sage aussi calmement que ses nerfs tendus à l'extrême le lui permirent.
— Ce ne sont pas des criminels, souligna le shérif — mais sur un ton laissant entendre qu'il s'en fallait de peu.
— Je suis détective privé, déclara Dugan, et la jeune femme qui m'accompagne est Sage Freeport. Vous avez peut-être vu le reportage diffusé hier à la télévision, qui parlait de la disparition de son fils Benji ?

Visiblement plus prête à leur claquer la porte au nez qu'à les inviter à entrer, Laurie Walton marmonna :

— Quel rapport avec moi ?
— Nous avons appris par un appel anonyme que vous saviez peut-être quelque chose au sujet de mon fils, indiqua prudemment Sage.

— Je ne sais rien du tout, et puisque vous êtes là, shérif, ordonnez-leur de me laisser tranquille !

— Oui, madame, c'est ce que je vais…, commença Gandt.

— Nous ne partirons pas avant que Mme Walton ait répondu à quelques questions ! décréta Dugan.

— Je vous répète que je ne sais rien ! s'écria l'intéressée. Mais je compatis à votre malheur, madame Freeport, et j'espère que vous retrouverez votre fils.

Elle paraissait sincère…

Si elle n'avait rien à se reprocher, cependant, pourquoi était-elle si nerveuse ? se dit Sage.

L'attitude de Laurie Walton prouvait à Dugan qu'elle avait peur et cachait quelque chose.

Mais quoi ?

— Vous avez connu un certain Ron Lewis ? lui demanda-t-il.

— Non.

— Et Mike Martin, Seth Handleman, Joel Bremmer ?

— Non plus. Qui sont ces gens ?

— Ils ne font qu'un, en réalité, avec Ron Lewis, l'homme qui a kidnappé Benji Freeport.

— Aucun de ces noms ne me dit quelque chose.

La porte commença de se refermer, mais Sage la retint à temps.

— Quel âge a votre fils ? déclara-t-elle.

— Il aura six ans la semaine prochaine.

— Comment s'appelle-t-il ?

Laurie Walton dut comprendre soudain ce qu'impliquaient les questions de Sage, car elle répliqua sèchement :

— Je lui ai donné le prénom de mon père, Barry ! Ce n'est pas votre fils, madame Freeport !

— Vous pouvez nous montrer son acte de naissance ? s'enquit Dugan.

— Rien ne m'y oblige !

— En effet, intervint le shérif sur un ton conciliant, mais si vous avez ce document sous la main, je vous conseille d'aller le chercher. Ainsi, la situation sera clarifiée, ces gens partiront, et je ferai en sorte qu'ils ne vous ennuient plus.

— Le... l'acte de naissance de mon fils se trouve dans un coffre, à la banque..., balbutia Laurie.

— Si vous nous ameniez Barry lui-même, alors ? suggéra Dugan.

A supposer que Sage reconnaisse Benji dans ce petit garçon, un test ADN serait nécessaire pour prouver la filiation, mais chaque chose en son temps...

— Ce n'est pas votre fils, madame Freeport, c'est le mien ! s'écria Laurie en regardant Sage droit dans les yeux.

Disait-elle la vérité ? Ou *croyait-elle* la dire, parce qu'elle souffrait de troubles mentaux ?

Si elle avait ardemment désiré un enfant et en avait perdu un, ou s'était révélée stérile, peut-être avait-elle enlevé Benji, et son esprit dérangé le percevait-il comme son fils biologique ?

Sage s'interdit de réagir au ton véhément sur lequel Laurie Walton l'avait apostrophée. Il pouvait tout aussi bien s'expliquer par l'indignation d'une mère obligée de se défendre contre des soupçons infondés que par la peur d'une ravisseuse d'enfant menacée d'être démasquée.

— Allez chercher Barry, madame Walton ! insista Dugan.

L'interpellée interrogea du regard le shérif, qui grommela :

— Faites-le, madame, qu'on en finisse !

— Il est dans la cuisine... Barry ! Viens, mon chéri !

Le petit garçon qui arriva en courant était blond, comme Benji, mais Sage sut que ce n'était pas son fils avant même de voir qu'il avait les yeux bruns et non verts.

Une vague de déception la submergea. Dugan lui avait dit de ne pas se réjouir trop vite, mais elle n'avait pas pu s'empêcher d'espérer.

— Bonjour, Barry ! déclara Dugan. On t'a vu promener ton chien, tout à l'heure... Il est très beau, et il a l'air gentil.

Sage ouvrit la bouche pour parler, mais aucun son n'en sortit.

— Alors ? lui lança le shérif.

— Non, articula-t-elle péniblement.

— Excusez-nous de vous avoir importunée, madame Walton, reprit Dugan.

Une expression d'intense soulagement éclaira le visage de Laurie. Elle se pencha pour embrasser son fils, l'autorisa à retourner dans la cuisine, et il repartit en courant.

— Je suis désolée, madame Freeport, dit-elle ensuite. Je n'aurais pas dû faire toutes ces histoires.

— C'est parce que vous aviez peur, mais de quoi ?

— Je... Mon mari me brutalisait. La cicatrice que j'ai sur la joue, c'est le souvenir d'un coup de couteau... J'ai porté plainte à plusieurs reprises, et il a été condamné chaque fois, mais à sa sortie de prison, tout recommençait. J'ai fini par m'adresser à une association, qui m'a aidée à changer de ville et de nom, pour que mon mari perde complètement notre trace.

— Pourquoi ne pas nous l'avoir dit tout de suite ?

— Quand je me suis aperçue que vous m'espionniez, je vous ai pris pour des gens engagés par mon mari pour nous retrouver.

— Vous n'avez pas obtenu une ordonnance lui interdisant de s'approcher de vous ? demanda le shérif.

— Si, mais je le connais : ce n'est pas ça qui l'arrêtera si jamais il arrive à nous localiser.

Cela expliquait l'extrême méfiance évoquée par l'informateur anonyme d'Ashlynn Fontaine..., songea Sage.

— Je suis vraiment désolée de vous avoir effrayée, déclara-t-elle. Je tiens une maison d'hôtes à Cobra Creek, et si vous avez un jour besoin de quelque chose — ne serait-ce que de parler à quelqu'un —, appelez-moi ou venez me voir.

Elle sortit sa carte professionnelle de son sac et la tendit à Laurie, qui la prit en disant :

— Je ne me suis pas fait beaucoup d'amis dans la région, parce que j'ai toujours peur de tomber sur une personne qui connaîtrait mon mari et pourrait le renseigner involontairement sur moi, alors merci !

Ses yeux se remplirent de larmes, et Sage eut du mal à contenir les siennes en pensant au sort de cette femme et de ce petit garçon pourchassés par un homme violent...

En pensant à son fils à elle, peut-être en sécurité, mais peut-être aussi maltraité par la personne qui l'avait enlevé.

Dugan souffrait pour Sage tandis qu'ils regagnaient son 4x4, escortés par un shérif visiblement furieux.

— Rentrez chez vous et laissez-moi faire mon boulot ! leur lança-t-il. On n'a pas idée d'aller effrayer comme ça les honnêtes gens !

— Ce n'était pas notre intention ! protesta Sage.

— Le résultat est le même.

— Seulement parce que Mme Walton avait quelque chose à cacher, souligna Dugan.

— Peu importe ! Ecoutez-moi bien, tous les deux : si quelqu'un se plaint de nouveau que vous l'importunez, je vous mets sous les verrous ! Ça m'évitera de perdre mon temps à répondre aux appels au secours de vos victimes !

Gandt remonta dans sa voiture, et Dugan constata avec irritation qu'il attendait pour partir que lui-même ait démarré.

Le trajet du retour à Cobra Creek se déroula en silence. Si Sage avait eu envie de parler, Dugan l'aurait écoutée, mais comme elle se taisait, il s'absorba dans ses propres pensées.

Celle du coup de téléphone de D.J. Rankins revint alors le hanter.

Si Wilbur Rankins ne s'était pas suicidé, qui l'avait tué, et pourquoi ?

Le vieil homme savait-il quelque chose de compromettant pour l'assassin de Lewis ? Ce dernier, effrayé par la réouverture de l'enquête, avait-il commis un deuxième meurtre pour couvrir le premier ?

Sage s'efforçait de ne pas le montrer, mais au-delà de la terrible déception qu'elle venait d'éprouver, la vue du petit Barry Walton, avec ses cheveux blonds et ses traits enfantins, lui avait fait un coup au cœur. Il lui avait rappelé Benji, et le récit des sacrifices que Laurie avait consentis pour protéger son fils l'avaiet rendue plus consciente que jamais de ne pas avoir été une bonne mère.

Le désir d'être seule, pour pouvoir donner libre cours à ses émotions, lui fit ouvrir sa portière et descendre de voiture dès que Dugan se fut garé devant chez elle.

Ses mains tremblaient cependant tellement qu'après avoir sorti les clés de son sac, elle les laissa tomber.

Des pas retentirent derrière elle, puis Dugan la rejoignit, ramassa les clés et ouvrit la porte. Elle voulut se précipiter à l'intérieur, mais il la retint par le bras en déclarant :

— Attendez pour entrer que j'aie inspecté les lieux.

L'agression de la nuit précédente... Les événements récents la lui avaient fait oublier... Heureusement que Dugan était là !

Il dégaina son pistolet et pénétra dans la maison. Il en ressortit au bout de ce qui parut à Sage une éternité, mais ne dura sans doute que quelques minutes.

— Rien à signaler, annonça-t-il.

Elle se contenta de hocher la tête de peur que sa voix ne trahisse sa détresse. Il ne fallait surtout pas craquer, sinon Dugan risquait de se décourager, et elle serait de nouveau seule, sans personne pour l'aider à retrouver son fils.

Dugan savait qu'il devait laisser Sage se remettre des émotions de la journée, et poursuivre l'enquête de son côté. Il voulait notamment étudier les pièces du dossier relatif à l'accident de voiture de Lewis et à la disparition de Benji.

Compte tenu de leurs relations, Gandt refuserait évidemment de lui confier ce dossier, alors comment se le procurer ? Par l'adjoint du shérif ? Et, en cas de nouveau refus, en se débrouillant pour le subtiliser ?

Sage leva vers lui des yeux brillants de larmes et déclara d'une voix qui se voulait ferme mais tremblait imperceptiblement :

— Merci, Dugan.

Comment arrivait-elle à tenir le coup, alors qu'il la savait profondément malheureuse ?

— Je vais essayer de mettre la main sur le rapport de police rédigé à l'époque de la disparition de votre fils, indiqua-t-il pour tenter de la réconforter.

— Vous ne renoncez pas à le rechercher, alors ?

— Bien sûr que non !

Comment l'aurait-il pu ? Et ce n'était pas juste pour Sage qu'il comptait persévérer, mais aussi pour ce petit garçon innocent, contraint depuis deux ans à grandir loin de sa mère, et peut-être dans de mauvaises conditions…

Une mère forte et courageuse, tendre et belle, mais si vulnérable aussi, que Dugan n'eut finalement pas le cœur de la laisser seule avec son chagrin.

Alors quand elle entra dans la maison, il la suivit, et de si près qu'il respira son parfum — une fragrance fleurie, évocatrice d'un jardin au printemps, quand le soleil implacable de l'été texan n'avait pas encore desséché la végétation.

— Je vous ai fait une promesse, reprit Dugan, et je la tiendrai. Je n'abandonnerai pas mes recherches avant de savoir ce qui est arrivé à votre fils.

— On m'a déjà fait des promesses qui ont ensuite été trahies, murmura Sage en se tournant vers lui.

— Je respecterai la mienne, déclara-t-il.

Puis, emporté par un élan incontrôlable, il prit Sage dans ses bras et l'embrassa avec une fougue qui exprimait tout ce que son cœur ne pouvait dire.

15

C'était étrange... L'instant d'avant, Sage voulait être seule pour tenter de panser ses blessures, et maintenant, non seulement elle n'avait plus envie de pleurer, mais l'étreinte des bras de Dugan lui donnait de la force, lui donnait l'impression de revivre...

Elle se plaqua contre lui, buvant à ses lèvres une griserie des sens bienvenue.

Quand leurs langues se frôlèrent, puis se nouèrent et se dénouèrent en une danse sensuelle, un feu inextinguible embrasa Sage. La pointe de ses seins se durcit et, comme en écho à cette réaction, la pression du sexe de Dugan contre son ventre s'accentua au même moment.

Lâchant sa bouche, il lui mordilla l'oreille et traça ensuite un chemin de baisers le long de son cou. Elle gémit de plaisir, puis une fièvre grandissante et une audace qu'elle ne se connaissait pas la poussèrent à lui déboutonner sa chemise et à couvrir de caresses son torse musclé.

Ce fut au tour de Dugan de gémir, mais lorsqu'elle commença de dégrafer son jean, il lui immobilisa les bras et s'écarta d'elle en disant :

— Il faut s'arrêter là.

— Non, je vous en prie !

— Vous êtes fragilisée par la situation... Je ne veux pas en profiter.

— Ce n'est pas le cas.

Le baiser passionné dont Sage prit alors l'initiative eut raison des scrupules de Dugan : il y répondit et, impatients d'aller jusqu'au bout de leur désir, ils montèrent dans sa chambre.

Avait-elle jamais eu autant envie d'un homme ? Sage n'en avait pas l'impression, mais elle refusa d'y réfléchir : elle avait besoin de chaleur humaine, besoin d'évacuer la tension qui s'était accumulée en elle pendant une journée où elle s'était crue, pendant une heure ou deux, sur le point de retrouver Benji…

Mon Dieu ! Benji… Qu'était-elle en train de faire ?

Dugan dut lire dans ses pensées, car il lui souleva le menton et l'obligea à le regarder dans les yeux.

— Vous avez le droit de vous offrir un moment de plaisir, déclara-t-il. Ça ne veut pas dire que vous avez oublié votre fils, que vous êtes une mauvaise mère.

Ces mots lui allèrent droit au cœur et chassèrent — au moins temporairement — le sentiment de culpabilité que lui causait depuis deux ans le fait d'être en vie alors que son petit garçon ne l'était peut-être plus.

Elle enleva sa chemise à Dugan, il lui enleva son pull-over, et ce fut ensuite comme un jeu, chacun à son tour débarrassant l'autre d'une pièce de vêtement, jusqu'à ce qu'ils soient nus et brûlants de désir.

Ce fut déjà enlacés qu'ils s'allongèrent sur le lit, mais ils prirent ensuite le temps de s'infliger mutuellement le doux supplice de l'attente en se rendant baiser pour baiser, caresse pour caresse.

Quand, enfin, la pression fut trop forte, Dugan alla chercher un préservatif dans la poche de son jean. Sage se souleva sur un coude et tendit la main pour indiquer qu'elle voulait le lui mettre ; ils venaient à peine de se séparer, et il lui manquait déjà.

Lorsqu'il entra en elle, un puissant orgasme l'ébranla tout entière. Il se retira, puis, d'une vigoureuse poussée, souda leurs corps de façon plus étroite encore. Elle referma les jambes sur sa taille et, ensemble, sur un rythme de plus en plus rapide, mais en parfaite harmonie, ils chevauchèrent les vagues du plaisir.

Sage atteignit la jouissance dans un soupir émerveillé, et Dugan juste après, en murmurant son nom. Il resta un moment la tête posée au creux de son épaule, le souffle court et le dos parcouru de légers frissons, puis il rompit leur étreinte, se leva et disparut dans la salle de bains.

Quand il en ressortit, l'air hésitant, elle l'invita de la main à venir la rejoindre. Il se recoucha, l'enlaça, et elle se blottit contre lui.

— Sage ?
— Chut ! Ne dis rien !

Elle ne voulait surtout pas qu'il s'excuse, ou se sente au contraire obligé de lui faire de grandes déclarations d'amour. Elle lui demandait juste de la réconforter, de lui tenir chaud et de l'aider à passer, pour la première fois en deux ans, une nuit sans cauchemars.

Dugan attendit que Sage se soit endormie pour se relever et s'habiller. Il descendit au rez-de-chaussée et, comptant sur la fraîcheur de l'air pour lui éclaircir les idées, se rendit sur la terrasse.

Normalement, il considérait les rapports sexuels comme le simple assouvissement d'un besoin physique : un homme de son âge devait pouvoir satisfaire sa libido. Cela ne l'engageait à rien, et il prévenait toujours avant sa partenaire de son refus de se créer des obligations ; ainsi, si elle l'acceptait comme amant, c'était en toute connaissance de cause.

Les choses étaient différentes avec Sage, car elle comptait vraiment pour lui. Il n'aurait donc pas dû faire l'amour avec elle. Son attachement pour elle s'en trouvait renforcé, ce qui risquait de le distraire de son enquête.

Et il avait besoin de toute sa concentration pour la mener à bien.

La piste fournie par Ashlynn Fontaine n'avait rien donné, mais si Benji était encore en vie, quelqu'un allait peut-être le reconnaître grâce à la photo diffusée par les médias.

Le revers de la médaille étant que le retour de son histoire à la une de l'actualité pouvait affoler son ravisseur et le pousser à quitter l'Etat, voire le pays. Ou à aller se cacher avec le petit garçon dans quelque endroit perdu.

Dugan envoya à Jaxon un texto lui demandant de faire afficher un avis de recherche concernant Benji, avec sa photo, dans l'ensemble des gares, aéroports, gares routières et postes frontières du Texas et des Etats voisins.

Une brusque rafale de vent agita les branches des arbres, dans les bois qui s'étendaient au-delà du ruisseau... Un animal hurla... Dugan gagna le bord de la terrasse et scruta l'obscurité.

Etait-il paranoïaque, ou distinguait-il vraiment une ombre suspecte, près du cours d'eau ?

Un bruissement de feuilles provenant de la rive la plus proche dirigea son regard vers ce en quoi, cette fois, il fut certain de reconnaître une silhouette humaine en train de s'éloigner furtivement de la berge.

Pistolet au poing, le dos courbé pour se rendre moins visible, Dugan alla à sa rencontre en utilisant un tronc d'arbre après l'autre pour se cacher entre deux sprints.

Alors que quelques dizaines de mètres les séparaient encore, la silhouette cessa soudain de bouger. Dugan s'immobilisa lui aussi et, au bout d'un moment, une brève lueur brilla dans la nuit, de fines volutes de fumée montèrent dans le ciel...

Sage avait dit que son agresseur sentait le tabac.

La menace de mort qu'il avait proférée ne l'ayant pas convaincue de cesser de poser des questions, cet homme était-il revenu pour la tuer ?

16

Dugan contourna le tronc du chêne derrière lequel il s'était caché, et courut vers l'endroit où il avait vu briller ce qui était de toute évidence la flamme d'un briquet.

— Pas un geste, ordonna-t-il, ou je tire !

Un cri retentit :

— Non, ne tirez pas, monsieur !

Surpris, Dugan sortit une lampe stylo de sa poche, l'alluma… et découvrit, les bras levés en signe de reddition, un jeune homme grand et athlétique, mais qui ne devait pas avoir plus de dix-huit ans. Une fille, derrière lui, était en train de reboutonner fébrilement son chemisier.

— Il ne fait pas un peu froid pour venir traîner ici la nuit ? observa Dugan.

L'adolescent haussa ses larges épaules.

— En quoi ça vous regarde ?

— Laissez-nous partir, s'il vous plaît, monsieur ! déclara sa petite amie d'une voix tremblante.

Dugan rengaina son pistolet, mais il était furieux : les ébats de ce couple l'avaient éloigné de Sage, et si quelqu'un rôdait vraiment autour de sa maison avec des intentions malveillantes, il n'y avait personne pour la protéger.

— Je ne vous veux aucun mal, dit-il sur un ton rassurant à la jeune fille qui semblait terrorisée. Je vous avais pris pour des cambrioleurs.

— N'importe quoi ! s'exclama l'adolescent. On est venus

là parce que la mère de Joy m'interdit de mettre les pieds chez elle, si vous voulez le savoir !

Il accompagna son propos d'un juron que Dugan lui-même ne s'autorisait pas à prononcer.

— Je la comprends, répliqua-t-il, dans la mesure où tu jures comme un charretier et où tu débauches sa fille.

— Il me débauche pas ! protesta l'intéressée. J'ai dix-sept ans et je suis assez grande pour décider toute seule de ce que je veux faire ou pas !

— Bon, d'accord…, grommela Dugan. Partez, maintenant, et ne revenez pas par ici !

— Non, on vous le promet !

L'adolescent prit sa petite amie par la main, et ils se dirigèrent à grands pas vers le ruisseau. Dugan, qui les suivait des yeux, les vit monter dans une barque et rejoindre la rive opposée.

Une idée nouvelle lui vint alors à l'esprit. Ce cours d'eau comportait des tronçons assez larges et profonds, et il allait se jeter dans une rivière fréquentée par les amateurs de canoë-kayak et de rafting. Les gens pouvaient garer leur voiture à un endroit, partir de là dans leur embarcation et accoster des kilomètres plus bas. Ils avaient en fait souvent un véhicule à leur point de départ, et un autre à leur point d'arrivée.

Dugan décida donc de retourner sur les lieux de l'accident de Lewis et d'en explorer de nouveau les alentours.

Quelque chose avait pu échapper à toutes les recherches précédentes.

Sage se réveilla le lendemain matin plus sereine et reposée qu'elle ne l'avait été depuis une éternité.

Le souvenir des merveilleux moments passés dans les bras de Dugan lui revint peu à peu et la fit sourire.

Mais la place, à côté d'elle, était vide… Et pas seulement vide : froide, aussi. Dugan avait donc quitté le lit depuis longtemps, et elle dormait alors si profondément qu'elle ne s'en était pas aperçue.

Deux années de nuits partagées entre insomnies et cauchemars l'avaient finalement rattrapée.

Le soleil qui entrait par la fenêtre et dessinait des rais de lumière obliques sur le plancher lui rappela cependant qu'une nouvelle journée allait s'ajouter à la longue liste de celles où son fils était absent...

Que cette journée la rapprocherait encore d'un autre Noël sans lui.

Et si elle ne le retrouvait jamais ? pensa Sage avec un violent pincement au cœur. Combien de temps arriverait-elle à tenir sans savoir ce qu'il était devenu ? L'angoisse et le chagrin ne finiraient-ils pas par la détruire ?

Repoussant les couvertures, elle se leva... et ressentit en marchant une légère sensation de douleur, mais elle n'allait sûrement pas s'en plaindre : en plus de la détendre, la cause de cette petite gêne avait chassé les mauvais rêves — au moins pendant quelques heures.

Tandis qu'elle se douchait, un sentiment de regret l'envahit à l'idée que la maison était vide de clients. La préparation du petit déjeuner pour plusieurs personnes apportait un semblant de normalité dans une vie qui en manquait cruellement depuis deux ans.

L'espoir que Dugan soit encore dans la maison la fit se doucher, s'habiller et se coiffer rapidement. Leur visite chez Laurie Walton s'était soldée par un échec, mais une autre information allait peut-être les lancer aujourd'hui sur une nouvelle piste...

Dans la cuisine, le café était encore chaud. Sage s'en servit une tasse, puis elle partit à la recherche de Dugan, mais il n'était pas au rez-de-chaussée.

Se pouvait-il qu'il soit parti ?

Sage emporta son café sur la terrasse, et c'est là qu'elle trouva Dugan. Assis dans un des rocking-chairs, il avait les yeux cernés, les joues couvertes d'une barbe naissante et l'air épuisé.

— Tu as passé la nuit ici ? lui demanda-t-elle en s'installant dans la balancelle.

— Oui.

— Pourquoi n'es-tu pas resté dans le lit avec moi ?

Plus d'une minute d'un lourd silence s'écoula avant que Dugan réponde :

— Je n'aurais pas dû coucher avec vous. J'étais juste censé vous aider à enquêter sur la disparition de votre fils.

Même s'ils étaient vrais, ces mots blessèrent Sage. Elle ravala néanmoins sa fierté et déclara :

— Alors, que faisons-nous aujourd'hui ?

— J'ai aperçu une ombre, cette nuit, du côté du ruisseau, et je suis allé y regarder de plus près. Il s'agissait seulement de deux adolescents en train de se peloter dans les bois.

— D'accord... Et ?

— Je les ai chassés, mais ça m'a fait penser au jour où la voiture de Lewis a été accidentée.

— Je ne vois pas le rapport !

— Ces adolescents avaient amarré une barque sur la berge, et ils l'ont reprise pour passer de l'autre côté, où ils avaient sans doute laissé un véhicule.

La caféine commençait à stimuler les neurones de Sage et à chasser de son esprit le souvenir de ses ébats avec Dugan.

Ce souvenir, revenu en force depuis le début de leur conversation, s'était visiblement effacé de son esprit à lui.

— Après l'accident, continua-t-il, on n'a pas retrouvé de cadavre, ni dans la voiture ni aux alentours. Alors maintenant que nous savons que Lewis a été assassiné, je me demande comment son meurtrier s'est échappé. Autant que je me souvienne, le rapport de police ne mentionne la trace d'aucun autre véhicule sur les lieux.

— Vous pensez que l'assassin a traversé le ruisseau en barque ?

— Pourquoi pas ? Il est également possible que Lewis ait eu rendez-vous avec quelqu'un d'autre à cet endroit-là. Et en partant de l'hypothèse que nous avons évoquée hier, selon laquelle il aurait repris contact avec son grand amour...

— Laura Peyton, la femme qui a été enceinte de lui et a fait une fausse couche ?

— Elle-même. Si Lewis avait emmené Benji ce jour-là, c'était peut-être pour le lui remettre et former ainsi à eux trois la famille qu'ils n'avaient pas pu fonder autrefois.

Sage se souvint alors que Dugan avait demandé la veille à son ami Jaxon d'essayer de localiser Sandra Peyton.

Mais si cette femme avait recueilli Benji et l'élevait comme son fils, elle s'était probablement arrangée pour brouiller les pistes.

Plus que jamais décidé à étudier le rapport de police relatif à l'accident et à l'incendie de la voiture de Lewis, Dugan se rendit aux bureaux du shérif avec Sage, qui avait tenu à l'accompagner.

Par chance, Gandt n'était pas là, et son adjoint, après que Dugan lui eut dit qu'il aidait Sage à chercher son fils, accepta de lui remettre le dossier. Il l'autorisa même à le photocopier pendant qu'il passait quelques coups de téléphone.

— Il est fait mention d'une embarcation ? demanda Sage.

— Je regarde…

Dugan parcourut le rapport. L'accident s'était produit vers 6 h 40. Une automobiliste avait appelé les secours quand elle avait vu des flammes jaillir de derrière les buissons bordant l'accotement. Le shérif Gandt était arrivé avec les pompiers, mais la Jeep avait déjà presque entièrement brûlé.

Une fois l'incendie éteint, les pompiers avaient constaté qu'il n'y avait personne à l'intérieur du véhicule. Gandt avait ensuite organisé une fouille des environs, mais l'assassin de Lewis s'était enfui depuis longtemps !

Dugan étala les photos contenues dans le dossier sur un bureau vide. L'endroit semblait désert, avec une végétation clairsemée par endroits.

— Pas d'embarcation, dit Sage après avoir étudié elle aussi les clichés.

— Non. Dans ce cas, le meurtrier suivait peut-être Lewis. Il a causé l'accident, puis il l'abattu… ou alors, il l'a tué d'abord, et c'est ça qui a provoqué l'accident.

— Dans ce dernier cas, pourquoi ne pas laisser le corps dans la Jeep ?

— Parce que sa découverte aurait prouvé que Lewis avait été assassiné.

— Si le coupable l'a sorti mort de la voiture, du sang devait couler de ses vêtements. Or je n'en ai vu aucune trace sur les photos.

— Moi non plus, admit Dugan.

Un deuxième examen attentif de chacun des clichés ne lui montra toujours pas de signe pouvant laisser penser qu'un homme tué par balle avait été extrait du véhicule.

Il essaya d'échafauder une autre hypothèse : et si Lewis avait prévu de rejoindre quelqu'un, puis de se faire passer pour mort en mettant le feu à sa voiture ? Peut-être la personne qu'il devait rejoindre s'était-elle retournée contre lui et l'avait-elle abattu ?

Mais dans ce cas, pourquoi emmener Benji ? Parce qu'il avait été témoin du meurtre ?

— Je vais aller repasser toute cette zone au peigne fin, annonça Dugan.

— Je vous accompagne !

— Si vous voulez, et mon chien, Gus, qui est dressé pour retrouver les gens, viendra avec nous.

— Où est-il en ce moment ?

— Chez moi… Vous avez quelque chose qui aurait gardé l'odeur de Benji ?

— Oui, répondit Sage avec une petite grimace de douleur.

L'adjoint du shérif étant toujours au téléphone, Dugan se borna à lui adresser un signe de la main. Il quitta ensuite le bâtiment, se rendit à la maison d'hôtes et attendit dans sa voiture pendant que Sage allait chercher un objet ayant appartenu à son fils.

Sage enfouit son visage dans le doudou de Benji. Il lui rappelait tellement son fils qu'elle ne l'avait pas lavé une seule fois en deux ans. Même si cela lui chavirait le cœur, elle voulait pouvoir y retrouver intacte la douce odeur du petit garçon.

Battant des paupières pour refouler ses larmes, elle regagna le 4x4.

— Benji dormait toujours avec cette couverture, expliqua-t-elle. Je... je ne sais pas comment il a fait pour s'en passer, ces deux dernières années.

Dugan posa la main sur la sienne et la serra dans un geste de réconfort, puis il redémarra et prit la direction de la sortie de la ville.

Une demi-heure plus tard, Sage découvrait un ranch où des chevaux s'ébattaient à l'intérieur d'un vaste enclos et où des vaches paissaient dans les champs.

— J'ignorais que vous faisiez de l'élevage, observa-t-elle.

— J'ai un petit troupeau de bovins, et j'entraîne des chevaux de selle.

— Vos activités de détective privé et de traqueur vous en laissent le temps ?

— J'effectue surtout des missions de recherche et de sauvetage. Et j'ai quatre employés qui s'occupent de tout en mon absence.

La maison d'habitation, faite en rondins et agrémentée d'une terrasse, était rustique mais spacieuse et accueillante.

Dès que Dugan fut descendu de voiture, un labrador chocolat vint se frotter contre ses jambes.

— Salut, Gus ! dit-il en se penchant pour le caresser. J'ai du travail pour toi !

— C'est vous qui l'avez dressé ?

— Oui. Excusez-moi, maintenant, mais j'ai besoin de me doucher et de changer de vêtements... Entrez vous asseoir, je n'en ai pas pour longtemps.

Avant de refermer la porte, Dugan ordonna à son chien de la garder. Sage se retrouva ensuite dans un séjour qui reflétait la double culture du maître des lieux : canapé et fauteuils en cuir noir, grande cheminée de pierre, tableaux de chevaux et paysages aux murs, mais aussi objets d'artisanat indien, comme les tapis à motifs géométriques posés çà et là sur le plancher de sapin.

Dugan quitta la pièce, et un bruit d'eau se fit entendre deux minutes plus tard. Sage essaya de ne pas l'imaginer nu sous la douche… En vain. Aussi séduisants qu'aient été Trace Lanier et Ron Lewis, ils ne possédaient ni sa beauté altière ni son corps athlétique.

Un corps qu'elle avait pu admirer tout à loisir la veille, quand ils avaient fait l'amour, et ce souvenir acheva de la troubler.

Pour tenter de le chasser, elle alla contempler une collection de pointes de flèches exposée sur un mur, de vanneries sur un autre…

C'est alors qu'elle nota l'absence de touches personnelles dans la décoration de la pièce. Il n'y avait pas de photos de famille, par exemple… et apparemment aucune femme dans la maison.

Comment un homme aussi sexy que Dugan pouvait-il n'avoir ni épouse ni compagne ?

« Il a sans doute des dizaines de maîtresses », pensa Sage avec une amertume qui la surprit.

Car elle n'avait aucun droit sur lui, et donc aucune raison d'être jalouse de ses éventuelles petites amies. Ils éprouvaient indubitablement de l'attirance l'un pour l'autre, mais si Dugan ne l'avait pas laissée seule, la veille au soir, c'était d'abord parce que quelqu'un l'avait agressée la nuit d'avant… Il n'était pas question d'amour entre eux !

Retrouver Benji devait rester son unique préoccupation, se dit résolument Sage.

La vue de Dugan quand il reparut, rasé de près et ses longues jambes moulées dans un jean étroit, mit pourtant de nouveau tous ses sens en émoi.

Il fixa à son épaule le holster contenant son pistolet et attrapa son Stetson.

— Prête ? demanda-t-il.

Sage acquiesça de la tête et le suivit dehors en s'interdisant de lorgner la silhouette virile qui la précédait.

Seules comptaient la recherche de Benji et la reconstruction de leur cellule familiale quand il serait de retour.

Dugan se gara près de l'endroit où la Jeep de Lewis avait brûlé, puis il fit renifler à Gus le doudou de Benji. C'était le meilleur chien qu'il ait jamais eu, mais il ne fallait pas trop espérer le voir retrouver le chemin emprunté par le petit garçon deux ans plus tôt.

Gus flaira bien la couverture, puis il colla pratiquement son museau contre le sol et se dirigea vers le ruisseau. Il longea la rive, puis s'immobilisa, comme s'il n'arrivait plus à détecter aucune odeur.

L'endroit où il s'était arrêté constituait en soi une indication, et Dugan se mit à en fouiller les alentours immédiats. Sage se joignit à lui, mais les hautes herbes et les ronces qui recouvraient cette partie de la berge rendaient leurs recherches difficiles.

Et puis, soudain, Dugan aperçut quelque chose... Il se pencha. C'était une basket.

Et lorsqu'il se redressa après l'avoir ramassée, le visage bouleversé de Sage lui dit que cette chaussure avait appartenu à son fils.

17

— C'est la basket de Benji ! s'écria Sage. Comment est-elle arrivée là, au milieu des broussailles ?

Ne voulant pas l'effrayer avec des scénarios pessimistes, Dugan s'efforça de présenter les choses sous un angle rassurant :

— Il l'a peut-être perdue près de la voiture, où un animal l'aura ensuite trouvée et transportée ici.

Le sol n'avait malheureusement conservé aucune trace exploitable de ce qui s'était passé là deux ans plus tôt.

Dugan et Sage partirent à la recherche de la deuxième basket, ou de tout autre vestige de la présence de Benji dans les environs immédiats. Le labrador, lui, se remit à longer le ruisseau, mais en direction de la ville, cette fois.

La deuxième chaussure demeura cependant introuvable, et la première était restée trop longtemps exposée aux intempéries pour que Gus y détecte l'odeur de son propriétaire.

La seule découverte que fit Dugan, ce fut, en contrebas de l'endroit où le chien s'était immobilisé et ne cessait de revenir, un lieu aménagé pour amarrer de petites embarcations.

— Peut-être Lewis avait-il décidé de s'enfuir, parce que quelqu'un l'avait démasqué, observa Sage, les yeux fixés sur la rive opposée. Et avait-il rendez-vous ici avec Sandra Peyton, Carol Sue Tinsley ou une autre de ses petites amies…

— C'est possible, en effet, admit Dugan.

— Il aurait alors confié Benji à cette femme avant d'être abattu…

Ce n'était qu'une hypothèse parmi d'autres, mais Dugan se garda bien d'en évoquer de plus alarmistes.

Son portable sonna, et il le sortit de sa poche. C'était Jaxon.

— Oui ?

— J'ai l'adresse actuelle de Carol Sue Tinsley, la petite amie de Mike Martin.

— Envoie-la-moi !

Dugan raccrocha, et le message arriva presque instantanément.

Carol Sue habitait maintenant à une soixantaine de kilomètres de Cobra Creek — quarante-cinq minutes de trajet en roulant bien —, indiqua-t-il à Sage.

Alors qu'ils retournaient à la voiture avec Gus, un petit objet brillant, dans l'herbe, attira son regard. Il se pencha pour le ramasser... C'était une douille. Il la montra à Sage et annonça :

— Je vais la porter tout de suite au labo.

Si cette douille était celle de la balle qui avait tué Lewis, ses caractéristiques pourraient mener à l'arme qui l'avait tirée, et donc au meurtrier.

Sage suivit Dugan à l'intérieur du laboratoire de la police scientifique où il confia la douille découverte près du ruisseau au directeur de l'établissement, un certain Jim Lionheart.

— Bien qu'elle soit abîmée, déclara ce dernier, je peux déjà vous dire que c'est du 9 mm. Les pistolets de ce calibre sont assez courants par ici, mais si vous m'apportez une arme précise, une simple comparaison permettra de savoir s'il s'agit de la bonne ou non.

— Parfait ! s'écria Dugan. Vous avez lu le rapport du légiste sur le décès de Wilbur Rankins ?

— Non. Vous voulez que je vous le montre ?

— Oui, s'il vous plaît.

— Venez !

Accompagné de Sage et de Dugan, Jim Lionheart se dirigea vers un ordinateur et demanda tout en cliquant sur l'icône d'un fichier :

— Pourquoi ce rapport vous intéresse-t-il ?

— Le petit-fils de Rankins m'a téléphoné pour m'informer que son père et son grand-père s'étaient violemment disputés juste avant la mort de ce dernier.

— Il pense que le premier a assassiné le second ?

— Il ne croit pas à la thèse du suicide, en tout cas.

— Et que dit le shérif ?

— Il ne se pose même pas la question ! Pour lui, Wilbur Rankins a mis fin à ses jours, point final.

Le directeur, qui parcourait le rapport tout en écoutant Dugan, remarqua soudain :

— Tiens, c'est bizarre... L'arme qui a tué Rankins est un pistolet, or la plupart des éleveurs de la région sont des utilisateurs de carabines ou de fusils de chasse...

— Vous pouvez essayer de savoir si ce pistolet est un 9 mm ?

— Bien sûr.

— Il n'y a pas eu d'autopsie ? intervint Sage.

— Apparemment pas, déclara Dugan. C'est une procédure standard en cas de mort violente, mais Gandt est tellement sûr de son fait qu'il n'a pas jugé nécessaire d'en demander une.

— Je vous appelle dès que j'ai du nouveau, dit Lionheart.

Dugan le remercia, puis il regagna son 4x4 avec Sage.

— Pourquoi Junior Rankins aurait-il tué son père ? s'enquit cette dernière.

— Excellente question, à laquelle j'espère pouvoir bientôt répondre si nécessaire !

Les pensées se bousculaient dans la tête de Dugan tandis qu'il prenait la direction du domicile de Carol Sue Tinsley. Il se trouvait devant un puzzle aux pièces éparpillées, et pourtant elles devaient bien s'agencer d'une manière ou d'une autre !

A supposer que Junior Rankins ait tué son père, avait-il aussi tué Lewis ? Mais pourquoi aurait-il assassiné un homme souffrant d'un grave cancer, et dont il allait de toute façon hériter dans peu de temps ?

Le mobile du meurtre de Lewis était clair, lui : la vengeance.

Si c'était une femme qui avait commis ce crime, elle avait sans doute agi pour punir Lewis de ses mensonges et de ses infidélités. Elle ne devait pas s'attendre à ce qu'il soit accompagné par un enfant de trois ans, mais elle avait pu décider de l'emmener et de l'élever comme son propre fils.

Si l'assassin était l'un des propriétaires terriens de la région que Lewis avait escroqués, en revanche, il n'aurait pas voulu de Benji et s'en serait débarrassé soit en le tuant, soit en l'envoyant vivre loin de Cobra Creek.

Il était également possible qu'une personne appartenant au passé de Lewis — un passé où il se cachait sous une identité dont Dugan ne savait rien — ait retrouvé sa trace et soit venu à Cobra Creek pour l'abattre.

Trois quarts d'heure plus tard, Dugan arrivait à destination. Il s'agissait d'un complexe résidentiel luxueux, dont la pancarte placée à l'entrée vantait la piscine, les courts de tennis et le manège.

— C'est ici qu'habite Carol Sue ? s'écria Sage.

— Oui, et j'en suis aussi surpris que vous : elle a fait du chemin, depuis la cité où elle vivait autrefois avec Mike Martin !

Le complexe était sécurisé. Une barrière stoppa Dugan, et il dut fournir son identité au gardien avant d'être autorisé à y pénétrer. Il longea ensuite lentement une voie bordée de maisons coquettes jusqu'à trouver, tout au bout, celle qu'il cherchait. Il s'arrêta devant le garage attenant et, suivi de Sage, alla sonner à la porte.

Personne ne répondit. Il sonna une deuxième fois, sans plus de résultat, et le coup d'œil qu'il jeta ensuite à l'intérieur par l'une des fenêtres lui montra une pièce entièrement vide.

— Elle a déménagé, indiqua-t-il.

— Vous êtes sûr ?

— Il n'y a aucun meuble dans le séjour… Je vais aller voir de l'autre côté.

Dugan contourna le bâtiment. Un jardin entouré d'une clôture s'étendait à l'arrière. Le portillon n'était pas verrouillé. Dugan l'ouvrit et, Sage sur ses talons, traversa la pelouse. La porte de derrière était, elle, fermée à clé... Il jura entre ses dents car il voulait absolument entrer.

L'instrument nécessaire pour crocheter la serrure était heureusement dans sa poche... Une minute plus tard, Sage et lui pénétraient dans un couloir qui donnait à gauche sur une buanderie, et à droite, sur une cuisine ultramoderne : plans de travail en granit, appareils électroménagers encastrés — mais ni table ni chaises.

Après avoir inspecté les placards, Sage annonça :

— Ils sont tous vides. Vous avez raison : Carol Sue est partie.

Un bruit retentit, venant de l'étage... Des pas ?

Dugan dégaina son pistolet et fit signe à Sage d'aller se placer derrière lui. Il regagna ensuite le couloir, le remonta prudemment... et arriva au pied d'un escalier juste au moment où une femme apparaissait en haut des marches.

Elle poussa un cri en le voyant et s'arrêta net. En tailleur et chaussures à talons, elle n'était manifestement pas armée, si bien que Dugan rengaina son pistolet.

— Désolé de vous avoir effrayée, madame ! Vous êtes Carol Sue Tinsley ?

— Non. Je m'appelle Tanya Willis, et je suis chargée de gérer les transactions immobilières de cette résidence... Et vous, qui êtes-vous ?

— Dugan Graystone, détective privé, et la jeune femme qui m'accompagne s'appelle Sage Freeport. Nous sommes à la recherche de Carol Sue... Vous savez où elle est ?

— Je n'en ai pas la moindre idée ! Que lui voulez-vous ?

— Elle a vécu pendant un certain temps avec un homme, Ron Lewis, dont le cadavre a été récemment découvert près de Cobra Creek. Elle le connaissait cependant sous un autre nom, celui de Mike Martin.

— Mike Martin est mort ?

— Oui, madame, depuis deux ans. Il a été assassiné.

— Quelle horreur !

Tanya Willis descendit l'escalier, et Sage se porta à la hauteur de Dugan pour lui déclarer :

— Cet homme avait emmené mon petit garçon avec lui, le jour où il a été tué... Vous avez peut-être vu le reportage sur cette affaire diffusé aux actualités régionales ?

— Oui, je l'ai vu. Vous pensez que Carol Sue est impliquée dans la disparition de votre fils ?

— C'est ce que nous essayons de savoir, répondit Dugan. Carol Sue était propriétaire de cette maison ?

— Oui. Elle était aux anges, quand elle l'a achetée ! Elle m'a dit que Mike Martin, son petit ami, venait de gagner beaucoup d'argent. Ils allaient se marier et vivre là ensemble.

— Quand était-ce ?

— Il y a un peu plus de trois ans. Je lui ai rendu visite à deux reprises, après ça, dans l'espoir de faire la connaissance de son fiancé, mais il était absent chaque fois.

— L'argent gagné par cet homme provenait certainement d'une escroquerie.

Tanya ouvrit de grands yeux.

— Quand Carol Sue est-elle partie ? s'enquit Sage.

— Avant-hier, et ça m'a beaucoup surprise. Elle m'a appelée pour m'annoncer qu'elle devait aller s'installer ailleurs et voulait mettre sa maison en vente.

Dugan échangea un regard avec Sage. La découverte du corps de Lewis serait-elle la cause de ce départ précipité ?

— Carol Sue vous a dit pourquoi elle devait déménager, madame Willis ? questionna-t-il.

— Non, mais elle avait une voix bizarre, comme si elle avait peur...

Peur, parce qu'elle avait reconnu Mike Martin en Ron Lewis et craignait que son meurtrier ne s'en prenne maintenant à elle ? se demanda Dugan. Ou parce que c'était elle l'assassin ?

A moins que la médiatisation de ce crime et de la disparition de Benji ne l'ait fait fuir parce que le petit garçon était avec elle.

Cette visite n'avait servi à rien ! songea Sage, déçue, en remontant dans le 4x4.

Avant de démarrer, Dugan appela son ami Jaxon pour l'informer de ce qu'ils venaient d'apprendre sur Carol Sue Tinsley.

Le portable de Sage sonna juste après. Elle regarda le numéro de l'appelant. Inconnu.

Intriguée, elle décrocha.

— Allô !

— Arrête de fouiner !

Son sang se figea dans ses veines.

— Qui est à l'appareil ?

— Peu importe ! Si tu continues comme ça, tu vas mourir !

Le signal de fin de communication retentit avant que Sage n'ait eu le temps de poser une autre question.

— Qui était-ce ? demanda Dugan.

— Mystère ! Je crois qu'il s'agissait d'une femme, mais elle avait une voix bizarre, comme déguisée... Elle m'a dit d'arrêter de fouiner, sinon je mourrais.

— Le numéro s'est affiché ?

— Oui, mais accompagné de la mention « inconnu ».

— L'appel a dû être passé avec un portable prépayé. La menace proférée par cette femme ressemble cependant beaucoup à celle de votre agresseur de l'autre soir... Ils sont sans doute complices.

— Vous pensez qu'il s'agit de Carol Sue ?

— C'est une possibilité. Sandra Peyton n'est pas non plus à exclure.

— Mais si Lewis a confié Benji à Sandra avant de mourir, qui est cet homme ?

— Je ne sais pas. Sandra n'avait apparemment rien à voir avec les activités frauduleuses que Lewis menait à Cobra Creek.

Dugan démarra. Sage se laissa aller contre le dossier de son siège et réfléchit.

Peut-être Sandra Peyton avait-elle renoué avec Lewis bien avant la mort de ce dernier, après tout... Peut-être avaient-ils préparé ensemble sa dernière escroquerie et eu l'intention de disparaître ensuite avec l'argent ?

Dans ce cas, les choses ne s'étaient pas passées comme prévu, mais Benji pouvait-il quand même être avec cette Sandra Peyton ?

Il suivait la voiture de Carol Sue, mais d'assez loin pour ne pas se faire repérer. Cette maudite femme se trompait lourdement, en croyant que déménager suffirait à la protéger : il devait assurer ses arrières.

Elle n'aurait jamais dû essayer de lui extorquer de l'argent : il n'était homme à céder à aucun chantage. Et même si elle n'avait pas *tout* compris, elle en savait trop.

Sa petite berline s'engagea sur le parking d'un motel et s'arrêta devant le bureau de la réception. Carol Sue en descendit et regarda par-dessus son épaule, comme si elle se sentait épiée, avant de s'engouffrer dans le bâtiment.

Cette idiote était devenue gourmande… Elle allait maintenant être punie de sa cupidité.

Il se gara à distance respectable et attendit qu'elle remonte dans sa voiture, une clé à la main. Elle roula jusqu'à la chambre la plus éloignée de l'entrée du motel, et il sourit en la voyant mettre pied à terre, attraper sa valise, puis se précipiter à l'intérieur de la pièce.

La nuit tombait tôt, à cette période de l'année, mais il ne faisait pas encore tout à fait assez sombre pour passer à l'action. Le parking d'un entrepôt visiblement abandonné s'étendait derrière le motel, et il fut tenté d'aller y attendre son heure…

Non, la présence de sa voiture risquerait d'attirer l'attention, se dit-il. Mieux valait se comporter comme un client du motel.

Il y avait une chambre non éclairée, et donc vacante, pas très loin de celle de Carol Sue. Certain que sa future victime ne ressortirait pas, il alla se garer devant et se rendit ensuite à pied dans le café-restaurant situé de l'autre côté de la rue.

Là, il s'installa dans un box, au fond de la salle, commanda un hamburger et une bière, mais se fit aussi discret que possible.

Le temps qu'il ait fini de manger, la nuit était complètement tombée. Il décida cependant de rester là encore une demi-heure ; l'établissement serait alors suffisamment rempli pour que personne ne remarque son départ. Il commanda donc une part de tarte aux pommes et un café, qu'il savoura sans se presser.

Le ventre plein, il paya l'addition en liquide, puis sortit fumer une cigarette. La première bouffée lui procura une intense sensation de plaisir, et il ne quitta l'ombre du bâtiment pour retraverser la rue qu'une fois le mégot écrasé sous la semelle de sa botte.

Comme la chambre de Carol Sue était encore éclairée, il alla s'asseoir dans sa voiture. La lumière finit par s'éteindre, mais il laissa à sa proie le temps de s'endormir avant de mettre son projet à exécution.

Elle avait bien sûr fermé sa porte à clé, mais crocheter la serrure d'une chambre de motel était pour lui un jeu d'enfant. Il se glissa à l'intérieur de la pièce et s'approcha du lit à pas de loup. Carol Sue était couchée en chien de fusil, le visage calé contre une de ses mains.

Il prit l'oreiller posé près d'elle, se pencha... Elle ouvrit brusquement les yeux et poussa un cri en le voyant. Il ne lui laissa pas le temps d'en pousser un deuxième : il lui plaqua l'oreiller sur la figure, appuya particulièrement fort au niveau de la bouche et du nez... Elle se débattit, furieusement d'abord, puis de plus en plus faiblement, puis plus du tout.

Son corps inerte ne donna bientôt plus aucun signe de vie, mais il maintint l'oreiller en place pendant deux bonnes minutes encore, pour plus de sûreté.

Il voulait écarter tout risque de la voir revenir et le priver de ce qu'il s'était donné tant de mal à acquérir.

Il était prêt à tuer quiconque se mettrait en travers de sa route.

Y compris Sage Freeport et ce maudit Indien, qui n'arrêtaient pas poser des questions à droite et à gauche.

18

Après une halte à son ranch pour déposer Gus, Dugan prit la direction de Cobra Creek, et son portable sonna pendant le trajet.

— Monsieur Graystone ?
— Lui-même.
— Donnell Earnest, à l'appareil.
— Bonjour, monsieur Earnest ! Que puis-je faire pour vous ?
— J'ai réfléchi à ce que vous m'avez dit l'autre jour à propos de mon ranch et de cette crapule de Lewis.
— Continuez !
— J'ai appris que Wilbur Rankins était mort.
— En effet. D'après le shérif, il s'est suicidé à cause de la révélation de l'arnaque dont il avait été victime.
— Eh bien, le shérif se trompe ! Je connaissais bien Wilbur... Il était très orgueilleux et aurait donc trouvé très humiliant que tout le monde sache qu'il s'était fait avoir par un escroc, mais jamais il ne se serait tué. Jamais !
— Pourquoi en êtes-vous si sûr ?
— D'abord, il aimait trop son petit-fils. Ensuite, je l'ai souvent entendu dire que se suicider était une marque de lâcheté. Son père s'était brûlé la cervelle, et Wilbur ne le lui avait jamais pardonné.

Bien que ces informations viennent étayer sa propre conviction, Dugan décida de jouer l'avocat du diable :

— Mais Wilbur était atteint d'un cancer... Il a pu mettre

fin à ses jours par générosité, pour éviter à sa famille de le voir souffrir pendant des mois, ou de se ruiner en frais médicaux...

— C'est vrai que se soigner coûte affreusement cher dans ce pays, mais il venait de recevoir des résultats d'analyse encourageants : il pensait pouvoir guérir de son cancer, finalement.

Dugan haussa les sourcils : ce n'était pas l'impression qu'il avait eue, lors de sa visite aux Rankins.

— Vous connaissez le nom de son médecin traitant ? demanda-t-il.

— C'est le Dr Moser, de Cobra Creek, et il était également suivi par un oncologue de San Antonio.

— D'accord... Si vous me disiez, maintenant, ce que vous attendez de moi ?

— Que vous découvriez la vérité. Wilbur ne s'est pas suicidé : quelqu'un l'a tué, et si ce meurtre a quelque chose à voir avec une arnaque dont j'ai moi aussi été victime, j'ai peur de subir le même sort.

— Je comprends... Je vais enquêter à la lumière des informations que vous venez de me fournir, monsieur Earnest, et je vous tiendrai au courant du résultat de mes recherches.

Lorsque Dugan raccrocha, Sage le fixait d'un air interrogateur. Il lui répéta ce qu'elle n'avait pas pu entendre de la conversation, puis il prit la direction du cabinet du Dr Moser.

Le temps d'y arriver, le cabinet du médecin était fermé.

— Vous savez où il habite ? s'enquit Dugan.

— Oui, à deux rues de chez moi.

— Vous le connaissez ?

— C'est lui qui nous soigne, Benji et moi.

Sage guida Dugan jusqu'à la maison du médecin, une belle demeure avec des plates-bandes de fleurs le long de la façade et des jardinières aux fenêtres. Elle sonna pendant que Dugan surveillait la rue, et Mme Moser, cheveux gris et sourire avenant, vint leur ouvrir.

Après lui avoir présenté Dugan et précisé qu'il l'aidait à rechercher son fils, Sage demanda :

— Votre mari est là ?

L'intéressé apparut alors, une paire de lunettes perchées au bout de son nez.

— Bonjour, Sage ! Que se passe-t-il ?

— Si vous voulez bien nous laisser entrer, nous vous l'expliquerons.

Mme Moser s'écarta, leur proposa une tasse de café qu'ils refusèrent, puis le médecin les introduisit dans le séjour et les invita à s'asseoir.

— Vous savez sûrement que le corps de Ron Lewis a été découvert près du ruisseau, docteur..., commença Dugan.

— Oui. J'ai vu mon confrère Longmire hier, et il m'a appris que Lewis était mort de mort violente.

— Il a été abattu, en effet.

— Mais Benji est toujours porté disparu... Je suis vraiment désolé pour vous, Sage ! Si vous me disiez, maintenant, ce qui vous amène ?

Dugan exposa dans ses grandes lignes l'escroquerie à laquelle Lewis s'était livré aux dépens de plusieurs propriétaires terriens de la région.

— Wilbur Rankins était du nombre, indiqua-t-il ensuite, mais j'ai des raisons de penser que son suicide n'en est pas un.

— Je ne comprends pas pourquoi vous vous adressez à moi : je ne suis pas légiste.

— Non, mais en tant que médecin traitant de Rankins, vous pouvez m'éclairer sur un point précis : son cancer était-il en voie de guérison ?

— Le secret professionnel m'interdit de répondre à cette question.

— Cet homme est mort, docteur, et s'il ne s'est pas suicidé, il a été assassiné ! Sa famille — et son petit-fils, en particulier — ont besoin de connaître la vérité ! Tout ce que je veux savoir, c'est si son cancer était ou non en voie de guérison.

Un instant d'hésitation, puis le médecin se pencha en avant et déclara à mi-voix, comme s'il craignait d'être entendu au-delà des murs de la pièce :

— Wilbur venait d'apprendre que sa chimio donnait de bons résultats.

Sage tressaillit. Cela confirmait les dires de Donnell Earnest. Et puisque Rankins pouvait espérer vaincre sa maladie, pourquoi aurait-il mis fin à ses jours ?

Dugan remercia le médecin. Wilbur Rankins lui avait paru très mal en point le jour où ils s'étaient parlé. Donnell Earnest avait cependant raison, finalement, et la thèse du suicide ne tenait plus du tout.

Mais qui avait tué le vieil homme, alors ?

Junior Rankins ? L'amélioration de l'état de santé de son père lui donnait bien un mobile — il n'hériterait pas du domaine aussi vite qu'il l'avait peut-être espéré —, mais de là à commettre un parricide, au risque de finir ses propres jours en prison...

Un ancien complice de Lewis, alors ?

Pensant que George Bates pouvait avoir une idée sur la question, Dugan décida d'aller l'interroger.

— Lewis a mentionné devant vous l'existence d'un associé ? demanda-t-il à Sage pendant le trajet qui les menait du domicile du Dr Moser à la banque.

— Non, et je doute qu'il en ait eu un : il travaillait en collaboration avec une société.

— Il vous a dit comment elle s'appelait ?

— Oui, mais je me souviens juste qu'elle portait un nom de personne : Woodward, ou Woodfield... Non, Woodsman !

— Très bien ! C'est une piste qu'il faut explorer.

Arrivé sur le parking de la banque, Dugan se gara, et Sage l'accompagna à l'intérieur du bâtiment.

— Je vais aller parler à Delores Mendoza, annonça-t-elle. C'est la responsable des prêts, et une de mes amies. Elle saura peut-être quelque chose.

— Bonne idée !

Ils se séparèrent et, bien que Bates ait l'air surpris de la visite de Dugan, il l'invita à entrer dans son bureau.

— Que puis-je faire pour vous aujourd'hui, monsieur Graystone ?

— Lors de notre premier entretien, vous m'avez dit que vous ne connaissiez pas d'associé à Lewis, mais qu'il vous avait déclaré être soutenu financièrement par une grosse société… Vous vous rappelez le nom de cette société ?

— Woodsman.

La clé du meurtre de Wilbur Rankins se trouverait-elle là ? Si cette société existait vraiment, l'avait-elle commandité, pour empêcher le vieil homme de contester la validité de l'accord passé avec Lewis ?

Dugan remercia Bates, prit congé et appela Jaxon juste après pour lui demander de se renseigner sur cette mystérieuse société Woodsman.

C'était grâce à Delores Mendoza que Sage avait obtenu un prêt pour acheter et aménager sa maison d'hôtes. Elles appartenaient en outre à la même paroisse, et avaient suffisamment sympathisé pour déjeuner ensemble de temps en temps.

Jusqu'à la disparition de Benji, tout du moins, car Sage s'était alors repliée sur elle-même — seule façon à ses yeux d'échapper à la compassion des uns et à la curiosité malsaine des autres.

La manière simple et chaleureuse dont Delores l'accueillit lui fit cependant regretter d'avoir coupé tout contact avec elle.

— Je suis vraiment contente de te voir ! s'écria-t-elle quand Sage fut entrée dans son bureau. Comment vas-tu ?

— Je suis toujours à la recherche de mon fils, comme tu dois le savoir.

— Oui, et je sais aussi que Dugan Graystone a découvert le corps de Ron Lewis… Il paraît qu'il a été assassiné… C'est affreux ! La police a identifié le coupable ?

— Non, mais Dugan Graystone enquête lui aussi sur ce meurtre.

— Je l'ai vu passer... C'est pour ça qu'il est là ?

— Oui, et il m'aide également à découvrir ce que Benji est devenu.

— Les médias ont lancé un nouvel appel à témoins, n'est-ce pas ? J'espère que... Mais excuse-moi ! C'est forcément pour toi un sujet douloureux, et tu n'as peut-être pas envie d'en parler... Assieds-toi, et dis-moi ce qui t'amène !

Sage s'installa dans un fauteuil, face à son amie, et expliqua :

— En fait, ma visite a un rapport avec Ron Lewis. C'était un escroc, qui avait pour « spécialité » de déposséder des propriétaires terriens de leurs biens. Il travaillait en collaboration avec une certaine société Woodsman... Tu la connais ?

— Non, mais ce nom me dit quelque chose... Attends !

Delores se tourna vers l'ordinateur posé sur son bureau, pianota sur le clavier et déclara ensuite, les sourcils froncés :

— Je ne devrais pas te le dire, parce que ce genre d'information relève du secret bancaire, mais il y a ici un compte à ce nom.

— Tu peux savoir qui l'a ouvert ?

— Oui. Au point où j'en suis...

Après avoir appuyé sur quelques touches supplémentaires, Delores poussa un petit grognement de contrariété.

— Qu'y a-t-il ? demanda Sage, intriguée.

— Il faut que je creuse un peu...

Son amie lui ayant confié un jour s'y connaître assez en informatique pour devenir hackeuse quand son emploi à la banque commencerait à l'ennuyer, Sage prit son mal en patience.

— Intéressant ! s'exclama soudain Delores.

— Raconte !

— Je crois bien que Woodsman est une société prête-nom.

— Que Lewis lui-même aurait créé de façon à pouvoir dissimuler le produit de ses arnaques !

— Oui, mais ce n'est pas tout... Une autre personne peut accéder à l'argent déposé sur ce compte.

— Qui ?
— Le shérif Gandt.

Le portable de Dugan sonna pendant qu'il attendait Sage dans le hall de la banque.

— Jaxon, à l'appareil... Viens me rejoindre au motel situé à la sortie nord de Cobra Creek !
— Que se passe-t-il ?
— Un cadavre a été découvert dans la chambre huit.
— J'arrive !

Sage sortit alors d'un bureau, le visage défait. Dugan courut à sa rencontre, mais elle lui fit signe de la suivre dehors sans rien dire.

— Que vous a appris votre amie ? demanda-t-il une fois dans la voiture.
— Elle a trouvé un compte bancaire au nom de Woodsman. Il s'agit en fait d'une société prête-nom, que Lewis utilisait pour mettre ses gains illicites à l'abri.
— Je vois...
— Mais ce compte est accessible à une autre personne, et vous ne devinerez jamais qui c'est !
— Qui ?
— Le shérif.

La surprise laissa Dugan un instant sans voix, puis il s'écria :

— Gandt était donc l'associé de Lewis !
— Oui. Reste à savoir s'il avait conscience ou non de participer à une escroquerie...

19

Dugan se demanda pourquoi l'association du shérif avec un malfaiteur l'avait surpris : Gandt ne lui était-il pas toujours apparu comme un homme cupide et corrompu ?

Pourtant, l'idée qu'il ait pu sciemment escroquer des gens qu'il avait pour devoir de protéger des voleurs et autres criminels était particulièrement révoltante.

Cela restait bien sûr à prouver, mais Dugan l'en croyait tout à fait capable.

La chambre du motel où son ami lui avait donné rendez-vous se trouvait tout au bout du parking. Dugan repéra la voiture du Texas ranger et se gara à côté.

— Pourquoi sommes-nous là ? déclara Sage.

— Jaxon Ward m'a appelé tout à l'heure. Un cadavre y a été découvert.

— De qui s'agit-il ?

— On ne va pas tarder à le savoir.

Dugan sortit du 4x4 et le contourna pour aller ouvrir sa portière à Sage, mais le temps qu'il arrive, elle avait déjà mis pied à terre. Sa force mentale ne cesserait jamais de l'impressionner !

Un agent de police gardait la porte de la chambre huit. Dugan se présenta et fut autorisé à entrer, mais Sage fut priée d'attendre dehors.

A l'intérieur, il trouva Jaxon, le shérif Gandt et le Dr Longmire. Ce dernier était penché sur le lit, en train d'examiner le corps d'une femme.

— La victime a été identifiée ? demanda Dugan à son ami.

— Oui. Il y avait un porte-cartes dans la boîte à gants de sa voiture, avec son permis de conduire dedans. Elle s'appelle Carol Sue Tinsley, et c'est pour ça que je t'ai appelé.

Ayant vaguement espéré que Benji serait avec Carol Sue le jour où il la retrouverait, Dugan ne put réprimer une moue de déception.

— Qu'est-ce que vous faites là ? lui lança Gandt.

— C'est moi qui lui ai dit de venir, indiqua Jaxon. Cette femme était en relation avec l'homme que vous connaissiez sous le nom de Ron Lewis.

— Comment le savez-vous ?

— En tant que Texas ranger, j'ai notamment pour mission d'enquêter sur les meurtres, les disparitions et les enlèvements non résolus.

Le sous-entendu de cette phrase était clair : Jaxon intervenait dans les affaires comme celle-ci, où la police locale s'était distinguée par son incompétence.

— Quelle est la cause du décès ? demanda Dugan.

— Asphyxie, indiqua le légiste.

Il y avait un oreiller par terre, près du lit. L'arme du crime, très probablement.

Pas de douille, cette fois, pas de balle...

L'assassin de Lewis et celui de Carol Sue ne faisaient-ils qu'un ? Mais dans l'affirmative, pourquoi utiliser des modes opératoires différents ?

Pour égarer les enquêteurs ?

— Le coupable a laissé des indices derrière lui ? s'enquit Dugan.

— Aucun, répondit le shérif.

— Il y a eu viol ?

Le Dr Longmire secoua négativement la tête.

— La victime était en pyjama quand on l'a trouvée, précisa-t-il ensuite. Je pense que son agresseur l'a surprise dans son sommeil.

— Quelqu'un l'accompagnait lorsqu'elle s'est présentée à la réception ?

— Non, déclara Jaxon, mais bizarrement, elle apparaît sur la fiche de renseignements qu'elle a remplie sous le nom de Camilla Anthony.

— Elle fuyait donc quelqu'un.

— Ou elle avait rendez-vous avec un amant secret, suggéra Gandt.

— Il est rare qu'une femme attende son chéri en pyjama ! objecta Dugan.

— Je vais aller interroger les autres clients du motel, annonça Jaxon, au cas où l'un d'entre eux aurait vu quelque chose.

Le légiste, qui poursuivait son examen du corps, souleva alors la main droite de la victime et en montra l'index, dont l'ongle était cassé.

— Elle s'est débattue, dit-il. Avec un peu de chance, je trouverai un échantillon de l'ADN de son meurtrier sous ses ongles.

— Une fibre provenant des habits du coupable peut aussi y être restée accrochée, observa Dugan.

Gandt s'approcha du lit, se pencha vers le corps et, à la grande surprise de Dugan, déclara :

— Vous devez avoir raison, Graystone : elle fuyait quelqu'un. Un ancien petit ami violent, sans doute, qui l'aura suivie jusqu'ici et aura attendu qu'elle s'endorme pour se glisser dans la chambre et la tuer.

— Comment l'assassin est-il entré ?

— La serrure a été crochetée, répondit Jaxon.

— Il y avait quelque chose d'intéressant dans ses bagages ?

— Non. Sa valise contenait juste des vêtements, des chaussures et des affaires de toilette. J'espérais découvrir dans son sac à main une indication sur sa destination finale — un papier avec une adresse dessus, voire une simple carte —, mais je n'y ai rien trouvé que les choses habituelles : produits de maquillage, peigne, paquet de chewing-gums, portefeuille...

— Avec beaucoup d'argent dedans ?

— Oui : près de mille dollars.

— Il ne s'agit donc pas d'un crime crapuleux… Vous connaissiez cette femme, shérif ?

L'interpellé se redressa et remonta son pantalon avant de répondre :

— Non. Pourquoi l'aurais-je connue ?

— Parce que c'était la petite amie de Ron Lewis quand il se faisait appeler Mike Martin.

— Vraiment ?

— Vraiment !

Dugan se tourna vers Jaxon et enchaîna :

— Il y avait un téléphone portable dans son sac à main ou dans sa voiture ?

— Non. Si elle en avait un, le coupable l'a pris.

Une enseigne lumineuse clignotante, de l'autre côté de la rue, attira l'attention de Dugan.

— Si le meurtrier a surpris Carol Sue dans son sommeil, observa-t-il, il a peut-être attendu dans le café-restaurant d'en face, bien au chaud, qu'elle s'endorme. Je vais aller interroger les employés de l'établissement.

— Non, c'est moi qui m'occuperai de ça ! décréta le shérif. Vous n'avez pas qualité à intervenir dans cette enquête, Graystone, je vous le rappelle !

C'était vrai, mais Dugan ne comptait pas lui obéir, car il ne lui faisait aucune confiance — surtout depuis qu'il savait que son nom était lié au compte bancaire de la fausse société Woodsman.

Le shérif aurait-il assassiné Lewis pour mettre la main sur les terres volées et l'argent déposé sur ce compte ?

Et Carol Sue ? De qui — ou de quoi — cherchait-elle à se protéger ?

Sage faisait les cent pas devant la chambre huit en se demandant ce qui pouvait bien se passer à l'intérieur.

Enfin, Dugan reparut. Il était accompagné d'un homme à la carrure imposante, coiffé d'un Stetson et portant l'insigne des Texas rangers épinglé sur sa chemise... Jaxon Ward, de toute évidence !

Quand Dugan les eut présentés l'un à l'autre, Sage remercia le policier pour son aide avant de demander :

— Qui est la victime ?

— Carol Sue Tinsley, répondit Dugan. Elle a été étouffée avec un oreiller.

Un frisson d'horreur parcourut Sage, mais elle éprouva aussi de la déception : si cette femme avait détenu des informations sur Benji, elle ne pouvait plus les leur fournir.

— Elle s'est débattue, ajouta Dugan, si bien que le légiste trouvera peut-être de l'ADN sous ses ongles.

— Je vais interroger les autres clients du motel, indiqua Jaxon. Avec un peu de chance, j'obtiendrai un témoignage.

— Si on se partageait le travail ? suggéra Dugan. Ça irait plus vite.

— Bonne idée !

— Ça ne vous ennuie pas de m'attendre ici, Sage ?

— Non, allez-y !

Dugan se dirigea vers la chambre la plus proche, et Jaxon, vers la plus éloignée. Le shérif vint alors rejoindre Sage et lui demanda :

— Graystone vous a dit qui était la victime ?

— Oui.

— Vous la connaissiez ?

— Non. Et vous ?

— Moi non plus. Elle n'était pas originaire de Cobra Creek.

— Que faisait-elle ici, à votre avis ?

— Elle devait avoir rendez-vous avec un amant. Ils se sont disputés et il l'a tuée.

— Sa présence à Cobra Creek me semble quand même bizarre — surtout quelques jours seulement après la découverte du corps de Ron Lewis.

— Vous croyez qu'elle voulait retrouver le meurtrier ? Alors qu'elle n'avait plus aucune nouvelle de Lewis depuis deux ans ?

— Je crois plutôt qu'ayant appris sa mort par la télévision et reconnu en lui son ancien petit ami, elle venait vous en parler.

— Oui, c'est possible.

— Vous étiez aussi partie prenante dans les transactions immobilières de Ron Lewis...

Gandt écarquilla les yeux.

— Qui vous a dit ça ?

— Peu importent mes sources, mais j'ai d'excellentes raisons de penser que vous étiez de mèche avec cet escroc pour déposséder de leurs terres des éleveurs de la région — vos propres concitoyens, et des gens qui ont sans doute toujours voté pour vous aux élections !

— Vous ne savez pas de quoi vous parlez, mademoiselle Freeport ! s'écria le shérif, rouge de colère.

— Ce que je sais, c'est que vous n'avez jamais essayé de retrouver mon fils, et que vous avez accès au compte bancaire ouvert par Lewis au nom d'une société fictive ! Vous pouvez très bien l'avoir tué pour n'avoir à partager avec lui ni l'argent ni les terres !

— A votre place, mademoiselle Freeport, je me garderais de lancer ce genre d'accusation ! Ça m'ennuierait que vous subissiez le même sort que cette pauvre Carol Sue Tinsley...

Le cœur de Sage se mit à tambouriner dans sa poitrine.

Les paroles du shérif ressemblaient beaucoup à une menace.

Le premier client du motel à qui Dugan parla était un homme âgé qui mit un temps infini à venir lui ouvrir.

Sa femme et lui n'avaient rien vu et rien entendu, dit-il. Ayant tous les deux grandi dans une ferme, ils se couchaient avec les poules et se levaient avec le soleil.

Dugan alla frapper à la porte voisine, mais là, il eut beau attendre, personne ne répondit. La chambre ne devait pas être occupée.

Le garçon en jean et chapeau de cow-boy qui apparut sur le seuil de la suivante avait une vingtaine d'années.

— Oui ? déclara-t-il après avoir enlevé les écouteurs qu'il avait dans les oreilles.

— Excusez-moi de vous déranger, mais un meurtre a été commis dans la chambre huit, et nous sommes à la recherche de témoins.

— Désolé... On n'est pas sortis d'ici depuis des heures, et on n'a rien pu entendre : on est en pleine répétition.

Il y avait en effet une guitare calée contre le bord du lit. Deux garçons eux aussi âgés d'une vingtaine d'années — l'un avec un banjo, l'autre un violon — et une fille brune qui grattait une deuxième guitare complétaient ce qui était de toute évidence un groupe de musique country.

— Vous êtes du coin ? demanda Dugan.

— Non, de Corpus Christi. On est en route pour Nashville, où on a décroché un contrat pour plusieurs concerts.

Rien à espérer de ce côté-là... Dugan passa à la chambre suivante. Il y trouva un couple et ses jumeaux de trois ou quatre ans.

— On est allés dîner tôt, lui dit le père, et on s'est ensuite attardés en ville pour voir les illuminations de Noël. Quand on est revenus, la police était déjà là.

Par acquit de conscience, Dugan se dirigea vers la porte voisine, mais il était maintenant sûr que son enquête et celle de Jaxon ne leur apprendraient rien : les chambres suivantes étaient trop éloignées de celle de Carol Sue pour que leurs occupants — à supposer qu'ils aient été là au moment du crime — aient vu ou entendu quoi que ce soit.

Son portable sonna. Il le sortit de sa poche et regarda le numéro affiché sur l'écran. Inconnu. Il se hâta de décrocher.

— Allô !

— J'ai des informations à vous communiquer sur Ron Lewis.

La main crispée sur l'appareil, Dugan parcourut le parking des yeux, au cas où son correspondant s'y trouverait.

— Qui êtes-vous ?

— Venez me rejoindre dans une heure à l'ancien pont de chemin de fer, celui qu'on appelle Hangman's Bridge.

Une voix d'homme, mais sourde et un peu rauque, manifestement déguisée...

— D'accord, déclara Dugan.

Il raccrocha et consulta sa montre. Ce rendez-vous sentait le guet-apens à plein nez, mais il pouvait aussi lui fournir *le* renseignement dont il avait besoin pour assembler les pièces du puzzle et retrouver Benji.

Sage avait les nerfs à vif quand elle traversa la rue avec Dugan pour se rendre au café-restaurant.

— Le porte-à-porte n'a rien donné, lui annonça-t-il. J'ai vu le shérif vous parler... Que vous a-t-il dit ?

— De me garder de lancer des accusations contre lui.

— Quelle ordure ! Il était de mèche avec Lewis, j'en suis sûr ! Il faut juste que j'arrive à le prouver.

L'apparition du nom de Gandt en relation avec le compte ouvert par Lewis obnubilait Sage. Elle s'était tournée vers lui, deux ans plus tôt, et lui avait fait confiance, au début, pour retrouver Benji. Son abandon rapide des recherches l'avait certes indignée, mais jamais elle n'aurait imaginé qu'il pouvait avoir joué un rôle dans la disparition de son fils !

Ceci dit, même en admettant qu'il ait tué Lewis, pourquoi faire du mal à Benji ? Pourquoi ne pas le ramener à sa mère, et apparaître ainsi comme un héros ?

Le café était sombre et enfumé. Dugan avait pris une photo de Carol Sue avec son téléphone portable, et il la montra à la patronne — et apparemment seule serveuse de l'établissement.

— Vous reconnaissez cette femme ?

— Non. Qui est-ce ?

— La victime d'un meurtre commis dans une chambre du motel d'en face. Elle n'est pas venue dîner ou boire un verre ici plus tôt dans la soirée ?

— Dîner, sûrement pas, sinon je m'en souviendrais, mais on va aller interroger le barman...

La rivière des disparus 533

Ce dernier, prénommé Lou, n'avait cependant pas vu Carol Sue, lui non plus.

— Il est possible que son meurtrier ait attendu ici qu'elle se soit endormie, indiqua Dugan. Vous n'auriez pas remarqué quelqu'un de louche ? Une personne qui aurait eu l'air nerveuse, par exemple, qui aurait surveillé la porte ou regardé fréquemment sa montre ?

La patronne secoua négativement la tête, et le barman déclara :

— Tous les clients que j'ai servis aujourd'hui sont des habitués — à l'exception d'un groupe de jeunes, en milieu d'après-midi... Des musiciens, à ce qu'ils m'ont dit.

— Oui, je leur ai parlé. Je vais vous remettre ma carte à tous les deux, et vous demander de m'appeler si la moindre chose vous revient.

Lorsque Sage et Dugan regagnèrent le parking du motel, une ambulance y était arrivée pour transporter le corps de Carol Sue à la morgue. Le shérif était encore là, et il gratifia Sage d'un regard glacial.

Le visage grave, Dugan resta silencieux pendant le trajet qui la ramenait chez elle.

Une autre journée éprouvante s'achevait, la rapprochant un peu plus d'un nouveau Noël sans Benji...

Le souvenir des moments passés dans les bras de Dugan donna envie à Sage de refaire l'amour avec lui. Pour chasser, l'espace de quelques heures, le mélange d'angoisse, de peur et de chagrin qui ne cessait de grandir en elle.

Après avoir fouillé la maison, il revint lui dire que tout allait bien, mais il ajouta :

— J'ai reçu un appel anonyme, tout à l'heure. Mon correspondant affirme détenir des informations sur Lewis, et je dois aller le rejoindre. Fermez la porte à clé derrière vous, et restez à l'intérieur jusqu'à mon retour.

Il partit ensuite, et Sage décida de préparer à dîner pour quand il reviendrait. Ils n'avaient pas déjeuné, et elle avait de toute façon besoin de s'occuper.

Lorsque quelqu'un frappa à la porte, elle avait perdu la notion du temps. Croyant qu'il s'agissait de Dugan, elle courut ouvrir...

C'était le shérif Gandt.

— Venez avec moi, mademoiselle Freeport ! J'ai une piste qui nous mènera peut-être à votre fils.

— Je vais appeler Dugan pour qu'il nous accompagne, déclara-t-elle, méfiante.

— Ce n'est pas nécessaire.

— Mais..., commença-t-elle.

Les mots moururent sur ses lèvres : Gandt avait dégainé son pistolet. Il comptait sûrement la forcer à le suivre sous la menace de son arme...

Non... Au lieu de braquer le pistolet sur elle, il le brandit et s'en servit pour la frapper à la tempe.

Une douleur fulgurante lui transperça le crâne, puis elle sombra dans l'inconscience.

20

Dugan se gara dans le bois qui s'étendait près de l'ancien pont de chemin de fer. Cet endroit isolé convenait trop bien à un guet-apens pour qu'il ne prenne pas un maximum de précautions.

Tous ses sens en alerte, il dégaina son pistolet avant de descendre de voiture et scruta les alentours. Un cri d'animal retentit, suivi d'un bruissement de feuilles… Dugan tendit l'oreille, mais le bruit s'éloignait. C'était sans doute juste un putois, ou un blaireau que sa présence avait dérangé.

Le craquement de brindilles qu'il entendit soudain sur sa droite lui fit en revanche soupçonner un danger.

A juste titre, car un coup de feu éclata juste après. Dugan se baissa vivement et courut se réfugier derrière un gros chêne.

Une deuxième détonation… La balle effleura le tronc de l'arbre, arrachant au passage des morceaux d'écorce. Dugan tira dans la direction d'où elle venait. Une silhouette d'homme coiffée d'un chapeau lui apparut, près du pont. Il s'en rapprocha en se glissant derrière un autre arbre, le plus silencieusement possible pour que l'homme ne se sache pas repéré.

D'arbre en arbre, il finit par arriver à la lisière du bois. Son adversaire était maintenant à quelques mètres seulement de lui, et il ne le voyait toujours pas, ou du moins pas clairement, car lorsqu'il rouvrit le feu, sa balle alla se perdre dans le sous-bois.

Dugan riposta, puis s'élança sans cesser de tirer vers l'homme, qui préféra alors s'enfuir. Il le rattrapa de l'autre côté de la voie ferrée, où un pick-up attendait, se jeta sur lui et le plaqua au sol avant de lui faire lâcher son arme et de le retourner.

C'était Lloyd Riley.

De surprise, Dugan baissa un instant sa garde, et Riley en profita pour lui décocher un coup de poing à la mâchoire, puis pour se dégager et se relever. Bien qu'un peu étourdi, Dugan réagit en lui donnant un violent coup de pied dans la rotule. Riley poussa un hurlement de douleur et s'écroula comme une masse. Après s'être rapidement remis debout, Dugan lui posa un pied sur la poitrine pour achever de l'immobiliser.

— Vous m'avez pété le genou ! gémit Riley.

— Ne vous plaignez pas ! Vous avez de la chance d'être encore en vie ! Pourquoi m'avez-vous tiré dessus ?

— Je n'avais pas le choix.

— Comment ça ?

— Je ne parlerai plus qu'en présence de mon avocat.

Riley portait des gants de cuir, et Dugan nota soudain qu'un des éléments de la frange de passementerie qui les décorait manquait à celui de droite.

— Espèce de crapule ! cria-t-il, hors de lui. C'est vous qui vous êtes introduit chez Sage Freeport et l'avez à moitié étranglée !

— Je ne parlerai plus qu'en...

— Si, à moi, vous allez parler, coupa Dugan en lui enfonçant le canon de son pistolet dans la joue, parce que je ne suis pas de la police, et que je me moque éperdument de la procédure ! Pourquoi avez-vous essayé de me tuer ?

— C'est le shérif qui me l'a demandé.

— Quoi ?

— Sage Freeport a découvert qu'il était de mèche avec Lewis, et il savait que vous finiriez par arriver à le prouver.

— Gandt et Lewis étaient donc bien complices !

— Pas au début, mais Gandt a vite compris que Lewis était un escroc, et il a voulu sa part du gâteau...

— Puis le gâteau tout entier, et il a tué Lewis pour l'avoir... Je me trompe ?

— Non, et il a menacé de m'accuser de ce meurtre si je ne l'aidais pas à se mettre à l'abri de tout soupçon.

— En me supprimant ?

— Oui.

— Nous nous sommes fait tirer dessus depuis une voiture volée, Sage Freeport et moi... Vous savez qui la conduisait ?

— Un de mes employés.

— Et Gandt ? Où est-il en ce moment ?

Pas de réponse, et Riley avait le regard fuyant...

— Où est Gandt ? cria Dugan, envahi par un sombre pressentiment.

— Il... il m'a dit qu'on allait se partager le travail : je devais m'occuper de vous, et lui, il s'occuperait de Sage Freeport.

Le sang de Dugan se figea dans ses veines. Sage était seule... Il fallait voler à son secours, en espérant ne pas arriver trop tard !

Quand Sage reprit connaissance et ouvrit les yeux, une obscurité totale l'entourait.

Où était-elle ? Que s'était-il passé ?

La visite du shérif lui revint. Après l'avoir violemment frappée avec le canon de son pistolet, il avait dû l'emmener, inconsciente, dans un endroit isolé pour la tuer.

Il fallait trouver un moyen de s'échapper, d'appeler Dugan... Et ensuite, ils obligeraient le shérif à leur dire ce qu'il avait fait de Benji.

En tentant de bouger, Sage se rendit compte qu'elle était attachée à une chaise, les bras ramenés derrière le dos, pieds et poings liés.

Le retour progressif de ses facultés lui permit de détecter une odeur de foin et de chevaux dans l'air ambiant. Elle devait être dans une écurie, mais où, plus précisément ? Gandt n'avait pas de ranch, à sa connaissance... A moins qu'il ne s'agisse d'un des domaines dont il avait pris possession grâce à l'arnaque montée par Lewis...

Mais lequel ? Impossible à savoir... Et lui, où était-il ?

Le grincement d'une porte qui s'ouvrait fit sursauter Sage. Elle tourna la tête et vit une silhouette s'encadrer dans l'embrasure.

— Qu'est-ce que vous allez faire ? s'écria-t-elle. Me tuer, moi aussi ?

Des pas s'approchèrent en faisant crisser le foin répandu sur le sol et, à la clarté de la lune qui entrait par l'entrebâillement de la porte, le visage du shérif lui apparut. Un reflet métallique lui apprit ensuite qu'il braquait un pistolet sur elle.

— Pourquoi vous n'avez pas tenu compte des avertissements qui vous ont été donnés ? déclara-t-il. Pourquoi vous être obstinée à remuer le passé ?

— Où est mon fils ?

— Je l'ignore.

— Ce n'est pas possible !

— Si. Quand j'ai rejoint Lewis, ce matin-là, il était seul.

— Vous mentez ! On a retrouvé une des chaussures de Benji au bord du ruisseau, tout près de l'endroit où la voiture de Lewis a brûlé.

— Peut-être, mais à mon arrivée, le gosse n'était pas là.

— Je ne vous crois pas ! Benji était forcément avec Lewis !

— Je vous répète qu'il ne l'était pas ! Lewis devait l'avoir déposé quelque part avant de venir à notre rendez-vous.

Tout en parlant, Sage s'efforçait de détacher ses poignets, et la corde qui les liait commençait de se desserrer. Sa tempe meurtrie lui causait des élancements si violents qu'elle craignait de s'évanouir de nouveau, mais il fallait tenir bon, libérer ses mains...

Que pourrait-elle faire ensuite, seule face à un homme armé ? Eh bien, elle aviserait ! Inutile d'essayer de résoudre deux problèmes à la fois !

— Comment avez-vous su que Lewis était un escroc ? demanda-t-elle pour gagner du temps.

— Je ne suis pas idiot ! Quand j'ai appris qu'il cherchait à acquérir un maximum de terrain dans la région, je me suis renseigné sur lui... Et je lui ai ensuite mis le marché en main : soit il me prenait comme associé, soit je le dénonçais.

— Mais le statut d'associé ne vous a pas longtemps suffi… Vous avez tué Lewis pour devenir l'unique bénéficiaire de l'arnaque.

— Pourquoi se contenter de la moitié d'un trésor, quand on peut en avoir la totalité ? Et moi, au moins, je n'ai jamais eu l'intention d'installer un centre commercial et un ranch pour touristes sur ces terres !

Le shérif alluma une cigarette, la porta à sa bouche et en tira une bouffée. Le bout incandescent rougeoya dans la pénombre.

— Mais il a fallu que votre ami indien tombe sur le cadavre de Lewis et que vous commenciez à fourrer votre nez dans mes affaires, tous les deux !

Une vague de terreur submergea Sage. Gandt allait fumer sa cigarette, et ensuite, il la tuerait.

— Tout ce que je veux, c'est mon fils ! plaida-t-elle. Dites-moi où il est, et je vous promets de ne révéler à personne que c'est vous le meurtrier de Lewis !

— Vous espérez que je vais vous croire, alors que vous avez alerté les médias, fouiné du côté de la banque…

— J'ai besoin de savoir ce que Benji est devenu ! Dites-le-moi, je vous en prie !

— Je ne vous ai pas menti : je l'ignore.

Gandt semblait sincère, si bien que Sage se tortura les méninges pour essayer de comprendre. Benji était-il dans la voiture de Lewis et avait-il pris peur en voyant le shérif ? S'était-il enfui à l'insu de ce dernier ? Mais pour aller où, et pourquoi était-il resté depuis introuvable ?

Non, l'hypothèse la plus probable était celle que Dugan et elle avaient déjà envisagée : Lewis avait confié Benji à quelqu'un avant de rencontrer son assassin, ce quelqu'un étant l'une des femmes qui avaient compté dans sa vie…

Mais laquelle ? Sandra Peyton, son grand amour ?

Sage essayait toujours de libérer ses mains, mais la présence du shérif l'obligeait à le faire discrètement, pour qu'il ne s'aperçoive de rien, et elle comprit que ses efforts étaient vains en voyant Gandt jeter son mégot par terre. Il allait l'écraser, puis la tuer d'une balle dans la tête.

Elle se trompait — mais seulement sur la méthode : au contact du mégot encore allumé, le foin répandu sur le sol prit feu.

Le shérif pivota alors sur ses talons et se dirigea vers la porte, abandonnant sa prisonnière dans une écurie qui ne tarderait pas à être ravagée par les flammes.

Terrifié à l'idée que Gandt ait eu le temps de « s'occuper » de Sage, Dugan appela cette dernière sur son portable. Il attendit, le cœur battant, d'entendre sa voix, mais à la cinquième sonnerie le répondeur s'enclencha, et il dut se contenter de laisser un message.

Un message qui arriverait peut-être trop tard…

— Si le shérif vient vous voir, Sage, ne lui ouvrez surtout pas : il en veut à votre vie ! Et si tout va bien, rappelez-moi pour me rassurer.

Dugan obligea ensuite Riley à se relever, il lui attacha les mains dans le dos avec une cordelette sortie de sa poche et lui demanda en le poussant vers son 4x4 :

— Si, par malheur, Gandt s'est déjà emparé de Sage, où a-t-il pu l'emmener ?

— Je n'en sais rien.

— Allez, un petit effort ! déclara-t-il en secouant son prisonnier sans ménagement.

— Je n'en sais rien, je vous le jure !

Son ton sonnait juste, et Dugan n'insista donc pas. Après avoir installé Riley sur la banquette arrière du 4x4, il fut tenté d'appeler l'adjoint du shérif, mais la possibilité que les deux hommes soient de mèche l'en dissuada finalement. Jaxon était la seule personne qui avait son entière confiance, et il ressortait son portable tout en commençant à refermer la portière quand le téléphone de Riley sonna dans la poche de sa chemise.

Et si c'était le shérif qui venait aux nouvelles ?

La rivière des disparus

Dugan se saisit du portable de Riley. L'appel ne venait pas de Gandt, malheureusement, mais d'un certain Whalen.

— Qui est-ce ? questionna Dugan en montrant l'écran de l'appareil à Riley.

— Le seul employé qui me reste.

Peut-être le shérif se trouvait-il chez Riley ? Et même si ce n'était guère probable, ça ne coûtait rien de vérifier…

Alors Dugan décrocha, mit le haut-parleur et fit signe à Riley de répondre.

— Oui, Whalen ? Qu'y a-t-il ?

— L'écurie de la limite sud du domaine est en feu !

— Bon Dieu ! Appelle les pompiers, vite !

— D'accord !

La communication fut coupée. Dugan courut s'asseoir au volant et démarra en trombe. Cet incendie ne pouvait pas être une coïncidence… Il s'était demandé où le shérif emmènerait Sage… Et si c'était là-bas, pour l'y tuer et faire ensuite porter le chapeau à Riley ?

— Conduisez-moi à mon ranch ! s'écria l'intéressé.

— C'est justement là qu'on va ! Je crains que Gandt n'y soit allé avec Sage et qu'il n'ait joué les pyromanes.

— Il comptait me dénoncer et me mettre en plus tous ses autres crimes sur le dos, j'en suis sûr !

— C'est probable, en effet.

Bien que Dugan roule pied au plancher et que le domaine de Riley ne soit pas si loin, le trajet lui sembla durer une éternité. Enfin, il s'engagea sur la route qui menait au ranch. Une lueur rougeoyante apparut bientôt, sur sa gauche, et Riley lui indiqua un raccourci pour se rendre plus vite sur le lieu de l'incendie.

— Si le feu se propage, il ne restera plus rien de mes pâturages ! gémit-il ensuite.

Les nombreuses années qu'il allait passer en prison laisseraient à ses pâturages le temps de se reconstituer, ce dont Dugan de toute façon se moquait éperdument…

Pendant que le 4x4 fonçait en cahotant sur un chemin de terre plein d'ornières, il se résigna à appeler l'adjoint du shérif pour lui demander de venir arrêter Riley. Il avait besoin d'avoir les mains libres, et Jaxon mettrait trop de temps à arriver.

L'espoir qu'il avait nourri d'avoir été devancé par les pompiers fut déçu : il n'y avait sur place qu'un vieux pick-up, et la seule personne visible était un homme âgé — le dénommé Whalen, sans doute — qui faisait les cent pas à distance respectueuse de l'écurie en feu.

Dugan écrasa la pédale de frein, et la voiture s'arrêta dans un grand crissement de pneus. Il en bondit après avoir menacé Riley des pires représailles en cas de tentative de fuite, puis il courut demander à Whalen :

— Vous avez vu quelqu'un à l'intérieur ?

— Je ne suis pas entré. Ce bâtiment ne sert plus qu'à stocker du foin.

Sage !

Le sang de Dugan ne fit qu'un tour. Il sortit une couverture du coffre de son 4x4, s'enveloppa dedans et se rua vers la porte de l'écurie.

21

Sage tentait désespérément de se libérer. Les flammes couraient sur le sol et commençaient à lécher les murs. Une épaisse fumée noire envahissait peu à peu le bâtiment et la faisait tousser.

Elle allait mourir…

Sans savoir où était son fils.

Non, elle ne pouvait pas l'abandonner ! Il avait besoin d'elle !

En se penchant de plus en plus sur le côté, elle parvint à renverser la chaise. Plusieurs barreaux se brisèrent, et elle réussit à saisir entre ses doigts un éclat de bois, dont elle se servit comme d'une lame de couteau pour tenter de trancher les liens de ses poignets.

La position spécialement inconfortable que cela l'obligeait à garder martyrisait tout le haut de son corps. La fumée lui piquait les yeux et lui obstruait les poumons. Elle s'obligea à ne respirer que par la bouche, rentra le menton et se concentra sur sa tâche.

Des craquements sinistres se faisaient entendre tout autour d'elle, et le plafond d'un box, tout près, s'effondra soudain. Cette écurie était si vieille qu'une fois ses murs livrés aux flammes, elle s'embraserait en quelques instants.

Un mouvement malheureux enfonça l'éclat de bois dans la paume de Sage. Elle grimaça de douleur et lâcha instinctivement son couteau improvisé. Affolée, elle tâtonna pour le retrouver, mais le sol brûlant la força rapidement à y renoncer.

Des larmes de désespoir se mirent à couler sur ses joues.

Tout un pan du grenier prit brusquement feu, des flammèches et des débris en jaillirent, et Sage comprit alors que seul un miracle pourrait désormais la sauver.

Une fois à l'intérieur de l'écurie, Dugan s'efforça de se repérer à travers une fumée qui limitait la visibilité à quelques mètres.

La sellerie, sur sa gauche, brûlait en dégageant une odeur âcre de cuir carbonisé.

Trois box sur sa droite... Deux étaient en feu, et les flammes commençaient d'attaquer le troisième...

Un mouchoir sur le nez pour se protéger à la fois de la fumée et des cendres qui voltigeaient dans l'air, Dugan appela Sage.

Si seulement il pouvait se tromper ! Si seulement elle n'était pas là !

L'incendie était réparti en plusieurs foyers avec, entre chacun, des endroits momentanément sûrs. Cela permit à Dugan de pénétrer plus avant dans le bâtiment.

Arrivé au milieu de l'allée centrale, il poussa un cri d'horreur : Sage était allongée sur le sol, pieds et poings liés. Le siège auquel elle était attachée avait basculé sur le côté, et elle ne bougeait pas.

Ecrasant sous ses bottes les petites flammes qui rampaient vers elle, Dugan prit son couteau dans la poche arrière de son jean, la détacha, puis la souleva dans ses bras. Bien qu'inconsciente, elle respirait.

Lentement, faiblement, mais elle respirait !

Lorsque Dugan voulut rebrousser chemin, cependant, un véritable mur de flammes lui barra le passage : le temps qu'il libère Sage, l'incendie avait gagné toute la partie avant du bâtiment.

Il se retourna. Les écuries s'ouvraient généralement des deux côtés. C'était le cas de celle-ci et, Sage serrée contre lui, il s'élança vers la porte de derrière. Après l'avoir franchie, il continua de courir et ne s'autorisa à s'écrouler sur le sol, hors d'haleine, qu'une fois à bonne distance du brasier.

La rivière des disparus   545

Une sirène retentit au loin, se rapprocha rapidement...

Les pompiers arriveraient trop tard pour sauver le bâtiment. Arriveraient-ils aussi trop tard pour sauver la femme qu'il tenait dans ses bras ? se demanda Dugan avec angoisse.

Ce fut complètement désorientée et en toussant que Sage se réveilla. Une silhouette indistincte se pencha pour lui installer sur le visage ce qui devait être un masque à oxygène, tandis que quelqu'un lui prenait la main en disant :

— Tout va bien, Sage... Vous êtes hors de danger !

Une sensation d'extrême lassitude l'obligea à refermer les yeux, mais des questions se mirent à tourbillonner dans sa tête.

Où était-elle ? Que s'était-il passé ?

La mémoire lui revint brusquement et, avec elle, une terreur qui la fit trembler de la tête aux pieds, puis tenter de se redresser.

— Tout va bien ! répéta une voix qu'elle reconnut, cette fois, comme étant celle de Dugan. Détendez-vous !

— Le shérif..., articula-t-elle avec peine.

Dugan l'entendit malgré le masque à oxygène, car il déclara :

— J'ai appelé Jaxon. Le shérif ne s'en tirera pas comme ça, je vous le promets !

C'était un homme de parole, et elle lui faisait confiance : il retrouverait le shérif... Mais comme ce dernier avait semblé vraiment ignorer ce que Benji était devenu, le petit garçon, lui, resterait introuvable.

Voulant informer Dugan de ce que sa conversation avec Gandt lui avait appris, Sage rouvrit les paupières et abaissa le masque à oxygène. Un homme en blouse blanche essaya de le lui remettre, mais elle repoussa sa main, et Dugan, l'air de comprendre qu'elle avait quelque chose d'important à lui communiquer, rapprocha son visage du sien.

— Qu'y a-t-il ? Vous savez où le shérif est allé ?

— Non... Benji...

Une quinte de toux interrompit Sage.

— Gandt vous a dit où était Benji ? demanda Dugan quand elle eut repris son souffle.
— Non... Mais... c'est lui qui a tué Lewis.
— Je sais, et il avait chargé Lloyd Riley de me tuer, moi aussi.
— Mon Dieu ! Vous... vous êtes blessé ?
— Non, et Riley est en état d'arrestation.
— Tant mieux... Mais le shérif m'a dit que Lewis était seul... quand il l'a rejoint ce matin-là.

Sage ne put alors contenir ses larmes. Dugan les essuya doucement avant de lui effleurer les lèvres d'un baiser.

— Il ne faut pas baisser les bras, Sage ! Je retrouverai Benji, je m'y engage !

Epuisée et en proie à un douloureux sentiment d'impuissance, Sage referma les yeux. Elle sentit la main de Dugan presser la sienne, entendit sa voix lui murmurer des mots d'encouragement, puis lui dire qu'il allait la rejoindre à l'hôpital.

Un instant plus tard, elle eut vaguement conscience d'être installée dans une voiture — une ambulance, à en juger par la sirène qui se mit en marche au moment où le véhicule démarrait et l'emmenait loin de cet endroit où elle avait failli mourir.

La terreur que Dugan avait lue sur le visage de Sage l'obsédait et ravivait la sienne : s'il était arrivé quelques minutes plus tard, elle serait morte.

Il tenta de se raisonner. Sage était bien vivante, et en route pour un hôpital où elle recevrait tous les soins nécessaires.

Pendant qu'il attendait l'ambulance, il avait appelé Jaxon, et le Texas ranger avait accepté, avant de prendre la route pour Cobra Creek, de diffuser dans tout l'Etat un avis de recherche concernant Gandt.

Que pouvait-il faire maintenant pour retrouver Benji ? songea Dugan. Qu'était devenu le petit garçon ? S'il n'était pas avec Lewis quand ce dernier avait été tué, avec qui avait-il passé les deux années précédentes ?

Sandra Peyton ?

La rivière des disparus 547

La voiture de l'adjoint du shérif démarra, avec un Lloyd Riley menotté dedans. Dugan monta dans son 4x4 et la suivit afin de s'assurer que Riley allait bien être mis sous les verrous.

Le shérif était tellement sûr de lui que Dugan se demanda soudain s'il n'était en ce moment dans son bureau, tout simplement, les pieds sur la table et le sourire aux lèvres.

Et ce ne serait peut-être même pas par impudence, d'ailleurs, mais par ignorance ! Car Gandt ne savait pas forcément que Sage avait survécu et que Riley n'avait pas rempli sa mission... Il croyait peut-être tous ses problèmes résolus !

Dugan décida d'aller d'abord faire un tour chez le shérif. Au pire, il ne l'y trouverait pas ; au mieux, il l'y surprendrait en train de fêter sa victoire ou de préparer sa fuite.

Il y avait très peu de circulation sur la grande route, et aucune sur la route de campagne qui menait au domicile de Gandt. Après un long trajet à travers bois et à pleine vitesse, Dugan ralentit et éteignit ses phares quand sa destination ne fut plus qu'à quelques centaines de mètres. Il s'arrêta ensuite dans un chemin transversal, dégaina son pistolet et se dirigea à pied vers la maison. Le break du shérif était garé devant, avec le hayon relevé, mais il n'y avait personne aux alentours.

Craignant une embuscade, Dugan s'approcha prudemment de la voiture et jeta un coup d'œil à l'intérieur. Elle était vide. Il alla alors se cacher à l'angle de l'habitation, appela Jaxon pour lui dire de venir le rejoindre le plus vite possible, puis il attendit la suite des événements.

Au bout d'un moment, la porte de la maison s'ouvrit, et Gandt apparut. Il poussait un fauteuil roulant, et Dugan entendit la femme âgée assise dedans observer sur un ton courroucé :

— Je ne comprends pas pourquoi je ne peux pas rester ici, Billy !

— C'est parce que je vais m'absenter pendant plusieurs jours, maman.

— Pourquoi ne pas faire appel à une garde-malade, alors, comme tu l'as déjà fait ?

— Ça coûte une fortune, maman, et Gwen a accepté de t'héberger.

— Son mari me déteste !

— Je t'en prie, maman, essaie de prendre ton mal en patience ! Je reviendrai te chercher dès que j'aurai arrangé les choses.

— Quelles choses ?

Gandt ne répondit pas. Il engagea le fauteuil roulant sur la rampe aménagée le long des marches du perron, et Dugan attendit qu'il soit en bas pour s'élancer vers lui, pistolet au poing.

La vieille dame poussa un cri, et Gandt porta la main à sa ceinture pour prendre son arme de service, mais Dugan lui lança :

— Plus un geste ! Je ne voudrais pas être obligé de vous abattre devant votre mère.

— Qui... qui êtes-vous ? balbutia l'intéressée en agrippant le bras de Gandt.

— Je m'appelle Dugan Graystone, et j'ai le regret de vous dire que votre fils est une crapule !

— Je vous interdis de l'insulter ! s'écria la vieille dame, sa peur cédant brusquement la place à la colère. Il vous a envoyé en prison, j'imagine, et maintenant que vous en êtes sorti, vous venez vous venger ?

— Tais-toi, maman..., grommela le shérif.

— Je n'ai jamais fait de prison, madame Gandt, rectifia Dugan. C'est votre fils qui va en faire, pour escroquerie, assass...

— La ferme ! coupa le shérif.

— Quoi ? Vous ne voulez pas que votre mère sache qui vous êtes vraiment ?

— Billy est un homme remarquable ! protesta la vieille dame. Il protège les gens d'ici avec courage et dévouement depuis des années !

— Désolé de vous enlever vos illusions, mais votre fils s'est associé avec un escroc venu à Cobra Creek dans le but de déposséder de leurs terres un maximum d'éleveurs de la région, et il l'a ensuite assassiné pour devenir l'unique bénéficiaire de cette arnaque. Il a aussi tué Wilbur Rankins et une jeune femme du nom de Carol Sue Tinsley, j'en suis sûr !

La vieille dame tourna vers son fils un visage inquiet.

— Il ment, Billy, n'est-ce pas ?

— Non, c'est la vérité ! insista Dugan. Et maintenant, Gandt, je veux savoir ce qu'est devenu le fils de Sage Freeport !

L'interpellé le fusilla du regard. Il avait repris du poil de la bête, et ce fut avec son arrogance habituelle qu'il s'exclama :

— Comment osez-vous faire irruption chez moi en brandissant une arme et en lançant de stupides accusations ?

Il tendit ensuite son portable à sa mère.

— Appelle mon adjoint, maman, et demande-lui de venir tout de suite !

Nullement impressionné, Dugan renchérit :

— Oui, madame Gandt, demandez-lui de venir ! Et dites-lui de ne pas oublier d'apporter une paire de menottes, parce que, s'il arrive avant la police de l'Etat, c'est lui qui aura l'honneur d'arrêter votre fils.

Sur ces mots, il s'approcha du shérif et lui enfonça le canon de son pistolet dans le ventre en déclarant :

— Où est Benji Freeport, Gandt ?

22

Le hululement d'une sirène et la lumière d'un gyrophare annoncèrent l'arrivée de Jaxon. Sa voiture pila devant le perron, et Gandt jura entre ses dents.

— Laissez-moi ramener ma mère à l'intérieur, Graystone ! On parlera après.

Dugan secoua négativement la tête. Il était désolé pour la vieille dame, qui allait devoir assister à l'arrestation de son fils, mais il refusait de perdre Gandt de vue ne serait-ce qu'un instant.

Le Texas ranger les rejoignit et passa les menottes au shérif en disant :

— Je vous arrête pour l'assassinat de Ron Lewis…

— Vous n'avez aucune preuve de ma culpabilité dans cette affaire ! coupa Gandt.

— Je vous arrête aussi pour la tentative d'assassinat commise contre la personne de Sage Freeport, poursuivit Jaxon, imperturbable.

Le visage de Gandt se décomposa. Il apprenait donc seulement maintenant que Sage avait survécu.

— Mlle Freeport témoignera que vous l'avez laissée attachée dans une écurie à laquelle vous veniez de mettre le feu, souligna Jaxon.

Mme Gandt poussa un cri étouffé.

— Non, ce n'est pas possible…, souffla-t-elle. Dis-leur que tu n'as pas fait ça, Billy !

— Lloyd Riley affirme en outre que vous lui avez ordonné

de me tuer, intervint Dugan, faute de quoi vous l'accuseriez du meurtre de Ron Lewis.

— Et à propos de preuve, déclara Jaxon, le labo vient de m'informer que le calibre de la balle qui a tué Wilbur Rankins correspond à celui de votre arme de service. Une deuxième mise en examen pour assassinat s'ajoutera donc à la première quand l'expertise balistique aura établi que c'est bien votre pistolet l'arme du crime — ce dont je ne doute pas un instant.

— Appelle Me Sherman, maman ! s'écria Gandt.

— Aucun avocat, aussi brillant soit-il, ne pourra vous éviter la prison à vie ! lui lança Dugan. Répondez-moi, maintenant : savez-vous ce qu'est devenu Benji Freeport ?

— Non ! J'ai dit à sa mère que Lewis était venu seul au rendez-vous, ce matin-là... Je n'ai pas la moindre idée de ce qui est arrivé au gosse !

Le cœur de Dugan se serra. Avec toutes les charges qui pesaient déjà contre lui, pourquoi Gandt ne disait-il pas où était le petit garçon ?

Parce qu'il l'ignorait vraiment...

Et cela signifiait que Sage risquait de ne plus jamais revoir son fils.

En se réveillant dans son lit d'hôpital, Sage trouva Dugan assis à son chevet. Les joues mangées de barbe, les yeux rougis par le manque de sommeil, il avait l'air exténué.

Une quinte de toux la secoua. Dugan remplit un verre d'eau et l'aida à le boire.

— Quelle heure est-il ? demanda-t-elle lorsqu'elle put de nouveau parler.

— Dans les 5 heures du matin... Ça va ?

Non, ça n'allait pas ! Elle avait failli mourir et n'était pas plus près de retrouver son fils maintenant que la veille ou l'avant-veille.

— Je survivrai, se borna-t-elle à répondre.

— Gandt est sous les verrous.

— Vous lui avez redemandé où était Benji ?

— Oui. Il affirme toujours l'ignorer, et je le crois : au point où il en est, pourquoi mentirait-il ?

— J'étais tellement sûre que l'arrestation du meurtrier de Lewis nous permettrait de savoir ce que Benji était devenu...

Une vague de désespoir submergea Sage, et Dugan dut le sentir, car il annonça d'une voix ferme :

— Je n'abandonne pas les recherches !

— La mort de Carol Sue écarte la seule piste qui semblait un tant soit peu prometteuse.

— Il nous reste celle de Sandra Peyton.

— Oui... Merci, Dugan... Vous m'avez sauvé la vie.

Epuisée physiquement et moralement, Sage ferma les yeux dans l'espoir d'échapper, grâce au sommeil, au souvenir de Gandt l'abandonnant dans l'écurie en feu...

Et, pendant quelques heures au moins, à la perspective de passer un troisième Noël sans son fils.

Dugan se cala dans son siège et regarda Sage dormir. Même si elle ne courait plus aucun danger, il ne pouvait se résoudre à la laisser seule.

L'image des flammes s'approchant d'elle, évanouie, l'obsédait. Il aurait pu la perdre...

La « perdre » ? Elle n'avait jamais été sienne !

La peur qu'il avait eue lui avait cependant fait mesurer à quel point il tenait à elle, et il regrettait d'autant plus de ne pas avoir encore retrouvé Benji.

Pour ne rien arranger, Noël était presque là... Dugan envisagea d'offrir un cadeau à Sage, mais le seul qui lui ferait vraiment plaisir ne s'achetait pas : c'était le retour de Benji.

Elle s'agita dans son sommeil. Un cauchemar, sans doute... Dugan lui murmura des mots apaisants et lui caressa doucement les cheveux jusqu'à ce qu'elle se calme.

Jamais une femme ne l'avait touché à ce point. Ce qu'il

éprouvait pour celle-ci allait bien au-delà de la simple affection, bien au-delà du simple désir : cela ressemblait beaucoup à de l'amour, et il se demanda même s'il n'avait pas eu le coup de foudre pour Sage le jour où il l'avait trouvée sur un banc de la place de Cobra Creek, et où elle avait levé vers lui de grands yeux verts remplis de larmes.

Oui, il était amoureux d'elle, mais il ne se voyait pas le lui dire. Ils appartenaient à des mondes trop différents, et Sage voudrait d'autant moins de lui qu'il n'avait toujours pas réussi à retrouver son fils.

Dugan finit par s'endormir... pour être réveillé un peu plus tard par une infirmière venue prendre les constantes de Sage. Il quitta la chambre et descendit à la cafétéria de l'hôpital.

Après plusieurs cafés noirs et un donut en guise de petit déjeuner, il remonta dans la chambre. Sage, habillée, lui annonça que le médecin venait de passer et l'avait autorisée à partir.

— Je vais vous reconduire chez vous, déclara Dugan.

Elle le remercia, mais garda le silence pendant qu'une infirmière l'emmenait dans un fauteuil roulant jusqu'à la sortie de l'hôpital. Elle ne rouvrit en fait la bouche qu'une fois arrivée à destination.

— Merci encore, Dugan... J'ai hâte de me doucher et de mettre ces vêtements dans la machine à laver ! Ils empestent la fumée.

Ils devaient aussi lui rappeler la terrible expérience qu'elle avait vécue la veille...

Après l'avoir raccompagnée jusqu'à sa porte, Dugan constata qu'elle tremblait au point de ne pas réussir à introduire la clé dans la serrure.

— Je peux rester un peu avec vous, si vous voulez..., proposa-t-il.

— Non, je préfère être seule.

Dugan lui prit la clé des mains et ouvrit la porte, mais il ne se sentait pas encore prêt à s'en aller. Il avait besoin de prendre

Sage dans ses bras, de s'assurer qu'elle était bien vivante et que tout n'était peut-être pas fini entre eux...

Mais, une fois le seuil franchi, elle se retourna et dit sur un ton ferme :

— Au revoir, Dugan.

— Je vais continuer à chercher Benji, indiqua-t-il.

Un hochement de tête, mais le regard de Sage, d'habitude si vif et lumineux, était comme absent. Elle avait perdu l'espoir qui lui avait permis de tenir pendant deux ans.

La porte se referma, et Dugan jura entre ses dents.

Peut-être Sage ne partagerait-elle jamais ses sentiments, mais il ne la laisserait pas s'abandonner au désespoir.

Sage attendit d'avoir entendu Dugan partir pour bouger. Elle se rendit dans la cuisine pour se servir un verre de lait, et le sapin de Noël, sur le comptoir, avec les paquets posés dessous, lui parut aussi triste, aussi esseulé qu'elle.

Dugan avait dit qu'il continuerait à chercher Benji, mais elle voyait bien qu'ils étaient dans une impasse : si le meurtrier de Ron Lewis ignorait où se trouvait le petit garçon, qui le savait ?

Sandra Peyton, peut-être, mais elle pouvait être n'importe où, à présent. Si elle avait « adopté » Benji, elle se cachait sûrement avec lui dans un endroit discret, ou lointain.

En proie à un mélange de colère, de frustration et d'abattement, Sage monta le verre de lait dans sa chambre, puis elle alla se doucher.

L'eau chaude la détendit et chassa l'odeur de fumée qui imprégnait ses cheveux et sa peau... Le souvenir terrifiant du shérif l'abandonnant froidement dans un bâtiment en feu serait beaucoup plus difficile à effacer.

Le silence lugubre de la maison revint l'envelopper dès qu'elle eut fermé le robinet de la douche. Une fatigue encore intense la convainquit ensuite de se mettre en pyjama et de se coucher.

Les draps du lit avaient gardé un peu de l'odeur de Dugan, et un désir éperdu la gagna de sentir ses bras autour d'elle.

Mais elle ne pouvait pas se permettre d'avoir besoin de lui. La force de continuer à vivre, c'était en elle qu'il fallait la trouver.

Une femme brisée comme elle n'avait rien à offrir à un homme de la valeur de Dugan.

23

24 décembre

Dugan avait appelé Sage à plusieurs reprises au cours des deux jours précédents mais, chaque fois, elle avait écourté la conversation. Sans lui raccrocher au nez, elle lui avait fait de plus en plus clairement comprendre qu'il ne devait l'appeler que s'il avait du nouveau à propos de son fils.

Elle ne voulait manifestement pas nouer une relation personnelle avec lui. Parce qu'il l'avait déçue en ne tenant pas la promesse qu'il lui avait — imprudemment — faite de retrouver Benji. Jamais elle ne le lui pardonnerait.

Pour que Hiram et ses autres employés puissent préparer Noël en famille, Dugan leur avait donné leur matinée et leur après-midi. Il s'apprêtait donc à passer seul cette journée et la suivante.

La période des fêtes le laissait indifférent, d'habitude. La solitude ne le dérangeait pas. Il aimait son ranch, son travail, sa liberté, et des réjouissances familiales auxquelles il n'avait jamais goûté ne lui manquaient pas.

Mais cette année, les choses étaient différentes : il aurait voulu passer la nuit de Noël avec Sage.

Il pensait en fait constamment à elle, en se demandant ce qu'elle faisait, si elle était en train de préparer un repas spécial, si sa maison embaumait la cannelle, si elle avait mis des bougies aux fenêtres dans l'espoir que cela ferait revenir son fils…

De retour d'une longue promenade à cheval censée lui

La rivière des disparus 557

changer les idées, Dugan mit pied à terre, brossa et bouchonna sa monture, puis la ramena dans son box. Il sortait de l'écurie quand son portable sonna.

C'était Ashlynn Fontaine, la journaliste de Laredo.

— Une autre personne vient de m'appeler à propos du fils de Sage Freeport, annonça-t-elle. Une femme, cette fois...

Le cœur de Dugan bondit dans sa poitrine.

— Que vous a-t-elle dit ?

— Elle croit savoir où est Benji. Elle est serveuse et travaille avec une certaine Sandy Lewis, qui a un petit garçon prénommé Jordan — le portrait craché de Benji, selon ma correspondante.

Sandy Lewis... Serait-ce le nom sous lequel Sandra Peyton se cachait ?

— Votre informatrice vous a donné l'adresse de sa collègue ?

— Oui.

— Envoyez-la-moi !

Le SMS arriva un instant plus tard, et Dugan décida d'explorer immédiatement cette piste. Mais comme l'échec auquel la « dénonciation » de Laurie Walton avait abouti avait été très dur pour Sage, il agirait seul, cette fois.

S'il s'avérait que Jordan et Benji ne faisaient qu'un, Sage aurait l'immense bonheur de passer Noël avec son fils.

Sinon, une amère déception lui serait épargnée.

Sage s'obligeait à se lever le matin, mais elle était presque aussi abattue que pendant les premières semaines qui avaient suivi la disparition de Benji.

Car il lui fallait maintenant envisager pour de bon la terrible éventualité de ne plus jamais le revoir.

Un certain nombre de femmes de sa paroisse s'étaient réunies pour fonder une association d'entraide, et elles lui firent la surprise de lui rendre visite dans la matinée du 24 décembre, comme si elles avaient senti qu'elle avait spécialement besoin de réconfort.

Après leur départ, Sage disposa sur une assiette une partie

des cookies qu'elles lui avaient apportés, comme elle l'aurait fait si Benji avait été là, pour respecter la tradition voulant que le Père Noël trouve dans chaque maison des gâteaux et un verre de lait.

Ces femmes lui avaient aussi rappelé l'office de Noël, à 18 heures, et elle s'était engagée à y assister.

Leur visite lui avait un peu remonté le moral, et elle passa une partie de l'après-midi à envelopper des cadeaux destinés à l'orphelinat. Elle les emporterait ce soir à l'église, et des bénévoles iraient les distribuer le lendemain matin, afin que Noël soit une fête pour les enfants sans parents comme pour les autres.

Sage s'était portée volontaire pour ce travail, l'année précédente… Peut-être allait-elle proposer ses services cette année encore… La journée de Noël lui paraîtrait ainsi moins triste et moins longue.

Ses pensées se tournèrent soudain vers Dugan et les nombreux coups de téléphone qu'il lui avait donnés. Elle avait envie de le voir… Il lui manquait plus qu'elle ne l'aurait jamais cru possible.

Et ce n'était pas seulement parce qu'il l'avait aidée.

C'était aussi et surtout parce que, en plus d'être beau, il était fiable, protecteur, désintéressé…

Toutes qualités que Ron Lewis et Trace Lanier n'avaient jamais eues, mais justement parce que Dugan, lui, les possédait, une femme faible au point d'avoir presque perdu le goût de vivre n'était pas digne de lui.

Sandy Lewis habitait à soixante-quinze kilomètres de Cobra Creek, dans une maison de bois banale, avec une cour entourée d'une palissade, une balançoire dans le jardin et un monospace gris dans la contre-allée.

Une guirlande dorée surmontait la marquise du perron, une couronne faite à la main était fixée à la porte d'entrée, et un sapin joliment décoré se voyait derrière la baie vitrée du rez-de-chaussée. Une bicyclette munie de stabilisateurs avait été abandonnée dans la cour, et un ballon de football traînait dans la contre-allée.

L'ensemble donnait une impression de complète normalité et Dungan se demanda si l'occupante des lieux était une mère ordinaire ou une kidnappeuse assez habile pour éviter les soupçons depuis deux ans ?

Dugan s'apprêtait à sortir de sa voiture lorsque la porte de la maison s'ouvrit et qu'une jeune femme franchit le seuil en tirant une valise à roulettes. Elle portait un foulard, des lunettes noires, et semblait très pressée.

Après avoir scruté la rue, elle alla mettre la valise dans le coffre du monospace, puis elle rentra presque en courant dans la maison, pour en ressortir quelques instants plus tard accompagnée d'un petit garçon. Il avait un sac à dos suspendu à l'épaule, et Dugan se redressa dans son siège pour mieux le voir. Sa taille correspondait à celle d'un enfant de cinq ans, mais une casquette de base-ball dissimulait en partie son visage.

La femme le tenait par la main, et il devait traîner les pieds, car elle s'immobilisa soudain, s'accroupit, et Dugan eut l'impression qu'elle le grondait. Il faillit intervenir. Il était sûr qu'il s'agissait de Sandra Peyton, et elle semblait sur le point de partir en voyage.

La nouvelle de l'arrestation de Gandt l'avait-elle effrayée au point de la faire fuir ?

Pensant qu'elle allait peut-être retrouver un complice, Dugan résolut finalement de se contenter, dans un premier temps, de la prendre en filature. Il attendit que le monospace s'engage dans la rue, puis il le suivit, à distance respectueuse et vitesse constante pour ne pas éveiller les soupçons de la conductrice.

Un trajet d'une demi-heure les amena à la gare routière. Dugan stationna à quelques mètres de Sandra et attendit dans son 4x4 pour voir si quelqu'un allait la rejoindre, mais le parking était désert. Et quand elle descendit de voiture et regarda autour d'elle, ce fut moins avec l'air de chercher une personne amie des yeux que de craindre l'apparition d'un obstacle à son départ.

Au bout d'un moment, apparemment rassurée, elle récupéra sa valise dans le coffre, puis ouvrit la portière arrière du monospace et aida le petit garçon à sortir du véhicule. Après s'être de nouveau accroupie pour lui parler, elle lui prit la main et l'entraîna vers l'intérieur de la gare.

Ses intentions étaient claires, mais Dugan n'avait pas la moindre intention de la laisser partir.

Il la rattrapa alors qu'elle s'arrêtait devant le guichet. Le petit garçon gardait la tête baissée, et la main de Sandra serrait visiblement la sienne comme un étau.

— Un billet adulte et un au tarif enfant pour San Diego, dit-elle à l'employé en sortant de son sac une liasse de billets de banque.

— Vous n'irez nulle part avant d'avoir répondu à quelques questions, mademoiselle Peyton..., lui murmura Dugan à l'oreille.

Elle sursauta violemment et se retourna d'un bloc.

— Qui êtes-vous ?

— Je viens de Cobra Creek.

Ces mots la firent blêmir et, pour l'empêcher de s'enfuir, Dugan l'empoigna par le bras. Elle tenta de se dégager, en vain, et il reprit :

— Maintenant, si vous ne voulez pas que je dégaine mon pistolet, causant ainsi un esclandre, vous allez faire ce que je vous dis.

Cette menace suffit à la convaincre de se tenir tranquille, mais elle lança un regard affolé au petit garçon. Le gémissement de frayeur que l'enfant poussa fendit le cœur de Dugan, mais si c'était le fils de Sage, il fallait en passer par là pour le sauver.

— N'aie pas peur, bonhomme ! lui déclara-t-il d'une voix douce. Il ne t'arrivera rien.

Puis il ordonna à Sandra :

— Sortez de la gare et retournez à votre voiture !

Elle jeta autour d'elle des coups d'œil furtifs, l'air de se demander si elle allait ou non appeler au secours. Dugan écarta alors les pans de sa veste juste assez pour lui montrer son arme, et il n'eut pas besoin d'en faire plus pour qu'elle lui obéisse.

Quand ils eurent atteint le monospace, Dugan la poussa contre la portière du passager.

— Ne faites pas de mal à mon fils ! supplia-t-elle.

— Je n'en ai pas l'intention.

— Qu'est-ce que vous voulez, alors ? J'ai un peu d'argent liquide...

— Je me moque de votre argent ! C'est Benji qui m'intéresse.

Le petit garçon, qui s'était blotti contre la femme, leva vivement la tête en entendant ce prénom. Dugan s'accroupit et tendit le bras pour lui ôter sa casquette.

— Tu es Benji Freeport ?

— Non, il s'appelle Jordan, et c'est mon fils ! protesta Sandra.

Une fois la casquette enlevée, d'épaisses boucles blondes et des yeux du même vert que ceux de Sage apparurent à Dugan. Et la présence d'un cartilage supplémentaire à l'oreille droite lui confirma ce dont il était déjà sûr.

— Tu es Benji, n'est-ce pas ?

Le petit garçon s'agita nerveusement, mais garda le silence. Sage avait remis à Dugan une photo les représentant, son fils et elle. Il la sortit de sa poche et la montra à l'enfant.

— La dame que tu vois là s'appelle Sage, et c'est mon amie. Elle m'a chargé de te retrouver. C'est ta vraie maman, et elle te cherche depuis que tu as disparu de chez toi, il y a deux ans.

— Ma vraie maman ? répéta le petit garçon d'une voix étranglée.

— Oui. Elle t'aime, et tu lui manques terriblement. Le jour où elle pourra de nouveau te serrer dans ses bras sera le plus beau de sa vie.

Benji leva vers Sandra un regard accusateur.

— Tu m'avais dit qu'elle voulait plus de moi !

— C'est vrai ! s'exclama Sandra, visiblement au bord des larmes. Elle t'a abandonné, et je t'ai recueilli... Je t'aime, Jordan ! C'est moi ta maman, maintenant !

— Elle t'a menti, Benji ! intervint Dugan. Ta vraie maman ne t'a jamais abandonné : elle ne rêve que de ton retour. Le sapin de Noël d'il y a deux ans est toujours dans la cuisine de votre maison, à attendre que tu viennes ouvrir tes cadeaux...

Le visage du petit garçon exprimait un profond désarroi.

— Tu te souviens de ce qui s'est passé ? poursuivit Dugan. Un certain Ron Lewis t'a emmené un matin dans sa voiture...

— Oui. Il m'a conduit à la rivière. Il y avait une dame que je connaissais pas dans un bateau, et il m'a dit d'aller avec elle, que c'était ma nouvelle maman.

— Vous aviez renoué, Lewis et vous ! lança Dugan à Sandra sur un ton dur. Vous aviez planifié ce kidnapping ensemble !

Sandra ne put cette fois contenir ses larmes, et elle déclara entre deux sanglots :

— J'aimais Lewis, et il m'aimait ! On ne s'était pas revus depuis ma fausse couche, et puis, un jour, il m'a appelée pour me dire qu'il était sur le point de gagner beaucoup d'argent et qu'il voulait fonder un foyer avec moi... Mais je ne pouvais plus avoir d'enfants...

— Il s'est donc installé chez Sage et lui a fait la cour dans le but de se rapprocher de son fils ?

— Oui. Il ne voulait pas que Benji ait peur de lui, le jour où il l'emmènerait, alors il s'est débrouillé pour gagner sa confiance. Ils s'entendaient même très bien, tous les deux, à la fin, et notre plan aurait parfaitement marché si quelqu'un n'avait pas tué Lewis...

Ecœuré, Dugan jugea préférable d'arrêter là l'interrogatoire. Il risquait sinon de se mettre en colère, ce qui aurait effrayé inutilement le petit garçon. Il appela Jaxon, lui expliqua la situation et demanda des renforts.

Dès que la police aurait pris Sandra Peyton en charge, il ramènerait Benji chez lui, faisant ainsi à Sage le plus beau des cadeaux de Noël.

Sage rentra de l'office religieux moins déprimée qu'elle ne l'était en se levant le matin : l'effort d'y être allée lui avait permis de se prouver à elle-même qu'il lui restait encore un peu de force et de courage.

Une bonne odeur de cannelle et de pommes cuites l'accueillit dans la cuisine. Elle avait passé la fin de l'après-midi à confectionner des gâteaux — juste pour s'occuper, car elle ne se voyait pas les manger seule ! Ils iraient au club du troisième âge de Cobra Creek : elle les y apporterait le lendemain matin.

Alors qu'elle se croyait habituée à la solitude, la douleur que lui causait l'absence de son fils se réveilla subitement.

Parce que c'était Noël, bien sûr... Avait-elle vraiment pensé que passer cette fête sans lui serait moins dur cette année ?

L'image de Dugan s'imposa brusquement à son esprit. Où était-il ce soir ? Elle ne lui connaissait aucune famille...

Recherchait-il toujours Benji, ou bien avait-il fini par y renoncer ?

De façon machinale plus que réfléchie, Sage brancha la guirlande lumineuse du sapin miniature. Elle allait s'asseoir devant une tasse de thé quand le carillon de l'entrée retentit.

Pensant qu'il s'agissait d'une femme de la paroisse venue l'inviter pour la veillée de Noël, Sage s'apprêtait à lui dire qu'elle préférait être seule, lorsqu'elle découvrit Dugan devant sa porte.

Il était si beau qu'un puissant élan de désir la submergea.

— J'avais besoin de vous voir, Sage !

Son émoi céda aussitôt la place à une onde de terreur.

— Vous avez une mauvaise nouvelle à m'annoncer ? s'écria-t-elle.

— Non, au contraire.

Un sourire ponctua cette réponse, illuminant le visage tout entier de Dugan et ajoutant encore à sa séduction.

— J'ai un cadeau pour vous, ajouta-t-il.

— Vous n'auriez pas dû...

— Si ! Je vous avais promis quelque chose, et je tiens toujours mes promesses.

Dugan s'écarta, et le cœur de Sage chavira devant le petit garçon que ce mouvement lui révéla.

Comment avait-elle pu craindre, ne serait-ce qu'un instant,

de ne pas reconnaître son fils lorsqu'elle le reverrait ? Cet enfant était Benji, un regard lui suffit pour le savoir, même s'il avait grandi et perdu les rondeurs de ses toutes premières années.

Elle s'agenouilla et le dévora des yeux. Elle brûlait de le serrer dans ses bras, mais il avait l'air hésitant, un peu effrayé...

— Comment l'avez-vous retrouvé ? demanda-t-elle à Dugan, des larmes dans la voix.

— Lewis l'avait confié à Sandra Peyton, et elle l'élevait comme son fils. Elle lui avait dit que vous ne vouliez plus de lui, que vous l'aviez abandonné.

Un cri de révolte et de colère mêlées jaillit de la poitrine de Sage. La personne qu'elle aimait le plus au monde avait cru pendant deux ans qu'elle l'avait rejetée... Cette idée lui était insupportable !

Très doucement pour ne pas lui faire peur, elle prit la main du petit garçon dans les siennes et lui sourit.

— Je ne t'ai pas abandonné, Benji. Je me suis levée, un matin, pour m'apercevoir que Ron t'avait emmené sans m'en parler. J'ai remué ciel et terre pour te retrouver : j'ai alerté les médias et, pendant des mois, je suis allée presque tous les jours demander à la police où en était l'enquête sur ta disparition...

Sa voix se brisa, et elle dut inspirer plusieurs fois à fond pour pouvoir enchaîner :

— Je t'aime tellement, Benji ! Il ne s'est pas passé un jour sans que je ne pense à toi.

De grosses larmes noyèrent les yeux de son fils, mais il garda le silence.

— Viens, dit Sage, j'ai quelque chose à te montrer !

Elle le conduisit dans la cuisine et s'arrêta devant le sapin miniature.

— Tu te souviens de cet arbre de Noël ? C'était le tien, celui qui était censé aller dans ta chambre, une fois décoré.

Benji fronça les sourcils, l'air de fouiller dans sa mémoire.

— Regarde les paquets qui sont dessous ! reprit Sage. Celui qui est recouvert de papier orné de Pères Noël contient le cadeau que tu aurais dû avoir l'année de ta disparition. Tu t'en souviens ? Tu n'avais que trois ans mais tu le secouais tous les jours pour essayer de savoir ce que c'était.

L'ombre d'un sourire se dessina sur les lèvres du petit garçon.

— Sous le papier à motif de bonshommes de neige, poursuivit Sage, il y a ton cadeau de l'année dernière, et le troisième paquet, avec les rennes, est celui de cette année... Je t'en ai acheté un tous les ans, parce que j'espérais toujours que nous passerions ensemble le prochain Noël.

Benji semblait encore partagé entre l'envie de la croire et un reste de méfiance. Jamais Sage ne pardonnerait à Sandra Peyton de l'avoir présentée à son fils comme une mère indigne.

Et puis, elle eut une idée.

— Je vais te montrer ta chambre... Je n'ai rien changé, tu vas voir.

Laissant Dugan seul dans la cuisine, elle emmena Benji à l'étage. Une fois dans la chambre, elle alla prendre sur le lit la couverture bleue avec laquelle le petit garçon avait dormi pendant les trois premières années de sa vie.

— Tu vois, je t'ai gardé ton doudou, souligna-t-elle. Parce que je savais que tu reviendrais un jour.

Le menton de Benji se mit à trembler.

— Alors tu m'attendais vraiment, maman ? chuchota-t-il.

— Oui, mon amour... Tu m'as tellement manqué !

Sage tendit les bras, et son fils vint s'y jeter, les larmes de l'un se mêlant à celles de l'autre en ce moment d'intense émotion.

24

Le temps que Sage redescende avec Benji, Dugan était parti, et elle en éprouva une pointe de déception. Jugeant son travail terminé, il avait trouvé normal de rentrer chez lui… Même si c'était légitime, elle aurait aimé qu'il reste.

Mais le jour du retour de son fils était enfin arrivé, et le plus important, dans l'immédiat, c'était d'apaiser les craintes du petit garçon, de regagner sa confiance, de commencer à combler le fossé qu'avait creusé entre eux cette longue séparation.

Ils passèrent la soirée à confectionner des cookies et à parler. Au grand soulagement de Sage, Benji déclara que Sandra Peyton l'avait toujours bien traité : elle jouait avec lui, le consolait quand il était triste, lui lisait des histoires…

Ils déménageaient souvent. Sandra devait se douter que la vérité la rattraperait un jour, mais elle avait tout fait pour retarder ce moment.

Même si cette femme s'était bien occupée de Benji, Sage lui en voulait terriblement de l'avoir privée de deux années entières de la vie de son fils, et d'avoir également fait subir au petit garçon un grave traumatisme psychologique en lui racontant que sa mère l'avait abandonné.

Ruminer le passé risquait néanmoins de l'empêcher de profiter de l'avenir, si bien que Sage résolut d'oublier le plus vite possible son ressentiment.

La fatigue terrassa Benji pendant qu'elle lui lisait un conte de Noël. Elle le coucha, puis demeura longtemps à le regarder dormir. Quand sa propre fatigue l'obligea finalement à aller elle aussi se coucher, une joie immense lui gonflait le cœur.

Quelque chose lui manquait pourtant pour être parfaitement heureuse…

Non, pas « quelque chose » : quelqu'un.

Dugan.

Sage se redressa brusquement dans son lit. Elle venait de comprendre que, sans s'en rendre compte, elle était tombée amoureuse de Dugan.

Et maintenant que Benji lui était revenu, elle se sentait capable d'être la femme forte et tendre à la fois que Dugan méritait.

Restait à savoir s'il partageait ses sentiments…

Sage manquait affreusement à Dugan. Mais elle avait besoin d'être seule avec son fils, pour renouer le fil de leur relation… Il n'était pas question de s'imposer.

Lorsqu'il se leva, le matin de Noël, Dugan trouva pourtant le silence de sa maison difficilement supportable. Il ne pouvait s'empêcher d'imaginer Benji descendant en courant au rez-de-chaussée pour ouvrir ses cadeaux, et Sage en train de préparer le petit déjeuner pour eux deux.

Ses activités professionnelles suffisaient à son bonheur, jusqu'ici… Son existence lui semblait vide, à présent.

Une brusque fébrilité le poussa dehors. Il sella son cheval préféré et entreprit de faire le tour de son domaine. Pour s'assurer que tout y était en ordre, mais surtout pour passer le temps, pour tenter de chasser de son esprit la femme qui lui avait ravi son cœur — et le petit garçon, aussi, pour lequel il avait éprouvé un attachement immédiat.

Sa tournée d'inspection lui permit de constater que ses employés s'étaient très bien occupés du ranch pendant son absence. Il leur en était reconnaissant, mais le moment était venu pour lui de reprendre les rênes de l'exploitation.

Le temps de regagner la maison, Dugan mourait de faim. Comme il n'avait pas dans sa cuisine de quoi préparer un déjeuner digne de ce nom — sans parler d'un repas de fête —, un hamburger en ville ferait l'affaire…

A condition que tous les restaurants ne soient pas fermés en ce jour de Noël !

Au moment où il entrait dans la cour, Dugan eut la surprise de voir Sage et Benji assis dans la balancelle de la terrasse. Sage avait passé un bras autour des épaules du petit garçon, et il se serrait contre elle tandis qu'ils se balançaient doucement.

C'était le plus beau spectacle qu'il ait jamais contemplé, songea Dugan en mettant pied à terre et en attachant son cheval au montant de l'escalier extérieur.

Ses pensées prirent ensuite un tour dangereux : et s'il pouvait découvrir ce genre de tableau tous les jours en rentrant chez lui ? Et si Sage et Benji faisaient à jamais partie de sa vie ?

La première se contenta de lui adresser un sourire, mais le second sauta sur ses pieds et alla se pencher à la balustrade.

— Il est drôlement beau, ton cheval ! s'écria-t-il.

L'enfant traumatisé de la veille avait déjà disparu. Une nuit et une matinée avec sa mère avaient suffi pour le transformer en un petit garçon détendu et joyeux.

— Si ta maman est d'accord, déclara Dugan, je t'apprendrai à monter.

— A moi aussi ? dit Sage avant de se lever pour rejoindre Benji.

Une lueur de malice brillait dans ses yeux. Il y avait même une pointe de défi dans sa voix…

Etait-elle en train de flirter avec lui ? se demanda Dugan.

— Pourquoi pas ? répliqua-t-il avec un clin d'œil.

Elle se mit à rire, et il comprit que oui, elle était en train de flirter avec lui ! Le retour de son fils avait chassé en quelques heures la douleur qui assombrissait son visage depuis deux ans.

— Je peux caresser le cheval ? questionna Benji.

— Bien sûr ! Viens !

Le petit garçon dévala l'escalier, et Dugan guida doucement sa main le long de la crinière de l'animal.

— On a apporté le déjeuner, annonça Sage, pour le partager

avec vous... A moins que vous n'ayez déjà quelque chose de prévu ?

— Non, rien. C'est très gentil à vous.

Sage descendit les marches à son tour et fit courir un doigt sur le bras de Dugan.

— Vous m'avez manqué...

Leurs regards se croisèrent, et un puissant courant de sensualité passa entre eux. Mais ce que Dugan ressentait pour Sage était loin de se limiter à cela, il le savait maintenant : elle lui inspirait du respect, de l'admiration...

De l'amour.

— Vous aussi, vous m'avez manqué, dit-il d'une voix mal assurée.

Puis il attendit en retenant son souffle qu'elle reprenne la parole.

— Je vous ai *beaucoup* manqué ? susurra-t-elle.

Il sourit. Cherchait-elle à lui soutirer un compliment ?

— Enormément ! répondit-il.

Ce fut ensuite plus fort que lui... Même si c'était risqué, il devait se lancer...

— Je suis amoureux de vous...

Les yeux de Sage s'illuminèrent.

— Tant mieux, déclara-t-elle en l'entraînant un peu plus loin, parce que c'est réciproque.

D'un même mouvement, ils s'enlacèrent alors et joignirent leurs lèvres.

Jamais Dugan n'avait éprouvé un tel sentiment de bonheur et de plénitude.

Ce devait être cela qu'apportait l'appartenance à une famille, et il se jura de toujours aimer et protéger celle qu'il allait former avec Sage et Benji.

Retrouvez prochainement, dans votre collection SAGAS

Trilogie intégrale : PASSION AVEC UN AUSTRALIEN
de Emma Darcy - N°154

Sous le charme d'un King

Après sa rupture avec son petit ami et patron, Miranda s'est juré une chose: ne plus jamais mélanger vie privée et vie professionnelle. Une résolution qu'elle aurait dû tenir sans mal, réfugiée au fin fond de l'Outback pour diriger le complexe de King's Eden. Mais, alors qu'elle fait la connaissance de Nick King, elle pressent que sa détermination va fondre comme neige au soleil...

Ennemis passionnés

Samantha et Tommy ont grandi ensemble dans le domaine de King's Eden et, depuis des années, passent leur temps à se chamailler. Tommy a toujours trouvé insupportable la manie de Samantha de vouloir rivaliser avec lui. Aussi est-il troublé de découvrir que la jeune femme est aussi extrêmement séduisante. Peut-être est-il temps pour eux d'enterrer la hache de guerre...

Comme le feu sous la glace

Voilà des mois que Jared King ne trouve plus le sommeil, tant l'image de Christabel Valdez hante ses nuits. Mais s'il sent que la mystérieuse jeune femme brûle d'une passion égale pour lui – ce que seuls ses regards trahissent –, elle s'obstine à garder ses distances. Jared sait désormais que pour gagner son cœur, il devra percer le douloureux secret qu'elle lui dissimule.

Tétralogie intégrale : PATRON OU AMANT ? - N°155

Un patron si séduisant de Helen Brooks

Fraîchement embauchée à Londres, Kim déchante vite. Car l'attirance qu'elle éprouve pour Anthony West, son nouveau patron, la perturbe au plus haut point. Aussi, lorsque Anthony lui demande de l'accompagner en voyage d'affaires à Paris, Kim est-elle bien décidée à rester de marbre...

Le secret d'un play-boy de Chantelle Shaw

Rachel n'en revient pas : Diego Ortega est son patron ! Dire qu'elle va devoir travailler tout l'été sous la direction du célèbre et richissime play-boy au haras de Hardwick Hall! Et durant tout ce temps, tenter de résister à l'incroyable attirance qu'elle ressent pour lui...

Une bouleversante nuit d'amour de Christina Hollis

Quand le redoutable Alessandro Castiglione vient séjourner dans la villa où elle occupe le poste de gouvernante, Michelle craint le pire. Mais elle finit par succomber au charme de cet homme irrésistible... pour une nuit magique qu'elle croit sans lendemain...

L'enfant d'Alexi Demetri de Kathryn Ross

En devenant la maîtresse d'Alexi Demetri, Katie ne pensait pas qu'elle tomberait amoureuse de son patron. Bouleversée par son indifférence, elle décide alors de démissionner. Hélas, alors qu'elle croit avoir tourné la page, elle découvre qu'Alexi a racheté l'entreprise où elle vient de trouver un nouveau poste...

Retrouvez prochainement, dans votre collection SAGAS

Trilogie intégrale : NAISSANCES À BRIGHTON VALLEY
de Judy Duarte - N°156

L'homme dont elle rêvait

Est-ce bien du désir qu'elle vient de voir dans les yeux de Jason Rayburn ? Aussitôt, Juliana panique. Car elle n'a pas été tout à fait honnête envers son nouveau patron... Mais comment aurait-elle pu révéler à cet homme qui lui plaît terriblement qu'elle est enceinte de quatre mois ? Un mensonge qui, elle le sait, risque de lui faire perdre à la fois son travail et l'estime de Jason...

Un tendre défi

Elle est enceinte ? Carly sent une peur indicible la gagner. Un sentiment qui ne fait que croître quand elle annonce la nouvelle à Ian, son amant, qui se met à bâtir pour eux des projets d'avenir. Mais pour elle qui rêve de devenir chanteuse, il est impossible de tout abandonner ! Désespérée, Carly est pourtant sûre d'une chose : elle veut offrir ce qu'il y a de mieux à son bébé...

Un pas vers le bonheur

Braden ne décolère pas. Embaucher Elena Ramirez était bien la pire idée qu'il ait jamais eue ! Car chaque jour passé avec elle lui renvoie l'image d'un foyer idéal : belle, douce et attentionnée, Elena s'occupe de surcroît à merveille des petites nièces dont il a la garde. Seulement voilà, il doit se concentrer sur son nouveau rôle de père, sans se laisser distraire...

Trilogie intégrale : TROIS FRÈRES À SÉDUIRE
de Vicki Lewis Thompson - N°157

Le gardien de mes nuits

Quand elle aperçoit un inconnu torse nu qui répare une barrière de l'autre côté de la route, Dominique n'hésite pas un instant à sortir son appareil photo pour l'immortaliser. Grand, sexy et musclé, ce cow-boy semble tout droit sorti de ses fantasmes. Un homme parfait, à un détail près : ce bel inconnu n'est autre que Nick Chance, l'un des propriétaires du ranch où elle a réservé une chambre...

Un amants très sexy

Ce cavalier fier et sexy qui avance vers elle, Morgan le reconnaîtrait entre mille. Gabe Chance, l'objet de tous ses fantasmes d'adolescente. Pas étonnant, alors, qu'elle se sente si troublée de le revoir aujourd'hui. D'autant plus troublée que le regard brûlant dont il la couve contient des promesses de plaisir intense...

Leçons très particulières

Quand Jack Chance, son ancien amant, lui propose de lui donner des cours d'équitation, Josie refuse net. Sauf qu'elle a désespérément besoin de ces leçons, car elle est censée monter à cheval au mariage de sa meilleure amie. Aussi finit-elle par accepter, à la condition que Jack n'essaye pas de la séduire. Même si elle ne rêve que d'une chose : qu'il transgresse sa promesse...

LES FAVORIS

Découvrez vos romans favoris et vos thématiques préférées issues de toutes les collections Harlequin.

À découvrir tous les mois.

DIVERTIR • INSPIRER • ÉMOUVOIR

OFFRE DE BIENVENUE !

Vous êtes fan de la collection Sagas ?
Pour prolonger le plaisir, recevez gratuitement

◆ 1 livre Sagas gratuit ◆
et 1 cadeau surprise !

Une fois votre colis de bienvenue reçu, si vous souhaitez continuer à recevoir nos romans Sagas, cela se fera automatiquement. Vous recevrez alors tous les deux mois 3 volumes de cette collection. Prix du colis France : 28,26€ (frais de port inclus).

➡ ET AUSSI DES AVANTAGES EXCLUSIFS :

➡ LES BONNES RAISONS DE S'ABONNER :

Aucun engagement de durée ni de minimum d'achat.

Aucune adhésion à un club.

Vos romans en avant-première.

La livraison à domicile.

Des cadeaux tout au long de l'année.

Des réductions sur vos romans par le biais de nombreuses promotions.

Des romans exclusivement réédités notamment des sagas à succès.

Des points fidélité échangeables contre des livres ou des cadeaux.

REJOIGNEZ-NOUS VITE EN COMPLÉTANT ET EN NOUS RENVOYANT LE BULLETIN !

✂……………………………………………………………………………………………

N° d'abonné (si vous en avez un) ☐☐☐☐☐☐☐☐☐   N1ZEA3

Mme ☐ Mlle ☐ Nom : ……………………………… Prénom : ………………………

Adresse : ………………………………………………………………………………

CP : ☐☐☐☐☐ Ville : ……………………………………………………………

Pays : …………………………… Téléphone : ☐☐☐☐☐☐☐☐☐☐

E-mail : …………………………………………………………………………………

Date de naissance : ☐☐ ☐☐ ☐☐☐☐

Renvoyez cette page à : Service Lectrices Harlequin – CS 20008 – 59718 Lille Cedex 9 - France

Date limite : **31 décembre 2021**. Vous recevrez votre colis environ 20 jours après réception de ce bon. Offre soumise à acceptation et réservée aux personnes majeures, résidant en France métropolitaine. Prix susceptibles de modification en cours d'année. Vous pouvez demander à accéder à vos données personnelles, à les rectifier ou à les effacer. Il vous suffit de nous écrire en nous indiquant vos nom, prénom et adresse à : Service Lectrices Harlequin - BP 20008 - 59718 LILLE Cedex 9. Harlequin® est une marque déposée du groupe Harlequin. Harlequin SA – 83/85, Bd Vincent Auriol – 75646 Paris cedex 13. Tél : 01 45 82 47 47. SA au capital de 3 120 000€ - R.C. Paris. Siret 31867159100069/APE5811Z.

RESTEZ CONNECTÉ AVEC HARLEQUIN

Harlequin vous offre un large choix de littérature sentimentale !

Sélectionnez votre style parmi toutes les idées de lecture proposées !

 www.harlequin.fr   **L'application Harlequin**

- **Découvrez** toutes nos actualités, exclusivités, promotions, parutions à venir...
- **Partagez** vos avis sur vos dernières lectures...
- **Lisez** gratuitement en ligne
- **Retrouvez** vos abonnements, vos romans dédicacés, vos livres et vos ebooks en précommande...

- Des **ebooks gratuits** inclus dans l'application
- **50 nouveautés tous les mois** et + de 7 000 ebooks en téléchargement
- Des **petits prix** toute l'année
- Une **facilité de lecture** en un clic hors connexion
- Et plein d'autres avantages...

Téléchargez notre application gratuitement

SUIVEZ-NOUS !   facebook.com/HarlequinFrance
twitter.com/harlequinfrance

OFFRE DÉCOUVERTE !

Vous souhaitez découvrir nos collections ? Recevez **votre 1ᵉʳ colis gratuit*** avec **1 cadeau surprise** ! Une fois votre colis de bienvenue reçu, si vous souhaitez continuer à recevoir nos livres, cela se fera automatiquement. Vous recevrez alors vos livres inédits** en avant-première.

Vous n'avez aucune obligation d'achat et cette offre est sans engagement de durée.

*1 livre offert + 1 cadeau / 2 livres offerts pour la collection Azur + 1 cadeau.
**Les livres Ispahan, Sagas, Gentlemen et Hors-Série sont des rééditions.

☞ COCHEZ la collection choisie et renvoyez cette page au
Service Lectrices Harlequin – CS 20008 – 59718 Lille Cedex 9 – France

Collections	Références	Prix colis*
❏ AZUR	Z1ZFA6	6 livres par mois 29,39€
❏ BLANCHE	B1ZFA3	3 livres par mois 24,15€
❏ LES HISTORIQUES	H1ZFA2	2 livres par mois 16,89€
❏ ISPAHAN	Y1ZFA3	3 livres tous les 2 mois 23,85€
❏ PASSIONS	R1ZFA3	3 livres par mois 25,59€
❏ SAGAS	N1ZFA3	3 livres tous les 2 mois 28,26€
❏ BLACK ROSE	I1ZFA3	3 livres par mois 25,59€
❏ VICTORIA	V1ZFA3	3 livres tous les 2 mois 26,19€
❏ GENTLEMEN	G1ZFA2	2 livres tous les 2 mois 17,35€
❏ HARMONY	O1DFA3	3 livres tous les mois 20,16€
❏ ALIÉNOR	A1ZFA2	2 livres tous les 2 mois 17,35€
❏ HORS-SÉRIE	C1ZFA2	2 livres tous les 2 mois 17,85€

N° d'abonnée Harlequin (si vous en avez un) ☐☐☐☐☐☐☐

Mᵐᵉ ❏ Mˡˡᵉ ❏   Nom : _____

Prénom : _____ Adresse : _____

Code Postal : ☐☐☐☐☐ Ville : _____

Pays : _____ Tél. : ☐☐☐☐☐☐☐☐☐☐

E-mail : _____

Date de naissance : _____

Date limite : 31 décembre 2021. Vous recevrez votre colis environ 20 jours après réception de ce bon. Offre soumise à acceptation et réservée aux personnes majeures, résidant en France métropolitaine, dans la limite des stocks disponibles. Prix susceptibles de modification en cours d'année. Vous pouvez demander à accéder à vos données personnelles, à les rectifier ou à les effacer. Il vous suffit de nous écrire en nous indiquant vos nom, prénom et adresse à : Service Lectrices Harlequin CS 20008 59718 LILLE Cedex 9. Service Lectrices disponible du lundi au vendredi de 9h à 17h : 01 45 82 47 47.